CONQUISTADA POR UM VISCONDE

Stephanie Laurens

As irmãs Cynster NOVA GERAÇÃO

CONQUISTADA POR UM VISCONDE

Tradução
Mariana Moura

Harper Collins

Rio de Janeiro, 2016

Título original: VISCOUNT BRECKENRIDGE TO THE RESCUE

Rua Nova Jerusalém, 345 — Bonsucesso — 21042-235
Rio de Janeiro — RJ — Brasil
Tel.: (21) 3882-8200 — Fax: (21) 3882-8212/831

CIP-Brasil. Catalogação na Publicação
Sindicato Nacional dos Editores de Livros, RJ

L412c

Laurens, Stephanie
Conquistada por um visconde / Stephanie Laurens ; tradução Mariana Moura. – 1. ed. – Rio de Janeiro : HarperCollins Brasil, 2016.

Tradução de: Viscount breckenridge to the rescue
ISBN 978-85-3982-239-3

1. Romance australiano . I. Moura, Mariana. II. Título.

16-33572 CDD: 828.9934
CDU: 821.111(94)-3

PRÓLOGO

Fevereiro de 1829

O CASTELO ESTAVA QUIETO E silencioso. A neve espessa caía na terra, formando um cobertor alvo que sufocava colina e vale, lago e floresta.

Ele sentou-se em um de seus retiros, a sala de armas. De cabeça baixa, concentrou-se em limpar as armas usadas mais cedo naquele dia, quando uma pausa na nevasca permitiu que ele e alguns outros se aventurassem. Haviam levado carne fresca suficiente para manter o castelo abastecido por uma semana ou mais. Ficou feliz por isso.

Carne, pelo menos, ele poderia fornecer.

Ouviu o som de passos determinados. Toda a satisfação se desvaneceu. O que a substituiu... ele não poderia nomear a mistura turva de fúria, frustração e medo.

Sua mãe entrou na sala.

Ele não levantou a cabeça.

Ela parou no final da mesa central, diante da qual estava sentado.

Ele sentiu seu olhar, mas estoicamente continuou a remontar a arma que havia limpado.

Ela quebrou o silêncio. Batendo a mão na mesa, inclinou-se para frente e sibilou:

— Jure! Jure que você vai fazê-lo, que vai para o sul apanhar uma das irmãs Cynster e trazê-la aqui para que eu possa me vingar.

Ele demorou a reagir. Agarrou-se à lentidão costumeira, da qual fazia uso para encobrir sua verdadeira natureza, a fim de controlar melhor os outros. No entanto, no caso, sua mãe havia tramado bem o suficiente para escapar do controle do filho, de modo que ele é que passou a ficar sob o controle dela.

Isso doeu.

A palavra "se" ainda ressoava em sua cabeça. *Se* tivesse prestado mais atenção às divagações dela, será que teria notado algum sinal de seus estratagemas antes, e assim podido intervir e a interromper? No entanto, até onde ele podia se lembrar, ela sempre fora assim: cheia de pensamentos sombrios, em cujo âmago a vingança ardia.

O pai dele nunca a tinha visto com clareza; para ele, ela sempre exibia uma expressão doce, uma máscara tão impenetrável que encobria a amargura que havia embaixo dela. Ele pensava que a morte do pai drenaria a bile escura do coração da mãe. Entretanto, o veneno havia se tornado ainda mais corrosivo.

Ele havia se acostumado a ouvir os delírios dela, e parara de prestar atenção tinha muito tempo. Às suas custas e às dos outros, ao que parecia. Mas era tarde demais para arrependimentos, quanto mais para recriminações.

Erguendo a cabeça para retribuir-lhe o olhar, sem deixar nada transparecer no rosto, ele encarou a mãe por um momento, e então assentiu brevemente.

— Sim, farei isso. — Ele forçou-se a dizer as palavras que ela queria ouvir. — Vou trazer uma das irmãs Cynster aqui, para que você se vingue.

CAPÍTULO 1

Março de 1829
Wadham Gardens, Londres

HEATHER CYNSTER SOUBE QUE seu último plano para encontrar um marido adequado estava fadado ao fracasso no instante em que pôs os olhos no salão de Lady Herford.

Em um canto distante, ergueu-se uma cabeça escura, perfeitamente penteada conforme a última e mais refinada moda. Um par de olhos penetrantes cor de avelã prendeu-a onde estava.

— Droga!

Mantendo um sorriso firmemente fixado nos dentes involuntariamente cerrados, como se não houvesse notado o homem mais impressionantemente bonito do local encarando-a com tanta atenção, ela deixou o olhar vaguear.

Breckenridge foi cercado por não uma, mas três damas elegantes, todas evidentemente competindo por sua atenção. Com sinceridade, ela desejou-lhes todo o sucesso e torceu para ele tomar a atitude mais sensata e fingir que não a tinha visto.

Ela certamente fingiria que não o viu.

Concentrando-se na expressiva quantidade de convidados que Lady Herford havia atraído para sua festa, Heather, resolutamente, baniu Breckenridge de sua mente e considerou suas possibilidades.

A maioria dos convidados era mais velha que ela — todas as damas, pelo menos. Algumas ela reconheceu, outras, não; mas seria surpreendente se alguma delas não fosse casada. Ou viúva. Ou definitivamente velha demais para se casar, bem mais que Heather. Festas como a de Lady Herford eram, sobretudo, o lugar de matronas bem-educadas, porém entediadas, em busca de companhia mais jovial que a oferecida por seus maridos, em geral muito mais velhos e calmos. Essas damas poderiam não ser exatamente espertas, mas também não eram inocentes. No entanto, como de comum acordo as damas já haviam presenteado seus maridos com um herdeiro — se não dois — a maioria tinha mais anos na bagagem do que os 25 de Heather.

A partir de sua análise breve e inicial, ela concluiu que a maioria dos cavalheiros presentes era, encorajadoramente, mais velha que ela. A maior parte estava na casa dos trinta, e, levando em conta o estilo deles — de homens de bom gosto, bem-sucedidos, com roupas caras e elegantes —, ela tivera uma boa ideia ao fazer da festa de Lady Herford a parada inicial de sua primeira expedição fora dos limites rarefeitos dos salões, salas de estar e salas de jantar da alta sociedade.

Durante anos, ela procurou nos mais refinados salões de festa por seu herói, o homem que iria arrebatá-la rumo à felicidade conjugal — apenas para certificar-se de que ele não frequentava tais lugares. Muitos cavalheiros da alta sociedade, embora perfeitamente elegíveis em todos os sentidos, preferiam manter-se longe de todas as coisas doces e novas, como as jovens damas que desfilavam no mercado matrimonial. Em vez disso, passavam o início das noites em eventos como o de Lady Herford, e tarde da noite envolviam-se em ocupações diversas — jogos e mulheres, para citar apenas duas.

Era mais provável que seu herói — ela tinha de acreditar que ele existia em algum lugar — fosse um membro desse grupo mais evasivo de homens. Considerando, portanto, ser improvável que ele viesse até ela, Heather decidiu, após longos e animados debates com suas irmãs Elizabeth e Angélica, que lhe convinha ir ao encontro dele. Localizá-lo e, se necessário, caçá-lo.

Com um sorriso amigável, desceu os degraus na ponta dos pés até o piso do salão. Recém-construída, a casa de campo bastante luxuosa de Lady Herford localizava-se ao norte de Primrose Hill — perto o suficiente de Mayfair para que se chegasse até lá de carruagem, uma consideração pertinente, uma vez que Heather teve de ir sozinha. Ela preferiria ter aparecido com alguém para lhe fazer companhia, mas sua irmã Eliza, apenas um ano mais nova e também desgostosa com a falta de sinais de heróis em seu círculo restrito, era sua mais provável coconspiradora, e as duas não poderiam reclamar de dor de cabeça na mesma noite sem que a mãe desconfiasse do plano. Eliza, portanto, estava agraciando o salão de Lady Montague, enquanto Heather supostamente estava na cama, no conforto e na segurança de Dover Street.

Dando toda a impressão de ser absolutamente autoconfiante, ela adentrou o salão repleto de pessoas. Havia chamado considerável atenção; embora fingisse não perceber, podia sentir olhares se demorando no vestido de seda elegante, cor de âmbar, que se agarrava amorosamente às suas curvas. Aquela peça em particular exibia um decote princesa e mangas curtas bufantes; como a noite estava amena e a carruagem permanecia do lado de fora, ela havia optado por carregar apenas um xale fino de seda de cor topázio e âmbar de Norwich, com franjas drapeadas sobre os braços nus, flertando por cima da seda do vestido.

Sua idade permitia-lhe maior liberdade para usar vestidos que, embora definitivamente não fossem tão reveladores quanto alguns outros que ela podia ver, atraíam os olhares masculinos.

Um cavalheiro, bem-vestido e um pouco mais ousado que seus companheiros, saiu do círculo em torno de duas damas e, em passos lânguidos, entrou no caminho de Heather.

Parada, ela arqueou uma das sobrancelhas em expressão arrogante.

Ele sorriu e curvou-se, com fluidez graciosa.

— Senhorita Cynster, se não me engano?

— Eu mesma. E o senhor é...?

— Miles Furlough, minha querida. — Seus olhares se encontraram quando ele se endireitou. — É sua primeira vez aqui?

— Sim. — Ela olhou ao redor, projetando com determinação uma segurança confiante.

Pretendia escolher seu homem, não permitir que ele ou qualquer outro a escolhesse.

— Sua companhia parece bastante animada — acrescentou. O barulho de conversas incontáveis estava em constante aumento. Voltando o olhar para Miles Furlough, ela perguntou:

— As festas de sua senhoria costumam ser tão agitadas?

Os lábios de Furlough se curvaram em um sorriso de que Heather não estava certa se gostava.

— Creio que vai descobrir... — Furlough interrompeu-se, olhando para além dela.

Ela sentiu um alerta por um segundo — um início de formigamento na nuca —, então dedos longos de aço se fecharam ao redor de seu cotovelo.

Um calor tomou conta dela, emanando do contato, suplantado quase no mesmo instante por uma vertigem desorientadora. Ela prendeu a respiração. Não precisou olhar para saber que Timothy Danvers, o Visconde de Breckenridge — seu arqui-inimigo —, havia optado pela insensatez.

— Furlough.

A voz profunda emitida de cima e bem perto de sua cabeça teve seu efeito habitual e desconcertante.

Ignorando o frisson da consciência descendo-lhe pela espinha — a suscetibilidade que ela positivamente desprezava —, Heather virou a cabeça devagar e dirigiu-lhe um olhar controlado.

— Breckenridge.

Nada em seu tom sugeria que a chegada dele lhe agradara, muito pelo contrário.

Ele ignorou a tentativa dela de diminuir suas pretensões; de fato, ela não sabia nem se ele a tinha notado. O olhar dele não tinha se desviado de Furlough.

— Se nos dá licença, senhor, há um assunto que preciso discutir com a srta. Cynster. — Breckenridge encarou Furlough. — Tenho certeza de que entende.

A expressão de Furlough sugeria que ele tinha entendido, ainda assim, desejava não se sentir obrigado a ceder. Contudo, naquele meio, era quase impossível contrariar Breckenridge — o queridinho da anfitriã e das damas. Com relutância, Furlough inclinou a cabeça.

— Claro.

Desviando o olhar para Heather, Furlough sorriu — um sorriso mais sincero, um pouco triste.

— Srta. Cynster, queria que tivéssemos nos encontrado em um local menos turbulento. Quem sabe da próxima vez.

Com um aceno de despedida, ele juntou-se à multidão com passos reticentes.

Heather soltou um suspiro exasperado. Antes, no entanto, que pudesse reunir seus argumentos e direcioná-los a Breckenridge, ele segurou seu cotovelo mais forte e começou a empurrá-la pela multidão.

Assustada, ela tentou parar.

— O que...?

— Se você tiver o menor senso de autopreservação, caminhará até a porta da frente sem estardalhaço.

Ele a estava conduzindo, empurrando-a sem ninguém perceber, naquela direção, e não era tão longe.

— Largue-me. Agora! — ordenou ela, entredentes, em voz baixa e energicamente.

Ele a impulsionou para que subisse os degraus do salão. Quando ela estava um degrau acima, ele inclinou a cabeça e sussurrou em seu ouvido:

— *O que está fazendo aqui?*

Seus dentes cerrados superaram os dela. As palavras, o tom, atingiram Heather, evocando — como fora, sem dúvida, a intenção — um medo nebuloso, puramente instintivo.

Quando ela se livrou do medo, Breckenridge estava, ao que parecia, sem pressa, conduzindo-a por entre os convidados que se amontoavam no vestíbulo.

— Não. Não se incomode em responder. — Ele não olhou para baixo; mantinha a porta da frente aberta em seu campo de visão. — Não quero saber qual foi a ideia tola que tomou sua cabeça. Você vai embora. Agora.

Virgem, intacta, robusta, inteira. Breckenridge apenas engoliu as palavras.

— Não há nenhuma razão para você interferir. — A voz dela vibrou com fúria mal reprimida.

Ele reconheceu-lhe o humor — o habitual que ela assumia sempre que ele estava por perto. Normalmente, ele decidiria ignorá-la, mas ali, naquele instante, não tinha escolha.

— Você tem alguma ideia do que seus primos fariam comigo, sem falar dos seus irmãos, se descobrissem que a vi neste antro de iniquidade e fechei os olhos?

Ela bufou e tentou, furtivamente mas sem sucesso, soltar o cotovelo.

— Você é tão grande quanto qualquer um deles e comprovadamente tão valentão quanto. Pode enfrentá-los.

— Um deles, talvez, mas todos os seis? Creio que não. Muito menos Luc e Martin, e Gyles Chillingworth. E Michael? Não, espere. E quanto a Carol, e suas tias, e... por aí vai. Seria preferível que me esfolassem; seria bem menos dolorido.

— Você está exagerando. A casa de Lady Herford está longe de ser um antro de iniquidade. — Ela olhou para trás. — Não há nada minimamente censurável acontecendo neste salão.

— Talvez não no salão. Pelo menos, ainda não. Mas você não adentrou melhor a casa. Acredite, trata-se definitivamente de um antro de iniquidade.

— Mas...

— Não.

Chegando ao alpendre — afortunadamente deserto —, ele parou, soltou-a e finalmente se deixou olhá-la. Permitiu-se observar-lhe o rosto, uma figura ovalada perfeita que abrigava traços delicados e um par de olhos azul-acinzentados tempestuosos, cercados por cílios castanho-escuros luxuriantes. A despeito de aqueles olhos terem se tornado duros e pedregosos, embora os lábios voluptuosos estivessem comprimidos em uma linha fina, aquele rosto era do tipo que incentivava exércitos e incitava guerras desde tempos imemoriais. Era um rosto cheio de vida. Cheio de promessas sensuais, quase transbordando vitalidade.

Sem mencionar o efeito de uma figura esbelta, elegante em vez de curvilínea, mas investida de tamanha graça fluida que fazia cada movimento evocar pensamentos que, ao menos no caso dele, deveriam permanecer inexplorados.

A única razão pela qual ela não havia sido assediada no salão deveu-se ao fato de ninguém além de Furlough ter se libertado da prisão que a visão dela geralmente causava com rapidez suficiente para abordá-la antes dele.

Ele sentiu o rosto enrijecer, lutou para não cerrar os punhos e mostrá-los para ela em uma tentativa certamente vã de intimidá-la.

— Você está indo para casa, e ponto.

Os olhos dela se semicerraram até se tornarem um risco.

— Se você tentar me forçar, eu vou gritar.

Ele perdeu a batalha; os punhos se fecharam ao lado do corpo. Encarando--a, declarou no mesmo tom:

— Se você fizer isso, eu vou dar uma pancadinha abaixo desse seu belo queixo, deixá-la inconsciente, dizer a todos que você desmaiou, jogá-la em uma carruagem e mandá-la para casa.

Ela arregalou os olhos. Avaliou-o, mas não recuou.

— Você não faria isso.

Ele não pestanejou.

— Desafie-me.

Heather estremeceu por dentro. Aquele era o problema de Breckenridge — não se sabia o que estava pensando. Seu rosto, como o de um deus grego, todo de superfícies lisas e ângulos agudos, bochechas magras abaixo de maçãs salientes e um queixo quadrado e imponente, manteve-se impassível, à semelhança do de um aristocrata, e totalmente hermético quanto ao que se passava em sua mente. Nem mesmo seus olhos castanhos de pálpebras pesadas deram qualquer pista; sua expressão perene era a de um cavalheiro finamente elegante que pouco se importava com algo além de seu prazer imediato.

Cada elemento de sua aparência, do traje primorosamente discreto, passando pelo corte severo das roupas, que apenas tornavam mais aparente a força esguia que escondiam, até a fala lânguida e afetada com a qual costumava se pronunciar, corroborava aquela imagem — a de que ela estava certa de se tratar de uma fachada.

Ela examinou seus olhos e não detectou o menor sinal de que ele não faria exatamente o que disse, o que seria demasiado embaraçoso.

— Como você veio para cá?

Relutante, ela gesticulou para a fila de carruagens que se estendia ao longo da calçada curva de Wadham Gardens até onde a vista alcançava.

— Com a carruagem de meus pais. E, antes que você me passe um sermão sobre a sandice de viajar por Londres sozinha à noite, tanto o cocheiro quanto o cavalariço estão com minha família há décadas.

Com os lábios apertados, ele assentiu.

— Vou levá-la até lá.

Ele estendeu a mão para agarrar-lhe o cotovelo mais uma vez.

Heather se afastou.

— Não se incomode.

A frustração irrompeu; ela tinha certeza de que ele iria informar aos irmãos que a encontrara na casa de Lady Herford, o que significaria o fim de seu plano — um plano que, até ele interferir, fora promissor. Ela deu vazão a suas emoções com um olhar enfurecido.

— Eu posso andar vinte metros por conta própria.

Mesmo para seus ouvidos, suas palavras soaram petulantes. Em reação, ela coroou-as com:

— Deixe-me em paz!

Levantando o queixo, ela deu meia-volta e desceu os degraus. Com a cabeça erguida em postura determinada, virou à direita na calçada em direção ao local em que a carruagem de passeio dos pais aguardava na fila.

Por dentro estava tremendo. Sentiu-se infantil e furiosa — e impotente. Assim como sempre se sentia quando ela e Breckenridge discutiam.

Piscando para conter as lágrimas de raiva sufocada, sabendo que ele estava observando, ficou ereta e marchou adiante a passos constantes.

Das sombras do alpendre da casa de Lady Herford, Breckenridge assistiu à desgraça de sua vida caminhar de volta à segurança. Por que, de todas as damas da alta sociedade, tinha de ser Heather Cynster quem o deixava tão perturbado? Ele desconhecia o motivo. O que sabia era que não havia uma maldita coisa que pudesse fazer a respeito. Ela tinha 25 anos, e ele era dez anos e um milhão de noites mais velho; estava certo de que ela o via, na melhor das hipóteses, como um primo muito mais velho que gostava de interferir em sua vida e, na pior, como um tio que gostava de fazer o mesmo.

— Ótimo — murmurou, enquanto observava o caminhar destemido dela.

Assim que a visse ir embora em segurança... iria para casa a pé. O ar da noite podia clarear-lhe a cabeça das distrações, do sentimento instável e agitado que o trato com ela sempre fazia dele uma presa — uma sensação de solidão e vazio, e de que o tempo estava se esvaindo.

De que a vida — sua vida — não tinha valor, de alguma forma, ou melhor, valia pouco — menos do que deveria.

Ele não queria, realmente não queria, pensar nela. Entre a multidão na casa, havia damas que lutariam para oferecer-lhe distrações, mas havia muito ele tinha aprendido o valor dos sorrisos, dos suspiros de prazer delas.

Conexões ilusórias, fugazes, sem sentido. Cada vez mais, elas o faziam sentir-se banalizado, usado. Insatisfeito.

Ele viu o luar se refletir no cabelo dourado como trigo de Heather. Conhecera-a quatro anos antes no casamento de sua madrasta Caroline com Michael Anstruther-Wetherby, irmão de Honoria, Duquesa de St. Ives e rainha do clã Cynster. O marido de Honoria, Devil Cynster, era o primo mais velho de Heather.

Embora Breckenridge tivesse conhecido Heather naquele dia na ensolarada Hampshire, conhecia os primos Cynster havia mais de uma década — eles frequentavam os mesmos círculos, e, antes de os primos se casarem, tinham compartilhado muitos interesses.

Um coche à esquerda da casa saiu da fila. Breckenridge olhou nessa direção, viu o cocheiro incitar os cavalos a uma marcha lenta, depois olhou novamente para a direita, onde Heather ainda estava caminhando.

— Vinte metros, uma ova. — Mais pareciam cinquenta. — Onde está a maldita carruagem?

As palavras mal haviam deixado seus lábios quando outro coche, desta vez um de viagem, pareou-se com Heather.

E freou.

A porta se abriu e um homem saltou. Outro desceu, saindo do lado do cocheiro.

Antes que Breckenridge pudesse respirar, a dupla havia passado pelas carruagens ao longo da calçada e agarrado Heather. Sufocando o clamor de susto dela, içaram-na, levaram-na até o coche e jogaram-na lá dentro.

— Ei!

O grito de Breckenridge foi ecoado por um cocheiro algumas carruagens adiante na fila.

Mas a dupla já estava se enfiando pela porta do coche enquanto o cocheiro açoitava os cavalos.

Breckenridge desceu os degraus e correu pela calçada antes mesmo de formar o pensamento de partir em perseguição.

O coche de viagem desapareceu na curva do crescente que era Wadham Gardens. Com um crepitar das rodas, virou à direita na primeira rua de ligação.

Ao chegar à carruagem onde o cocheiro que havia gritado observava atordoado o coche dos sequestradores, Breckenridge subiu e agarrou as rédeas.

— Permita-me. Sou um amigo da família. Nós vamos atrás dela.

O cocheiro engoliu a surpresa que sentiu e largou as rédeas.

Breckenridge agarrou-as depressa e, praguejando contra o aperto da fila, colocou a carruagem de passeio na rua. No instante em que a tirou da fila, ele açoitou os cavalos.

— Mantenha os olhos abertos, não tenho ideia de aonde eles podem ir.

— Sim, senhor, meu senhor...

Olhando de soslaio para o cocheiro por um momento, Breckenridge declarou:

— Visconde de Breckenridge. Eu conheço Devil e Gabriel.

Conhecia também os outros, mas aqueles nomes bastariam.

O cocheiro assentiu.

— Sim, meu senhor.

Virando-se, chamou o cavalariço, que segurava-se na parte de trás da carruagem.

— James, fique atento à esquerda. Eu vou manter os olhos à direita. Caso deixe de vê-los, você deve descer na próxima esquina e procurar por eles.

Breckenridge concentrou-se nos cavalos. Felizmente havia pouco tráfego. Ele fez a curva na mesma rua que o coche havia tomado. De imediato, todos os três olharam para frente. A luz de numerosos postes de rua iluminou um cruzamento de quatro vias em ângulo estranho à frente.

— Ali! — Veio um grito de trás. — São eles, virando à esquerda para pegarem a rua mais larga.

Breckenridge deu graças aos olhos afiados de James; vislumbrara apenas a parte traseira do coche. Instou os cavalos a ir tão depressa quanto podia, até que chegaram ao cruzamento e fizeram a curva, a tempo de ver o coche virar à direita no cruzamento seguinte.

— Ah — fez o cocheiro.

Breckenridge olhou na direção dele.

— O quê?

— Eles acabaram de virar na Avenue Road, que se funde com a Finchley Road um pouco mais adiante.

E a Finchley Road se tornaria a Great North Road, com o coche rumando para norte.

— Eles podem estar a caminho de alguma casa nessa direção.

Breckenridge disse a si mesmo que poderia ser o caso... mas estavam seguindo um coche de viagem, não uma carruagem de passeio.

Dirigiu o par de cavalos negros até a Avenue Road. Tanto o cocheiro como James espreitaram à frente.

— Sim, são eles — disse o cocheiro. — Mas já estão um pouco longe de nós.

Tendo em conta que os cavalos eram dos Cynster, Breckenridge não estava preocupado com a distância que sua presa havia tomado.

— Contanto que os mantenhamos à vista.

Conforme sucedia, isso era mais fácil de dizer do que fazer. Não foram os cavalos que os refrearam, mas os morosos quadrúpedes que arrastavam os sete carros que se puseram entre eles e o coche de viagem. Enquanto se encaminhavam pelas vias estreitas nos limites da metrópole em expansão, passando por Cricklewood até Golders Green, não havia lugar por onde Breckenridge pudesse passar. Eles conseguiram manter o coche à vista por tempo suficiente para terem certeza de que estava, de fato, dirigindo-se à Great North Road, mas, no momento em que chegaram à High Barnet, seguida pelo longo trecho da Barnet Hill, eles o perderam de vista.

Praguejando por dentro, Breckenridge fez uma curva e entrou no pátio da Barnet Arms, uma grande estalagem com uma estrebaria onde ele era bem conhecido. Parando a carruagem, ele disse para o cocheiro e James:

— Saiam perguntando em todos os lugares. Vejam se encontram alguém que tenha visto o coche, se eles trocaram de cavalo, qualquer informação.

Ambos desceram, e assim foram. Breckenridge se virou para os cavalariços que tinham vindo correndo para segurar as cabeças dos cavalos.

— Preciso de uma carruagem e de seu melhor par de cavalos. Onde está seu patrão?

Meia hora depois, ele se separou do cocheiro e de James. Os dois haviam encontrado várias pessoas que tinham visto o coche, o qual havia feito uma rápida parada a fim de trocar de cavalo na Scepter & Crown. O coche havia seguido rumo ao norte pela rodovia.

— Aqui. — Breckenridge entregou ao cocheiro um bilhete que tinha rabiscado enquanto esperava pelo retorno deles. — Entregue-o ao Lorde Martin assim que puder.

Lorde Martin Cynster era o pai de Heather.

— Se por algum motivo ele não estiver disponível, entregue-o a um dos irmãos da srta. Cynster ou, na ausência deles, para St. Ives.

Breckenridge sabia que Devil estava na cidade, mas não tinha tanta certeza do paradeiro dos outros.

— Sim, meu senhor. — O cocheiro pegou o bilhete, levantou a mão em saudação. — E boa sorte, senhor. Espero que alcance esses canalhas bem rápido.

Era o que Breckenridge esperava também. Observou os dois subirem na cabine da carruagem de passeio. No instante em que saíram do pátio para voltar a Londres, ele foi até a elegante carruagem que o aguardava no canto. Um par de cavalos cinzentos que o estalajadeiro raramente permitia ser arrendado por qualquer pessoa dançava entre os eixos. Dois nervosos cavalariços seguravam as cabeças dos cavalos.

— Estão bem agitados, senhor. — O cavalariço seguiu-o. — Faz muito tempo que eles não saem. Vivo dizendo ao chefe que seria melhor deixá-los sair para uma corrida de vez em quando.

— Eu dou conta.

Breckenridge posicionou-se no assento alto da cabine do faetonte. Ele precisava de velocidade, e era o que prometia a combinação entre o faetonte e os cavalos de raça. Tomando as rédeas, tensionou-as, testou a boca dos cavalos, depois acenou para os cavalariços.

— Podem soltá-los.

Os cavalariços o fizeram, saltando para trás quando os cavalos se impulsionaram para frente.

Breckenridge freou o par apenas para fazer uma curva a fim de sair do quintal, então o deixou seguir pela Barnet Hill rumo à Great North Road.

Por um tempo, conduzir os cavalos demandou toda a sua atenção, mas assim que eles se acomodaram com o girar das rodas, o ritmo constante dos cascos comendo os quilômetros com pouco tráfego a interferir no caminho, ele pôde dedicar-se consideravelmente a seus pensamentos.

A dar graças pelo fato de que a noite não estava congelando, pois ele ainda estava em seus trajes noturnos.

A encarar a percepção de que, se ele não tivesse insistido para que Heather fosse embora da *villa* de Lady Herford — não tivesse lhe permitido andar os vinte, ou melhor, cinquenta metros pela calçada até a carruagem sozinha —, ela não estaria nas mãos de sequestradores desconhecidos, não teria sido submetida a quaisquer indignidades que já haviam lhe assomado.

Eles pagariam, evidentemente; ele se encarregaria disso. Contudo, isso em nada atenuou o senso de horror e a culpa esmagadora de que era devido a suas ações que ela estava em perigo.

Ele tivera a intenção de protegê-la. Mas...

Com o queixo tenso, os dentes cerrados, ele manteve os olhos na estrada e correu adiante.

Os sequestradores deixaram Heather amarrada e amordaçada até estarem fora de Barnet, seguindo por um trecho vazio da estrada.

No instante em que a enfiaram na carruagem do lado de fora da casa de Lady Herford, enrolaram um pedaço de linho sobre o rosto de Heather, para amordaçá-la, e rapidamente amarraram suas mãos e, depois, seus pés, quando ela tentou chutá-los.

Não havia apenas os dois homens. Uma mulher, grande e forte, estava esperando no coche com a mordaça preparada. Uma vez que Heather havia sido silenciada e seus membros, atados, colocaram-na no banco virada para frente, ao lado da mulher, e os dois homens se sentaram do outro lado. Um deles disse a ela para se acalmar e esperar em silêncio, que tudo logo seria revelado.

Essa promessa, e o fato de que não fizeram nenhuma tentativa de prejudicá-la de fato — na verdade, nem mesmo a ameaçaram de alguma forma —, lhe deram uma calma suficiente para perceber que não tinha uma escolha real, de modo que poderia muito bem fazer o que lhe foi solicitado.

Isso não refreou seus pensamentos. Ou sua imaginação. Mas nem aqueles nem esta a levaram muito longe. Ela sabia tão pouco. Nada além do fato de que havia aqueles três mais o cocheiro, e eles a estavam levando para fora de Londres, em direção ao norte. Ela havia vislumbrado bastante referências no caminho, reconhecido pontos suficientes para ter certeza de que estavam indo para o norte.

Estavam na Great North Road quando o homem mais magro, de estatura mediana a alta e com certeza rijo, com cabelo encaracolado castanho-pardacento e um rosto de feições finas, disse:

— Se você estiver disposta a ser sensata e a se comportar, vamos desamarrá-la. Estamos em um trecho longo e solitário, e não iremos diminuir o ritmo por um bom tempo. Não há ninguém por perto para ouvi-la se gritar e espernear, e, caso consiga escapar pela porta, a esta velocidade é provável que você quebre uma perna, se não o pescoço. Logo, se estiver disposta a ficar quieta e a apenas ouvir, podemos desamarrá-la e explicar o que está acontecendo, como as coisas são e como serão. Então? — Ele ergueu as sobrancelhas para ela. — O que vai ser?

Na penumbra da carruagem, ela não podia enxergar os olhos dele, mas olhou em sua direção e assentiu com a cabeça.

— Garota esperta — disse o magro. O comentário não tinha nenhum sarcasmo. — Ele disse que você tomaria a decisão inteligente.

Ele quem? Ela viu o homem magro, sentado à frente, se inclinar, estendendo a mão para seus pés, e depois parar.

Ele lançou um olhar para a mulher ao lado dela.

— Melhor você desatar os pés dela.

Endireitando-se, ele pôs as mãos nas cordas que prendiam os pulsos de Heather.

Intrigada, olhou para a mulher, que bufou, e então desceu do assento se arrastando e se agachou entre os bancos. Ela estendeu as mãos sob a saia de seda de Heather para pegar o pedaço de linho enrolado nos tornozelos.

Enquanto afrouxavam os laços, Heather percebeu que eles haviam sido cuidadosos com seu pudor — tão cuidadosos quanto lhes era possível. Ela nunca teria imaginado sequestradores tão... cavalheiros.

Após desamarrar os pés de Heather, a mulher se acomodou ao seu lado.

— A mordaça também? — perguntou a mulher ao magro.

Sem desviar o olhar de Heather, ele assentiu.

— Devemos permitir-lhe o máximo de conforto possível, então, a não ser que ela seja mais tola do que todos pensamos, não há necessidade de continuar com a mordaça.

Heather virou a cabeça, permitindo a ela acesso ao nó na parte de trás de seu crânio. Quando o tecido caiu de seu rosto, ela umedeceu os lábios, mexeu a mandíbula e sentiu-se muito melhor.

Ela olhou para o magro.

— Quem é você, e quem o mandou?

Ele sorriu — um brilho de dentes brancos nas sombras.

— Ah, agora você está se precipitando um pouquinho, senhorita. Creio que talvez seja melhor explicar primeiro que fomos enviados para buscar uma das irmãs Cynster, você ou alguma das outras. Observamos todas vocês por mais de uma semana, mas nenhuma ia a lugar algum desacompanhada. Não até hoje à noite, melhor dizendo. — Magro, como Heather decidiu chamá-lo, fez uma meia reverência. — Optamos por você por isso. Nós tínhamos começado a pensar que teríamos de fazer algo drástico para que uma de vocês ficasse sozinha. Seja como for, agora temos você, então é melhor que perceba que nenhuma tentativa de escapar de nós será bem-sucedida. Ninguém vai ajudá-la, porque temos uma história que justifica por que a pegamos, e tudo o que fizer ou disser, quaisquer protestos que faça, só irá fazer nossa história parecer mais real e verdadeira para os outros.

— Que história é essa? —perguntou ela.

Magro tinha um ar de competência tranquila; não parecia o tipo que fazia declarações tolas. Sorte a dela ter sido raptada por sequestradores que sabiam pensar.

Como que para confirmar sua suspeita, Magro sorriu. A satisfação ressoou em sua voz.

— É uma história bastante simples. Fomos enviados por seu guardião para buscá-la e levá-la até ele. Você fugiu para a perversa Londres, escapou de sua rigorosa casa. Então, ele nos enviou para encontrá-la e levá-la de volta, e... — Com uma pausa dramática, Magro pegou uma folha de papel dobrada do bolso e acenou-a. — Esta é a autorização dele para fazermos tudo o que for preciso para pegá-la e levá-la até ele.

Ela franziu a testa para o papel.

— Meu pai é meu guardião e não lhe deu nenhuma permissão.

— Ah, mas na nossa história você não é a srta. Cynster, tudo bem? Você é a srta. Wallace, e seu guardião, Sir Humphrey, está muito ansioso para tê-la de volta em casa, onde é seu lugar.

— Onde é minha casa?

Ela esperava que ele pudesse dizer aonde a estavam levando, mas Magro apenas sorriu.

— Você sabe bem onde é, claro, não é necessário que lhe digamos.

Ela ficou em silêncio, repassando o plano deles na mente, em busca de qualquer meio possível de inviabilizá-lo, mas não carregava consigo nada que provasse sua identidade. Sua única esperança — que ela não iria verbalizar — era um encontro casual com alguém que a conhecesse de vista. Infelizmente, não era muito grande a probabilidade de isso acontecer no interior em fins de março, com a Temporada, a época dos eventos da alta sociedade, apenas começando em Londres.

Ela olhou para a mulher ao lado.

Como se sentisse a pergunta na mente de Heather, Magro explicou:

— Martha aqui — disse, indicando a mulher com a cabeça — é, naturalmente, a dama de companhia que Sir Humphrey enviou para dar-lhe apoio na viagem. — Os lábios de Magro se encurvaram. — Martha permanecerá sempre com você. Especialmente quando for inapropriada a presença de um de nós, isto é, Cobbins ou eu, ao seu lado.

Decidindo que naquele momento lhe convinha, como Magro havia colocado, se comportar, Heather inclinou a cabeça, primeiro para a mulher ao lado, dizendo:

— Martha.

Em seguida, dirigiu-se ao homem de peito largo, mais baixo que Magro, mas de compleição mais robusta, que permanecia em silêncio sentado no canto mais distante do coche.

— Cobbins.

Ela virou seu olhar para Magro.

— E você é?

Ele sorriu.

— Você pode me chamar de Fletcher, srta. Wallace.

Heather pensou em alguns outros epítetos pelos quais poderia chamá-lo, mas apenas inclinou a cabeça. Acomodando-se no banco, recostou a cabeça na almofada e não se aventurou a nada mais. Sentia que Fletcher esperava que ela protestasse, talvez implorasse por misericórdia, ou tentasse demover ele e os outros de seu objetivo, mas não viu sentido em rebaixar-se a isso.

Sentido algum.

Quanto mais pensava em tudo o que Fletcher havia revelado, mais certeza tinha disso. Aquele só podia ser o rapto mais estranho de que já ouvira falar... bem, ela não soubera dos detalhes de nenhuma outra tentativa de sequestro, mas parecia bastante estranho tratarem-na com tanta atenção, com tanta... sensatez. Com tanta calma e confiança.

Eles — Fletcher, Cobbins e Martha — não se encaixavam na descrição de sequestradores comuns. Poderiam não ser gentis; tampouco eram de dar as mais baixas das ordens. Estavam bem-vestidos, com trajes discretos. Embora um tanto robusta e forte, Martha poderia, de fato, se passar por dama de companhia de uma senhora que vivia no campo na maior parte do tempo. Cobbins aparentava ser reservado e, em suas roupas monótonas, parecia permanecer em segundo plano, mas também não dava a impressão de ser o tipo que se poderia encontrar em uma taverna decadente e de quinta categoria. Tanto ele quanto Fletcher pareciam precisamente o tipo de homem que alegavam ser — o tipo que algum proprietário de terras rico do interior poderia contratar para atuar como seus agentes.

Quem os enviou a Londres preparou-os bem. O plano era simples e, na situação em que ela se via, quase impossível de conter. Isso não significava que não fugiria — de alguma forma o faria —, mas antes precisava descobrir mais sobre o aspecto mais intrigante daquele estranho sequestro.

Eles haviam sido enviados para raptar não a ela especificamente, mas uma das irmãs Cynster: ela, Eliza ou Angélica, e possivelmente suas primas, Henrietta e Mary, também "irmãs Cynster".

Heather não podia imaginar que outra razão alguém teria para fazer isso além de um simples pedido de resgate, mas, se fosse esse o caso, por que tirá-la de Londres? Por que levá-la até algum outro homem? Ela tentou pensar em retrospecto, reavaliando, mas não conseguiu afastar a impressão de que tudo o que Fletcher revelara era verdade: o trio a buscou para levá-la até o patrão.

A contratação de três pessoas da laia daquele trio, bem como de um cocheiro, de um cavalariço e de um quarto homem, que manteve os olhos nela e nas outras Cynsters por mais de uma semana... nada disso parecia um sequestro simples, oportunista, com fins de extorsão.

Mas, se não fosse o resgate, o que estava por trás daquilo? E, se fugisse sem saber a resposta, será que ela e as outras ainda correriam perigo?

Eles haviam arranjado cavalos descansados em High Barnet, e assim passaram por Welham Greene Welwyn.

Por fim, a carruagem diminuiu a velocidade, e eles entraram em uma pequena cidade. Fletcher se inclinou para frente e olhou pela janela.

— Knebworth.

Recostando-se, observou Heather.

— Vamos parar aqui para passar a noite. Você vai ser sensata e manter a boca fechada ou precisaremos prendê-la e contar ao senhorio nossa história?

Se assim fizerem, se sua família vier à procura dela, como ela sabia que fariam — Henry, o velho cocheiro, já teria alertado a família àquela altura —, ao ouvir que ela era uma tal de srta. Wallace, o proprietário e sua equipe poderiam não mencioná-la.

Com os olhos em Fletcher, ela ergueu o queixo.

— Vou me comportar.

Ele sorriu, mas foi um sorriso encorajador em vez de vitorioso.

— Muito bem.

Heather suspirou. Por sua falta de presunção, ele provava que era inteligente. Apesar da história dele, se ela tivesse se preparado para fazer uma cena, poderia ter sido capaz de garantir que o policial local fosse chamado — poderia ter sido capaz de convencê-lo a ficar com ela enquanto ele verificava sua história, que contradizia a dos sequestradores. Infelizmente, sua reputação não seria facilmente contraposta ao ser encontrada em público nas mãos dos sequestradores, a despeito de Martha. Ainda mais depois da declaração tácita feita naquela mesma noite, insinuada por sua entrada no mundo atrevido do salão de Lady Herford.

Mas, acima e além de tudo, ao passo que permanecia calma e desempenhava o papel que lhe fora planejado, ela não estava, até onde via, sob qualquer ameaça real, e não estaria até chegarem ao patrão deles. Até lá, iria se concentrar em desenterrar o que estava por trás daquele tão estranho rapto.

Só então usaria de sua inteligência para fugir.

CAPÍTULO 2

TRÊS HORAS MAIS TARDE, Heather estava deitada de costas em uma cama não tão confortável em um quarto no segundo andar do Red Garter Inn em Knebworth, olhando para o teto. Do lado de fora, a lua havia, enfim, aberto caminho entre as nuvens; o feixe de luz prateada que se irradiava pela janela sem cortinas permitia-lhe ver bem o teto, apesar de não o estar realmente analisando.

— O que vou fazer?

Ela lançou a pergunta em um sussurro que flutuou no ar, mas não houve resposta.

Teve razão em rejeitar a ideia de fazer cena e tentar dobrar o estalajadeiro e os empregados a seu favor. Ao observar os sequestradores à luz da lâmpada, percebeu que sua estimativa anterior acerca da competência deles não lhes tinha feito justiça. Fletcher, em particular, parecia gentil a ponto de fazê-la se questionar se deixara Londres com ele por vontade própria ou não. Ao divisar-lhe os olhos sob luz suficiente para desvendá-los, confirmou, sem sombra de dúvidas, que ele era não só inteligente, mas também astuto e dotado de um raciocínio rápido. Se ela tentasse persuadir os outros a ajudá-la contra Fletcher, ele iria usar de todos os argumentos possíveis para contradizer os dela. E ele sabia o que "todos os argumentos possíveis" englobava. Se o pressionasse demais, sua reputação seria arranhada, e ainda assim ela poderia não ganhar a liberdade.

A situação era bastante ruim, mas qualquer ideia subsequente de que talvez fosse mais sensato escapar naquele momento, enquanto ainda estava perto de Londres e da proteção da família, mesmo sem saber mais sobre as razões por trás do rapto, fora descartada tão logo surgiu.

Eles haviam levado suas roupas.

Na carruagem, muito antes de desamarrarem-na, Martha pegou um manto de lã escura com o qual, em um gesto solícito, envolveu Heather. Esse, de fato, foi o primeiro sinal de que tinham a intenção de cuidar bem dela; sentiu-se grata pelo calor à medida que a noite avançou. Atendendo à instrução de Fletcher, manteve o manto bem apertado quando entraram na estalagem. Assim que ela e Martha dirigiram-se ao quarto e fecharam a porta, Martha, porém, reivindicou o manto. Em seguida, sugeriu que Heather tirasse o vestido antes de ir para a cama, que aceitou sem pensar direito — ela não tinha o hábito de usar vestidos de festa para dormir.

Estava, entretanto, acostumada a usar algo mais substancial do que uma camisola de seda, que, exceto pelas meias de seda, era tudo o que vestia no momento.

E não havia outras roupas, dela ou de Martha, disponíveis se tivesse a ideia de destrancar a porta — Martha tinha a chave no bolso da camisola volumosa com a qual escolhera dormir — e se esgueirar até o andar de baixo para pedir socorro. De camisola e meias de seda? Heather bufou por dentro. E olhou novamente para a outra cama de solteiro, em que Martha roncava.

Alto.

Todas as roupas de Martha, incluindo as que guardara em uma grande bolsa de viagem de couro, junto com o vestido de festa e o xale de Heather, bem como um vestido rodado simples que havia trazido para Heather vestir no dia seguinte, jaziam sob a figura grande e pesada de Martha. A "dama" colocara as peças ordenadamente sob o lençol na cama e, em seguida, deitou-se em cima delas.

Heather estava presa com os sequestradores.

Parte dela estava definitivamente pendendo para o pânico, especialmente porque, até então, eles haviam provado serem capazes de adivinhar o que ela poderia fazer e tomaram medidas para invalidar quaisquer que fossem as suas tentativas antes mesmo que as fizesses. Apesar disso, outra parte bem mais intrépida dela ressaltava que sua situação atual talvez tivesse sido a maneira que o destino encontrou de assegurar que ficasse com os sequestradores por tempo suficiente para saber o que estava por trás das ameaças contra ela e as irmãs Cynster.

Ela estava deliberando — o pânico contra um pragmatismo fatalista — quando algo raspou na vidraça, fazendo com que arrepios horríveis percorressem sua espinha.

Franzindo a testa, ela olhou para a janela, e viu uma sombra ameaçadora. Uma sombra do tamanho de um homem — cabeça e ombros. Ombros largos.

Escorregando para fora da cama, Heather pegou a colcha, envolveu-se com ela e correu pelo chão nu. Ao chegar à janela, olhou para fora.

Viu o rosto de Breckenridge.

Por um instante, o choque a manteve imóvel. Ele era a última pessoa que ela esperava ver. Ainda assim...

A expressão exasperada dele, ao gesticular bruscamente para que ela levantasse a janela de guilhotina, incitou-a a agir. O quarto era, afinal, no segundo andar. Ele parecia estar pendurado em um cano.

Ela esticou a mão e esforçou-se para destravar a janela. Talvez devesse ter imaginado que ele apareceria. Ele a vira encaminhar-se para a carruagem dos pais. Devia ter presenciado o sequestro e seguido o rastro do coche de Fletcher. Forçando, enfim, o trinco, ela abriu a janela, olhando por cima do ombro para a massa disforme que era Martha enquanto a madeira raspava e deslizava.

O ronco de Martha continuou inabalável; o ritmo, imperturbado.

Breckenridge viu Heather olhar para trás.

— Há alguém aí?

A pergunta a atingiu como o mais simples dos sussurros. Ela fez que sim com a cabeça e se apoiou no peitoril para nivelar sua cabeça com a dele.

— Sim. Uma dama de companhia grande e forte, mas está dormindo. Dá para ouvir os roncos dela.

Ele ouviu, depois assentiu.

— Tudo bem. — Então franziu a testa. — Onde você a arranjou, a dama de companhia?

— Meus sequestradores, Fletcher e Cobbins, trabalham para algum homem que os contratou para me levarem até ele, mas instruiu-os a providenciar todo o conforto para mim ao longo da viagem. Por isso Martha veio junto. Ela estava no coche quando me pegaram.

Não importa o que mais se poderia dizer e pensar sobre ele, Breckenridge com certeza não era nem estúpido nem lento.

— Seus sequestradores lhe forneceram uma dama de companhia.

Ela confirmou com a cabeça.

— Para atender às minhas necessidades e me dar apoio. Fletcher, o mais magro e esbelto, parece ser o líder e de fato disse isso ao apresentar Martha e eu ao estalajadeiro. Eles estão me chamando de srta. Wallace.

Breckenridge hesitou, e então perguntou:

— Existe algum motivo para você não ter informado ao estalajadeiro seu nome real e exigido a assistência dele para escapar de Fletcher e companhia?

Ela deu um sorriso tenso.

— Na verdade, existe.

Ela contou a história de Fletcher, sobre seu guardião, Sir Humphrey, sua suposta incursão pelas ruas perversas de Londres e a carta de autoridade que Fletcher presumivelmente forjara.

Quando ela terminou, Breckenridge permaneceu em silêncio por um tempo.

Debruçando-se sobre o peitoril, Heather confirmou que ele de fato estava agarrado a um tubo de descarga de chumbo, com um dos pés mal se apoiando em um espaço estreito. Dado seu tamanho e incontestável peso, chegar àquela posição, e ainda mais permanecer nela, tinha de contar como um feito impressionante.

Se seu humor lhe permitisse ficar impressionada.

O que tornou ainda mais estranho o fato de que cada pingo restante de seu pânico incipiente havia desaparecido. Ao levantar a cabeça, seu olhar cruzou com o dele — encontrou-o encarando-a, então ele olhou bem dentro de seus olhos. Em seguida, piscou, sacudiu a cabeça ligeiramente, soltou uma das mãos e gesticulou.

— Vamos, hora de ir embora.

Ela encarou-o, então se debruçou sobre o peitoril de novo e avaliou a altura.

— Você só pode estar brincando.

— Vou mantê-la na minha frente para ajudá-la a descer pelo cano.

Ela olhou-o. Ele a ajudaria a descer pelo cano segurando-a junto a si, prendendo o corpo dela entre o próprio corpo e o cano? A ideia... a fez estremecer por dentro.

— Estou sem roupas. Martha está deitada em cima delas.

O olhar dele caiu para o pescoço de Heather, nu, então continuou descendo até a colcha na qual ela havia se enrolado.

— Você está nua por baixo da colcha?

Sua voz soava tensa. Ou descrente?

— Estou só de camisola, que, como você sem dúvida pode imaginar, é a mesma coisa que nada.

Ele fechou os olhos por um instante e, em seguida, abriu-os. Sua expressão havia se tornado um pouco mais sombria.

— Tudo bem. Nesse caso, saia pela porta que eu vou encontrá-la no andar de baixo.

— A porta está trancada. Martha está dormindo com a chave, e, embora eu pudesse tentar forçar a fechadura, suspeito que ela acordaria. E, mesmo se eu não o fizesse, você acha mesmo que eu deveria me arriscar a esbarrar, despida, em algum matuto insone lá embaixo?

Ele parou para refletir.

— Além disso, eu não contei tudo.

Os olhos dele se semicerraram com a suspeita de que ela estivesse fazendo algum jogo.

— O que você não mencionou?

Ela ignorou-lhe o olhar e repassou as instruções que foram dadas a Fletcher.

— Então ele poderia ter se apoderado de qualquer uma de nós três, ou talvez de nós cinco.

Breckenridge franziu o cenho, sem compreender.

— E daí? Em termos de resgate, qualquer uma de vocês serviria.

— Sim, mas se esse patrão pretendesse simplesmente pedir resgate por mim, para que me tirar de Londres? Para que se dar a esse trabalho e arcar com tantos custos? Por que me fornecer uma dama de companhia? Nada disso faz sentido.

Breckenridge hesitou, depois disse:

— Ter a dama de companhia faz sentido se a razão por que ele sequestrou você é forçar um casamento para botar as mãos em seu dote.

— Verdade. Mas, se esse é o objetivo, as ordens dele não fazem sentido. Qualquer um que realizasse a mais superficial das investigações logo descobriria que, ao passo que Eliza e eu herdamos considerável riqueza, Angelica, não. Ela não havia nascido quando nossas tias-avós morreram, de modo que perdeu as heranças.

Na ânsia de explicar, Heather se debruçou ainda mais sobre o peitoril.

Breckenridge, em plena consciência do estado de seminudez em que ela se encontrava, teria preferido se afastar, mas nada havia atrás dele além de ar. Teve de se segurar mentalmente e preparar os quadris, não tão figurativamente, para lidar com a proximidade do corpo nu.

— Então, veja — continuou a desgraça da vida dele, sem perceber. — Essa também não pode ser a razão por trás do rapto. — Seus olhos encontraram os dele, fixaram-se neles. — Qualquer que seja a razão, se houver uma chance de descobrir a verdade, descobrir se há alguma ameaça contínua não apenas para mim, mas também para Eliza e Angélica, talvez também a Henrietta e Mary, preciso seguir com Fletcher e os outros, pelo menos enquanto as coisas continuarem como estão e eu não estiver correndo riscos pessoais imediatos.

No momento, a maior ameaça pessoal que ela sofria vinha mais dele que dos sequestradores. Ele estremeceu ao se dar conta disso, uma expressão que ela viu e interpretou como um sinal de entendimento.

Ela estendeu um braço delgado por fora do cobertor e tocou, por um instante, a mão dele, que agarrava o peitoril da janela.

— Se você consentisse em enviar uma mensagem à minha casa para mim, avisaria a minha família que não estou em perigo imediato e que vou mandar notícias assim que for libertada?

Ele olhou-a. Ela realmente achava que ele...

— Não seja idiota. — Ele encarou-a. — Eu não posso deixá-la assim, nas mãos dos sequestradores, e ir embora.

Observou-a, perguntando-se quanto ela pesava, imaginando se ousaria arriscar...

Ela deve ter percebido o aspecto avaliativo do olhar dele; endireitou-se, deu um passo atrás e apontou o dedo na altura de seu nariz.

— Nem pense em me agarrar e me tirar daqui; nem agora, nem nunca. Eu vou gritar que aqui tem um assassino se você encostar um dedo em mim.

Que maravilha! Ele semicerrou os olhos para ela, mas a conhecia bem o suficiente para saber que a ameaça não era vã.

Ela percebeu que ele havia se resignado. Sua postura se suavizou.

— Então, se você enviaria uma mensagem...

— Já enviei seu cocheiro de volta com uma mensagem para seu pai, dizendo-lhe que você está sendo levada pela Great North Road em um coche e que estou em seu encalço. Suspeito que, se não tiverem notícias de nós dentro de um dia, seus primos começarão a nos rastrear.

Cruzando os braços, ela franziu a testa. Após um momento, perguntou:

— Quer dizer que você pretende continuar me seguindo?

— Sim — sussurrou ele entredentes. — Naturalmente. Eu não permitiria que você fosse levada sabe Deus aonde.

— Humm. — Sem tirar os olhos dele, ela pareceu ponderar, e em seguida, disse: — Tudo bem. Eis o que estou planejando fazer. Vou interrogar e extrair tudo o que puder sobre o patrão de Fletcher, Cobbins e Martha, suas ordens e seus motivos, ao menos para determinar o que a ameaça para minhas irmãs e primos poderia representar. Então vou fugir. Se você ainda estiver por perto, poderá me ajudar.

Ela fez uma pausa, os olhos nos dele, claramente esperando por uma resposta.

Ele sabia o que desejava dizer, mas... ela tinha de ir com ele por vontade própria, e "Teimosa" era o nome do meio dela.

— Muito bem. — As palavras saíram com esforço. Ele refletiu e, em seguida, disse: — Vou mandar uma mensagem de volta a Londres, depois seguir o coche adiante, mantendo-me por perto. — Resistente, seu olhar encontrou o dela. — Vou precisar me encontrar com você todas as noites. — Ele olhou para a empregada, ainda roncando na cama. — É evidente que não deve ser muito difícil, mesmo que tenhamos de nos encontrar dessa maneira. Assim que descobrir o que sente que precisa saber, você imediatamente vai embora comigo, e vou acompanhá-la de volta a Londres. Quando chegar a hora, contratarei uma dama de companhia, e tudo ficará às claras.

Ela pensou por um momento, depois concordou:

— Parece um plano excelente.

Ele reprimiu uma resposta sarcástica; ela nunca reagia bem a essas réplicas. Ele assentiu.

— Feche a janela e volte para a cama. Vejo você amanhã.

Ela deu um passo à frente e abaixou a janela de guilhotina com cuidado. Permaneceu atrás da vidraça por um momento, então se virou e se afastou esgueirando-se.

Ele olhou para baixo — corajosamente resistindo à tentação de espreitar quando ela se despiu da colcha e se deitou entre os lençóis — e começou sua jornada de volta ao chão.

Apesar de estar mais ou menos indignado e bastante descontente com a forma como as coisas haviam se desenrolado, quando ele desceu pela parede, mão ante mão, pé ante pé, ele teve de admitir ter um respeito, escuso, mas muito real, pela postura dela.

A família era importante.

Poucos a valorizavam mais que ele, que não tinha nenhum parente de sangue. Seu pai biológico era o falecido Camden Sutcliffe, um diplomata extraordinário — assim como um mulherengo de mesma monta. Sua mãe era a condessa de Brunswick, que dera ao marido duas filhas, mas nenhum filho. Desde o princípio, Brunswick reivindicou Breckenridge como filho — inicialmente em virtude do alívio decorrente de sua necessidade desesperada de ter um herdeiro, porém, mais tarde, em virtude de um afeto verdadeiro.

Foi Brunswick que ensinou Breckenridge sobre família. Ele raramente usava seu primeiro nome, Timothy; chamava-se Breckenridge desde o nascimento e pensava em si mesmo por esse nome, o nome do filho mais velho do conde de Brunswick. Porque é isso o que ele, verdadeiramente, sempre foi — filho de Brunswick.

Assim, ele compreendia a necessidade de Heather de saber o que estava por trás do estranho rapto, uma vez que ela não fora o alvo específico, mas também suas irmãs e, possivelmente, suas primas.

Ele próprio tinha duas irmãs mais velhas, Lady Constance Rafferty e Lady Cordelia Marchmain. Com frequência, referia-se a elas como suas irmãs malvadas e feias, mas enfrentaria dragões por qualquer uma das duas, e, a despeito dos frequentes sermões e perseguições que sofria delas, elas também o amavam. Presumivelmente, era por isso que elas lhe passavam sermões e o perseguiam. Deus sabia que não era pelos resultados.

Quando se aproximou do chão, balançou as pernas para trás a fim de afastá-las da parede, largou o cano, e caiu no cascalho ao lado da estalagem. Ele subornara o estalajadeiro para lhe dizer em que quarto estava a moça bonita;

ainda vestido com roupas de festa, não fora difícil assumir a *persona* de um libertino perigoso.

Endireitando-se, sentiu por um momento o ar frio da noite, avaliando mentalmente tudo o que precisava fazer. Teria que trocar o faetonte por algo mais discreto, mas manteria os cavalos cinzentos, pelo menos por ora. Olhando para baixo, para suas roupas, fez uma careta. Elas também teriam de ser descartadas.

Com um suspiro, foi percorrer a pé a curta distância até a pequena taverna na estrada em que havia alugado um quarto.

Bem acima, Heather ficou olhando pela janela. Viu Breckenridge se distanciar e soltou um suspiro de alívio. Não tinha sido capaz de vê-lo até que ele tivesse se afastado da parede; ela ficara à espera, observando, com receio de que ele poderia ter escorregado e caído.

Ela poderia não gostar dele — nem um pouco — e certamente não apreciava seu jeito ditatorial, mas não iria querer vê-lo machucado, ainda mais porque ele viera para resgatá-la. Ela poderia ter decidido não ser resgatada ainda, mas não era tão tola a ponto de rejeitar a ajuda e o apoio dele. Ou mesmo, se chegasse a isto, a proteção dele — em um sentido perfeitamente aceitável.

As habilidades dele, nesse quesito, não deveriam ser desprezadas, ela suspeitava.

Ainda assim, achou estranho que, no instante em que o reconhecera do lado de fora da janela, a confiança e a certeza se infundiram nela. Naquele momento, toda a sua apreensão anterior desaparecera.

Encolhendo os ombros, ela se afastou da janela. Segura, mais firme, infinitamente mais certa de que o caminho que havia escolhido era o certo, ela ajeitou a cama, recolocou a colcha sobre os lençóis, enfiou-se debaixo deles e deitou a cabeça no travesseiro.

Sorriu ao se lembrar da expressão de Breckenridge quando ele gesticulou pedindo para que ela abrisse a janela; naquele momento ele não fora tão impassível quanto costumava ser. Entretida, aliviada, fechou os olhos e dormiu.

CAPÍTULO 3

Na manhã seguinte, relativamente cedo, Heather se viu de volta ao coche, rumo ao norte mais uma vez.

Martha tinha acordado uma hora após o amanhecer e consentiu em entregar a Heather o vestido rodado de cambraia lisa e verde que haviam lhe trazido. Ela recuperara o xale de seda com franjas, mas o vestido de festa de seda cor de âmbar e a pequena bolsa de festa foram guardados na espaçosa bolsa de Martha. O planejamento de Martha não havia incluído calçados. Com o manto de lã e os chinelos de quarto nos pés, Heather fora escoltada até um salão privado no andar de baixo.

No café da manhã, tomado na companhia de Fletcher, Cobbins e Martha, com sua cara magra, Heather não tivera a chance de fazer nem mesmo contato visual com as ocupadas serventes. Se alguém fosse até lá perguntando por ela, Heather duvidava que as sobrecarregadas garotas sequer se lembrariam dela.

Enquanto comia, ela relembrou seu comportamento no carro na noite anterior. Embora tivesse feito perguntas, não dera aos sequestradores qualquer razão para acreditar que ela era o tipo de moça que realmente poderia desafiá-los ou desobedecer às suas ordens. É verdade que ela não havia irrompido em lágrimas, nem contorcido as mãos em preocupação ou soluçado em lamento, mas eles haviam sido avisados de que ela era inteligente, por isso não deveriam ter esperado por esse comportamento.

Embora não fosse nem um pouco de seu feitio, no momento em que eles se levantaram e ela foi conduzida, sob guarda estreita, até o coche à espera, ela decidiu jogar com as percepções aparentes deles para parecer maleável e relativamente impotente, apesar de sua suposta inteligência. Seu plano, pensou, enquanto se sentava mais uma vez no banco virado para frente, era levar o trio a vê-la mais como uma estudante que estavam escoltando para casa.

Nos poucos minutos em que ela, Martha e Cobbins esperaram na carruagem até que Fletcher terminasse os negócios com o estalajadeiro e se juntasse a eles, ela olhou pela janela do coche e viu um cavalariço segurando um cavalo baio castrado e empinado, selado, à espera do cavaleiro.

A tentação de abrir a porta do coche, pular, correr os poucos metros até o cavalo, agarrar as rédeas, montar e cavalgar pela estrada de volta para Londres deflagrou-se — e morreu com tanta rapidez quanto surgira. A manobra não era apenas cheia de riscos — sem dinheiro ou posses, para não falar em roupas adequadas, ela poderia saltar da frigideira direto para o fogo —, se tivesse sucesso ou não, perderia a chance de descobrir mais sobre o que estava por trás de seu rapto.

Ela decidiu que teria de confiar em Breckenridge, na promessa de que a seguiria. Perguntou-se se ele já havia levantado da cama. Ele era um dos libertinos mais importantes da alta sociedade; presumia-se que tais cavalheiros mal viam o sol da manhã, certamente não durante a Temporada.

Então Fletcher subiu, fechou a porta, e o cocheiro lançou o coche para frente e virou para o norte — e ela descobriu que confiar em Breckenridge não era tão difícil. Parte dela já havia decidido fazê-lo.

Ela deu tempo ao tempo, embalando os três sequestradores como planejado, deixando uma hora passar em silêncio enquanto os quilômetros deslizavam pela janela. Ela esperou até que tivesse passado tempo suficiente para se permitir se debruçar, espiar e perguntar, um pouco irritada:

— Falta muito?

Ela olhou para Fletcher, mas ele só sorriu. Os outros dois, quando ela lhes dirigiu um olhar inquisitivo, apenas fecharam os olhos.

Olhando novamente para Fletcher, ela franziu a testa.

— Pode ao menos me dizer quanto tempo vou ficar enfiada neste coche?

— Por mais algum tempo ainda.

Ela arregalou os olhos.

— Mas não vamos parar para o chá da manhã?

— Desculpe. Não está no cronograma.

Ela parecia horrorizada.

— Mas nós certamente pararemos para o almoço?

— Para o almoço, sim, mas ainda vai demorar.

Assumindo uma expressão de vítima, ela se acalmou, mas fazer uma parada para o almoço sugeria que continuariam adiante em seguida. Ela refletiu, e então perguntou:

— Até onde no norte você está me levando?

Sua voz saiu baixa, como se o pensamento a preocupasse. E, de fato, a preocupava.

Fletcher avaliou-a, mas ofereceu, como resposta, apenas:

— Longe.

Ela deixou passar mais dois ou três quilômetros antes de se mexer no assento, inquieta, e perguntar:

— Esse seu patrão... você costuma trabalhar para ele?

Fletcher balançou a cabeça.

— Trabalhamos com prestação de serviços, Cobbins e eu, e, como conhecemos Martha há muito tempo, ela concordou em nos ajudar.

— Então, ele abordou vocês?

Fletcher assentiu.

— Onde o conheceu?

Fletcher sorriu.

— Glasgow.

Ela encontrou os olhos de Fletcher, fechou a cara e calou-se novamente. Poderia apostar que um dos dois, Fletcher ou Cobbins, tivesse vindo do norte, além da fronteira, e Martha, por seu sotaque, era, sem dúvida, londrina... será que isso queria dizer que o homem que os contratou era de Glasgow?

Será que eles realmente pretendiam atravessar a fronteira com ela?

Heather desejava perguntar, mas Fletcher a observava com um sorriso levemente desdenhoso no rosto. Ele sabia que as perguntas dela não eram vãs, o que significava que não diria nada de útil. Pelo menos, não de propósito.

No entanto, à parte do que ele revelara, Heather tinha pelo menos até algum tempo depois do almoço para questionar a ele e aos outros. Cruzando os braços, ela fechou os olhos e decidiu enrolá-lo um pouco mais.

Precisava, na verdade, de apenas duas respostas para fugir — quem os contratara e por quê.

Ela abriu os olhos quando as casas de St. Neots surgiram em torno do coche. Passaram por uma torre com relógio, cujos ponteiros confirmaram que a manhã ainda estava na metade. Espreguiçando-se, ela examinou os arredores, então se acomodou e fixou o olhar em Fletcher.

— Você e Cobbins sempre trabalharam juntos?

Não era a pergunta que ele estava esperando. Após um momento, ele assentiu com a cabeça.

— Crescemos juntos.

— Em Londres?

O sorriso de Fletcher voltou.

— Não. Lá no norte. Mas já estivemos em Londres muitas vezes ao longo dos anos. Muito trabalho lá para cavalheiros como nós.

Ela perguntou primeiro a si mesma e em seguida concluiu que não ofenderia ninguém perguntar a ele:

— Creio que você não consideraria ganhar mais do que seu patrão está pagando se fizer o coche dar meia-volta e me levar para casa?

Fletcher balançou a cabeça.

— Não. Por mais que eu não negue um dinheiro a mais, enganar um patrão não é bom para os negócios.

Ela franziu a testa.

— Seu patrão está lhe pagando tão bem assim?

— Ele está pagando tudo o que é necessário para que o trabalho seja feito.

— Então ele é rico?

Fletcher hesitou.

— Eu não disse isso.

Não, mas acredita que ele seja. Ela virou-se para frente.

— Estou curiosa. Como um homem como seu patrão faz para contratar homens como você? Você não pode colocar um anúncio no jornal para divulgar seus serviços.

Fletcher riu. Cobbins também esboçou um sorriso.

— Nós conseguimos trabalho por recomendações — explicou Fletcher. — Eu não sei quem nos mencionou para ele, mas ele nos mandou chamar, e nós nos conhecemos em uma taverna. Ele expôs qual seria o serviço, e nós aceitamos. Simples assim.

— Então você não sabe o nome dele?

Foi um passo longe demais, mas ela julgava que valia a tentativa.

A expressão de Fletcher se fechou, mas, como ela continuou a observá-lo com expectativa, seu sorriso lento e provocativo retornou.

— Não adianta de nada, srta. Wallace; mas, se você realmente quiser saber, posso jurar com a mão no coração — ele transformou as palavras em ação — e dizer que ele se referiu a si mesmo como McKinsey.

Ela entendeu o que isso implicava.

— Mas não é o nome dele.

— Não, não é. E, antes que você se dê ao trabalho de perguntar, não sei o nome dele. Ele é do tipo sobre o qual homens sábios não questionam nada que eles não queiram revelar.

Ela fez uma careta e recostou-se. E não perguntou mais nada por ora.

O homem que os contratara para sequestrá-la e levá-la até ele era rico, vivia em algum lugar no norte, possivelmente tão longe quanto Glasgow, e era do tipo que inspirava um respeito saudável, se não medo, em homens como Fletcher.

A despeito de sua curiosidade acerca da identidade dele, ela estava cada vez mais certa de que não queria chegar a conhecê-lo.

* * *

Eles pararam para almoçar pouco depois do meio-dia no vilarejo de Stretton. Quando se voltaram para o pátio de uma estalagem, Heather notou a placa — Friar and Keys. Ela já havia viajado até ali pela Great North Road para visitar seu primo Richard e a esposa, Catriona, na Escócia, mas não poderia dizer que reconhecia o vilarejo.

Ao descer do coche, ela aliviou as pernas apertadas, depois olhou rapidamente ao redor. Será que Breckenridge notaria que eles haviam parado?

Presumindo, claro, que ele estivesse, de fato, seguindo-os, e não muito longe.

— Venha. — Martha pegou-a pelo braço e a levou até a porta principal da estalagem. — Vamos pedir aquele almoço que você queria antes que Fletcher mude de ideia.

Heather seguiu sem protestar, mas o comentário a fez olhar para trás. Fletcher e Cobbins haviam saído do coche, o qual, felizmente, estava sendo levado não para os fundos do pátio, mas para a lateral onde ficaria facilmente visível da estrada. Fletcher e o taciturno Cobbins haviam caminhado até a beira da estrada e estavam observando o caminho, enquanto falavam, possivelmente discutiam.

Permitindo-se ser levada para dentro, e então conduzida a uma mesa com painéis de madeira no canto de trás da taverna, Heather sentou-se em resposta ao sinal de Martha, e em seguida deslizou para o lado de modo que a dama de companhia também pudesse sentar-se, encurralando-a à parede. Ela olhou para a porta. Fletcher e Cobbins ainda não tinham entrado.

Uma garçonete se aproximou. Martha perguntou o que serviam e pediu torta de carne para todos eles.

— E três canecas de cerveja. — Martha olhou para Heather e acrescentou: — E uma de cidra.

A garçonete assentiu com a cabeça e foi embora.

— Obrigada — disse Heather.

Martha somente resmungou.

Heather deixou decorrer um momento de silêncio e, com o olhar ainda na porta aberta, perguntou:

— O que Fletcher está esperando?

Será que ela seria entregue naquele lugar?

— Ele só está sendo cauteloso. É um hábito. Está se certificando de que não tem ninguém nos seguindo.

O coração de Heather acelerou. Mantendo um tom neutro, ela arriscou:

— Mas como alguém poderia estar nos seguindo? Se alguém tivesse me visto sendo agarrada na rua, já teria nos alcançado há muito tempo, não acha?

Martha concordou.

— É bem provável. Mas, como eu disse, o velho Fletcher é um homem cauteloso. Sem dúvida é por isso que ele sobreviveu por tanto tempo.

A menina chegou com uma bandeja cheia de pratos. Outra surgiu trazendo quatro canecas. As duas bloquearam a visão de Heather da porta principal. Quando elas terminaram de depositar os pratos e canecas e se afastaram, Heather estava prestes a sugerir que ela ou Martha, ou até mesmo as garçonetes, chamassem Fletcher e Cobbins antes que suas refeições esfriassem, mas então olhou para a porta e viu Cobbins, seguido por Fletcher, entrar.

Ela quase suspirou de alívio. Pegou a cidra e tomou um gole calmante.

Cobbins sentou-se no banco em frente a elas. Fletcher seguiu-o fazendo o mesmo. Em seguida, olhou para Martha.

— Ninguém. O caminho parece limpo.

Martha, já de boca cheia, mal desviou o olhar do prato para assentir com a cabeça.

Cobbins levantou o garfo e cavou o monte de comida diante de si. Fletcher seguiu o exemplo.

Heather ergueu o garfo, cutucou a carne coberta com batata, em seguida, pegou uma pequena porção de comida. Com timidez, experimentou-a, depois quis mais. O prato estava surpreendentemente saboroso.

Ela não soube o que a fez olhar para cima alguns minutos mais tarde, mas, ao olhar para a porta, viu Breckenridge de pé perto da soleira. Ele estava olhando para ela, mas logo desviou o olhar, observando a taverna, como se estivesse se decidindo onde se sentar.

Fingindo olhar para o prato, por entre os cílios, ela furtivamente o observou se pôr em movimento e, então, em um silêncio surpreendente para um homem tão grande, passar com passos determinados por entre as mesas, em direção à mesa onde estavam.

Ela piscou e levantou a cabeça quando ele desapareceu por trás de um alto painel atrás de Fletcher; ele escorregara para a mesa, atrás dos dois sequestradores.

Isso significava que certamente ele iria ouvir tudo o que dissessem.

Largando o garfo e fixando o olhar em Fletcher, ela tomou um gole de cidra e pigarreou.

— Aonde você está me levando?

Olhando para baixo, pôs a caneca de volta na mesa. Com cuidado, como se estivesse nervosa e tensa.

Fletcher lançou-lhe um olhar atento.

— Nós estamos levando-a mais ao norte.

Ela olhou para cima, encontrou o olhar dele, tentou suplicar.

— Mas até onde? Mais longe na Great North Road? Ou em outro lugar?

Ela impregnou as últimas palavras de um pavor não especificado, como se houvesse algo que temia no norte, algo além do patrão de seus sequestradores.

Fletcher franziu as sobrancelhas.

— Como eu disse, é no norte.

— Mas *onde* no norte? — Em um gesto melodramático, ela abriu os braços. — Há muitos lugares ao norte daqui! Onde... — Dramaticamente prendeu a respiração, engoliu e depois acrescentou, mais calma: — Onde vamos parar para o pernoite?

Seu tom sugeria que ela estava prestes a entrar em pânico com a ideia de que eles poderiam estar perto demais daquilo que temia.

Fletcher franziu ainda mais as sobrancelhas. Debruçando-se, ele baixou a voz.

— Eu não sei por que insiste nisso, mas vamos parar em Carlton-on-Trent para o pernoite. — Ele analisou o rosto dela. — Há alguma razão por que não deveríamos fazer isso?

Breckenridge poderia não ter ouvido.

Ela levantou a cabeça e inspirou com força.

— Carlton-on-Trent? — Ela abriu um sorriso fraco e balançou a cabeça. — Não, não... não há nenhuma razão pela qual não podemos parar em Carlton-on-Trent.

— Que bom. — Fletcher recostou-se, ainda com as sobrancelhas franzidas, e olhou para os outros dois. — Terminem de comer e beber. Vamos voltar à estrada.

Os outros dois resmungaram. Heather comeu depressa mais algumas garfadas de seu almoço, quase frio. Os outros ainda estavam limpando os pratos; de cabeça baixa, nenhum deles percebeu o grande homem que se levantou da mesa ao lado. Sem um único olhar na direção deles, Breckenridge saiu da estalagem.

— Vamos. — Fletcher empurrou o prato e se levantou.

Os outros seguiram-no mais devagar, levantando-se.

Heather se fez de refém obediente e permitiu que Martha e Cobbins a conduzissem. Entrou no pátio a tempo de ver Breckenridge, em roupas monótonas e maçantes, bastante diferentes de seus elegantes trajes habituais, dar meia-volta para sair do pátio da estalagem com a carruagem e rumar os cavalos ao norte, pela estrada.

Ela supôs que ele decidira ir na frente.

Fletcher não havia notado a carruagem e seu condutor; fora direto até o próprio cocheiro e começara uma discussão. Heather também não achava que

Cobbins se dera conta da presença de Breckenridge, e Martha havia saído da estalagem atrás dela; na melhor das hipóteses, teria visto as costas dele, e ao longe.

Fletcher abriu a porta da carruagem e gesticulou para que ela entrasse. Heather subiu e se acomodou no banco, em sua posição já habitual. Enquanto os outros subiam, ela torceu para Fletcher não ter percebido seu plano, não ter notado que Breckenridge estava no encalço e, por isso, não estar mentindo para ela.

Se ela perdesse a presença protetora de Breckenridge...

Mesmo quando o pensamento se formou, junto da percepção de quão solitária se sentiria se não soubesse que ele estava perto, quão amedrontada e verdadeiramente em pânico estaria, ela não pôde deixar de reconhecer como era irônico. Como era estranho que seu arqui-inimigo — a quem ela costumava evitar e desgostava por completo — havia de alguma forma se transformado em seu salvador.

Breckenridge, seu salvador.

Ela quase bufou. Virando a cabeça, olhou pela janela quando o coche deu uma guinada e saiu retumbando do quintal.

Breckenridge chegou a Newark-on-Trent no meio da tarde. Havia cavalgado desesperadamente a fim de abrir distância do coche que levava Heather, e o par de cavalos cinzentos estava exausto. Ele entrou na primeira grande estalagem com estrebaria e gritou para chamar os cavalariços.

A despeito dos trajes pouco atraentes de Breckenridge, eles responderam à voz da autoridade e vieram correndo. Pisando no chão, ele atirou as rédeas para o primeiro cavalariço e falou ao outro:

— Preciso do melhor par que você tem, arreado e pronto para partir em... — Pegou e abriu o relógio de bolso, verificou a hora, fechando em seguida. Colocando-o de volta no bolso, olhou para o cavalariço. — Uma hora.

— Sim, senhor. E os cinzentos?

Ele deu ao homem orientações para chegar à estrebaria em High Barnet e, em seguida, saiu do pátio da estalagem e pegou a Lombard Street.

Sua primeira parada foi a filial local do Child's Bank; assim que reabasteceu seu suprimento de dinheiro, seguiu as instruções do gerente do banco para chegar ao melhor sapateiro da cidade e teve a sorte de encontrar um excelente par de botas de montaria que lhe cabiam. A próxima parada foi na loja para cavalheiros, onde criou um pequeno furor, exigindo que lhe fornecessem trajes adequados para um criado e para um trabalhador do campo do norte.

O alfaiate-chefe arregalou os olhos para ele, e os assistentes simplesmente o observaram; esforçando-se para manter a calma, ele explicou em tom brusco que as roupas eram para uma festa de casa de campo, onde se exigia trajes elegantes.

Em seguida, eles se aplicaram à tarefa com zelo apropriado.

Ainda assim, levou mais tempo do que ele teria gostado. O alfaiate esforçou-se para chegar aos ajustes corretos até que Breckenridge declarou:

— Maldição, homem! Não há prêmio por ser o criado mais bem-vestido no norte!

O alfaiate saltou. Alfinetes caíram de entre os lábios e espalharam-se pelo chão. Os assistentes correram para recolhê-los.

Ele engoliu em seco.

— Não, claro que não, senhor. Se o senhor permanecer quieto, vou me esforçar para tirar os alfinetes... embora, realmente, esses ombros... bem, eu teria pensado...

— Não precisa se preocupar em mostrar meus malditos ombros. Certifique-se apenas de que tenho espaço para me mexer.

No instante em que o pequeno e elegante alfaiate recuou, Breckenridge balançou os braços para cima e depois para frente. Nem o paletó nem a camisa rasgaram.

— Ótimo. Vão servir.

Ele apontou com a cabeça para o outro traje e o paletó e as calças pelas quais ele havia trocado seu paletó de festa na taverna de Knebworth.

— Embrulhe-os. Vou usar o que estou vestindo agora. Tenho de voltar para a estrada.

O alfaiate e os assistentes correram para obedecer.

Breckenridge pagou-os com uma boa gorjeta, grato por não o terem feito perder a paciência, que parecia estar por um fio claramente desgastado.

Com o pacote de roupas debaixo do braço, ele voltou depressa à estalagem com estrebaria. Um par de cavalos negros de boa aparência fora arreado para o cabriolé que ele alugara em Baldock para substituir o faetonte demasiado chamativo. Inspecionou ambos os cavalos, e então pagou o cavalariço, colocou o pacote sob o assento, subiu, sentou-se e, depois de testar as rédeas, acenou para os cavalariços.

— Soltem-nos.

Eles o fizeram. Ambos os cavalos investiram para frente, mas logo sentiram uma mão firme nas rédeas. Agitaram a cabeça, mas rapidamente se assentaram. Com um movimento do pulso, Breckenridge colocou-os em marcha perfeita para a rua, depois seguiu adiante até a Great North Road.

* * *

Ele estava a postos na taverna do Old Bell Inn, em Carlton-on-Trent, quando o coche que levava Heather passou sob o arco da estalagem e se arrastou pelo pátio. Sentado a uma mesa no canto frontal da taverna, bebeu um copo de cerveja e observou o grupo descer do coche. Como antes, Heather foi muito bem escoltada e conduzida até a porta da frente da estalagem, que dava passagem para o vestíbulo.

Este, de maneira bastante conveniente, separava-se da taverna por meio de uma divisória de madeira. De onde estava sentado, ele podia ouvir cada palavra pronunciada, mesmo murmúrios, mas ninguém lá poderia vê-lo. Claro, ele também não poderia vê-los, mas esperava que Heather tivesse notado que havia apenas uma estalagem no pequeno vilarejo e presumido que ele estivesse por perto.

Ele ouviu a porta da frente se abrir, seguida pelos sons habituais de chegada, e, em seguida, alguém tocou a campainha no balcão. Tomou um gole e ouviu o estalajadeiro chegar e rapidamente acolher e acomodar os hóspedes. Breckenridge prestou particular atenção à alocação dos quartos, tanto o das mulheres quanto o de Fletcher e Cobbins. Como as mulheres, os homens dividiriam um quarto, mas o deles ficaria em outra ala.

Breckenridge ouviu quando Fletcher tentou convencer o estalajadeiro a conseguir um quarto mais perto do das mulheres, que insistiu que somente aqueles dois quartos ainda estavam disponíveis, pois muitos outros se encontravam fechados devido a danos causados por uma tempestade recente. Fletcher resmungou, mas com relutância anuiu, de modo que ele e seu amigo ficariam com o quarto oferecido.

— Muito bom — murmurou Breckenridge.

Ele pagara o estalajadeiro para garantir que os sequestradores de Heather estivessem bem longe do quarto dela naquela noite. Sinceramente esperava que ela estivesse pronta para deixar a companhia deles e voltar para Londres. Quanto mais longe fossem... no entanto, como atestavam os disfarces a mais que ele havia comprado, ele não apostaria em que ela recobraria o bom senso, especialmente porque ele achava que ela deveria.

O grupo do rapto causou um alarido com a bagagem, e Heather falou, sua voz ressoando claramente na taverna:

— Não estou acostumada a ficar enclausurada o dia todo. Devo insistir que me permitam desfrutar de uma curta caminhada.

— De jeito nenhum — resmungou Fletcher.

Pelo ruído, Breckenridge percebeu que o grupo havia se aproximado da taverna.

— Não pense que vai escapar de nós tão facilmente — acrescentou Fletcher.

— Meu bom homem — disse Heather com o nariz empinado; Breckenridge podia reconhecer o gesto pelo tom da voz —, como, nesta paisagem descampada, você imagina que eu vou escapar?

Cobbins opinou que ela poderia tentar roubar um cavalo e fugir cavalgando.

— Ah, sim, com um vestido rodado e chinelos de quarto — zombou Heather. — Mas eu não estava sugerindo que vocês me deixassem vagar sozinha; Martha pode vir comigo.

Essa foi a deixa de Martha para entrar na briga, mas Heather aferrou-se a seus argumentos, recusando-se a recuar em meio a discussão cada vez mais fervorosa que se seguiu.

Até Fletcher interveio, a frustração agravada ressonando em sua voz.

— Veja bem, estamos cumprindo ordens estritas de mantê-la em segurança, de não permitir que vagueie por aí para ser vítima do primeiro libertino indolente que passar e gostar de você.

O silêncio reinou durante meio minuto, depois Heather inspirou sonoramente.

— Pois saiba que libertinos indolentes sabem que não é bom se interessar por mim.

Não é verdade, pensou Breckenridge, mas não era essa a informação surpreendente contida na explosão de Fletcher.

— Vamos, Heather, continue.

Como se tivesse ouvido sua exortação murmurada, ela prosseguiu em tom alegre.

— Mas, se, em vez de ficar aqui discutindo, você me tratasse como uma adulta sensata e me dissesse quais são as ordens tão rigorosas com respeito a mim, eu poderia até encontrar um jeito de cumpri-las, ou pelo menos ajudar você a cumpri-las.

Breckenridge piscou enquanto processava o pronunciamento; ele quase podia sentir pena de Fletcher quando este soltou um suspiro.

— Tudo bem. — A frustração de Fletcher atingira o ápice. — Se você quer saber, devemos mantê-la a salvo de todo o mal. Não devemos deixar que um maldito pombo nem mesmo arranque um fio de cabelo de sua cabeça. Devemos levá-la até o destino em condições perfeitas, exatamente como você estava quando a capturamos.

Pela mudança no tom de Fletcher, Breckenridge pôde visualizá-lo indo em direção a Heather para intimidá-la a recuar; ele poderia ter lhe dito que não funcionaria.

— Por isso, saiba *bem* — continuou Fletcher, em voz baixa e forte — que está totalmente fora de questão você sair para dar qualquer passeio.

— Humm. — O tom de Heather era de uma suavidade reveladora.

Fletcher estava prestes a ser nocauteado. Uma vez que pela primeira vez não era o interlocutor, Breckenridge sorriu e esperou pelo soco.

— *Se*, como você diz, suas ordens são, corrija-me se eu estiver errada, manter-me em minha excelente saúde habitual até que você me entregue ao seu patrão, então, meu caro Fletcher, será absolutamente essencial me deixar dar um passeio. Ficar presa o dia todo em uma carruagem nunca foi fácil para mim. E, se você não quer que eu enfraqueça ou desenvolva alguma enfermidade, eu exijo ar fresco e exercícios suaves para me recuperar. — Ela fez uma pausa, depois continuou, com um tom de extrema razoabilidade: — Uma pequena caminhada de ida e volta ao longo do rio na parte de trás da estalagem deve me deixar restaurada.

Breckenridge teve certeza de ouvir Fletcher inspirar e expirar com os dentes cerrados.

Um longo momento se passou, e então:

— Ah, muito bem! Martha, vá com ela. Vinte minutos, ouviu? Nem um minuto a mais.

— Obrigada, Fletcher. Vamos, Martha. Nós não queremos desperdiçar a luz.

Breckenridge ouviu Heather, com uma Martha um tanto lenta, deixar a estalagem pela porta principal. Ele tomou um gole de cerveja e esperou. Por fim, Fletcher e Cobbins subiram as escadas, Cobbins resmungando, Fletcher em um silêncio sombrio.

No instante em que se colocaram longe demais para serem ouvidos, Breckenridge se levantou, espreguiçou-se, depois saiu da taverna e entrou no vestíbulo. Segundos depois, escapou pela porta da frente.

O rio Trent seguia seu curso tranquilo a diminutos noventa metros atrás da estalagem. Um caminho bem batido acompanhava a margem. Heather desceu até lá, genuinamente feliz por ter a chance de esticar as pernas e respirar ar fresco, mas sua principal razão para insistir na caminhada era tentar descobrir se Breckenridge estava lá.

Até vê-lo, ela não tinha nenhuma maneira de sabê-lo — se havia chegado antes deles ou ainda estava a caminho.

Uma coisa de que tinha certeza era que ele iria se materializar e aparecer por perto. Ele dissera que eles precisavam se ver toda noite. Ela não tinha ilusões; se ele achasse que ela estava em perigo real, iria intervir e resgatá-la, independentemente do que pudesse ter de fazer para isso. De forma semelhante, quando eles se encontrassem naquela noite — não importa como conseguiriam —, ele provavelmente iria tentar forçá-la a desistir de sua empreitada e voltar para Londres com ele.

Assim, enquanto caminhava, ela pensou em tudo o que aprendera — não o bastante, mas alguns fatos reveladores, suficientes para justificar sua persistência, e para aprender mais se pudesse. Ela ordenou os pontos na mente.

Heather estava com a cabeça longe, quando Martha, se arrastando pesadamente ao lado, disse:

— Você está encarando isto muito bem.

Heather virou-se para ela, fitando o olhar perspicaz de Martha.

— Eu esperava ter de lidar com histeria, crises de choro e súplicas, no mínimo — acrescentou Martha.

— Sim, bem... — começou Heather, com o rosto expressivo. Pensando no futuro, continuou: — Tenho de admitir que quis entrar em pânico no início, mas... Fiquei me perguntando se eu não deveria ver isso como uma aventura. — Ela tinha de desviar qualquer suspeita, então ofereceu uma explicação que pudesse servir. Acenou em tom dramático. — Uma aventura romântica, completa com um vilão misterioso, que pode ou não vir a ser devastadoramente bonito.

Martha bufou.

— Então é assim, você está romantizando esse patife que encomendou seu sequestro.

— Você sabe mesmo se ele é um patife? — Heather não precisou forjar sua preocupação.

Martha fez uma careta.

— Não posso dizer com certeza. Eu não tive nada a ver com o sujeito. Fletcher e Cobbins foram os que o conheceram — disse ela. — Mas qualquer patife que organiza um sequestro, ainda mais um rapto friamente planejado como este, vá por mim, bonito ou não, você não vai querer conhecê-lo. — Martha olhou-a novamente. — Está certa de que não quer reconsiderar um ataque histérico?

Heather arqueou as sobrancelhas.

— Será que isso me levaria a algum lugar?

— Não comigo. E Fletcher é mais capaz de lhe dar um tapa do que ser todo solícito.

— Então, pronto. — Heather levantou o rosto. — Acho que vou continuar romantizando, pelo menos até ter motivos para não o fazer. Você deveria ser grata, pois estou facilitando muito sua tarefa.

Martha tornou a bufar.

— Por falar nisso. — Ela parou. — Já andamos demais. Você pode precisar fazer exercício, mas eu não. Vamos voltar.

Heather parou, encheu os pulmões, e então exalou em um suspiro.

— Ah, muito bem.

Dando meia-volta, ela colocou-se ao lado da figura grande e sombriamente vestida de Martha, e elas rumaram para a estalagem.

A "dama de companhia" era poucos centímetros mais alta que Heather e pelo menos duas dela em circunferência; contudo, apesar de seu tamanho e de sua usual marcha laboriosa, Martha podia se mover rápido se quisesse, e Heather vira o tamanho dos braços escondidos pelas luvas pretas volumosas. Martha podia ser grande, mas era dotada principalmente de músculos. Se Heather tivesse de fugir da mulher, antes precisaria garantir que Martha estivesse incapacitada.

As duas caminharam devagar até a estalagem — Martha porque aquela era a velocidade com que ela andava, Heather porque não via razão para encurtar seu tempo no ar fresco do fim da tarde.

Alcançando o caminho estreito que haviam percorrido da estalagem ao rio, elas se afastaram da trilha e, com o Trent atrás delas, subiram a encosta suave que levava à estalagem.

Ao erguer a cabeça, Heather olhou para a construção de pedra cinza — e viu o homem moreno e alto de ombros largos que estava parado nas sombras de um canto.

Anteriormente, em Stretton, ele usara as roupas de um aldeão do interior, do tipo que pode possuir um negócio local. No momento, ele se vestia mais como um de seus criados. Apesar disso, ela o reconheceu na mesma hora. Seu coração se tranquilizou consideravelmente; ela começou a sorrir e quase não se lembrou de suprimir a reação.

Olhando de soslaio para Martha, movendo-se pesarosamente ao seu lado, Heather ficou aliviada ao ver que a dama de companhia não tinha notado.

Ela olhou para a estalagem novamente...

Breckenridge havia desaparecido.

Não que isso importasse. Ela sabia que ele estava perto, e eles se encontrariam à noite de alguma forma. Concentrou-se em ensaiar seu relatório, a listagem de tudo o que havia descoberto da maneira mais provável que o convencesse a concordar que ela continuasse com os sequestradores.

A Old Bell era verdadeiramente uma estalagem muito antiga. Nos quartos havia travas, com ganchos nas portas para prendê-las, mas sem trancas. Heather agradeceu ao estalajadeiro por não ter modernizado o estabelecimento. Uma vez que o local havia se recolhido e todos os hóspedes de duas pernas haviam se retirado para suas camas, com Martha roncando tão alto que poderia abafar o ranger de qualquer tábua, Heather levantou a trava da porta do quarto e saiu para a fria escuridão do corredor.

Não ousara acender uma vela, mas seus olhos haviam se ajustado à noite; ela podia ver bem o suficiente para, com um rápido olhar, certificar-se de que o corredor estava vazio. Mais uma vez fora privada de suas roupas para uso em público, mas queixara-se do frio e usara a desculpa de que eles não gostariam que ela pegasse um resfriado para persuadir Martha a permitir-lhe manter o xale de seda e espalhar o manto sobre a cama para ficar um pouco mais aquecida.

O manto estava enrolado sobre ela, amarrado à cintura com o xale de seda. Embora o vestido improvisado deixasse os tornozelos e a parte inferior das panturrilhas expostos, pelo menos sua pele estava ocultada pela meia de seda, e o traje era uma melhoria significativa em relação à colcha da noite anterior; Heather não precisava segurá-lo para permanecer decente.

O que era uma consideração pertinente, uma vez que ela estava indo encontrar Breckenridge. Ele havia mais ou menos estabelecido isso como condição para concordar em permitir que ela continuasse viajando com os sequestradores, e ela o conhecia bem o suficiente para saber que não era blefe, pois ele não blefava. Além disso, ela queria compartilhar o que havia descoberto e ver se ele poderia ter mais alguma ideia. O conhecimento de mundo dele, especialmente para além dos limites da alta sociedade, era significativamente maior que o dela.

Fechando a porta em silêncio, colocando com cuidado a trava de volta no lugar, ela se virou na direção da escada. Por várias vezes, ficou parada, os ouvidos atentos a qualquer som, permitindo que a visão se ajustasse melhor à escuridão mais profunda do corredor, e lembrando-se do caminho.

Quando ela e Martha levantaram-se da mesa que tinham dividido com Fletcher e Cobbins ao longo da noite na taverna, Breckenridge, sentado do outro lado, mais perto da porta, se antecipou a elas, levantando-se e deixando a taverna primeiro. Estava subindo as escadas quando ela e Martha alcançaram o vestíbulo.

Elas o seguiram e viram-no abrir a porta de um quarto não muito longe do topo da escada. Ele nem sequer olhou de soslaio na direção delas, mas entrou e fechou a porta. Ela continuou a caminhar com Martha, passando por aquela porta, percorrendo o corredor e fazendo uma curva até seu quarto.

Inspirando firme e ligeiramente animada, ela partiu, rastejando em silêncio por essa mesma curva, os chinelos de quarto permitindo-lhe andar na ponta dos pés sem fazer barulho.

Aproximando-se da curva, ela parou e olhou para trás. O corredor ainda estava vazio. Tranquilizada, começou a se virar, com a intenção de espiar o que havia além...

Um corpo duro fez a curva e se chocou com o de Heather.

Ela cambaleou para trás. Mãos firmes agarraram-na, segurando-a de pé.

Seu coração saltou para a garganta. Ela olhou para cima; viu apenas escuridão.

Abriu a boca...

Uma mão cobriu seus lábios. Um braço de aço a envolveu — prendendo-a junto a um corpo masculino grande, sólido como diamante; ela não conseguia nem se contorcer.

Seus sentidos se agitaram. Força, calor masculino, rigidez musculosa a dominaram.

Então, um xingamento virulento chamuscou seus ouvidos.

E ela percebeu quem a capturara.

O pânico e o medo haviam tensionado cada músculo dela; o alívio a distanciou de ambos os sentimentos e ela hesitou. A tentação de cair nos braços dele, de aconchegar-se nele agradecida, era tão esmagadora que a levou a se enrijecer novamente.

Ele baixou a cabeça para olhar no rosto dela. Entredentes, sussurrou:

— O que você está fazendo?

Seu tom lhe devolveu o juízo de forma muito eficaz. Ele não havia retirado a mão dos lábios dela. Heather a mordeu.

Praguejando em silêncio, ele afastou a mão.

Ela umedeceu os lábios e com raiva sussurrou de volta:

— Vim vê-lo, é claro. O que *você* está fazendo aqui?

— Vim buscá-la, é claro.

— Você é ridículo. — Suas mãos repousavam no peito dele. Ela puxou-as de volta, acenando. — Eu dificilmente precisaria disso no espaço de alguns metros.

Mesmo aos ouvidos dela, eles pareciam crianças briguentas.

Ele não respondeu. Através da escuridão, olhou-a.

Ela não via seus olhos, mas seu olhar era tão concentrado, tão intenso que ela podia senti-lo... Seu coração começou a bater forte, mais pesado, mais profundo. Seus sentidos se expandiram, alertas de uma maneira absolutamente desconhecida. Ele olhou para ela por um longo momento. Um instinto primitivo arrepiou os cabelos delicados da nuca dela. De repente, ele levantou a cabeça, endireitou-se, deu um passo atrás.

— Vamos.

Agarrando o cotovelo dela, ele a carregou sem cerimônias como um pacote pelo corredor. O temperamento dela — sempre à flor da pele quando ele estava perto — começou a ferver. Se eles não precisassem ficar quietos, ela teria lhe dito o que achava de tal tratamento descuidado.

Breckenridge a deteve à porta de seu quarto; teria preferido qualquer outro local de encontro, mas não havia lugar mais seguro, e, apesar de tudo o mais, precisava mantê-la em segurança. Esticando a mão em torno dela, levantou a trava e abriu a porta.

— Aqui.

Ele deixara a lâmpada acesa emitindo uma luz tênue. Enquanto a seguia e depois se voltava para fechar a porta, ele notou o que ela estava vestindo. Reprimiu outro xingamento.

Ela olhou ao redor, mas não havia nenhum outro lugar para se sentar a não ser a cama. Ele passou depressa por ela, tirou a colcha e apontou para os lençóis em um gesto autocrático.

— Sente-se aqui.

Semicerrando os olhos, ela o fez, com a graça altiva de uma rainha.

Assim que ela se sentou, ele abriu a colcha e a envolveu nela.

Ela lançou-lhe um olhar levemente confuso, mas gentilmente aninhou-se.

Ele não disse nada; se ela quisesse pensar que ele estava preocupado com a possibilidade de ela pegar um resfriado, que fosse. Pelo menos a colcha era grande o suficiente para cobrir seus tornozelos e panturrilhas perturbadores.

O que, de fato, era ridículo. Considerando-se quantas mulheres nuas ele vira na vida, o motivo pelo qual a visão dos tornozelos cobertos de meias e das panturrilhas *dela* o afetava tanto estava além de sua capacidade de explicar.

Virando-se, ele se sentou ao lado dela, com alguns bons trinta centímetros de espaço livre entre eles.

— Então, o que você descobriu?

Ela estudou-o por um momento, e então disse:

— Não tanto quanto eu gostaria, mas eles revelaram que o patrão os contratou em Glasgow, que ele está pagando por tudo, que eles parecem satisfeitos com os arranjos financeiros, sugerindo que ele deve ser ao menos razoavelmente rico, mas até agora não fui capaz de tirar deles qualquer detalhe adicional sobre aonde eles estão me levando. — Aconchegando-se na colcha, ela franziu a testa ao olhar pelo quarto. — A única coisa que arranquei deles foi uma impressão.

Como ela não continuou, ele perguntou:

— Que impressão?

A linha entre as sobrancelhas dela se aprofundou.

— Eles, Fletcher e Cobbins, pelo menos, são os que o conheceram. E veem o patrão com uma certa... suponho que você diria cautela.

— Respeito.

Os lábios dela se contorceram.

— Sim, mas em um sentido mais prático. Talvez ele seja simplesmente de um tipo sórdido, perigoso.

Breckenridge pensou por um momento.

— Onde, em Glasgow, conheceram-no?

— Em alguma taverna. Ao que parece, eles fazem outros trabalhos como este, como prestação de serviços. O homem ouviu falar deles por alguém para quem haviam trabalhado, e os contatou através de algum contato que eles têm no lugar.

— Então, eles não necessariamente sabem muito sobre ele?

— Imaginei que não. Eles me deram um nome, mas, antes que você se anime, Fletcher deixou claro que têm certeza de que não é o nome verdadeiro dele.

— Qual?

— McKinsey.

— Escocês. Ele é muito provavelmente escocês.

Ainda muito consciente da presença dela na cama — sua cama — a seu lado, Breckenridge levantou-se. Começou a andar de um lado para o outro.

Heather olhou-o.

— Não estou certa de que podemos fazer essa presunção. Pode ser que a razão pela qual Fletcher tem tanta certeza de que McKinsey é um nome falso é porque ele, o patrão, é inglês.

Breckenridge fez uma careta.

— Verdade. E há muitos ingleses em Glasgow.

Por baixo da colcha, ela se endireitou.

— Independentemente disso, é claro que eu preciso descobrir mais.

O olhar sombrio que Breckenridge lançou-lhe não era encorajador.

— Nós já estamos muito longe de Londres, e ainda estamos na Great North Road. Não temos nenhuma noção de quão longe ao norte eles pretendem levá-la, mas cada quilômetro a leva para mais longe de sua família, mais longe de estar segura.

Ela apertou os lábios, mas manteve a compostura. Até então, ele fora sensato e prestativo. Pela primeira vez ela iria tentar argumentar com ele e ver o que conseguiria.

— Quanto a isso, por mais estranho que pareça, eles receberam ordens estritas de me manterem em segurança. Em segurança, sem ferimentos e saudável. Usei essas ordens para insistir em que me autorizassem a caminhar pela margem do rio, de modo que me parece que eles as estão levando a sério.

Com alguma relutância, Breckenridge concordou.

— Eu estava na taverna, do outro lado da divisória de madeira que a separa do vestíbulo. Ouvi tudo. — Continuou a andar devagar, no rosto o habitual semblante impassível, e então olhou para ela. — Admito que é absolutamente estranho.

Ela concordou.

— De fato. E, a cada quilômetro que nos afastamos de Londres, a ideia de um resgate torna-se ainda mais improvável. Então, ainda não estamos perto de descobrir o que está por trás disso, nem quem nem o porquê. — Ela esperou até que ele se virasse novamente e olhou-o nos olhos. — Acredito que é preciso considerar as implicações mais amplas.

Os lábios dele tremeram — ela estava quase certa disso —, mas ele não parou de andar.

— Ou seja, você quer continuar com essa sua busca — disse, gesticulando.

Ela levantou a cabeça.

— Claro. Estou aqui, já sequestrada, mas eles me forneceram uma dama de companhia e estão cumprindo ordens estritas de garantir minha saúde e segurança, estando claramente comprometidos em obedecê-las. Além de tudo — acrescentou, acenando para ele —, você está aqui. Se continuar a nos seguir, quando chegar o momento em que a fuga se tornar necessária, serei capaz de fazê-lo e de me esconder atrás de você. Definitivamente você é bem grande para isso.

Ele arqueou uma das sobrancelhas negras.

Antes que ele pudesse responder, ela continuou:

— Uma vez que a ameaça se estende além de mim, para minhas irmãs e, possivelmente, até mesmo para minhas primas, e que ainda não temos informações suficientes para enfrentar ou anular essa ameaça, então, uma vez que permanecer com Fletcher e os outros dois não me expõe a nenhum perigo adicional, é meu dever patente ficar com eles pelo menos até que possamos identificar quem está por trás disso e, se possível, seus motivos.

Encarando Breckenridge, ela concluiu:

— Em minha opinião, eu tenho mais motivos para permanecer com os sequestradores do que razões para fugir deles.

Breckenridge estudou-a enquanto andava. Queria informá-la de que estava errada, de que na opinião *dele* o imperativo de mantê-la total e absolutamente em segurança — o que, em sua cabeça, significava levá-la de volta para Londres e devolvê-la à casa do pai — superava, e muito, qualquer outra consideração. E, para ele, superava mesmo. Mas, para ela... o pior era que ele compreendia sua postura. E dificilmente poderia acusá-la de ser uma mulher obstinada, voluntariosa e imprudentemente egoísta se era impulsionada por um motivo tão altruísta, derivado do dever familiar.

Um dever ao qual ele se veria obrigado se estivesse no lugar dela.

Parando, ele passou a mão pelo cabelo, e então percebeu o que estava fazendo, e baixou o braço. Olhou-a, sentada na cama dele e enrolada em seu cobertor, com a cabeça erguida, o queixo inclinado para cima, mas o ângulo não era ainda de objeção imediata.

Ele sabia que a objeção viria se não concordasse com as intenções dela e tentasse fazê-la mudar de ideia. Ele poderia fazer isso com muita facilidade — afinal, ele era Visconde de Breckenridge —, mas ela iria brigar com ele a cada passo do caminho e odiá-lo para sempre. Ele aceitaria tudo isso sem o menor pudor se pudesse ter certeza de estar, de fato, agindo segundo o melhor para ela e sua família.

Como as coisas estavam...

— Muito bem. — Parado, ele olhou-a nos olhos, de um cinza mais escuro à luz da lâmpada. — Você está obstinada a fazer isso?

O queixo dela se ergueu.

— Sim.

— Nesse caso, vamos continuar mais ou menos como temos feito, pelo menos até amanhã. — Ele franziu a testa. — Vamos ter de improvisar. — Ele teria de confiar nela para isso. — Se me prometer que, no instante em que descobrir ou o nome do patrão ou para onde estão indo, ou mesmo o lugar onde planejam deixá-la, você vai me avisar, me dar pelo menos algum sinal, para que eu possa tomar as devidas providências a fim de tirá-la das garras deles... se você prometer, vamos continuar como temos feito.

Ela sorriu satisfeita.

— Prometo. Assim que eu descobrir algo útil, vou lhe dar algum sinal para que possamos nos encontrar e discutir.

Ele notou a diferença entre o que pediu e o que ela prometeu, mas suspeitava que isso era o melhor que poderia esperar. Fez um sinal de concordância com a cabeça, depois apontou para a porta.

Ela se levantou, deslizou a colcha dos ombros e colocou-a de volta na cama; em seguida, caminhou até a porta.

Mantendo o olhar em seu rosto, ele gesticulou para que ela parasse. Abriu a porta e olhou para fora. O corredor estava vazio. Voltando, pegou-a pelo braço e puxou-a pela porta, acompanhando-a de forma rápida e silenciosa até seu quarto.

Heather abriu a porta e o ronco possante se fez ouvir. Ela se virou para Breckenridge, sorriu e murmurou, sem emitir som:

— Boa noite.

Após esgueirar-se pela porta, fechou-a silenciosamente.

Ele deu um passo atrás, apoiou as costas na parede do corredor em frente à porta e esperou, atento, tempo suficiente para certificar-se de que ela havia se deitado sem que o ronco sonoro cessasse. Ele afastou-se da parede e voltou para seu quarto.

Lá, despiu-se, deslizou sob as cobertas e foi logo envolvido por um aroma sutil que ele não teve dificuldade de identificar.

Era o dela, o cheiro que se agarrava a seus cabelos e que ficara impregnado na colcha. O perfume gracioso, delicado e vibrantemente feminino logo evocou a visão dos tornozelos com meias, a forma como a seda pura brilhava sobre as curvas...

Ele gemeu e fechou os olhos. Era evidente que não dormiria muito. Resignado, amortecendo sua reação tão bem quanto pôde, procurou distração nos detalhes pragmáticos da aventura em que haviam de alguma forma embarcado. Ele teria de inventar maneiras de ficar perto dela e, ao mesmo tempo, permanecer invisível aos sequestradores. Parecer discreto não era uma habilidade que ele tivera muitos motivos para desenvolver. Não mais motivos do que tivera para aprender como lidar com ela de maneira sensata.

Mantê-la em segurança em sua busca era uma tarefa que parecia destinada a testar as capacidades dele como nunca antes; contudo, não importava como ele se debruçasse sobre o enigma do sequestro, nem qual perspectiva tomasse, em um aspecto ela estava incontestavelmente correta.

Aquele não era um rapto comum, costumeiro.

CAPÍTULO 4

À UMA DA TARDE DO dia seguinte, Breckenridge sentou-se em um dos cavaletes arrumados do lado de fora do White Horse Inn, na pequena cidade de Bramham. Apoiando os ombros na parede de pedra da estalagem, ele bebericou uma caneca de cerveja e observou a passagem sob um arco que levava para o pátio do Red Lion Inn, mais adiante na estrada.

O coche que levava Heather e os sequestradores havia entrado no pátio fazia mais de uma hora. Após aferir o lugar e confirmar que só havia uma saída do quintal do Red Lion, que era sob o arco, ele permaneceu ali para ficar de vigília ao mesmo tempo em que mantinha distância e, assim esperava, ficava fora da vista de Fletcher e seus cúmplices. Estava bastante certo de que ainda não o tinham visto, ou se tinham, não lhe deram atenção suficiente para reconhecê-lo, especialmente porque ele estava variando o disfarce.

Naquele dia, vestira a roupa que adquirira em Knebworth. O paletó mal ajustado e as calças de tecido solto o faziam parecer um vendedor pobretão; contanto que se lembrasse de modificar sua postura, passaria por uma inspeção superficial.

Tomou outro gole de cerveja. Cada vez mais desaprovava quão longe ao norte estavam indo. Eles haviam viajado a manhã inteira subindo a Great North Road. Bramham ficava quase tão ao norte quanto York. Entretanto, a despeito de seus receios, ele também estava achando cada vez mais intrigantes o rapto e o desafio de descobrir quem estava por trás dele. Uma vez que teve tempo para digerir tudo o que Heather descobrira na noite anterior, teve de admitir que era um enigma dos mais peculiares.

Um par de cavalos apareceu debaixo do arco da Red Lion, seguido por um outro e pelo coche dos sequestradores. O coche saiu vagarosamente do pátio da estalagem, ainda rumo ao norte.

Breckenridge observou-o se afastar, e então esvaziou sua caneca, largou-a, levantou-se e dirigiu-se para o pátio lateral do White Horse, onde deixara seu cabriolé alugado.

Cinco minutos depois, rolando pela rodovia mais uma vez, ele vislumbrou o coche à frente e refreou os cavalos que estavam entre os eixos. Prosseguiu devagar na esteira do coche, mantendo distância suficiente para que eles não o avistassem, mesmo em um longo trecho em linha reta. Não que houvessem mostrado qualquer sinal de estarem à procura de perseguidores. Eles poderiam ter olhado para trás uma ou duas vezes, mas, desde que Breckenridge encontrou-se com eles em Knebworth, pareciam não se preocupar em estarem sendo seguidos.

Claro, até onde sabiam não houvera perseguição imediata desde a casa de Lady Herford; sem dúvida, presumiram que escaparam sem levantar suspeitas. E, de fato, se ele não os tivesse visto capturar Heather, qualquer caçada que os Cynster tivessem organizado estaria atrasada em dias. Era mais provável que ainda nem houvesse começado, porque a família teria de procurar extensivamente até determinar em qual direção ela fora levada — ou mesmo para ter certeza que ela fora tirada de Londres. Como Heather apontou, se tivesse sido raptada com vistas a um resgate, então era presumível que os sequestradores a manteriam na metrópole, onde seria muito mais fácil esconder uma mulher entre as multidões, nos cortiços lotados onde ninguém faria perguntas embaraçosas.

A distância percorrida aumentava. Inicialmente, ele manteve o mesmo ritmo do coche, porém, quanto mais ao norte eles iam, mais ele, aos poucos, diminuía a distância. O avanço constante ao norte estava deixando-o cada vez mais nervoso com relação ao local aonde estavam indo e, especialmente, com relação à razão de estarem indo.

Heather se obrigou a esperar para recomeçar o interrogatório dos sequestradores por pelo menos uma hora após a parada para o almoço da viagem para o norte.

Ela fora condescendente e não fizera nenhum estardalhaço durante toda a manhã. Com exceção de ter lançado um rápido olhar pela estalagem onde pararam para almoçar, em busca de Breckenridge — motivo que eles ignoravam —, ela fez o papel de refém gentil e, portanto, relativamente impotente.

Embora não houvesse avistado Breckenridge, sentia-se razoavelmente confiante de que ele estaria em algum lugar por perto. Deixando-o com seu papel de vigiá-la, autodesignado mas aceito com muita gratidão, ela havia se aplicado a incentivar os sequestradores a relaxar e, assim esperava, tornar-se menos cuidadosos e mais falantes.

Para fazer uma introdução, ela soltou um enorme suspiro e olhou pela janela.

Fletcher, sentado em frente como de costume, olhou-a com expressão pensativa. Avaliando-a.

Voltando o rosto para ele novamente, ela olhou-o nos olhos e fez uma careta.

— Se não vai me dizer para onde estamos indo e nem o nome de seu patrão, você poderia pelo menos me dizer como ele é. Considerando que vou conhecê-lo, e presumo que seja em breve, você dificilmente vai revelar alguma coisa vital, e sem dúvida ajudaria meus nervos saber a que tipo de homem você vai me entregar.

Os lábios de Fletcher se curvaram um pouco.

— Não entendo como saber qual é a aparência dele vai ajudá-la, mas... — Ele olhou para Cobbins, que deu de ombros. Voltando a olhá-la, Fletcher perguntou: — O que você quer saber?

Tudo o que você puder me dizer. Ela arregalou os olhos.

— Cor dos cabelos?

— Pretos.

— Olhos?

Fletcher hesitou, então disse:

— Não tenho certeza quanto à cor, mas... são frios.

Cabelos pretos, olhos frios.

— Quantos anos, e... é bonito ou não?

Fletcher apertou os lábios.

— Eu diria que está na casa dos trinta, mas não saberia adivinhar exatamente quantos anos. E, quanto a bonito — Fletcher sorriu —, você provavelmente pensaria que sim. Mas é um pouco grosseiro para meu gosto, e tem um nariz pontudo.

Ela franziu o cenho, sem gostar muito da imagem.

Fletcher continuou, seu tom mais provocativo:

— Uma coisa que eu lembro é que ele tinha uma expressão carrancuda. Diabólica, isso, sim. Não é o tipo de homem que deva ser contrariado.

— Qual é a altura dele?

— Um sujeito grande. Grande de todos os lados. Uma boa dose de músculos escoceses.

— Então ele é escocês?

Fletcher hesitou, depois deu de ombros.

— Como você disse, vai conhecê-lo em breve. Nós achamos que ele parecia um proprietário de terras; lá tem um monte deles. Mas de onde exatamente ele veio, se das terras baixas ou das terras altas, ou se de qualquer lugar no meio, não saberíamos dizer.

Ela ficou ainda mais intrigada, mas não queria desperdiçar o surto de loquacidade de Fletcher.

— Existe alguma coisa que o distingue fisicamente, uma cicatriz, um anel específico, uma perna aleijada? Qualquer coisa que possa identificá-lo.

Fletcher olhou-a nos olhos. Passou-se um momento, e então respondeu:

— Acho que já disse o suficiente para acalmar seus nervos.

Ela olhou-o, depois suspirou e cedeu, recostando-se ao assento.

— Ah, tudo bem.

Um passo de cada vez.

Ao contrário do que Fletcher acreditava, os nervos de Heather estavam, de fato, nitidamente instáveis, decididamente agitados, quando, à luz que desvanecia no fim da tarde, o coche parou diante do hotel King's Head, em Barnard Castle.

Eles não estavam mais na Great North Road. Haviam virado a oeste na rodovia em Darlington, e ela não conseguiu pensar em nenhuma maneira capaz de garantir que Breckenridge notasse a mudança de direção.

A possibilidade de que ele não estivesse mais lá, atrás dela, para salvá-la, havia se assentado em sua mente. Quando o coche parou com um solavanco, a apreensão dançava por seus nervos, e seu estômago estava embrulhado.

Após Cobbins ajudá-la a descer, ela olhou ao redor, desesperada.

— Venha. — Martha cutucou-a para seguir adiante. — Vamos entrar, sair deste frio.

Heather subiu devagar os degraus da frente do hotel. Cada vez mais relutante. Em seguida, mais alto que a agitação causada por sua chegada, o som de cascos batendo nas pedras alcançou-a. Indo até a varanda elevada, ela se virou depressa e olhou — e viu Breckenridge, parecendo um viajante humilde, guiando um cabriolé ao longo da rua principal. Ele não olhou em sua direção. Depressa, ela virou-se para a porta do hotel a fim de que Martha, subindo os degraus atrás dela, não visse seu alívio.

Mas, ah, que alívio!

Andando com passos bem mais calmos no vestíbulo do hotel, ela não pôde deixar de reconhecer, de admitir que seu arqui-inimigo havia de fato perdido aquele posto. Embora não pudesse vê-lo realmente como seu salvador, ela sabia que podia contar com ele, ter fé de que ele iria, em quaisquer circunstâncias, fazer o melhor que pudesse para mantê-la em segurança.

Ela confiava nele explícita e implicitamente; apesar de sua história pregressa, isso nunca esteve em questão.

Levantando a cabeça, tomando um fôlego revivificante e sentindo-se imensamente mais confiante, ela foi até o balcão da recepção, onde Fletcher estava providenciando as acomodações. Quanto mais ela soubesse em relação à localização dos quartos de todos naquela noite, mais prontamente seria capaz de se encontrar com Breckenridge.

A próxima vez que viu Breckenridge foi quando, precedida por Fletcher e escoltada por Martha, com Cobbins na retaguarda, ela entrou no salão de jantar do hotel naquela noite.

Ele estava sentado a uma mesa no canto junto a uma janela, de cabeça baixa, com a atenção, ao que parecia, fixa em um jornal. Ele não demonstrava o menor interesse no grupo que entrava.

Quanto a Fletcher e a Cobbins, nem um nem outro pareceu notá-lo ao terem examinado o salão. Viram-no, mas logo o ignoraram.

Heather estava francamente espantada. Breckenridge poderia estar vestindo mais um disfarce, que o fazia parecer menos desalinhado e mais como um cavalheiro viajante, mas como alguém poderia deixar passar despercebida a força de aço daqueles ombros largos, sem contar a arrogância na postura da cabeça? Era algo que ela não conseguia entender.

Para ela, ele sempre se mostrou como realmente era — perigoso e imprevisível. E não o tipo de homem que devesse jamais ser subestimado, muito menos ignorado.

Levados a uma mesa para quatro do outro lado do salão, ela habilmente reivindicou a cadeira que lhe permitisse manter Breckenridge visível pelo canto do olho. Martha, a menos atenta dos sequestradores, sentou-se ao lado dela. Fletcher e Cobbins sentaram-se em frente, de onde podiam ver a porta e parte do vestíbulo do hotel.

Desconhecido para eles, o verdadeiro perigo estava atrás dos dois homens.

Cada vez mais confiante e fortalecida, pôs-se a se esforçar para extrair de seus companheiros de jantar mais detalhes que pudessem lançar luz sobre a identidade do misterioso proprietário de terras.

— Você jantou com esse proprietário de terras, o que o contratou? — Ela arregalou os olhos para Fletcher.

Ele olhou para ela.

— Nós o encontramos em uma taverna, e a comida não estava em nossos planos. Não era uma encontro social.

— Humm… como ele chegou à taverna?

Fletcher piscou.

Cobbins, franzindo a testa, respondeu:

— Não sei. Já estávamos lá quando ele entrou pela porta, e foi embora antes de nós. — Cobbins olhou para baixo enquanto a garçonete colocava diante dele um prato cheio de torta e pastinaca cozida no vapor. — Nós ficamos para tomar uma cerveja, como que para celebrar.

Heather ficou em silêncio, enquanto todos começaram a comer.

Um minuto depois, Fletcher levantou os olhos do prato, com expressão fechada.

— Não sei por que você quer saber mais sobre o homem. Vai saber tudo o que quiser assim que a entregarmos a ele.

— Mas quando será isso? — Como não obtinha nenhuma resposta, ela apontou os dentes do garfo para Fletcher. — Está vendo? É por isso que estou perguntando. Se você simplesmente me dissesse o que esperar, eu não ficaria tão curiosa.

Fletcher resmungou.

— Você vai descobrir tudo em breve. Até lá, é melhor deixar as coisas como estão.

Heather cedeu e voltou a atenção para o prato e em reunir em um relatório convincente tudo o que havia arrancado de suas fontes relutantes naquele dia. Breckenridge gostaria de saber tudo, claro, e ela fazia questão de compartilhar suas descobertas.

Debruçando-se de forma constante sobre o peixe assado no prato, ela pensou na resposta de Fletcher, no tom de voz dele. Nas palavras de Cobbins. Ela tinha de saber o quanto eles sabiam sobre o patrão.

Disfarçadamente, observou Fletcher. Sua expressão estava bem fechada. Ela duvidava que ele lhe daria mais informações naquela noite. Seria melhor não perguntar, sentiu. Era mais provável que ele estivesse mais acessível no dia seguinte, caso ela deixasse a questão de lado por ora.

Breckenridge estava sentado muito longe, e o salão de jantar era muito barulhento para que ele tivesse ouvido até mesmo o diálogo mais próximo. De fato, ele não estava fazendo o menor esforço para escutar; estava deixando todo o interrogatório a cargo dela, confiando em que ela iria relatar mais tarde. Então... onde ela se encontraria com ele?

Quase como se tivesse ouvido essa pergunta vindo dela, ele empurrou a cadeira para trás e levantou-se. Com um jornal na mão, olhou na direção dela por um instante. Os sequestradores não levantaram a cabeça, não tiraram os olhos dos pratos.

Breckenridge chamou sua atenção, depois virou a cabeça e olhou para o outro lado do salão. Heather seguiu seu olhar e viu um par de portas envidraçadas na parte de trás da sala. Pelo que ela pôde ver através das portas, aquele cômodo era uma confortável sala do bar do hotel.

Deslocando seu olhar com cuidado para trás, ela verificou seus companheiros — ainda alheios —, então ergueu os olhos por um momento para Breckenridge enquanto ele se dirigia devagar à porta do salão de jantar. Ela não se atreveu a assentir com a cabeça, mas encontrou seu olhar, então ele voltou-o para o jornal e continuou andando. Passou pela porta; um segundo depois, ela ouviu seus passos subindo as escadas.

— Nunca passei por esta estrada antes. — Ela olhou para Martha e Cobbins. — Notei que há um castelo em ruínas aqui perto, com vista para a ponte. Passaremos por algum outro monumento amanhã?

Martha balançou a cabeça, afirmando, mas olhou com curiosidade para os outros dois.

Cobbins deu de ombros.

— Alguns castelos antigos não muito longe na estrada, e um ou dois fortes romanos, mas não há muito para ser visto nesses; ao menos não da estrada.

Fletcher fez uma careta para ela.

— Você vai ver o que vai ver. — Colocando o guardanapo ao lado do prato, ele empurrou a cadeira para trás. — É hora de você e Martha se recolherem, considerando que você terá mais um longo dia no coche pela frente.

Heather olhou-o nos olhos e, em seguida, inclinou a cabeça e levantou-se. Escoltada pelo trio, ela subiu as escadas e se dirigiu para o quarto.

Ela desceu as escadas rastejando enquanto os relógios nas salas de recepção do hotel bimbalhavam e badalavam em um único repique. Uma hora; ela não ousara sair antes. O quarto que dividia com Martha desta vez ficava ao lado daquele em que Fletcher e Cobbins dormiam; para chegar às escadas, ela teve de passar pela porta do quarto deles.

Martha poderia dormir como um morto e roncar como uma morsa, mas Heather era muito mais cautelosa com Fletcher, e até mesmo com o taciturno Cobbins.

Desceu as escadas mantendo-se junto à parede, cuidando para evitar ruídos. Ao chegar ao vestíbulo, ela se escondeu nas sombras e deslizou até o salão de jantar. Sem cortinas nas janelas, havia luz, fraca, mas suficiente para permitir que o caminho fosse visto; com os chinelos de quarto ela caminhou em passos acolchoados até as portas envidraçadas. Olhou através delas para a sala envolta em sombras. A sala tinha formato de L. A parte mais próxima estava escura, mas a outra ala estava suavemente, com um toque estranho, iluminada pelo luar.

Respirando fundo, ela estendeu a mão para a maçaneta, virou-a, empurrou a porta e empurrou-a até abri-la por completo. De olhos arregalados, tentando penetrar as sombras, ela fechou a porta suavemente.

Prendendo a respiração, ela se dirigiu à parte mais bem iluminada da sala.

Mãos duras fecharam-se sobre seus braços.

Ela se assustou — quase guinchou —, então, mais uma vez respirou de alívio quando Breckenridge puxou suas costas para perto de seu grande corpo quente; ele estava de pé nas sombras densas junto à parede.

— Shhh.

A ordem — a despeito do som sibilante, ela tinha certeza de se tratar de uma ordem — provocou comichão em seus ouvidos.

Irritada, ela sacudiu a cabeça.

— Se você parasse de me matar de susto, eu não faria um pio.

Por um momento, seus olhos se encontraram na penumbra. Seus rostos estavam próximos. Então, ele a soltou e recuou.

— Você preferia que eu tivesse dado um tapinha em seu ombro?

Ela resmungou.

— Não, mas... — Ela parou quando ele pegou um grande papel de uma mesa próxima, juntamente com sua capa. — O que é isso? — perguntou, apontando com a cabeça para o documento.

— Um mapa. Não sou tão familiarizado com esta área quanto gostaria.

Ele abriu a capa e colocou-a sobre os ombros dela.

Era tão longa que lhe chegava aos pés.

— Obrigada — murmurou ela, um pouco surpresa por ele ser tão atencioso. As vestes improvisadas faziam com que ela sentisse um pouco de frio, e, como havia lavado suas meias, não as estava usando.

— Mantenha-a perto de si. — Por sobre a capa, ele agarrou o cotovelo dela. — Nós estaremos seguros ali do outro lado.

Presumindo que sua ordem fosse um aviso para evitar que a volumosa capa a fizesse tropeçar ou se prendesse nas cadeiras, ela obedientemente aconchegou-se no tecido e sentiu o calor ainda presente no material, detectando um cheiro que ela associava a ele — pinho e muita masculinidade.

O cheiro a inebriou e a fez perder a atenção. Felizmente, Breckenridge a conduzia com firmeza, passando por entre as mesas e cadeiras para contornar o bar e chegar à área mais isolada e bem iluminada.

Breckenridge a soltou junto a uma mesa sob uma janela. O luar permitia-lhes enxergar tanto o rosto um do outro como o mapa.

Heather sentou-se, fechando a capa sobre si, escondendo todas as distrações que ele não precisava ver.

Ele puxou a cadeira em frente, colocou o mapa na mesa ao se sentar.

— Primeiro, diga-me o que você descobriu hoje. Presumo que tenha feito algum progresso.

Ela assentiu.

— Ele, o homem que encomendou o rapto, é escocês; pelo menos, Fletcher e Cobbins acreditam que sim. Eles o descrevem como um "proprietário de terras", mas por que razão eles decidiram que se trata de um grande proprietário de terras, eu não sei. Ele tem, ao que parece, cabelos pretos e olhos frios. Nenhum dos dois se lembra da cor. Tem também uma expressão sombria, que lhe dá um ar particularmente diabólico. E ele é grande e, aparentemente, um homem que não se deve contradizer.

Quando ela fez uma pausa, ele perguntou:

— Só isso?

— Sim. — Ela fez uma expressão de decepção. — E sei que deve haver centenas, se não milhares de proprietários de terra escoceses que se encaixam nessa descrição. Tentei obter uma informação mais distintiva, uma cicatriz, anel, ferimento, mas Fletcher me cortou.

— Ele a interrompeu?

— Humm. Posso estar errada, mas acho que minhas perguntas o fizeram perceber quão pouco ele realmente sabe sobre esse homem para quem estão trabalhando. Eles nem sequer sabem se ele foi ao encontro deles em Glasgow de carruagem ou a cavalo, e, se for esse o caso, em que tipo de cavalo.

Apoiando os antebraços na mesa, Breckenridge considerou tudo o que tinham, até então, descoberto. Ele refletiu, mas no final desviou o olhar e encontrou os olhos dela.

— Você está pronta para fugir e voltar para Londres?

Ela encarou-o por um longo momento, suficiente para que ele criasse esperanças... mas então disse, de forma equilibrada e sensata:

— Eu não lhes dei nenhum indício de que poderia tentar fugir, e eles não fazem ideia de que você existe, muito menos de que está por perto. Estão ficando mais relaxados e, aos poucos, mais inclinados a responder às minhas perguntas, até mesmo Fletcher. Eu ainda não tive tempo de me ater a Martha. Até agora me concentrei em Fletcher, pois parece ser quem mais sabe, e também é o mais observador entre eles.

— Também é o mais perigoso dos três.

— Sim, eu sei, mas ele também está resolutamente empenhado em seguir as ordens do patrão, por isso estou a salvo dele, pelo menos no que se refere a isso. Ele não vai me fazer mal. De tudo o que disseram, nem ele nem Cobbins querem contrariar o patrão. Então, estou fazendo progressos, mas ainda não reuni informações suficientes para identificar esse proprietário de terras. E até agora Fletcher resistiu em me contar, em até mesmo me dar uma dica, para onde estão me levando. Se descobrirmos isso, poderemos ter alguma chance de identificar o tal homem como alguém que vai para lá.

Ele deixou um momento se passar, e então disse:

— Você não vai fugir ainda, não é?

Por um instante, ela manteve os olhos fixos nos dele, e seus lábios se contorceram.

— Para ser bastante sincera, creio que não posso. Se eu fugir, e depois Eliza, Angélica, Henrietta ou Mary forem sequestradas e talvez feridas... Não acho que eu poderia viver com isso.

Ele aquiesceu.

— Tudo bem.

Ele não gostou, mas era o que esperava e, de fato, compreendia.

As longas horas em que viajara atrás do pesado coche haviam sido tempo suficiente para ele avaliar a situação. Já aceitara que, considerando que estavam ausentes, na estrada, sozinhos até onde a alta sociedade sabia, por dois dias, cada qual sendo quem era, independentemente do desenrolar daquela aventura, casarem-se seria uma consequência inevitável.

A percepção disso... não o incomodava tanto. Ele tinha de se casar e gerar um herdeiro, e suas queridas irmãs malvadas e feias o pressionavam havia anos a fazer sua escolha. Heather iria cumprir muito bem o papel, ao menos de todas as formas que a sociedade julgava importantes.

O que, no entanto, dava-lhe arrepios era a facilidade com que a ideia de estarem juntos, como marido e mulher, cabia em seus planos, a nebulosa e não tão bem definida visão de sua vida futura. A ideia de Heather como sua esposa simplesmente se encaixou bem no centro de seu universo nebuloso, atuando como um catalisador, permitindo que elementos associados se conectassem e esclarecessem. Permitindo que se solidificassem.

Os dois poderiam não gostar um do outro, mas ele, pelo menos, estava perfeitamente consciente da natureza da faísca que sempre queimara entre eles, tão logo se conheceram. Sabia que aquela centelha poderia ser adejada e tornar-se uma chama, forte e poderosa o suficiente para dar-lhes alguma esperança de poderem trabalhar por uma vida a dois.

Essa união poderia não ser perfeita, mas poderia funcionar.

Claro, ele conhecia as damas, e a conhecia em particular, o bastante para mencionar essa questão no momento. Ele não estava de todo surpreso por ela não haver pensado nisso por si mesma; uma vez que ela decididamente o via como se fossem primos, se não tio e sobrinha, não necessariamente veria o perigo de estar — nos termos da alta sociedade — sozinha com ele.

— Que bom. — Ela relaxou, abriu um sorriso suave. Seus olhos azul-acinzentados emitiam um brilho prateado ao luar. Ela olhou o mapa. — Considerando que esse proprietário de terras é escocês, presumo que estou indo em direção à Escócia. Fletcher revelou que eles não sabiam dizer se o homem era das terras altas ou das terras baixas.

Franzindo as sobrancelhas, Breckenridge abriu o mapa sobre a mesa em que estavam.

— Estranho. Os sotaques são distintos, e Fletcher e Cobbins estavam morando em Glasgow.

Ela encolheu os ombros.

— Não sabemos quanto tempo fazia que estavam lá. Eles poderiam ter acabado de chegar.

— Se tiver a chance, veja se você consegue descobrir quanto tempo passaram trabalhando ao norte da fronteira.

— Tudo bem. — Depois de estudar o rosto dele por um momento, ela perguntou: — Vai me dizer por quê?

Os lábios dele se curvaram apesar de sua austeridade.

— Ainda não. Traga-me a resposta, e eu talvez diga. — Ele mexeu no mapa e apontou. — Estamos aqui, em Barnard Castle.

— Como esse proprietário de terras é escocês, parece seguro afirmar que Fletcher e os outros atravessarão a fronteira comigo em algum ponto. — Heather traçou sua rota adiante, seguindo a oeste por todo o norte da Inglaterra, ao sul da fronteira. Havia várias estradas secundárias que se ligavam e rumavam para o norte, para a Escócia. — Cobbins mencionou que eu veria castelos e um ou dois fortes romanos do coche. — Ela olhou o mapa mais de perto. — Isso é possível se continuarmos nesta estrada? Ou quer dizer que em breve vamos nos dirigir ao norte?

Eles se debruçaram sobre o mapa, então ele resmungou.

— Há vários castelos perto da estrada e pelo menos dois fortes romanos. O que isso nos diz, senhorita esperta, é que o coche permanecerá nesta estrada pelo menos até Penrith.

Ela sorriu em resposta à aprovação dele e examinou seu rosto.

— Por que está tão satisfeito com isso?

Ele olhou-a nos olhos.

— Quero parar em algum lugar para obter algumas provisões.

Um disfarce melhor, que lhe permitisse ficar muito mais perto dela e dos sequestradores. Ele também queria uma ou duas armas, pelo menos uma pistola e uma lâmina. Hesitou, e então disse:

— Partirei amanhã cedo. Não há sentido em lhes dar oportunidades desnecessárias de reconhecer meu rosto. Aposto que a levarão para a Escócia. E, sim, concordo que esse destino me parece certo — via Penrith e depois Carlisle.

Ela estudou o mapa.

— Parece o caminho mais provável. — Com o dedo, ela traçou a estrada seguindo até o norte de Carlisle, adentrando mais a Escócia. — Como estávamos na Great North Road, indo diretamente para Edimburgo, mas nos desviamos e agora parecemos estar a caminho de Carlisle, então parece que Glasgow, e não Edimburgo, é o destino final.

Ele concordou.

— Glasgow, ou mais ao norte. Se esse proprietário de terras se encontrou com eles em Glasgow, talvez seja onde devem entregá-la a ele.

Ele fez uma pausa, em seguida, perguntou:

— Sabe se alguém em sua família tem um inimigo escocês?

Ela olhou para cima, o olhar suspenso. Passado um momento, balançou a cabeça lentamente.

— Nenhum que eu já tenha ouvido falar. E não entendo como isso poderia ter acontecido. Nós nunca, até onde eu sei, tivemos relações com alguém ao norte da fronteira. Bem, exceto por Richard e Catriona, é claro.

Ele considerou, depois balançou a cabeça também.

— Não consigo imaginar o porquê, mesmo que Richard tenha brigado com algum proprietário de terras escocês, este colocaria na cabeça a ideia de atingir você e suas irmãs. A relação não é próxima o bastante. — Ele voltou a se concentrar no rosto dela. — Seus irmãos nunca mencionaram ter algum problema na Escócia?

Ela fechou a cara.

— Nenhum deles nunca me falou diretamente de nenhuma dificuldade, mas... — Ela levantou um dos ombros — ... é possível que Rupert tenha estado envolvido na denúncia de algum esquema fraudulento escocês. Você sabe como ele é. Ou Alasdair poderia ter roubado algum artefato valioso debaixo do nariz de algum ávido colecionador escocês.

— Humm. Suspeito que, se qualquer um de seus irmãos acreditasse que houvesse a menor das ameaças contra você ou suas irmãs, você já saberia.

Ela sorriu.

— Verdade. Teria havido sangue no chão em Dover Street, quando eles tentaram nos cercar.

Eles ficaram em silêncio por um momento, ambos imersos em seus pensamentos, então ele estendeu a mão para o mapa. Redobrou-o e guardou-o no bolso do paletó, depois se levantou e estendeu a mão.

— Vamos. Vou levá-la de volta para seu quarto e para a estimável Martha.

Ela lhe deu a mão e permitiu que ele a levantasse.

— Amanhã... não se preocupe — murmurou ele, enquanto a conduzia de volta pelo lado mais escuro da sala. — Estarei em Carlisle à espera para seguir o coche quando você passar. — Através da penumbra, ele a olhou nos olhos. — Não vou perdê-la.

Os lábios dela se encurvaram suavemente.

— Eu não imaginava que faria isso.

CAPÍTULO 5

Heather passou a noite inquieta. Levantou-se antes do amanhecer e ficou diante da janela, olhando ao leste para o pátio dos fundos da estalagem. Quando o céu se suavizou, assumindo um tom de cinza perolado com listras fracas de dourado e cor-de-rosa, ela viu Breckenridge sair, subir no cabriolé e, com uma chicotada, ir embora.

Algumas horas mais tarde, entrou no coche de mau humor. Enquanto deixavam Barnard Castle, ela olhou pela janela e reconheceu uma incerteza trepidante de que poderiam virar ao norte em alguma outra estrada, fazendo com que Breckenridge perdesse seu rastro. Não podia descartar a possibilidade, mas, determinada a não deixar que isso a enervasse mais do que já estava, afastou o pensamento e concentrou-se no que mais poderia descobrir sobre o patrão dos sequestradores, o misterioso proprietário de terras. Repassando as respostas que Fletcher dera no dia anterior, sentiu que estava se aproximando dos limites do que ele sabia a respeito do homem. Recordando a pergunta de Breckenridge, refletiu e depois encarou Fletcher — mais uma vez sentado diante dela — com um olhar direto.

Observou-o sem disfarçar, até que, mexendo-se sob o olhar dela, ele arqueou uma das sobrancelhas em um gesto mal-humorado.

— O quê?

— Eu só estava pensando... Presumo que estejamos prestes a atravessar a fronteira, que o lugar em que vamos encontrar aquele proprietário de terras será na Escócia. Você disse que o conheceu em Glasgow. Embora eu já tenha ido a Edimburgo, nunca fui a Glasgow. Como é a cidade?

Fletcher deu de ombros.

— Igual a qualquer outra cidade com um grande porto. — Ele ponderou, depois disse: — Parecida com Londres; não, com Liverpool, eu diria.

— Acho que você mora lá.

— Sim e não. — Fletcher olhou em seus olhos e sorriu conscientemente. — Nós nos mudamos várias vezes ao longo dos anos. Íamos aonde quer que o negócio fosse melhor. Nos últimos anos estamos aquartelados em Glasgow, mas eu estou pensando que, assim que a entregarmos, talvez seja hora de nos mudarmos.

Como se os planos dele não fossem de nenhum interesse para ela, o que de fato não eram, Heather deu de ombros e voltou a olhar pela janela. Tinha a resposta que Breckenridge queria, mas teria de esperar até encontrá-lo novamente para compreender seu significado.

Cobbins sentou-se mais à frente e chamou a atenção dela para um castelo em uma colina próxima.

Ela olhou e trocou observações sobre a construção com Cobbins e Martha. Voltando a se recostar no banco, sentiu-se um pouco mais confiante de que haviam interpretado corretamente os comentários que Cobbins fizera no dia anterior. Estavam na estrada para Penrith — aquela ladeada por vários castelos e fortes romanos.

O que mais ela poderia perguntar? O que mais poderia descobrir?

Fletcher respondia melhor a saraivadas rápidas de perguntas e abordagens tangenciais. No entanto, não importava o quanto ela vasculhasse o cérebro, não conseguia pensar em outra maneira de perguntar:

— Onde vamos encontrar esse proprietário de terras? Não entendo por que você não pode me dizer.

— Ora, vamos. — Fletcher trocou um olhar com Martha, carregado de alguma forma de comunicação silenciosa.

Do canto do olho, Heather viu Martha balançar a cabeça.

Fletcher desviou o olhar para Heather.

— O que entendo é que não há necessidade de você saber. Vai descobrir quando chegarmos lá.

— Mas...

Ela forçou, pressionou, atormentou e incomodou, tudo em vão. Pelo sorriso de lábios finos de Fletcher, teve a nítida impressão de que estavam brincando com ela.

Como Fletcher estava irredutível, ela apelou para Martha.

— Estou certa de que você entende. Saber seria de grande ajuda.

Martha bufou. Ela rearrumou sua capa volumosa, em seguida cruzou os braços e fechou os olhos.

— Não há sentido em continuar assim. Muito em breve você descobrirá para onde a estamos levando. Não há razão para que saiba de antemão. Isso não fará nenhuma diferença para você.

Martha ficou em silêncio. Quando Heather voltou seu olhar para Fletcher, percebeu que ele também havia fechado os olhos.

Contrariada, voltou a se recostar no banco, cruzou os braços e acomodou--se no canto.

Cobbins ainda estava de olhos abertos, observando-a com uma expressão despreocupada. Ela percebeu que o trio mantinha sobre ela uma vigilância discreta; um ou mais deles estava sempre observando para evitar que ela fugisse, mesmo em momentos como aquele. Somente quando acreditavam que ela estava em segurança, fosse porque estava cercada por eles em alguma mesa, ou porque estava enclausurada em um quarto com Martha durante a noite, sem roupas com as quais pudesse sair, é que tiravam os olhos dela.

Eles passaram por mais dois castelos, que Cobbins teve o cuidado de apontar. Algum tempo depois, ela viu uma placa avisando que Penrith ficava a 11 quilômetros dali. O alívio inundou-a, arrefecendo um pouco de sua crescente tensão. Se fossem passar por Penrith e pretendessem atravessar a fronteira com a Escócia, então era certo que chegariam a Carlisle, onde Breckenridge estaria esperando.

A forma como ela via seu "arqui-inimigo" definitivamente mudara. De fato, ela duvidava que voltaria a pensar nele dessa maneira. Em sua mente, ele passou a representar segurança, e, independentemente de tudo o mais que ele fosse, ela sabia que era um homem em quem podia confiar.

Confiança de um tipo recíproco, que a apoiava.

Sem nada mais a fazer, ela repassou tudo o que sabia sobre as terras além da fronteira. A manhã já findava, aproximando-se do meio-dia. Viajando àquele ritmo, deviam estar planejando pernoitar em algum lugar não muito longe da fronteira; não havia chance de chegarem a Glasgow naquele dia.

Isso ela sabia, mas não muito mais. Em todas as suas viagens anteriores à Escócia, ela se desviara a oeste logo após Carlisle, saindo da rodovia em Gretna e pegando a estrada para Dumfries até New Galloway e de lá para o norte, até o vale de Casphairn, lar de Richard e Catriona. Ela conhecia aquelas estradas, aquelas cidades, aquela paisagem, mas, à parte isso e Edimburgo, que ela visitara uma vez com Richard e Catriona, a Escócia permanecia um território desconhecido, úmido, frio, envolto em névoa e coberto pela garoa.

Naquelas circunstâncias, a perspectiva de ver Glasgow, ou mesmo prosseguir ao norte até as terras altas, não a enchia de um entusiasmo ansioso.

Ela sentia que encontrar o misterioso proprietário de terras que havia encomendado seu sequestro era algo que, no fundo, não precisava fazer.

Descobrir quem ele era bastaria.

O coche entrou em Penrith, virou para o norte na estrada principal em direção a Carlisle e sacudiu-se adiante.

Ela estava se sentindo um pouco tonta, com fome, quando, após vários quilômetros tediosos, o coche entrou no vilarejo de Plumpton Wall e, por fim, diminuiu o ritmo. O cocheiro virou para o pátio de uma pequena estalagem e fez os cavalos pararem.

Descendo do coche sob o sol fresco, Heather respirou fundo, depois olhou em volta. Martha apareceu ao lado de seu ombro e colocou-a em movimento rumo à estalagem. Enquanto subia os degraus na ponta dos pés e seguia Fletcher até uma pequena taverna, Heather pensou nas paradas que fizeram, refletindo sobre o quão cuidadosos os sequestradores haviam sido.

Acreditando que ela carecesse de coragem e se sentisse muito inibida pela farsa bem-pensada deles para tentar fazer qualquer cena em público, eles a haviam tratado com sensatez, mas também não haviam se arriscado. Todos os lugares onde pararam — Knebworth, Stretton, Carlton-on-Trent, Bramham, Barnard Castle e, no momento, Plumpton Wall — ou eram cidades muito pequenas, ou fora do caminho, o tipo em que era muito improvável encontrarem alguém que a conhecesse bem a ponto de reconhecê-la. Esse era o único defeito verdadeiro no plano dos sequestradores, e eles haviam tomado medidas para reduzir os riscos.

Na verdade, com a alta sociedade ocupada em Londres, uma vez que a Temporada estava apenas começando, o risco de se encontrar casualmente com alguém conhecido era quase inexistente, portanto, desimportante.

Ela manteve um silêncio restrito enquanto comiam; não viu nenhuma razão para sequer tentar extrair mais informações, pelo menos não no momento.

Quando, uma hora depois, voltou para o coche e sentou-se em seu canto de costume, estava consciente de um fio cada vez mais penetrante de tensão, de uma expectativa trepidante que transbordava mais uma vez. Ela esperou até estarem de volta na estrada, indo ininterruptamente para o norte, e então observou novamente os sequestradores, apenas para perceber que seu sentimento cada vez mais forte de ansiedade não passava de um reflexo do que eles sentiam.

Fletcher não estava mais curvado, mas sentado ereto e alerta, olhando atentamente para fora, o rosto carrancudo, como se estivesse fazendo planos. Cobbins estava com as mãos nas coxas, os olhos fixos no outro lado da carruagem, mas sem ver nada, Heather poderia jurar. Estava pensando, imaginando; até agora ele tinha mostrado poucos sinais de permitir-se a qualquer das duas atividades.

Um olhar de soslaio mostrou que Martha também estava bem atenta.

Heather tentou imaginar o porquê os três permaneciam vigilantes daquela forma. A fronteira propriamente dita ficava depois de Carlisle... talvez fosse apenas porque a cidade fronteiriça era o mais longe que haviam viajado desde Londres e geralmente estava repleta de soldados e oficiais, agentes da Alfândega e da Receita, e outros.

Talvez a vigilância dos sequestradores estivesse meramente atingindo novos patamares.

Pela janela, ela olhou para os campos primaveris que passavam. Apesar da tensão, sentiu-se resoluta. Calma e pronta para encarar o que quer que viesse pela frente.

Porque, a despeito de tudo, eles estavam, enfim, passando por Carlisle.

Breckenridge permaneceu na sombra, onde a parede curva externa de uma das torres do Castelo de Carlisle encontrava uma das paredes retas laterais. Com as costas encostadas na pedra vermelha, ele observava as carruagens se aproximarem pelo norte na estrada que vinha de Penrith. Para entrar em Carlisle de maneira adequada, todos os veículos tinham de passar pela posição onde ele estava. Camuflado pela penumbra, era provável que nenhum passageiro em nenhuma procissão de coches o visse, a não ser que olhasse especificamente para ele.

Ele estava satisfeito com tudo o que realizara como forma de se preparar para quaisquer perigos que houvesse depois da fronteira. Sua primeira aquisição foi um par de pistolas, de cano curto e de em prata, pequeno o suficiente para caber no bolso do paletó. Este e as calças, a camisa lisa e o colete vieram em seguida. Ele teve de visitar mais de um alfaiate para encontrar roupas prontas que lhe servissem, ainda mais porque fazia questão de parecer levemente em mau estado. Seu mais novo disfarce, de escriturário de procurador, pobre e desempregado, foi concebido para lhe permitir que se aproximasse abertamente dos três sequestradores de Heather.

Embora tivesse comprado um kit de barbear em Newark, deixara de fazer a barba naquela manhã. Ela já escurecia seu rosto, fazendo-o parecer mais áspero, menos elegante, menos respeitável. Com a velha escrivaninha e os apetrechos desgastados que encontrou em um brechó, achara a tinta com a qual sujara seu dedo médio e a ponta de seu polegar direitos, pois ele tinha a intenção de se mostrar a Fletcher, Cobbins e Martha como um igual, alguém que não lhes suscitasse qualquer desconfiança instintiva, imediata.

Se a falta de atenção que recebeu quando, no esforço de reprimir sua arrogância e atitude inatas de aristocrata, atravessou a cidade a pé significasse alguma coisa, então ele alcançara seu intento. Foi capaz de comprar uma carruagem velha e barulhenta com um cavalo quase moribundo sem ter de insistir que sim, que queria mesmo aquele cavalo, aquela carruagem.

Se qualquer um de seus amigos visse sua nova carruagem, chorariam de tanto rir.

Mexendo-se junto à parede, agradavelmente quente com o calor retido da luz do sol que incidira mais cedo, ele continuou a observar as carruagens, por fora aparentando paciência, por dentro cada vez mais inquieto.

Havia considerado enviar outra missiva para o sul, para os Cynster. Ponderara a questão por mais de uma hora, mas, no fim, não o fez. Para começar, se os primos de Heather reagissem e seguissem para o norte, como era muito provável, quase certamente conseguiriam o oposto do que ele lutara tanto para fazer até então, isto é, manter em segredo a presença de Heather com os sequestradores.

Se a alta sociedade soubesse que ela esteve nas mãos de Fletcher e Cobbins, mesmo que por apenas uma noite, sua reputação ficaria irremediavelmente maculada, a despeito da presença de Martha. Nada do que ele pudesse dizer ou fazer depois serviria para corrigir isso, não aos olhos de censura da alta sociedade. As pessoas próximas a ela, e a ele, aceitariam a verdade; a sociedade em geral, não.

Além disso, era muito difícil explicar a situação para alguém que não sabia a história toda, dizer que Heather ainda estava nas mãos dos sequestradores, mas que estava a salvo. Que ele iria garantir que ela continuasse em segurança.

Essa última parte era a mais difícil de esclarecer, especialmente quando colocada ao lado do fato de que estavam prestes a cruzar a fronteira com a Escócia. Não importava quais palavras usasse, qual explicação simplista desse, o resultado era o reconhecimento velado de que ele se casaria com ela.

Mas e se ela se recusasse? Até que ele soubesse que direção ela iria tomar, fazer qualquer declaração seria imprudente.

Claro que, dada a situação, agravada por sua reputação como um dos mais notáveis boêmios de Londres, e pela reputação dela como uma jovem bem relacionada, bem-educada e, em grande parte, bem protegida, não havia opção. Ainda mais porque ambas as famílias andavam no círculo mais rarefeito da alta sociedade. E, enquanto parte dele sentia que deveria ralhar contra tal destino imposto socialmente, a maior parte, de maneira surpreendente, aquiescia. Ele suspeitava que isso se devia, pelo menos em parte, ao fato de que ela era um mal que ele conhecia.

Mesmo quando essa ideia passou por sua cabeça, ele recordou-se de todas as coisas que não sabia sobre ela, mas que tinha aprendido nos últimos dias.

Ela se provara surpreendentemente perspicaz. Fora decidida e leal. Observara e agira em situações nas quais muitas damas teriam sucumbido em um pânico impotente. Fraca ela não era, nem de vontade nem de caráter.

Ele poderia ter noivas muito piores.

Nenhuma das duas famílias faria estardalhaço; embora talvez não fosse um casamento por amor, após os últimos dias toda a raiva passara, e ele estava razoavelmente certo de que, se eles concordassem, poderiam se dar bem o suficiente.

O que era mais do que poderia dizer de qualquer outra mulher que conhecesse.

Casamentos baseados no amor até poderiam ser a moda atual, mas ele, pessoalmente, desistira do amor havia muito tempo. Quinze anos, para ser mais preciso. E, embora suspeitasse que Heather preferisse casar-se por amor, ela tinha 24 anos e, ao fim da Temporada, seria formalmente considerada fora do páreo. Claramente seu príncipe encantado não havia aparecido para arrebatá-la. Considerando o que vira do pragmatismo dela nos últimos dias, ele suspeitava que, quando lhe pedisse a mão em casamento, dando-lhe tempo para refletir sobre o assunto, ela aceitaria.

Mas se não aceitasse...

Ele franziu a testa, endireitou-se, depois deixou esse pensamento de lado. Ela era uma mulher sã e sensata; aceitaria a necessidade.

Se não aceitasse, no entanto... havia aquela faísca que sempre queimara entre eles, que ele poderia, se quisesse, abanar para que se tornasse uma chama, tão feroz e impetuosa que seria capaz de destruir as objeções dela.

Convencê-la poderia até ser divertido.

Sua imaginação empenhava-se em analisar as possibilidades quando um coche familiar destacou-se no tráfego carregado, de imediato chamando sua atenção. Mantendo-se nas sombras, ele esperou o barulhento coche passar e observou-o se desviar vagarosamente de outra grande estrada e continuar ao norte.

Era o meio da tarde, e a fronteira ficava a apenas dezesseis quilômetros seguindo pela estrada. Claramente, os sequestradores pretendiam levar Heather para a Escócia naquele dia.

Afastando-se da parede, Breckenridge observou o coche por mais um momento, então se afastou para ir buscar sua carruagem em um estábulo das proximidades.

Heather sentiu um momento de franco pânico quando as rodas atravessaram devagar a ponte que se estendia sobre o rio Sark e entraram, barulhentas, na Escócia.

Disse a si mesma que Breckenridge estaria logo atrás, que ela não estava sozinha. Que, quando chegasse a hora, ele iria ajudá-la a fugir. Isso melhorou seu humor.

Alguns quilômetros antes, o coche havia passado por uma estrada principal que levava a Edimburgo através de Hawick e Selkirk; estavam, ao que parecia, definitivamente indo rumo a Glasgow.

Nos quilômetros adiante, o caminho lhe era familiar. O vilarejo de Gretna ficava logo depois da fronteira, chalés espalhados a esmo à esquerda da estrada. Um minuto mais tarde, também à esquerda, passaram pela bifurcação que ela estava acostumada a pegar para se dirigir a Dumfries e, por fim, ao Vale.

Recostada, descansando a cabeça nas almofadas, ela refletiu que estava viajando em território inexplorado. Perguntou-se quanto mais avançariam naquele dia. Havia questionado várias vezes, mas tudo o que Fletcher ou Martha disseram era que ela "iria descobrir muito em breve".

Ela resmungou para si mesma e se acomodou no banco, aconchegando-se no manto que Martha lhe fornecera; embora fosse primavera, na Escócia era nitidamente mais frio do que no sul da Inglaterra.

O coche diminuiu a velocidade.

Olhando pela janela, ela viu as casas do vilarejo ao norte de Gretna. Gretna Green era notório pelos casamentos realizados às escondidas diante da bigorna do ferreiro.

O coche freou até quase parar, então virou pesadamente à esquerda.

Martha, olhando pela outra janela, disse:

— Então é aqui? O famoso ferreiro?

Fletcher lançou um olhar naquela direção.

— Sim, é aqui. — Ele olhou para trás, para Heather. — Vamos parar em uma pequena estalagem um pouco adiante nesta rua.

Era apenas uma de suas paradas habituais. Heather disse a si mesma que a proximidade com a famosa bigorna era incidental. Embora tivessem passado por várias estalagens em Gretna, a pequena estalagem interiorana diante da qual o coche parou era mais do estilo de Fletcher.

A Nutberry Moss Inn era velha. Seus dois andares pareciam desgastados, mas ainda sólidos. Com paredes de pedra caiadas de branco, janelas e portas pretas, bem como imensas vigas pretas servindo de suporte para o telhado cinza-escuro de ardósia, a construção parecia afundada e ancorada na terra, como se tivesse literalmente criado raízes.

Fletcher saiu primeiro, depois ajudou Heather a descer. Ela parou no degrau do coche para olhar ao redor. Havia poucas árvores para bloquear sua visão. Ela não viu Breckenridge, mas conseguiu se orientar. A rua em que a estalagem ficava continuava a oeste, fundindo-se com uma estrada maior que levava a Dumfries, bem perto dali.

Pisando no cascalho áspero do pátio, ela examinou a parte da frente da estalagem; ela tinha um ar de aconchego caseiro. Então, Martha juntou-se a ela; com Cobbins na retaguarda, eles seguiram Fletcher até a estalagem.

Lá dentro era muito mais quente. Heather estendeu as mãos perto das pequenas chamas na lareira construída em uma das paredes do salão e olhou ao redor com curiosidade. Um lance de escadas estreitas levava para cima, dividindo o salão da frente em dois. O estalajadeiro acabara de sair de uma porta vaivém na parte traseira do salão à esquerda da escada; aquela porta, presumivelmente, dava na cozinha. Enxugando as mãos em um pano, ele deu as boas-vindas a Fletcher. Ao ser informado de que precisavam de quartos, o estalajadeiro cruzou o salão até um balcão longo encostado à parede à direita da escada.

Voltando-se para o fogo, Heather repassava na mente perguntas em potencial — relembrando o que mais precisava descobrir com os sequestradores — quando ouviu Fletcher informar ao estalajadeiro:

— Não sei quantos dias ficaremos aqui. Dois, pelo menos, mas muito provavelmente mais. Vamos ficar aqui até que o agente de Sir Humphrey Wallace, um tal de sr. McKinsey, chegue para escoltar a jovem daqui por diante.

Virando-se para trás, Heather olhou para Fletcher — para as costas dele. O homem permaneceu envolvido com o estalajadeiro, negociando os quartos.

Voltando-se para frente, ela fitou Martha com um olhar exigente.

— É *aqui* onde vocês vão me entregar? Vamos esperar por aquele proprietário de terras aqui?

Martha encolheu os ombros.

— É o que Fletcher diz. — Seu rosto magro estava totalmente incomunicável.

— Mas ele não está aqui ainda?

— Não — disse Martha, arrumando o xale. — Parece que vai levar alguns dias para chegar aqui, seja lá de onde esteja vindo.

Fletcher ainda negociava com o estalajadeiro. Heather se voltou para Cobbins, como sempre de pé por perto.

— Quando você avisou a ele que haviam me capturado e estavam me levando para o norte?

Como ela esperava, Cobbins respondeu:

— Mandei uma carta pelo correio noturno em Knebworth.

Heather calculou; estava perdendo a noção dos dias, mas... se McKinsey tivesse partido de Edimburgo ou Glasgow, deveria estar ali, se não naquele dia, certamente no dia seguinte.

Antes que ela pudesse prosseguir naquela ideia, Fletcher se aproximou.

— Dois quartos, como de costume, ambos na ala leste, mas não um ao lado do outro. — Ele olhou para os dois rapazes que carregavam suas bagagens. — Cobbins e eu ficaremos no quarto mais perto da escada.

Heather endireitou-se, ergueu o queixo. Semicerrando os olhos, fixou-os no rosto de Fletcher.

— Por que estamos parando aqui?

Em tom suave, mas não convincente, Fletcher voltou-se a ela e disse:

— Aqui é o lugar onde McKinsey nos disse para trazê-la.

— Porque de todas as cidades da Escócia ele escolheu Gretna Green?

Fletcher abriu bem os olhos.

— Não sei. — Trocou um olhar com Martha, depois deteve-se em Heather. — Podemos imaginar, mas não sabemos realmente — acrescentou, dando de ombros. — Aqui é o lugar que ele falou, então é para cá que a trouxemos. Até onde sabemos, é só por isso.

E não acreditavam nisso por um segundo sequer.

Heather absoluta e definitivamente não gostava das implicações. Ela sabia que, em teoria, uma mulher tinha de estar disposta a se casar, fosse diante de uma bigorna, como na tradição de Gretna Green, ou de qualquer outra forma, fosse na Escócia ou em qualquer outro lugar na Grã-Bretanha.

O que ela não sabia era até que ponto uma mulher precisava demonstrar consentimento em um lugar como Gretna Green. Será que ela teria de fazer alguma declaração de concordância? Ou será que poderia ser drogada ou coagida de alguma forma para garantir que o contrato fosse celebrado?

Uma coisa que sabia era que os casamentos realizados diante da bigorna em Gretna Green eram legais e legítimos. Seus pais haviam se casado lá.

Ela não fez nenhuma objeção quando Martha enxotou-a escada acima e a conduziu até o quarto. Por dentro, sentia um estranho isolamento. Para ela, o caminho a seguir acabara de se tornar cristalino. Era obviamente hora de abandonar os sequestradores, fugir e sair correndo com o que já havia descoberto. Quando Breckenridge chegasse, ela lhe diria que estava pronta para escapar...

Mas Fletcher dissera que ficariam ali por dois dias ou mais.

Ao entrar no quarto na frente de Martha, mal notando o par de camas estreitas e a única janela pequena, Heather refletiu, mas não achava que Fletcher houvesse mentido. Ele não era honesto, mas em geral se concentrava no que havia adiante; ela achava pouco provável que ele tivesse inventado a história de ter de esperar por dias.

Por que inventaria? Ele não sabia que Breckenridge estava por perto, não sabia da fuga certa dela de suas garras. Não havia, do ponto de vista deles, razão para mentir para ela a respeito do tempo que permaneceriam ali, esperando pela chegada de McKinsey.

Afundando na cama mais distante da porta, ela olhou para a parede e se perguntou se havia alguma maneira de tirar vantagem da situação para seus próprios fins. Se, com o que já sabia, poderia pressionar Fletcher, Martha e Cobbins para obter ainda mais informações sobre McKinsey. E, quando enfim decidisse escapar, se a fuga poderia ser cronometrada de modo que ela e Breckenridge permanecessem por perto o suficiente para verem McKinsey chegar.

Se ela e Breckenridge conseguissem dar uma boa olhada no homem, teriam uma chance muito maior de identificá-lo e, subsequentemente, anular qualquer ameaça que ele pudesse representar, no momento ou depois, às irmãs e primas dela, bem como a si mesma.

Respirando fundo, pôs de lado essas especulações até que pudesse discuti-las com Breckenridge, levantou-se e atravessou a sala para iniciar negociações sobre quais roupas a "dama de companhia" lhe permitiria recuperar da grande bolsa que Martha continuava a proteger como um cão de caça.

Breckenridge estava na taverna, oculto pelo disfarce de escriturário de procurador, ladeado por três habitantes locais, cada um consumindo uma porção de guisado do jantar servido pela estalagem, quando Heather e os sequestradores entraram.

A estalagem era, por acaso, muito pequena para ter uma sala de jantar separada. Junto com os outros homens, todos mais velhos e distintamente mais grisalhos que ele, Breckenridge podia olhar para cima, aparentemente distraído de sua refeição pela visão de uma jovem de qualidade — não importavam as roupas que Heather usava; sua carruagem, sua compostura gritavam suas origens — entrando na sala a passos leves.

Por um fugaz instante, ele encontrou-lhe os olhos. Os dela se arregalaram bem de leve ao vê-lo; à parte isso, nada transparecia em sua expressão enquanto seu olhar se desviou, examinando os ocupantes da taverna, depois passando para a garçonete que se movimentava para levar ela e os outros três até uma mesa na frente do salão.

De todos os homens presentes, ele deveria ter sido o único que entendeu corretamente o que o queixo dela, levemente inclinado para cima, indicava. Ela estava forçando uma expressão calma, o que significava que algo a incomodava.

Olhando para o prato, ele fechou a cara. Antes ela não parecera muito preocupada com o cativeiro. Não que não tivesse reconhecido que de fato era um cativeiro, mas parecia vê-lo como uma cruz a ser carregada até que pudesse saber o que estava por trás do rapto. Mas no momento... algo havia mudado.

O instinto cutucou-o com mais insistência. Ele não havia ficado animado com a estalagem que Fletcher escolhera, nem com a forja muito famosa que ficava a uma curta distância a pé dali, mas, uma vez que ela presumira que os sequestradores a levavam para Glasgow, ele encarara a Nutberry Moss Inn como apenas uma parada conveniente.

Considerando a súbita preocupação de Heather, talvez não fosse bem assim.

Brincando com os pedaços de carneiro que nadavam no molho que preenchia seu prato, ele voltou sua mente para considerar onde, exatamente, iria encontrá-la naquela noite.

Do outro lado da pequena taverna, Heather estava sentada em um banco, de costas para a parede, prensada no canto pela forma robusta de Martha. A única vantagem de sua posição era que ela podia ver onde Breckenridge estava sentado, a uma mesa perto do bar, com três habitantes locais.

No instante em que ela, de braços cruzados, em posição aparentemente distraída, olhava naquela direção, ele fez um comentário e os outros três riram. Seu cabelo estava tão maltratado que não mais se assentava como deveria, fazendo-o parecer mais boçal, ainda mais com uma barba que escondia parte de seu rosto. Com um guardanapo dobrado no colarinho, ele apoiava os cotovelos na mesa, apoiando-se neles enquanto com um garfo pegava um pouco de guisado — e falava de boca cheia. Ela não conheceu a falecida mãe dele, mas pelo menos suas irmãs, se pudessem vê-lo, ficariam horrorizadas.

No entanto, o disfarce funcionava muito bem. Embora não fosse um habitante local e ainda claramente se destacasse como alguém diferente, ele se encaixava na imagem da Nutberry Moss Inn. Parecia que pertencia àquele lugar.

O alívio que ainda a percorria — que inundara seu corpo no momento em que seus olhos avistaram os cabelos escuros dele — era intenso; ela deveria ter ficado mais preocupada do que quisera admitir.

Mas ele estava ali, por perto; ela podia deixar de lado a preocupação e se concentrar em extrair todas as informações que pudesse antes que a chegada de McKinsey a forçasse a fugir.

A garçonete chegou com as refeições. Heather não disse nada, mas aplicou-se a comer as fatias finas de cordeiro assado, com pastinaca e repolho, enquanto em seu íntimo listava todos os pequenos detalhes reveladores que Fletcher, Cobbins e Martha haviam deixado escapar.

Quando se encontrasse com Breckenridge mais tarde, ela teria de apresentar tudo o que descobrira para sustentar seu argumento de que, com McKinsey ainda a dias de distância, eles não precisavam ter pressa de sair da Nutberry Moss Inn. Poderiam ficar mais alguns dias e ver o que mais ela conseguiria descobrir.

Embora Fletcher a encarasse com uma expressão avaliativa — ela suspeitava que ele estivesse esperando um ataque histérico em resposta à proximidade da bigorna do ferreiro —, Heather manteve a cabeça baixa e se agarrou a sua passividade. Não era de todo natural, mas os sequestradores não sabiam disso.

Assim que terminou de catalogar na mente tudo o que descobrira, ela se concentrou em outras perguntas que poderia fazer — e nos argumentos para justificá-las.

A refeição terminou. Martha a olhou, depois resmungou.

— Não sei quanto a você, mas quero ir para a cama. Venha. Vamos subir.

Martha levantou-se do banco. Heather olhou para Fletcher, então suspirou e deslizou pelo banco para se pôr de pé e se juntar a Martha. Fletcher e Cobbins permaneceram sentados; ambos ainda bebiam canecas de cerveja.

Enquanto atravessava a taverna, seguindo os passos largos de Martha, Breckenridge olhou-a e ela retribuiu o olhar.

De imediato, ele desviou o olhar para frente — para além da porta, do outro lado do vestíbulo.

Ela olhou naquela direção, viu o balcão de recepção e atrás dele a porta estreita que levava ao que parecia ser um pequeno bengaleiro.

Olhando para trás, encontrou Breckenridge encarando-a novamente, assim como todos os outros homens na taverna.

Inclinando a cabeça, ela balançou o cabelo, como se uma mecha brincalhona fosse a razão para o movimento.

Breckenridge olhou para baixo, para a caneca de cerveja que embalava entre as mãos.

Virando-se, Heather saiu da taverna seguindo Martha e subiu as escadas.

Satisfeito por ela tê-lo entendido, Breckenridge bebeu toda a caneca, então se ofereceu para encher as canecas dos outros três homens que lhe haviam fornecido tão excelente disfarce ao longo da noite. Almas amigáveis.

Todos eles beberam as canecas até o fim e as entregaram, mas um disse:

— Ei, pensei que você estivesse sem trabalho.

— E estou. — Reunindo as canecas, Breckenridge levantou-se e sorriu para eles. — Mas que dia duro seria se um homem não pudesse compartilhar uma bebida com espíritos análogos ao seu. Qual o sentido de trabalhar se você não puder fazer nem isso?

Todos gritaram em concordância. Após ir até o bar, ele se debruçou nele enquanto o *barman* enchia as canecas. A maioria das pessoas na taverna pareciam ser moradores locais, não hóspedes da estalagem; embora tivesse presumido que ele e Heather ficariam ali apenas por uma noite, se precisasse, não era provável que estender a estadia seria difícil.

Dando meia-volta, ele olhou para sua mesa de amigos em prontidão. Com o canto do olho, viu Fletcher e Cobbins falando baixinho por cima das cervejas. Brincou com a ideia de abordá-los, mas, se de fato permanecessem ali por mais de uma noite, demorar-se para estabelecer sua boa-fé como um inofensivo escriturário de procurador — aceito pelos moradores locais — renderia frutos melhores do que uma aproximação amigável mais direta.

— Aqui está. — O *barma*n colocou em uma bandeja a última das quatro canecas cheias.

— Agradeço.

Breckenridge lembrou-se a tempo de pegar algumas moedas e pagar, em vez de simplesmente esperar que o homem colocasse as bebidas na conta dele. Era pouco provável que a escriturários desempregados fosse concedido crédito.

Levou a bandeja de volta, colocou-a na mesa e sentou-se, depois ele e os outros três estenderam a mão para as canecas. O silêncio reinou enquanto todos bebiam. Era, de fato, uma bebida muito saborosa.

Então, um homem começou a contar uma história de um tropeiro local que os homens da Alfândega e da Receita alocados em Gretna haviam parado antes que pudesse atravessar a fronteira.

— Ele está tendo de provar que todos os novilhos são dele.

Um dos outros homens bufou.

— Eu gostaria de vê-lo fazer isso. Todo mundo por aqui sabe que ele "encontra" o gado nas colinas. Tudo o que eles fazem é se juntar ao rebanho dele, pelo menos é o que ele diz.

Houve uma risada geral, e a conversa continuou, abordando vários aspectos da vida local.

Bandejas de cerveja iam e vinham. Após um tempo, o homem sentado ao lado de Breckenridge apontou com a cabeça para Fletcher e Cobbins.

— Vocês têm ideia de quem são eles?

Assim como os outros, Breckenridge fez que não.

— Bem — disse seu companheiro, bem alegre sob efeito da cerveja —, então vamos ver se eles querem vir e se juntar a nós. Ser amigáveis. — Levantando a voz e a caneca, ele gritou para o outro lado do salão. — Ei, vocês dois aí. Venham se unir a nós e beber.

Para demonstrar, o bom rapaz esvaziou a caneca e bateu-a na mesa.

Breckenridge viu Fletcher e Cobbins trocarem um olhar, algumas palavras, e, em seguida, os dois empurraram as cadeiras para trás, pegaram suas canecas e, arrastando as cadeiras, foram juntar-se à mesa.

As apresentações foram feitas. Breckenridge aguardou, o homem mais jovem dos quatro já sentados. Em um gesto solícito, um de seus aliados involuntários acenou para ele e disse:

— E este aqui é Timms. Ele é escriturário de procurador lá de Lunnon, mas infelizmente está sem trabalho e vai para Glasgow para procurar um novo emprego.

Breckenridge cumprimentou Fletcher e Cobbins inclinando a cabeça e apertou as mãos que eles estenderam. À parte isso, porém, não falou mais nada, permitindo que Jim, Cyril, e Henry conduzissem a conversa. Eles, naturalmente, estavam curiosos quanto ao que trouxera Fletcher até lá. Quando foram questionados, Fletcher contou sem hesitar a história que Heather relatara a Breckenridge. Se antes ele nutrira a ideia de que seria fácil contradizer essa história, ao ouvir Fletcher explicar tudo com calma, erradicou qualquer esperança.

Fletcher foi totalmente crível. Demonstrou a personalidade certa para um homem que atuava como um agente contratado por algum fidalgo que estava envelhecendo.

Em seu papel como Timms, Breckenridge assentiu sabiamente.

— Muitas meninas fogem quando pensam que seus guardiões são muito rigorosos. Vejo isso o tempo todo em Londres. Muitas meninas se metem em enrascadas lá.

Ele deixou a conversa se desenrolar, satisfeito com seu papel já estabelecido, com a forma como Fletcher não mais o analisava, mas passara a vê-lo como um homem igual aos outros. Não idêntico, mas indistinguível, desimportante.

O *barman* finalmente bateu no balcão e avisou-lhes que estava fechando.

— Podem deixar as canecas aí. As meninas as pegarão de manhã.

Todos trocaram olhares e beberam o que restava da cerveja. Depositando as canecas na mesa, eles se levantaram pesadamente. Breckenridge estava grato pelos velhos tempos de devassidão, de se embriagar até altas horas; pelo menos estava firme sobre os pés.

Ele, Fletcher e Cobbins levaram os outros três para fora. O estalajadeiro agradeceu-lhes, fechou os ferrolhos e desejou-lhes boa-noite.

Breckenridge se dirigiu para as escadas. Fletcher o seguiu, com Cobbins atrás.

No alto da escada, Breckenridge fez uma pausa e olhou para Fletcher.

— Eu estava indo para Glasgow, mas estou com uma velha lesão nas ancas. — Ele apertou a mão na lateral direita do corpo e fez uma careta de dor. — E é uma dor aguda e terrível. Provavelmente é o resultado de ter dirigido todo este caminho em minha carroça velha. — Levantando a mão, saudou-os enquanto se virava. — Então, talvez eu os veja amanhã, talvez não. Mas, de qualquer maneira, boa sorte para vocês.

— Para você também — respondeu Fletcher atrás dele.

Sem olhar para trás, Breckenridge acenou a mão em agradecimento e atravessou o corredor. Sorrindo.

Heather se arrastou escada abaixo da Nutberry Moss Inn, agarrando-se ao corrimão para não tropeçar. Ao passo que os quartos do andar de cima estavam envoltos em uma penumbra, o fosso das escadas e o vestíbulo abaixo estavam na mais completa escuridão. Ao chegar ao último degrau, ela pisou com cuidado no pavimento de pedra do vestíbulo; voltando-se para onde sabia que o balcão da recepção estaria, viu com considerável alívio que a porta estreita atrás dele estava entreaberta, contornada pela tênue e vacilante luz de velas.

Atravessando o piso, ela rodeou o balcão e abriu a porta.

Breckenridge estava sentado em um banco estreito que corria ao longo de uma parede sob uma prateleira com cabides para casaco, no momento vazia. Ele olhou para cima quando a porta se mexeu; com os cotovelos nos joelhos, as mãos cruzadas apoiando o queixo, levantou a cabeça e acenou para a porta.

— Feche-a — murmurou. — E venha sentar-se.

Vestida com seus trajes habituais, desta vez formada a partir da colcha de sua cama amarrada à cintura com o xale de seda, ela obedeceu à ordem.

Ele se levantou quando ela se virou da porta, tirou a capa dos ombros e, em um gesto solícito, colocou-o sobre ela, sobrepondo as bordas frontais. Grata pelo calor adicional, segurando o manto volumoso perto de si, ela se sentou.

— Obrigada. É um pouco mais frio aqui.

— Humm. — Ele retomou sua posição no banco, ao lado dela. — Então, o que você descobriu? — perguntou, em um sussurro quase inaudível.

Ela fez o mesmo, debruçando-se perto do ombro largo e distintamente reconfortante dele. Essa era uma coisa que ela estava aprendendo a apreciar e que antes não havia admirado; o tamanho dele era reconfortante.

— Em primeiro lugar, quanto à pergunta que você fez, se Fletcher e Cobbins passaram muito tempo em Glasgow, de acordo com Fletcher, eles fizeram de lá sua base durante os últimos dois anos ou mais. Muitos anos, disse ele. — Ela estudou o belo rosto com a barba por fazer e estranhamente mais áspero de Breckenridge. — Então, o que isso lhe diz?

Ele não estava particularmente feliz — ela estava começando a ser capaz de ver através da máscara —, mas ao ouvir as palavras dela, os lábios de Breckenridge formaram uma linha abertamente sombria.

— Isso sugere que esse proprietário de terras que os contratou poderia muito bem ser mais que isso. — Ele olhou-a nos olhos. — Você sabe que um proprietário de terras significa apenas alguém que possui uma propriedade? — Quando ela fez que sim com a cabeça, ele continuou, virando-se para frente, mais uma vez. — Se ele fosse da baixa nobreza, teria um sotaque, e, se Fletcher e Cobbins estavam em Glasgow por mais de um ano, teriam sido capazes de distingui-lo como sendo das terras baixas ou das terras altas. Glasgow é a segunda maior cidade da Escócia, e lá fica o maior porto. Escoceses de todo o país se reúnem lá. Ouvir os diferentes sotaques e saber distingui-los, considerando o intercâmbio de Fletcher e Cobbins, teria sido algo que eles teriam aprendido a fazer, quase por instinto.

Ele fez uma pausa e continuou:

— De fato, se você pensar sobre o que Fletcher falou, ele disse especificamente que *não conseguiram* definir de onde o homem era. Então, eles tentaram, esperaram ser capazes de dizer, mas não conseguiram.

— Sim, é verdade. Mas o que isso significa?

— Significa que não estamos lidando com um proprietário de terras que vem da baixa nobreza — Ele olhou-a. — A Escócia tem excelentes escolas, em Edimburgo e em outros lugares. Se esse proprietário de terras for filho de um nobre, terá sido enviado para uma escola para estudar. Terá sido educado em inglês por ingleses e incentivado a perder o máximo de sotaque para ser considerado civilizado quando estivesse ao sul da fronteira. Já cruzei com alguns escoceses nobres no meu tempo, e eles falam como se houvessem estado em Eton.

Ela fez uma careta.

— Então, nosso proprietário de terras não é um velho latifundiário qualquer, porém, mais provavelmente, se não certamente, um membro da aristocracia?

Ele assentiu.

— É como interpretei isso.

Ela suspirou, depois disse:

— Ele está vindo aqui para me buscar, como se eu fosse uma encomenda. — Sentindo Breckenridge tenso ao seu lado, ela apressou-se em prosseguir: — Contudo, tanto Fletcher quanto Martha disseram que ele só chegará aqui em mais alguns dias, pelo menos dois. — Olhando para Breckenridge, ela encontrou seu olhar de pedra. — Ao que parece, ele vai demorar esse tempo todo para chegar aqui, embora tenham lhe enviado uma carta pelo correio noturno de Knebworth. Se ele ainda não está aqui e não vai chegar pelo menos nos próximos dois dias...

Heather observou enquanto Breckenridge fazia os mesmos cálculos que ela. Observou-o assumir uma expressão muito atípica.

— Das terras altas. Ele só pode ser das terras altas. Essa carta teria chegado a Edimburgo em dois dias. Mesmo tendo em conta que fosse passada adiante por alguém, ainda é muito tempo. Não consigo imaginar que esse proprietário de terras, seja ele quem for, teria colocado em ação esse plano de sequestro e, em seguida, viajado para algum lugar. Ele teria ficado esperando por notícias e certamente partiu assim que as recebeu.

Após um momento, Breckenridge encontrou o olhar dela mais uma vez.

— Não há outra maneira de explicar bem o atraso. Ele deve ser das terras altas. — Ele balançou a cabeça. Quando voltou a falar, seu tom era ligeiramente enojado. — Um nobre das terras altas. Quem sabe que rusgas antigas ele deve ter com os Cynster?

Ela ouvira que seu falecido tio Sebastian e seu avô Sylvester, morto havia muito tempo, haviam trabalhado para a Coroa em assuntos relativos à Escócia em vários momentos. Assentiu com a cabeça devagar.

— É bem provável. Ouvi dizer que os escoceses têm boa memória, especialmente em relação a guerras e batalhas.

— Verdade.

Depois de um momento, Breckenridge continuou:

— Independentemente das suas razões, o fato de que ele escolheu este lugar, de todos os lugares da Escócia, de fazer com que você fosse trazida para cá e mantida aqui até que ele chegasse, não pode significar nada de bom.

Ele olhou para Heather, analisou seu perfil, sentiu a incerteza e a aversão instintiva que sua expressão não chegava a demonstrar. Ela apenas parecia pálida, um pouco assombrada.

Quanto a ele... a situação era significativamente pior do que previra. Se o proprietário de terras fosse mesmo um nobre escocês, então, enquanto estivesse na Escócia, mesmo como Breckenridge, herdeiro do conde de Brunswick, ele teria dificuldades de enfrentar o inimigo. Os escoceses, compreensivelmente, talvez, tinham o hábito de prestar mais atenção aos próprios nobres e muitas vezes aproveitar qualquer oportunidade de atirar uma ou três pedras nos ingleses arrogantes. Como mencionara, ele já havia cruzado com alguns proprietários de terra escoceses; eles tendiam a lutar para vencer. O guerreiro e estrategista dentro dele normalmente apreciavam a tenacidade deles, mas não quando Heather estava envolvida de alguma forma.

A segurança dela era, e continuaria a ser, sua principal preocupação.

— Eu acho — disse ele, fisgando-lhe o olhar quando ela levantou os olhos até seu rosto — que você deve ir embora comigo agora e voltar para Londres.

Tirando uma das mãos de dentro da capa de Breckenridge, ela depositou-a no braço dele. Ele lutou para não ficar tenso, para não esboçar reação; era quase como se ela não registrasse realmente o que fez, mas buscasse conforto, talvez tranquilidade, no contato.

— Eu definitivamente considerei fazer isso, mas...

Ele rangeu os dentes; claro que ela teria um "mas".

Apertando o braço dele de leve, ela desviou o olhar, então afastou a mão. Maliciosamente, ele desejou que ela voltasse a segurá-lo.

— O proprietário de terras não vai chegar amanhã, e eles também não estão esperando por ele no dia seguinte. — Olhando para cima, ela encontrou os olhos dele. — Então temos mais dois dias para extrair de Fletcher e de Cobbins alguma coisa, qualquer coisa, que nos permita identificar o homem, esse misterioso proprietário de terras, e... — Ela respirou fundo, sustentando-lhe o olhar. — Pensei que, se planejarmos minha fuga para que aconteça pouco antes de ele chegar, então poderemos estar nas imediações a tempo de ter um vislumbre dele.

Quando ele apenas a olhou, sem responder de imediato, ela colocou a mão em seu braço mais uma vez e se inclinou, aproximando-se.

— Nós chegamos tão longe sem qualquer dificuldade real. Nem Fletcher nem Cobbins nem Martha fazem a menor ideia de que você está aqui para me salvar, e eu deliberadamente estou levando-os a pensar que estou resignada e que sou indefesa. Com mais alguns dias, quem sabe o que poderíamos descobrir, ainda mais agora que chegamos ao destino final de Fletcher, de modo que ele pode começar a relaxar, pelo menos em relação ao que revela.

Ele precisou olhar apenas para a inclinação do queixo dela para saber que não tinha nenhuma chance de dissuadi-la. Como ele não tinha o direito de dar-lhe ordens ou insistir, pelo menos nenhuma ordem que ela iria reconhecer e muito menos aceitar, suas opções eram severamente limitadas. Causar qualquer tipo de cena estava fora de questão. Havia formulado um plano que lhe permitiria salvá-la mantendo sua reputação preservada, mas um embate público o inviabilizaria... e, entre eles, o dano já estava feito; a sorte, lançada; o assunto, resolvido e selado; e mais alguns dias não alterariam nada disso. Ainda assim, ele decidiu não concordar, capitulando. Então, perguntou:

— Que respostas você acha que deve buscar?

— Eu tinha pensado em pressioná-los sobre para onde enviaram a carta, aquela de Knebworth. Como haviam sido instruídos para contatar esse proprietário de terras. É claro que a mensagem teria sido enviada a alguém que a passou adiante. Se esse proprietário de terras for cuidadoso a ponto de ter lhes dado um nome falso, então certamente não lhes deu seu endereço. — Ela exalou, depois continuou. — Minhas outras perguntas têm a ver com o que o proprietário de terras sabe sobre minhas irmãs, minhas primas, e sobre mim. O que ele disse a Fletcher e Cobbins? Ele claramente revelou o suficiente para permitir-lhes me encontrar e me seguir, mas o que mais eles sabem? — Ela olhou-o nos olhos. — As respostas podem lançar luz sobre quem é esse proprietário de terras. Ele é alguém que às vezes encontramos em Londres, alguém que circula entre a alta sociedade? Ou todas as informações que ele sabe são do tipo que alguém interessado poderia ter descoberto, mesmo a distância?

Ele não podia fazer mais nada além de inclinar a cabeça.

— Não é um curso de ação ruim. E você está certa, ele pode nos dizer mais.

Um momento se passou — um momento em que ele reavaliou a situação rapidamente e chegou à mesma conclusão de antes. Sombrio por dentro, ele assentiu.

— Certo. Vamos usar os próximos dias para ver o que mais podemos descobrir. — Ele a encarou. — Nós dois. Em meu novo disfarce, serei capaz de me aproximar de Fletcher e Cobbins. Se me encontrar com eles, lembre-se de que você não me conhece. Comporte-se como faria diante de um trabalhador humilde, desempregado.

Ela sorriu.

— É isso que você é?

Ele resistiu a retribuir o sorriso; quase podia imaginá-la pensando que história excelente poderia contar sobre ele depois.

— Mas há uma coisa que você pode fazer e eu, não: perguntas a Martha.

Ela franziu a testa.

— Ela não estava lá quando eles conheceram o proprietário de terras.

— Não, mas eles devem ter lhe contado sobre a reunião e sobre o homem. Se eu conheço as mulheres, e conheço, ela vai ter formado uma imagem desse proprietário com base não apenas no que Fletcher e Cobbins disseram, mas também com a forma como eles se sentiram e reagiram. Podem muito bem ter comunicado mais a ela do que aquilo de que eles próprios estão conscientes. De qualquer modo, eu acreditaria mais na visão de Martha sobre o homem do que na deles.

Ela estava assentindo lentamente com a cabeça.

— Sim, entendo. — Ela encontrou seu olhar por um instante. — As mulheres são mais atentas a esse respeito.

Ele resmungou.

— Possivelmente.

Ela talvez fosse mais observadora nesse sentido, mas ainda não percebera que, graças a essa aventura dela, os dois estavam condenados a se casar. A perspectiva de como ela poderia reagir quando se desse conta disso passou pela mente de Breckenridge. Ele se remexeu, inquieto.

— Então você faz suas perguntas e depois vê o que pode extrair de Martha. Vou me concentrar em me aproximar o suficiente para encorajar Fletcher e

Cobbins a confiar em mim de homem para homem. — Ele olhou-a nos olhos. — De maneira mais importante, no entanto, vou me focar em preparar sua fuga.

Ela assentiu, muito animada.

— No fim das contas, é um bom plano.

Ele sentiu prazer pela com a aprovação dela, a ânsia e a concordância investidas no rosto e nos olhos dela, e registrou a novidade daquele olhar dirigido a ele. Aquela aventura tinha seus aspectos benéficos. Muito além de lhe permitir vê-la sob uma luz consideravelmente diferente, ele se viu desafiado pela situação de maneiras que estavam inteiramente fora da norma; responder a cada novo teste feito à sua coragem e à sua mente o deixou com uma sensação de triunfo que ele se esquecera de que gostava.

E, enquanto seu principal objetivo era mantê-la em segurança, como ela, ele estava cada vez mais intrigado acerca de quem o proprietário de terras misterioso poderia ser e de quais eram suas razões para realizar uma ação tão estranha; Breckenridge se sentia cada vez mais certo de que os Cynster ficariam grato por tudo o que ele pudesse descobrir, contanto que mantivesse Heather a salvo.

Ela estudou seus olhos; as cores, se fundindo, pareceram mais suaves, menos cristalinas. Ela percebeu que sua mão ainda descansava no braço dele; de alguma forma, deixou-a lá. Após dar um tapinha rápido, ela afastou a mão; virando-se para frente, enfiou-a de volta sob a capa.

A capa dele; ela podia sentir seu cheiro sutil evolvendo-a insidiosamente.

Era de todo peculiar, a maneira nova como ela o via. Ele sempre a atraíra, mas qual mulher da alta sociedade não se sentia assim? De acordo com as fofoqueiras, nem mesmo viúvas de setenta anos eram imunes a seus encantos. No entanto, isso não explicava por que ela se sentia no momento muito mais atraída que antes.

Olhou-o de soslaio, observou o paletó gasto, a barba crescendo, a aparência muito mais grosseira. Se, em Londres, envolto em elegância sofisticada, ele detinha o poder de fascinar, ali, no momento, com uma aparência um pouco melhor que a de um trabalhador, ele exalava um apelo masculino cru que era muito mais potente...

Ela olhou para frente, lutando contra o impulso de se abanar.

Consciente da sensação espinhosa que, como sempre, quando ele estava perto, rastejava por sua pele. Até então, Heather conseguira ignorá-la, bloqueá-la.

Ridículo. Aquele era Breckenridge. Um fato que ela deveria se esforçar para não esquecer. Ele poderia ser seu salvador naquele momento, mas sem dúvida depois voltaria a ser seu inimigo.

Ele até poderia tratá-la, lidar com ela, como se a visse, confiasse nela, como uma adulta, uma parceira igual, mas, quando tudo aquilo acabasse, ele, sem dúvida, voltaria para seus trejeitos usuais, vendo-a e tratando-a como se ela fosse uma menina tola.

Só porque algum demônio interior a levava a agradecer-lhe com um beijo — a aproveitar a desculpa só para ver como seria a sensação — não significava que ela deveria se render ao impulso.

Forçando os membros a funcionar para levá-la longe do calor, da força magnética dele, ela levantou-se.

— É melhor eu voltar lá para cima. Obrigada pela capa.

Ela tirou-a dos ombros e na mesma hora sentiu a perda.

Ele olhara para cima no instante em que ela se mexera. Ficou de pé e pegou a capa. Encontrou-lhe os olhos, hesitou por um momento, depois murmurou:

— Vamos nos encontrar aqui amanhã à noite.

Ela assentiu com a cabeça.

— Sim, tudo bem.

Afastando-se, ela passou pela porta antes que seu demônio levasse a melhor. Enquanto subia as escadas, lembrou-se de outra consideração pertinente. No momento, estava lidando com Breckenridge razoavelmente bem. Se o beijasse, e ele correspondesse... ela não estava de todo confiante de que seria forte o suficiente para se afastar.

A verdade humilhante era que ela poderia nem sequer tentar.

E, depois, como eles ficariam?

CAPÍTULO 6

Na manhã seguinte, Breckenridge, em seu disfarce de Timms, um escriturário de procurador desempregado, já estava na taverna, tomando uma caneca de café e lendo o jornal em uma mesa ao lado da janela, quando Fletcher e Cobbins, seguidos por Heather e Martha, entraram. Como ele esperava, Fletcher liderou o grupo até a mesma mesa de canto que haviam ocupado na noite anterior — a ao lado da dele. Olhou para cima quando eles se aproximaram, cumprimentou Fletcher e Cobbins com um gesto de cabeça, depois, não demonstrando nenhum interesse em Heather ou Martha, voltou os olhos para o jornal de Edimburgo.

E ouviu.

Ele sabia que era melhor não se aproximar de Fletcher e Cobbins, nem demonstrar qualquer interesse evidente por eles ou seus negócios. Mas estava nublado e chuvoso do lado de fora, e, se eles estivessem esperando a chegada do patrão, parecia improvável que a dupla iria se aventurar, o que significava que estariam em busca de entretenimento, muito provavelmente na taverna.

Certamente com o único hóspede ali, isto é, ele. Os três outros viajantes que haviam pernoitado no local já tinham tomado café da manhã e seguido seu caminho.

A história da velha lesão nas ancas justificaria sua presença contínua, ainda mais tendo em vista as intempéries; virando uma página do jornal, ele tomou um gole de café e esperou.

A garçonete veio tomar os pedidos do grupo. Heather optou pelo mingau de aveia. Martha, Fletcher e Cobbins anunciaram suas escolhas.

Heather mal esperou a garçonete sair antes de afirmar:

— Preciso de um pouco de ar. Uma caminhada curta após o café, só até a rua e de volta para cá...

— Não — cortou-a Fletcher. — Aqui, não.

— Que tolice. Martha pode vir comigo.

— Naquele lamaçal lá fora? — Martha soou um pouco escandalizada. — Obrigada, senhorita, mas não vou sair daqui.

— Muito bem — afirmou Fletcher. — Você não vai sair da estalagem nem hoje nem amanhã.

— Por quê? — protestou Heather. — Você acha que eu fugiria para as colinas?

— Não sei — respondeu Fletcher. — Mas temos de esperar aqui por pelo menos dois dias, e eu não vejo nenhum sentido em deixá-la ficar muito familiarizada com os arredores. Já aluguei uma saleta privada.

Aparentemente desinteressado, Breckenridge olhou para cima a tempo de ver Fletcher apontar com a cabeça na direção da porta fechada do outro lado do vestíbulo da estalagem.

Ele voltou a olhar para baixo quando Fletcher continuou:

— Você e Martha podem ficar sentadinhas lá dentro, até que o homem de seu guardião venha buscá-la.

Breckenridge viu Heather se inclinar sobre a mesa em direção a Fletcher. Em voz baixa, sussurrou:

— Nós dois sabemos que não há nenhum guardião, e...

— Nós também sabemos que não há nada que você possa fazer. — A voz de Fletcher tinha endurecido. — Se você fizer uma cena, vou contar nossa história ao estalajadeiro e juro que vou amarrá-la e sentá-la na saleta. A escolha é sua.

Embora não estivesse mais olhando, Breckenridge sentia o olhar fulminante de Heather.

Quando o silêncio reinou, pesado, mas ininterrupto, por um momento ele sentiu admiração por Fletcher; ele conseguira cortar rapidamente as manobras de Heather, o que era mais do que fora capaz de fazer, e ela não havia nem tentado enganá-lo ainda.

A garçonete voltou com o café da manhã.

Breckenridge pediu mais café, e fingiu ler a primeira página do jornal pela terceira vez.

Ao terminar o café da manhã, Heather, estimulada por Martha, levantou-se e, de nariz empinado, saiu da taverna. Ele não pôde vê-la atravessar o corredor, mas a seguiu pelos passos; ela subiu as escadas, fez uma pausa, presumivelmente para abrir a porta da saleta, e entrou. Os passos mais pesados e arrastados de Martha acompanharam seu rastro. Um segundo depois, a porta da saleta foi suavemente fechada.

Fletcher e Cobbins se reacomodaram em seus lugares para saborear o café.

Após dez minutos de conversa desconexa entre os dois, Fletcher se endireitou, passou os olhos pela taverna vazia, em seguida, virou-se para Breckenridge.

Breckenridge olhou para cima, encontrando o olhar de Fletcher.

— Está indo embora em breve? — perguntou Fletcher.

Breckenridge balançou a cabeça.

— Não por algum tempo. — Ele fez uma careta. — Voltar para aquela minha carruagem seria uma tortura. Vou precisar de alguns dias, pelo menos, antes de a dor passar. — Ele olhou para a janela. — Não que esse tempo ajude, mas seria pior se eu estivesse lá fora guiando assim.

— Então você não vai seguir viagem por enquanto? — indagou Fletcher.

— Não até poder dirigir de novo.

Fletcher sorriu.

— Nesse caso, você se interessaria em jogar cartas?

Breckenridge sorriu.

— Por que não?

Eles começaram jogando Vinte e Um, progrediram para Especulação, em seguida, conforme a manhã avançava, passaram para Trapaça. Breckenridge tomou cuidado para não ganhar vezes demais. Na hora do almoço, vários habitantes locais passaram por lá. Os jogos foram suspensos enquanto os três conversaram com agricultores e dois viajantes a caminho de Glasgow. Em seguida, a garçonete saiu da cozinha e anunciou um cardápio simples: ensopado ou torta de carneiro. Enquanto os homens decidiam-se, Fletcher mandou a menina levar duas porções do ensopado às mulheres na saleta. A garçonete obedeceu, depois voltou com torta de carneiro para os homens famintos.

Breckenridge esperou sua vez e garantiu que tanto Fletcher quanto Cobbins ganhassem três canecas de cerveja para acompanhar a refeição. Quando os moradores locais se levantaram e saíram para o dia cada vez mais sombrio, e os viajantes se enrolaram em suas capas e partiram, Fletcher e Cobbins haviam se abrandado.

Recostando-se à mesa perto da janela, Breckenridge pegou o baralho, mas deixou as cartas, uma por uma, caírem de seus dedos. Fletcher, sentado em frente, observava as cartas, como que hipnotizado.

— Então — disse Breckenridge —, por quanto tempo vocês têm de ficar esperando nesta atmosfera tão excitante?

Fletcher abriu um sorriso um pouco torto.

— Não sei ao certo. Dois dias pelo menos até o proprietário de terras, o guardião da menina, chegar aqui, mas pode levar mais tempo. Depende.

— Proprietário de terras, é? — Breckenridge reprimiu um bocejo falso, então piscou sonolento. — Proprietário de terras de verdade? Ou apenas alguém que se refere a si mesmo com esse título?

— Ah, ele é um proprietário de terras, sim. — Cobbins inclinou os cotovelos na mesa e apoiou o queixo nas palmas das mãos. — Não que ele tenha dito isso, claro, mas dá para saber.

— Ah, é? — Breckenridge franziu a testa como se tivesse dificuldade para se concentrar. — Como? — Olhou para Cobbins. — Como você sabe dizer se um homem é um proprietário de terras só de olhar?

Fletcher riu.

— Primeiro, não só de olhar. É a voz dele, a maneira como falava. É o tipo de homem que dá ordens e as faz serem obedecidas. Há algo na atitude dos grã-finos, como se o mundo e tudo nele devesse saber que tem de sair do caminho.

— E também há sinais visíveis. — Cobbins se aproximou ainda mais da mesa, embalando a cabeça no braço. — Ele é um grande patife. — Cobbins olhou para Breckenridge do outro lado da mesa. — Você é alto, mas ele é mais alto. Maior, também. Mais pesado. E ele não anda normalmente, mas a passos largos.

Breckenridge bufou.

— Ele poderia apenas ser cheio de si.

— Não. — Fletcher se recostou na cadeira, esticou as pernas sob a mesa e fechou os olhos. — O rosto era como rocha talhada e os olhos, como gelo. — Ele estremeceu de um jeito dramático. — Como Cobbins diz, há algo neles, nos grã-finos, que você simplesmente sabe.

Breckenridge observou a dupla. Ambos tinham os olhos fechados. Então Cobbins soltou um suave ronco.

Fletcher abriu uma pálpebra, olhou para o companheiro, depois suspirou e fechou os olhos mais uma vez.

— Acho que vou tirar uma soneca também. Podemos jogar cartas mais tarde.

Breckenridge ficou onde estava até ter certeza de que os dois estavam dormindo; em seguida, empurrando a cadeira para trás, levantou-se e saiu em silêncio, devagar.

À luz da insistência súbita dos sequestradores em mantê-la sob vigilância estreita, Heather sentiu-se forçada a dedicar a maior parte do dia a reforçar sua fachada de jovem dama típica da alta sociedade e, portanto, inofensiva e indefesa.

Utilizando-se de uma força de vontade considerável, conseguiu segurar a necessidade de interrogar Martha até depois de atormentar a mulher mais velha para que chamasse a garçonete e pedisse o chá da tarde, e a menina chegar com a bandeja e sair outra vez.

Enfim abandonando sua posição junto à janela, onde ela estivera de pé, literalmente, por horas olhando pela janela o dia chuvoso, Heather cruzou a saleta para sentar-se no sofá e servir o chá.

Abrigada em uma poltrona, Martha, com os dedos movendo-se ao tricotarem sem cessar, observou-a, não abertamente com suspeitas, mas como se houvesse algo que não conseguisse conciliar.

Heather também serviu uma xícara a Martha, e estendeu-a.

Martha grunhiu baixinho, pôs as agulhas em seu colo amplo e aceitou a xícara.

Heather tomou um gole, suspirou, depois relaxou as costas no encosto do sofá.

— Diga-me... como você foi parar com Fletcher e Cobbins? Sei que os conhece há anos, mas como foi desta vez em particular?

Colocando a xícara no pires, Martha encolheu os ombros.

— Na maioria das vezes faço trabalhos de enfermagem. Eu tinha acabado o serviço com uma paciente, porque a velha morreu, então estava em casa quando Fletcher veio me chamar. Fazia dois anos ou mais que não o via, desde que ele havia ido para o norte, para Glasgow. Ele me contou sobre esse proprietário de terras que queria que você fosse levada para o norte, com uma dama de companhia para servir de apoio. Parecia um serviço agradável, fácil. Viajar um pouco pelo interior, com todas as despesas pagas, e o dinheiro era bom.

Heather bebeu, deixou um momento passar e perguntou:

— O que você sabe sobre esse proprietário de terras? — Ela encontrou o olhar afiado de Martha. — Considerando que vou conhecê-lo em breve, e ele vai me levar embora, certamente não deve haver nenhum mal em me dizer.

Martha estudou-a por um momento, então seus lábios se levantaram.

— Se for para você se aquietar e parar de me encarar, posso dizer que ele é indubitavelmente bonito. Fletcher não teria pensado em outra palavra. E não muito velho. Eu chutaria uns trinta anos.

Heather olhou-a interessada, encorajadora.

— Eu não o conheci, não se esqueça. — Após tomar o chá, Martha se debruçou e colocou a xícara e o pires na mesa baixa entre elas. — Mas conheço Fletcher e Cobbins, de modo que esse proprietário de terras é... — Martha contraiu os lábios, em seguida, declarou: — Poderoso. Fletcher e Cobbins não se assustam facilmente. Aqueles dois são macacos velhos, mas esse proprietário de terras deixou uma forte impressão neles.

— Do jeito que você fala ele parece perigoso.

— Talvez, mas não é apenas perigoso. Um menino briguento pode ser perigoso, mas não impressionaria homens como Fletcher e Cobbins.

Estudando o rosto de Martha, Heather tentou adivinhar exatamente o que sua "dama de companhia" estava tentando dizer.

— Eles... o quê? Acharam que ele era impositivo?

Erguendo as agulhas, Martha assentiu com a cabeça.

— Algo assim. Não causou exatamente susto, mas admiração. Eles ficaram impressionados e cautelosos. De qualquer forma, eles estão muito certos de que não querem desapontá-lo, e não é por simples medo.

Heather ponderou aquela percepção indesejável.

— Ele é um figurão, sem dúvida.

Martha pôs as agulhas em movimento outra vez.

Heather fez uma careta.

— Eles sabem que ele é um figurão, ou isso é apenas... — ela gesticulou com a mão — ... uma conjectura? Um palpite?

Com os olhos no tricô, Martha bufou.

— Não é um palpite. — Ela olhou para cima, encontrou os olhos de Heather. — É a lógica. Julgue por mim, apenas um figurão teria pensado em contratar uma dama de companhia como parte de seus planos de sequestro.

Isso, Heather percebeu, fazia perfeito sentido.

O que significava que o homem que ordenara o sequestro era quase certamente um membro de sua própria classe. O que o tornava ainda mais perigoso para ela.

— Você se comporte, está me ouvindo?

Heather olhou com expressão surpresa para Fletcher. Ela e Martha haviam acabado de entrar na taverna para o jantar. Fletcher as vira; deixou a mesa de homens locais com quem estivera bebendo — um grupo que incluía um certo visconde que nem mesmo suas irmãs reconheceriam —, e foi se juntar a ela e Martha quando se sentaram à mesa no canto frontal do salão.

A dicção de Fletcher, normalmente precisa, estava um pouco arrastada, ainda mais porque ele sibilara as palavras no meio da expiração.

Heather fez uma careta.

— Por quê? — Percebendo que seu tom de voz não estava exatamente de acordo com a *persona* indefesa e inofensiva, em outras palavras, "burrinha", ela inspirou e acrescentou: — E quando foi que não me comportei?

Com um movimento brusco, ela se sentou e ergueu os olhos para Fletcher com uma irritação petulante, como se ele não a valorizasse como deveria.

Fletcher retribuiu a careta.

— Sente-se aí, mantenha a cabeça baixa e coma, só isso. Não pense em dizer nada. Ele é apenas um escriturário desempregado. Não vá imaginar que ele poderia ajudá-la a escapar.

Ele olhou para a outra mesa.

Seguindo seu olhar, Heather viu Cobbins se pondo de pé com esforço, junto de Breckenridge. Decidindo que seu *alter ego* iria querer saber, ela perguntou com interesse inocente:

— Quem é ele? Vai se juntar a nós?

— Sim, vai, mas você não precisa saber o nome dele. — Fletcher se virou para ela. — Esta não é uma sala de jantar da sociedade. Você não vai ser apresentada. Como eu disse... — ele se inclinou mais perto, baixou a voz conforme Cobbins e Breckenridge se aproximavam — ... apenas fique aí sentada e coma. E mantenha a boca fechada.

Heather olhou feio para ele, então Martha se lançou no banco ao lado dela, e Fletcher virou-se para cumprimentar Breckenridge.

Gesticulando, Fletcher orientou Breckenridge a se sentar no banco que ele normalmente ocupava, em frente a Martha, e puxou outra cadeira à cabeceira da mesa, entre Martha e Breckenridge. Cobbins se acomodou na cadeira diante de Heather.

— Esta é Martha. — Fletcher apontou para ela, que fez um cumprimento de cabeça do outro lado da mesa. — Este é nosso amigo, Timms, que está a caminho de Glasgow para procurar emprego.

Com a cabeça respeitosamente inclinada, as mãos cruzadas no colo, Heather viu Breckenridge acenar para Martha, depois olhar para ela, e então arquear uma das sobrancelhas para Fletcher.

— Eu acho — disse Fletcher — que, quanto menos você souber sobre nossa carga, mais o guardião dela gostaria, se me entende.

— Ah, sim. É claro. — Em um gesto amigável, Breckenridge desviou seu olhar dela. Olhou para a garçonete, que se apressava atrás de Fletcher. — Então, qual é o cardápio desta noite?

Hadoque com nabo, ou carneiro novamente.

Quando questionada, Heather olhou para a menina e sussurrou:

— Hadoque. E um copo d'água, por favor.

Os outros quatro escolheram cerveja.

Como havia sido orientada, Heather estava sentada com os olhos baixos, ouvindo a conversa e, por vezes, olhando para seus acompanhantes.

Principalmente para Breckenridge.

Ela sabia que era ele — apesar da rugosidade escura da barba, do cabelo desgrenhado e da aparência desleixada, ela via que era ele —, mas sua voz estava bastante diferente, o que a deixou abalada. Ela estava acostumada com o sotaque elegante, assim como à fala cortada e incisiva dele — a voz que usava quando lhe dava ordens. Porém, ao ouvi-lo naquele momento... se ela não olhasse, quase poderia acreditar que ele era de fato um escriturário de algum bairro pobre da capital.

Quanto ao assunto que ele escolheu como apto para a mesa de jantar...

Empurrando pedaços de hadoque exageradamente cozido pelo prato, ela, com um misto de horror e fascinação, ouviu-o entrar em detalhes acerca de brigas de galo que testemunhara. Olhando para Martha, Heather viu que até ela estava acompanhando os detalhes, por vezes, terríveis. Suprimindo um tremor — galos decapitados ou feitos em pedaços por esporões presos às garras de outros galos não era sua ideia de discurso edificante —, ela tentou se concentrar em outra coisa, mas o hadoque estava pouco inspirador.

Sua mente vagueou... até o fato peculiar de que, embora Breckenridge não soasse nem parecesse consigo mesmo, ela ainda se sentia envolta por uma aura de conforto, de segurança, que associava com o fato de estar perto dele. E, até mesmo no presente estado amarrotado e distintamente deselegante dele, ela ainda estava consciente da atração latente... o que era estranho. Heather sempre presumiu que a beleza dele era o que lhe despertava tão fácil interesse. Mas, se não era isso, então o que era?

Por longos momentos — na taverna de uma pequena estalagem em Gretna Green —, ela tentou montar o quebra-cabeças, tentou resolver o enigma do que, em Breckenridge, sempre provocara aquela percepção intensa, particular e, ah!, tão feminina.

Então Fletcher resmungou e ela foi trazida abruptamente de volta ao presente.

Ela não ouvira como Breckenridge redirecionara a conversa, mas Fletcher prontamente disse:

— Nós certamente estaremos aqui amanhã, e provavelmente depois de amanhã também. Pensei que tivesse contado os dias direito, mas fiz outros cálculos esta manhã, e parece que eu havia deixado um dia de fora.

Fletcher fixou a atenção, de um jeito um tanto turvo, em Breckenridge, que parecia cada vez menos respeitável.

— E quanto a você? Será que estará bem o suficiente para dirigir amanhã?

Olhando para a caneca de cerveja que segurava entre as mãos, Breckenridge pareceu pensar, então balançou a cabeça devagar, de um lado para outro.

— Não. A lesão ainda está doendo muito. — Seus lábios se curvaram no que parecia um sorriso embriagado. Ele levantou o copo para Fletcher. — Mas isso ajuda.

— Boa desculpa. — Fletcher levantou o jarro que a garçonete deixara na mesa. — Um brinde. Que nunca se diga que neguei a um homem ferido seu remédio.

Breckenridge sorriu de uma forma masculina completamente idiota e, quando Fletcher encheu a caneca, levantou-a e saudou-o.

— Você é um sábio e um cavalheiro, senhor.

Fletcher sorriu. Cobbins gargalhou.

Estavam todos ébrios. Até a cabeça de Martha estava girando, mais e mais.

Fletcher notou. Ele cutucou o braço de Martha.

— Olhe, você e a mocinha deveriam subir.

Martha bufou e se balançou, depois olhou para Heather.

— Você está certo. Vou para a cama. — Erguendo seu grande corpo, ela virou a cabeça, sinalizando a Heather para levantar-se também.

Abafando um suspiro, ela deslizou pelo banco e levantou-se. Ao fazê-lo, olhou para Breckenridge, mas ele estava olhando para Martha e despedindo-se com um aceno vazio.

Inspirando, satisfeita, ela se afastou da mesa com sua "dama de companhia". Sem olhar para trás, saiu da taverna na esteira de Martha.

A estalagem se acalmou mais cedo naquela noite. Heather desceu as escadas com cautela, assim que o silêncio tomou conta do lugar; esperar por Breckenridge no pequeno bengaleiro era melhor que ouvir os roncos de Martha — tempestuosos, embriagados.

Chegando ao vestíbulo, contornou o balcão e abriu com cuidado a porta do bengaleiro. O espaço confinado era escuro e sombrio, mas seus olhos estavam suficientemente bem-ajustados à noite para se certificarem de que não havia ninguém dentro.

Não foi apenas sua visão que a informou que Breckenridge não estava lá à espera.

Tensa, ela hesitou, desgostando da ideia de estar sozinha no escuro. Ele poderia demorar mais uma hora; poderia estar tão alcoolizado quanto Martha. Eles não haviam combinado nenhum horário específico...

Um som atravessou seus sentidos; virando-se em silêncio, e viu a luz de velas oscilar na taverna, o portador ainda fora de sua vista, e ouviu passos pesados em sua direção.

Uma sombra desceu as escadas, indo diretamente para ela.

Ela abriu os lábios...

Uma palma dura cobriu-os. Um braço de aço a envolveu.

Breckenridge levantou-a no ar e, segurando-a junto ao corpo, entrou no bengaleiro, empurrando a porta para fechá-la... e quase a trancou.

Tirando a mão de cima de seus lábios, ele baixou a cabeça e sussurrou, como um fantasma, no ouvido dela:

— Calada.

Ela não ia dizer nada; não tinha certeza de que conseguiria formular uma única frase — não uma frase coerente. Pelo tom ríspido, ela supôs que ele não estava de todo embriagado. Ele, no entanto, não a largara.

O coração de Heather batia forte; ela não conseguia ver direito, mas notou que ele estava tentando ouvir com atenção qualquer barulho através da porta. Engolindo em seco, esforçou-se para ouvir também. Por fim, mais altos que as batidas de seu coração, ela ouviu resmungos murmurados bem do outro lado da porta... o estalajadeiro. Ele devia ter vindo verificar algo no balcão.

Uma linha fina de luz delineou a soleira da porta quase fechada.

Eles esperaram, imóveis e em silêncio, o estalajadeiro terminar seus afazeres e sair. Ela se concentrou em simplesmente respirar, desacelerar a pulsação, dizer a si mesma que estava a salvo. A salvo nos braços de Breckenridge.

Parte de sua mente acelerou.

O restante estava muito ocupado absorvendo o calor masculino e sedutor que se infiltrava através das camadas de tecido entre eles e acariciava sua pele.

Ela estava usando seu habitual traje noturno, a colcha enrolada sobre a camisola transparente e amarrada à cintura com o xale de seda. Ele estava vestindo a capa, que se curvara junto ao corpo dela e no momento quase a envolvia, protegendo-a do ar frio da noite.

Com o pulso desacelerando, ela lutou para inspirar o ar para os pulmões inexplicavelmente contraídos. Heather ficara tensa e aterrorizada um instante antes de ele tocá-la, então deixou-se cair, mole de alívio, quando o toque, a proximidade dele, incidiram sobre seus sentidos e ela se deu conta de quem a tomara nos braços. Quase de imediato, no entanto, os nervos começaram a ficar tensos de novo, cada vez mais retesados a cada segundo que ela permanecia apertada contra ele — a cada segundo que o corpo rígido e inegavelmente másculo dele mantinha-se rente a sua forma muito mais suave.

Ele a estava protegendo, amparando. Ela disse isso a si mesma várias vezes; ainda assim, seus sentidos permaneciam tontos, distraídos.

Conseguiu recuperar algum controle sobre a compostura quando o estalajadeiro exclamou um distinto:

— A-rá!

O barulho de uma gaveta sendo fechada os alcançou. Segundos depois, a luz que penetrava pela porta oscilou, então foi extinguindo com firmeza até desaparecer.

— Não se mova.

O alerta foi menos do que uma respiração balançando as mechas errantes do cabelo dela, passando, tentadora, por sua orelha.

Esforçando-se para suprimir um arrepio, ela disse a si mesma que ele não podia evitar falar daquela maneira; que aquela, provavelmente, era a forma como ele sempre sussurrava à mulher que mantinha nos braços.

Esperou que ele a soltasse.

Após vários segundos, ela sentiu a tensão, a prontidão para uma batalha, que se investira nos músculos dele, em todo o corpo dele, devagar, aos poucos, se aliviar.

Mas ele não relaxou por completo.

Tampouco a soltou. O que fez foi ajeitar a capa de modo a envolvê-la toda, protegendo-a no calor contido.

— Não podemos arriscar acender a luz — murmurou ele.

Sua voz grave, em tamanha proximidade, não fez nada além de extenuar-lhe os nervos.

Ela inclinou o rosto para cima, tentando distinguir os traços dele na escuridão. Tudo o que podia ver era um esboço pálido, o rosto sombreado pela barba negra, os olhos escuros demais para que ela sequer os vislumbrasse, e as linhas dos lábios e o queixo intransigentes de tão sombrios.

— Vamos ter de fazer isso rápido.

Ela assentiu com a cabeça. Assim fariam. Ou ela poderia fazer algo indescritivelmente estúpido. Fez uma nota mental de nunca mais permitir que ele a agarrasse no escuro.

— Como você ouviu, o proprietário de terras não vai chegar pelo menos até depois de amanhã. O que nos dá uma certeza quase plena de que ele é das terras altas, o que significa que as razões para sequestrar você ou uma das outras poderiam muito bem estar enterradas nas brumas do tempo. Pior, tanto Fletcher quanto Cobbins estão muito certos, por vários motivos, de que o patrão é alguém acostumado a exercer um papel de autoridade, a dar ordens e esperar que sejam obedecidas. — Ele observou-a. — Você descobriu alguma coisa com Martha?

Ela pigarreou. Recuperando o fôlego, respondeu:

— Algumas poucas. Pelo que percebeu de como Fletcher e Cobbins reagiram ao homem, ela diz que ele, o proprietário de terras, é, em suas palavras, poderoso. Fletcher e Cobbins acharam-no impressionante, imponente, e ela também tem certeza de que ele é um figurão, porque só um figurão teria pensado em contratar uma dama de companhia para me dar apoio.

Os lábios de Breckenridge se torceram em uma careta.

— Ela está certa.

Olhou para o rosto dela por um momento, depois murmurou:

— Temos um problema.

Era certo que ela tinha; estava encontrando dificuldades para respirar a fim de evitar que se sentisse tonta.

— Esse proprietário de terras... por tudo o que Martha, Fletcher e Cobbins já disseram, é um proprietário de terras com *P* maiúsculo. Quase certamente um nobre. Não será fácil enfrentá-lo, especialmente em seu país.

O rosto era como rocha talhada e os olhos, como gelo.

Breckenridge não esquecera a descrição de Fletcher.

— Pelo que sabemos, ele não é o tipo de homem com o qual queremos ficar face a face. Não aqui na Escócia, longe demais de alguém que possa atestar nossa identidade.

Ele observou uma fisionomia sombria tomar os traços finos de Heather, que até então limitavam-se aos olhos um pouco arregalados, a uma leve tensão. Ele sabia muito bem por quê. As batidas do coração dela... Breckenridge não podia senti-las exatamente, mas seduzira mulheres demais para não perceber. Para saber que ela estava tão atraída por ele quanto ele por ela.

Não era algo cujas provas ele precisava ter, mas ao tê-las... a percepção manteve-se rodeando, cutucando e alfinetando instintos que, no que se referia a ela, ele sempre mantinha enterrados e inflexivelmente contidos.

— Mas não há nenhuma razão para já ir embora — murmurou ela. — Eles disseram que o proprietário de terras ainda vai levar dias para chegar, e ainda não descobrimos nada que nos permita identificá-lo. — Sua fisionomia se firmou, dando-lhe a expressão de aparência teimosa, com a qual ele estava muito familiarizado. — Não podemos ir ainda.

Ele apertou os lábios com firmeza para não dizer nada imprudente. Tentou acalmar os impulsos contraditórios que o pressionavam de todos os lados. Seu instinto mais profundo era afastá-la de todo o perigo, no entanto, enquanto permanecesse com ela, poderia e iria mantê-la a salvo, e naquele momento estava convencido de que Fletcher, Cobbins ou Martha não ofereciam riscos a ela. Na verdade, era de seu interesse protegê-la de toda e qualquer ameaça, pelo menos até o misterioso proprietário de terras reivindicá-la. Por ora, ela estava a salvo.

E ele conhecia os irmãos, os primos, o pai, os tios dela. Eles não iriam culpá-lo por bater em retirada e arrastá-la em segurança de volta para Londres, mas, ao mesmo tempo, eles, assim como ele, adorariam saber quem era aquele proprietário de terras que tivera a ousadia de sequestrar uma de suas queridas.

Não se pode buscar justiça se não se sabe a quem apontar a espada.

— Tudo bem. — No instante em que ele falou, a expressão dela se suavizou. Ele endureceu a sua. — Mas apenas por um dia. Mais um dia.

Os lábios dela se curvaram.

— Certo. Vamos ver o que podemos descobrir amanhã.

O sorriso dela... flertou com as extremidades dos lábios. Breckenridge piscou, e ela fechou a cara.

— E não importa se descobriremos alguma coisa ou não; depois de amanhã, vamos embora. Entendido?

Mesmo sussurrando, a última palavra saiu como uma ordem.

O sorriso dela só se aprofundou.

— Sim, claro. Mas vamos ver o que o amanhã nos traz.

Ele olhou para o rosto dela, e o tempo foi suspenso.

Que perigo, ele sabia, mas não conseguiu se mover para quebrar o feitiço que se fortalecia.

O sorriso dela desvaneceu-se devagar; os olhos procuraram os dele... a respiração se prendeu em silêncio. Ela começou a se inclinar...

Então, trouxe para os pulmões uma inspiração rápida, muito apertada, e se balançou.

— Lesão... você disse que tinha uma lesão.

Ele aproveitou a tábua de salvação inesperada.

— Eu inventei isso para justificar minha estada, em vez de seguir viagem. É uma boa explicação por ser inconclusiva, especialmente neste tempo.

— Ah, que bom. Quer dizer... que bom você não estar machucado.

Ela finalmente olhou para baixo, e recuou.

Ele baixou os braços, deixou-a livre... com relutância.

Com relutância demais para sua paz de espírito.

Ela deu um passo atrás e permitiu que as dobras da capa se deslocassem dela.

— Suba — murmurou ele. Inclinou a cabeça para a porta. — Vou observá-la, depois irei atrás.

Ela assentiu com a cabeça e se virou. Abriu a porta, parou por um momento e saiu.

Ele segurou a porta entreaberta e, da escuridão do bengaleiro, observou-a deslizar como um fantasma pelas escadas.

E se perguntou por que não a beijara.

Ela não teria feito objeções. Poderia ter ficado um pouquinho desorientada, mas... ele iria, enfim, descobrir qual era o gosto que ela tinha — uma pergunta que o assombrara nos últimos quatro anos.

Eles estavam, afinal, destinados a se casar. Após aquela pequena escapada, não havia escolha para nenhum dos dois.

Mas se ele a beijasse... ela saberia que ele vinha pensando o mesmo que ela, o que era algo que ela não sabia naquele momento. Ele tinha certeza de que àquela altura ela não fazia a menor ideia de como ele a enxergava verdadeiramente. E se eles fossem de fato se casar...

Ela era uma Cynster até os dedos dos pés. Seria muito melhor que nunca soubesse o quão profundo era o fascínio dele por ela. Quão persistente e intenso — intensamente irritante — aquele fascínio provara ser. Quão impossível de erradicar.

Ele tentara. Centenas de vezes.

Nenhuma outra mulher jamais fora capaz de suplantá-la em sua mente. No centro de seus desejos, no coração de suas paixões.

E isso definitivamente era algo que ela nunca precisava saber.

Logo... nada de beijos. Ainda não. Não até que ela se desse conta de que o casamento era uma conclusão prevista. Se ele a beijasse àquela altura, essa percepção não seria tão reveladora.

Algo dentro dele resistiu, mas muito antes ele aprendera a manter o desejo e a paixão sob rédeas muito curtas. Nada de revelações não intencionais para ele.

Ela já devia ter chegado ao quarto que dividia com Martha. Ele saiu das sombras, subiu as escadas em silêncio e foi em direção à cama.

— Você não pode estar falando sério.

Heather estava de pé no meio do vestíbulo da estalagem, encarando Fletcher.

— Fiquei naquela saleta o dia todo ontem, e você quer que eu me sente calmamente e observe Martha tricotar ao longo de mais um dia inteiro?

Com as mandíbulas cerradas, Fletcher assentiu.

— E amanhã também. Até o proprietário de terras vir buscá-la, quero que fique sob o olhar de Martha a todo momento. É mais seguro para você.

Heather semicerrou os olhos para ele.

— Vou ficar sentada calmamente após ter feito uma caminhada breve, apenas até a rua, ida e volta.

— Não. — Fletcher se aproximou, tentando intimidá-la.

Martha e Cobbins observavam, sem muito interesse, ambos à espera de um resultado sobre o qual não tinham nenhuma dúvida.

Os quatro e Breckenridge foram os únicos hóspedes a tomar café naquela manhã; Breckenridge acabara de entrar na taverna e estava fora de vista. O estalajadeiro estava ocupado em outro lugar; não havia ninguém que pudesse ouvir a discussão.

Olhando-a carrancudo, Fletcher levantou o braço e apontou para a porta da sala.

— Você vai entrar e permanecer lá o resto do dia, até a hora do jantar. Se precisar se exercitar, pode andar lá dentro. Se precisar de distração, pode olhar pela janela ou ajudar Martha a contar os pontos. Não me importa.

Heather abriu a boca.

Fletcher apontou para o nariz dela.

— Você conhece nossa história. Se me pressionar, juro que vou amarrar e amordaçar você, e fazê-la sentar-se lá com Martha.

Ela franziu a testa, não apenas para Fletcher, mas também à percepção de que, embora devesse ser pelo menos cuidadosa com ele — ou mesmo ter medo dele —, ela não era; simplesmente não era. Na mente dela, ele se caracterizava apenas como um obstáculo a ser superado, uma fonte de informação a ser sugada e depois deixada para trás, quando ela fugisse com Breckenridge.

Será que era porque ele estava perto que ela não tinha medo de Fletcher?

De qualquer forma, não era preciso cogitar muito para ver que ela não tinha nenhuma opção no momento.

— Ah, muito bem!

Ela virou-lhe as costas, marchou até a porta da saleta, empurrou-a e entrou — abstendo-se com relutância de fechar a porta, porque Martha estava vindo logo atrás.

Indo até a janela, Heather cruzou os braços e olhou para o novo dia. A primavera já chegara a Londres, mas ali estava lutando para quebrar o domínio do inverno. Com exceção das coníferas, todas as árvores ainda estavam nuas. A manhã ainda estava fria; o vento, ainda um pouco bruto, mas as nuvens haviam diminuído e a garoa cessara, e em algum lugar alto o sol estava tentando brilhar.

Atrás dela, a porta da saleta se fechou. Ela ouviu o corpo robusto de Martha tombar na poltrona.

Com os olhos fixos lá fora, Heather resmungou:

— A rua ainda está barrenta, mas a calçada está secando bem. Seria perfeitamente possível dar um passeio. Talvez depois do almoço.

— Esqueça — aconselhou Martha. — Você ouviu. Nada de sair.

— Mas por quê? — Girando, Heather abriu os braços. — O que ele pensa que vou fazer? Fugir para a imensidão? Se eu fosse escapar, teria tentado naquela primeira noite. — Ela deixou os ombros caírem. — Sou uma jovem da alta sociedade. Sei tocar piano e dançar valsa perfeitamente, mas fugir não é algo que eu tenha a mais vaga noção de como fazer!

Martha olhou-a, não sem simpatia. Após um momento, ela disse:

— Faça a vontade dele por hoje. Vou ter uma conversa com ele à noite, ou talvez amanhã de manhã. Se estiver tudo bem, talvez ele a deixe fazer sua caminhada, mas, não se esqueça, não estou prometendo nada.

Heather olhou Martha nos olhos. Sentiu-se obrigada a inclinar a cabeça em aceitação à bandeira branca.

— Obrigada!

Voltando-se para a janela, ela fechou a cara. Isso ainda significava um dia inteiro jogado no lixo, sem nada que pudesse aproveitar. Já havia questionado Martha; duvidava que ainda houvesse algo a mais que extrair da "dama de companhia", e uma sondagem maior poderia levantar suspeitas na mente bastante perspicaz dela.

Se não havia mais nada que pudesse descobrir, nada mais que pudesse fazer...

O pensamento que a assombrara — que a seguira em seus sonhos na noite anterior e não saía de sua mente desde que acordou naquela manhã — chamejou mais uma vez. Na noite anterior, no bengaleiro, ela quase beijou Breckenridge. Não foi um acidente, um erro — ela sabia quem exatamente ele era o tempo todo. Mas quis beijá-lo, o teria feito, o teria correspondido se ele tivesse se inclinado a isso. Se ele houvesse dado o menor sinal de que receberia o avanço dela, ela teria se aproximado e com os lábios tocado os dele.

A única coisa que a impediu — que impediu a ocorrência do beijo — foi não ter sido capaz de ler o rosto, a expressão, dele. Não foi capaz de ver seus olhos.

Ela procurou, mas não havia nada neles que lhe dissesse o que ele pensava — se sentia qualquer atração por ela, quanto mais algo semelhante ao que sentia por ele. Era, pensou, uma curiosidade sensual latente — algo que a proximidade forçada da aventura havia feito crescer a partir de sua interação anterior, tensa e espinhosa. Ainda assim, era certo que ela quis beijá-lo na noite anterior, e o teria feito se de repente não houvesse sido assaltada, não pela sensibilidade de mulher recata, muito menos pela modéstia, mas pelo pensamento horrível de que talvez ele não quisesse beijá-la.

O que a levou de volta a seu medo persistente, ou melhor, crença arraigada, de que ele a via não muito diferente de uma estudante. Uma menina. Uma fêmea tão jovem e inexperiente que um homem da laia dele nunca poderia ver como uma mulher, muito menos se curvar para tirar proveito dela.

E, muito menos que qualquer outra coisa, para estabelecer um contato consensual.

Com os braços firmemente cruzados, a expressão séria, sem ver as árvores, ela teve de admitir que sua atitude em relação a ele mudara ao longo dos últimos dias. Mudara... ou talvez se esclarecera. Antes, ela teria estado mais propensa a usar os lábios para repreendê-lo do que para beijá-lo, mas no momento...

O pensamento de beijá-lo — de apenas aproveitar o momento e beijá-lo, e esvair a loucura que se apossara de seu corpo e satisfazer a curiosidade — estava rapidamente se tornando uma obsessão.

Uma obsessão em relação a qual, nas próximas horas, ela não poderia fazer nada.

Resmungando, deixou o assunto de lado em seu íntimo.

Concentrando-se com determinação nas árvores do lado de fora, voltou sua mente para a única outra coisa que poderia realizar — avaliar as possibilidades de fuga que ela e Breckenridge tinham, vigiando, depois, a estalagem para pôr os olhos no proprietário de terras misterioso quando chegasse, o suficiente para identificá-lo.

Breckenridge passou a manhã fora da hospedaria, aproveitando o tempo mais claro para evitar Fletcher e Cobbins, para garantir que não suspeitassem de que ele estava desenvolvendo um interesse grande demais pelos negócios deles. Se não se esperava que o proprietário de terras chegasse até o dia seguinte, então Heather estaria em segurança, confinada, como estava, na saleta da estalagem.

Após tomar um tardio café da manhã, ele foi até o estábulo e verificou como estava o velho castanho que alugara em Carlisle, juntamente com a antiga carruagem. O cavalo estava se saindo bem; iria levar Heather e ele para longe em uma boa fuga.

Mas em que direção? Ele passou o resto da manhã andando em passos lentos pela pequena aldeia de Gretna Green, tomando nota das estradas e da proteção oferecida pela paisagem em cada direção, depois caminhou oitocentos metros, mais ou menos, indo e voltando da estrada pelo vilarejo maior de Gretna, com escritórios da Alfândega e da Receita e a própria fronteira logo adiante.

Com as nuvens explodindo e o vento açoitando, ele voltou à estalagem na hora do almoço. Parando no vestíbulo, olhou para a porta da saleta, mas tudo estava quieto lá dentro.

Afastando-se, entrou na taverna. E deteve-se mais uma vez com Fletcher e Cobbins. A eles se juntou a equipe habitual de moradores locais durante a refeição, mas, uma vez que os pratos foram recolhidos e os agricultores partiram para os campos mais uma vez, os três se reuniram em torno da mesa perto da janela.

Fletcher trouxera o baralho, mas parecia desinteressado em qualquer jogo. Ele pegou as cartas e deixou-as cair pela mesa, diversas vezes.

Breckenridge observou-o.

— Está preocupado com a chegada desse proprietário de terras de vocês?

— Ãhn? — Fletcher focou, depois balançou a cabeça. — Não. Ele virá. Eu só queria que ele chegasse logo.

— Amanhã, não é?

Fletcher deu de ombros.

— Amanhã, ou no dia seguinte. Ele certamente vai estar aqui até lá. — Ele olhou para Breckenridge. — É só que eu não gosto de ficar em um lugar, esperando. Mais ou menos como um patinho no lago, desatento aos predadores. Isso me dá nos nervos.

— Ah. Entendo.

Os únicos homens que Breckenridge encontrara anteriormente que se irritavam ao serem forçados pelas circunstâncias inevitáveis a permanecerem em um só lugar eram criminosos de um tipo ou de outro. Isso lhes dava a sensação de estarem presos. Olhando para Cobbins, mais taciturno que Fletcher, viu um nervosismo semelhante crescendo.

A menos que seu palpite estivesse errado, os dois homens estiveram em algum momento no lado errado da lei; poderiam nunca ter sido capturados, mas ambos sabiam o que era ser caçado.

Era um fato digno de nota, pois ele pretendia surrupiar seu mais recente prêmio bem debaixo de seus narizes. Já havia descoberto, por meio de conversas genéricas, que Fletcher era bom com facas e carregava várias consigo o tempo inteiro, ao passo que Cobbins era um verdadeiro brutamontes, um homem pesado que, uma vez que entrasse em uma briga, não estava propenso a parar até ser o último de pé.

— Diga-me. — Relaxando para trás na cadeira, ele projetou o ar de alguém que procura distrair a dupla de sua angústia. — Como é que essa coisa funciona? Parece-me que é uma brincadeira, de tão fácil. Você faz o trabalho, entrega a encomenda, recebe o pagamento, e todo mundo fica feliz. — Ele franziu o cenho, como se refletindo a respeito. — Mas primeiro você tem de desembolsar o dinheiro para começar o serviço, o custo da viagem e todo o resto. — Ele parou de falar, porque Fletcher estava balançando a cabeça.

Deixando de lado as cartas, Fletcher apoiou os braços na mesa.

— Não, é mais que isso. Lembre-se — Fletcher enviou um olhar penetrante na direção dele —, leva anos e anos de trabalho até conquistar a reputação que temos. Na primeira vez, você não consegue os arranjos que conseguimos de cara.

Cobbins assentiu.

— É, somos profissionais.

— Exatamente. — Fletcher olhou para Breckenridge. — Então, a forma como a coisa funciona para nós, por sermos profissionais e bem conhecidos no ramo, é que recebemos adiantamento, uma compensação adequada para o tempo que levaremos para fazer o trabalho e suficiente para cobrir todas as despesas, como a viagem de ida e volta para Londres, a estadia na capital, o salário de Martha e todo o resto.

— Tudo adiantado? — Breckenridge piscou em surpresa genuína. Quem quer que fosse o proprietário de terras, ele não era apenas rico, mas também estava disposto a investir uma boa quantia de dinheiro pela chance de capturar uma das meninas Cynster.

— Dinheiro na mão, no início — confirmou Fletcher. — Nós não fechamos negócio sem isso.

— Mas... — Breckenridge sentiu um arrepio quando a pergunta se formou em sua mente. — Que garantia seu patrão tem de que vocês vão realmente fazer o trabalho?

Fletcher sorriu.

— Nosso bônus, é claro. Há duas mil libras vindo para cá, juntamente com o proprietário de terras.

— Duas mil? — Breckenridge não precisou fingir estar chocado.

Com um sorriso se alargando, Fletcher confirmou com a cabeça.

— Eu disse que este é um trabalho muito doce. — Fletcher hesitou, estudando Breckenridge, depois olhou para Cobbins e trocou um olhar com ele, antes de se voltar e acrescentar: — Se ficar cansado de ser escriturário, procure por nós; você será útil. Se nós déssemos uma ajeitada em você, em sua aparência, poderia se passar por um cavalheiro. Isso é útil em nossa linha de trabalho.

Ainda lidando com a descoberta do quanto o proprietário de terras misterioso das terras altas queria Heather, Breckenridge fez que sim com a cabeça.

— Vou pensar sobre isso. — Ele se agitou, então balançou a cabeça e ajeitou-se na cadeira. — Duas mil! Isso é... incrível.

Incrível, e revelador, da pior maneira possível.

CAPÍTULO 7

— ACHO QUE É HORA de fugir.

Heather disse as palavras antes mesmo de se sentar ao lado de Breckenridge no banco estreito sob os cabides de casaco no minúsculo bengaleiro.

Ela esperara até que fosse tão tarde que não haveria possibilidade de o estalajadeiro surpreendê-los, e alimentara esperanças fervorosas de que Breckenridge não só estaria esperando, mas também teria encontrado e acendido uma vela antes de ela chegar.

Ele o fizera; a luz vacilante a acolhera. Após escorregar para o espaço confinado e empurrar a porta para que se fechasse, ela absorveu a visão revigorante de Breckenridge quando ele a olhou.

Esperou que ela se acomodasse, então estendeu a capa que tinha em suas mãos e, voltando-se para ela, envolveu-a. Ele não o estivera usando, de modo que a peça de roupa não guardava muito de seu cheiro, mas ela sentiu-se grata pelo calor a mais.

— Aquela mulher nunca vai lhe devolver suas roupas durante a noite?

— Duvido. Parece ser sua maneira habitual de controlar seus encargos.

Ele resmungou e, em seguida, com os lábios se firmando em uma linha surpreendentemente desagradável, encontrou seu olhar.

— Fugir, lamento dizer, não vai ser tão fácil como pensávamos.

Ela piscou e estudou seu rosto.

— Por quê?

Ele olhou para as mãos, entrelaçadas entre os joelhos abertos.

— Fletcher e Cobbins vão ganhar duas mil libras quando a entregarem ao proprietário de terras.

— Duas mil... meu Deus!

— Foi assim que me senti.

— Mas... — Ela se esforçou para digerir a informação. Por fim, disse: — É evidente que esse proprietário de terras não é nenhum avarento. Ele definitivamente não me quer pelo resgate nem pelo casamento.

— Pelo menos não quer se casar pelo seu dinheiro.

Ela olhou-o.

— Eu realmente não creio que tenha conhecido esse proprietário de terras, então por que outro motivo... ah, você sugere que seja pela ligação com a família?

— Quem sabe? Mas, independentemente das razões, agora enfrentamos um problema muito maior do que havíamos previsto. — Ele encontrou os olhos cinza-azulados dela. — Fletcher e Cobbins não são tolos trapalhões. São perigosos e não vão deixar duas mil libras escaparem de suas mãos sem tentar, com afinco, arrebatá-las, arrebatar você, de volta.

Ela assentiu com a cabeça; sua expressão afirmava que entendera e aceitava o argumento, mas não pareceu muito preocupada. Após um piscar de olhos, ela voltou a atenção para o rosto dele.

— E agora?

Olhando nos olhos dela, iluminados pela luz de velas, a verdade o atingiu como uma marreta. Ela confiava nele. Confiava nele implicitamente para protegê-la e tirá-la daquela enrascada, para longe de qualquer perigo. Ele o faria, claro, mas não esperava que ela fosse aceitar... tão bem. Com os lábios retorcidos, ele olhou para frente.

— Vamos ter de encontrar alguma maneira de distrair Fletcher e Cobbins, de modo que estejam ocupados demais para notar sua fuga, se possível por um dia. Eles vão nos perseguir como loucos.

— Loucos motivados por duas mil libras.

— Precisamente. Mas, assim como distraí-los como pudermos, precisamos chegar a um local seguro, o mais próximo possível.

Ela fez uma careta.

— Não podemos simplesmente fugir e nos abrigarmos em algum hotel em Gretna, podemos?

Ele balançou a cabeça.

— Eu havia presumido que voltaríamos para Londres, possivelmente fazendo um desvio pelas fazendas de Brunswick no caminho. — Seu pai estava em Baraclough, principal propriedade do condado de Berkshire. Se ele e Heather iam se casar, ele primeiro queria contar ao pai em pessoa. — Mas lá seria o primeiro lugar que Fletcher e Cobbins procurariam, e não há nenhum abrigo seguro nesse caminho que podemos estar certos de chegar antes que eles nos alcancem.

Ele hesitou, depois continuou:

— É certo que, uma vez de volta à Inglaterra, contanto que os vejamos chegando, eu poderia usar meu título para garantir que fossem presos. No entanto, se não os virmos se aproximando de nós, e considerando a experiência deles, não estou confiante de que conseguiríamos, de modo que isso não vai nos salvar.

Salvá-la. Se Fletcher e Cobbins os alcançassem, eles poderiam no mínimo incapacitá-lo e levá-la de novo — e, em seguida, garantir que ela fosse, sem demora, colocada nas mãos do misterioso proprietário de terras.

De maneira igualmente indesejável, no entanto, invocar o título dele implicaria tornar pública a jornada deles juntos sem qualquer supervisão aceitável, algo que ele preferiria não fazer. Estava confiante de que os Cynster teriam acobertado a ausência dela — ela estava se recuperando de um resfriado medonho ou algo dessa natureza —, e a ausência dele não teria sido sequer notada; se alguém nos círculos mais amplos da alta sociedade chegasse a perguntar por ele, presumiria que estivesse em Baraclough. Se fosse possível, ele pretendia apresentar seu noivado necessário como algo que fora combinado em secreto entre as famílias, não como algo que se tornou necessário devido ao sequestro dela, cuja autoria nem mesmo fora dele.

Chamar a atenção para eles acabaria com toda a esperança de manter intacta a reputação dela.

Ele olhou para as mãos.

— E não podemos nos dar ao luxo de eles nos pegarem na Escócia. De jeito nenhum. Temos de presumir que esse proprietário de terras, um tanto arrogante, ao que parece, é muito rico e das terras altas. No que se refere ao título dele em relação ao meu, e nem você nem eu temos conosco nenhuma identificação que ateste quem somos, e não há ninguém próximo que possa atestar isso por nós, é perfeitamente possível que ele seja capaz de reivindicá-la para si e levá-la Deus sabe aonde, enquanto eu protestaria minha inocência e identidade dentro de uma cela.

Esse cenário era seu pior pesadelo.

Ela estava franzindo as sobrancelhas.

— Você não tem nenhum documento com você?

— Sim, mas não acho que um porta-cartões de prata com o nome de Visconde de Breckenridge vai nos servir de muita coisa. — Ele encontrou seu olhar. — Afirmarão que é roubado.

Ela fez uma careta e olhou para frente.

Voltando a olhar para as mãos, ele continuou:

— Então, precisamos de um lugar seguro que seja razoavelmente perto, algum lugar a que possamos chegar dentro de um dia. Estive quebrando a cabeça, mas não consigo pensar em nenhum lugar.

— Casphairn.

Ele olhou-a. O tom dela foi preciso; sua expressão era confiante e segura.

— Onde?

— O vale de Casphairn. É onde Richard, meu primo Richard, e sua esposa, Catriona, vivem. Fica a... bem, um dia de viagem de carruagem a partir de Carlisle.

— Em que direção?

— A oeste. Passamos por Gretna, então seguimos pelo oeste até Annan e Dumfries... — Ela fez uma expressão fechada. — Não sei qual estrada tomar depois disso. Sei que passamos por uma cidade chamada St. John of Dalry. Fica a cerca de uma hora do Vale.

— Se obtivermos um mapa, você consegue encontrar?

Ela assentiu com a cabeça.

— E eu sei que Richard e Catriona estarão lá. Eles não viajam para o sul para passar a Temporada, geralmente não, e não são esperados em Londres este ano.

— Que bom. — Ele conhecia Richard Cynster. Concordou com a cabeça. — Vamos para lá.

Heather recebeu a ideia com alívio. Pensar que Breckenridge ficaria enclausurado em uma cela, enquanto ela era arrastada por algum homem grosseiro das terras altas... ela estremeceu por dentro, depois, com determinação, afastou o pensamento.

— Então, como poderei fugir? — Ela se virou para Breckenridge. — E quando?

Ele considerou, em seguida, balançou a cabeça.

— Amanhã, não. Fletcher disse que não espera que o proprietário chegue até depois de amanhã. Com isso, temos o dia de amanhã para planejar.

Ele olhou-a e levantou-se.

Ela levantou-se também.

Ele a fitou por um momento, depois murmurou:

— Vou encontrar um mapa, para começar. Por enquanto, nós dois devemos nos concentrar em pensar em uma maneira de distrair Fletcher e Cobbins por tempo suficiente para que alcancemos uma distância segura.

Ela assentiu, depois se lembrou de tirar a capa dos ombros. Mais uma vez, sentiu a perda de imediato.

— Martha disse que, se não houver problema amanhã, vai tentar convencer Fletcher a nos deixar fazer uma caminhada, de modo que eu poderia ter a chance de descobrir algo útil.

Ele pegou a capa, mas continuaram olhando-se mutuamente.

— Faça o que fizer, não comprometa a forma como a veem. Não precisamos de que eles se deem conta do que você é capaz e decidam mantê-la trancada à chave, sob vigilância estrita.

O reconhecimento de que ela não era uma senhorita elegante, dócil e meiga — impotente e boba — a fez sorrir.

— Não se preocupe, eu não vou fazer isso.

Ele resmungou e estendeu a mão para a porta. Parou com a mão na maçaneta. Capturou seu olhar, encarou-a... por tempo suficiente para que os pulmões dela se apertassem e pensamentos bem distantes da fuga surgissem na mente dela... mas então ele fechou a cara e desviou os olhos.

— Independentemente do que encontrarmos, vamos ter de tirá-la das garras de Fletcher até o dia depois de amanhã. — Sua voz era um sussurro quando ele acrescentou: — É quando o proprietário de terras deve chegar.

Ela sentiu um frio repentino e disse a si mesma que isso se devia apenas à falta da proteção da capa.

Ele apagou a vela, abriu a porta, olhou para fora, depois saiu e deu um passo para o lado. Ela saiu do bengaleiro, e, com um último olhar na direção dele, rumou para as escadas, repreendendo a si mesma por não poder, no momento, ceder ao impulso de simplesmente caminhar até os braços dele e ver o que aconteceria.

Não acontecera naquela manhã, como Heather esperava, mas após o almoço Martha enfim convenceu Fletcher que precisava permitir que ela e Heather fossem dar uma caminhada. O dia estava ensolarado desde a manhã, e a grama não estava mais molhada, apenas úmida. Fletcher não ficara feliz, mas, a contragosto, consentira que elas atravessassem os campos até uma colina gramada nas proximidades.

Martha avistara o pequeno montículo, a uma distância considerável, e disse a Fletcher para não as esperar de volta por pelo menos duas horas.

— Vamos nos sentar um pouco sob a luz do sol.

Como Martha havia se tornado um tanto beligerante quanto a toda a questão da caminhada, Fletcher rangera os dentes e despedira-se delas com um aceno.

Heather aproveitou a oportunidade proporcionada pela caminhada para obter uma melhor impressão do terreno circundante. Passaram pelos estábulos ao lado da estalagem, a oeste do prédio principal, depois caminharam demoradamente a sudoeste. Os campos eram planos; as poucas cercas vivas que havia não eram espessas ou densas. Naquela época do ano, com todos os galhos nus, havia muito pouca cobertura a ser encontrada. A tênue esperança que ela abrigava de que pudessem se esconder por perto depois da fuga para vislumbrar o proprietário de terras em sua chegada desapareceu.

A colina não era tão longe. Quando Heather parou no topo e olhou para o sul, pôde ver o brilho da luz do sol nas águas do Solway Firth.

Martha olhou, então colocou no chão a sacola com os apetrechos de tricô e estendeu um grande tapete que carregara debaixo do braço. Colocando-o na grama, ela acenou para uma das pontas.

— Sente-se ali, e não me faça me arrepender de ter intercedido por você e a trazido para tomar ar fresco.

Lembrando-se do aviso de Breckenridge para não se afastar de seu caráter presumido, Heather obedientemente se acalmou. Martha também sentou-se e pegou as agulhas de tricô.

Embora o ar fresco fosse bem-vindo, após dez minutos, Heather estava completamente entediada. A última coisa de que precisava era tempo para se debruçar sobre Breckenridge e sobre os impulsos incontroláveis que cada vez mais vinham à tona quando ele estava próximo.

Ela definitivamente não precisava pensar nisso, e menos ainda nele e em suas constantes mudanças de opinião. Fora muito mais fácil lidar com ele, e com a equivocada atração que sentia por ele, quando o achava um libertino demasiado-bonito-para-seu-próprio-bem, experiente-demais-para-olhar-na-direção-dela, arrogante, indolente e autoindulgente de primeira ordem.

No momento... ele ainda podia ser tudo isso, mas também havia mostrado ter qualidades das que ela sabia o suficiente para reconhecer como admiráveis. Homens protetores poderiam ser difíceis de lidar; por outro lado, eram propensos a estar por perto quando se precisava deles, e, quando em perigo, sua presença era reconfortante. Além disso, ele demonstrara, para a surpresa dela, uma capacidade de tratá-la como parceira. Por isso ela, definitivamente, não esperava, ainda mais vindo dele.

O pensamento a lembrou do que os dois deveriam estar conjecturando naquele dia — como fugir. Ela olhou para Martha. A cabeça da mulher mais velha estava abaixada, mas ela sentiu o olhar de Heather e ergueu os olhos.

Heather olhou de volta para a estalagem, claramente visível através dos campos.

Martha entendeu errado e riu.

— Ah, não se preocupe. Ele não virá para nos arrastar de volta. — Baixando o tricô, ela também olhou para a estalagem. — Veja bem, aposto que ele ficou de olho nos primeiros dez minutos ou mais, mas a esta altura deve ter percebido que não há nenhum risco para você. — Martha apontou com os braços os campos ao redor. — Sem chance de alguém subir até aqui e levar você embora.

Soltando um enorme suspiro, Martha deitou o corpo inteiro em sua ponta do tapete.

— Vou tirar uma soneca agradável sob este sol. Não pense em vaguear por aí. Vou perceber se você se mover. Saiba que tenho um sono muito leve.

Heather olhou, sem dizer nada, para a mulher que dormia tão profundamente todas as noites que nunca ouvira Heather se esgueirar para fora ou para dentro do quarto. Ela se esforçou para não balançar a cabeça em descrença, apenas no caso de Martha estar olhando de soslaio. Em vez disso, respirou fundo e olhou em volta com mais interesse.

Considerava o estuário, a não mais de um quilômetro e meio de distância. Será que eles poderiam fugir pelo mar? Com certeza encontrariam um pescador que poderia... mas não. Viagens em um barco pequeno naquela época do ano não eram necessariamente rápidas — mais rápidas do que ir por terra —, e ela tinha certeza de que não haveria nenhum benefício para eles se tentassem se aproximar de Casphairn pelo mar. O Vale ficava bem no interior, disso ela sabia.

Enquanto os roncos de Martha impediam a aproximação dos pássaros, ela se perguntou que possível distração eles poderiam encenar. Tinha de ser algo que mantivesse Fletcher e Cobbins ocupados...

O som suave de passos a fez girar depressa, e ela viu Breckenridge subindo calmamente a colina. Ele olhou para Martha, depois assentiu com polidez para ela.

— Aqui parecia um bom lugar para tomar um ar. Importa-se se eu me juntar a vocês?

Compreendendo que deveriam continuar a desempenhar seus papéis fictícios, ela inclinou a cabeça.

— Se assim desejar.

Ele sentou-se na grama um pouco longe. Após tirar um mapa do bolso, abriu-o e estendeu-o, colocando-o entre eles, onde ela pudesse vê-lo.

Apontando para Gretna, Breckenridge murmurou:

— Pensei que pudesse descobrir o melhor caminho para Glasgow.

Falou em voz baixa, mas pronunciou as palavras de maneira distinta. Ele aguardou, mas os roncos de Martha não perderam o ritmo.

Olhando para Heather, ele arqueou uma das sobrancelhas.

Inclinando-se mais perto, ela estendeu o dedo e com ele traçou a estrada principal de Gretna a Annan e depois para Dumfries. Lá, ela parou, levantou o dedo enquanto, com os olhos, procurou mais ao norte e oeste...

— Ali — sussurrou, seu dedo descendo até apontar para um pequeno vilarejo.

Ele olhou, depois voltou os olhos para ela com expressão interrogativa.

— Esse é o vilarejo de Casphairn. — As palavras dela o alcançaram em um fio de voz. — A estrada para o Vale vai pelo oeste, a menos de um quilômetro e meio a sul do vilarejo.

Ele balançou a cabeça e trouxe o mapa mais para perto. Estudou a área que ela indicara, então verificou as estradas que passavam entre Dumfries e chegavam àquele ponto. Olhou para Martha e murmurou:

— Embora minha carruagem seja velha e raquítica, devo fazer a viagem em um dia.

Ela assentiu com a cabeça.

— Presumindo que o caminho esteja livre.

Ele lançou-lhe um olhar.

— Acredito que estará. Mas precisarei de uma boa noite de sono.

Ela franziu as sobrancelhas, então virou a cabeça, desviando o olhar de Martha, e murmurou:

— Esta noite?

Certo de que ninguém poderia roncar tão profundamente sem estar dormindo, ele arriscou murmurar:

— Nada de encontro. Estou trabalhando no que vamos usar para distraí-los. Esteja pronta amanhã. Não tenho certeza de quando exatamente.

Pegando o mapa, ele se levantou e redobrou-o. Deslizando-o no bolso, assentiu com educação, em seguida, virou-se e caminhou de volta à estalagem.

Heather não se virou para observá-lo se afastar de imediato, mas, quando julgou que ele já tivesse percorrido a maior parte do caminho, ela se mexeu e olhou; viu-o se aproximando dos estábulos.

Quando ele desapareceu ao entrar na estalagem, ela reprimiu um suspiro e olhou para frente mais uma vez.

O que ele estava tramando? E por que não haveria nenhum encontro secreto no bengaleiro pelo qual esperar, reconfortando-a, naquela noite?

As 24 horas seguintes foram as mais longas que Heather já havia suportado. Ela teve um sono agitado, virando e se revirando e se perguntando o que Breckenridge estava fazendo. Ele só teria cancelado o encontro noturno se não fosse estar na estalagem. E se não estivesse, onde mais estaria?

Desde o instante em que o dia amanheceu, ela ficou tensa, ansiosa. Aquele era o dia que Fletcher esperava que o proprietário de terras chegasse — o misterioso e perigoso nobre das terras altas que ordenou que ela fosse sequestrada e levada a Gretna Green. Fletcher e Cobbins, ambos, haviam se esforçado ao se lavar e ao se vestir. Até Martha enfeitara-se. Em comparação, Heather sentiu-se completamente desarrumada, com seu vestido rodado sem graça e com o xale que não combinava, mas sua aparência nem sequer constava em sua lista de preocupações.

Breckenridge estava fazendo-se menos visível. Não comparecera à taverna para o café da manhã, pelo menos não enquanto ela e Martha estiveram lá. É claro que Fletcher insistira em que elas se retirassem para a saleta e permanecessem em reclusão, de modo que ela não tinha ideia se Breckenridge aparecera mais tarde ou não, mas ele também não se juntou ao grupo para almoçar. Ela não se atrevia a fazer perguntas diretas, mas, para seu alívio, Martha perguntou a Cobbins onde seu amigo estava. Cobbins respondeu que Timms estava se preparando para sair, para viajar até Glasgow em etapas fáceis.

A informação a acalmou. A estrada para Glasgow não era a que iriam tomar. Dar uma pista falsa era uma boa ideia, típica de Breckenridge.

O tempo se tornou sombrio, o vento açoitava. Quando um grupo de marinheiros entrou na taverna, seguido de perto por três peões, Fletcher ordenou que ela e Martha voltassem para a saleta.

A contragosto, ela foi.

Uma hora depois, estava de pé diante da janela da sala e olhando para o pátio de cascalho da estalagem, tentada a roer as unhas embora houvesse abandonado o hábito anos antes, quando três homens vieram caminhando a passos rápidos e decididos pela rua.

Eles viraram no pátio da estalagem e dirigiram-se, sem fazer pausa, à porta da frente.

Seus uniformes demonstravam que eram da polícia local.

Suas expressões belicosas declaravam que estavam atrás de algum bandido.

O primeiro chegou à porta, abriu-a e entrou. Seus companheiros o seguiram.

Heather foi até a porta da saleta, os riscos e as opções colidindo em sua mente.

Martha olhou-a e fez uma expressão de advertência.

Chegando à porta, Heather sinalizou para ela se calar, então murmurou:

— Polícia.

Martha deixou cair o tricô. Empalideceu, então pulou, agarrou o tricô e enfiou-o na sacola de pano.

Com cuidado, Heather abriu a porta em poucos centímetros. Ela já havia descartado a ideia de lançar-se à misericórdia dos policiais; Fletcher e sua história, endossada por Cobbins e Martha, eram simplesmente críveis demais. Mas o que estava acontecendo?

Martha se juntou a ela na porta, envolvendo os dedos grandes e fortes nos pulsos de Heather.

Heather não a olhou, apenas sussurrou:

— Sssh.

Através da abertura estreita, ela espiou o vestíbulo da estalagem. Ao lado, Martha se agachou e olhou também.

O homem que conduzira o grupo até a estalagem estava de pé na parte inferior das escadas, falando rapidamente, mas de modo calmo com o estalajadeiro. Era evidente que os dois se conheciam; o que não era surpreendente em um vilarejo tão pequeno. Os outros dois policiais estavam de costas para a porta da frente.

Uma multidão de fregueses da taverna, entre eles Fletcher e Cobbins, havia largado as canecas e vindo se agrupar no arco que separava o vestíbulo da taverna.

O estalajadeiro assentiu para o primeiro policial, então correu até o balcão, um pouco ao lado da porta da saleta.

Heather não podia ver o que ele estava fazendo, mas, pelo barulho de páginas sendo folheadas, ele estava consultando o registro do estabelecimento.

O líder dos policiais virou-se de cara feia para os homens que se aglomeravam na entrada da taverna.

— Vocês podem voltar a se sentar. Não queremos que nos incomodem.

Várias sobrancelhas foram erguidas, mas os homens aos poucos se viraram e voltaram para a taverna. Após enviar olhares intensos e investigativos em direção à saleta, Fletcher e Cobbins se retiraram com o grupo.

O policial junto às escadas, aquele que parecia estar no comando, virou-se para os outros dois estacionados diante da porta.

— Fiquem de olho neles. — Com a cabeça, indicou a taverna. — Ninguém entra ou sai.

A dupla assentiu brevemente.

— Sim, sargento.

O estalajadeiro afastou-se do balcão e voltou para o sargento, ainda à espera ao pé da escada. O estalajadeiro disse algo; Heather não ouviu o quê. Mas o sargento virou-se e estendeu a mão para a balaustrada.

— É melhor vir comigo.

Então, ele subiu as escadas três degraus de cada vez. O estalajadeiro correu em sua esteira.

Após um momento, Heather sussurrou:

— Você tem alguma ideia do que se trata?

— Não — rosnou Martha. — Mas não gosto disso.

Elas não tiveram tempo de esperar pelo próximo ato do drama. Dentro de minutos, o som de passos pesados desceram as escadas anunciando o retorno do sargento. Ele reapareceu na parte inferior das escadas com um longo castiçal de prata em cada mão. Travado no último degrau, olhou para o estalajadeiro quando ele se aproximou. Com a cabeça, o sargento pediu ao ele.

— Vá mostrar-lhes quais são.

O estalajadeiro assentiu. Os policiais se afastaram da porta, seguindo-o para a entrada da taverna. Parando sob o arco, o dono da estalagem apontou.

— Ele e ele.

Empurrando o estalajadeiro, os policiais entraram na taverna.

Esticando as orelhas, Heather ouviu alguém dizer:

— Venha conosco, senhor; temos uma ou duas perguntas a fazer.

Alguém respondeu, mas ela não conseguiu distinguir as palavras ou a voz.

— Não vai demorar mais de um minuto, senhor. O restante de vocês permaneça onde está.

Ela olhou para Martha. Sussurrou:

— Havia outros hóspedes na estalagem na noite passada?

Com os olhos grudados na fenda entre a porta e o batente, Martha não respondeu.

Heather olhou para fora outra vez, bem na hora em que sua suspeita se provou correta. Fletcher e Cobbins, escoltados de perto por dois policiais, saíram relutantes da taverna.

O sargento ainda estava parado ao pé da escada, segurando o par de castiçais, um em cada mão. Fletcher tentou entender o que acontecia, mas apenas ergueu as sobrancelhas e encontrou o olhar do sargento.

— Qual parece ser o problema?

— Isso. — O sargento brandiu os longos castiçais. — Estes objetos desapareceram da casa de Sir Kenneth Baxter na noite passada. Não é um bom lugar para escolher assaltar, sendo ele o magistrado local e tudo o mais.

Fletcher fez uma careta.

— É o que parece. Mas por que você está falando conosco? Não sabemos nada de roubo nenhum.

O sargento fez um som de escárnio.

— Não venha dar uma de inocente com a gente, rapaz. Você estava ou não estava ocupando o quarto no topo da escada, o primeiro ao sul; o quarto de número cinco?

O olhar de Fletcher permaneceu nivelado, mas, mesmo do outro lado da sala, Heather pôde sentir quando ele repentinamente compreendeu, ela pôde ver a tensão igualmente instintiva, a avaliação de suas possibilidades...

O sargento e os policiais também notaram essa avaliação. As mãos dos dois policiais desceram para os punhos dos cassetetes pendurados ao lado do corpo.

— Olhe lá — repreendeu o sargento. — Não há sentido em tornar as coisas mais difíceis. Acompanhem-nos tranquilamente, e...

Fletcher levantou a mão.

— Só para que fique claro, não tivemos nada a ver com o roubo dos castiçais. Alguém deve tê-los colocado em nosso quarto...

— Isso é o que todos dizem.

— Mas nosso patrão...

— Venha e conte sua história ao juiz, Sir Kenneth. Tenho certeza de que ele estará disposto a ouvi-la.

Antes que Fletcher pudesse dizer mais alguma coisa, os policiais levaram as mãos dele e as de Cobbins para trás, algemaram-nos, depois os viraram em direção à porta da frente. Pouco antes de passar por ela, Fletcher lançou um olhar contundente à porta da saleta, então foi levado para fora.

Cobbins foi em seguida, conduzido pelo segundo policial. Após parar a fim de ter uma última palavra com o dono da estalagem, o sargento, levando os castiçais, pôs-se na retaguarda.

Heather fechou com discrição a porta da saleta, se endireitou e olhou para o painel de madeira.

Ao lado, Martha ajeitou a postura, virou-se com um olhar agitado para a saleta e encarou Heather.

— Como você conseguiu isso? Você não saiu de nossa vista o tempo todo.

Heather piscou, e olhou para Martha.

— Não fui eu.

Mas ela sabia quem havia sido.

Aquela só podia ser a distração de Breckenridge. Na noite anterior, ele saíra para roubar os castiçais. E era evidente que os roubara do magistrado — o único morador local que, com certeza, seria capaz de obter a atenção imediata da polícia.

Mas o que ela deveria fazer? Esperar que Breckenridge reaparecesse? Ou talvez devesse ir à delegacia de polícia e por meio deles entrar em contato com o magistrado...

— Não.

Ela podia imaginar a sensação quando explicasse que fora sequestrada e mantida, ao longo de dias de viagem, à mercê de Fletcher e Cobbins; a despeito da presença de Martha, o escândalo seria imenso. Muito provavelmente, do tipo do qual ela nunca sobreviveria, independentemente de ser uma Cynster.

Então, era melhor voltar ao plano de ir para o Vale e para a segurança da casa de Richard e Catriona. Breckenridge afastara Fletcher e Cobbins. Tudo o que tinha a fazer era ficar livre de Martha, e ela e Breckenridge poderiam seguir viagem.

Concentrando-se novamente em sua velha "dama de companhia", ela descobriu que Martha estava segurando a bolsa de tricô junto a seu amplo corpo, terminando de dar uma última olhada investigativa na saleta e avançando em direção à porta.

Virando-se, Martha estendeu a mão para o trinco.

— Vou embora.

Heather ficou curiosa.

Antes que ela pudesse responder, Martha abriu a porta, olhou para fora e saiu, deixando a porta a se balançar.

Intrigada, Heather seguiu-a, parando apenas para fechar a porta.

O estalajadeiro entrara na taverna; ela ouviu-o entretendo os clientes restantes com os detalhes de onde haviam encontrado os castiçais — no fundo das malas de Fletcher e de Cobbins, no guarda-roupa do quarto.

Em silêncio surpreendente, apesar do imenso volume de seu corpo, Martha foi até a escada na ponta dos pés e subiu depressa.

Ainda mistificada, Heather seguiu-a por todo o caminho até o quarto que haviam compartilhado.

Martha deixou cair a sacola de tricô na cama, então foi até o guarda-roupa, abriu-o e pegou sua ampla bolsa de viagem. Após jogá-la na cama, ela começou a retirar as roupas de Heather.

— Você pode ficar com isso. Não seria bom, para mim, ser encontrada com estes trastes.

Heather foi até o outro lado da cama e recuperou o vestido de festa, a bolsa e o segundo vestido liso que eles haviam lhe dado, reunindo-os nas mãos. A seda suave do vestido de festa pareceu estranha sob as palmas de suas mãos depois de dias vestindo roupas mais ásperas.

Praguejando, Martha tirou suas roupas do armário e amontoou-as de qualquer jeito na bolsa.

— Graças a Deus eu insisti que me pagassem o salário antes de partirmos nesta trapalhada. Sabia que parecia fácil demais para ser verdade.

Após enfiar a sacola de tricô em cima das roupas empacotadas e fechar a bolsa, ela fez uma pausa e olhou para Heather, ainda de pé, sem compreender, do outro lado da cama.

— Não sei quanto a você. Por mim, pode ficar e conhecer esse proprietário de terras. Mas estou indo embora. Agora.

— Aonde você vai?

— Estou indo para o outro lado da fronteira o mais rápido que puder, para começar; depois em Carlisle vou pegar o coche do Correio para Londres. Hoje à noite, se possível. — Martha olhou para a porta. — Quanto mais cedo eu cair fora deste lugar, e da Escócia, melhor. Antes de alguém daquele grupo lá embaixo decidir contar àqueles ratos cinza que nós, você e eu, senhorita, estávamos aqui com Fletcher e Cobbins. — Martha afivelou a bolsa. — Eles vão nos levar como cúmplices num piscar de olhos.

— Cúmplices? — Heather congelou.

— É, cúmplices. — Martha parou, os olhos semicerrados, depois acrescentou com um grunhido: — E acho que não descartaria a possibilidade de o próprio Fletcher falar isso para os tiras, só para ter certeza de nos manter por perto, para que ainda possa entregar você àquele proprietário de terras quando ele aparecer.

Tirando a bolsa da cama, Martha olhou para Heather.

— Você não reclamou uma só vez, então vou lhe dizer o seguinte: se eu fosse você, cairia fora daqui bem rápido. — Martha passou os olhos pelo quarto uma última vez. — Quanto a mim, já fui.

Ela correu em direção à porta aberta, parou para espiar o lado de fora junto à soleira da porta, depois saiu.

Heather escutou os passos dela se distanciarem até sumirem... então correu para a porta e a fechou. Foi até o guarda-roupa e tirou a bolsa que os sequestradores haviam lhe oferecido para guardar sua "bagagem".

Jogou-a na cama e rapidamente reuniu as poucas roupas que tinha, tanto as suas quanto as que os sequestradores haviam lhe fornecido, bem como a escova e o pente que lhe deram. Enfiou os poucos artigos sem cuidado na bolsa e depressa prendeu as fivelas.

— Onde está Breckenridge?

Colocando a bolsa no ombro, ela estendeu sua capa, jogou-a nas costas e virou-se para a porta — assim que esta começou a abrir.

Devagar.

Seu coração estava batendo forte. Em uma busca frenética por alguma arma no quarto, ela viu um atiçador encostado ao lado da lareira de pedra. Pegou-o com cuidado e postou-se na ponta dos pés atrás da porta. Ergueu o atiçador quando a porta se abriu mais.

Tomou fôlego, preparou-se...

Reconheceu a cabeça escura, a altura, o perfil.

Sua respiração reprimida escapou em um chiado. A exasperação a inundou.

— Pelo amor de Deus, bata na porta!

Breckenridge virou-se para encará-la, pegou o atiçador quando ela o abaixou e deixou-o no chão.

Notou a bolsa e a capa dela.

Começou a se voltar para a porta, para fechá-la.

Com as duas mãos, ela o empurrou. Sussurrou:

— Nós temos de ir! Agora!

Como homem típico, ele parou, preso ao chão.

— Por quê? — Ele olhou ao redor como se procurasse algo para explicar o pânico. — Não há pressa. — Olhando para ela, ele sorriu, o epítome do macho, satisfeito consigo mesmo. — O magistrado não estava feliz. Fletcher e Cobbins vão ficar presos por pelo menos alguns dias, possivelmente mais.

— Sim! E, como cúmplice deles, eu também!

— Cúmplice?

Ela percebeu o instante em que ele se deu conta. A transformação de homem presunçoso e satisfeito consigo mesmo a guerreiro totalmente alerta não levou mais que um piscar de olhos para acontecer.

Com todos os ângulos do rosto afiados, nenhuma curva suave à vista, os olhos castanhos duros, ele olhou de um lado para o outro.

— Onde está Martha?

— Indo para Londres tão rápido quanto as pernas delas podem levá-la.

— Certo. — Ele encontrou os olhos dela. — Deixe-me pegar minhas coisas, o mapa, minhas pistolas.

Com as mãos, ela o empurrou de novo; desta vez ele concordou em se mover.

— Seu quarto. Se alguém lá de baixo decidir ajudar a polícia a me pegar, será o primeiro lugar que eles vão olhar.

Ele não respondeu, apenas agarrou seu braço, puxou-a para fora do quarto e fechou a porta. Soltando-a, conduziu-a a sua frente pelo corredor, passando pelo topo das escadas e entrou na outra ala. Parando-a diante da última porta antes da escada de serviço estreita na extremidade da ala, ele abriu a porta e incitou-a a entrar. Seguindo-a, fechou a porta em silêncio.

Heather ficou de pé em um lado do quarto, fora de seu caminho, quando ele tirou, depressa e com notável eficiência, duas sacolas de viagem do guarda-roupa, embalou as roupas, depois duas pistolas, pólvora, guardou mais roupas ao redor delas, jogou uma escova, arrumou um par de sapatos na segunda sacola e colocou o resto das roupas.

Estava afivelando as bolsas quando praguejou, virulentamente.

Ela encarou a cabeça escura abaixada.

— Não se atreva a me xingar!

Ele não olhou para cima, mas ela viu seus lábios se apertarem ainda mais do que já estavam apertados antes.

— Eu não estava xingando você. Estava xingando o fato de que não podemos pegar a carruagem.

Ela piscou.

— Não podemos?

Ele olhou-a.

— Tem razão. Eles virão atrás de você a qualquer momento. Fletcher vai enviá-los. É a única maneira pela qual ele pode ter certeza de que você ficará detida aqui também. Se pegarmos a carruagem, teremos de nos ater às estradas. Quando eles notarem sua ausência, vão revistar a estalagem e em poucos minutos descobrirão que eu também desapareci, juntamente com minha carruagem.

A mente dele voltou a funcionar a todo vapor.

— Mas eles vão pensar que você foi para Glasgow. Era o que Cobbins achava.

Ele balançou sua cabeça.

— Eu só disse isso a Cobbins e Fletcher. Ao estalajadeiro contei que provavelmente permaneceria por mais algumas noites. — Ele estendeu a capa ao redor dos ombros, amarrou laços frouxos em volta do pescoço. — Se a carruagem desaparecer, eles acharão que você vai estar comigo e enviarão cavaleiros a todas as estradas. Mesmo se não fizerem a conexão, ainda assim enviarão os cavaleiros a todas as cidades das redondezas. E o cavalo... mesmo se eu roubasse um dos garanhões mais fortes da estalagem, os cavaleiros ainda nos alcançariam antes de chegarmos a Annan.

Agarrou as sacolas, colocou-a uma sobre cada ombro, gesticulou chamando-a. Tomou-a pelo braço e a levou até a porta.

Ela colocou a mão na madeira para impedi-lo de abrir. Olhou-o.

— Então, nós fugiremos a pé?

Ele olhou para ela.

— No começo. Podemos alugar uma carruagem ou um cabriolé mais adiante. Podemos olhar no mapa mais tarde para ver quais são nossas opções, mas por ora precisamos ir embora. Atravessaremos os campos em direção a Annan. Vamos ir tão longe quanto pudermos antes de escurecer, depois analisaremos a situação.

Ela absorveu a resolução sombria no rosto dele e assentiu com a cabeça.

Afastando a mão, ela esperou enquanto ele abria a porta e verificava se o corredor estava seguro, então passou e, obedecendo ao impulso orientador dele, foi depressa até o topo da escada de serviço. Ele passou por ela e abriu o caminho na descida.

As escadas terminavam em uma pequena sala entre a cozinha e a porta de trás. Naquela hora, com o jantar sendo preparado, a cozinha era uma colmeia em atividade, com os fornos rugindo e o cozinheiro gritando. Eles saíram pela porta dos fundos sem que ninguém tivesse qualquer noção de que estiveram lá.

Breckenridge fechou a porta e agarrou a mão dela. Partiu e, em passadas rápidas e estáveis, passou pelo estábulo da estalagem. Ela se apressou para acompanhá-lo. Parando atrás do estábulo para ajudá-la a subir por um degrau que os levaria para o campo, ele murmurou:

— Os campos são tão planos que precisaremos manter o estábulo e os celeiros entre nós e a estalagem o máximo de tempo que pudermos.

Heather olhou para frente. Uma linha de árvores marchava ao longo de uma ligeira subida de aproximadamente um quilômetro e meio.

A seu lado, Breckenridge disse em tom suave:

— Se conseguirmos chegar tão longe sem sermos vistos, temos uma boa chance de escapar.

Eles não poderiam arcar com as consequências de serem capturados pelas autoridades. Muito menos, pelo proprietário de terras que contratou os serviços de Fletcher.

Quando chegaram à linha de árvores sem qualquer sinal ou som de gritos clamando por justiça, Breckenridge sentiu apenas uma pitadinha de alívio. A tensão que o agarrava não aliviou nem um pouco. Se ele fosse capturado com Heather por ser cúmplice no crime de fugir da justiça, quando o proprietário de terras chegasse em Gretna e fosse alertado por Fletcher, era muito provável que esse dito proprietário de terras fosse capaz de conseguir que Heather fosse libertada em sua guarda, e, enquanto Breckenridge permaneceria trancado em alguma cela, incapaz de fazer qualquer coisa, o proprietário de terras desapareceria para as terras altas com Heather como recapturada sob sua tutela.

Se fossem apanhados, nada que ele pudesse dizer, nem que ela pudesse dizer, poderia alterar qualquer aspecto desse cenário.

Que pesadelo!

Os dois se arrastaram através dos campos. Ele olhou para Heather, observou sua expressão estoica. Apesar dos rigores da fuga, ela não proferiu nenhuma palavra em reclamação.

A maioria das damas da alta sociedade estaria enchendo seus ouvidos com recriminações e queixas mesquinhas.

Por outro lado, sempre ouvira que as damas da família Cynster possuíam espinhos de aço.

Ela também, julgou ele, estava em condição física muito melhor do que a de muitas de suas contemporâneas.

— Você sabe montar? — A pergunta escapou da boca antes que ele pensasse duas vezes.

Ela olhou-o, surpresa com o comentário que saiu do nada, mas então assentiu e olhou para frente.

— Adoro montar. Não tenho tantas oportunidades quanto gostaria estando em Londres por tanto tempo, mas, sempre que posso, subo em um cavalo. — Seus lábios tremeram, e ela olhou para ele. — De preferência, um dos cavalos de Demon.

Ele sorriu.

— Os cavalos dele são os melhores.

— Você tem algum?

Ele fez que sim com a cabeça.

— Uma vantagem definitiva de estar conectado à família.

— Adoro a satisfação que se tem ao cavalgar. Acho que é o que mais gosto de fazer.

Ele piscou. Concluiu que equitação não era a melhor escolha de tópicos de conversa. Pelo menos não para ele. Especialmente não com ela.

— E dançar?

— Adoro dançar valsa. Eu até desfruto de modalidades mais antigas, como quadrilha e cotilhão. Podem estar menos na moda agora, mas há um certo... poder reinante nelas, não acha?

— Humm. — Onde estava um tópico inocente quando se precisava?

— Já dançou gavota?

— Há alguns anos. — E ele ainda se lembrava. E, claro, a ideia de dançar aquela determinada modalidade com ela, em plena fuga, preencheu sua mente no mesmo instante.

À procura de distração, ele olhou em volta.

— Abaixe-se. — Com a mão nas costas dela, ele incitou-a a se agachar bem baixo. Entrincheirando-se ao lado dela, olhou para seu rosto assustado. — Cavaleiros na estrada.

Estavam andando paralelamente à estrada para Annan, mas uns cento e oitenta metros ao sul, usando cercas vivas e pequenos bosques para ocultá-los dos viajantes na estrada.

Após um momento, ele fez uma careta.

— Fique abaixada.

Deixando a mão nas costas dela para garantir que ela o fizesse, ele girou e levantou a cabeça. Olhou, então relaxou um pouco.

— Eles não nos viram. Estão seguindo em frente de forma constante.

Ela endireitou as costas.

— Policiais?

Afastando a mão, ele assentiu com a cabeça, olhou novamente, levantou-se e deu-lhe a mão. Agarrando os dedos, levantou-a.

Ela se endireitou, suspirou e olhou para baixo.

— Meus chinelos de quarto não estão dando conta do recado.

Quando ele olhou para baixo, ela deslizou os dedos dos dele e ergueu as bainhas para que ele visse os calçados precários e sujos com os quais ela protegia seus pequenos pés.

Ele engoliu o xingamento que lhe saltou aos lábios.

— Buracos?

— Não tantos buracos. O fato é que não são à prova d'água. Não foram feitos para caminhadas em campos encharcados.

Ele não havia pensado... e claramente nem Fletcher, Cobbins ou Martha. Olhou para frente.

— Vamos ter de conseguir sapatos adequados para caminhar. Talvez em Annan.

Ela recomeçou a andar.

— Eles estão aguentando, pelo menos por ora.

Aproximando-se dela, ele deixou o assunto de lado e focou sua mente em considerar os detalhes mais imediatos da fuga. Ele — eles — havia planejado ir até a propriedade de Richard e Catriona, mas agora...

Foi algum tempo mais tarde — mais ou menos três quilômetros depois — que ela voltou a falar:

— É uma pena que não podemos nos esgueirar de volta a Gretna. Eu tinha esperanças de nos escondermos em algum lugar por perto, perto o suficiente para conseguir um vislumbre do misterioso proprietário de terras quando ele chegasse.

Ele resmungou.

— Eu mesmo flertara com essa ideia, mas, com as autoridades e ele próprio procurando por você, é muito perigoso. — Ele olhou-a e acrescentou: — Busquei um local que nos fornecesse cobertura nos arredores, mas não havia qualquer lugar onde pudéssemos ter nos escondido e, em segurança, observar a estalagem.

Heather encontrou os olhos dele brevemente, então assentiu e marchou em frente. Estava começando a aceitar que ele não era tão arrogante e despótico quanto ela sempre pensara — testemunhando sua procura, tentando encontrar uma maneira de dar-lhe o que ela queria embora ele mesmo nunca fosse entusiástico da ideia, nunca tivesse se convencido de que um vislumbre valeria o esforço. Ele provavelmente estava certo, mas tentou encontrar uma maneira de acomodar os desejos dela.

Apesar de não conseguir o que ela queria, o conhecimento a fez se sentir mais contente.

Eles caminharam rumo a um pôr do sol silenciado pelas nuvens agitadas. Antes que a escuridão invasora se aprofundasse, Breckenridge parou para verificar o mapa.

— Devemos estar quase em Dornock. — Ele olhou para frente, semicerrando os olhos. — Posso ver telhados adiante. Deve ser o vilarejo.

— Não podemos simplesmente ir até lá e pedir abrigo, podemos? — Ela refletira sobre as implicações. — Aqueles cavaleiros teriam passado lá e alertado os moradores sobre nós. Sobre mim, pelo menos.

Ele resmungou em assentimento. Examinou os campos ainda em grande parte planos, depois a tocou no braço e apontou um pouco mais ao sul.

— Há um celeiro ali, perto o suficiente para chegarmos antes que a luz desvaneça. Vamos ver o que é.

Ela não respondeu, apenas começou a andar.

Escondido em um canto de um campo, isolado e a pelo menos três campos de distância da fazenda mais próxima, o celeiro se mostrou estável e cheio de feno. Boa parte deste estava solta, e a fragrância que os rodeava quando subiram para o sótão estava impregnada com lembranças do verão.

Breckenridge olhou em volta.

— Vamos nos manter aquecidos aqui em cima. E a salvo. — Ele olhou para a escada pela qual tinham subido. — Ela não está presa. Vou puxá-la para que fique aqui em cima durante a noite.

O que faria com que Heather se sentisse segura. Escondeu um sorriso; para um homem cuja expressão ela ainda raramente conseguia ler, ele estava se tornando bastante previsível em alguns aspectos.

Colocou sua sacola de viagem no chão, pegou a capa, sacudiu-a e espalhou-a sobre uma pilha grande e profunda de feno; em seguida, virou-se e sentou-se, esfregando os quadris para criar um buraco confortável. Inclinando-se, ela tirou os pobres chinelos e estudou-os à luz fraca.

— Acho que não podemos arriscar um incêndio, certo?

Olhando para cima, ela encontrou os olhos sombreados de Breckenridge.

Após um momento, ele balançou a cabeça.

— Não. Muito perigoso.

Mas ele havia pensado nisso. Ela assentiu e deixou os chinelos de lado, usou a capa para secar os pés, depois estendeu os dedos, flexionou os tornozelos e esticou a mão até a parte de baixo da saia para massagear as panturrilhas.

Ele pigarreou.

— Também não temos comida.

Ela olhou para cima e abriu um sorriso fraco.

— Não acho que ficar sem comer por uma noite vá prejudicar qualquer um de nós.

Ele a fitou e disse, depois de um momento:

— Você está sendo muito receptiva. Eu estava esperando algo um pouco mais perto da histeria.

Ela bufou.

— E que bem a histeria traria? — Ela levantou um dos ombros. — Estamos juntos nesta, fazendo o melhor que podemos. Não espero que você faça milagres. — Deitando-se no leito rústico improvisado, ela olhou-o. — E, contanto que você não espere milagres de mim, ouso dizer que vamos nos sair bem o suficiente.

Breckenridge olhou-a, com uma expressão, como de costume, impenetrável. De todos os homens que ela já conhecera, ele mantinha suas feições sob o mais rígido controle. Ele tirou dos ombros as sacolas de viagem que carregara, colocou-as perto das dela e voltou-se para a escada.

— Vou dar uma olhada ao redor da construção. Não vou longe nem me demorarei.

Heather deitou-se, deixou os músculos relaxar e seguiu-o pelo som. Ele se locomoveu dentro do celeiro, depois saiu.

Enquanto esperava, ela manteve uma visão mental dele — imaginou-o caminhando em volta da estrutura, avaliando-a. Os irmãos e primos dela eram homens protetores; ela estava acostumada com as fraquezas da espécie. Breckenridge, no entanto, embora fosse tão protetor quanto, se não mais, dissimulava melhor essa característica. Ela refletiu e murmurou:

— Não, isto não está certo.

Ele não apenas escondeu suas tendências como também as silenciou, negociou-as. Deu-lhes uma aparência razoável e sensata e justificável.

Sua abordagem era mais sutil, mas também mais eficaz.

Se ele fosse um dos irmãos, ou até mesmo um dos primos dela, Heather estaria se sentindo sufocada e, por ela, estaria criticando as ordens dele e mostrando resistência e restrições. Mas, como ele era sensato e sabia ouvir — ou pelo menos parecia ouvir — os desejos dela, então ela também poderia ser sensata.

Considerando sua visão anterior dele, o fato de que ela chegara ao ponto de considerá-lo “sensato” lhe pareceu estranhamente irônico.

Quando ele retornou, a escuridão já havia caído, mas a lua estava um pouco cheia, lançando luz suficiente para delimitar silhuetas, mesmo no celeiro. Assim que ele chegou ao topo da escada, ela voltou a calçar os chinelos, levantou-se e sacudiu a saia.

— Preciso ir lá fora. Não vou longe nem vou demorar.

Ele congelou. Ela deu-lhe um sorriso brilhante, embora ele provavelmente não pudesse enxergá-lo bem o suficiente para apreciar o efeito.

Com evidente relutância, ele se mexeu, permitindo-lhe alcançar o topo da escada.

— Está escuro.

— Terei cuidado. — Ela começou a descer a escada, então olhou para ele. — Fique aí.

Ao chegar ao solo, ela foi até a porta do celeiro, iluminada por uma luz que vinha obtusa através de uma janela alta em uma parede lateral. Abriu a porta, olhou para fora, depois contornou o celeiro para atender ao chamado da natureza.

Voltou cinco minutos mais tarde, apenas para encontrá-lo bem na porta. Ela olhou para ele, mas ele não encontrou seu olhar, simplesmente fechou a porta, depois levantou uma viga pesada e colocou-a tapando a abertura.

— Se alguém tentar entrar, terá de mexer na viga. E nós vamos ouvir.

Ela resmungou e caminhou até a escada, perguntando-se se ele havia pensado na viga antes ou depois de segui-la até o chão.

Ele se arrastou bem próximo dela, tomou sua mão e ajudou-a diante da escada. Ela subiu, cuidando para não prender os pés na saia. Assim que ela chegou em cima, ele a seguiu, virou-se e, com surpreendente facilidade, puxou a longa escada.

Ela se acomodou na capa e observou-o, banhado pelo luar fraco, manusear a escada para colocá-la em um canto do sótão. Embora ele estivesse completamente vestido, ela teve um vislumbre do esforço muscular necessário para atingir tal feito.

Não havia como negar que Breckenridge era um dos libertinos favoritos da alta sociedade por um bom motivo.

Sorrindo para si mesma, ela relaxou na cama improvisada.

Ele olhou-a, então pegou sua própria capa, sacudiu-a e a espalhou sobre o feno, e não ao lado dela, mas diante das sacolas de viagem. Ela resmungou por dentro. Enquanto ele se sentava e depois se deitava e se acomodava, ela sentou-se e puxou sua sacola. Abriu-a e tirou o outro vestido plano e o vestido de festa. A seda, ela esperava, iria ajudá-la a se manter aquecida.

Breckenridge, claro, havia apenas envolvido a capa sobre si mesmo. Considerando o quão quente ele sempre parecia estar, provavelmente se manteria aquecido. Ela se mexeu, cobrindo-se primeiro com o vestido de festa e depois com o vestido plano. Em seguida, deitou-se e se envolveu com a saia da capa.

Disse a si mesma que estava aquecida o suficiente. Não era provável que fosse morrer de frio.

Breckenridge destacou que a escuridão se espessava; o luar estava começando a desaparecer.

— Seguiremos para Annan na parte da manhã. Vamos ver se podemos entrar na cidade, tomar café da manhã e arranjar uns sapatos para você, pelo menos.

— Humm. Acho que em uma cidade, mais que em um vilarejo, teremos uma chance melhor de não chamarmos atenção.

Ele não respondeu.

— Boa noite — murmurou, por fim.

— Boa noite.

Ajeitando a cabeça de lado, ela fechou os olhos.

Fez-se silêncio.

Fosse pelo fato de que sua audição tornou-se mais apurada depois que ela fechou os olhos, fosse porque os sons só começaram alguns minutos após ela e Breckenridge terem ficado em silêncio e imóveis, sussurros começaram a ser ouvidos, a alguma distância, a princípio, mas conforme os minutos se alongavam, ela poderia jurar que os movimentos furtivos no feno estavam ficando cada vez mais próximos...

De súbito, ela estava bem acordada.

De repente, mais em pânico do que estivera no início do dia.

O único pensamento que lhe ocorreu, o único caminho possível para o alívio garantido, envolvia um comportamento avançado e chocante.

Para escapar dos ratos, ela seria avançada e chocante.

Levantando-se de uma só vez, ela pegou seus vestidos-cobertas, estendeu a capa e passou pelas sacolas de viagem amontoadas para chegar aonde Breckenridge se deitara.

Através da penumbra, ela mal o distinguiu, esticado de costas, com os braços cruzados atrás da cabeça. Ele poderia estar em silêncio, mas não estava dormindo. Ela sentia a expressão de estranheza dele ao olhar para ela.

— O que você está fazendo?

— Aproximando-me de você.

Soltando os vestidos, ela estendeu a capa e colocou-a ao lado do dele.

— Por quê?

— Ratos.

Ele sentiu seu batimento cardíaco, então perguntou, com cuidado:

— Você tem medo de ratos?

Ela confirmou.

— Roedores em geral. Não faço distinções. — Virando-se, ela sentou-se na capa, pegou suas roupas e recostou para trás, mais perto dele. — Se eu estiver perto de você, ou eles vão nos dar evitar, ou, se decidirem me morder, há pelo menos uma chance de que mordam você primeiro.

O peito de Breckenridge tremia. Ele estava lutando para não rir; pelo menos estava tentando.

— Além disso — disse ela, deitando-se e aconchegando-se sob o monte de vestidos —, estou com frio.

Um momento se passou, então ele suspirou.

Mexeu-se no feno ao lado dela. Ela não sabia o que ele tinha feito, mas de repente estava descendo os últimos centímetros de uma inclinação que não estava lá antes. Ela se viu diante do corpo dele, diante da lateral dura e musculosa e maravilhosamente quente.

Seus sentidos saltaram avidamente, em agradável choque, em deliciosa surpresa; ela prendeu a respiração e esforçou-se para acalmá-los. Desesperadamente; aquele era Breckenridge, mas com certeza aquele não era o momento.

O braço dele se mexeu e passou ao redor dela, envolvendo os ombros dela e recolhendo-a contra o corpo.

— Isso não significa nada. — As palavras sussurradas a atingiram.

Conforto, segurança, calor — significava tudo isso.

— Eu sei — murmurou ela em resposta.

Seus sentidos não estavam ouvindo. Seu corpo estava ao lado dele. Seu peito roçava a lateral do corpo dele; através de várias camadas de tecido suas coxas roçaram as dele. Seus batimentos cardíacos, além disso, haviam se aprofundado e acelerado um pouco. Contudo, apesar da consciência sensual, ela sentiu-se tranquila juntamente com o calor dele que a percorria, fazendo seus músculos tensos relaxarem aos poucos enquanto, em um gesto de grande ousadia, ela acomodou a lateral de seu rosto no peito dele.

Isso não significa nada. Ela sabia o que ele quis dizer. Aquilo era apenas por ora, para aquele estranho momento de suas vidas habituais em que ele e ela eram apenas duas pessoas encontrando um jeito de enfrentar uma situação difícil.

Ela se aquietou. Escutou.

O som do coração dele batendo, estável e seguro, bloqueou quaisquer sussurros.

Pensando no momento estranho, no que o tornava tão estranho, ela murmurou:

— Nós somos fugitivos, não somos?

— Sim.

— Em um país estranho, não no nosso país, sem nenhuma maneira de provar quem somos.

— Sim.

— E um estranho, um homem muito provavelmente perigoso das terras altas, está nos perseguindo.

— Humm.

Ela deveria se sentir assustada. Deveria estar seriamente preocupada. Ainda assim, ela fechou os olhos e, com o rosto aconchegado no peito de Breckenridge, o braço dele como aço quente em torno dela, adormeceu de forma suave e serena.

Breckenridge a manteve junto a si e, através dos sentidos muito mais sintonizados do que ele desejava, acompanhou a diminuição da tensão que Heather sentia... até ela adormecer.

Suave, silenciosamente, em seus braços, com o barulho delicado da respiração dela agitando seus sentidos, o peso sedutor do corpo esbelto dela estendido junto ao seu era a mais sutil das torturas.

Por que ele havia feito isso? Ela poderia ter dormido perto dele, mas nunca o teria pressionado para dormir em seus braços. Isso fora inteiramente obra sua, e ele nem havia parado para pensar.

O que mais o preocupava era que, mesmo que tivesse pensado, racionalizado e debatido, o resultado teria sido o mesmo.

Quando se tratava dela, fosse qual fosse a situação, nunca havia nenhuma pergunta, nenhuma dúvida em sua mente sobre o que deveria fazer.

A proteção dela, a segurança dela — o carinho por ela. Desde o primeiro instante em que pusera os olhos nela, quatro anos antes, essas haviam sido a fixação de sua mente. Sua decisão. Nada do que ele fizera, nada do que ela fizera, conseguira mudar isso.

Mas, quanto ao motivo, à razão por trás disso... mesmo naquele momento ele não precisava, estava certo e absolutamente certo de que não precisava, saber conscientemente.

Expirando devagar, deixou seus sentidos se expandirem, verificando se havia intrusos no celeiro, então se acomodou para ver como transcorria o resto da noite.

CAPÍTULO 8

Eles partiram para Annan pouco após o amanhecer. O dia estava nublado, mas o vento havia apaziguado. Considerando o estado de seus chinelos de quarto, Heather sentiu-se grata por não estar chovendo.

Ao acordar, ela se encontrou envolvida entre seus vestidos, sua capa e também a de Breckenridge, mas ele não estava. Ele voltou para o celeiro quando ela desceu a escada; no tempo em que ela saiu e retornou, ele já havia descido a escada com as sacolas de viagem já embaladas e a capa dela por cima do ombro.

Lado a lado, caminharam de forma constante para o oeste. Após contornarem o vilarejo de Dornoch — algumas casas alinhadas à estrada que levava a Annan —, ao sul, aproximaram-se das margens do estuário Solway. A água estava cinzenta, mas relativamente calma. Quando o sol nasceu atrás deles, a superfície da água tomou uma tonalidade rosada.

Já haviam passado por Dornoch e podiam ver os telhados de Annan à frente quando Breckenridge a deteve com a mão em seu braço. Ela olhou-o, viu-o olhando para a estrada, a algumas centenas de metros para o norte. Seguindo seu olhar, viu dois cavaleiros, ambos policiais, que estavam indo devagar em direção ao oeste, para se encontrar com um par de companheiros que vinham na direção oposta. Os quatro se cumprimentaram em alvoroço, claramente compartilhando notícias, então se agruparam em duplas e seguiram para Annan.

Ela e Breckenridge estavam atravessando uma mata, com uma abundância de arbustos entre as árvores; contanto que não se movessem, não seriam vistos. Eles ficaram parados e observaram enquanto os quatro policiais cavalgavam. Heather olhou para frente; a julgar pelos telhados, Annan não era uma cidade grande.

Quando os policiais chegaram às casas periféricas, ela olhou para os chinelos. Considerou e, em seguida, perguntou:

— Quanto falta para chegar a Dumfries?

Breckenridge olhou-a. Depois de um momento, respondeu:

— Em linha reta, o que é mais ou menos o caminho que estamos percorrendo, cerca de dezenove quilômetros.

Ela fez uma careta e levantou a cabeça.

— É melhor continuarmos, então.

Transformando as palavras em ação, ela recomeçou a andar.

Breckenridge manteve o ritmo ao lado de Heather. Ela gostou do fato de que ele não fez estardalhaço nem perguntou o que ela queria dizer. Ela havia falado primeiro, absolvendo-o intencionalmente de tomar qualquer decisão que, como ele veria, afetava negativamente o bem-estar dela.

Ele segurou a língua, enquanto eles contornavam Annan. Por um tempo, caminharam ao longo das margens do estuário. Quando a estrada fez um ângulo mais a noroeste, suficiente para permitir-lhes voltar aos campos e ao mesmo tempo manter distância dela, ele olhou para Heather com mais atenção, estudando seu rosto.

— Nós poderíamos parar em um dos vilarejos menores e ver se conseguimos algo para comer.

Ela quase sorriu. O tom de voz deixou claro que ele não queria se arriscar, mas sentia que tinha de fazer a oferta.

— Nós poderíamos, mas deveríamos? — Parando no sotavento de uma cerca viva, ao lado de alguns degraus que tinham de subir, ela encontrou seu olhar cor de avelã. — Vai ser muito mais fácil e muito mais seguro para nós entrar e sair às escondidas de uma grande cidade como Dumfries. Qualquer vilarejo em que pararmos... mesmo que as pessoas de lá não tentem nos capturar e nos prender, elas com certeza se lembrarão de nós e contarão aos próximos policiais montados que passarem.

Ela não estava lhe dizendo nada que ele já não soubesse. Breckenridge a olhou.

— É verdade, mas, ao mesmo tempo, prefiro que você não desmaie. Se eu tiver de carregá-la até Dumfries, isso não vai nos tornar menos perceptíveis.

Ela apertou os lábios.

— Prometo que não vou desmaiar. Consigo chegar a Dumfries sem comida, e há muita água doce, pelo menos.

Eles haviam cruzado numerosos pequenos córregos; a área estava crivada deles, e naquela Temporada a maioria estava bem cheia.

— Se você tem certeza... — Ele gesticulou para que ela subisse os degraus.

— Tenho. — Ela estendeu a mão e agarrou um dos apoios; a escada era alta, sendo o topo mais alto que a cabeça dele. Ela começou a se erguer, mas os pés, ainda calçados com os chinelos de quarto com sola de couro, deslizaram na grama molhada.

Ele pegou-a pela cintura, mantendo-a estável.

— Droga! — bufou ela, soprando fios de cabelo errantes de sua testa. — Você vai ter de me ajudar.

Mentalmente cerrando os dentes, ele não se permitiu pensar, apenas deslizou as mãos até os quadris dela, agarrou-os e içou-a.

Ela abafou um suspiro, apoiou as mãos no degrau mais alto e subiu depressa.

Mas então parou no degrau, olhando para o outro lado. Após um momento, ela disse:

— O chão é bem mais baixo neste lado.

— Espere aí. Ele subiu e, com suas longas pernas facilitando a manobra, a ultrapassou. Desceu e se lançou ao chão do outro lado, olhou rapidamente ao redor, então se virou para ela e chamou-a com um gesto. — Vamos.

Ela começou a descer. Quando chegou ao último degrau, ainda muito longe do chão para que saltasse, ele agarrou seus quadris novamente, ergueu-a colocou-a no chão.

Quando a soltou, ela vacilou.

Ele pegou-a pela cintura, mantendo-a firme. Olhou para seu rosto.

— Tudo certo?

Suas bochechas estavam um pouco rosadas, mas, se pelo esforço ou por qualquer outra coisa, ele não sabia dizer.

Ela assentiu quando ele a soltou.

— Sim, obrigada. — Levantando a cabeça, ela olhou para frente, respirou fundo, então exalou. — Vamos.

Endireitando os lábios antes que ela os visse se contraindo, ele cumpriu seu dever de se postar ao lado dela.

Bem mais adiante no campo, ele disse:

— A razão pela qual me perguntei se você iria desmaiar é porque minhas irmãs desmaiariam. Quando tinham sua idade, costumavam passar fome. Se não comessem algo de manhã, era certo que tombariam antes do almoço.

Ela o olhou nos olhos.

— Suas irmãs são bem mais velhas que você. O que as torna muito mais velhas que eu. — Ela voltou a olhar para frente, o nariz empinado. — Os costumes mudam.

— Eu sei. — Ele hesitou, então disse: — Só queria que você soubesse que eu não imaginei que você fosse desmaiar porque acho que você é fraca.

Ela parecia quase tão surpresa com a explicação quanto ele. Ela se recuperou primeiro e assentiu com a cabeça, em um gesto seco.

— Devidamente anotado.

E continuou a caminhar.

Ele manteve o ritmo, perguntando a si mesmo por que quis tranquilizá-la. Disse a si mesmo que era porque seu único objetivo naquele dia era mantê-la segura, e isso seria muito mais fácil se ela estivesse falando com ele.

Apesar de pertencerem à alta sociedade, ambos passavam pelo menos algum tempo todo ano no campo; isso ficava nítido enquanto caminhavam a passos largos, ambos com pernas relativamente longas, mantendo uma marcha fácil e oscilante que os fez percorrer os quilômetros até Dumfries.

Enquanto caminhavam, ele teve bastante tempo para se debruçar sobre a ironia da situação. Uma situação que o deixou verdadeiramente grato pelos mesmos aspectos da natureza dela que antes o irritavam a um grau quase insuportável. O forte senso interior que ela tinha de propósito, de vontade, sua independência de pensamento e a autoconfiança que transpareciam em sua capacidade de pensar e agir. Antes, considerara essas qualidades não tanto desafiantes quanto abrasivas.

Estava grato por elas no momento. Se ela fosse um tipo diferente de mulher, o tipo que ele poderia ter desejado que ela fosse, a situação atual estaria infinitamente pior.

Por outro lado, se ela fosse aquele outro tipo de mulher, mais dócil, mais suave, ela teria lhe permitido tirá-la da estalagem em Knebworth e levá-la direto para casa.

Ele considerou a possibilidade, pesando-a em comparação às consequências do caminho que haviam tomado... apesar de tudo, ele não conseguia desaprovar a postura dela. Sua insistência em descobrir tudo o que pudesse acerca do proprietário de terras que enviara homens para raptar a ela ou uma de suas irmãs ou primas.

Esse tipo de lealdade, de amparo familiar, estava marcado em seu caráter — no dele e no dela. Breckenridge mal podia desaprovar algo que ele próprio considerava sagrado.

Olhou-a. Perguntou-se quando ela perceberia qual seria a consequência daquela aventura. Não havia alternativa; nenhuma. Será que ela o aceitaria? Ou será que tentaria resistir?

Ou será que ela perceberia, como ele, que havia destinos muito piores?

Seus lábios se curvaram para cima por um momento. Olhando para frente, ele viu outra cerca viva, outra escada.

Essa era menor. Quando chegaram, ele subiu primeiro, depois lhe tomou a mão para ajudá-la a subir.

Não a soltou quando ela se juntou a ele no chão, enlaçando os dedos por completo nos dela antes de se virar e continuar caminhando.

Ela lançou-lhe um olhar, mas então acomodou os dedos nos dele.

De mãos dadas, marcharam para Dumfries.

Fletcher e Cobbins estavam sentados em beliches grosseiros em uma cela com paredes de pedra na parte traseira do Escritório da Alfândega e da Receita em Gretna, sofrendo, resignados, rezando pela libertação, quando o som de uma voz grave, culta e de tom equilibrado, chegou até eles.

Suas cabeças se ergueram. Eles se endireitaram, esforçando-se para ouvir, para distinguir as palavras, mas as grossas paredes de pedra os derrotaram.

Cobbins olhou para Fletcher.

— É ele, não é?

Lentamente, ainda ouvindo o estrondo distante, Fletcher assentiu.

— Sim. Graças a Deus. — Após um momento, acrescentou: — Vamos esperar que ele dê um jeito de nos tirar desta.

Em resposta às palavras, o ranger de uma grade lhes disse que a pesada porta que levava às celas estava sendo aberta. Quando o som sumiu, eles ouviram:

— Obrigado. Não vou demorar muito.

Alguém murmurou algo em resposta, e a porta gemeu ao ser fechada novamente.

Fletcher e Cobbins ficaram de pé. Ambos endireitaram os paletós, alisaram os cabelos, esfregaram as palmas das mãos nas coxas.

Passos relaxados, em um caminhar longo e tranquilo, se aproximaram pelo corredor. Um segundo mais tarde, o homem que conheciam como McKinsey apareceu do outro lado das barras de ferro que constituíam a frente da cela.

Ele parecia ainda mais poderoso da lembrança que tinham dele — tão alto quanto, com ombros largos, impressionantemente forte, com um rosto que parecia talhado em granito, todas as linhas do rosto ásperas e os pomos afiados, e os olhos pálidos, invernais, gélidos. Ele estava vestido com trajes de montaria, em botas e calças de veludo, um paletó bem costurado abraçando os ombros pesados.

Após observá-los por um momento, ele arqueou as sobrancelhas negras.

— E, então, senhores? Onde está minha encomenda?

Fletcher engoliu em seco.

— Na estalagem, Moss Nutberry, como você nos disse.

McKinsey balançou a cabeça.

— Não. Eu estive lá.

— Ela foi embora? — O choque de Cobbins era muito genuíno para ser mal interpretado.

McKinsey notou-o, depois confirmou.

— Ela não foi vista desde antes de sua prisão, infeliz. — Ele transferiu seu olhar frio para Fletcher. — Aliás, como é que isso aconteceu?

— Não sabemos. — Fletcher sabia, sem sombra de dúvidas, que sua única esperança estava em convencer McKinsey de sua inocência. — Não roubamos os miseráveis castiçais. Por que roubaríamos? — Ele bufou. — Muito menos os escondemos no quarto.

McKinsey considerou-o por um momento, depois olhou para Cobbins. Em seguida, assentiu.

— Eu acredito em você. Fiz uma boa pesquisa de seus antecedentes antes de contratá-los, e vocês nunca antes mostraram qualquer inclinação à estupidez.

— Exatamente. — Fletcher deixou transparecer sua irritação, algo próximo da ofensa por ser tido como um simples ladrão. — Alguém deve ter colocado as malditas peças lá.

— De fato — disse McKinsey. — A questão é quem e, ainda mais importante, por quê.

Fletcher se atreveu a encará-lo.

— A polícia?

— Não. Falei com o dono da estalagem. O sargento encontrou os castiçais onde afirmou que estariam, em suas malas no quarto. E o estalajadeiro não tem conhecimento de nenhuma outra pessoa que tenha subido naquela manhã. Sua equipe não sabe de nada.

— E quanto a Martha? — Cobbins olhou para McKinsey. — A dama de companhia que contratamos, como você pediu.

— Ah, sim, ela também parece ter desaparecido.

— Não deve ter sido ela que pegou os castiçais — disse Fletcher. — Não é o estilo dela, e a ideia de ela encontrar a casa do magistrado e entrar às escondidas à noite... — Ele fez um som de escárnio. — Não faz sentido.

Cobbins assentiu.

— Ela não é de sair nas melhores horas.

McKinsey estudou-os, em seguida, murmurou:

— Suspeito que a escolha do magistrado como vítima do roubo seja reveladora. Se fosse qualquer outra pessoa, os policiais teriam sido muito menos propensos a entrar em ação como fizeram. Se a intenção era tirar vocês do caminho... estou, é claro, presumindo que esse era o propósito dos castiçais, afastar vocês para que a encomenda que estavam guardando para mim pudesse ser subtraída, o estratagema foi cuidadoso e muito bem pensado. Então... quem sabia sobre a menina e era inteligente a ponto de conceber e realizar um plano como esse?

Um momento se passou, então Cobbins olhou para Fletcher.

— Timms?

As sobrancelhas de McKinsey se ergueram.

— Quem é Timms?

Fletcher estava com uma expressão séria.

— Um escriturário de procurador desempregado. Disse que estava a caminho de Glasgow e parou na estalagem. Chegou algumas horas depois de nós, acho.

— E ele ficou?

Fletcher assentiu.

— Parece que ele tinha uma lesão, ferida de guerra, possivelmente, que estava doendo.

— Ele disse que era resultado de ter dirigido tão longe na carruagem velha dele — disse Cobbins. — E era verdade. A carruagem era decrépita.

— Então ele chegou depois de vocês e ainda estava na estalagem quando foram presos? — perguntou McKinsey.

— Não tenho certeza de que ainda estava lá. — Fletcher trocou um olhar com Cobbins. — Ele disse que estava se preparando para partir e se dirigir a Glasgow em etapas suaves. Havia esperado tempo suficiente.

— Como é esse homem?

— Não tão alto quanto você — respondeu Fletcher. — Não tão grande. Um pouco mais leve. Olhos castanhos.

— Castanho-claros — corrigiu Cobbins. — E cabelo escuro, castanho bem escuro. Vestido como um escriturário, roupas escuras, comuns. Sempre pareceu um pouco desalinhado, como se precisasse de uma nova lâmina de barbear e tivesse perdido a escova de cabelo.

Fletcher assentiu em concordância.

— Como é que ele falava? —perguntou McKinsey.

Fletcher deu de ombros.

— Falava bem o suficiente, como você esperaria de um escriturário de procurador de Londres. — Ele franziu as sobrancelhas e olhou para McKinsey. — Não tinha nenhum sotaque perceptível, agora que eu penso sobre isso. Um pouco como...

McKinsey abiu um sorriso frio.

— Um pouco como eu? — Após um momento, murmurou, baixinho, para si mesmo. — Eu sinceramente espero que não. — Mais alto, perguntou: — Será que Timms conhece a garota?

Fletcher fez uma careta e balançou a cabeça.

— Não que eu tenha visto. Ele a cumprimentou, sabendo que ela estava com a gente, mas engoliu nossa história e manteve distância. — Ele olhou para Cobbins.

— Eu o vi parar ao lado e falar com ela... — Cobbins contorceu o rosto ao lembrar. — Foi anteontem, quando ela e Martha saíram para uma curta caminhada. Um de nós ficou de vigília na estalagem. Timms saiu andando. Ele parou ao lado da menina e se sentou, não muito perto, para olhar o mapa. Mas Martha estava bem ao lado deles o tempo todo.

— E à noite?

— Martha é boa no que faz — disse Fletcher. — Ela sempre pegava todas as roupas, as dela e as da menina, e dormia em cima dos tecidos, por isso, se a garota tentasse escapar, teria de fazer isso nua. E elas sempre dividiam o quarto.

— Humm. — Depois de um momento, McKinsey assentiu. — Está bem. Eis o que vamos fazer. Vou falar com o juiz e explicar que vocês viajaram ao sul a fim de buscar para mim uma encomenda, que ficou com vocês na estalagem, mas então alguém, não temos ideia de quem, roubou os castiçais dele, colocou-os no quarto de vocês e alertou a polícia. Quando vocês foram detidos, minha encomenda desapareceu. — Seus olhos invernais encontraram os de Fletcher. — Estou confiante de que o magistrado vai entender, especialmente porque ele recuperou os castiçais, e porque não há nenhuma evidência real de que vocês dois realmente os pegaram e de que os fatos não transcorreram como alegarei. Na verdade, o desaparecimento de minha encomenda pode ser entendido como prova de sua inocência no roubo.

Fletcher e Cobbins assentiram. Nenhum dos dois arriscou qualquer comentário.

McKinsey abriu um sorriso frio.

— Precisamente. Em troca da minha ajuda na obtenção de sua libertação, senhores, e como pagamento que deixarei a sua espera na estalagem (infelizmente não o pagamento que teriam recebido se houvessem entregado minha encomenda como combinado, mas suficiente para satisfazê-los nas circunstâncias), em troca de ambas as coisas, vocês vão me obsequiar ao deixar Gretna e atravessar a fronteira, esquecendo tudo o que sabem sobre este episódio. O esquecimento com certeza estaria em seus melhores interesses. Não me importo com qual destino vocês vão escolher, mas peço que permaneçam fora da Escócia por... digamos, um ano?

Havia ameaça refinada suficiente nos olhos da McKinsey para que tanto Fletcher quanto Cobbins fizessem que sim com a cabeça. Fletcher pigarreou.

— Parece justo.

— É, de fato. Eminentemente justo.

— Mas e a encomenda, a menina?

O olhar gélido de McKinsey se fixou em Fletcher. Um instante se passou, então McKinsey disse em tom suave:

— Vou caçar meu pacote. Não creio que precisarei de ajuda.

Fletcher engoliu em seco, e assentiu.

— Certo. Claro.

McKinsey sustentou o olhar por mais um instante, depois se virou.

— Eu me despeço, senhores. Vou providenciar a liberdade de vocês, mas isso não vai acontecer de imediato. Fiquem quietos, não digam nada e estarão livres esta noite.

Fletcher e Cobbins ouviram seus passos ao se retirar, ouviram a porta que levava às celas se abrir com um ranger, e então se fechar mais uma vez.

Quando o silêncio voltou, Fletcher olhou para Cobbins.

— Que sujeito assustador.

Cobbins balançou a cabeça e afundou-se no beliche.

— Não sei quanto a você, mas estou contente por não ter que encontrá-lo novamente.

O homem que Fletcher e Cobbins conheciam como McKinsey estava bem feliz por ter decidido usar um codinome.

Após conversar com o magistrado, que, embora não tenha sido capaz de identificá-lo, reconhecera sua verdadeira posição a ponto de atender prontamente ao seu pedido de que seus mercenários fossem libertados sem acusações. McKinsey voltou para "recompensar" os policiais, e então os recrutou para perseguir sua encomenda desaparecida e garantir que Fletcher e Cobbins permanecessem detidos até a noite, antes de serem libertados.

Até então, ele seguiria seu caminho, não importava para onde.

Montado em seu castanho castrado favorito, ele voltou pela estrada até Gretna Green e à estalagem Nutberry Moss. Os policiais, com as cordas vocais soltas pela generosidade com que ele distribuíra algumas notas, contaram que a mulher mais velha que eles presumiram se tratar de um dos cúmplices de Fletcher e Cobbins fugira de volta para a fronteira com a Inglaterra na noite anterior; que não se deram ao trabalho de continuar a segui-la. Da menina, contudo, não haviam tido nenhum sinal.

A ideia de que a menina deveria ter fugido, sozinha ou mais provavelmente, e muito possivelmente pior, na companhia de algum salafrário que se fazia passar por escriturário de procurador, atormentava sua mente. Com certeza não era assim que seu plano deveria ter transcorrido.

Mas muito antes ele aprendera a necessidade de fluir com o destino, de aceitar qualquer golpe que ele lhe mandasse e sobreviver. Encarar as coisas e fazer o melhor que pudesse fora por muito tempo seu credo.

Naquele caso, isso significava descobrir aonde a menina tinha ido, e então segui-la e reavê-la. Recolocar seu plano nos trilhos e reparar aquilo de qualquer maneira, pelo menos com relação a ela. A família dela seria outra história, mas isso estava muito longe no futuro para que ele se preocupasse no momento.

Em primeiro lugar, encontraria a menina. Depois se livraria do salafrário.

Puxando as rédeas para o pátio da Nutberry Moss, ele abriu um sorriso fácil para o rapaz que veio correndo guardar seu cavalo. Desmontou e entregou as rédeas.

— Vou demorar uma hora, talvez, não mais. Leve-o para caminhar um pouco, depois o deixe descansar.

Com os olhos redondos de admiração, o rapaz puxou o topete e, com reverência, levou Hércules embora. O grande cavalo castrado ganhara esse nome após ter de carregar o peso dele nas costas.

Ele entrou na estalagem. Fletcher e Cobbins teriam ficado surpresos ao testemunhar a *persona* que ele usou com o estalajadeiro. Não precisava assustar o homem, de modo que não o fez.

— Timms? — O dono da estalagem consultou o registo. — Sim, meu senhor. Ele chegou mais tarde no dia em que seus homens chegaram.

— E quando foi embora?

O estalajadeiro coçou a orelha.

— Não é possível afirmar que ele foi embora, meu senhor. As sacolas de viagem e as roupas dele desapareceram, pelo que as camareiras me dizem, todos os pertences dele, mas a escrivaninha dele ainda está lá, assim como a carruagem e o cavalo ainda estão no estábulo. Ele não me disse nada sobre seguir em frente. Disse que sua lesão ainda estava incomodando. Ele pagou por mais duas noites.

— Entendo. — Ele pensou, então disse: — Fletcher e Cobbins serão libertados ainda hoje. Eles voltarão para buscar suas bagagens. — Ele retirou um pacote selado do bolso. — Eu lhes disse que iria deixar isto para eles. Você poderia me assegurar de que vão recebê-lo? — O estalajadeiro assentiu e pegou o pacote, guardando-o sob o balcão. — Neste meio-tempo, no entanto, se eu pudesse ver os quartos deles, os dois que Fletcher alugou, e se eu pudesse dar uma olhada no quarto de Timms. Não haverá problema se não há nada pessoal lá dentro.

— De fato, não há problema, meu senhor. O quarto que as mulheres usavam era o de número um, no final do corredor, à esquerda. Fletcher e Cobbins estavam no quarto cinco, que fica logo ao lado da escada, e Timms estava no quarto oito, no final do corredor, à direita.

Ele sorriu.

— Obrigado. Vou apenas dar uma olhada. Não vou incomodá-lo ainda mais.

— Não incomoda em nada, meu senhor. Basta chamar se quiser mais alguma coisa.

Ele subiu as escadas e verificou o quarto das mulheres primeiro. Não havia mais nada, nenhum pertence de qualquer tipo, nem mesmo grampos de cabelo na penteadeira. Presumivelmente, então, a menina pelo menos tivera tempo de fazer as malas.

Ao ir para o quarto de Fletcher e Cobbins, observou que suas sacolas de viagem haviam sido deixadas no guarda-roupa. Passando ao quarto de Timms, enfiou a cabeça e viu, como lhe fora dito, que o guarda-roupa, escancarado, estava vazio. Com exceção da velha escrivaninha de viagem na mesa lateral ao lado da cama, não havia sinal de quaisquer pertences em nenhum lugar.

Cruzou o quarto até a bancada e levantou a tampa. Algumas folhas de pergaminho amarelado, uma variedade de bicos e canetas velhas, e um pequeno pote de tinta aconchegado no interior. Nenhuma das folhas deu qualquer nome ou endereço útil, nem, de fato, nenhuma marca. Não havia nada que sugerisse que qualquer um dos instrumentos havia sido utilizado em anos; até mesmo o pedaço de papel em branco. Fechou a tampa, analisou o quarto uma última vez, depois saiu.

Entrando no corredor, fechou a porta e deteve-se ao olhar a estreita escada dos criados nas sombras do final do corredor. Quando ele fora à estalagem mais cedo, o estalajadeiro relatara a sequência de eventos que culminaram na prisão de Fletcher e Cobbins. As duas mulheres tinham permanecido na saleta, até onde se sabia. Só muito mais tarde, quando uma das garçonetes pensara em procurar, surpresa por as mulheres não a terem chamado para servir o chá da tarde, sua ausência foi descoberta.

A porta da saleta estava aberta quando ele entrou. Supondo que as duas mulheres estivessem lá dentro quando os policiais chegaram, elas teriam ouvido, muito possivelmente visto, tudo o que aconteceu. Martha, com certeza, percebeu as implicações. Isso explicava sua fuga rápida e eficaz. E, claro, ela tinha deixado a menina para cuidar de si mesma. Mas, se Timms estivesse por trás do estratagema dos castiçais, então para onde fora? Nem o dono da estalagem nem os funcionários o avistaram depois do almoço naquele dia.

Percorrendo com os olhos o corredor até o quarto das mulheres, ele teve certeza de que Timms estivera lá, fugindo da vista de todos enquanto os policiais levavam Fletcher e Cobbins embora. Então... ele olhou para as escadas mais uma vez. Se elas levassem até onde ele achava...

Desceu-as em silêncio.

Como suspeitava, a escada desembocava em uma pequena sala entre a cozinha e a porta de trás da estalagem. Não era fácil para ele passar despercebido, mas até ele conseguiu se esgueirar pela porta aberta da cozinha e sair pela porta dos fundos sem ser visto.

— Então é assim que Timms entrou e saiu sem ser visto pelo estalajadeiro ou qualquer outra pessoa.

Dando um único passo para fora da porta, olhou para o pátio do estábulo da estalagem, que ficava ao lado desta, a oeste, em vez de na parte traseira. Se Timms tivesse pegado a menina e saído por ali... por que não usou sua carruagem e escapou dirigindo?

Ele atravessou o pátio e entrou no estábulo. O rapaz, o cavalariço e dois ajudantes estavam reunidos ao lado de uma baia admirando Hércules. O rapaz o viu e pulou em prontidão.

— Você o quer agora, meu senhor?

Ele sorriu.

— Não, ainda não. — Ele deixou seu sorriso fluir para o cavalariço. — Eu queria dar uma olhada na carruagem do sr. Timms.

O cavalariço ficou feliz em obedecer.

Enquanto respondia perguntas ansiosas sobre o pedigree de Hércules, ele examinou a carruagem; era, de fato, tão frágil quanto Cobbins dissera. Quanto ao pequeno cavalo que a acompanha... se Timms e a menina tivessem seguido para a estrada na carruagem, teriam sido capturados pelos policiais que, como lhe fora dito, percorreram todas as estradas na tentativa de capturar os cúmplices de Fletcher e Cobbins.

Ele dissera a Fletcher e Cobbins que ele mesmo cuidaria da questão da garota, mas não vira nenhuma razão para não fazer uso dos policiais. Usara a mesma história que dera a Fletcher para explicar o aprisionamento da menina e contara com a ajuda da polícia para continuar vigiando as estradas e capturar a menina se por acaso a encontrassem.

Até então, todos os relatórios da polícia montada, cujos agentes, ele fora assegurado, haviam sido enviados para todas as estradas principais que saíam de Gretna Green, haviam se mostrado negativos. Ninguém avistara a menina, e os policiais usaram uma boa descrição dela.

Ele estava aprendendo a respeitar a inteligência de Timms.

Agradecendo o cavalariço, dizendo que voltaria para buscar Hércules em poucos minutos, saiu do estábulo e fez uma pausa, olhando para a estalagem, atrás de si.

Em seguida, virou-se e examinou os arredores. Campos planos. Com sua altura, ele tinha até um vislumbre de luz do estuário, um quilômetro e meio ou mais ao sul.

Se Timms fora inteligente a ponto de prever o perigo de usar a carruagem, também teria percebido que, caso atravessassem os campos a pé em quase qualquer direção, seriam facilmente vistos da estalagem, se não a partir do piso térreo, certamente a partir do piso superior.

Em qualquer direção, menos uma.

Virando-se, ele avistou o estábulo, com seu teto alto acima do palheiro. A construção efetivamente bloqueava a visão dos campos que ficavam logo atrás.

Ele deu uma volta em torno do estábulo, até o curto trecho de grama na parte traseira, até o degrau que dava acesso ao campo.

Ele era das terras altas, nascido e criado; poderia rastrear quase tudo sobre o solo rochoso.

Rastrear um homem e uma mulher pela terra úmida e macia era insultuosamente fácil.

Mas a pegada que encontrou junto ao degrau o incomodou. Olhou-a por um tempo antes de se dar conta do porquê. Então, deixou sua própria pegada ao lado e comparou as duas.

E sentiu a preocupação e a perplexidade percorrerem seu corpo.

Timms — quem quer que fosse, e ele tinha cada vez mais certeza de que o homem não era nenhum escriturário — usava botas de montaria extremamente benfeitas.

A menina, em contraste, ainda calçava chinelos de quarto.

Endireitando-se, ele observou o campo. Eles haviam ido até as árvores que subiam uma colina, a pouco mais de um quilômetro e meio de distância. Depois de passarem por elas... considerando que haviam evitado todas as patrulhas da polícia, deviam ter se atido aos campos.

Seria fácil rastrear, uma vez que já tinha uma direção. E com o estuário ao sul, com apenas uma faixa estreita de terra entre a estrada e a terra, ele poderia percorrer um bom trecho pela estrada e verificar apenas periodicamente para confirmar a direção que seguiram.

Encontrá-los não seria difícil.

Endurecendo os lábios, virou-se e voltou para o estábulo. Aproximando-se da porta, mandou trazerem seu cavalo.

CAPÍTULO 9

Breckenridge, com Heather ao lado, entrou em Dumfries no início da tarde.

A primeira coisa que viu, enquanto ainda caminhavam confortavelmente de mãos dadas rumo à principal rua comercial, foram dois policiais demorando-se na esquina de um dos cruzamentos mais importantes da cidade.

Evitá-los não era difícil, mas a visão lembrou-o do cuidado que eles precisavam ter. Ressurgindo de um beco entre duas lojas, juntaram-se à multidão na rua principal.

— Ainda bem que esperamos até Dumfries. — Heather trouxe a capa para perto. — Em Annan não haveria tanta gente nas ruas a ponto de podermos arriscar ficar na rua principal.

Breckenridge resmungou.

Ela olhou-o.

— Há outros por perto?

Ele podia ver por cima das cabeças das hordas movimentadas.

— Não consigo ver nenhum na rua, mas suspeito que deve haver outros no grande cruzamento à frente. — Ele olhou-a. — Ficaremos a salvo entre as multidões. Se virmos alguém uniformizado se aproximando, pegamos uma rua lateral. — Felizmente, havia muitas em Dumfries. Ele ergueu a cabeça, verificou mais uma vez.

— Falando nisso. — Aproveitando que estavam de mãos dadas, puxou-a para fora da multidão por um beco estreito de paralelepípedos, para onde uma pequena placa oscilante acima de uma porta apontava, anunciando a taverna Old Wall. Parando antes da porta, ele encontrou o olhar de Heather. — Precisamos comer primeiro, depois compramos um par de sapatos para você.

Ela olhou através do vidro grosso da janela ao lado da porta.

— Parece estar tudo bem.

Ele abriu a porta e, lembrando-se de que eles não eram da pequena nobreza no momento, entrou, puxando-a atrás. Escolheu uma mesa em um canto, longe da vista de qualquer um que espiasse lá dentro.

A garçonete se aproximou.

— Vocês podem escolher o que sobrou da torta de carne do almoço ou a torta de carne de cervo do jantar que acabou de sair do forno.

Ambos optaram pela torta de cervo. Breckenridge pediu cerveja para si e cerveja com água para Heather. Quando a servente se afastou, ele murmurou:

— Não há chá, e muito menos vinho, em lugares como este.

Heather deu de ombros; seus lábios se curvaram quando ela olhou em volta.

— Verdade seja dita: estou bastante curiosa. Nunca tomei cerveja com água.

Ele grunhiu de novo, viu-a dirigir-lhe um olhar que sugeria que suas habilidades de comunicação precisavam ser melhoradas. Fingiu não perceber. Não poderia dizer-lhe o que achava do comentário, e muito menos o que sentia naquele momento — o que sentira cada vez mais forte ao longo das últimas horas.

Os pés dela doíam. Não que estivesse mancando, porém, especialmente desde que chegaram aos paralelepípedos e ao pavimento de pedra da cidade, ela passou a pisar com cuidado. Claro que ela não dissera nada, não havia reclamado, mas isso só o fez se sentir ainda mais... o que quer que fosse que sentia. E não importava o que dissera, ela tinha de estar se sentindo à beira de um desmaio por falta de nutrição. Mulheres não poderiam ficar sem comida por tanto tempo quanto os homens, especialmente mulheres que não tinham gordura armazenada no corpo.

Ele disse a si mesmo que a preocupação que sentia pelo fato de ela não ter se alimentado — pelo fato de não ser capaz de alimentá-la — era apenas o medo residual de que ela fosse cair a seus pés em um desmaio... mas ele sabia muito bem que não era por isso. Ou não apenas isso. Sentira-se até dividido em relação a qual dos males dela atender primeiro — o dos pés ou o do estômago. Alimentá-la havia vencido simplesmente porque ele vira a pequena taverna e o local parecera seguro.

Sua principal preocupação continuava sendo a segurança — dela.

A torta de carne de cervo provou-se surpreendentemente saborosa.

As capacidades de conversação de Breckenridge — Heather sabia que ele as tinha — permaneceram em falta, ausentes, mas ela já vira comportamentos como aquele antes em seus irmãos e primos quando estavam absorvidos com a proteção de mulheres que eles, por qualquer motivo, consideravam que estavam sob seus cuidados. Por que os grunhidos eram tão predominantes, ela não fazia ideia, mas no mínimo achou divertida a incapacidade dele de soltar sua língua habitualmente loquaz.

Ela tinha de admitir que também estava grata. Grata pela proteção, que era algo que ela nunca pensou que ele pudesse oferecer.

Após limparem os pratos e secarem as cervejas — ela achou sua cerveja com água inesperadamente refrescante —, ele deixou moedas na mesa e a escoltou até o lado de fora da taverna. Assim que saíram, ele tomou a mão dela mais uma vez, como que por direito. Ela acomodou os dedos no aperto reconfortante e decidiu não se alongar nele.

Com passos lentos juntaram-se à multidão na High Street, procurando o sapateiro que a garçonete lhes informara. Breckenridge caminhou perto dela, protegendo-a com seu corpo vasto dos compradores barulhentos. Se ele tivesse feito isso na Bond Street, ela teria ficado furiosa. Lá, longe de casa, ela achou a proximidade — até mesmo o fato de que ele pairava ao redor quando ela parou diante da vitrine do sapateiro para analisar as mercadorias expostas — reconfortante, tranquilizadora, simplesmente calmante.

Ela sabia muito bem que, em homens como ele, o caráter protetor tinha o mau hábito de se converter em uma possessividade ríspida, mas, nas circunstâncias, ela aceitaria o risco.

— Aquelas botas talvez sirvam. — Ela apontou para um par de botas de cano baixo, mais pesadas do que as que possuía, mas era o único par que parecia pequeno o bastante para seus pés. — Vamos entrar.

Ela abriu a porta e entrou na loja com o tilintar de um sino. Breckenridge olhou de um lado para outro da rua antes de segui-la; teve de se abaixar para passar pela porta.

Na parte traseira da pequena loja, o sapateiro, um homem pequeno, magro, com uns óculos pincenê empoleirados no nariz, olhou para cima, desviando o olhar do sapato que estava consertando.

Heather sorriu.

— Preciso de botas de caminhada. — Ela apontou para a vitrine. — Eu poderia experimentar aquele par?

O sapateiro pareceu satisfeito. Saiu de trás do balcão, e, enxugando as mãos em um pano, cumprimentou Breckenridge com a cabeça, então passou por eles para chegar à vitrine.

— Você tem um bom olho. — Ele se virou com as botas na mão. — É um belo par. Sei porque fiz todo o trabalho sozinho.

— É o tamanho que me preocupa. — Heather virou-se a fim de procurar um lugar para se sentar.

— Sente-se no banco ali, senhorita. — O sapateiro apontou para um banco estreito junto à parede lateral. — Vamos ver se servirão em você.

Heather se sentou e tirou os chinelos de quarto, empurrando-os depressa para trás dos pés calçados com meias e da saia, a fim de escondê-los. Se o sapateiro visse... ela duvidava que muitas damas entrassem na loja calçando chinelos quase destruídos.

Breckenridge viu. Percebeu. Estendeu a mão e tirou as botas de caminhada das mãos do sapateiro.

— Vou ajudá-la.

Apoiando-se em um dos joelhos, deixando suas costas e ombros impedirem que o sapateiro visse as pernas e os pés de Heather, colocou uma bota no chão, tomou a outra em uma das mãos, e com a mão livre pegou o pé dela.

Encontrou-o — fechou a mão em torno de um arco delgado envolto na mais pura das meias de seda.

Ela saltou ao sentir o contato.

Parte dele também.

Com um rubor subindo pelas bochechas, ela disse, um pouco sem fôlego:

— Não se esqueça de que sinto cócegas.

Ele olhou-a nos olhos e percebeu que estava mentindo. Heather não sentia muitas cócegas, mas era sensível, especialmente quando ele a tocava, aninhava, acariciando seu pé tão-pouco-vestido-que-não-fazia-diferença.

Parte dele praguejou; o resto estava fascinado.

Olhando para baixo, preparou-se e deslizou pelo pé dela a bota que ele segurava na mão, apoiou a sola conforme ela empurrava o pé e acomodava os dedos. Ele olhou para seu rosto.

— Tudo certo?

Olhando em seus olhos, ela umedeceu os lábios, depois assentiu.

— Sim. Vamos tentar o outro.

Eles conseguiram calçar o outro pé com um pouco menos de drama sensual. Ele a ajudou a se levantar e manteve as bainhas dela um pouco para cima, de modo que pudesse amarrar os cadarços. Então, pegou os chinelos descartados, amassou-os disfarçadamente em uma das mãos, depois se levantou e deu um passo atrás.

Ela caminhou os três passos que separavam um lado do outro da pequena loja.

Enquanto o sapateiro estava distraído, Breckenridge enfiou os chinelos em uma de suas sacolas de viagem. Heather virou-se, viu, parou até que ele fechasse a sacola, depois voltou.

Ele olhou para ele.

— Como estão?

Ela balançou a cabeça, afirmativamente.

— Vão servir.

O sapateiro, deixado de lado ao ser usurpado de seu papel de ajudar uma jovem senhora a experimentar a bota, redescobriu seu sorriso.

Enquanto Breckenridge negociava o preço e depois pagava, Heather caminhou de um lado para o outro, ao que parecia, para amaciar as botas o máximo que pudesse, mas, na realidade, era para tentar acalmar a maré crescente da consciência sensual que a inundara em resposta ao toque de Breckenridge.

Mesmo naquele momento, ela ainda sentia o calor sedutor da palma da mão dele, grande e rígida, a força reinante que enviara fios de uma sensação excitante através dela.

Era ridículo de certa forma, mas quem teria imaginado que seu pé poderia ser uma região tão sensível? Tão sensível de uma maneira tão imprópria?

Ela ainda se demorava nessa revelação quando ele saiu da loja escoltando-a, de volta à agitação do meio da tarde.

Quando se juntaram ao fluxo de novo, misturando-se aos compradores, ele baixou a cabeça e resmungou:

— Martha não teve o bom senso de lhe fornecer meias mais grossas?

Ela fez que sim com a cabeça.

— Mas eram tão grosseiras que não consegui usá-las. Elas me arranhavam.

Breckenridge fechou os olhos em um gesto fugaz. A imagem que suas palavras evocavam — da pele da parte das coxas internas com o mais sedoso, delicado e elegante dos revestimentos — não era uma sobre a qual ele precisava se debruçar.

Abrindo os olhos, olhou para frente, depois a empurrou para outro beco.

— Há dois policiais vagando devagar em nossa direção. Vamos ter de dar a volta.

Na rua em que saíram havia uma fileira de barracas vendendo todos os tipos de produtos frescos. Os dois trocaram um olhar, então ele ficou de vigília enquanto ela selecionava e pechinchava maçãs, algumas frutas secas, um pão de sementes e um grande saco de nozes. Ele viu uma barraca que vendia odres e acrescentou um deles à sua bagagem. Enchendo as sacolas de viagem, eles continuaram, mantendo um olhar atento à polícia.

Por fim, encontraram-se na Buccleuch Street.

— Deveríamos sair da rua. — Ele apontou com a cabeça em direção à janela de um café adiante. — Vamos entrar lá e verificar o mapa, para descobrir o melhor caminho a seguir.

Atravessando a rua, eles entraram no café, que provou ser muito grande e felizmente mal iluminado. Heather abriu o caminho até uma mesa na penumbra junto a uma parede nos fundos.

Uma garçonete se aproximou. Ele pediu um café e, depois de alguma discussão, Heather pediu um bule de chá e dois pratos grandes de bolinhos.

Ele arqueou uma das sobrancelhas quando a menina partiu.

— Ainda com fome?

Heather deu de ombros.

— Tenho certeza de que a geleia e os bolinhos deles serão deliciosos, como costuma ser a comida preparada no interior. — Ela de repente se deu conta, então fixou os olhos nos dele. — Temos dinheiro suficiente, não temos? Quer dizer, você tem, não tem?

Ele quase riu do olhar dela. Gesticulou ao responder:

— Bastante. Peguei mais quando parei em Carlisle. Dinheiro não está em nossa lista de preocupações.

— Que bom. — Ela apoiou o queixo na palma da mão e olhou-o, do outro lado da mesa, nos olhos. — Já temos preocupações demais.

Ele assentiu.

— Como estão as botas?

— Muito boas. Ele estava certo, o sapateiro. Elas são benfeitas.

— Certo. Então... — Ele tirou o mapa do bolso do paletó, desdobrou-o e redobrou-o quando a parte que precisavam ver foi exposta. Colocou-a na parede entre eles, para que ambos pudessem ver. — Nós estamos aqui. —Apontou para Dumfries. — E Casphairn, o vilarejo, fica ali. Precisamos decidir como ir daqui para lá.

A menina voltou com o café, o chá de Heather e dois pratos empilhados com bolinhos amanteigados. Durante dez minutos, ficaram em silêncio, mas, após degustar o segundo bolinho carregado com geleia e creme de amora, ele pegou a xícara de café, tomou um gole e voltou sua atenção para o mapa.

— Bolinhos deliciosos.

— Humm.

O som fez os lábios dele se contorcerem. Era uma das coisas que estava aprendendo a gostar em Heather; ela apreciava os pequenos prazeres.

Como será que reagiria a maiores prazeres, mais intensos...?

Ele piscou e se obrigou a se concentrar no mapa.

— Primeiro vamos listar todas as nossas opções. Poderíamos alugar um cabriolé, a maneira mais óbvia de ir daqui para lá.

Heather afastou dos lábios uma migalha de bolinho lambuzado de geleia.

— Ou poderíamos alugar cavalos e cavalgar e, se fizéssemos isso, poderíamos ir pelos campos, não pelas estradas principais. Poderíamos tomar este caminho. — Com um dedo, ela traçou uma estrada menor, parecida mais com uma rua interiorana, que ia pelas colinas.

Ele considerou.

— Essa rota parece mais curta, mas é quase certo de que vamos demorar mais porque subiremos e desceremos, mudando de um lado a outro através das passagens. Por outro lado, o caminho vai quase certamente estar livre de patrulhamento policial, e, nesta época do ano, há pouca probabilidade de as passagens estarem bloqueadas. O caminho deve estar livre.

Heather tomou um longo e revigorante gole de chá, então suspirou e baixou a xícara.

— Mas não podemos nos arriscar a alugar um cabriolé ou qualquer outro meio de transporte, nem mesmo cavalos, podemos?

Breckenridge olhou nos olhos dela e fechou a cara.

— Tenho flertado com a ideia, mas consigo ver como é possível fazer isso sem deixar rastros. A polícia não é tola; eles devem ter alertado todos os estábulos. E precisamos supor que também temos o proprietário de terras misterioso em nossos calcanhares. Ele já deve ter chegado a Gretna no momento. Não podemos nos dar ao luxo de presumir que estamos livres dele, e ele sem dúvida vai conferir todos os lugares possíveis em que poderíamos tentar alugar uma carruagem.

Heather concordou com um gesto enérgico.

— Se não pudermos alugar cavalos, então teremos de andar.

Breckenridge hesitou, seus olhos nos dela, então perguntou em tom calmo:

— Você está pronta para isso?

Ela notou que não, mas poderia lidar com isso; ele de fato estava notavelmente em sintonia com as mulheres.

Suprimindo um sorriso, ela fez que sim com a cabeça.

— Caminho bastante quando estou em casa. Essas colinas podem ser maiores do que as Quantocks, mas também não são tão íngremes. Vou dar um jeito.

Ele olhou-a e disse:

— Se você puder, então eu preferiria optar pela segurança: fazer tudo o que for possível para evitar tanto os policiais quanto o proprietário de terras, caso ele esteja procurando por nós. O tempo que vamos levar para chegar ao Vale é menos importante do que chegar lá em segurança.

Ela assentiu mais uma vez.

— Concordo. Para nós, o caminho menos percorrido, a forma menos provável, é a melhor opção.

Ele estendeu a mão para o mapa.

— Aos caminhos por entre os campos, então. — Ele consultou o mapa e depois disse: — Precisamos nos dirigir à estrada principal para Glasgow.

O caminho que queremos se bifurca de lá aproximadamente dois ou três quilômetros depois da cidade.

Passando por ele, ela olhou para fora por meio da janela da frente do café.

— A luz está começando a diminuir. Devemos ir.

Eles esvaziaram as xícaras. Tudo o que restava dos bolinhos era migalhas.

A garçonete veio para receber o pagamento.

— Onde fica a estrada que vai para Glasgow? — perguntou Breckenridge.

A garota apontou para a direita.

— Siga a rua, atravesse a ponte sobre o rio, depois vire à direita. Não tem erro.

Breckenridge agradeceu e deixou uma pequena gorjeta — do tipo que um escriturário desempregado poderia dar.

A menina agradeceu e, sorrindo, mostrou-lhes a saída.

Entrando na rua, Breckenridge viu dois policiais andando na calçada, mas por sorte, eles estavam de costas e se afastando, indo para a direção contrária à da ponte.

— Vamos. — Ele já havia pegado na mão de Heather. Olhou para a cabeça dela, para o xale que ela usava pendurado nos ombros. — Pode enrolar o xale sobre o cabelo? Vai tornar você um pouco menos reconhecível.

Ela retirou a mão da dele e obedeceu.

Depois voltou a buscar a mão dele mais uma vez, assim como ele estendeu a sua para a dela.

Juntos, de mãos dadas, lado a lado, caminharam em passos constantes, resistindo a um impulso muito latente de se apressarem pela rua e através da ponte, até saírem de Dumfries.

O homem das terras altas que chamava a si mesmo de McKinsey chegou em Dumfries a cavalo uma hora mais tarde. A primeira coisa que notou, montado em Hércules, foi a quantidade de policiais vigiando a rua principal ou patrulhando as calçadas a pé.

Os policiais estavam procurando uma garota. Ele, no entanto, procurava um casal.

Ele encontrara as trilhas que eles deixaram nos campos a sudeste da cidade, vira onde se desviaram para se juntarem à estrada que leva à cidade propriamente dita. Pensou em compartilhar as informações com os policiais, mas decidiu não o fazer. Era provável que os policiais dali não soubessem que fora ele quem instigara a busca, o que exigiria explicações detalhadas, porém, mais importante, se quisesse encontrar a menina e o patife com quem ela estava, ele queria estar livre para lidar com o homem de sua própria maneira — discreta e anonimamente.

Saindo da rua principal e entrando no pátio da Globe Inn, ele deixou Hércules a salvo no estábulo e dirigiu-se a pé para o labirinto de ruas que formava o centro da cidade.

Ele era escocês; poderia fazer perguntas, e, em geral, as pessoas ficariam felizes em responder. Tudo o que precisava fazer era permitir que um toque de seu sotaque nativo deslizasse em sua voz.

Encontrara o celeiro onde a dupla fugitiva passara a noite. Rastreara com determinação o caminho deles; um tanto para sua surpresa, eles não haviam parado em nenhum vilarejo, nem mesmo em Annan, para comer. Pelo que entendera da forma como eles partiram da estalagem em Gretna Green, não devem ter levado consigo nenhuma comida. O que significava que, àquela altura, deveriam estar tontos de fome.

Comer seria prioridade entre as coisas a fazer em Dumfries. Como era dia de feira, a cidade devia ter estado cheia o dia todo; eles poderiam passar bastante despercebidos, a ponto de evitar a atenção dos policiais que patrulhavam as ruas.

A partir dos rastros, ele concluiu que o casal entrou na cidade pelo menos três, talvez quatro horas, antes dele. Começando pela extremidade inferior da High Street, parou em cada restaurante e perguntou acerca de seu irmão e da namorada, explicando que perdera contato com eles e estava tentando alcançá-los; a partir do que descobriu sobre Timms, o relacionamento poderia ser assim interpretado.

Ele não demorou a acertar na mosca, indo à taverna Old Wall, na High Street. A garçonete não soube dizer qual direção o casal poderia ter tomado, mas disse que havia indicado o sapateiro um pouco mais ao norte na rua principal. Lá, ele descobriu sobre a compra. Lembrando-se dos chinelos da garota, ele não ficou surpreso, mas não estava certo se a compra de botas de caminhada implicava alguma coisa especificamente.

O sapateiro, quando perguntado, deu de ombros.

— Era o único par que eu tinha no tamanho dela, de modo que poderia ter sido apenas por isso que ela os escolheu. — Um segundo depois, o velho sorriu. — Veja bem, você deve avisar seu irmão de que faz tempo demais que ele mora em Lunnon. Cobrei dele o preço total de Lunnon, e ele não hesitou. Apenas pegou as moedas e me entregou. Não está faltando dinheiro para ele, está?

Ele inclinou a cabeça, sorrindo como se concordasse e achasse divertido.

— Não. — Afastando-se do balcão, foi até a porta. — Vou lembrá-lo disso, esteja certo. Ele passou muito tempo fora.

Saindo da loja, fechou a porta — e deixou sua expressão tranquila desaparecer. A abundância de dinheiro, e o fato de que nem a garçonete nem o sapateiro, que haviam visto de perto tanto ele quanto Timms, não ficaram surpresos ao ouvir que eles eram irmãos.

Timms, o salafrário, o suposto escriturário de procurador desempregado, estava tomando novas dimensões.

Endurecendo os lábios em uma expressão ainda mais sombria, ele se virou e continuou a subir a rua. O sapateiro não tinha conhecimento sobre qual caminho o casal tomou, mas notara que eles se dirigiram para o norte a partir da loja.

Mais de uma hora mais tarde, após ter esgotado todos os lugares possíveis onde eles poderiam ter parado, ou de onde pudessem ter sido vistos, em toda a High Street e a oeste na estrada para Edimburgo, ele voltou a pé para o centro da cidade. Será que poderiam ter decidido que estavam em segurança a ponto de poderem parar em Dumfries para pernoitar?

Considerando a quantidade de policiais nas redondezas, e o quão cuidadoso o casal fora até então, ele tinha sérias dúvidas.

Parando no ponto mais alto da High Street, olhou para o oeste, onde o sol se punha, pela Buccleuch Street até a ponte sobre o Nith, e lembrou-se de Fletcher dizendo que Timms havia seguido caminho para Glasgow. Claro que Fletcher também tinha acreditado que Timms era um escriturário desempregado, mas... e se, quem quer que Timms fosse, ele realmente estivesse indo para Glasgow antes de se distrair com a garota Cynster?

Abafando um suspiro, começou a descer a Buccleuch Street, parando em cada loja, perguntando por seu irmão errante e sua namorada.

A garçonete do café se lembrava deles.

Ele mal podia acreditar em sua sorte. Ela não apenas os ouviu de passagem concordar em ir a pé, mas também afirmou que mais tarde eles lhe pediram orientações para chegar à estrada de Glasgow.

Agradecendo a menina com seu sorriso mais encantador, bem como com algumas moedas, ele se sentou e pediu um café e uma fatia grande de bolo de gengibre.

Enquanto bebia e comia, pesou suas opções. Já estava anoitecendo; a noite em breve cairia. Caso se acomodasse naquele momento... correria o risco de perder sua presa, passando ao largo deles no escuro. Se o casal seguisse o padrão da noite anterior, encontrariam algum celeiro ou talvez a casa de um agricultor para passar a noite, depois voltariam à estrada no início da manhã.

Ele conhecia a estrada de Glasgow. Conhecia os trechos longos e abertos que separavam Dumfries de Thornhill. Montado em Hércules, aproximar-se do casal no dia seguinte e planejar alcançá-los em um daqueles trechos longos e solitários seria simples, fácil e seguro. Teria muitas oportunidades de avistá-los de longe, para avaliar o que havia entre eles, então decidir o que fazer.

E depois atacar.

Por ora... era melhor que ele e Hércules passassem uma noite confortável e, em seguida, partissem revigorados pela manhã.

Decisão tomada, bolo comido e café bebido, ele se levantou, deixou o pagamento e uma gorjeta considerável na mesa, depois voltou para a Globe Inn.

CAPÍTULO 10

A LUZ HAVIA DESAPARECIDO AOS poucos do céu ao leste, deixando um turbilhão de tons de roxo e azul para o pôr do sol, quando Heather e Breckenridge entraram na minúscula aldeia de Gribton.

Eles haviam saído da estrada para Glasgow cerca de três quilômetros ao norte da ponte em Dumfries, seguindo o caminho que escolheram para levá-los através das colinas. Um círculo de pedra em um campo que margeava o caminho despertou-lhes o interesse, mas eles não se demoraram. O mapa de Breckenridge era razoavelmente detalhado; sentiam-se bastante confiantes de ter encontrado seu caminho, mas era melhor abrir a maior distância possível de Dumfries antes de procurar abrigo para passar a noite.

O caminho os levaria através de uma série de passagens entre vários picos. Com sorte, chegariam à passagem principal no dia seguinte e poderiam até chegar ao Vale, mas naquela noite tinham de encontrar um lugar para descansar.

Tal resolução os levou a Gribton. A partir da planície perto do estuário, conforme se encaminhavam mais para o interior, a paisagem passou a ser ocupada por pastagens rotacionadas, com sebes mais densas e árvores mais altas. Avistaram os telhados de Gribton quando o sol começou a mergulhar no horizonte. Em vez de arriscarem seguir adiante até a próxima vila, saíram do caminho e entraram em uma rua que levava a cinco casas agrupadas em torno de uma encruzilhada.

Breckenridge parou no meio da rua, no meio das casas.

— Qual delas?

Com a mão ainda na dele, Heather avaliou as opções.

— Vamos tentar a do meio.

Arrumada, caiada de branco, com um bom telhado de ardósia, a cabana estava aninhada entre duas árvores ao lado da pista. Parecia a mais próspera das cinco moradas.

Com ela ao lado, Breckenridge parou na varanda e bateu na porta pintada de verde.

A mulher que abriu parecia estar incomodada, uma expressão que foi logo explicada pelo bando de crianças que veio correndo para se amontoarem atrás dela. Empurrando-os sem sucesso para trás, ela olhou para Breckenridge, depois para Heather.

— Pois não?

Ele a cumprimentou com um gesto educado.

— Nós queríamos saber, senhora, se você poderia nos abrigar para passarmos a noite. Estamos a caminho das montanhas. Ficaríamos felizes em pagar por um quarto, se você tiver um disponível.

A mulher parecia condoída, mas então olhou para o grupo aninhado atrás de si e suspirou.

— Não posso. Mas… — Olhando de volta para eles, ela indicou a rua com a mão — … se vocês perguntarem na última cabana, o velho casal que mora lá, os Cartwright, provavelmente poderia recebê-los. O filho deles e a esposa se mudaram para Glasgow alguns meses atrás, então eles têm um quarto e também fariam bom uso do pagamento.

Breckenridge sorriu; Heather também.

— Obrigado!

Com cumprimentos de cabeça, eles se retiraram, deixando que a mulher enxotasse as crianças de volta para a casa e fechasse a porta.

Voltando à rua, eles se dirigiram para o último telhado que podiam ver, o de uma cabana escondida em um pequeno jardim. Antes que chegassem aos limites do terreno, Breckenridge parou.

Quando Heather parou também, ele puxou-a para encará-lo.

— Não podemos esperar conseguir mais de um quarto, e, para conseguirmos esse quarto, eles precisam acreditar que somos marido e mulher.

Mesmo se ele pudesse arranjar outro quarto em uma das outras casas, não havia possibilidade de deixá-la sozinha em uma construção separada, não com o proprietário de terras misterioso possivelmente os seguindo.

Um pouco para seu alívio, ela apenas deu de ombros.

— Então, vamos deixá-los acreditar que somos casados e, se eles perguntarem de maneira explícita, mentiremos.

Após soltá-la, ele tirou o anel de sinete de seu dedo mindinho e pegou a mão dela.

— Use isto… — disse, deslizando o anel no terceiro dedo da mão esquerda dela — … de modo que, com alguma sorte, eles não vão sequer pensar em perguntar.

Ela levantou a mão, como se estivesse admirando a joia, depois girou o anel para que o sinete não ficasse visível, e assentiu.

— Está bem.

Não era bem a maneira como ele imaginara colocar um anel no dedo dela, mas...

Retomando a mão, levou-a adiante, até o portão na cerca viva baixa na frente da cabana, atravessando-o, até a porta da frente.

Dessa vez, um homem velho, antes magro e esguio, mas no momento encurvado, respondeu às batidas. Quando indagado sobre um quarto, o velho virou-se e chamou:

— Emma?

A velha que não demorou a ir até a porta era tão baixa e gorda quanto o velho era alto e magro. Quando ela ouviu o pedido deles, abriu um sorriso amistoso.

— Sim, claro. Podem entrar.

O velho ficou para trás e mostrou-lhes o caminho. Breckenridge incitou Heather na frente, depois a seguiu, entrando em uma saleta bem-arrumada.

— Por aqui. — A velha indicou com a mão. — Eu sou a sra. Cartwright, e aquele... — acrescentou, apontando para o velho — ... é o sr. Cartwright, claro.

Heather estava grata por Breckenridge ter pensado em lhe dar o anel. Era quente e estranhamente pesado em seu dedo. Eles seguiram a sra. Cartwright pela pequena cozinha até uma porta na parede do fundo.

A sra. Cartwright abriu a porta, deixou-a balançando e recuou para deixá-los passar.

— Nós construímos este quarto quando nosso filho se casou. Vou pegar uma vela para que vocês possam acomodar suas sacolas.

Heather entrou no pequeno quarto vago. Havia apenas uma janela, na parede dos fundos, mas era pesadamente acortinada. A maior parte do espaço era reivindicada pela cama, grande o suficiente para dois, encostada no canto mais distante. Um pequeno armário ficava no canto mais próximo, deixando apenas um espaço estreito entre o pé da cama e um dos lados do cômodo.

— Aqui. — A sra. Cartwright retornou, protegendo a chama de uma vela.

Heather pegou o castiçal.

— Obrigada. — Ela colocou-o no armário de canto.

Breckenridge, que havia parado ao pé da cama, tirou dos ombros as duas sacolas de viagem que carregava e colocou-as no chão; em seguida, tirou a capa.

Acomodando sua sacola ao lado do armário, Heather desenrolou o xale e também despiu-se de sua capa. Ela se virou quando a sra. Cartwright disse:

— Vocês vão encontrar os lençóis, e há dois cobertores aí. Sempre mantenho o quarto pronto no caso de nosso filho e a esposa aparecerem para uma visita.

— Obrigada, estou certa de que ficaremos muito bem acomodados. — Muito mais do que em um celeiro. Heather sorriu. — Estamos viajando há alguns dias. Agradecemos por vocês poderem nos receber.

— Ah, que isso! Estamos contentes por poder fazer isso. Agora... — A sra. Cartwright fixou seus olhos azuis surpreendentemente brilhantes em Breckenridge. — Você comeu? O sr. Cartwright e eu já tomamos nosso chá, mas há um pouco de sopa e pão, se vocês desejarem.

— Obrigado — disse Breckenridge. — Isso seria muito bem-vindo. Nós almoçamos em Dumfries, mas já faz um tempo.

— Ah, eu sei como vocês, rapazes, comem, não se preocupe. — A sra. Cartwright deu um tapinha no braço de Breckenridge, depois se apressou a sair do quarto. — Vou só colocar a panela de sopa de volta no fogo.

Heather apertou os lábios, segurando uma risada, enquanto se inclinava para apagar a vela. Breckenridge parecia ligeiramente atordoado por ter sido chamado de "rapaz". Mas seguiu a sra. Cartwright de volta à cozinha, prontificando-se a ajudá-la com a pesada panela de sopa e colocando-a no fogão.

Sem ser perguntado, ele se agachou e cuidou da chama.

A sra. Cartwright sorriu para ele com aprovação, em seguida, olhou para Heather.

— Vamos, querida, vou lhe mostrar as coisas necessárias.

As "coisas necessárias" provaram ser uma pequena câmara de banhos que dava para uma pequena varanda e depois um anexo. A câmara principal continha uma bomba que a sra. Cartwright disse que trazia água do poço do lado de fora.

— Há muita água, mas pode estar fria, então se prepare. — A sra. Cartwright puxou uma toalha limpa de uma prateleira. — Vou deixar esta toalha aqui para você, querida. — Deixando a toalha na pia, ela olhou ao redor. — Meu filho construiu isto para nós quando ele e a esposa vieram morar aqui.

— Você deve sentir falta deles — disse Heather.

A sra. Cartwright suspirou.

—Sim, nós sentimos, mas você não pode impedir os jovens de viver suas vidas, pode? Não seria certo.

Ela liderou o caminho de volta à cozinha. Heather seguiu-a, depois pediu licença para voltar e fazer uso das "coisas necessárias". Após lavar o rosto e as mãos, sentiu-se muito mais apresentável. Um pequeno espelho pendurado acima da bacia permitiu-lhe ajeitar o penteado completamente desordenado. Se sua dama de companhia de Londres pudesse vê-la, desmaiaria.

Sentindo-se muito melhor, ela se juntou a Breckenridge e ao sr. e a sra. Cartwright na cozinha. Breckenridge e o sr. Cartwright estavam conversando sobre a terra nos arredores e a agricultura local.

A sra. Cartwright serviu duas tigelas fumegantes de sopa e pôs metade de um naco de pão e dois pedaços de manteiga na mesa, depois orientou Breckenridge e Heather que comessem.

Eles sentaram-se e assim fizeram, enquanto o sr. Cartwright pegava o cachimbo e fumava em silêncio, e a sra. Cartwright enchia-lhes os ouvidos com um catálogo de pequenas coisas, como a colheita que esperava conseguir naquele ano de suas valiosas ameixeiras e especulações de que seu filho e a esposa voltariam para alguns dias na Páscoa.

Foi uma meia hora curiosamente calmante, um lembrete de que, apesar da fuga e da ameaça potencial que representava o misterioso proprietário de terras, a vida ainda prosseguia em uma miríade de formas calmas e tranquilas.

Depois de limpar a tigela de sopa com um pedaço de pão, Heather sentiu-se muito mais reconfortada e satisfeita por dentro do que a sopa, por si só, poderia realizar.

Aquela era a vida no campo. Os Cartwright, como toda a gente interiorana, se recolhiam cedo. Desejaram boa-noite a Breckenridge e a Heather e deixaram-nos sentados à mesa da cozinha, com uma única vela acesa entre eles.

Heather estudou a chama bruxuleante, então suspirou.

— Deveríamos ir para a cama, mas vou aproveitar a chance de tomar um banho adequado primeiro.

Breckenridge empurrou o candelabro em direção a ela.

— Vá em frente.

Heather levantou-se e, com a vela, foi primeiro ao quartinho a fim de buscar sua capa e seu xale, depois foi para a câmara de banho. Lá, ela apertou os dentes, despiu-se, lavou-se, secou-se, depois, com os dentes quase batendo, vestiu apressada sua camisa, pôs o xale sobre o torso e envolveu-se em sua capa. Após calçar os pés, então limpos, mais uma vez com as novas botas de caminhada e colocar o vestido, ela correu de volta à cozinha e foi direto para o quartinho, dizendo, enquanto passava:

— Deixei a vela lá para você. Há outra aqui. Vou acendê-la em um instante.

Breckenridge observou suas passadas. Qualquer impulso de rir morreu com o pensamento de que ela muito certamente não estava usando muita roupa por baixo da capa.

O que não iria tornar a noite mais fácil para ele, tentando encontrar o sono enquanto dividia o quarto com a tentação encarnada.

Porque *ela* passou a figurar como a tentação encarnada de sua mente lasciva não era uma pergunta sobre a qual ele queria se debruçar.

Levantando-se, recuou para a câmara de banho e fez uso das instalações, tomando seu tempo, na esperança — quase certamente vã — de que, antes de voltar para o quarto, ela tivesse caído no sono. Examinou a barba, já crescida e espessa, e fez uma nota mental para procurar seu kit de barbear pela manhã. E lavar e pentear o cabelo amassado também não seria má ideia.

Reconhecendo, por fim, que havia um limite no tempo em que poderia adiar o inevitável, pegou a vela e voltou para a cozinha. Verificou que o fogo estava bem apagado, depois abriu a porta do quarto... e viu Heather aconchegada na cama, mais perto da parede, deixando mais da metade do leito vaga.

Ela estava deitada de lado, com os cobertores delineando as curvas essencialmente femininas do quadril e do ombro. O cabelo estava solto. Ela o escovara; fios de ouro reluzentes enfeitavam os travesseiros cor de marfim.

Ela havia deixado a vela acesa no armário ao lado da cama. Mexendo a cabeça, olhou-o quando ele parou na porta.

Sua expectativa não poderia ter ficado mais clara.

Em movimentos lentos, com os pensamentos a mil, ele entrou no quarto e fechou a porta. Não dormira muito no celeiro na noite anterior; se possível, gostaria de dormir naquela noite. Após assoprar a vela para apagá-la, cruzou o quarto para colocá-la com a outra, que ainda queimava sobre o armário. Mantendo o olhar longe do de Heather, voltou para a ponta da cama, sentou-se e tirou as botas. Depositou-as ao lado da porta, endireitou-se, olhou de um lado a outro do chão disponível, então se abaixou para pegar sua capa.

— O que está fazendo?

Sem olhar na direção dela, ele estendeu a capa, deixou-a cair.

— Vou dormir no chão.

Pelo canto do olho, ele a viu se sentar bruscamente. Depressa — instintivamente — fechou os olhos, então espiou. Ela havia apertado as cobertas sobre os seios ao se sentar — graças aos céus; sob o lençol, tudo o que ela parecia vestir era a frágil camisola.

A luz da vela reluzia no anel de ouro no dedo dela. Seu anel. A visão paralisou-o por um instante. Ele afastou o efeito, dizendo a si mesmo que poderia muito bem se acostumar com isso; o anel e tudo o que proclamava se tornariam realidade em breve.

Previsivelmente, ela fez uma careta para ele.

— Não seja ridículo! — As palavras saíram em um sussurro forte. Ela hesitou, então disse: — Sei que a cama é, estupidamente na minha opinião e muito provavelmente na sua também, considerada uma proposta um tanto diferente de uma pilha de feno em um celeiro. Mas não sou uma princesa, e você não é nenhum cavaleiro humilde. Estamos juntos nesta, e não há nenhuma razão para não podermos compartilhar esta cama.

Ah, havia, sim. Ele foi tentado a dizer-lhe o porquê, mas anunciar os fatos em voz alta talvez não ajudasse.

Afirmar, por exemplo, que ele já não mais confiava em si mesmo para manter uma distância adequada, não depois da noite anterior, não após os acontecimentos do dia. Mil pequenas coisas haviam desgastado seu senso de controle; ele não precisava castigá-lo mais, colocá-lo sob mais pressão.

E, acima de seus desejos compulsivos, tinha de lidar com os dela também. Ela se sentia atraída por ele; a maioria das mulheres, a maioria das damas, sentia-se assim. E damas jovens e solteiras — como ela — eram as piores; como regra, glorificavam-no, considerando-o mais ou menos um deus do sexo. Era simplesmente um fato — ao qual ele resistira em toda a sua vida adulta — e ele sabia o seu custo, em um sentido mais profundo, sabia que esse tipo de adulação não significava nada.

Quanto a isso, ele confiava ainda menos nela do que em si mesmo.

E não ser capaz de confiar em si mesmo para mantê-la a um braço de distância embora ela fosse virgem, totalmente inexperiente, entusiasmada em vez de realizada, de maneiras incontáveis a antítese das damas sofisticadas em cujos leitos ele ocasionalmente se dignava a agraciar, era por si só distintamente estranho, e era outra questão sobre a qual ele não gostaria de se debruçar.

Não naquele momento. Certamente não ali.

Girando a cabeça devagar, ele encontrou o olhar dela com seu próprio olhar firme, sua expressão impassível.

— Vou dormir no chão, porque não precisamos de quaisquer outras complicações em nossa relação no presente.

Quando ele falava sério, como naquele momento, a maioria das pessoas tinha o bom senso de ceder.

Os lábios dela se apertaram. Olhou-o com os olhos semicerrados.

— Eu sei — disse ela, em um tom de voz mais nítido, porém ainda um sussurro — que você quer ser teimosamente protetor, honrado e todo o resto. Mas, caso não tenha notado, a temperatura já está caindo e sem dúvida cairá ainda mais antes do amanhecer, e, como não há fogueira, vou congelar e ficar tremendo demais para conseguir dormir, por isso, se você realmente quiser ser protetor e honrado, vai se deitar aqui — anunciou, apontando um dedo para a parte da cama ao lado — e me manter aquecida.

Ela levantou o dedo.

— Além disso, se olhar para baixo, verá que o espaço entre a cama e a parede é significativamente mais estreito que seus ombros, e é por isso que você está de lado agora. Se você tentar dormir aí... e se você for se virar e bater na ponta da cama? Quem vai me proteger daquele proprietário de terras maldito se você estiver inconsciente?

Com as mãos subindo para os quadris, ele semicerrou os olhos para ela. Não era uma surpresa que ela estivesse tentando manipulá-lo. No entanto... seu anel continuou a reluzir na luz, provocando-o.

— Eu...

A mão dela foi para o alto; o anel reluziu mais uma vez.

— Ainda não terminei.

Heather manteve o olhar rígido, impulsionado por algo que ela desconhecia para ganhar a discussão. A ideia de que ele preferia o chão frio ao conforto da cama ao lado dela ofendeu-a, enfureceu-a em um nível que ela não entendia. Se fossem parceiros, iguais, enfrentando tudo aquilo juntos, então deveriam compartilhar a cama; simples assim.

E ela sabia qual era aquele escrúpulo em particular, sob todas as desculpas dele, impedindo-o de aquiescer.

— Não precisa imaginar que, por compartilhar a cama comigo, você vai me comprometer ou que esse fato afetará minha vida futura em qualquer aspecto.

Ele piscou; no rosto normalmente enigmático, ela detectou confusão por um momento.

— Sim — continuou. — Estou perfeitamente consciente de que, após uma viagem como esta, minha perspectiva de me casar será efetivamente nula. Mas já era nula.

Porque o único homem com que ela poderia, talvez, ter se casado nunca a vira como uma mulher apta a se casar. Diante dela naquele momento, ele muito provavelmente ainda a via como uma moça demasiado jovem. Testemunha daquela discussão.

Ele estava diante dela recusando-se até a partilhar uma cama, mesmo naquelas circunstâncias, argumentando como só ele faria, considerando a situação uma "complicação" imprudente, nada menos.

Independentemente de qualquer coisa, eles nunca iriam, nunca poderiam, se casar. A única razão pela qual ele pediria a mão dela era porque se sentia forçado pela honra, pelas circunstâncias — uma razão para o casamento que ela nunca aceitaria. A razão que a mãe, as irmãs, as tias dela, todas as mulheres que conhecia entenderiam que ela nunca poderia aceitar.

Ser forçada a se casar com um homem seria um anátema.

Ser forçada a se casar com *Breckenridge*... era impensável.

— Eu conheço a sociedade, assim como você — continuou ela, em tom mais calmo, mas não menos decisivo. — Tenho 25 anos. Em poucos meses, serei considerada formalmente fora do páreo, e pronto. Já decidi o que fazer com o resto de minha vida. Esta jornada e suas consequências não afetarão materialmente meus planos.

Ele estava com uma expressão de curiosidade. Após um momento, perguntou:

— Esses seus planos... Quais são?

Como se ele não acreditasse que ela realmente tivesse um plano.

Ela sorriu, de boca fechada.

— Gosto de crianças e sei que Catriona tem muitas sob sua asa, muitas além de seus próprios filhos. Eu já havia pensado em visitar o Vale neste verão e ficar por um tempo, aprender mais sobre o que Catriona e sua equipe fazem, depois ir para casa em Somerset e explorar o que eu poderia fazer lá. Então, veja, já pensei em tudo. Esta viagem simplesmente adianta meus planos em alguns meses. Quaisquer que sejam as repercussões sociais de meu sequestro e da fuga subsequente com você, não me afetarão nem um pouco. Em grande parte, não vou nem estar ciente delas, do que a alta sociedade pode pensar e dizer.

Encarando-o, mas, como de costume, incapaz de ler sua expressão, ela decidiu que, naquele caso, a honestidade total lhe serviria melhor.

— E, só para tornar as coisas bem claras, embora eu compreenda que a sociedade pode muito bem considerar um casamento entre nós a única consequência aceitável, não vou fazer parte de nenhum casamento socialmente ditado. Eu nunca iria me casar com um homem que só quis se casar comigo para preservar a honra dele e, possivelmente, a minha. — Ela parou, ainda sustentando, ou mais precisamente capturada pelo duro olhar amendoado dele, por olhos que pareciam penetrá-la com uma intensidade que ela não conseguia compreender.

Heather inalou um fôlego apertado, elevou um pouco o queixo.

— Então, creio que isso esteja esclarecido. E uma vez que agora você entende que nenhuma parte desta viagem, incluindo você dormir a meu lado nesta cama, vai mudar meu futuro de qualquer maneira, você vai simplesmente calar a boca — ela deixou os olhos brilharem, o queixo firme — e se deitar de uma vez!

Para coroar sua performance — seu claro desafio —, ela fuzilou-o com os olhos, puxou as cobertas, deslizou na cama, virou para o outro lado, longe dele, e tombou, deixando Breckenridge olhando para um ombro beligerantemente curvado.

E às voltas com uma profusão de emoções.

Ele se sentiu... insultado. Enfurecido. Queria sacudi-la.

Queria sacudi-la até o bom senso retornar à mente teimosa e arrogante dela.

Em todos os seus planos maravilhosos, elaborados com cuidado, ela esquecera-se de uma coisa.

Dele.

Lutando contra um desejo quase incontrolável de sair pisando forte pelo quarto, de passar as mãos pelos cabelos, de agarrar a fechadura, depois continuar a discutir com ela — exaltar-se, se necessário —, ele apertou a mandíbula e encarou-a… enquanto sob os sentimentos agitados que aquela parte dele que tinha mais em comum com um soldado do que com qualquer cavalheiro sofisticado, civilizado, limitado pelas convenções rapidamente reavaliou a situação.

Breckenridge pensara — de maneira claramente errônea — que ela não havia visto as implicações sociais do sequestro e do envolvimento em seu socorro. Por outro lado… o elemento ao qual ela não se atentara era de que ele poderia ter uma visão diferente da dela.

Com as mãos nos quadris, ele caminhou em silêncio ao lado da cama. Olhando-a, revisitou seus pensamentos e questionou novamente suas conclusões, sua crença inflexivelmente declarava que eles *tinham* de se casar. Que essa era a única maneira de ele tolerar o fim daquela aventura.

Sua crença, sua certeza, sua absoluta e inabalável convicção não se alterara, não mudara, não fora nem um pouco minada pelos argumentos dela. Então… com os lábios em uma linha severa, as mãos ainda nos quadris, ele continuou a olhar para ela. Parecia que ele tinha um desafio significativamente maior diante de si do que havia previsto.

A simples verdade — que ela se recusava a reconhecer — era que a consequência daquela aventura, por cada qual ser quem era, deixava-o sem nenhuma alternativa a não ser se casar com ela. Não apenas porque a sociedade, do contrário, iria chiar e figurativamente, se não literalmente, pedir sua cabeça, nem porque ele precisava de uma esposa e ela era por muitos motivos a candidata ideal, mas também porque, para além de qualquer outra consideração, naquele nível em que ele, havia muito, jurara nunca voltar a se aventurar, mas no qual, mesmo assim, viu-se com ela, casar-se com ela tornou-se… obrigatório.

Para ele, o casamento era naquele momento uma conclusão inevitável.

E o guerreiro dentro dele recusava-se a desistir.

Olhou para ela, para o brilho da luz de velas acariciando a suavidade de seda de seu ombro, para o brilho dourado dos cabelos loiros cor de trigo. A única razão por que havia, até aquele ponto, lutado para manter as barreiras sexuais entre eles erguidas e em funcionamento, era porque previra que, se cedesse à insistência cada vez mais forte de seus instintos e a seduzisse, usando como desculpa o fato de que a sociedade ditaria que eles teriam de se casar de qualquer maneira, mais tarde Heather entenderia que ele se aproveitou dela. Aproveitou-se da situação para atá-la injustamente a si, para se aproveitar da relativa ingenuidade social dela para garantir que se casassem, a fim de que tudo se desenrolasse como ele queria, independentemente do que ela pensava ou sentia.

Ele pensara que seduzi-la iria fazê-la se ressentir dele por fortalecer a reivindicação que ele faria dela. Uma coisa era ela enxergar que a sociedade os forçaria a se casar; outra completamente diferente era ela enxergar que ele ativamente forçou o casamento.

Considerando que ele presumiu que ela não havia visto as implicações sociais, esse raciocínio era sensato.

Mas ela vira, considerara e então colocara na mente a ideia de não se casar de forma alguma, nem com ele nem com qualquer outro homem.

Isso mudava as coisas. Alterava a paisagem de modo fundamental.

Olhando-a, ele avaliou o novo terreno.

Se quando chegassem ao Vale ela mantivesse o posicionamento atual e se recusasse a se casar com ele, a se curvar aos ditames da sociedade... seduzi-la naquele momento não necessariamente daria a ele qualquer alavanca utilizável para alterar o resultado.

Ele sabia que os Cynsters, a família toda, sabiam que, se ela batesse o delicado pé e se recusasse a se casar com ele, e, no entanto, a intimidade fosse estabelecida, ao passo que todos os homens ficariam do lado dele, as mulheres — talvez todas elas — poderiam muito bem tomar o lado dela. E as mulheres Cynsters eram uma força formidável. Se o impasse surgisse, ele suspeitava que elas prevaleceriam; quando se tratava de todas as questões familiares no clã Cynster, elas eram a autoridade máxima.

Assim, seduzi-la não o fortaleceria, não dessa forma, mas... ao seduzi-la, ele teria mais uma carta na manga. Não era amplamente reconhecido como o libertino mais importante da alta sociedade sem motivo.

E ela estava atraída por ele. Ele tinha pouca dúvida de que a atração surgira do fascínio costumeiro que a maioria das jovens damas sentia por um homem de elogiada experiência como ele, mas isso lhe dava um lugar para começar.

E encarando todo o cenário de modo objetivo, o que ele tinha a perder? Como as coisas estavam, a única maneira pela qual poderia ganhar a mão dela seria convencê-la a concedê-la por vontade própria.

Ele analisou suas opções uma última vez, mas nada variou, nada mudou. Nenhuma outra opção despontou em sua cabeça.

Aceitando, abraçando seu novo propósito, considerou o espaço ao lado dela, então tirou a capa, desatou o lenço, desfez os cordões no pescoço e nos pulsos. Olhou-a, sabendo que ela certamente estava ouvindo. Inclinando-se, tirou a calça, desabotoou os calções até os joelhos, depois apagou a vela e tirou os calções.

Vestindo apenas a camisa, foi até a cabeceira da cama, abriu as cortinas que cobriam a janela da parede de trás, permitindo que o luar fraco inundasse o quarto pequeno, e, em seguida, ele levantou as cobertas. Como presumira, ela estava deitada sob o lençol macio. Ele deitou-se na cama por cima do lençol, deixando-o como última barreira entre eles.

Não que isso impedisse o inevitável.

Colocando a cabeça no travesseiro, deixou-se relaxar tanto quanto era capaz.

Olhando para o teto, esperou que a natureza seguisse seu curso.

Que o destino levantasse a cabeça dela e atacasse ambos.

Quando sentiu a cama se afundar atrás de si, Heather não sabia se abria um sorriso triunfante ou se apenas se sentia liberta da culpa. Agarrou a ponta do colchão para se segurar enquanto ele se acomodava... então, percebeu que teria de continuar segurando se não quisesse rolar até ele.

Independentemente disso, de imediato sentiu o aumento da temperatura.

Dizendo a si mesma que poderia ir dormir, fechou os olhos.

Esperou por seus sentidos se arrefecerem.

Acalmarem-se.

Não o fizeram. Seus pulmões permaneceram apertados, a respiração estava restrita demais para que ela pudesse sucumbir ao sono.

Sua pele se arrepiou, muito consciente. Sua mente se recusou a se desapegar da informação de que ele se despira antes de se deitar.

Ela já vira homens nus antes, os primos mais novos e seus amigos nadando quando não sabiam que ela e as irmãs estavam por perto.

O instinto advertiu-a de que o que vira naquela época seria significativamente diferente do que jazia estendido na cama atrás dela.

Não importava. Ele não era para ela.

Com a determinação de fechar os olhos, ela ficou quieta e se dispôs a dormir.

Os sonhos vieram, embora ela permanecesse acordada. Pensamentos assustadores, tentadores do que poderia acontecer. Com ele. Deitar-se com ele, tocar e ser tocada...

Do jeito como sua vida estava, ela nunca iria se deitar com qualquer outro homem. Não iria se casar, nunca precisaria da virgindade ainda resguardada, nunca iria dá-la a nenhum homem... então qual era a utilidade de ser virgem para ela?

Será que ela realmente deixaria a oportunidade de fazer amor com o libertino mais importante da alta sociedade escapar-lhe pelos dedos?

Ainda mais quando a alternativa era continuar a ser uma virgem velha e amarga até o fim de seus dias?

Ainda mais quando ela sabia que ele estava tão atraído por ela como ela por ele, atraídos de uma forma puramente sexual. Eles nunca gostaram realmente um do outro, então o que mais poderia ser além de desejo puro?

E ela não o achava mais tão arrogante e insensível, tão distante, rígido e frio, não após os últimos dias.

A ideia de compartilhar uma ligação breve e apaixonada com ele antes de começar o resto de sua vida solitária trazia um sério apelo.

Claro, ela teria de dar o primeiro passo, e, conhecendo-o, ele a faria soletrar seus desejos, talvez até mesmo fazê-la implorar...

Ela inspirou fundo. Não era tão inocente, ou pelo menos não tão ingênua. Se ele a desejasse... talvez ela pudesse fazê-lo implorar?

A ideia carregava um apelo significativo.

Mas como?

Não demorou muitos minutos para decidir que aquela era uma daquelas perguntas que, quanto mais tempo se pensasse a respeito, mais difícil seria encontrar uma resposta.

Então... primeiro passo. Ela soltou o colchão.

Virou-se e, mesmo sem tentar, viu-se rolando de encontro a ele.

Breckenridge estava deitado de costas; a mão de Heather descansou no peito dele. Ele ainda vestia a camisa e estava deitado em cima do lençol, não embaixo, como ela.

Estava olhando para cima. Lentamente, virou a cabeça e, através do luar que se derramava através da janela, encontrou o olhar dela. Então, arqueou uma das sobrancelhas sem um gesto ligeiramente arrogante.

Ela pigarreou.

— Eu...

Como ela não conseguiu encontrar as palavras adequadas, aquela maldita sobrancelha se ergueu ainda mais insultuosamente.

Heather olhou-o nos olhos.

Então ela se impulsionou, encostou a palma da mão no rosto barbado dele, inclinou a cabeça e apertou seus lábios nos dele.

Não havia nada hesitante no beijo dela — era cheio de um propósito e de uma determinação ferozes.

Menos incerta ainda foi a resposta que surgiu dele e a assaltou.

Paixão.

Sem rédeas, lancinante. Implacável.

Por um momento vertiginoso, essa paixão a afastou do mundo, incinerou seus sentidos e a deixou sem controle...

Então, ele a refreou. De maneira impiedosa, com uma vontade talhada a ferro, ele fez o calor e a fúria tempestuosa recuarem. Até ter a ambos na palma da mão.

Mas não interrompeu o beijo.

Em vez disso, com a mesma vontade, incapaz de ser sobreposta, ele assumiu o controle. Até passar a beijá-la com intensidade, mas de maneira lenta, entorpecente. Beijos longos, sem pressa, que bebericavam e saboreavam, que mantinham o calor dentro dela em fogo brando. Beijos amarrados com uma promessa, com uma fome controlada que falava de desejo, de paixão, de intimidade, e que a atormentavam. Hipnotizavam-na. Suscitavam-lhe desejos.

Faziam-na sentir dor diante de tamanho desejo.

Então, ele se ergueu, rolou e colocou-a de costas.

Heather separou os lábios em um suspiro quando o sentiu tão perto, quando sentiu a rigidez aquecida do peito musculoso a meros centímetros de seus seios.

Breckenridge aproveitou para afundar-se ainda mais no beijo, para deslizar sua língua entre os lábios deliciosos dela para adentrar a doçura de mel que havia adiante. Ele encontrou a língua dela e acariciou-a, sorrindo por dentro ao se focar em tentar provocá-la a brincar, a aprender a se unir a ele na troca mais íntima, que ele sabia que ela nunca havia compartilhado com nenhum outro homem.

Ela nunca tivera um amante, mas iria aceitá-lo.

E ele iria tê-la, lenta, elaborada e muito plenamente.

Os quadris dele estavam junto aos dela, separados pelo lençol emaranhado. Apoiado no cotovelo, ele manteve o peito acima do dela, as mãos fechadas sobre os pulsos dela, pressionando-os no travesseiro em ambos os lados de sua cabeça, enquanto lenta e plenamente pilhava a boca de Heather, reivindicando cada centímetro de seda.

Ela estava ofegante e aquecida quando ele, enfim, levantou a cabeça.

Esperou que ela erguesse as pálpebras e, a uma distância de meros centímetros, olhou nos olhos tempestuosos dela.

— Você sabe o que está fazendo?

Ela olhou-o nos olhos, então a ponta de sua língua deslizou sobre o lábio inferior, e seu olhar baixou até a boca dele.

— Você sabe?

A risada dele deveria ter sido extremamente confiante, mas para seus ouvidos, soou um pouco irregular.

— Já passei por isso algumas vezes.

Os olhos dela voltaram aos dele, o desafio escurecendo o azul.

— Não comigo.

Era inegável. Ele nunca havia seduzido uma mulher com qualquer intenção séria antes. Nunca teve de se esforçar como pretendia naquela noite.

— O que me leva a minha próxima pergunta.

— Eu não sabia que um interrogatório ocupava uma parte tão grande de seu jogo.

— E eu não sabia se você iria querer jogar ou não. — Ele capturou e sustentou o olhar dela. — E ainda não sei.

Ela não desviou o olhar.

— Achei que tivesse deixado meus desejos claros.

— Diga-me com palavras.

Os olhos de Heather queimavam. Ela respirou fundo, parou — interrompeu o fôlego — quando seus seios roçavam o peito dele. Hesitou por um instante, mas depois não se afastou, deixando as cristas dos montes atrevidos tocando-o de maneira provocante, movendo a pele pelo tecido da camisa dele.

Foi necessário um esforço considerável para não reagir.

— Quero que você faça amor comigo. — Ela pronunciou as palavras com clareza, de forma deliberada. Seus olhos permaneceram desafiadores, fixos nos dele. — Quero que você seja meu amante. — E, como se não fosse incentivo suficiente, acrescentou: — Meu primeiro e único amante.

Fora de controle, Breckenridge curvou os lábios, não com humor, mas com intenção. Seria o primeiro e único homem dela; esse era seu objetivo, seu intuito. Mas pretendia reivindicar essa posição para sempre, não apenas por uma noite.

— Se assim for... — Olhando para ela, ele sentiu a disposição dela por trás da curva delicada de seu queixo. — ...vamos fazer do meu jeito. Sem exigências, sem direções. Você segue meus comandos.

Ela encolheu um ombro nu.

— Você é o especialista.

— Exatamente. Então, concorda?

Ela estudou os olhos dele, claramente sentindo que havia algum motivo por trás do pedido que ela não entendia. Mas muito em breve entenderia.

Inspirando forte, ela balançou a cabeça.

— Está bem. Do seu jeito.

Ele sorriu ainda mais intensamente, depois se levantou sobre ela, e, lentamente, baixou o corpo junto ao dela. O lençol formava uma barreira da cintura aos pés; sua camisa, bem como a camisola frágil dela, separavam os seios de seu peito.

Ela parou de respirar, enrijeceu um pouco, mas o fato de que os olhos dela se arregalaram, de que brilhavam enquanto os sentidos distraídos permitiam-se sair para explorar, e de que o pulso dela pulou subitamente sob a ponta dos dedos dele assegurou-lhe de que ela não estava prestes a mudar de ideia e resistir.

Soltando os pulsos dela, com parte de seu peso ainda apoiado nos cotovelos, ele deslizou as mãos pelo cabelo dela, emoldurando-lhe o rosto, então segurou-o, inclinou-o para si e beijou-a.

Profunda, mais intensamente do que antes. De maneira provocante, com apenas um toque de urgência. Usando tudo o que aprendera sobre artimanhas sensuais, ele explorou, afagou — aqui e ali —, acariciando os pontos onde ela era mais sensível, os lugares dentro do céu suculento da boca de Heather que mais poderosamente evocavam as paixões nascentes que ela sentia.

Elas vieram ao chamado dele. Devagar, pouco a pouco, chamou-as para si, até que pudesse enviá-las, puro desejo elementar e calor latente, para que deslizassem através dela, afundassem sob a pele. Para que a derretessem.

Ele não se apressou — não via razão para isso. Demorou-se, até que ela estivesse se mexendo, buscando por instinto, seu corpo subindo, ondulando sugestivamente sob o dele. O peso de Breckenridge manteve-a presa, em imóvel segurança, de modo que ela não pudesse exercer nenhuma influência indevida.

Só então se afastou dos lábios dela, e começou sua própria busca. Pela linha delicada, tão feminina, da mandíbula, descendo a longa linha arqueada do pescoço.

Heather prendeu a respiração quando ele lambeu o ponto pulsante em seu pescoço e depois depositou um beijo escaldante, de boca aberta, no local, sugando-o de leve em seguida. Provocando-a.

Ele parecia saber exatamente onde beijar, onde tocar. Como tocar.

Ela não esperava nada menos que isso.

As mãos dele deslizaram pelos cabelos e pelo rosto dela enquanto ele se movia mais para baixo na cama. O movimento libertou os antebraços, as mãos dela. Com as pálpebras ainda baixas, procurando pelo toque, ela acariciou a bochecha, o queixo dele, depois correu os dedos de volta à recompensa escura dos cabelos dele, envolvendo-os de leve enquanto os lábios dele traçavam um caminho desde a clavícula à tira de fita da camisola dela.

Pelo menos ele não sugerira que ela fora arrebatada pelo beijo, que por causa dele ela não sabia o que havia pedido.

Ela fora arrebatada em um mar de paixão palpitante, diferente de qualquer paixão que ela já sonhara existir. Aquela curta revelação, por si só, fora suficiente — para viciá-la, fazê-la ansiar. Depois disso... afirmar que ela o desejava como amante não fora tão difícil. Teria lhe dado quaisquer palavras que ele quisesse em troca de mais um pouco daquele prazer entorpecente.

Forçando as pálpebras subitamente pesadas a se abrirem, ela espiou para baixo, observou enquanto ele, após deter-se na curva de seu ombro, pegou o laço de fita com os dentes, puxou até que o pequeno nó se desatasse.

Então, com a bochecha, com o queixo, soltou o material fino.

Sua barba roçou a pele dela, no mais leve dos atritos.

Ela arfou, sentiu sua coluna desenhar um arco, pressionando a parte superior dos seios nos lábios dele. Suas pálpebras caíram quando ela sentiu os lábios perversos se curvarem em sua pele, depois estremeceu quando eles traçaram linhas artísticas, atormentando-a com o toque. Com as carícias que capturaram e detiveram seus sentidos, depois os conduziram em uma lenta exploração.

De seu próprio corpo. Ela nunca soube que sua pele poderia ser tão sensível, que seus nervos poderiam se afiar com sensações tão agudas. Nunca soube que o simples toque de lábios no mamilo nu poderia fazê-lo se enrijecer a ponto de ela sentir uma dor real.

Uma dor que ele afogou sob as sensações conforme banhava e depois envolvia o broto úmido na boca quente. Sugando lenta, suavemente, depois de maneira cada vez mais poderosa.

Ela arqueou o corpo em um suspiro estrangulado.

Ele soltou-lhe a carne torturada instantaneamente — e de imediato ela o quis de volta.

Com as mãos segurando a cabeça dele, ela tencionou os músculos para conduzi-lo, mas o queixo barbudo roçou de um seio ao outro...

Percebendo a hesitação dela, sabendo a causa, com um sorriso mental, Breckenridge pôs-se a repetir o processo moroso de educar os sentidos dela acerca de quanto poderia sentir, quantas sensações fascinantes ele poderia suscitar apenas com os lábios, a língua, a boca, acariciando e provando os seios suntuosos.

Ele não percebera que seria tão dispersante, tão absorvente. Esperara ter de forçar-se a ir devagar, mas em vez disso... revelá-la, descobri-la, estava provando ser um prazer em si mesmo, inesperadamente atraente.

Os seios não eram muito grandes, mas seu formato era perfeito. A pele era mais acetinada que a seda, fina e macia e completamente digna de ser acariciada. Os mamilos atrevidos, pregueados em botões apertados, eram de rara delicadeza.

Ele era um especialista; sabia disso. Conhecia a escala da sedução feminina até o último nível.

Ela se classificava nos níveis mais altos.

Para os sentidos dele, ela ficava no topo da escala.

Não era nem um pouco o que ele esperara, e sim uma revelação poderosa o suficiente para que cada instinto masculino que possuía se focasse.

Nela.

Mesmo enquanto puxava a fina seda da camisola, expondo mais da pele delicada para seus lábios e sua língua, mesmo enquanto deslizava mais para baixo na cama, debaixo das cobertas, para continuar a educação dela e a sua, ele estava consciente do baque cada vez mais alto do desejo em suas veias.

Ainda não exigia, nem de longe comandava, mas estava lá, com certeza, estava lá.

Ele a queria, e sempre quis. Enquanto seus dedos se enredavam na camisola amarrotada e revelaram a cintura dela por baixo da seda, desvelando o umbigo, ele poderia admitir, aceitar isso. Não importava o fato de que a tinha nos braços, nua.

Ele recuou, afastando-se na cama para olhar, para examinar. Mexendo-se para se acomodar ao lado dela, seus ombros mantendo as cobertas longe, deixando o luar cair em um banho perolado sobre a pele suave dela, destacando--lhe as curvas, lançando sombras misteriosas, ele colocou a outra mão sobre o seio, envolveu com cuidado a carne, então a moldou, acariciou, afagou.

Ensinou-lhe um tipo diferente de toque.

Sentiu o olhar dela em seu rosto enquanto lhe possuía a carne suavemente. Em seguida, fechou a mão e apertou. Percebeu quando as pálpebras dela se fecharam; ouviu sua respiração.

Ela se mexeu, mas ele a manteve ali, toda sua para ser saboreada sob o luar. Sua para ser examinada até ele se abastecer, até preencher os sentidos dela com suas descobertas.

Os lábios eram mais íntimos que as mãos; toques, carícias, geralmente vinham primeiro, mas, com ela, ele soube por instinto que começar com um toque teria sido mundano demais, não teria lhe surpreendido os sentidos a ponto de capturá-los.

Não da forma como queria agarrá-los.

Agarrá-los para segurá-los, todos seus para comandar. Seus para conduzir, como lhe dissera.

Baixou a cabeça e beijou-a, tomou-lhe os lábios de novo em uma longa incursão pelo prazer enquanto sua mão se firmou no seio, então encontrou o mamilo enrijecido e girou-o, depois o apertou.

Bebeu do suspiro atordoado dela, sentiu o gemido que ela se esforçou para segurar.

E ficou contente.

Ela não corria mais o risco de pegar um resfriado. Quando ele enfim levantou a cabeça, soltou-lhe o seio e deslizou na cama, os lábios dela estavam inchados; a pele, rosada; a respiração, atormentada, quase arfante. Ainda assim, ela o observava por entre os longos cílios, esperando a próxima aula.

Lábios e língua primeiro; o toque poderia vir mais tarde.

Ele ateve-se a esse princípio, lambeu e umedeceu o caminho até a região tensa do diafragma, descendo pela barriga para mordiscar inesperadamente a borda do umbigo, surpreendendo-a em uma risada sufocada.

Ele olhou para a barriga trêmula. Para seus dedos, longos e bronzeados, espalhados pela pele ultrafina.

— Cócegas?

Ela precisou de um momento revelador para encontrar o fôlego. Para recuperar a língua.

— Não... sua barba.

— Ah, sim.

Abrasão tátil, uma adição útil para seu arsenal sensual.

Ele olhou para baixo, onde as dobras diáfanas da camisola ocultavam inadequadamente os cachos castanhos no alto das coxas dela.

Sentiu a expectativa que afundava suas garras na carne dela, deixou que a sensação a envolvesse, então, com calma, voltou a atenção para outro lugar, para as longas pernas.

Estendendo a mão para baixo, encontrou um pé, traçou o arco, depois, devagar, arrastou as pontas dos dedos para cima, ao longo da panturrilha, circulando o joelho, então traçou, quase sem tocar, a face interna e sensível da coxa, parando um mero centímetro daqueles cachos hipnotizantes e da carne infinitamente mais suave que ocultavam.

Ela parou de respirar novamente, inalou desesperadamente, depois prendeu o fôlego, enquanto ele repetia a longa e persistente carícia desde a planta do outro pé até o alto da coxa. Desta vez, ele deixou as pontas dos dedos continuarem subindo, lançando às chamas aquilo que ele sabia que ela sentiria como uma linha de fogo subindo pelo quadril, passando à cintura para circundar o peito, depois seguindo o percurso ascendente, quando ele voltou para cima na cama para enquadrar-lhe o rosto e beijá-la.

Com muito mais paixão do que se permitira demonstrar antes. Uma dica da paixão potente que ela originalmente desencadeara com aquele primeiro beijo ousado.

Como com todas as mulheres que já havia tido em sua cama, ele manteve as mãos firmes nas rédeas, afundou na boca de Heather e lhe reivindicou, depois lhe alimentou o desejo, o fogo e as chamas.

Esperou até que ela estivesse em chamas, até que ela se arqueasse contra seu corpo, desesperada e desejosa.

Então, percebeu que as mãos dela haviam ido até sua cintura, deslizado por baixo da camisa para poderem subir, patinando pelas laterais de seu peito.

O toque o distraiu.

O suficiente para ela se afastar do beijo e suspirar.

— Basta; pare! Quero tocá-lo.

Lá se foi a regra que proibia exigências. Ele hesitou, mas ela estava determinada, envolvendo o tecido e se esforçando para levantá-lo.

Ele resmungou, depois recuou; rolando para o lado dela, agarrou a bainha amassada e, meio sentado, puxou a camisa sobre a cabeça.

Ele sussurrou quando as mãos dela, pequenas, escaldantes, exigentes, encontraram seu peito.

Mesmo enquanto lutava para libertar os braços das mangas, ela abriu as palmas das mãos ávidas e o acariciou. Um rápido olhar mostrou-lhe o rosto dela, as feições delicadas delineadas pelo luar prateado — e, então, não conseguiu desviar o olhar.

Só podia ficar ali, preparando os sentidos, e deixá-la fazer as coisas a seu próprio jeito.

Ela encontrou-lhe os olhos apenas por um instante, mas, sentindo que ele aquiescia, com os lábios levemente curvados, embarcou em uma exploração, tocando, traçando, descobrindo cada linha de músculo, circulando os mamilos planos, em seguida, espalmando as mãos ao longo dos músculos fortes que definiam a parte superior do tórax, depois subindo as palmas das mãos para acariciar os músculos firmes e ossos pesados dos ombros.

Ele observou-lhe o rosto. Ela estava encantada — não havia outra palavra para descrever. E, ao passo que mais mulheres do que ele poderia contar haviam-no olhado com lascívia ainda maior, o apreço dela era infinitamente mais doce.

Por fim, ela usou seu peso para empurrá-lo de modo a ficar de costas. Ele disse a si mesmo que permitiu porque estava queimando com uma curiosidade sensual que nunca antes experimentara — perguntando-se o que uma virgem poderia pensar em fazer. Felizmente, o lençol amarrotado ainda separava a parte inferior de seus corpos; caso contrário, ele duvidava que ela teria sido tão bem-sucedida em manter sua concentração tão claramente fixa em retribuir o prazer que ele lhe dera...

O intento dela era tão singular que o capturou.

Que o fez permitir que ela viesse e tomasse sua boca — que o fez ficar deitado e deixar que ela o beijasse como quisesse, de maneira tão profunda quanto ousasse, de maneira tão provocativa, tão desafiadora.

Mesmo enquanto seus sentidos ronronavam e se fartavam na promessa dela, no reconhecimento tácito da rendição que o beijo declarava que logo seria sua para ser reivindicada, enquanto a segurava firme por cima do corpo e permitia-lhe beijá-lo com feroz entrega, alguma parte de sua mente estava anotando, registrando, armazenando a observação de que poucas mulheres de que se lembrava haviam sido tão ousadas quanto ela, tão insistentes.

A maioria recostara-se e lhe permitira que as amasse; poucas haviam se empenhado em retribuir o amor livremente. E sentir prazer nessa forma de amar; quando ela se afastou do beijo, sua expressão sensualmente apaixonada declarava que ela estava definitivamente encantada.

Era certo que ela era virgem, mas ele duvidava que todas virgens fossem tão generosas.

Mimetizando a maneira como ele a acariciara, ela patinou os lábios por sua mandíbula, descendo até o pescoço. De lá, ela lambeu e umedeceu o caminho até o círculo plano do mamilo, lambeu, envolveu, sugou — depois mordiscou. Uma dorzinha estranha lançou um tiro de fogo para sua virilha; quando ela passou para o outro mamilo, ele envolveu-lhe a cabeça com a mão.

Antes que pudesse impedi-la, ela mordiscou de novo, e ele estremeceu, tenso pela sensação de punção. A curta expiração da risada quase ofegante dela, impregnada de prazer e deleite, deixou-o mais duro que ferro.

Ele puxou-lhe a cabeça para a sua, beijou-a com calor e fogo suficientes para arrancar as rédeas mais uma vez das mãos dela. Com a mão cobrindo a cabeça dela, segurou-a enquanto beijava; a outra mão ele desceu pelas superfícies esbeltas de suas costas nuas, deslizou sob a camisola que quase não estava mais lá, até a curva do traseiro.

Acariciando os montes doces, depois os massageando de modo sugestivo, ele esperou até que ela estivesse ofegando, arfando, quase exigindo, então tirou-lhe a camisola, expondo-lhe os quadris, a parte inferior, em seguida, as coxas elegantes, expondo-a a seu toque, se não a seu olhar.

Inclinou e rolou-a enquanto deslizava a frágil peça de roupa pelas panturrilhas e pelos pés. Deixou-a em algum lugar no meio dos lençóis emaranhados. Tudo sem interromper o beijo.

Em seguida, trouxe-a para si, deixou os seios, inchados e doloridos, roçarem os pelos de seu peito, então a puxou ainda mais para perto, esmagou-a contra si, sentindo os montículos suaves se achatarem contra sua carne conforme, de maneira cada vez mais sugestiva, invadia-lhe a boca.

Então, a mão dela se ergueu, incerta, para tocar e delicadamente acariciar seu rosto.

O toque quase o desfez, preenchendo-o com um desejo simples, inocente, um desejo que o libertino experiente dentro dele reconheceu e do qual tinha sede.

Pelo qual ansiava.

Mas ele tinha seus planos, seus objetivos necessários.

Ele empurrou-a na cama, ignorou o impulso cada vez mais urgente de arrancar o lençol que os separava e afundar o membro latejante na suavidade lisa, escaldante entre as coxas dela. Em vez disso, interrompeu o beijo de repente, deslizou na cama, com as mãos duras agarrou-lhe as coxas e abriu-as, baixou a cabeça encaixando os ombros entre as coxas, e pôs os lábios primeiro nos cachos, depois, diante do suspiro sufocado dela, cheio de uma compreensão atordoada, traçou um caminho para baixo. Pôs a língua para fora e envolveu-a com delicadeza.

Heather sentiu o coração bater forte, pensou que poderia morrer. Sensações afiadas como cacos percorreram todos os seus nervos; um calor invadiu cada veia. Ela não conseguia respirar, mas não parecia mais necessário; as mãos apertaram cegamente o lençol em um esforço vão de ancorar seus sentidos rodopiantes. Ela mal podia acreditar que ele iria fazer algo como aquilo... no entanto, parte dela estava ansiosa para sentir, conhecer, experimentar tudo o que ele lhe mostraria.

Ela iniciara aquela nova viagem; contrariamente a suas expectativas, desde o momento em que o beijou pela primeira vez, finalmente pressionou os lábios nos dele, não sentia o menor escrúpulo. O menor medo, nem qualquer modéstia real; sob todos os pontos de vista aquilo — os dois, juntos assim, nus e aquecidos em uma cama, as mãos rígidas e a boca quente dele percorrendo seu corpo, reivindicando-a, possuindo o corpo dele para se deleitar e extrair prazer — parecia certo.

Lidando com a cascata irrefreável de sensações que ele, artística e habilmente, enviava para arrebatá-la, ela balançou a cabeça, ofegante, tentou alcançá-lo, mas só conseguiu apertar os dedos nos cabelos dele e aguentar firme.

A ponta da língua dele girava sobre o broto sensível aninhado sob os cachos, e o mundo dela tremeu; ela ficou tensa, tentou se afastar, mas ele se mexeu antes que ela pudesse, enlaçando sua cintura com um braço pesado e segurando-a imóvel enquanto cada vez mais descaradamente a provava, lambia e redesenhava até que ela se entregasse, até que sentisse as chamas devorando cada centímetro de sua pele, incendiada pela abrasão da barba em suas coxas, intensificada pelo barulho que ecoava da língua perversa sobre a carne que se tornava cada vez mais sensível a cada afago deliberado.

As chamas queimavam, rugiam e afundavam em sua carne, reivindicando-a também, incinerando cada inibição ao longo do caminho, até que ela estivesse à espera do próximo toque, ofegante e tão ansiosa pelo próximo movimento da língua, querendo e precisando e com fome de algo — um último toque crítico...

Ele a manteve ali, à beira de alguma revelação cataclísmica, bebericando e degustando, ao mesmo tempo em que a tensão quente dentro dela aumentava, fundia-se em um nó sólido no âmago dela. Até que ela estivesse se contorcendo debaixo de seu braço, lutando contra ele, mas pelo que ela não sabia...

Breckenridge pressionou-a tanto quanto ousava, na medida em que julgava que ela poderia suportar. No instante em que o instinto lhe disse que chegara o momento, sentiu uma acentuada onda de euforia. Abriu-lhe as coxas ainda mais, pressionou-as mais perto e deslizou a língua pela entrada e adentrou o canal aquecido...

Ela se despedaçou; só então ele se lembrou de levantar a mão e abafar o grito.

O corpo dela se curvou, preso nos espasmos do êxtase pela primeira vez experimentado.

Ele lambeu, aninhou, depois lambeu uma última vez, saboreou a ambrosia ácida na língua por um último e persistente momento, então empurrou primeiro um dedo, depois um segundo, no invólucro ainda ondulante dela, pressionou o punho contra a carne inchada enquanto ele se levantava sobre ela, enquanto acomodava os quadris onde os ombros estiveram.

Baixando a cabeça, retirando a mão da boca de Heather, substituiu-a pelos lábios. Por um beijo tão apaixonado quanto antes a ponto de fazê-la engasgar, então, com mãos pequenas agarrando-o descontroladamente, ergueu o corpo até ele mais uma vez.

Desesperada e faminta, ansiosa e desejosa, freneticamente foi até ele.

Ele se afastou da troca aquecida. Seus dedos trabalharam dentro dela, estirando-a, preparando-a.

Sua própria cabeça estava girando. Descansou o queixo junto ao cabelo dela, registrou-lhe os suspiros soluçantes.

— Sssh, querida. Em breve.

Ela ofegou.

— Agora!

E estendeu a mão para ele, encontrou seu membro duro e latejante, encheu a palma da mão com a cabeça pesada. Os pequenos dedos acariciaram, traçaram a coroa, que queimava.

Ele praguejou, tomou-lhe a mão e puxou-a para cima. Pressionou-se de maneira mais profunda entre as coxas dela e, tirando os dedos de seu interior escaldante, guiou sua ereção até a confortável entrada.

Empurrou. Apenas um centímetro.

Sentiu-a recuperar o fôlego. Começar a ficar tensa.

Engolindo um xingamento, com a mão livre, agarrou-a pela nuca e puxou-a para si, de volta em um beijo que era mais voraz do que era possível acreditar.

Sentiu suas rédeas se desgastarem enquanto a empurrava mais profundamente na cama, prendendo-a sob si; segurando-a para a troca flagrantemente apaixonada, quase violenta, agarrou-a pelo quadril, ancorou-a, empurrou mais fundo, então, preso em uma névoa de necessidade eroticamente carregada e passional, impulsionado pela urgência, recuou, então investiu poderosamente através do hímen e afundou-se, pesado, dentro dela.

Pressionou ainda mais fundo, forçou-a a aceitar cada centímetro, até o final.

E sentiu as rédeas se romperem. Sentiu o controle lhe escapar enquanto ela gritava enquanto ele a beijava, congelada por apenas um batimento cardíaco, então se prendeu a ele, apertada como uma luva.

A carência, o desejo e a paixão batiam nele com asas de fogo, rasgavam-no com garras cobertas de uma fome enfurecida.

Ele queria ir devagar, queria mostrar-lhe cada pequena faceta da glória, mas ela se movia debaixo dele, ondulante, com urgência, e qualquer esperança de retomar o controle desapareceu.

A carência primordial rugia; ele recuou o quadril e empurrou de novo, duro, forte, pegando e reivindicando.

Foi-se qualquer vislumbre de sofisticação. Foi-se qualquer máscara; não havia como se esconder. Não daquilo.

Não da paixão, da carência e do desejo que assomou nele e respondeu ao chamado primitivo dela.

Não dessa reivindicação elementar.

E ela estava com ele, contorcendo-se debaixo dele, os quadris se elevando para receber tudo o que lhe daria.

Heather foi pega no furor apaixonado, enfeitiçada, escravizada pela urgência que a conduzia. Capturada, presa pela intimidade perturbadora.

Pela pura sensação dele, quente, duro e forte em seu âmago, com cada impulso poderoso preenchendo-a, completando-a, com cada penetração profunda a reivindicá-la implacavelmente, a reivindicar seus sentidos, seu corpo, seu coração.

Esse ritmo de condução era tudo o que conhecia, a batida compulsiva era ela, era tudo nela. Naquele momento, nada importava além de tê-lo, abraçá-lo, conhecê-lo assim.

Estar com ele — sendo sua — assim.

Presa no beijo, ela não conseguia mais respirar, respirava por meio dele. Não se importava. Sem fôlego, tonta, com o prazer e a paixão espiralando cada vez mais alto, agarrou-o e cavalgou com ele, deliciada, desesperada, carente, desejosa...

O desejo umedecia a pele deles; lisos e quentes, mexiam-se e deslizavam-se. Os dedos agarravam-se, apertados. Aguentavam firmes. Juntos.

Breckenridge estava cego. Perdido. Pela primeira vez na vida, totalmente vítima do feitiço. Então, debaixo dele, ela ergueu o corpo mais uma vez, soluçou de novo e suavemente gemeu o nome dele. Suas unhas arranharam-lhe e marcaram-lhe as costas, seu invólucro contraído se agitando poderosamente ao longo do comprimento do membro dele, puxando-o, pedindo-lhe, ordenhando-o e acariciando-o... desesperadamente interrompendo o beijo, a cabeça se levantou, inclinou-se para trás, com os dentes cerrados ele lutou para reprimir um rugido quando o clímax se assomou nele e através dele, despedaçando-o, sacudindo-o, destruindo-o.

E deixou-o se afogando sob uma onda de realização tão intensa que o impedia de respirar.

Desabou metade do corpo em cima dela, espremida demais para se mexer, os pulmões urrando, o coração trovejando, batendo forte.

Aos poucos, ele desacelerou. As sensações e a consciência silenciada retornaram, o suficiente para registrar o afago delicado da mão dela, o toque delicado acalmando-o, estranhamente reivindicando-o.

Ele queria encontrar sua armadura sofisticada e recolocá-la — antes de encará-la, antes que ela visse...

Antes que ele pudesse se mover, ela o fez; virando a cabeça para a dele, afastando o cabelo úmido da lateral do rosto dele, tocou-lhe o queixo com os lábios; em seguida, os lábios curvando-se sonolentos, tocou com aqueles lábios inchados o canto dos dele.

— Obrigada. — As palavras eram um suspiro, a mais suave das exalações femininas. — Foi... excitante. E... tão bom.

Ele quase resmungou. Bom? A intensidade quase o matara, e ela classificava o momento como "bom"?

Ela caiu para trás, totalmente relaxada de costas na cama.

Após um momento, ele virou a cabeça e olhou-a. Estudou a expressão como a de uma madona que tomara seu rosto, a felicidade que se infundira em suas feições.

Ele encheu os pulmões, então conseguiu reunir força suficiente para soltar-se e levantar-se dela. Caindo de costas ao seu lado, olhou para o teto, mas não havia indícios ou pistas escritos ali.

Pela primeira vez em sua extensa carreira, não se sentia, nem mesmo naquele momento, no controle. Sentia-se... exposto. Incerto. Não em sua forma habitual polida, cortês, presunçosa e um tanto entediada.

No entanto, era ele que estava supostamente acostumado àquilo, a todas as nuances. Era ele que conhecia todos os movimentos adequados a fazer, e quando.

Ela... olhou-a de novo, olhou-a no rosto.

Hesitou, então deu um impulso e estendeu a mão. Puxando-a para si, puxou as cobertas sobre eles, aconchegou-a junto a seu corpo, embalada em seu abraço, a cabeça apoiada em seu peito.

Ela gemeu, depois seus membros se soltaram junto aos dele.

Ele baixou a cabeça, deu-lhe um beijo na testa.

— Durma.

Ele sentiu que seus lábios se curvaram, mas ela não respondeu.

Em vez disso, deslizou a mão para cima, envolveu com os dedos a nuca dele e relaxou em seus braços.

Inexplicavelmente satisfeito, bem como saciado, ele fechou os olhos. E encontrou o torpor à espera, sem sonhos e profundo.

CAPÍTULO 11

Na manhã seguinte, Heather acordou e encontrou Breckenridge já de pé, fora da cama e do pequeno quarto. Piscando para despertar, ela bocejou e se espreguiçou... sentiu o puxão dos músculos desacostumados às atividades singulares, para ela, da noite.

Aquelas atividades superaram seus sonhos mais selvagens, suas fantasias mais exóticas.

Um sorriso se desfraldou em seu rosto; o calor ainda fluía através do corpo, inesperado mas bem-vindo.

Então, lembrou-se, levantou o lençol e olhou...

— Graças a Deus.

Ela tinha sangrado um pouco, mas a camisola amarrotada ficara presa sob o corpo e absorvera as poucas gotas.

Aliviada, saiu do casulo das cobertas e se vestiu, apressada, sem a camisola por baixo. Ao espreitar para fora da porta, viu apenas a sra. Cartwright fazendo panquecas na grelha; estava de costas para Heather, e o barulho na cozinha podia mascarar a maior parte dos sons. Espiando ao redor, Heather viu a porta da varanda dos fundos e a da câmara de banho entreabertas. Saiu do quarto, escapou para fora da cabana e entrou na câmara de banho, fechou e trancou a porta, então relaxou, sorriu e começou sua limpeza.

Seu humor permaneceu ensolarado ao longo do café da manhã, tomado com os Cartwright e com Breckenridge, que voltara quando a sra. Cartwright chamou. Ao que parecia, ele estivera cortando madeira para ajudar o casal de idosos. Junto com as moedas a mais que ele insistiu que aceitassem além do pagamento pelo alojamento e pela alimentação, Heather sentiu que deixariam o velho casal mais feliz e melhor por causa de sua estadia.

Partiram da cabana com o sol subindo no céu da manhã, saindo de Gribton lado a lado, com as sacolas de viagem nos ombros. Quando voltaram ao caminho para Dunscore e depois Kirkland, Breckenridge, cujo rosto permaneceu ilegível durante toda a manhã, parou e tirou o relógio de bolso.

Consultou-o, resmungou e, em seguida, guardou-o.

— Apenas nove horas. — Olhando para frente, agarrou a mão dela com mais firmeza e começou a andar. — Dei mais uma olhada no mapa. Podemos chegar ao Vale, ou pelo menos perto o suficiente, ao cair da noite, para arriscarmos continuar sem fazer uma parada, porém é mais provável que o caminho se torne mais montanhoso conforme avançamos, o que vai nos atrasar consideravelmente. — Ele a olhou. — Provavelmente teremos de encontrar algum lugar para passar mais uma noite.

Ainda sorrindo, ela concordou com alegria.

— Haverá algum lugar, uma pequena aldeia ou uma fazenda. Como na noite passada.

Como na noite passada.

A única resposta dele foi outro grunhido.

O sorriso dela se aprofundou. Caminharam em um silêncio sociável enquanto o sol se erguia devagar e sorria acima deles. Era um dia glorioso de primavera, com o canto dos pássaros e o zumbido das abelhas na vegetação rasteira que margeava o caminho. O céu gradualmente se atenuou, assumindo um tom de um azul-cerúleo. Tudo parecia fresco, espumando orvalho, cheio de promessas intrínsecas. Ela absorveu tudo isso, sentiu o coração inchar e transbordar com um brilho semelhante.

Estava com vontade de sair pulando ou dançando, mas, em deferência ao resmungão ao lado, manteve-se andando a passos largos e uniformes. Ele havia muito dominara a necessidade de ajustar seus passos aos dela. Progrediam rumo às colinas adiante em um ritmo constante.

Para ela, era impossível, claro, impedir a mente de revisitar os acontecimentos da noite. Os sentimentos, as sensações físicas. A intimidade, aquela conexão indefinível entre coração e coração, corpo e corpo, o poder do momento, o resultado cheio de êxtase.

Graças a ele, os olhos dela haviam sido bem e verdadeiramente abertos. Não podia acreditar que estivera, por vontade própria, evitando e, portanto, deixando de aproveitar a atividade por todos aqueles anos.

Por outro lado, duvidava seriamente que qualquer outro homem teria suprido, ou poderia suprir, suas expectativas, nem aquelas que ela tinha antes e menos ainda aquelas que ela possuía no momento.

A verdade é que, se soubesse como seria, teria atacado Breckenridge de surpresa anos antes.

A ideia a fez sorrir, mas trouxe seus pensamentos de volta para eles, para o inevitável. A despeito do prazer indescritível, ela sabia, no fundo, que seu futuro não mudara. Nunca aceitaria um marido por coerção social, não importa o quanto ele fosse incrível como amante. Os acontecimentos da noite poderiam ter sombreado ainda mais a visão que estava construindo dele, e ela poderia apenas esperar que ele tivesse repensado seu ponto de vista a respeito dela, embora, com relação ao fato de seus futuros caminhos estarem separados, nada houvesse, de fato, mudado.

O que talvez tivesse mudado era o futuro imediato. Os próximos dias.

Ela olhou-o. Muito além da perda da virgindade, algo sutil entre eles havia se alterado. Talvez tivesse sido uma mudança que sempre acontecia quando um homem e uma mulher tornavam-se íntimos. Ela não podia dizer, mas se sentia muito mais próxima de Breckenridge e muito mais à vontade em sua companhia. Em muitos aspectos.

A que exatamente isso poderia levar... ela considerou as perspectivas enquanto marchavam adiante.

Do canto do olho, Breckenridge a observava. Analisou sua expressão serena, ainda pensativa. Daria tudo para saber o que ela estava pensando. Experiente como era com as mulheres, aprendera, havia muito, a não tentar prever como a mente delas poderia funcionar; elas inevitavelmente o surpreendiam, e ele tinha certeza de que ela não seria diferente.

Poderia até ser pior. Que Deus o ajudasse.

Pior, porque ele queria mesmo — talvez até precisasse — saber o que ela pensava.

Em sua mente, seduzi-la corroborara seu direito de, uma vez que chegassem ao fim daquela jornada, reivindicar-lhe a mão. Mesmo que ela ainda não houvesse percebido, terem se tornado íntimos derrubara as cascas que havia entre eles. De maneira irreversível.

Outras coisas também haviam mudado. O pensamento, por si só, era suficiente para agitar uma dessas outras coisas.

Lutando para não apertar a mão dela com mais força, ele desejou que a possessividade, que só se tornara ainda mais poderosa após a noite anterior, diminuísse, ficasse quieta e não atraísse a atenção dela desnecessariamente.

Ela era uma Cynster; se tivesse uma visão clara de como ele passou a vê-la, adivinharia seu plano e pararia de cooperar. Disfarçar, pelo menos para ela, seus verdadeiros sentimentos — sentimentos e emoções que ele descobriu serem perturbadoramente intensos — era, por isso, essencial.

Ele seguiu adiante, estável e seguro, com parte de sua consciência sempre analisando os arredores, observando qualquer perigo, enquanto por dentro lutava com as mudanças causadas pela noite.

Ao abrir a porta e pisar no limiar da intimidade, ele não esperara qualquer coisa que não tivesse encontrado milhares de vezes antes. Em vez disso... tudo o que podia lembrar, tudo o que sua mente proclamava, era a intensidade chocante, a vibração inquietante do momento. E a onda de emoções que o arrebatou em seu rastro.

Emoções poderosas ligadas ao sexo eram uma experiência nova para ele.

De forma um tanto inquietante, a vulnerabilidade não tão sutil que no momento perpassava tudo o deixava... nervoso. Essa era a única palavra que descrevia de maneira adequada o que sentia.

Ainda assim, a noite anterior havia forjado seu futuro em pedra; ela era a dama que ele teria como esposa... e juntar-se a ela era uma experiência que ia além de qualquer coisa que ele experimentara com qualquer outra de suas muitas amantes anteriores, poderia muito bem ser porque, em sua mente, já havia decidido que ela era sua.

Ela era especial; era ela que deveria tornar-se sua esposa. Era compreensível que no momento a visse como mais preciosa para ele, assim como era compreensível que a necessidade de se casar com ela tivesse passado a ter uma vantagem muito forte, muito definida. Tê-la como noiva era, para ele, um imperativo absoluto; após a noite anterior, não havia outro caminho possível.

Os dois chegaram a um trecho em que o caminho quase fora apagado por um córrego que jorrava. Toras de madeira haviam sido colocadas em um dos lados para ajudar as pessoas a atravessar o pântano. Ele deu um passo à frente primeiro, equilibrou-se, depois, segurando a mão de Heather com mais força, deu um passo para o lado. Segurando a saia com a outra mão, ela seguiu-o. Ele aproveitou o momento, enquanto ela se concentrava nos pés, para procurar-lhe o rosto, a expressão.

Descendo das toras e pisando em terra firme mais uma vez, ele firmou-a, em seguida, ajudou-a a pisar na grama úmida e espessa. Olhando-a novamente no rosto, encontrou seus olhos por um instante.

Então, virou-se, e, com a mão dela ainda confortavelmente presa em uma das dele, os dois seguiram andando mais uma vez.

Ele não podia adivinhar no que, exatamente, ela estava pensando, mas aquele pequeno sorriso que dançou sobre seus lábios, a luz ainda deliciada, agradável, encorajadora que ele vislumbrou quando seus olhos se encontraram... tudo sugeria que ela não seria avessa a uma repetição da noite anterior.

Uma vez que estava comprometido a tê-la como esposa, e uma vez que duvidava seriamente que ela tivesse mudado de ideia quanto à futura direção de sua vida, era evidente que ele tinha mais tempo para compensar, mais trabalho a fazer nesse sentido. Claramente, convinha-lhe fazer todo o possível, usar todas as oportunidades que surgissem, tanto para mudar a mente teimosa dela quanto para atá-la a ele tão firmemente quanto pudesse com paixão, prazer e desejo.

A perspectiva era intrigante, desafiadora e, considerando seus antecedentes, tinha um apelo considerável.

Refletindo sobre suas opções possíveis, ele seguiu em frente com passos firmes.

Na plenitude da manhã, o homem que chamava a si mesmo de McKinsey saiu de Dumfries a cavalo e se dirigiu ao norte até a estrada de Glasgow.

Estava confiante de que encontraria a garota Cynster e sua escolta; dentro de algumas horas, no máximo, deveria tê-los na mira. Quando o fizesse...

Ele passara algumas boas horas da noite considerando a melhor maneira de proceder. Tendo em conta que estava cada vez mais certo de que o homem a acompanhá-la não era nem nunca fora nenhum escriturário de procurador, considerou que observar primeiro seria mais sensato.

A estrada continha muitos e longos trechos abertos; uma vez que os localizasse, observá-los a distância enquanto ignorassem a presença dele não seria difícil.

Após estudar como interagiam e ter alguma noção sobre a natureza da conexão entre eles, saberia o que fazer. Talvez fosse possível usar o que acontecera a seu favor; a situação ainda poderia avançar em seu favor, ou mudar de uma vez, se redefinir, para assim virar a seu favor.

Com a mente rodopiando entre as possibilidades, ele seguiu diante com firmeza, o sol aquecendo suas costas, o toque regular dos cascos de Hércules enchendo seus ouvidos. Sua expressão, no entanto, manteve-se determinada, os lábios em linha reta, intransigentes.

Não importava o que acontecesse, independentemente de todo o resto, independentemente das necessidades dele e de sua família, do resultado da interrupção de seu plano, seu principal imperativo agora tinha de ser resgatar Heather Cynster.

Tinha de estar certo de que ela permanecesse ilesa, que o futuro dela — se com ele ou com outro — estivesse certo, assegurado, e mantivesse o grau de conforto que ela haveria tido, caso ele não tivesse sido forçado a sequestrá-la.

De fato, tratava-se de uma reviravolta, que certamente não fora seu objetivo original. Mas, da forma como as coisas estavam, sua consciência não lhe permitiria seguir qualquer outro curso.

Engolindo um suspiro de frustração, ele cavalgou adiante.

Heather e Breckenridge se aproximavam de Kirkland quando, com o sol brilhando no alto, pararam às margens de um riacho para comer algumas das provisões que haviam comprado em Dumfries no dia anterior.

Sentados em um afloramento de pedras aquecidas pelo sol acima da água borbulhante, comeram e olharam para as colinas atrás deles, pelas quais o caminho ascendera aos poucos. Embora estivessem subindo havia algum tempo, as dobras da vegetação bloqueavam a visão do sul. De tudo o que viam, poderiam muito bem ser as únicas pessoas no mundo. No entanto, em torno deles a natureza se movimentava, rica e vibrante. Sebes brotavam, e os galhos das árvores se suavizavam no primeiro ímpeto da folhagem.

Heather pegou uma maçã em uma das sacolas de viagem. Lembrou-se da idosa de quem a comprara no mercado de Dumfries. A cidade já parecia muito distante, muito mais longe no passado do que as meras 24 horas que se passaram. Entre aquele momento e o presente... era como se mergulhar na intimidade com Breckenridge tivesse dividido sua vida em "antes" e "depois".

Ela olhou-o e não pôde evitar um sorriso. Ele estava devorando um pão e um pedaço de queijo duro, seu olhar analisando os campos abaixo. Com a barba escurecendo o rosto e escondendo as linhas austeras, arrogantes e distintamente aristocráticas, ele parecia desarrumado e dotado de má reputação, e estranhamente mais humano; sua beleza divina esmaecida, velada.

Ainda estava lá, claro. Toda vez que ela encontrava seus olhos, via-o como ele realmente era. Como o vira na noite anterior, com o luar deslizando por toda a linha poderosa do torso nu. Sua encarnação atual como um homem qualquer era apenas uma aberração temporária. Assim que voltassem à civilização, ele faria a barba, reaveria suas roupas costumeiras e mais uma vez se tornaria Breckenridge, o grande e favorito libertino da alta sociedade.

Até lá, no entanto, ele estava como estava... e o que ele era, à mente de Heather, era seu. Ela era a única que o veria assim, como estava naquele momento. Somente ela saberia como ele se comportara em relação a ela durante aquela jornada. Muito além de apresentá-la aos prazeres da carne, ele a tratara de modo muito diferente do que quando estavam em Londres.

Virando-se para frente, ela ergueu o rosto para o sol, sentiu-o se combinar com uma lufada da brisa para acariciar seu rosto. Fechou os olhos. Desfrutou dos pequenos prazeres.

Ela sempre se lembraria daquele momento, da aragem gentil do vento cálido. O libertino londrino em disfarce de escriturário sentado ao lado.

Seus lábios se curvaram. Sua mente não resistiu a ir adiante.

Heather já se decidira sobre a noite seguinte. Eles teriam de parar em alguma cabana ou encontrar abrigo em um celeiro. De qualquer maneira, estava determinada a voltar a experimentar os prazeres que desfrutara na noite anterior e, se possível, pressioná-lo para que estendesse seus horizontes.

Uma vez que voltassem à civilização, a ligação entre eles terminaria, se não de imediato, pouco depois. Ela não tinha nenhuma ideia clara de quanto tempo poderia durar — quanto tempo poderia estendê-la, quanto tempo poderia manter vivo o interesse dele, amplamente reconhecido como volúvel no que se referia a suas amantes — por isso era claramente de seu interesse garantir que extraísse o máximo do pouco tempo disponível que teria com ele.

Durante o curto período em que ele seria dela.

Ela sentou-se ao sol, com ele ao lado, e entregou-se à imaginação.

Breckenridge olhou-a, notou o prazer que se refletia em seu rosto, depois olhou para trás, para o caminho, e com relutância concluiu que, embora parecessem estar sozinhos na paisagem, não estavam. Em outro lugar, em outro momento, em uma situação mais segura, ele teria sido tentado a desfrutar da ocasião, aproveitá-la para dar prosseguimento a seus novos planos, mas a segurança dela superou sua compulsão de fazer tudo o que pudesse para atá-la a si.

Além disso... ele ainda não havia se reconciliado com o fato de que, ao fazer tudo o que podia para atá-la a si na noite anterior, embora pudesse ter sido bem-sucedido, ele ao mesmo tempo se ligou ainda mais irrevogavelmente a ela, de maneiras que ele ainda não compreendia totalmente.

Maneiras que ele ainda não queria compreender.

Olhou-a mais uma vez; seus olhos foram atraídos para as curvas maduras daqueles lábios...

Desviando o olhar, ele se agitou, pegou as sacolas, fechou-as e ficou de pé.

Ela olhou-o, erguendo as sobrancelhas, aquele sorrisinho estranho — como o de uma ninfa — ainda nos lábios.

De repente, ocorreu a Breckenridge que ele não fazia ideia do quanto ela viu e do quanto ela adivinhou.

Endurecendo seu coração junto com sua expressão, ele estendeu a mão.

— Deveríamos seguir adiante. Ainda temos um bom caminho para andar se quisermos ter certeza de que chegaremos ao Vale amanhã.

Ela inclinou a cabeça, olhou-o por um instante, então assentiu e colocou a mão na dele, permitindo que a puxasse para levantá-la.

— Obrigada!

Ele esperou enquanto ela ajeitava a saia, sacudindo-a, depois lhe entregou a sacola que ela estava carregando.

— Devemos pegar uma estrada maior na próxima curva. Kirkland não deve estar longe a oeste.

Ela apenas balançou a cabeça, estendeu a mão e colocou-a na dele.

Ele agarrou-a de leve, apertando seus dedos enquanto a levava para longe do riacho, voltando ao caminho.

Lado a lado outra vez, com ela caminhando a passos leves — claramente contente —, foram em direção a Kirkland.

O homem que se apresentava como McKinsey estava com um humor muito mais mortal ao, praguejando por dentro, cavalgar rumo ao sul, de volta para Dumfries pela estrada de Glasgow.

Se tudo tivesse saído como planejara, ele estaria, naquele momento, de volta às terras altas, quase em casa, com Heather Cynster a reboque, e sua propriedade e todos aqueles que nela viviam em breve estariam a salvo mais uma vez. No entanto...

Com uma expressão sombria, foi forçado a interromper todos os viajantes que seguiam para o norte para perguntar sobre o casal, a parar em toda cabana, celeiro, taverna, todos os lugares de descanso possíveis; teve de se desviar e verificar se havia qualquer vislumbre deles em todo caminho que se desprendia da estrada.

Chegara a Thornhill sem sinal deles — o que significava que eles ou haviam parado em algum lugar, e ele, sem saber, os ultrapassara, ou saíram da estrada e tomaram outro rumo.

O que exatamente havia ocorrido, ele não tinha ideia.

Não fazia parte de seu plano chamar atenção para si mesmo ao abordar dezenas de pessoas na estrada e fazer perguntas, mas não teve opção. Pelo menos não havia muitos caminhos se bifurcando da estrada ao sul de Thornhill, e na maioria havia uma cabana ou fazenda em alguma esquina por perto. Naquela hora do dia, com o sol brilhando, todos estavam no campo; era fácil perguntar se haviam visto "seu irmão e a namorada".

Voltando ao cavalo após questionar outro arrendatário e mais uma vez receber um balanço de cabeça em negativa, ele se acomodou na sela, pegou as rédeas de Hércules, pôs o grande castrado a trotar e se perguntou se a garota Cynster valia o esforço.

Se ela não tivesse escapado com algum salafrário desconhecido...

Suspirando por dentro, resignado, seguiu adiante. Não importava quais argumentos conjecturava, não havia nenhuma maneira de deixar a garota tola fugir para as florestas e vir a se machucar, deixando a culpa por ela estar nos confins do país, e não em segurança, no seio da família em Londres, inteiramente em sua conta. Culpa dele. Era inegável que a circunstância potencialmente perigosa em que ela se encontrava era apenas consequência inesperada de seu plano tortuoso.

Cabia a ele acertar as coisas.

Com o queixo firme, bateu os calcanhares das botas na lateral de Hércules e passou a galopar.

CAPÍTULO 12

No fim da tarde, ao lado de Heather, Breckenridge entrou em uma aldeia que, de acordo com o mapa, regozijava-se com o nome de Craigdarroch. Em um acordo tácito, sem trocar uma palavra ou mesmo um olhar, ele e Heather pararam e consideraram as três cabanas agrupadas bem à frente, em um leve declive caminho acima.

— Será que não há uma aldeia maior na próxima curva?

Com a cabeça, Heather indicou a próxima curva no caminho, a próxima colina que despontava ocultando o que havia a seguir.

— Não de acordo com o mapa. Ele não mostra nenhum assentamento maior, por isso não podemos arriscar continuar. — Ele olhou para o céu a oeste. — O sol ainda pode estar brilhando, mas não por muito tempo.

Haviam chegado a Kirkland um pouco depois do meio-dia e seguido adiante por um caminho mais largo, que subia as colinas que ligavam Thornhill a New Galloway. Aquele caminho tinha uma superfície melhor, mas ainda se alinhava e fazia curvas, subia e descia, embora nunca de maneira acentuada. Contudo, o avanço fora lento — não havia chance de chegarem ao Vale naquele dia. Haviam passado pelo vilarejo de Moniaive mais ou menos uma hora antes e, seguindo a rota que escolheram, pegaram o caminho muito mais estreito e esburacado que os levou para Craigdarroch.

Ele esperava que, ao tomarem uma rota menos óbvia por fora das colinas, um possível perseguidor perdesse seus rastros.

Ao lado, Heather se agitou.

— Vamos tentar a última cabana. Parece ter um quarto extra na parte traseira.

Ele olhou, depois assentiu. Segurando-lhe a mão com mais firmeza, caminhou com ela até a porta pintada de vermelho da cabana caiada, ao final da curta fileira. Pararam na varanda. Ele ajustou as sacolas de viagem no ombro, depois levantou a mão e bateu.

Um momento se passou, até que uma mulher abriu a porta. Ela pareceu surpresa ao vê-los. Um alerta queimou em seus olhos por um instante enquanto ela os olhava; depressa, quase fechou a porta antes de perguntar através do espaço estreito:

— O que foi?

Antes que ele pudesse responder, Heather deu um passo adiante; soltando a mão esquerda, agarrou a manga dele, apertou... Seria um alerta?

— Queríamos apenas saber, senhora, se você tem um quarto que possamos alugar para passar a noite. Estávamos indo visitar minha família, mas o caminho é mais árduo do que pensávamos, por isso precisamos de uma cama para pernoitar.

Breckenridge viu os olhos da mulher baixarem até a mão de Heather agarrada a sua manga — a mão em que o anel de sinete ainda brilhava — e segurou a língua.

A mulher olhou para Heather em seu vestido amarrotado, o cabelo escapando do coque que arrumara pela manhã, a pele normalmente clara rosada pelo sol, então, analisou-o com bem mais cuidado. Olhou-o de cima a baixo, depois se voltou para Heather.

— Ele é seu marido?

— Sim. É meu marido.

"Ele" deu um jeito de não olhar para Heather com uma expressão de curiosidade. A resposta dela foi instantânea, segura e absoluta; do canto do olho, ele viu o queixo dela se inclinar de leve para cima, como se desafiando a mulher a tecer comentários desfavoráveis sobre ele.

Não conseguia se lembrar da última vez que fora visto por qualquer mulher sob uma luz que não fosse favorável, mas não era bobo. Era evidente que a mulher desconfiava de homens grandes e fortes. Baixando a cabeça, fazendo seu melhor para relaxar os ombros e parecer menos intimidador, mudou o peso de um pé para o outro e murmurou:

— Eu ficaria feliz em cortar lenha para a senhora. Fiz isso para o casal em cuja cabana ficamos ontem à noite, lá perto de Gribton. Além de dar uma moeda, é claro.

A mulher olhou para Heather mais uma vez, então balançou a cabeça e deu um passo atrás. Segurando a porta mais firme, ela gesticulou, convidando-os a entrar.

— Sou a sra. Croft. Sou viúva, por isso preciso tomar cuidado, entendem? Mas não vou recusar a moeda nem a lenha. Virão a calhar.

Heather olhou a pequena sala de estar da cabana de um lado a outro. Uma porta aberta no meio da parede de trás levava a uma cozinha em um anexo, com uma mesa de pinho no centro. A porta na parede à direita da porta da frente, sem dúvida, dava para o quarto principal. A lareira e a chaminé haviam sido construídas na parede de trás, à direita da cozinha. Mais à direita, uma escada estreita levava para cima, virando-se para desaparecer atrás da chaminé.

Após fechar a porta e deslizar uma pesada trava de ferro, a sra. Croft apontou para a escada.

— O quarto sobrando fica lá em cima. Deem uma olhada, deixem suas coisas. O banheiro fica lá fora, atrás da cozinha. — Ela hesitou, seu olhar patinando sobre Breckenridge até se fixar no rosto de Heather. Em seguida, balançou a cabeça como se tivesse tomado uma decisão. — Vocês chegaram na hora certa. Eu estava prestes a começar a encher a panela. Se quiserem, posso preparar um jantar decente para vocês e um bom café da manhã também, além do quarto.

— Obrigada. — Heather sorriu em alívio honesto. — Seriam muito bem-vindos. — Lembrando o que haviam pagado ao casal Cartwright, ela sugeriu a mesma quantia.

A sra. Croft abriu um sorriso reluzente.

— Seria ótimo... se vocês tiverem certeza de que podem gastar esse valor.

Breckenridge, de cabeça baixa, porque estava de pé sob uma das vigas de teto baixo, retumbou:

— Parece justo. E eu posso começar a encher sua caixa de lenha antes de a luz se esvair, se quiser.

Uma pequena fogueira já estava queimando na lareira.

A sra. Croft olhou para a caixa de madeira ao lado da lareira. Estava preenchida até a metade com toras. Sem encontrar os olhos de Breckenridge, ela gesticulou.

— Ah, pode deixar para amanhã. Vocês caminharam o dia todo, ao que parece, se vieram lá de Gribton, e a luz já está diminuindo.

Depois iriam deixá-la com uma caixa de lenha cheia.

Breckenridge baixou a cabeça ainda mais.

— Pela manhã, então.

Heather teve de apertar os lábios para esconder o sorriso. Ele parecia tão... pouco com ele mesmo, tentando fazer-se parecer inócuo.

— Vamos subir, então.

A sra. Croft assentiu.

— Tenho um sino. Vou chamá-los quando os pratos estiverem na mesa.

Heather começou a subir as escadas. Na curva, olhou para trás e viu Breckenridge prestes a segui-la, girando os ombros para os lados para caber no espaço estreito. Ela nunca havia considerado as dificuldades associadas a ser tão alto e ter ombros tão largos; continuando a curta subida, pisou em um pequeno trecho diante de uma porta simples.

Após abrir a porta, entrou em um quarto pequeno, mas meticulosamente arrumado. Janelas na parte de trás davam vista para o prado crescente atrás da casa. O quarto fora construído sobre a cozinha, no espaço entre o telhado original da cabana e a ribanceira que se elevava atrás; o piso do quarto era o teto da cozinha.

Uma cama com estrutura de madeira ocupava o centro do quarto, com a cabeceira contra a parede sob as janelas, e o pé em direção à parede branca da chaminé. Havia espaço suficiente para uma pequena cômoda na parede oposta e um lavatório na parede ao lado da porta.

Heather atravessou o quarto e pôs a sacola no chão, ao lado da cômoda. Virou-se a tempo de ver Breckenridge, depois de ter fechado a porta, fazer uma pausa com a mão na chaminé.

Vendo seu olhar, ele disse:

— Com a fogueira lá embaixo, vamos ficar aquecidos aqui em cima.

Tirando as sacolas de viagem do ombro, foi até o canto ao lado da pia. Enquanto se endireitava após colocá-las no chão, ouviu uma batida na porta.

A voz da sra. Croft alcançou-os através do painel.

— Eu trouxe uma jarra de água quente. Achei que vocês gostariam de usar a bacia aí dentro.

Gesticulando para Breckenridge voltar, Heather correu até a porta. Abriu-a e sorriu para a senhoria.

— Obrigada. Gentileza sua.

Após entregar o jarro, a sra. Croft limpou as mãos no avental de listras azuis e logo se virou.

— Ah, por nada.

Heather observou-a descer a escada, depois deu o jarro pesado para que Breckenridge o levasse. Ele aliviou-a do peso e colocou-o no lavatório.

Ao fechar a porta, Heather murmurou:

— Fico me perguntando o que aconteceu com ela.

Breckenridge lançou-lhe um olhar, então despejou a água ainda fumegante na bacia.

— O marido provavelmente batia nela.

A maneira como falou, o tom de sua voz, a fez pensar que ele reconhecera algo na maneira como a sra. Croft reagiu a ele. *É por isso que você está tentando parecer inofensivo.* Ela pensou nas palavras, mas não as disse; em vez disso, aceitou seu convite para fazer uso da água morna.

Depois de enxaguar do rosto a poeira do caminho de terra e de secá-lo dando batidinhas com a toalha fina pendurada do lado da pia, ela o deixou usufruindo do resto da água e foi inspecionar a cama.

Puxou as cobertas para baixo e examinou os lençóis. Em seguida, levou-as de volta para cima e sentou-se no colchão, saltando para testá-lo.

— Os lençóis estão frescos, e, a cama... — Ela tirou as botas de caminhada, deitou-se e estendeu o corpo inteiro, com a cabeça no travesseiro. — Muito confortável.

Virando-se para colocar a toalha no apoio, Breckenridge a olhou.

Fechando os olhos, ela deixou os músculos relaxarem em um suspiro surpreendentemente contente. Estava com os pés fora do colchão, deitada de costas em relativo conforto, com um jantar sendo preparado e mais nada a fazer... podia pensar no que mais poderia acontecer, o que mais poderia realizar se focasse a mente nisso.

Breckenridge absorveu a expressão dela, viu o sorriso flertando sobre os lábios e viu-se irresistivelmente atraído para a cama. Suas pernas subiram pela borda oposta do colchão; ele ficou tentado, muito tentado, a esticar a mão e correr as costas dos dedos por uma certa bochecha delicada...

Imprudente. Ele sabia aonde até mesmo o toque mais inocente levaria, e ela tinha caminhado o dia todo. Melhor deixá-la recuperar o fôlego antes de instigar a próxima fase do plano.

O plano para garantir que ela se casasse com ele.

Para que, quando chegasse a hora, ela não discutisse, mas ficasse feliz em concordar.

O trabalho poderia ser árduo, mas era, afinal, um trabalho em que ele se distinguia. Não havia necessidade de ser grosseiro e pressionar o caso de uma vez; havia tempo.

Afastando-se com relutância, sentou-se na beirada da cama e puxou uma das sacolas. Pegou o mapa e desdobrou-o.

Enquanto estudava a rota que seguiriam, sob os pés, ouvia o barulho ocasional de uma panela, o baque da porta do forno. Concentrou-se no mapa, estimando a distância que ainda tinham de percorrer, avaliando o terreno provável, somando as horas. Apesar de seu foco, parte dele registrava a cadência da respiração de Heather; ele sabia que ela não estava dormindo.

— Estamos mais ou menos no meio do caminho aqui. Não vamos precisar subir muito mais. Uma ou duas horas, depois todo o resto é em declive. Se o Vale fica onde você diz, definitivamente chegaremos lá amanhã, mas é provável que não seja antes do meio da tarde.

— Humm.

Ele ouviu a consideração subjacente à resposta dela, decidiu que não precisava torturar-se imaginando o que ela poderia estar pensando.

Olhando para o mapa, ele ouviu outros estrondos e tinidos do andar de baixo. Pensou na sra. Croft e no alerta que despontara em seus olhos. Ele já havia visto aquilo, sabia o que costumava significar. E sempre que se deparava com reações semelhantes... sempre ficava se perguntando como e por que um homem bateria em uma mulher. O mero pensamento de bater em uma mulher — qualquer mulher — o enojava. Ele conhecia sua força, já lutara com homens de seu tamanho vezes suficientes para saber o quanto um golpe descontrolado poderia ser poderoso e causar estragos em um homem. Imagine em uma mulher.

A ideia de bater em uma mulher — por que, como — estava além de sua compreensão.

Não que não houvesse conhecido mulheres que se qualificaram como megeras enfurecidas — aquela que lhe ensinara o verdadeiro valor do amor lhe veio à mente —, mas não importava o quanto elas poderiam merecer um troco em igual proporção, ele sempre pensara que era melhor deixar a cargo do destino.

Em sua experiência, este normalmente pegava a maioria dos malfeitores, e muitas vezes de formas requintadas às quais nenhuma ação humana poderia se igualar.

A despeito de sua vontade, seus pensamentos circularam de volta para a mulher na cama atrás de si. Ela e seu tipo... não importava que conhecesse o pior delas, todas as matronas entediadas que se engalfinhavam, depois estampavam um sorriso falso e tentavam atraí-lo para suas camas, eram mulheres de sua classe, e o senso protetor que sentia por elas era inato. Ele não poderia se voltar contra elas assim como não poderia cortar fora o próprio esqueleto — sua atitude para com elas estava enraizada a esse ponto.

Quanto a Heather... mesmo enquanto sua mente se focava mais definitivamente nela, ele sentiu algo surgir nele. Algo forjado a aço, frio.

Ele nunca levantaria a mão para ela, mas mataria qualquer um que o fizesse.

Esse era um dilema a seu respeito, sobre ele e homens como ele, como os da família Cynster e da laia deles — para o qual nunca encontrou nenhuma explicação racional. Eles nunca seriam, nem nunca poderiam, ser violentos com suas mulheres, mas sem hesitação responderiam com uma violência sem paralelos a qualquer ameaça feita a essas mulheres.

Ele estava perfeitamente consciente — havia anos — de que essa propensão morava dentro dele. Contudo, somente com Heather, essa... não era uma emoção, era?... Não, melhor chamá-la de atitude enraizada... alcançou seu potencial pleno e um pouco inquietante.

Infelizmente, saber que o que sentia era normal em homens como ele não significava que lidar com os impulsos associados seria mais fácil.

A cama atrás dele se afundou. Breckenridge presumiu que ela estivesse se virando e se ajeitando para tirar um cochilo, mas a parte do colchão bem atrás dele afundou profundamente, e lá estava ela, perto, de frente para as costas dele, os montes macios dos seios contra as superfícies duras dos dois lados de sua coluna vertebral enquanto ela se acomodava nos joelhos afastados e deslizava as mãos em torno dele.

Sem pensar, ele soltou o mapa para prender no peito as mãos aventureiras dela.

— O que está fazendo?

Ele levantou a cabeça, depois a inclinou de leve enquanto ela se aninhava debaixo de uma orelha.

— Estou tentando seduzi-lo para dar um bom uso à hora que temos antes que a sra. Croft nos chame para jantar. — O hálito quente de sua respiração foi seguido pela carícia suave de seus lábios. Em seguida, ela recuou e murmurou no ouvido dele: — Está funcionando?

Heather não achou que ele fosse responder, pelo menos não em palavras. Estava operando em uma combinação de instinto e impulso, e não sabia se ele estaria disposto a jogar. Se aquela noite seria a última que teriam livre de qualquer restrição social, então, em sua mente, ela precisava aproveitá-la. Não fazia ideia se, após chegarem ao Vale, ele consentiria em continuar a relação, e, mesmo assim, qualquer caso que tivessem precisaria necessariamente acabar quando ele voltasse para Londres, o que supostamente aconteceria uma vez que ela estivesse a salvo sob o teto de Richard e Catriona.

Ele ficou parado. Não exatamente congelado, mas...

Antes que pudesse piscar, ela estava deitada de costas na cama, olhando-o enquanto ele pairava sobre ela, com os braços apoiados, as palmas das mãos afundando no colchão em ambos os lados dela, prendendo-a. Os olhos, cor de avelã, brilhando em tons de verde e dourado, capturavam os dela.

— Em que exatamente você estava pensando?

Claramente a sedução havia funcionado.

— Eu estava pensando... — Olhando-o nos olhos, ela se perguntou se ousaria dizer as palavras em voz alta. Decidiu que o faria. — Você deve ter tido muitos encontros com damas em bailes e festas da alta sociedade. Encontros nos quais o tempo era limitado, e o risco de serem descobertos e expostos era muito real. — Os dois nunca compartilhariam tais encontros; se ela quisesse saber, teria de perguntar logo. Estendendo a mão, em um gesto muito ousado, acariciou com a ponta do dedo para baixo a bochecha magra dele até o canto dos lábios. — Então, aqui estamos nós com uma hora à disposição, um ensopado que eu acho que vai demorar pelo menos esse tempo para ficar pronto, mas com a sra. Croft no andar de baixo não podemos nos dar ao luxo de fazer muito barulho...

Como ele não respondeu, mas ficou apenas a observá-la, esperando, ela arqueou uma das sobrancelhas com muita coragem.

— Então, o que você faria?

Ele considerou; ela viu um brilho do cálculo sendo feito por um instante nos olhos dele.

— Primeiro ponto a considerar: nós, isto é, eu e a dama em questão, necessariamente permaneceríamos vestidos.

Ela não fazia ideia de por que aquilo enviou uma onda de excitação por seu corpo; tinha certeza de que preferiria ficar nua com ele, ainda mais à luz suave do fim da tarde. Fez um beicinho.

— Não acho que isso se aplique aqui. Teremos bastante tempo para nos vestirmos novamente antes de a sra. Croft tocar o sino.

A expressão dele era legível quando ele queria; parecia levemente condescendente.

— Pensei que você estivesse interessada em uma experiência autêntica. E não há necessidade de que seja tão rápido.

Outro frisson de excitação patinou pela espinha de Heather. Ela inclinou a cabeça.

— Bem, se você insistir. O que mais?

— Nós provavelmente não teríamos uma cama. E, mesmo se encontrássemos um quarto conveniente, não poderíamos aproveitar a cama, não assim.

— Suponho que não. Então o quê...

Ele rolou para longe dela, saindo da cama, capturando-lhe uma das mãos e puxando-a junto de si. Ela arrastou-se da cama, e ele a puxou para o lado.

— Vamos começar desde o início: a porta.

Breckenridge levou-a até a porta, depois se virou. Encostando as costas na madeira, puxou-a nos braços — envolveu-lhe o rosto com as mãos, inclinou-se e encostou os lábios nos dela.

E beijou-a vorazmente.

Pressionou os lábios dela a se abrir e reivindicou-a, sem pedir licença, sem hesitação.

E ela retribuiu, ansiosa e desavergonhada, devassa em sua resposta desinibida.

Nenhuma dama perfumada da alta sociedade fora tão direta. Tão honesta.

Ele tomou-lhe a boca como desejava, e ela cedeu alegremente, depois se juntou a ele em um duelo aquecido de línguas.

Não era difícil convocar a fome apropriada, o limite cintilante de desespero que deve infundir-se em tais momentos, alimentando a sensação excitante de ilicitude.

Era o proibido, o ilícito, que mais fascinava e seduzia.

Ele conhecia tanto a teoria quanto a prática muito bem, mas com ela nos braços aquilo parecia diferente, novo. O caminho bem trilhado parecia fresco, excitante, fascinante, onde o tédio fraco costumava prevalecer.

Ele não se sentiu entediado quando ela abriu seu paletó e espalhou as mãozinhas por seu peito, depois agarrou e apertou o tecido como se fosse rasgá-lo.

Praguejando mentalmente, agarrando-se ao beijo, ele pensou nas opções disponíveis e logo percebeu que havia apenas uma. A cama era a única mobília utilizável, mas qual era a melhor forma de usá-la? Qual era a melhor forma de capitalizar sobre a curiosidade dela para seus próprios fins?

Encolhendo os ombros, ele deu liberdade a seus instintos, para que lhe dessem a resposta.

Soltando o rosto dela, mas recusando-se a libertá-la do beijo, baixou as mãos e a pegou nos braços.

Caminhou até a cama, virou-se e sentou-se, embalando Heather no colo.

Ela se contorceu para ficar de frente para ele, pôs as mãos nas bochechas dele e, em um ímpeto selvagem, beijou-o de volta.

Apoiando-a com o braço, após um momento vertiginoso durante o qual a disputa poderia ter ido para qualquer lado, ele retomou o controle do beijo tórrido, depois enviou a mão para que a percorresse.

Subindo pelo pescoço dela, sua mão inclinou-lhe o rosto no ângulo exato para dar prosseguimento a um beijo que logo passaria a consumi-los.

Assim que ela ficou totalmente envolvida no acasalamento incendiário de suas bocas, ele deixou a mão deslizar para baixo, até os seios dela.

E perturbou-lhe a concentração.

Espalmou o monte firme, então apertou-o de leve, espremeu-o... quando ela ofegou no meio do beijo, ele se pôs a massagear, a conhecer, a possuir.

Se fosse sua escolha, esqueceria o jantar e devoraria aqueles seios. Mas ela preparara o palco, e ele estava disposto a cumprir o que lhe fora requisitado — e tinha experiência de sobra para isso.

Assim, massageou os seios até estarem ambos inchados, cheios, pesados e doloridos, preenchendo o corpete dela até deixá-lo apertado e ela se mexesse, inquieta, em busca de alívio.

Mas não haveria alívio; ainda não.

Soltando os seios, ele deslizou a mão para baixo, os dedos apertando, tensionando na curva da barriga, então desceu ainda mais, passou pela saia e, com maestria, pressionou-a entre as coxas.

Heather prendeu a respiração. Não conseguia respirar, mas, através do beijo, apoiou-se no calor do gesto, na paixão fervente, para ancorar seus sentidos rodopiantes. As pontas dos dedos dele pressionaram novamente, mais forte desta vez, mais fundo, acariciando-a sugestivamente, e ela levantou os quadris em direção à mão dele, desejando, descaradamente exigindo. Suas roupas protegiam sua carne do toque dele, mas nada poderia silenciar a sensação dos dedos duros contornando o que estava por baixo, traçando e reconhecendo... aquele maldito homem sabia demais.

Em um suspiro sem fôlego, ela se afastou do beijo, mas ele não permitiu. Manteve-a presa na troca escaldante, a pilhagem evocativa à qual ela lhe convidara e da qual não conseguia retomar nenhuma porção de seus sentidos. Mas ela precisava...

Os dedos dele a soltaram. Antes que ela pudesse reagir — antes que pudesse protestar — sua saia se amarrotou ligeiramente quando ele desceu a mão. Os dedos e a palma da mão dele cruzaram sua panturrilha, e ela suspirou.

Esperou.

Ele deu-lhe tudo o que ela desejava — o fogo, o calor, a jogada tão experiente. Até ela estar dolorida e vazia e querendo-o ali... então um longo dedo deslizou, adentrando-a profundamente, e ela estremeceu.

Sentiu seus sentidos implodirem em um milhão de pedaços de glória resplandecente, brilhante.

Quando eles se realinharam, Heather sentiu a mão dele entre as coxas, dois dedos grandes acariciando bem fundo, mantendo seus fogos em combustão, então percebeu que ele havia enfim libertado seus lábios e levantado a cabeça. Suas mãos deslizaram pelos cabelos escuros de Breckenridge, os dedos inconscientemente se emaranhando entre os cachos. Forçando as pálpebras pesadas de paixão a se abrir, olhou-o no rosto e viu que ele estava olhando para outro lugar.

Ele havia subido sua saia até a cintura e focara a atenção na mão enquanto a flexionava entre suas coxas já bem abertas... ela estremeceu e fechou os olhos.

— Você quer o que vem a seguir?

As palavras a atingiram em um ruído surdo, em um tom de realidade, mas em uma voz grave... ela reconheceu as cadências mais profundas do desejo.

— Sim. — Sua resposta não estava em questão. Abrindo os olhos, ela capturou os dele. — Quero tudo. Quero você dentro de mim, quero senti-lo lá, me preenchendo. Quero senti-lo me possuindo.

Foi a vez dele de estremecer e fechar os olhos por um instante. Breckenridge se esforçou para inspirar e, através do bater do pulso nos ouvidos, ouviu-a demandar:

— Como?

Afastando os dedos da bainha, a mão do espaço entre as coxas dela, puxando a saia para baixo, ele ficou de pé com ela nos braços. Seus olhos se encontraram quando ele se virou para a cama.

— Assim.

Ele jogou-a nas cobertas, com o rosto para baixo, em seguida, pegou seus quadris e puxou-os para cima, em sua direção.

— Fique de joelhos.

Ela obedeceu, colocando-se sobre os joelhos. Sentada nos tornozelos, olhou por cima do ombro. Franziu o cenho.

— Como...

Ele capturou-lhe o rosto, beijou-a, segurou-a firme ao longo de um envolvimento prolongado, depois a soltou e pressionou-lhe os ombros para baixo, pisando entre os tornozelos dela.

— Ah — murmurou ela, e se inclinou para a frente apoiando as mãos.

— Exato.

Ele levantou a saia, a mão passeando pelas curvas umedecidas pelo orvalho do traseiro voluptuoso dela enquanto com a outra, desabotoava os botões em sua cintura.

Sua ereção saltou livre, túrgida e pesada. Deslizando os dedos mais uma vez entre as coxas dela, acariciando as dobras inchadas, escaldantes de tão lisas, abriu caminho e pôs a cabeça grossa de seu membro na entrada, então deslizou lenta, pesadamente, rumo ao lar.

Diretamente ao paraíso.

O som que escapou dela foi um gemido trêmulo, sem fôlego.

— Nada de fazer barulho — lembrou ele. Agarrando-a pelos quadris, saiu devagar, demorou-se em abrir todo o doce caminho de volta. Como lhe dissera, não havia necessidade de apressarem as coisas.

Então, ele estendeu os momentos, fez cada toque, cada movimento deslizante durar, prendeu cada segundo até a tensão se apertar como um fio, até esticá-la o suficiente para cortar.

Ele ouviu cada som que arrancou dela, saboreou cada um, aceitou que no fim teria de estender a mão para abafar-lhe o grito... tinha certeza de que ela gritaria.

De preferência, seu nome.

A cada penetração lenta, cada impressão dolorosamente lenta conforme ela se esticava e o aceitava, depois se fechava, tão apertada, delicada e poderosa ao mesmo tempo, ele sentiu algo surgir em seu corpo. A cada posse astuta, de especialista, embora quem estivesse possuindo quem fosse discutível, ele sentiu algo novo crescer e inchar, uma nova parte de si, uma nova faceta que não estava lá antes.

Esse novo elemento, qualquer que fosse, deleitava-se com o prazer, e não apenas o prazer que ele dava e ao qual ela respondia livremente em apreciação, mas ainda mais o prazer que ele recebia com cada carícia do suntuoso corpo dela.

Ela sabia que era ele. Para ela, naquilo, havia somente ele, e isso era certamente diferente. Isso de alguma forma acrescentava outra dimensão, única e viciante, a sua união — àquele ato que ele realizara tantas vezes antes, mas no qual nunca se sentira tão envolvido.

Enquanto cavalgava no ritmo que aos poucos se acelerava, ela virou a cabeça um pouco, permitindo-lhe vislumbrar seu perfil — os olhos fechados, uma expressão de êxtase sensual, um sorriso de prazer requintado nos lábios... a visão o fez perder o fôlego.

Então começaram movimentos mais rápidos, mais rígidos, esforçando-se juntos a caminho do ápice.

O calor aumentou. A carência inchou e cresceu.

Os sons provocativos do acasalamento os envolveram — o choque de pele contra pele, as respirações desesperadas e irregulares, os soluços abafados que escapavam dos lábios dela.

A paixão capturou-os.

Conteve-os em um aperto invencível e sem piedade; conduziu-os em um ritmo implacável.

Até que se agarraram à sanidade, desesperados, ávidos, mais que carentes, tão perto do abismo sensual, mas não lá ainda...

Pressionando fundo, o traseiro nu cavalgando-lhe sugestivamente a virilha, ele se inclinou sobre ela, esticou as mãos, pôs uma sobre os lábios entreabertos dela, preencheu a outra com o seio inchado, encontrou o mamilo pregueado, agarrou-a e empurrou-a mais forte, mais fundo, mais firme enquanto apertava.

Ela gritou e se desfez, pressionando-se contra ele enquanto ele continuava a preenchê-la, cada vez mais fundo. Seu invólucro se contraiu, apertou e incitou-o a continuar irrevogavelmente — ele deixou-se ir e seguiu até o êxtase ofuscante, glorificando-se no momento, no puro calor e na fúria, no cataclismo de sensações de fundir a mente, de dissolver os ossos, que os atingiu, que a pôs a gemer conforme atingiam o ápice final.

Eles se romperam.

E caíram.

Em um vazio de felicidade indescritível.

Ele se soltou por cima dela, deslizando para o lado apenas o suficiente para não a esmagar.

Ambos se esforçavam para respirar, impotentes e fracos, os membros moles como geleia, os nervos desfeitos.

Por fim, ele reuniu força o bastante para se afastar, então rolou de costas para encher melhor o peito.

Após um momento, ela rolou também, de modo a se deitar de costas ao lado dele.

Ele olhou-a quando ela inspirou e expirou soltando o ar com força.

— Isso foi... *incrível.*

Ele sorriu e se focou no teto. Intento realizado, objetivo alcançado.

No dia seguinte chegariam ao Vale, ao teto de Richard e Catriona. Como convidado, ele não poderia, em sã consciência, visitar a cama de Heather, de modo que quaisquer incentivos ao matrimônio que desejasse imprimir nela deveriam ser oferecidos no momento presente.

E se mais tarde ela quisesse brincar mais, ele estava — estaria — mais que disposto.

Em sua vasta experiência, os dois juntos, ela e ele, eram significativamente mais do que surpreendentes.

Eles cochilaram e acordaram com um sino que tocava lá embaixo. Rolaram para fora dos braços um do outro e da cama, lavaram-se depressa, endireitaram as roupas, depois desceram as escadas estreitas e encontraram a sra. Croft colocando os pratos na mesa de pinho da cozinha.

O ensopado aromático despertou o apetite de Heather. Elogiando a sra. Croft, ela sentou-se na cadeira que a viúva lhe apontou — entre a esta e o banco no final da mesa ao qual Breckenridge foi orientado. A sra. Croft lançou-lhe um olhar quando ele se sentou, depois fez uma prece breve, e eles se puseram a comer. Por vários momentos, o único som que se ouvia era o raspar das colheres pelos pratos de metal.

Heather observou que Breckenridge, como fizera antes, se afundou, desleixado, atendo-se a si mesmo. Manteve os olhos no prato, exceto por uma palavra breve em apreciação ao ensopado, não disse absolutamente nada.

Isso certamente pareceu acalmar a sra. Croft. Ela aplicou-se ao prato com semelhante zelo silencioso.

Com o próprio apetite apaziguado, Heather procurou um assunto de conversa. Seus olhos, através do vão da porta, avistaram uma pilha de roupas a serem costuradas em uma cesta na sala de estar, ao lado do que era claramente a poltrona da sra. Croft.

— A senhora gosta de costurar?

A sra. Croft olhou-a.

— Sim. Há algumas casas da pequena nobreza por aqui. Antes de me casar com Croft, eu era costureira, então é assim que me viro agora.

— Se quiser, depois de lavarmos os pratos, eu poderia ajudá-la.

Era a única coisa prática que ela poderia fazer, posto que era uma excelente costureira.

A sra. Croft piscou, mas depois assentiu com a cabeça devagar.

— Se você quiser, eu não recusaria. — Com a cabeça, ela indicou a pilha no cesto. — Preciso terminar aquela pilha o quanto antes.

Foi assim que Heather chegou a passar uma noite estranhamente confortável sentada ao lado da fogueira costurando bainhas e consertando furos. Breckenridge fizera maravilhas em relação à opinião da sra. Croft acerca dele, oferecendo-se para lavar os pratos e a panela de modo que ela e Heather pudessem continuar com a costura.

Mais tarde, ele se levantou, abaixando a cabeça ao passar pelo vão da porta, e perguntou à viúva onde ficavam o machado e a pilha de lenha.

— Vou acordar cedo e preciso encher aquela pilha de lenha para a senhora antes de sair.

Àquela altura, a sra. Croft havia em grande parte perdido a desconfiança nele. Prontamente se levantou e lhe mostrou onde estava tudo, depois voltou para a cadeira ao lado de Heather.

Breckenridge seguiu a viúva de volta para a sala de estar. Ficou nas sombras e observou por um tempo — olhou o rosto de Heather enquanto ela costurava pontos minúsculos numa camisa. Era surpreendente o quanto ela parecia prendada.

Escondendo um sorriso, ele se mexeu, atraindo a atenção de ambas as mulheres. Balançou a cabeça.

— Vou subir, então. Boa noite.

Em seu cumprimento de cabeça, ele incluiu a sra. Croft, bem como Heather.

Aproximou-se das escadas e subiu, sorrindo de novo para o quadro que deixara diante da fogueira. Ainda estava sorrindo quando entrou no quarto.

Heather sentia-se particularmente à vontade enquanto costurava. Se era por causa da satisfação de fazer algo ativo e útil com as próprias e reconhecidamente pequenas mãos, ou do conhecimento de que, assim que terminasse e subisse as escadas, Breckenridge estaria lhe esperando na cama confortável, ela não sabia, mas sentia-se mais feliz do que poderia explicar pela razão.

Outra meia hora de trabalho obstinado, e ela e a sra. Croft haviam esvaziado o cesto.

— Bem! — A sra. Croft olhou as roupas cuidadosamente dobradas, como se impressionada por terem conseguido fazer aquilo tudo. — Eu tenho de dizer, senhorita, você é rápida com essa agulha. Agradeço encarecidamente...

Quando a voz da viúva foi sumindo, Heather olhou-a com expressão interrogativa.

A sra. Croft encontrou seus olhos, então arriscou:

— Seu marido... é um homem bom, não é?

— É um homem muito bom. — Não houve nenhuma hesitação em sua resposta.

— Sim, bem, eu tinha um homem bom, também. Croft era um lenhador simples, mas tinha o melhor dos corações. — Os lábios da sra. Croft se comprimiram. — O anterior, porém, era um canalha. Todo sorrisos e mel e beleza máscula, mas tinha um coração sombrio. Então, eu conheço o mal, mas também reconheço o bem quando o vejo. Seu marido... ele pode ser bonito como o pecado, mas seu coração é verdadeiro. Se você é esperta, vai se agarrar a ele e nunca deixá-lo ir embora.

Heather sorriu, mas não teve coragem de mentir. Ela tinha toda a intenção de se separar de Breckenridge com a mesma atitude pragmática com a qual ele, sem dúvida, veria o fim da relação.

— Obrigada — murmurou ela. — É melhor eu ir até ele.

A sra. Croft assentiu.

— Vejo você de manhã.

Heather pegou a vela que a viúva lhe estendeu e, com cuidado, protegeu a chama enquanto subia as escadas.

A porta da parte superior havia sido deixada entreaberta. Ela cutucou-a para abri-la e entrou. À luz vacilante da vela, viu Breckenridge estendido debaixo das cobertas.

Ele não estava dormindo. Virou a cabeça para vê-la quando ela fechou a porta e depois levou a vela até a cômoda. Ela olhou-o.

— A sra. Croft está agora convencida de que você tem um bom coração.

Ele sorriu e olhou para o teto.

Ela despiu-se depressa, refletindo se deveria ou não manter a camisola, então a puxou sobre a cabeça, apagou a vela e correu para mergulhar sob as cobertas que Breckenridge levantou em um gesto prestativo.

Ela enterrou-se mais perto dele e descobriu, como presumira — e esperava —, que ele também estava nu. Postando-se ao lado, suspirou quando o calor dele a atingiu e envolveu. Manter contato pele a pele com ele tinha um efeito calmante, por um lado, e, por outro, era tentação pura. Mais que ouvir, ela sentiu a risada baixa dele, então ele levantou o braço, deslizou-o sobre os ombros dela e puxou-a mais perto ainda. Aconchegando a bochecha na parte superior do tórax, ela afundou-se na força dele, relaxou em seus braços.

Paraíso. Ela tinha certeza de que aquilo, na forma do menor dos prazeres, se qualificava como paraíso.

O queixo de Breckenridge se mexeu junto a seu cabelo, então ele deu-lhe um beijo na testa.

— Vamos dormir. Temos um longo dia pela frente.

Ela considerou a ordem por um minuto inteiro, considerou a tensão sutil infundindo-se em cada músculo, uma tensão que estava lá desde que ela entrou no quarto, então mexeu a cabeça e, através da penumbra gravada pelo luar, olhou para o rosto dele.

— Não estou com tanto sono. Prefiro explorar mais.

Ela permaneceu impressionada por achar tão fácil fazer tais exigências indecentes, mas, com ele, ela sentia-se segura, confiante em uma conexão que tornava essa franqueza aceitável, que tornava as habituais referências veladas à paixão irrelevantes, se não absurdas.

Ao estudar-lhe os olhos sombreados, ela não teve dúvidas de que ele ficaria feliz em ceder.

O luar fraco iluminava o rosto dela. Breckenridge viu a expectativa em seus olhos, a suposição régia de que ele acataria a sugestão — seguida pela mudança de atenção para si mesma enquanto ela formulava o que iria pedir-lhe desta vez...

Levantando uma das mãos, aconchegando-lhe a cabeça, ele ergueu a dele e beijou-a.

Era sua vez, então, mas ele era esperto o suficiente para não lhe dar nenhuma chance de debater a questão.

Ele a beijou profundamente, reivindicando devagar a doçura macia da boca de Heather, cobrindo de carícias fortes a língua dela com a sua, seduzindo-a mais profundamente em uma troca que progredia ao ritmo de seus batimentos cardíacos.

Estável.

Certo.

Uma troca que ascendeu vagarosamente, marcando o tempo com aquela batida elementar que se construía na onda crescente de desejo. Ele lutou para conter o ímpeto afiado da carência, da fome gananciosa, e dar-lhe um prazer desmedido, desinibido, irrestrito, irrefreável.

Ela queria saber, então ele lhe mostrou.

Levou-a até uma paisagem de exuberância sensual criada pelo toque, pela sensação tátil, pela exploração íntima prolongada e coroada pela revelação sexual. Guiou-a por vales de prazer colorido pelo arco-íris da alegria cintilante e mordaz, por planaltos onde a paixão destemperada corria em profundidade tão luxuosas e deliciosas que inundava seus sentidos e deixavam os dela cambaleando.

Os dele estavam muito bem treinados para cambalear, mas mesmo ele se viu sem fôlego, capturado por um instante no momento prodigioso. Pelo próprio prodígio.

O prodígio glorioso, cintilante, reluzente, intensificado por toda carícia erótica, todo toque ilícito, almejado, ansiado.

Quando ele rolou e se levantou, aconchegando-lhe o traseiro nas mãos para colocá-la sob si, as coxas delas sendo abertas pelas dele, era tudo o que podia fazer para negar o impulso de largar as rédeas e simplesmente devorá-la... mas ele tinha seus planos, sua própria agenda, e, ao mesmo tempo em que se agarrava a ambos, pairando sobre ela, com a cabeça baixa enquanto continuava a encher-lhe a boca, mantendo o ritmo rigidamente contido, sabia no fundo da alma que aquele era o caminho.

Aquela nova entidade dentro dele, que ela suscitou, brilhava como um farol, uma luz que o conduzia, que dava a cada movimento de suas mãos, cada toque possessivo, um significado emocional.

Um elemento emocional com o qual ele nunca antes brincara, trabalhara, a cuja vontade nunca se curvara. Parecia fluir através dele, colorindo e elevando, entrelaçando tentações e provocações para convocar e agarrar o fascínio dela. Para agarrá-la.

Ambos estavam aprendendo naquela noite. Ele, assim como ela.

O amante de longa experiência que ocupava uma parte tão grande dele, uma parte cínica, cansada do mundo, viu e reconheceu aquele novo elemento, encarou-o com suspeita pura, mas o restante não se importava. O restante dele, a melhor parte dele, a parte que era o homem por trás da reputação, estava imerso demais em saborear o deleite mais acentuado, o prazer acrescido, a glória cintilante, brilhante, de sua paixão.

Com a boca presa na dela, ele flexionou a coluna e penetrou-a longa, lenta e facilmente.

Ela se fechou ao redor dele, escaldante e lisa, recebendo-o, os quadris inclinados em uma súplica sem palavras, aceitando em prontidão, querendo e precisando.

Dando, rendendo-se.

Reivindicando.

O que se seguiu foi o nirvana, o prazer além do prazer.

Heather aceitou cegamente a condução dele. Já não era mais si mesma, mas uma criatura da paixão, infundida nela, inundada por ela, impulsionada por ela, quando atendeu ao chamado dele e abraçou-o, recebeu-o e cavalgou com ele, agarrando e compartilhando o indescritível deleite... com ele.

Eles se moviam juntos, unidos na paixão, envolvidos no desejo quente, ligados por uma fita sedutora de emoção mais forte que aço forjado.

Se ela tivesse sido capaz, teria examinado aquela união, aquela ligação elementar, mais de perto, mas seus sentidos não eram seus e sua mente foi subornada pelo prazer cataclísmico do amor dele.

A boca dele permaneceu grudada na dela, bebendo-lhe os gemidos inarticulados. Ele apoiara o peso nos cotovelos, prendendo-a debaixo do corpo com os ombros e braços musculosos. Seu peito, os pelos ásperos que o adornavam, raspavam os mamilos firmes com cada movimento poderoso que afluía. Seus quadris estavam esmagados entre os dela, prendendo-a na cama, o corpo dela rendido, à mercê para que fosse preenchido, sua ereção pesada, rígida, seda quente sobre aço, enterrada profundamente dentro dela; a cada movimento repetitivo, rítmico, ele retirava-se apenas até certo ponto, depois empurrava de volta em um gesto sólido, forte, poderoso, preenchendo-a ainda mais fundo, cada vez mais fundo.

Embalando-a de maneira implacável rumo ao êxtase.

Estava além da vontade dela respirar. Nada importava, exceto a comunhão sensual. A reunião do físico e do sensual na qual os dois estavam tão profundamente absortos.

Nunca Breckenridge havia experimentado tamanha absorção, tamanha profundidade na entrega sensual. Normalmente, parte de sua consciência sempre monitorava os arredores, alerta, mantendo guarda... não naquela noite.

Não com ela.

Ele estava tão enredado quanto sabia que ela estava.

Moveram-se juntos em uma harmonia íntima que ele nunca antes conhecera, nunca antes experimentara, nunca sonhara ser possível.

Debaixo das cobertas, dançaram na escuridão, os corpos unidos em um desespero quente, ofegante conforme a paixão escalava num crescendo.

Beijos longos, vorazes, ávidos atiçavam sua fome até deixá-la incontrolável.

Carícias explícitas, íntimas e desinibidas levavam o desejo ainda mais alto, até que a paixão tornou-se um açoite.

Até a posse se erguer e apreender. Agarrar e segurar.

E levá-los ao ápice.

Em uma ânsia desesperada, em uma luta do desejo, eles estremeceram e se agarraram, o corpo dele mergulhando uma última vez no dela.

A glória entrou em erupção. Cintilante e brilhante, iluminou cada nervo. Um prazer indescritível surgiu através de cada veia.

E eles se despedaçaram.

Partiram-se.

Perderam contato com o plano físico.

Perderam-se no vazio... então, o êxtase tomou-os e reivindicou-os.

Renovou-os e refê-los.

Deixando-os à deriva, afundando devagar de volta à terra, a uma realidade que fora alterada, transformada.

De cabeça baixa, ele pairava sobre ela, o beijo enfim quebrado, os corpos abrandando, então parando, os músculos tremendo.

Naquele instante ele soube, teve um momento de ofuscante clareza. Através do som de suas respirações entrecortadas, das arfadas mais suaves dela, ele ouviu a verdade interior. Descobriu-a.

Pretendera que ela fosse pega — capturada pelo prazer sensual para que ansiasse por isso, quisesse mais, de modo que quando ele lhe pedisse a mão, quando oferecesse a perspectiva da indulgência constante, ela concordasse.

Ele tivera a intenção de tecer uma rede com os fios de seda da paixão, uma rede com a qual pudesse agarrá-la.

Tivera a intenção de prendê-la.

Não tivera a intenção de se enredar também.

E, no entanto, fora capturado.

No momento em que o conhecimento ressoava em seu cérebro, a saciedade se lançava a ele, rolava inexoravelmente sobre ele, mais pesada, mais densa e atada pelo contentamento, por aquela paz simples que ele nunca conhecera.

Resistir não era possível.

Com um gemido abafado, juntou forças para levantar-se dela, afastando somente metade do corpo, a outra metade sobre ela, ainda envolta em seus braços.

Aquele era seu lugar.

Onde deveria estar.

Fechando os olhos, ele se rendeu.

A lua cavalgava o céu quando McKinsey entrou em Kirkland com Hércules.

Ele retomara a trilha do casal fugitivo em New Bridge. Eles haviam saído da estrada de Glasgow lá e, por algum motivo esquecido por Deus, haviam seguido naquela direção.

Por sorte, considerando o quão tarde encontrara o rastro deles, o caminho escolhido tinha poucos desvios e era margeado por numerosos e pequenos sítios e fazendas. Ele fora capaz de verificar o progresso do casal sem ter de perder muito tempo.

Ele havia forçado o avanço — levando em conta que eles estavam a pé, mesmo com o atraso, não poderiam estar tão longe —, mas a luz do dia que se esvaía obrigara-o a diminuir o ritmo.

No momento, o breu dominava, escuro demais para arriscar seguir adiante.

Ele fez uma pausa para olhar ao longo da estrada estreita e viu as luzes acesas do que parecia uma estalagem no meio da pequena fileira de cabanas. Abafando um suspiro, arrastou-se à frente.

Pegaria um quarto na estalagem e recomeçaria à primeira luz do dia. Teria que procurar e se certificar de que eles haviam ido naquela direção — de que haviam passado por Kirkland e seguido adiante. Após perdê-los de manhã, ele não iria fazer quaisquer suposições sobre os rumos que poderiam ter tomado.

Mas queria saber por quê.

Ele julgava que a reputação de Heather Cynster estava, àquela altura, irremediavelmente arruinada. Uma vez que ele confirmasse isso, sua mãe teria conseguido seu desejo, e ele e os seus estariam a salvo mais uma vez, mas não era como ele gostaria que as coisas houvessem transcorrido.

Os melhores planos davam errado com demasiada frequência.

Ainda mais no que se referia a mulheres.

Ele realmente não desejara causar nenhum mal àquela garota, mas... independentemente do que ocorrera entre ela e o homem que a estava acompanhando, suas intenções permaneciam inalteradas. Ele os seguiria, alcançaria e se certificaria de que ela estivesse protegida — fosse por aquele idiota oportunista, fosse por ele próprio.

Da forma como ela preferisse.

Aproximando-se da estalagem, ele levantou a cabeça, respirou cansado e fez uma promessa mental. No dia seguinte, de uma maneira ou de outra, expiaria seus pecados recentes. Encontraria o casal fugitivo, então descobriria o que o destino havia planejado para Heather Cynster — e o que o destino, mulher inconstante, havia planejado para ele.

CAPÍTULO 13

Eles se despediram da sra. Croft logo depois que o sol surgiu no céu azul. Mais cedo, Heather acordou à luz fantasmagórica que precedia o amanhecer e encontrou a cama vazia. Quase de imediato ouviu o baque característico de uma tora sendo cortada no lado de fora da cabana.

Até ela se levantar, se lavar e se vestir, arrumar a cama e as sacolas de viagem, depois, enfim, descer, a sra. Croft se ocupara na cozinha, mexendo panelas no fogão, com Breckenridge empoleirado no banco, a beber de uma caneca de café fumegante.

Com um bom-dia alegre, Heather sentou-se na segunda cadeira da cozinha e logo foi agraciada com um catálogo das virtudes de Breckenridge, a partir do qual ela presumiu que ele havia cortado lenha suficiente para durar até a semana seguinte.

Eles se separaram da viúva em excelentes termos. Heather aprovou a gorjeta considerável que Breckenridge deixou na cômoda no andar de cima.

Partiram de Craigdarroch a passos tranquilos, em uma manhã que parecia destinada a ser boa, embora a névoa ainda se agarrasse aos picos próximos e envolvesse o caminho à frente.

Breckenridge pegou-a pela mão novamente; ela se absteve de apontar que o caminho era relativamente plano e que era improvável que tropeçasse.

Verdade seja dita, ela não sabia muito bem por que ele insistiu, ainda que sem palavras, em segurá-la, mas ela não queria evitar o contato. Mesmo enquanto andavam a passos largos, era agradável sentir a conexão, a proximidade implícita.

Quase cem metros mais adiante, ocorreu-lhe que o gesto poderia ser interpretado como possessivo, como se indicasse alguma posse... ela logo se distraiu por sua resposta ao pensamento, pela possibilidade — que, em sua experiência, em se tratando de um homem do tipo dele, era bastante alta — de que a ação, fosse impensada ou deliberada, era um sinal de que ele a via, de forma típica, inerentemente masculina, como *sua*.

Parte dela não estava de todo incomodada com a ideia.

Considerando sua aversão por homens possessivamente protetores, portanto arrogantemente autoritários — tais como seus irmãos e primos —, a falta de antagonismo lhe pareceu estranha.

Estranho, mas de alguma forma confortável.

O substancial café da manhã composto de mingau e mel deu-lhes energia para que caminhassem em um bom ritmo ao marcharem em frente de maneira constante. Como Breckenridge previra, o caminho, por vários quilômetros, fazia-se levemente íngreme, passando em torno dos flancos de colinas e através de uma grande extensão de florestas. Subiram, então, uma elevação e, parando no topo, viram a terra e o caminho descerem suavemente até um vale verde. Ao longe, outra cadeia de colinas marchava em uma linha roxa obscura em todo o horizonte.

Heather apontou.

— Aquelas são as colinas da parte de trás do Vale. — Baixando o braço, ela procurou o outro lado, depois apontou mais uma vez. — É mais ou menos ali que o Vale fica, mas não podemos ver o solar daqui.

Breckenridge assentiu. Enquanto Heather olhava para frente, tentando distinguir marcos familiares, ele olhou para trás ao longo de sua trilha e congelou.

De onde estavam, ele não podia ver muito do caminho que haviam percorrido naquela manhã, mas por um acaso da paisagem conseguia ver todo o caminho muito além, até a saída de Moniaive.

Podia ver um cavaleiro avançando com confiança, seguindo seu encalço.

Para ser preciso, o homem estava cavalgando no mesmo caminho estreito que haviam percorrido, mas eles estavam bem no meio do interior e ainda não haviam visto ninguém viajando por ali...

Virando-se, Breckenridge retomou a mão de Heather.

— Vamos. Vamos em frente.

Ela lançou-lhe um olhar curioso, mas consentiu em recomeçar a andar.

Se ele podia ver o homem, então, se este olhasse para cima, poderia vê-los. Melhor, pensou Breckenridge, dirigirem-se ao Vale o mais depressa possível. Com Heather ao lado, a velocidade seria limitada, mas ele estabeleceu um bom ritmo, e ela o acompanhou de bom grado, enquanto disparava olhares especulativos na direção dele.

— O que foi? — perguntou ela, por fim. — O que você viu?

Ele retribuiu-lhe o olhar por um instante, considerou não responder, ou mesmo mentir... mas respondeu:

— Um homem a cavalo. Um cavalo de boa aparência.

Os olhos de Heather se arregalaram.

— Você acha que é o proprietário de terras?

No mesmo momento, ela esticou a cabeça para olhar para trás.

Ele puxou-a para frente.

— Ele está bem atrás. Logo depois de Moniaive, eu acho. E não posso dizer se o cavaleiro é nosso vilão. É fácil ver que o cavalo é de boa qualidade e que o homem tem cabelos escuros e parece ser grande.

— E é rico o suficiente para possuir um bom cavalo.

Ele balançou a cabeça, caminhando a um ritmo cada vez mais ágil, que ela, por pouco, não conseguia seguir.

— Mas nós passamos pela entrada de algumas estradas, algumas grandes fazendas. A sra. Croft mencionou que havia várias na região. Talvez o homem seja apenas um morador local indo para casa. Independentemente disso, prefiro não o encontrar em um trecho tão deserto.

Um pouco mais adiante, ela previsivelmente disse:

— E se nós...

— Não. Nós não vamos preparar uma armadilha ou encontrar um lugar para esperar ele passar, na possibilidade remota de ele ser nosso vilão. — Ele a olhou em tom de advertência. — Precisamos nos concentrar em chegar com segurança ao Vale. — E não estava disposto a deixar nenhum vilão em potencial se interpor entre eles e esse objetivo.

Ele estava levando no bolso do paletó uma das pistolas que comprara. Estava preparada, mas, se ele a sacasse e a apontasse para o perseguidor... havia variáveis demais nesse cenário. E se o cavaleiro também tivesse uma pistola, ou pior, uma espingarda?

Se estivesse sozinho, teria sido tentado a fazer exatamente o que ela queria, mas com ela ao lado não podia se dar ao luxo de fazer qualquer tentativa em que houvesse o risco, mesmo que mínimo, de deixá-la desprotegida. Não podia arriscar-se ao confronto com o cavaleiro, caso fosse o vilão, e perder o embate.

Era ir contra a corrente, mas...

Ele a olhou.

— Diga-me se eu estiver indo rápido demais. Vamos continuar andando sem parar. Podemos comer no caminho.

Ela o encarou por um momento, então, um pouco para a surpresa dele — esperava algum protesto, ao menos um comentário azedo —, assentiu e olhou para frente.

— Está bem.

Depois de um momento, Heather acrescentou:

— Posso manter este ritmo por mais algum tempo.

Ele aquiesceu e seguiu em frente, apertando a mão dela com mais firmeza que antes.

Ela, na verdade, fora tentada a contra-argumentar, mas então olhou-o nos olhos, sentiu o aperto tenso de sua mão... e compreendeu. Ele precisava mantê-la segura. Ainda assim, em vez de tentar protegê-la da ameaça potencial que se aproximava, em vez de mentir ou inventar alguma história sobre por que precisavam se apressar, como seus irmãos seguramente teriam feito, ele tratou-a como uma adulta racional e compartilhou a verdade e suas deduções, o que a compeliu a fazer o que pudesse para facilitar as coisas, aderindo aos desejos dele.

Heather não tinha pensado nisso antes, mas ser íntimo dela havia modificado o modo como ele a olhava; ele não a tratava mais como uma colegial.

Ela não ia reclamar — de fato, a sabedoria feminina, do tipo transmitida pela Lady Osbaldestone e por Helena, tia de Heather e duquesa de St. Ives, postulava que, quando um homem da classe de Breckenridge melhorava seu comportamento, era melhor recompensá-lo.

Após cinco passos, ela parou abruptamente. De imediato, ele se virou para encará-la, com nuvens de tempestade nos olhos. Ela deu um passo, aproximando-se dele, emoldurou-lhe o rosto com as mãos, puxou-o para baixo enquanto se esticava e o beijou.

Apesar da situação, ela sentiu o salto da resposta dele, como um cão esfomeado, cuja coleira ele logo retomou e puxou de volta.

Sorrindo por dentro, ela interrompeu o beijo; abrindo os olhos, baixou as mãos.

Ele fez uma expressão de surpresa.

— Para que foi aquilo?

Ela deixou o sorriso transparecer.

— Apenas uma forma de agradecer.

Voltando a pegá-lo pela mão, ela recomeçou a andar.

Em dois passos, ele estava ao seu lado novamente. Olhou-a no rosto — ela sentiu o olhar —, mas então resmungou e olhou para frente.

Ajeitando a mão mais uma vez em torno da dela, seguiu adiante.

Satisfeita, ainda sorrindo, ela pôs-se a manter o ritmo.

Eles alcançaram o primeiro deslizamento mais ou menos um quilômetro e meio adiante. Do topo da elevação, o caminho descia de forma mais acentuada do que na subida, a superfície cada vez mais esburacada e corroída pelo efeito do degelo e das chuvas de primavera.

— Cuidado. — Interrompendo Heather, Breckenridge avistou o cascalho solto, uma boa quantidade de seixos grandes que havia se soltado da encosta mais acima e deslizado até o caminho, soterrando-o. Ele já havia atravessado trechos escorregadios de cascalho ao caminhar pelo Peak District; sabia o que fazer. — Siga meus passos tão de perto quanto puder.

Ainda segurando a mão de Heather, escolheu a rota a traçar.

Apesar de um pequeno deslize ou dois, chegaram ao outro lado sem incidentes graves.

Soltando o fôlego, Heather olhou para trás, para o terreno instável.

— Isso vai retardar um cavalo, não vai?

Ele assentiu.

— Ele vai ter de ser extremamente cuidadoso, mas não é tão profundo a ponto de um cavalo não conseguir dar um jeito. O animal só não vai querer passar por lá, por isso vai depender das habilidades do cavaleiro e do quanto o cavalo o conhece.

— Se o animal confia nele. — Unindo sua mão à dele, Heather gesticulou para frente. — Avante.

O segundo deslizamento ficava a 800 metros dali, com outro trecho de cascalho, um pouco mais extenso que o primeiro.

Breckenridge sentiu-se muito mais confiante depois que passaram.

— Se ele ainda estiver nos seguindo, com certeza irá se atrasar.

Partiram mais uma vez. O sol subia cada vez mais à medida que seguiam. O terreno pareceu se deteriorar mais, até que perceberam que seria improvável que o cavaleiro fosse capaz de passar, não se valorizasse o cavalo.

Ao redor, a primavera parecia determinada a tomar posse, a arrancar a terra das garras monótonas do inverno. Andorinhas e cotovias mergulhavam do alto; um cuco cantava das profundezas da mata, que formava uma barreira verde sólida adiante.

O caminho seguiu em frente por entre as árvores. Os arbustos tornaram-se mais grossos e altos à medida que o casal descia das alturas mais desoladas. Breckenridge olhou para trás várias vezes, mas a configuração do terreno, as voltas do caminho, escondia qualquer perseguidor de sua vista.

Chegaram a um cruzamento. Um caminho mais largo corria tanto para a esquerda quanto para direita. Fizeram uma pausa e olharam para os dois lados. O caminho ladeado por árvores e arbustos parecia idêntico em ambas as direções.

— Vamos lá — disse Heather. — Se bem me lembro, haverá um pequeno lago um pouco mais à frente.

Breckenridge sacou o mapa, consultou-o, depois assentiu.

— Está bem.

Eles haviam mantido um bom ritmo, e o caminho — difícil em alguns trechos — teria retardado o cavaleiro, se ainda estivesse no encalço deles. No entanto, Breckenridge sentiu seus instintos se agitarem quando tomaram o caminho mais largo e de terreno em melhor estado.

O lago de que Heather se lembrava logo ficou visível através das árvores à esquerda. Longo e fino, margeava a trilha, ou melhor, a trilha margeava sua costa, rumo ao noroeste.

Ele teve de reprimir o desejo de olhar para trás. A uma boa distância, seria capaz de ouvir um cavaleiro se aproximando; receberia avisos suficientes a tempo de procurar abrigo, e, com os arbustos que ladeavam o caminho sendo tão abundantes e espessos, o casal encontraria um esconderijo decente.

Embora não soubesse se o cavaleiro ainda os seguia, ou se não havia se desviado do caminho, seus instintos continuavam atentos. Ele nunca se sentira tão no limite, tão… alerta e protetor. E, ao passo que sua parte mais sábia entendia que sua reação se devia ao fato de que era Heather quem estava andando ao seu lado, que era ela — a dama que ele proclamara de todas as maneiras, menos formalmente, como sua noiva — que estava em risco, a maior parte de sua consciência não queria se demorar nas eventuais implicações concomitantes.

Ele só queria que ela estivesse a salvo no Vale.

Heather caminhou a passos firmes ao lado de Breckenridge, no ritmo mais rápido que pôde. Perguntou-se se ele achava que ela não percebia a tensão que se apoderava dele, que quase sibilava através dele. O rosto, embora se mantivesse sem esboçar qualquer emoção, assumira um matiz de escultura, as linhas dos planos austeros mais rígidas e afiadas.

Ele estava totalmente focado no perigo que talvez seguisse seu rastro.

Ela, por sua vez, não sentia o medo que certamente sentiria caso estivesse fugindo sozinha. Estava consciente do perigo, mas, com Breckenridge ao lado, sua mente permaneceu clara. Se o perigo efetivamente os alcançasse, ela precisaria manter a calma — sobretudo para garantir que ambos saíssem ilesos e ele não fizesse nada de forma imprudente e talvez desnecessariamente valente.

De que ele poderia agir assim, de que o faria se a situação pedisse, ela não tinha a menor dúvida.

A ironia não a abandonou. Enquanto seguiam entre uma tarde dourada, ela lembrou-se claramente do que a levara ao salão de Lady Herford naquela noite fatídica havia mais de uma semana.

Ela fora à procura de um herói.

E o encontrara.

Ele definitivamente não era o herói que ela imaginara encontrar, mas ainda assim o era.

Não que ele fosse *seu* herói, aquele que ela estivera procurando. Ele era seu apenas temporariamente, não para a vida toda. Uma vez que ela estivesse a salvo no Vale, eles se separariam, e a conexão que tinham chegaria ao fim.

Ainda assim, nas circunstâncias atuais, ela desfrutaria do herói que tinha.

O lago extenso e estreito finalmente terminara. Eles caminhavam em silêncio. O caminho surgiu entre as árvores para atravessar um trecho aberto, então uma mata se fechou sobre a trilha vinda da esquerda. O caminho foi se aplanando. Pouco mais à frente, um telhado apareceu através das árvores, depois outro telhado se tornou visível do outro lado.

— Deve ser Knockgray. — Ela aumentou o ritmo, consciente do impulso de correr. — De lá, a entrada para o Vale fica perto.

Breckenridge olhou para trás, esforçando-se para ver enquanto mais uma vez passaram pelas sombras. Nenhum som chegou até ele, nenhuma batida de cascos reveladora, mas seus instintos se arrepiaram, agitando-se em advertência.

Ele não viu nada por entre as árvores que precediam o trecho aberto. Virando-se para frente, continuou andando, com os sentidos em alerta. Apenas um pouco mais e ela estaria a salvo.

Caminharam a passos rápidos até o pequeno vilarejo. No jardim de uma cabana, um agricultor e uma mulher viraram a cabeça e observaram-nos avançar, então voltaram para seus trabalhos.

— Por ali. — Heather apontou para a esquerda, depois o conduziu a um caminho reto e estreito que descia por um declive. Ao pé do declive, o caminho dava em uma estrada bem pavimentada.

— Ali! — Heather apontou.

Erguendo o olhar, Breckenridge viu o que à primeira vista parecia ser a entrada de outro caminho do outro lado de onde estavam, mas, após descerem os primeiros metros, ele viu que o caminho era na verdade uma estrada, cuja entrada era ladeada por montes de pedras que alcançavam a altura dos ombros, com muros de pedra seca que se estendiam de ambos os lados.

Quanto mais desciam, deixando Knockgray atrás deles, mais óbvio se tornava que o caminho do outro lado era a entrada de uma importante propriedade privada; os muros de pedra corriam ininterruptos por ambos os lados, e o terreno ao redor parecia próspero e bem cuidado, muito mais do que qualquer fazenda pela qual haviam passado.

— Esta é a estrada para Ayr — anunciou Heather quase com alegria, quando chegaram ao cruzamento. — Casphairn, o vilarejo, é por ali — disse, apontando para a direita. — E Ayr fica bem mais longe. À esquerda encontra-se New Galloway.

Breckenridge assentiu, orientando-se mentalmente em relação ao mapa. Mantendo sua mão à dela, levou-a até a estrada.

— A casa fica longe? — A sensação de perigo iminente ainda o perseguia.

— O solar, Solar de Casphairn, fica a cerca de três quilômetros adiante.

Ela o olhou quando ele, parando na entrada da estrada, olhou para trás, para o caminho.

Era tão retilíneo que Breckenridge podia ver tudo até o topo, onde passava por Knockgray.

Heather apertou sua mão.

— Não precisa se preocupar tanto. Estamos aqui agora.

Ele olhou-a nos olhos.

— Três quilômetros ainda são três quilômetros.

Ela sorriu e começou a andar.

— É verdade, mas não consigo imaginar, Catriona sendo quem é, que alguém ousaria nos seguir até o Vale. Não se pretendesse nos fazer mal.

Isso o fez parar e pensar em outra pergunta.

— Catriona... quem e o que exatamente ela é?

Os lábios de Heather se dobraram em curvas nítidas.

— Ela é a Senhora do Vale. Ela é... bem, acho que aqueles que não entendem a chamariam de bruxa. — Ela o olhou por um instante. — Uma bruxa muito poderosa.

— E aqueles que entendem, o que dizem sobre ela?

— Que ela é a Senhora e que mantém o Vale um lugar seguro e próspero para todos os seus habitantes.

— Nós não somos habitantes.

— Eu sou da família e você está me protegendo. Acredite, isso nos coloca sob a asa dela.

Ele fez uma careta e não discutiu, mas ai dele se baixasse a guarda por causa de uma bruxa que poderia, ou não, estar a três quilômetros dali. E que poderia, ou não, estar em vigília, muito menos estar disposta a ajudar.

Eles seguiram em frente, a oeste, por uns quatrocentos metros, então, a rota, mais exatamente uma via para carruagens bem-nivelada, fez uma curva em torno de uma colina baixa rumo ao sul. Assim que passassem pela curva, estariam fora da vista de qualquer um que, porventura, estivesse no encalço deles.

Heather caminhou em direção à curva, o olhar fixo ansiosamente à frente.

Soltando sua mão, ele parou e virou-se, deixando-a continuar adiante, e, rendendo-se a seus instintos, observou o caminho que haviam seguido de volta até o cruzamento em Knockgray...

E lá estava o cavaleiro, de cabelos escuros e porte avantajado, montando o cavalo castanho no topo do caminho, com seu olhar treinado sobre eles.

Breckenridge não precisou de um olhar mais atento para saber — com toda a certeza — que o homem, de fato, os seguira; era o mesmo cavaleiro que havia visto antes. E no momento... a postura do cavaleiro, seu foco, despertou-lhe positivamente o interesse.

Muito provavelmente era o proprietário de terras misterioso por trás do sequestro de Heather.

Ele cabia na descrição. Não apenas nos parâmetros físicos, mas em todos os outros. Havia uma ameaça em sua quietude, uma qualidade primitiva intangível que Breckenridge reconheceu mesmo a distância que os separava, e interpretou sem a menor dificuldade.

O homem era um guerreiro — um guerreiro nato, como ele. Um adversário digno, que nenhum homem são subestimaria.

Breckenridge permaneceu observando. Com as mãos nos quadris, esperou.

Mas o cavaleiro não se mexeu, nem para frente nem para trás.

Um impasse. Breckenridge finalmente aceitou isso.

O homem, o proprietário de terras, quem quer que fosse, não estava disposto a se aventurar nas terras do Vale.

E, embora estivesse certo de que o homem fosse seu inimigo, Breckenridge não poderia deixar Heather e ir atrás dele — e não o faria. Mesmo se tivesse um cavalo à mão, não estava disposto a deixar Heather, ainda que ela estivesse a menos de três quilômetros de um local seguro.

Até chegarem ao solar, mesmo que ele e Richard saíssem cavalgando o quanto antes, o cavaleiro já estaria muito longe.

Por um minuto, ele encarou o cavaleiro, retribuindo-lhe o olhar, então, descendo as mãos dos quadris, se virou e foi adiante, seguindo Heather para adentrar mais profundamente o Vale.

O homem, que não era McKinsey, parou o cavalo no topo da encosta íngreme e olhou para baixo, para o casal à frente que partia em retirada. Ele os observou desaparecerem ao virarem a curva, viu o homem que se levantou e olhou-o, com uma expressão de guerreiro desafiador, estendeu, em seguida, a mão para ajudar a mulher. No último instante antes que os perdesse de vista, a mão do homem deslizou para envolver a da mulher.

Heather Cynster. Ele não a conhecia, mas, ao pôr os olhos nela, ficou ligeiramente aliviado pelo destino ter intervindo e enviado outra pessoa — algum outro guerreiro — para resgatá-la. Ela tinha cara de quem daria trabalho; sua confiança mesmo em tais circunstâncias, o seu orgulho, a fluidez de seu caminhar, sugeriam inteligência, coragem e uma vontade independente.

Uma mulher temperamental teria tornado as coisas mais difíceis do que já eram para ele.

Era perfeitamente possível que ele tivesse a sorte de escapar, que devesse agradecer ao homem — o cavalheiro-guerreiro — por tirá-la de suas mãos.

Após vê-lo, ficou claro que ele não tinha mais de se preocupar com o futuro da senhorita Cynster, tampouco com a segurança dela. Esta fora sua principal preocupação, a razão por que se sentira compelido a segui-los, mas era óbvio que o cavalheiro que caminhava ao seu lado de forma protetora, com um toque possessivo, tomara nas mãos tanto o futuro quanto a segurança dela.

Timms, o escriturário desempregado, que era tão escriturário quanto ele.

Embora a distância entre eles tivesse sido grande demais para ter qualquer esperança de identificar o homem, ou correr o risco de este identificá-lo, os iguais se reconheciam. Não eram apenas os ombros do homem, mas a postura deles; não eram apenas as pernas longas de cavaleiro, mas como ele se movia.

O homem — o defensor de Heather Cynster — era de sua própria classe, um nobre. Ele poderia jurar.

E o nome dele definitivamente não era Timms.

Ele estava tentado a sair, dar meia-volta, voltar para casa e considerar finalizada sua obrigação com Heather Cynster, mas uma pergunta permanecia: Por que eles haviam subido por aquele caminho em particular?

O caminho indicava que deveriam seguir a oeste em direção à próxima cadeia de colinas, a Rhinns of Kells, que corria pelo outro lado do vale. Mas tais colinas eram mais robustas que aquelas pelas quais o casal passara; a rota entre elas estava longe de ser fácil. Eles não tinham a intenção de passar por ali, tinham?

Sua incerteza se comunicou a Hércules, que deu alguns passos para frente e jogou a cabeça para trás. Acalmando o grande animal, ele olhou para baixo novamente, e então para os montes e muros de pedra que viu flanqueando a entrada para o caminho, sugerindo que era, na verdade, uma estrada para carruagens que levava a alguma casa de campo.

Não havia nenhum sinal na pedra — alguma placa de pedra esculpida ou coisa similar — que desse uma pista sobre que casa poderia ser. Embora conhecesse a geografia geral da região, ele não sabia de quem era aquela propriedade... mas tinha um pressentimento.

Retomando as rédeas de Hércules, virou o grande cavalo castrado e trotou ao longo da pista através de Knockgray. Algumas perguntas na taverna mais próxima deveriam lhe dar os detalhes necessários para tranquilizar sua mente.

O caminho se uniu à estrada para Ayr ao sul de Casphairn. Uma pequena taverna interiorana no meio do vilarejo pareceu perfeita para suas necessidades. Desmontou do cavalo, deixando Hércules amarrado no pátio da estalagem, e entrou.

Debruçando-se sobre o bar, pediu um copo de cerveja. Com alguns comentários sobre o tempo e uma especulação sobre a próxima colheita, proferida com um forte indício de seu sotaque nativo, ele foi aceito e se viu livre para dizer:

— Passei pela entrada de uma propriedade um pouco lá atrás. — Inclinando a cabeça, ele indicou a estrada para o sul. — Não dizia de quem poderia ser, mas a terra parecia exuberante.

Um velho excêntrico sentado num banco em frente ao bar assentiu.

— Ei, deve ser o Vale.

— O Vale?

O velho trocou um olhar com o *barman*, então deu de ombros.

— O Vale de Casphairn, de propriedade da senhora e de seu marido, o sr. Cynster.

— Bom homem, o sr. Cynster. — O *barman* lustrou um copo. — Vem aqui de vez em quando.

Ele assentiu com a cabeça, em um gesto despreocupado, e desistiu do assunto, perguntando sobre as condições da estrada para Ayr. Não que pretendesse ir por esse caminho, mas eles não precisavam saber disso.

Permaneceu no bar, bebericando sua cerveja devagar, sentindo um alívio, então completo, percorrê-lo por inteiro. Ele estudara a família Cynster o suficiente para ter se deparado com a informação de que Richard Cynster havia se casado com uma bruxa das terras baixas, que, ao que parecia, era dona do Vale de Casphairn.

Não era de se admirar por que Heather Cynster e seu protetor haviam pegado a estrada para o Vale.

E isso significava que estavam a salvo. De volta ao seio do clã Cynster.

Depositando no balcão do bar a caneca vazia, ele saudou o velho e o *barman* e deixou a taverna. Apesar do fracasso total de seu plano, sentiu-se estranhamente leve; embora o resultado não fosse o que planejara, o que quisera e muito menos o que precisara, ele se sentia irracionalmente satisfeito pelo fato de — graças ao destino — ter evitado o desastre. Um desastre com o qual ele não teria sido capaz de viver, que teria manchado o resto de seus dias.

Do lado de fora, cumprimentou Hércules e montou. O cavalo castrado sentiu o humor mais leve do dono e empinou, antecipando uma corrida. Sorrindo, o homem deu um tapinha no pescoço poderoso de Hércules, depois o colocou na estrada, largou as rédeas e deixou-o voar.

Agarrando-se, agachou-se, com as mãos afundadas na crina ondulante, o assobio do ar passando pelo rosto, sentiu os músculos potentes e livres do cavalo sob o corpo e, naquele momento, apenas saboreou a sensação.

A liberdade.

Ilusória que fosse, ele tomaria o que pudesse dela, não importava a interrupção que encontrasse.

Casa.

Em um nível, o nível mais visceral, o pensamento fez sua alma cantar.

Em outro plano, mais imediato, trouxe lembranças desagradáveis do que o esperava lá — do caos e da catástrofe que lhe cabia evitar.

Que lhe cabia consertar.

Da maneira como pudesse.

Tudo o que tivesse de fazer, ele o faria. Não tinha outra escolha.

Mas isso seria amanhã. Por ora, ele estava livre.

A tarde caía na noite, o sol mergulhava atrás das colinas a oeste, fazendo com que as sombras se alongassem e o ar esfriasse, quando Heather e Breckenridge subiram a última colina e entraram no vasto pátio diante do solar de Casphairn.

O solar era um prédio grande, de pedras empilhadas, com três andares sob o telhado de ardósia e três torres que subiam ao céu. Construído em pedra cinza-escura, tinha um formato irregular, mas parecia, de alguma forma, equilibrado, instalado em um ligeiro declive com um pequeno rio correndo ao lado. Jardins, no momento cheios de vida, preenchiam a suave inclinação entre a casa e o rio. Atrás do solar, Breckenridge vislumbrava um amontoado de anexos e toda a pompa de uma fazenda produtiva e ativa.

Eles ainda não estavam do outro lado do pátio quando as enormes portas dianteiras duplas se abriram e três crianças vieram correndo.

— Heather!

— Mamãe, papai! Heather está aqui!

Breckenridge suprimiu um estremecimento; após o silêncio do vale extenso, a serenidade e a paz, o grito estridente foi um sobressalto. Mas então olhou para Heather, viu o sorriso que tomou conta de seu rosto enquanto ela dava um passo à frente e abria os braços, e decidiu que teria de perdoar os desordeiros. Qualquer coisa que desse a ela aquela alegria...

Os dois filhos mais velhos se jogaram sobre ela; ele colocou a mão nas costas dela para firmá-la, embora ela mal parecesse notar ao abraçar a dupla com fervor.

— Lucilla! — Heather deu um beijo na cabeça ruivo-acobreada, depois abraçou o menino de cabelos negros e soltou-o. — Marcus!

Ela transferiu sua atenção para a mais nova dos três, curvando-se enquanto a garota lhe dava a mão para arremessar os braços em volta do pescoço dela.

— E Annabelle. — Após trocar outro abraço e outro beijo quase violentos, Heather endireitou-se e olhou para a porta no exato momento que seu primo Richard saiu. — Sua mãe está em casa? — perguntou ela às crianças, olhando para Richard.

— Sim, mas ela estava no quarto dos bebês com Calvin e Carter — contou Lucilla. — Então, ainda deve estar correndo escada abaixo.

Breckenridge fixou o olhar no homem alto, de cabelos escuros, caminhando pelo cascalho. Ele conhecia Richard, graças a Deus, e Richard o conhecia. Aquilo já seria estranho o bastante.

Os olhos de centáurea-azul de Richard analisaram Heather rapidamente, então ele avançou e envolveu-a em um abraço apertado.

— Estávamos todos preocupados, sua tola. Já era hora de você aparecer em algum lugar.

— Acredite — disse Heather, retribuindo o abraço —, nós viemos o mais rápido que podíamos.

Afrouxando o abraço, Richard a manteve a pouca distância e a avaliou, então, aparentemente tranquilo quanto à saúde dela, soltou-a e voltou os olhos para Breckenridge. Depois de um instante de hesitação, ele assentiu e estendeu a mão.

— Breckenridge.

— Richard. — Breckenridge apertou a mão estendida. — Suponho que você tenha ouvido...

— Heather! Já não era sem tempo! — O alívio, embora recolhido e calmo, ressoou nas palavras.

Olhando de relance para a casa, Breckenridge viu uma dama de beleza vívida andar a passos suaves na direção deles, saia e xale ondulando delicadamente atrás dela na brisa leve. Cabelos de um tom brilhante de ruivo-acobreado iluminados pelo sol estavam recolhidos em um coque no topo da cabeça, mechas caindo soltas para enquadrar um rosto de traços delicados e um queixo surpreendentemente firme. A bruxa, esposa de Richard, era um pouco mais alta do que a média das mulheres, delgada e curvilínea em vez de esbelta. Antes, Breckenridge havia visto Catriona apenas uma vez, no casamento de Carol. No momento, como então, ela exalava sem esforço uma aura de calma, de confiança e de segurança serena.

Alcançando Heather, Catriona envolveu a mulher mais jovem em um caloroso abraço, beijando seu rosto.

Radiante, Heather devolveu o abraço e o beijo.

— Tivemos de vir aqui. Eu sabia que você não se importaria.

— Importar-me? Claro que não! Estamos gratos por você ter chegado sã e salva. — Os olhos de Catriona, de um verde vibrante salpicado de ouro, deslocaram-se para Breckenridge.

Ela o olhou por um momento — olhou de verdade, como outros já o fizeram, com tanta profundidade que ele se perguntou o que ela estava vendo —, então um sorriso radiante iluminou seu rosto e ela estendeu a mão.

— Breckenridge, se Richard já não tiver dito, estamos em dívida com você por resgatar Heather e conduzi-la até nós em segurança.

Havia certa satisfação na voz de Catriona. Ignorando-a, Breckenridge pegou-lhe os dedos e — pela primeira vez em muitos dias — reassumiu sua *persona* habitual e se inclinou sobre os dedos delicados.

— Catriona. É um prazer conhecê-la, embora eu gostaria de que fosse em circunstâncias diferentes.

Os lábios dela se curvaram.

— Imagino que sim. No entanto... — Virando-se, ela estendeu os braços e gesticulou, reunindo sua ninhada, Heather e Breckenridge, e o marido, convidando todos a entrar na casa — ... você está aqui agora, então vamos levá-lo para dentro antes que a luz caia e o sopro do vento esfrie.

Postando-se ao lado de Richard no final do pequeno grupo, com as crianças dançando à frente e disparando uma pergunta depois da outra contra Heather, Breckenridge aproveitou a oportunidade para dizer:

— Tivemos de vir a pé de Gretna, é uma das razões por que levamos tanto tempo para chegar aqui.

Richard a olhou por um momento, seu olhar rígido.

— Quero saber a história toda.

Eles chegaram à porta e entraram com os outros — em uma recepção do tipo que Breckenridge nunca antes havia experimentado. Pessoas vinham de toda a parte. Uma mulher maternal chegou, toda preocupada e calorosa. Era a governanta, sra. Broom. Após cumprimentar Heather, ela deu um tapinha no rosto dele em demonstração de alegria, agradecendo-lhe de maneira efusiva pelo resgate galante.

Um homem muito mais velho, encarquilhado e enrugado, mancando com uma bengala, ordenou que um jovem lacaio fechasse a porta e sorriu quando Heather, voltando-se e vendo-o, sorriu, pegou sua mão rugosa e apertou-a.

— McArdle, é bom vê-lo de novo. Você está bem de saúde?

— Tão bem quanto se pode esperar, senhorita. Muito gentil de sua parte perguntar.

O turbilhão de saudações e pessoas que entravam e saíam do vestíbulo continuou, uma onda de boas-vindas calorosa, envolvente, que aos poucos os levava adiante. Richard parou para falar com um homem sisudo chamado Henderson, com um rosto que parecia ter sido entalhado por um machado, sobre enviar uma mensagem ao sul para avisar o restante da família. Catriona, enquanto isso, estava listando ordens para McArdle e a sra. Broom em relação aos quartos. Em meio à dissonância crescente, Cook, uma mulher rotunda e jovial que era um testemunho de seu comércio, assegurou a Breckenridge de que iria preparar o que ele e Heather quisessem para o jantar e sugeriu que poderiam pedir bolinhos no ínterim.

Ele deu graças silenciosas quando Catriona, que ouviu, concordou.

Uma mulher alta e majestosa com cabelo grisalho escuro desceu uma escada curva escoltando dois meninos de cabelos escuros. Sem a menor hesitação, no instante em que os pés rechonchudos dela encontraram o chão, as crianças correram, primeiro para Heather, que pegou cada um e deu um beijo barulhento em suas bochechas, depois a dupla passou para a mãe, puxando um pouco as saias de Catriona, antes de lançarem-se aos irmãos mais velhos, insistindo no direito de participar de qualquer brincadeira que estivesse acontecendo.

De repente, percebendo que a mulher mais velha que acompanhara os pestinhas de cabelos escuros ao andar de baixo havia parado no último degrau, com seu olhar firme fixo nele, Breckenridge virou a cabeça e olhou para ela.

Como Catriona, ela o estudou por um momento, então sorriu, com um toque da mesma autossatisfação presunçosa que Catriona exibira.

— Aquela é Algaria — informou-o Richard, reaparecendo ao seu lado.

— Ela também é bruxa?

Richard assentiu.

— Ela era a mentora de Catriona. Agora cuida das crianças e, quando pensa que Catriona não está olhando, é mentora de Lucilla.

Breckenridge desviou seu olhar para a jovem de cabelos acobreados.

— Ela é...?

— A próxima Senhora do Vale, ao que parece. É assim que funciona. — Richard olhou para sua prole, reunida em torno da esposa, mal escondendo seu orgulho. — De acordo com Algaria, a razão por que tivemos gêmeos foi para que Catriona tivesse uma menina para ser a próxima Senhora, e eu gostaria de ter um menino para treiná-lo para ser o próximo Guardião da Senhora, que é aparentemente meu papel. Olha, considerando que Lucilla é uma Cynster que não nega as origens, assim como Marcus, não sei o quão bem ela vai lidar com a ideia de ter o irmão como guardião.

Lembrando-se da obstinação das mulheres Cynster, Breckenridge olhou para Richard.

— Antes de enviar aquela carta, devo contar-lhe nossa história.

— De fato. — Após terminar a organização, Catriona virara a tempo de ouvir suas palavras. — Mas vamos fazer isso na... — Ela encontrou os olhos do marido. — Na biblioteca, eu acho.

Richard assentiu. Catriona dispensou as crianças, enviando-as para cima com Algaria, com a promessa de bolinhos, creme e geleia para adoçar o recolhimento. Heather, Catriona, Richard e Breckenridge juntaram-se em uma sala confortável em um lado do solar. As damas reivindicaram o sofá de frente para a lareira, onde o fogo crepitava em chamas alegres. Afundando-se em uma grande poltrona inclinada ao lado da lareira, Breckenridge observou a decoração masculina. A biblioteca era, presumivelmente, domínio de Richard.

Com Richard sentado na outra poltrona, uma empregada entrou apressada, trazendo uma grande bandeja com a comida prometida. Catriona serviu-se enquanto Heather e Breckenridge esbaldavam-se com os bolinhos, o creme de coalhada e, se ele não estava enganado, geleia de ameixa, além de sanduíches de presunto.

Pelo canto do olho, Breckenridge viu Catriona sacudir a cabeça para Richard, claramente pedindo para que adiasse as perguntas até que ele e Heather tivessem, pelo menos, aliviado um pouco o apetite.

O silêncio reinou por alguns minutos, então Heather largou o prato, pegou a xícara e o pires e sentou-se com um suspiro de satisfação.

— Nós realmente não temos nos alimentado muito bem, não desde que saímos de Gretna Green.

Catriona piscou e fixou seu olhar em Heather.

— Gretna Green?

Heather fez que sim com a cabeça.

— Foi para lá que os sequestradores me levaram. Mas eu deveria começar do início.

Ela prontamente o fez.

Após um momento de consideração, Breckenridge sentou-se e a deixou contar a história à sua própria maneira, em suas próprias palavras, desde o momento em que ela entrou no salão de Lady Herford.

Heather estava sinceramente grata pela oportunidade. Ela conhecia os primos — conhecia Richard — bem demais para não reconhecer o que estava por trás da recepção excepcionalmente dura, não tanto em relação a ela, mas a Breckenridge. Ela estava determinada a fazer com que nenhum sussurro de culpa se prendesse a ele; estava muito consciente de que ele fora compreensivo e a apoiara, até mesmo a ponto de dominar os impulsos superprotetores que o acometeram tanto quanto a seus primos.

Sentia-se em dívida com ele, imensamente grata pelo apoio constante, inabalável. Ela duvidava muito de que outros homens teriam agido como ele — aceitando e se curvando a seu desejo de descobrir o que pudesse sobre a verdade do sequestro, a fim de proteger suas irmãs e primas.

Em vez de discutir, ele fizera o possível para mantê-la a salvo, o que por sua vez lhe permitira continuar com seu papel de refém com confiança, na certeza de que, se alguma coisa a ameaçasse, ele estaria por perto, pronto, disposto e capaz de levá-la para a segurança.

Tudo o que ele fizera, todas as regras que quebrara, o fez por ela, e ela não iria permitir que ele levasse a culpa.

Para aumentar seu crédito, ele interrompeu apenas para adicionar detalhes que ela não sabia, tais como a forma como ele veio a localizá-la na estalagem em Knebworth. A recusa dela em fugir com ele naquela noite fez Richard assumir um ar sério, mas a razão para fazer isso o obrigou a morder a língua.

Ela e Breckenridge se revezaram contando a história do sequestro e a posterior busca em detalhes concisos, mas precisos.

Breckenridge ficou impressionado com o quanto Heather foi clara e honesta; um olhar para os rostos de Catriona e Richard assegurou-lhe que eles também haviam percebido que, ao longo de todo o drama contínuo, Heather navegara pela provação sem danos reais — sem trauma. Não apenas pelas palavras, mas também pelo tom e pela expressão irritada quando ela contou sobre sua incapacidade de encontrar qualquer indício real para identificar o proprietário de terras misterioso, ficou claro que ela fora mais motivada pela necessidade de descobrir o que estava por trás do sequestro, mais que qualquer outra coisa.

Claro, ela desviou-se, de maneira muito discreta, do pequeno problema da intimidade entre os dois. Ela se lembrara de devolver o anel de sinete enquanto se aproximavam do solar, então nem mesmo esse detalhe pôde levantar especulações estranhas. No entanto, Breckenridge sentiu o olhar desconfiado de Richard, mas fingiu não o ter sentido para não ter de encará-lo. Ele tinha toda a intenção de falar com Richard assim que pudesse e fazer uma confissão clara da situação, mas não com as damas presentes.

Não com Heather presente, e até que ele tivesse certeza de qual seria a decisão de Catriona, ele também não estava inclinado a incluí-la em sua confidência.

Ainda assim, ele sabia que a posição inicial de Richard — a tensão da prontidão para a batalha que vibrara através de seu grande corpo quando ele se encontrou com eles no pátio — se desvaneceu, retrocedendo aos poucos conforme Heather contava tudo o que ele, Breckenridge, havia feito a fim de protegê-la.

Heather não percebeu nem a metade, mas Richard sim. Os olhares ocasionais, cada vez mais compreensivos, que Richard lhe atirou eram testemunhas disso.

Chegando ao fim da explanação, Heather concluiu:

— Então, viemos caminhando até o Vale.

Breckenridge se agitou e, enfim, encontrou os olhos de Richard.

— O cavaleiro… ele nos seguiu até a entrada do Vale.

— O quê? — Heather o olhou. — Eu não o vi.

— Ele parou no alto da estrada no último vilarejo… Knockgray? — Quando Richard assentiu, Breckenridge continuou. — Olhei para trás antes de fazer a curva, aquela em que você perde de vista parte da estrada. Ele estava lá, montado calmamente num cavalo, um cavalo de primeira. Eu esperei, mas ele não fez qualquer movimento para nos seguir. Por fim, eu me juntei a Heather e nós viemos. É evidente que ele não nos seguiu.

Os olhos de Catriona haviam se tornado distantes, mas então ela balançou a cabeça e voltou a se concentrar.

— Ele não pôs os pés nas terras do Vale. Eu saberia.

Breckenridge hesitou, então disse:

— Isso sugere que ele conhecia o lugar.

Richard fechou a cara.

— Não necessariamente. As pessoas muitas vezes sentem uma aversão a entrar no Vale, se pretendem fazer mal.

Heather, ainda absorvendo a informação de que Breckenridge não mencionara o cavaleiro, sentiu-se grata pelo poder de Catriona. Se ele tivesse decidido segui-los… Por outro lado, Breckenridge tinha uma pistola no bolso, então provavelmente eles teriam ficado a salvo.

Richard se levantou em um gesto suave.

— É melhor eu enviar um mensageiro ao sul, para postar a carta sem demora.

Heather olhou para cima.

— Posso enviar uma carta também? Para mamãe e papai?

— Isso sem dúvida seria ideal — disse Richard. Ele gesticulou para que ela se aproximasse da escrivaninha do outro lado da biblioteca, diante das cortinas de veludo que se defrontavam com a escuridão da noite.

Enquanto Richard e Heather sentavam-se à mesa para escrever suas respectivas cartas — a de Heather aos pais; a de Richard a Devil, seu meio-irmão e chefe da família —, Breckenridge ficou junto ao fogo e perguntou a Catriona sobre o Vale. Ele estava curioso, e ela ficou feliz em explicar-lhe, em educar sua ignorância, em ver que ele suspeitava que ela entendia a questão. Ele não se importava; sentia-se estranhamente confortável, mais relaxado do que esperava.

Mais aliviado.

A ironia disso lhe ocorreu quando, após as cartas serem despachadas com um cavaleiro, Catriona subiu com Heather para encontrar roupas e desfrutar de um banho, deixando-o enfim a sós com Richard; dada a necessidade de se acorrentar a Heather, o alívio foi certamente equivocado.

Antes que ele tivesse a chance de reunir sua inteligência de modo a encontrar as palavras certas para abordar o assunto, Richard, voltando a se pôr diante do fogo depois de fechar a porta para as mulheres, desviando-se para servir a ambos um copo muito necessário de uísque, olhou-o enquanto lhe entregava a bebida e declarou:

— Eu aprecio e aceito que você teve de fazer tudo o que fez. Conheço Heather suficientemente bem para perceber que ela o deixou sem opção. Dito isso, dadas as circunstâncias, tendo em conta quem você é e quem ela é, e agora?

Ele apreciou a franqueza de Richard. Sustentando-lhe o olhar, declarou de maneira sucinta:

— Eu havia presumido que um casamento estava na ordem do dia.

Richard estudou seu rosto, depois soltou um suspiro.

— Você vai concordar em se casar com ela?

Ele lutaria para se casar com ela, mas não viu necessidade de admitir.

— Parece-me que nosso principal objetivo tem de ser o de proteger a reputação dela. Da forma como vejo, considerando que ela será minha noiva, isso é de suma importância. Sem a reputação preservada, ela não será capaz de cumprir a posição social a que está destinada.

Richard concordou.

— Você não terá nenhuma objeção vinda de qualquer Cynster sobre isso.

— Exato. — Breckenridge parou para saborear o uísque; era um malte dos mais finos, bom demais para engolir de uma vez. — A realidade, no que se refere à alta sociedade, é a seguinte: tenho de me casar e razoavelmente breve, e Heather já tem 25 anos. Depois desta Temporada, se ela não se casar, vai ser considerada fora do páreo. A história que sugiro que contemos é que, como já nos conhecíamos, alguma alma boa, Lady Osbaldestone me vem à mente, sugeriu que serviríamos um ao outro, ou melhor, que nossas situações poderiam ser resolvidas com uma única cerimônia. Por conseguinte, em vez de Heather e os pais visitarem Baraclough, acordou-se que deveríamos nos encontrar aqui em privado, sob os seus olhos e os de Catriona, para decidir se poderíamos chegar a algum acordo sobre o casamento.

— Por que Martin ou, pelo menos, Célia não estão aqui também?

— Porque Célia tem duas outras filhas para supervisionar nos bailes e festas, e seu súbito desaparecimento das rodas sociais, juntamente com Heather, teria ocasionado especulações consideráveis, que ambas as famílias estavam dispostas, dadas as verdadeiras circunstâncias, a evitar.

Richard considerou. Inclinando a cabeça, disse:

— Pelo que ouvi, a família até agora tem escolhido manter o desaparecimento de Heather em segredo. Célia e as damas têm contado alguma história sobre Heather estar doente e poder ter algo contagioso, de modo a afastar a visita de algumas de suas amigas e das mães delas.

Breckenridge inclinou a cabeça.

— Isso vai funcionar. Quando nossa verdade se tornar conhecida, eles, sem dúvida, vão considerar a história romântica.

Richard bufou. Ele tomou um gole, depois olhou para Breckenridge.

— Duas coisas triviais. Em primeiro lugar, é um axioma comum de que as Cynsters se casam por amor.

Breckenridge deu de ombros.

— Simplesmente não foi o que aconteceu neste caso, e, com Heather atingindo a idade de 25 anos sem esbarrar no amor verdadeiro, ela decidiu que o diadema de uma viscondessa, com uma tiara de condessa por vir, era preferível a permanecer solteira.

Richard assentiu com a cabeça.

— Justo. A outra questão é por que nos encontramos aqui, e não em Baraclough?

Breckenridge abriu um sorriso cínico.

— Fácil. Porque Baraclough fica a uma curta distância de Londres, e qualquer um poderia ter passado para ver meu pai enquanto estivéssemos lá. O Vale, por outro lado, fica bem longe da curiosidade da alta sociedade.

Richard sorriu.

— Ah. Entendo. — Após um momento de reflexão, ele aquiesceu. — Isso poderia funcionar mesmo.

— O que poderia funcionar?

Ambos olharam para cima, para ver Catriona fechando a porta.

Ela se aproximou, as sobrancelhas se arqueando em uma expressão inquisitiva.

Richard não explicou a necessidade de um casamento — sobre o qual, Breckenridge percebeu, Richard e Catriona já haviam discutido —, mas contou que Breckenridge estava disposto a se casar com Heather e relatou a história que iriam contar para encobrir a ausência dela de Londres, protegendo-lhe assim a reputação da censura da alta sociedade.

Ao final da exposição de Richard, Catriona permaneceu em silêncio por um instante, depois olhou para Breckenridge.

— Já discutiu isso com Heather?

Ele sentiu os lábios se apertarem e disfarçou a reação erguendo o copo.

— Não. Ainda não.

— Bem. — As sobrancelhas dela se ergueram. — Sugiro que o faça. No entanto, neste meio-tempo, é melhor se retirar para o quarto que Henderson preparou para você e retomar sua indumentária habitual. — Os olhos examinaram os dois pares de ombros diante dela. — Richard pode emprestar-lhe algumas roupas. — Ela levantou-se.

Breckenridge se forçou a levantar-se também. Quando ele largou o copo, Catriona continuou:

— Em breve será hora de jantar. Todo o resto pode esperar até mais tarde.

Ela, de alguma forma, conseguiu enxotar tanto ele quanto Richard da sala. No corredor, instruiu Richard a encontrar algumas roupas para Breckenridge e despachou o marido até o segundo andar, depois entregou o outro homem aos cuidados de Henderson, para ser levado por outra escada de pedra em espiral até o quarto e o banho que o aguardavam.

Com as mãos nos quadris, Catriona ficou na base das escadas em espiral e observou Breckenridge subir. Quando ele saiu de seu campo de visão, ela continuou a olhar, então sorriu devagar, balançou a cabeça e, com um sorriso levemente condescendente ainda flertando sobre os lábios, saiu a passos graciosos para cumprir suas outras funções.

Após retornar do quarto de Breckenridge, tendo escoltado até lá e apresentado Worboys, seu terrivelmente correto valete, que insistira que só ele poderia vestir de modo adequado um cavalheiro do calibre de Breckenridge e, portanto, usurpara a tarefa de selecionar e levar alguns artigos de vestuário retirados do guarda-roupa de Richard para Breckenridge, Richard voltou a entrar na grande câmara que dividia com a esposa bruxa para encontrá-la já vestida para o jantar. Sentada diante da penteadeira, ela escovava os longos cabelos.

A luz do fogo dançava ao longo dos fios vermelho-dourados.

Desviando o olhar de uma visão que ele ainda achava fascinante, fechou a porta, livrou-se da distração e lembrou-se do que tinha a intenção de perguntar. Capturando os olhos dela no espelho, deixou uma expressão fechada colorir os seus.

— O que foi aquilo?

Ele não precisava se explicar; ela sabia o que o marido queria dizer. O "todo o resto" dela, que poderia esperar até mais tarde. Ele não sabia que caminho ela estava tomando, mas tinha certeza de sua posição.

Pelo menos, era o que pensava.

Ela se reconcentrou na mecha de cabelo pela qual ela estava passando a escova.

— Você notou o quanto Heather estava ansiosa, o quanto estava decidida em garantir que você, eu e, por extensão, a família entendêssemos que Breckenridge não deveria de modo algum ser culpado pelo tempo em que ela ficou longe?

Parando atrás dela, olhando-a pelo espelho, Richard deslizou as mãos nos bolsos e encolheu os ombros.

— É bastante compreensível. Ela nunca foi de mentir, ou mesmo de dissimular, então se sentiria terrivelmente culpada se chovesse fúria na cabeça de Breckenridge por uma situação que era, de fato, culpa dela.

— Não foi, de maneira nenhuma, culpa dela. — O tom de Catriona não se alterou de forma significativa, mas ele entendeu a censura. — Toda a culpa se encontra nas mãos dos sequestradores, e mais, na cabeça desse misterioso proprietário de terras.

Richard inclinou a cabeça.

— Tudo perfeitamente verdadeiro, mas não é assim que a sociedade vai entender.

— Talvez não, mas estamos nos desviando da questão. — Depositando a escova na penteadeira, ela levantou as mãos e ajeitou o cabelo para trás, preparando-o para enrolá-lo no coque habitual, que nunca permanecia perfeito por muito tempo. — O que achei mais interessante na aventura deles foi, em primeiro lugar, os esforços de Heather para tornar claro que o resultado se deveu às decisões dela, não às de Breckenridge, e que ele, manifestamente, não apenas aceitou as decisões dela, o direito dela de tomá-las, mas também a apoiou, de maneira altruísta e, em grande parte, ao que parece, sem reclamar. Isso eu acho mais interessante, não acha?

Richard ficou sério, refletindo. Depois de um momento, respondeu:

— Eu realmente não consigo ver o que mais ele poderia ter feito. Afinal, trata-se de Heather. Por mais que nenhum de nós gostemos, ela é uma Cynster até o último fio de cabelo, e, com uma ameaça contra as irmãs dela e, possivelmente, contra Henrietta e Mary também, ela teria sido como um cão com um osso: impossível de separar e mandar embora.

Catriona o encarou por um momento, sorrindo com carinho de uma forma que lhe comunicou que ele perdera algum ponto absolutamente óbvio, então ela disse em tom suave:

— Diga-me, o que Breckenridge é?

Não quem, observou ele, mas o quê.

Ele sabia o que ela queria dizer, poderia acompanhar o argumento, mas... fez uma careta.

— Não podemos dizer o que realmente aconteceu, quantas discussões houve de fato, mas ainda acredito que, independentemente do que tenha feito, Breckenridge não teria sido capaz de desviar Heather de seu caminho.

Foi a vez de Catriona de dar de ombros levemente.

— Talvez não. Suspeito que nunca saberemos, e não sei mais se é relevante.

Ela começou a tirar os grampos do topete.

Richard estudou seu rosto. Ela não estava usando sua máscara de "Senhora", a expressão serena que conseguia projetar mesmo em face do desastre, mas estava feliz, realmente satisfeita com a situação.

Franzindo o cenho, incerto quanto ao que ela de fato entendia, ao que ela estava esperando — o que havia naquilo tudo que ela entendeu e ele não — arriscou:

— Você percebe, não é, que eles terão de se casar?

O sorriso dela se alargou.

— Você percebe, não é, por que a Senhora os trouxe aqui?

Richard endireitou-se.

— A Senhora? — Sua esposa bruxa não invocava a divindade sem justa causa, e ele tinha aprendido a ser cauteloso quando ela o fazia. — Ela está envolvida nisso?

— Ah, é claro. Aonde mais ela poderia enviar um casal de amantes que precisa se entender? — Com os cabelos penteados à sua satisfação, Catriona girou no banquinho e se inclinou para trás a fim de olhá-lo. — Você, de todas as pessoas, deveria saber que o Vale é um lugar para amantes que não conseguem ver o óbvio para perceber o destino.

Richard hesitou, mas teve de perguntar:

— Eles estão destinados a se casar?

Catriona balançou a cabeça para ele.

— Você realmente precisa prestar mais atenção. Até eu sabia que eles foram feitos um para o outro e só os vi juntos duas vezes antes. — Ela abriu as mãos. — E agora estão aqui, e tudo está claro.

— Está?

— Claro! Então, nosso papel é incentivá-los a permanecer aqui até que percebam também. — Levantando-se, desatou o roupão que ela usava sobre os ombros de alabastro, em grande parte descobertos pelo largo decote do vestido. — Duvido que vá demorar muito tempo. Heather nunca foi cega, e duvido que Breckenridge o seja. De fato, a reputação dele sugere que, no que se refere às mulheres, ele vê mais do que a maioria.

Isso não vai salvá-lo. Richard manteve as palavras para si mesmo.

Colocando o roupão de lado, Catriona ajeitou o vestido, depois se virou e apresentou as costas ao marido.

— Amarre-me. Depois é melhor você se trocar também. O gongo tocará a qualquer momento, e devemos estar na sala quando chegarem. Quero ver os rostos deles.

Não tendo nenhuma objeção a esse plano, Richard pôs de lado sua confusão, juntamente com suas dúvidas, esticou os longos dedos para os cordões do vestido e obedeceu a esposa.

Ele não se importava realmente com o fato de a Senhora estar envolvida, contanto que Heather e Breckenridge enfrentassem o altar. Garantir que isso acontecesse era seu dever para com a família, a forma como isso aconteceria... ninguém se importaria.

Enquanto amarrava os cordões de Catriona e, em seguida, voltava-se para se despir e vestir as roupas que Worboys lhe deixara, as palavras que disse a Breckenridge se repetiram em sua mente. Ele não via a si mesmo como presciente, mas parecia que suas palavras tinham sido um aviso.

As Cynsters se casam por amor.

Se estivesse interpretando o interesse da Senhora em Heather e em Breckenridge de maneira correta — e ele tinha certeza de que estava —, então... parecia que teria a honra e o prazer absoluto de acolher Breckenridge — de todos os homens, o favorito e maior libertino da alta sociedade — em seu clube.

Sorrindo para si mesmo, encolheu os ombros no paletó, ajeitou as mangas e seguiu Catriona até a porta.

CAPÍTULO 14

Horas depois, com os braços cruzados atrás da cabeça, Breckenridge se esticou todo debaixo dos firmes lençóis de linho, deleitando-se, mais uma vez, por estar em uma cama que pudesse acomodar seu tamanho. Relaxando com um suspiro, esperou que Morfeu fizesse uma aparição.

Sua mente voltou ao jantar, desfrutado na companhia do restante da família em um grande salão que parecia ter mudado pouco ao longo dos séculos, com a família e os convidados reunidos ao redor da mesa alta, erguida sobre um estrado em uma extremidade, e os demais habitantes da casa, falantes e alegres, espalhados em mesas no salão.

Revisitando a cena, ele se viu sorrindo, lembrando o calor, o carinho, a partilha de vida que fluíram com tanta facilidade pela mesa alta, por todas as mesas no salão, em um fluxo efervescente de conexão efêmera brilhando com risos e sorrisos. Mesmo ele, um desconhecido, sentiu-se incluído, banhou-se naquele brilho.

Sua família, a família Brunswick, interagia de uma maneira que ele reconhecia como semelhante, mas ali, no Vale, a alegria e o simples prazer da família eram percebidos com mais facilidade, expressos de forma mais aberta.

Fora uma noite interessante.

Em mais de um sentido.

Com a mente indo mais longe, ele peneirou as inúmeras conversas, examinando os panos de fundo, que ocorreram na mesa de jantar e na sala de estar, para onde foram duas horas antes. Ao passo que não se surpreendeu com a postura relaxada de Richard, pelo que era, o que então sentia acerca do anfitrião era... algo mais parecido com simpatia.

O que parecia estranho. A ideia de que Richard sentia pena dele, porque ele estava sendo forçado a trocar suas liberdades de libertino pelo casamento com uma Cynster simplesmente não resistia à prova. Todos os homens da família Cynster viam as primas como as princesas da casa; Richard e os outros viam qualquer homem que se casasse com uma delas, independentemente das circunstâncias, como honrado, e não um objeto de piedade.

O fato de que Richard o via com simpatia o deixava inquieto.

Contribuindo para esse mal-estar subjacente estava a aceitação confiante e acolhedora de Catriona. Ela sabia que os dois teriam de se casar, mas ele não detectara nenhuma desaprovação quanto a essa união ditada pela sociedade.

Catriona era esposa de Richard e, portanto, parte do rebanho Cynster havia mais de nove anos; era difícil acreditar que ainda não tivesse sido infectada com o credo de que "as Cynsters só se casam por amor", especialmente tendo em conta sua ligação com a misteriosa "Senhora".

O que pareceu mais verdadeira foi a advertência velada de Catriona de que, uma vez que se lembrasse da realidade social, do que a sociedade esperaria e demandaria, Heather poderia se negar.

O pensamento, por si só... ele sentiu os músculos ficando tensos, tentou relaxá-los.

Tentou afastar a ideia perturbadora, tentou enterrá-la, mas a perspectiva de ter de deixá-la surgiu como um espectro — e endureceu sua resistência. Ele não queria deixá-la — não podia imaginar como conseguiria viver se isso acontecesse. Como poderia encontrá-la e fingir que nada mudara. Ele poderia faltar com a verdade com o melhor deles, mas isso estava além de suas capacidades. A ideia de se retirar para sua distância anterior — de permitir a ela vê-lo mais uma vez como um tio — era risível.

Sacudiu-se, em seguida, ajeitou-se na cama. No interesse de encontrar o sono naquela noite, ele se concentrou no que era positivo — no que viria uma vez que se casassem. Eles usariam a Casa Brunswick quando em Londres, mas, tirando os momentos obrigatórios em que deveriam estar na capital, ele preferiria que passassem os dias em Baraclough. Seu pai gostaria, assim como ele.

A verdade era que ele gostaria de ter uma chance de construir um lar — não apenas a casa, mas a família a habitá-la — à maneira do que Richard tinha ali. Richard estava manifestamente em paz, e se aquela vida se adequava a Richard, se adequaria a ele. Iria satisfazê-lo e completá-lo.

Não havia pensado nisso antes, mas era o que queria. O que queria alcançar — a estrada que desejava seguir pelo resto de sua vida.

O único obstáculo, ao que parecia, era fazer Heather aceitar que tinha de se casar com ele na ausência de quaisquer declarações de amor. Felizmente, para isso, pela primeira vez, ele teria a sociedade e as grandes damas em geral a seu lado.

Com os lábios desenhando uma curva, ele fechou os olhos, recompôs a mente — e tentou encontrar o sono.

Deveria ter sido fácil; a cama era mais do que confortável, e, com paredes de pedra tão espessas, nenhum som o perturbava.

Ele se agitou. E se virou.

Sentou-se, ajeitou o travesseiro e deitou-se mais uma vez.

No final, estava deitado de costas e olhando o teto. Foi tentado a levantar-se, encontrar o seu relógio de bolso e ver quanto tempo estava deitado, mas, embora parecessem horas e horas, considerando a distância percorrida pelos raios de luar ao longo do quarto, não havia se passado mais que uma.

Ele sabia de uma atividade que o levaria a um sono garantido, mas os princípios complicados da honra cavalheiresca proibiam-no de procurar a cama de Heather, não enquanto estivessem sob o teto de Richard.

Além disso, ele nem sabia onde ficava o quarto dela...

O barulho do trinco da porta o fez virar a cabeça. Todos os músculos de seu corpo se estiraram de súbito.

Heather abriu a porta com o máximo de silêncio possível, aliviada quando as dobradiças permaneceram abençoadamente silenciosas. Arriscara em que quarto, em que torre, Breckenridge estaria, mas não tinha ideia de que estaria certa ou não.

Teve de esperar até a família inteira se retirar, até seus olhos se ajustarem à escuridão que tomou os corredores do solar, mas em nenhum momento se imaginara passando a noite no quarto, na cama, sozinha.

Aquela noite, ou, se tivesse sorte, a noite seguinte, seria sua última chance de dormir nos braços dele. Ela não via nenhuma razão para deixar passar a oportunidade. Uma vez que ele decidisse ir embora... ela estava determinada a não se apegar, mas se comportar com o sofisticado *savoir-faire* a que ele estava, sem dúvida, acostumado com suas amantes.

Eles eram amantes, nada mais. As circunstâncias os uniram, e elas em breve iriam separá-los. Ela sabia como seria quando o seduziu; não era tola a ponto de acreditar que ele se apaixonara por ela no espaço de dois dias.

Ao longo das horas de duas noites ricamente sensoriais.

A porta foi finalmente aberta o suficiente para ela entrar e se espreitar através da penumbra lavada pelo luar até a cama...

Ele estava lá.

O coração dela saltou. Literalmente pulou no peito, o que parecia bem tolo, mas ela definitivamente o sentiu.

Ele estava deitado de costas, banhado em luz macia, prateada. Os lençóis se agitaram quando ele se apoiou sobre um cotovelo para olhá-la... o lençol deslizou para baixo, expondo-lhe o peito.

A boca de Heather ficou seca. O ritmo de sua respiração diminuiu.

Então, lembrou-se do que estava prestes a fazer — teria tempo para observá-lo mais tarde. Girando, fechou a porta da forma mais discreta que pôde, depois se virou e foi até a cama.

Ele a viu se aproximar e perguntou quando ela parou ao lado da cama:

— O que você está fazendo aqui?

Ela encontrou seus olhos e, em resposta, desatou o nó que prendia o robe. Afastando a roupa dos ombros, deixou-a cair, a seda deslizando pelo corpo nu até o chão.

— Você não vai discutir, vai?

O olhar dele havia descido para seus seios. Depois de um instante de hesitação, ele murmurou:

— Não. Claro que não.

Com os olhos ainda fixos nela, levantou as cobertas.

Ela deslizou sob elas, aproximou-se quando ele as deixou cair.

Prendeu a respiração ao sentir a deliciosa sensação de pele encontrando pele. A dele era muito mais quente; o corpo, muito mais rígido.

De uma masculinidade tão potente.

Ele a agarrou, puxou-a para si, ao lado, meio para baixo de si quando inclinou a cabeça e ela levantou o rosto e seus lábios se encontraram.

Curioso... embora os lábios dele tivessem encontrado os dela, movido-se sobre eles até abri-los, e embora sua língua tivesse deslizado em carícias fortes com sua experiência habitual, ela sentiu que ele estava se segurando, estava de algum modo distante... ele estava pensando.

Mas então ele voltou a se concentrar, determinado bem como seguro, aproximando-se ainda mais, fechou uma das mãos, conhecedora e certeira, sobre um seio e tomou posse dos sentidos dela.

E a dança estava diferente de novo, uma deliciosa, encantadora valsa dos sentidos, enquanto seus corpos se encontravam, se pressionavam e se separavam, as mãos dele brincando pela carne dela, e a boca dele se pôs à deriva, detendo-se antes de exigir o que lhe era devido.

Ela levantou-se debaixo dele, inquieta e exigente, mas o controle dele nunca vacilava; com execução impecável e comando experiente, orquestrou um desempenho consumado que, exatamente como ela desejava, educava-lhe os sentidos, abrindo portas em um plano sensual diferente, levando-a ainda mais longe, conduzindo-a...

A uma paixão que lhe roubou o fôlego.

A uma necessidade tão poderosa que lhe doía.

A um calor que fluía sem esforço sob a pele e queimava.

A um desejo tão penetrante que ela se sentiu liberta do mundo, encapsulada nos braços dele, nas ondas suaves da cama, cercada por ele e pela beleza que forjava.

Envolvida, de bom grado enlaçada, pelo prazer que ele derramava sobre ela.

O prazer construído, que ameaçava arrebatá-la. Mas ela tinha os próprios planos. Lutou, resistiu à onda, deu um jeito de recuperar o fôlego para respirar.

— Não. Minha vez.

Foram necessários vários minutos de uma quente luta livre para convencê-lo de que ela estava empenhada, de que não iria deixá-lo arrebatá-la, mas, enfim, com um gemido abafado ele consentiu em rolar de costas e permitir que ela o atacasse.

Permitir-lhe acariciá-lo e se esbaldar nele.

Permitir-lhe banhar os sentidos, afogá-los nele.

Ela poderia nunca ter outra chance de fazê-lo e, de todos os homens, queria aprender com ele.

Aprender o que o satisfazia, quais carícias lhe provocavam a tensão como acontecia com ela. Quais afagos lentos mais o excitavam, quais pontos eram mais sensíveis à pressão dos lábios, à passagem da língua, à sucção suave da boca.

Ela aprendia depressa, aprendia bem. Naqueles momentos quentes, o corpo dele era seu, entregue a seus desejos, a suas vontades. Seu para explorar, conhecer, para deliciar-se.

Ela bebeu até se satisfazer.

Breckenridge se esforçou para manter qualquer aparência de controle. Com os dedos enroscados na seda do cabelo dela, suportou a posse primorosamente erótica, que ele raramente permitia.

Que permitiu a ela, de todas as mulheres, inocente como era, para ceder a suas fantasias de forma a desafiar toda a racionalidade. Ela era uma das poucas que já haviam desafiado seu controle, arrancado o verniz civilizado do macho primitivo que havia dentro dele.

Com o peito apertado, cada músculo tenso como pedra, ele deitou-se e, com a mandíbula apertada, segurou-se…

Até que, previsivelmente, ela deu um passo longe demais. No instante em que ele sentiu os dedos delicados flutuando até o escroto, alarmes soaram em sua cabeça — cada vez mais altos até guincharem quando ela, com uma lentidão tortuosa, levou o refúgio quente da boca até a dolorosa ereção, e então inclinou a cabeça…

Antes que a boca de Heather, os lábios inchados pelos beijos, pudesse fazer contato, ele se levantou, virou-a e voltou a deitá-la de costas debaixo de si, pressionando-a pesadamente no colchão macio enquanto inclinava os lábios nos dela. E tomou as rédeas.

Assumiu o comando, o controle.

Não estava interessado em dá-lo de volta.

Quando teve a certeza de que o juízo dela cambaleava, quando as mãos dela perderam sua intenção investigativa e pousaram de maneira passiva em seu peito, ele recuou e deslizou para baixo, agarrou-lhe as coxas, abriu-as bem e pôs a boca na suavidade dela.

Dando giros e voltas.

Ela lhe dera a oportunidade; tinha toda a intenção de usar aquilo para reforçar seu domínio sobre ela.

Ele concentrou toda a sua considerável experiência em levá-la aonde ela ainda não fora e foi recompensado com um suave, ofegante, irracional grito quando ela atingiu o clímax.

Pela primeira vez. Ele não estava a fim de ser econômico com a noite e, no entanto, continuava ciente do macho primitivo dentro de si — o ser que ela invocou, trouxe com tanta facilidade que as necessidades primordiais lhe pulsavam logo abaixo da pele.

Quando ela atingiu o pico outra vez, levada pelos dedos enterrados no fundo dela, ele não conseguiu controlar mais o impulso primitivo. Posicionou-se e afundou nela.

Regozijando-se com a maneira como ela o aceitou, não apenas tão profundamente no corpo, mas também nos braços. Eles se ergueram e o envolveram, agarrando tudo o que podiam, para que ela se erguesse debaixo dele, a respiração aos suspiros, enquanto sem palavras urgiu-o a seguir adiante, inclinando a cabeça para trás a fim de oferecer-lhe a boca... ele tomou fôlego e mergulhou.

Tomou, reivindicou.

Não apenas a boca, mas tudo nela.

Empurrou-a, lisonjeou, exigiu, agarrou e desfrutou de cada último suspiro de paixão dela.

Até o último suspiro, cada último gemido evocativo — ele queria tudo.

E ela deu.

Sem reservas, sem inibição.

Ele sabia a diferença, valorizava o presente.

Estimava-o como a um tesouro.

Fechou os olhos, manteve-o junto ao coração enquanto ela se despedaçava embaixo dele, e desta vez ele se desapegou e permitiu-se segui-la no esquecimento.

Onde a saciedade imperava e o êxtase fluía em uma onda longa e lenta, envolvendo-os.

Envoltos nos braços um do outro, jogaram-se na cama e se renderam a sonhos plenos de êxtase.

Ele acordou algum tempo depois, juntou força suficiente para se soltar e se afastar. Ela virou-se com um protesto murmurado, aninhando-se de volta nos braços dele, fixando-se nele, sua suavidade, uma bênção, sua proximidade, um conforto.

Caindo ao lado, metade debaixo dela, como ela parecia preferir, ele deixou o sono arrastá-lo de volta... um instante antes, percebeu o que o mantivera acordado.

A clareza, muitas vezes, vinha em momentos como aquele, no limiar da consciência.

Ele não fora capaz de adormecer porque ela não estivera em seus braços.

Óbvio.

Com os lábios desenhando uma curva suave, relaxado até os dedos dos pés, com a alma tranquilizada, deixou a consciência se afastar e dormiu.

Heather acordou com o prazer, com uma sensação tão doce que seus dedos do pé se curvaram.

Com sussurros de sedução.

Incapaz de resistir, sem vontade de recuar, deixou-o arrebatá-la.

Deixou-o levá-la, tê-la, deslizar profundamente por seu corpo e preenchê-la. Completá-la.

Por trás, ele deslizou fundo e excitou-a.

Então, embalou-a até o paraíso.

E seguiu-a, abafando o grito rouco no oco da garganta dela.

Com a mão afundada no cabelo dele, arqueando o corpo nas mãos dele, ela manteve-o profundamente dentro e regozijou-se.

Enquanto a maré de ouro lentamente os lavava, depois recuava, se afastava e os deixava esgotados, ela ouviu as pancadas de seu coração, sentiu o eco das batidas do coração dele em seu âmago e se agarrou.

À proximidade.

À intimidade.

À indescritível felicidade de ser um só.

Aos poucos seus músculos relaxaram, o juízo foi-lhes devolvido.

Ela não se arrependia de ter se tornado amante dele.

Seu único arrependimento era que seu tempo juntos iria terminar em breve, e ela perderia aquilo — a oportunidade de forjar uma conexão tão incrível, que transcendia o físico e beirava o espiritual.

De olhos fechados, sentiu-o recuar, afastar-se. Sentiu a ligação se quebrar, desaparecer.

Ele caiu, pesado e quente, atrás dela.

Por longos momentos, o silêncio reinou enquanto os batimentos cardíacos diminuíam e a respiração se estabilizava, e eles voltaram para o aqui e o agora, para o brilho que antecedia o amanhecer iluminando o céu através das janelas, para o som distante de cotovias anunciando a alvorada.

O braço dele pesava na cintura dela, os longos dedos da mão embalando, suaves, o seio.

Sentiu-o se mexer, então ele voltou a se acomodar.

Em seguida, falou, sua voz profunda, ainda ressoando ao toque da paixão.

— Precisamos encarar os fatos.

Ela tentou se virar, mas os músculos ainda estavam demasiado permissivos. Relutante, começou a retomar o juízo.

— Quais fatos?

— Nós precisamos nos casar.

Ela se afastou o suficiente para se virar e olhá-lo.

— O quê? — Talvez não tivesse ouvido bem.

Mas ele estava usando sua máscara impassível, e seu olhar, todo dourado e verde, mantinha-se estável.

— Não há outra saída. Nós precisamos nos casar, e pronto.

— *O quê?*

Ela afastou-se, empurrando-se para longe dele, com uma expressão de choque, se não de terror; Breckenridge lutou contra a vontade de agarrá-la e trazê-la de volta. De segurá-la. Forçou-se a permanecer imóvel, manteve a voz calma, o tom sem variar.

— Você não pode ser tão ingênua... conhece nosso mundo. Considerando que estivemos longe, juntos e sozinhos, por tanto tempo, um casamento é a consequência prescrita.

Os olhos dela se arregalaram com — ele seria capaz de jurar — pura e total surpresa. Depois escureceram, o azul-cinzento suave se turvando, se agitando de emoção.

— Não. — O queixo se firmou. Ela arrastou-se para fora da cama, pegou o robe e começou a se aninhar nele. — É isso que acontece quando Richard e você conversam sozinhos.

Ele começou a sentar-se.

Com o robe aberto, ela apontou um dedo imperioso para ele.

— Não. Não tente negar. Ele falou com você e disse que você tinha que fazer o pedido, mas...

— Ele não o fez. — Apesar de suas melhores intenções, ele estava falando entredentes. — Sim, ele perguntou o que eu pensava, e eu respondi que me casaria com você, e essa é a soma total das palavras que trocamos sobre o assunto.

Atando o laço do robe, ela semicerrou os olhos.

— Richard pode não ter ordenado, mas ele é bom em intimidar. Todos eles são.

— Ninguém precisou me intimidar...

— O que você e ele não conseguiram entender é que não quero me casar com você, nem com você nem com qualquer outra pessoa! *Sim*, eu o seduzi, mas isso não significa que esperava que você pedisse minha mão, e eu com certeza nunca tive a intenção de que nos casássemos!

Por que não? Ele mordeu a língua, recusou-se a proferir as palavras demasiado reveladoras. Levantando os joelhos sob o lençol, inclinou-se para frente, juntando as mãos em torno das panturrilhas... perguntou-se se ele poderia avançar e agarrá-la...

Ela deu um grande passo para trás. Respirou fundo. Não tirando os olhos dos dele. Empertigou-se, parecendo quase régia. Inclinou um pouquinho a cabeça.

— Eu aprecio que, dadas as circunstâncias, você acredite que deva ser honrado...

— Honra não tem nada a ver com isso.

— ...que você se sinta obrigado a oferecer a proteção de seu nome para me proteger do escândalo, mas, como lhe informei antes, eu virei as costas para a ideia de casamento e já planejei minha vida, meu futuro, e, como isso não envolve voltar a viver em Londres, muito menos na alta sociedade, qualquer escândalo é irrelevante, portanto, qualquer obrigação que você possa sentir é equivocada.

— Sua família não pensa assim.

O queixo dela inclinou-se para o alto.

— Talvez, mas eles não são eu. De qualquer forma, embora eu agradeça sua gentil oferta, devo declinar.

Com isso, ela se virou e se afastou.

— Droga, volte aqui!

— Por quê? Para você tentar me intimidar a aceitar sua oferta? Agradeço, mas não.

— Precisamos discutir isso como adultos sensatos.

— Não há nada para discutir. Não vou me casar com ninguém, mas particularmente não vou me casar com um homem que se forçou a ir ao altar por noções de honra e obrigação.

— Maldição! Ninguém está me forçando…

Alcançando a porta, ela se virou e apontou para ele.

— Você não quer se casar comigo. Sabe que não. Admita.

Ele hesitou.

— Aha! Está vendo? — Os olhos dela brilhavam. — Você não quer se casar comigo, eu não quero me casar com você, e não há nenhuma razão para fazermos isso, portanto não vamos, e pronto.

Abriu a porta, correu para fora e fechou a madeira espessa atrás dela.

Ele olhou para a porta.

— Mas eu quero me casar com você.

As palavras saíram demasiado baixas para saírem do quarto.

Após um longo momento, no qual ela não retornou, no qual ele se perguntou por que estava esperando que ela voltasse, ele exalou, depois passou as mãos pelo rosto.

— E agora?

Sem surpresa, não houve resposta.

Cada vez mais sombrio, ele jogou as cobertas para trás e levantou-se, um pensamento ressoando em sua cabeça.

Ela poderia ter planejado o futuro, mas e o dele?

Se as coisas seguissem o caminho dela, o futuro que ele imaginara na noite anterior, o futuro agradável que começara a tomar forma em sua mente, permaneceria sendo nada mais do que uma fantasia, uma visão dourada do que poderia ter sido…

Enrijecendo a mandíbula, ele pegou suas roupas.

Ela não ia escapar assim tão fácil.

CAPÍTULO 15

Ele encontrou-a à mesa alta no salão, tomando o desjejum com mingau e mel. Embora houvesse outras pessoas por ali, grupos de homens em duas outras mesas mais baixas conversando e trocando previsões para o dia, não havia mais ninguém à mesa no estrado.

Puxando a cadeira ao lado dela, ele se sentou.

Uma pequena empregada apareceu e cutucou seu cotovelo, depois perguntou se ele gostaria de um pouco de mingau. Ele deu um jeito de abrir um sorriso e concordou. A empregada saiu; no instante em que ela estava fora do alcance da voz, ele disse:

— Não faz sentido fugir. Temos de resolver isto.

Heather dirigiu-lhe um olhar cheio de... irritação?

Antes que ele pudesse ter certeza, ela desviou o olhar de volta para a tigela.

— Com isso você quer dizer que precisamos organizar um casamento?

— Não há outra escolha.

Ela apertou os lábios, mas a empregada voltou naquele momento com uma tigela fumegante de mingau.

Ele agradeceu à menina, serviu-se de mel do frasco de vidro na mesa, em seguida, despejou devagar o néctar dourado na aveia grossa.

— A situação é simples: eu sou, caso você tenha esquecido, comumente considerado o maior libertino da alta sociedade. Não ganhei essa reputação jogando cartas no White's. — Ele manteve a voz baixa, mas o tom foi eclipsado; não conseguiu encontrar seu tom habitual, de suave persuasão. — Levando em conta quem sou, qualquer mulher solteira de família nobre com quem eu, mesmo nominalmente, passar uma noite a sós será considerada arruinada, e o casamento é a única maneira aceitável de mitigar esse resultado. E, antes que você comece a discutir, se eu de alguma forma tive culpa em causar aquela noite sozinhos não implica a menor das consequências, tampouco se qualquer coisa de natureza imprópria de fato ocorreu.

Ele sentiu a mandíbula se enrijecer, pegou um bocado do mingau adoçado. Antes de erguer a colher até sua boca, lançou um rápido olhar para os lados; o olhar dela ainda estava abaixado, mas ela estava ouvindo.

— Acrescente a isso quem você é, isto é, uma das princesas Cynster, e não há dúvida de que um casamento entre nós é obrigatório.

Ela fuzilou-o com o olhar.

— De acordo com a sociedade.

Ele não se dignou a responder; ela conhecia a realidade.

O mingau estava surpreendentemente bom, com sabor de nozes, suave e cremoso. Olhando para baixo, Breckenridge pegou outro bocado. Saboreou, engoliu, depois continuou no mesmo tom baixo, rígido:

— Como não há nenhuma chance de evitar o matrimônio, não vejo benefício em tentar lutar contra a maré. Não há nenhuma razão para não nos casarmos. Eu já estou sob pressão de irmã para encontrar uma esposa, e você está disponível. — Ele percebeu que tinha certeza que, se ela nutrisse qualquer sentimento por qualquer outro cavalheiro, nunca teria permitido que a seduzisse. — E nossas famílias convivem no mesmo círculo, a ponto de que uma união entre nós seria considerada excelente em todos os aspectos. Diante de tudo isso, não há qualquer tipo de impedimento, obstáculo, dificuldade, entre nós e o altar.

— Com a exceção de um fato. — Heather largou a colher, sem apetite. Encontrou-lhe os olhos cor de avelã. — Eu não me importo com a aprovação da sociedade, não em relação a isso.

Ela não teve de fingir a tensão em sua voz, a determinação subjacente alimentada e aprimorada pela raiva crescente.

— Entenda: sou firmemente contrária a me casar. — *Com você*. Apesar de seus melhores esforços, a mentira ficou presa na garganta. Ela respirou fundo, substituiu: — Em tais circunstâncias. Não tenho nenhuma ambição em me casar, nem com você, nem com qualquer homem, só porque a sociedade diz que eu deveria!

Não era apenas a voz que estava instável; a cabeça de Heather oscilava; ela se sentiu levemente tonta.

Quando ele declarou pela primeira vez, sem rodeios, que teriam de se casar, ela ficou tão abalada que foi necessária toda a sua concentração para sair correndo do quarto dele antes de se entregar.

Porque no instante em que ele levantou a possibilidade de se casarem…

A raiva pegou-a pelo pescoço e estava ameaçando estrangulá-la. Raiva transbordante de si mesma, assim como dele. Como permitira que as coisas chegassem a tal ponto? Será que alguma parte imperdoavelmente desajuizada dela estava esperando e torcendo, em segredo, para ele, após algumas noites de paixão, de repente descobrir que estava caindo de amores por ela?

Respirando fundo, ela o encarou.

— Não estou interessada em me casar com um homem que não quer se casar comigo.

Os lábios se apertaram; sua expressão escureceu de forma ameaçadora.

Ela levantou o queixo.

— Como tenho a intenção de permanecer no campo e, daqui para frente, evitar a sociedade, não vejo razão para cedermos aos ditames sociais. É sobre minha vida que estamos discutindo, e eu vou viver como quiser.

Ele estava ouvindo, sua atenção presa nela — era uma das coisas que ela amava nele, a forma como se concentrava nela com tanta intensidade a ponto de excluir o mundo... *não!*

Ela piscou, afastando a distração. Teve de agarrar-se à raiva — à raiva dele por, mesmo que inconscientemente, de repente desenhar uma perspectiva que ela nunca havia imaginado, oferecendo-lhe tudo o que, para seu choque completo, ela então percebeu que queria com cada fibra de seu ser.

Mas havia um verme viscoso e desagradável estragando a maçã rosada. Ele lhe ofereceu tudo o que seu coração estúpido aparentemente sempre desejou, com exceção de um elemento vital, crucial, necessário para dar certo.

Ela o queria como marido — não foi o que sempre quis? Ela tinha uma suspeita subjacente de que sua atitude espinhosa anterior diante dele fora um sintoma de respeito —, mas não importava que seu coração tonto houvesse saltado com a declaração insignificante dele, não importava o quanto alguma parte tola, cor-de-rosa e até então desconhecida dela quisesse pintar o futuro possível deles, não importava o quanto ela desejava caminhar por aquele futuro com ele ao lado, assim como caminharam pelas montanhas até o Vale, ela não iria — *não poderia* — casar-se com ele daquele jeito, sem nem um sopro de amor.

Endurecendo o coração e a determinação, ela colocou um cotovelo na mesa e, com os olhos fixos nos dele, se debruçou para enfatizar sua fala.

— Considere isto. Que tipo de mulher eu seria se estivesse disposta a me casar com um homem que foi coagido a isso? Como você imagina que *eu* me sentiria?

Ele franziu a testa.

— Eu não disse... — Ele se mexeu, fechou a cara de leve. — Você não precisa estar disposta, no sentido de estar virando cambalhotas. Você só precisa aceitar o que tem de ser, como eu.

— Não.

— Nós não temos escolha.

— Sim, nós temos! — Ela o olhou.

Sobrancelhas erguidas, com uma expressão levemente arrogante, ele a encarou de volta.

Ela exalou através dos dentes e olhou para frente.

— Você não está pensando claramente.

Maldito seja! Ela presumira que, apesar da intimidade, ele continuaria a considerá-la jovem demais para si e, quando ela lhe ofereceu uma saída honrosa, ele seria hedonista a ponto de admitir que não iriam dar certo e agarrar a chance de retornar à sua vida de libertino autocentrado.

Voltando-se, ela olhou nos olhos dele, tentou mais uma vez.

— Você não quer se casar comigo, eu não quero me casar com você. E não há nenhuma razão pela qual precisamos nos casar porque pretendo dedicar minha vida a cuidar de crianças de rua, e para isso não preciso de um marido, muito menos de uma reputação ilibada e sancionada pela sociedade.

Ela não poderia se casar com ele. Especialmente não com ele.

Se o fizesse, ele partiria seu coração — nada era mais certo, mais escrito em pedra. Ele partiria seu coração, porque não retribuía seu amor.

Ela apertou os lábios; por dentro, teve vontade de gritar. A única maneira de sair daquela bagunça miserável era dizer *não*, e se ater à resposta, não importava o que ele dissesse. Dizer não e insistir.

— Eu não vou mudar de ideia. Por fim, você vai perceber isso e voltar para Londres e para todas as damas perfumadas que esperam por você lá.

Os olhos dele semicerraram-se um pouco; ela atingiu um ponto sensível.

— É seu lugar. — Ela inclinou a cabeça para o sul. — Em Londres, rondando os salões e os quartos das damas. Ser acorrentado a mim não vai ser do seu interesse. Se a honra é o que o faz insistir, então neste momento absolvo-o de todas as obrigações. — Ela inspirou, prendeu o fôlego, depois o soltou, dizendo: — Não sou tão desesperada para me casar a ponto de permitir que alguém aponte uma arma para sua cabeça e force um casamento entre nós.

Ela firmou os pés no chão para se erguer, olhou-o nos olhos.

— Não é certo para nós nos casarmos. Aceite... — Ela esperou enquanto, empurrando a cadeira para trás, ele lenta, graciosamente, se levantou também. Olhando para cima, mantendo os olhos nos dele, continuou: — Aceite que não há nenhuma razão para você ficar aqui. Você pode ir embora quando lhe convier. Independentemente de tudo, não vou mantê-lo longe de sua vida, nem vou me desviar da minha, só porque a sociedade acha que deveríamos.

Com um breve cumprimento de cabeça, ela começou a se afastar.

Breckenridge estendeu a mão para o braço dela, detendo-a. De imediato, teve de se esforçar para ser gentil.

Quando encontrou os olhos arregalados dela, continuou a lutar, assim como teve de fazer ao longo de todo o diálogo, para subjugar seu eu interior, o macho primitivo que sabia que ela era dele, irrevogavelmente dele, e não tinha reservas para tornar isso claro. Manter qualquer sinal dos rosnados de sua fúria interior longe do rosto, das mãos e dos olhos lhe exigira todo o autocontrole que tinha; ele não tinha cérebro suficiente para contra-argumentar.

Não sem arriscar soltar as rédeas e deixá-la ver demais.

Ele não podia se dar ao luxo de esquecer que ela era uma Cynster, e, portanto, muito longe de ter um raciocínio lento. Um deslize... e ela poderia vislumbrar o suficiente para começar a imaginar.

Para começar a bolar estratagemas.

Entretanto, não poderia deixá-la ir.

— Se nos casarmos... não há nenhuma razão para você não seguir sua... vocação. Com minha riqueza como suporte, você será capaz de ser muito mais eficaz em...

— Não.

Os lábios dele se apertaram.

— Se você se casasse comigo, teria muito mais sucesso.

— Talvez. — Ela ergueu o queixo, encarou-o. — Mas nem por isso vou me casar com você.

A despeito da tentativa de se controlar, ele sentiu o rosto endurecer.

— Por que não?

Ela estudou-lhe os olhos. Após um longo momento, disse em tom calmo:

— Se você não sabe a resposta, isso é prova de que não devemos nos casar.

O macho interior rugiu.

— O que é isto? — Ele não conseguiu manter o tom grosseiro fora de sua voz. — Algum teste secreto?

Os olhos dela brilharam em resposta ao tom dele; com um movimento rápido, ela soltou o braço. Inclinou a cabeça em sinal de advertência clara e altiva.

— Vou passar a manhã com Catriona. Vejo você no almoço.

Virou-se e saiu da sala.

Ele manteve os pés plantados e a observou ir. A frustração transbordou. Teste secreto, de fato. O teste — o desafio diante de si — seria tecer uma rede de compulsões sociais e sedução, então usá-la para capturá-la, amarrá-la e arrastá-la para o altar... seu eu primitivo gostou da ideia.

Saboreou-a.

Jurou fazê-lo — amarrá-la com paixão e dever se necessário, e se casar com ela, a teimosa, obstinada e tudo o mais.

E — o verdadeiro desafio — faria tudo sem discutir ou aludir de forma alguma ao que realmente sentia por ela.

Aos sentimentos que ele não tinha a intenção de confessar, de um dia deixar virem à tona.

Mesmo para um libertino — talvez especialmente para um libertino —, alguns atos eram perigosos demais para serem contemplados.

Heather desceu as escadas de pedra até o calabouço abaixo do solar. Se o local já havia funcionado como um calabouço, ela não sabia, mas no momento era a oficina de Catriona. Como esperado, encontrou a prima lá, ocupada, compondo um de seus remédios.

Maços de ervas pendiam das enormes vigas enegrecidas que cruzavam o teto, destilando perfumes que flutuavam nas correntes de ar quente subindo da lareira em que uma pequena fogueira crepitava e assoviava. A câmara era grande, iluminada por janelinhas no alto das paredes e também por lamparinas a óleo fino. Algaria às vezes trabalhava ao lado de Catriona, mas naqueles dias era mais encontrada no berçário, expiando pecados passados ao cuidar dos filhos de Richard e Catriona, especialmente Lucilla, a próxima Senhora do Vale.

Enquanto isso, a atual Senhora do Vale estava de pé a uma extremidade da grande mesa central moendo algo em um pilão. Ela olhou para cima quando Heather parou do outro lado da mesa e sorriu.

— Imaginei que você passaria aqui.

Puxando um tamborete alto, Heather deixou-se cair nele.

— Breckenridge está me pressionando para me casar com ele.

Catriona arqueou uma das sobrancelhas finas.

— O que você esperava? Vocês dois ficaram viajando sozinhos juntos por... quanto tempo? Onze dias?

Heather pensou.

— Não. Só começamos a viajar juntos depois que fugimos dos outros, então só se passaram três dias. Não que isso importe.

— Três dias, três noites. — Catriona deu de ombros, olhou mais uma vez no rosto de Heather. — Você deveria ter imaginado que Breckenridge agiria de maneira honrosa.

Heather não viu razão para deixá-la se equivocar.

— Não tenho absolutamente nenhuma intenção de me casar com ele.

— Humm... ele é uma proposta um pouco assustadora. — Catriona fez uma pausa para examinar o pilão, então recomeçou o trabalho. — Mas, se ele for demais para você, então, embora eu seja a última a dizer que entende tudo sobre a alta sociedade e seus mecanismos, considerando sua história e a de Breckenridge, acredito que uma alternativa aceitável seria você se casar com outro cavalheiro, talvez algum segundo filho mais perto de sua idade, de temperamento mais gentil e manso, algum pretendente bem-educado e apropriado que esteja disposto a ignorar seu sequestro e o resultado dele, isto é, o tempo que você ficou sozinha com o maior libertino da alta sociedade, alguém que concordasse em se casar com você, presumivelmente por sua posição e riqueza, ressuscitando, assim, sua reputação. — Catriona ficou séria. — Veja bem, nunca compreendi como e por que um casamento pode reparar uma reputação irremediavelmente manchada.

Heather mal ouviu o último comentário de Catriona; estava muito imersa no horror diante da visão que as palavras anteriores dela haviam evocado.

— Não é... — Ela piscou, reforçou sua voz. — Ao passo que não tenho nenhum desejo de me casar com Breckenridge, a ideia de me casar com algum covarde disposto a ignorar... — Focou-se em Catriona. — Essa é uma perspectiva ainda pior.

— Ah. Achei que você talvez tivesse algum cavalheiro em mente.

— Não! Não é isso. — Heather tomou fôlego. — A verdade é que... decidi que o casamento não é para mim.

Parando de socar o pilão, Catriona olhou para cima.

— Ah, é?

Heather fez que sim com a cabeça.

— Nós, Eliza, eu e Angélica, também, mas ela é três anos mais jovem, por isso ainda não está se aproximando do último suspiro, mas Eliza e eu, especialmente, estivemos à procura... bem, do cavalheiro certo.

Os lábios de Catriona se curvaram. Ela olhou para baixo.

— À procura de seu herói?

— Sim! Exatamente. Nós sabemos o que queremos, que tipo de homem ele tem de ser. Mas... — Sem querer, a imagem de Breckenridge preencheu sua mente, não como ela tantas vezes o vira, o epítome da sofisticação polida rondando a alta sociedade, mas quando ele lhe segurara a mão, e eles caminharam através das colinas. O que ela estivera procurando? Que tipo de homem?

Um homem que a amasse.

Breckenridge não se qualificava, não nesse quesito.

Afastando a imagem dele de sua mente, com a determinação se firmando, ela voltou a atenção a Catriona.

— É claro que não vou encontrar o cavalheiro certo para mim, não agora que isso aconteceu, então decidi que, como o destino efetivamente decretou que não vou conhecer o amor, quero dedicar minha vida a ajudar crianças que estão sós e desabrigadas, que não têm aquilo com que nós, as três de nós e toda a família, nascemos. Por isso fiquei pensando se eu poderia permanecer aqui e aprender com você. Sei que você supervisiona os cuidados de um pequeno exército de crianças nessas condições. Pensei em talvez ficar aqui por um tempo, até o verão chegar e qualquer escândalo sobre meu sequestro ter passado. Até lá terei aprendido muito com você e suas ajudantes, serei capaz de ir para casa, em Somerset, e planejar a criação de um sistema semelhante lá.

— Humm. — Com as sobrancelhas franzidas, Catriona enfiou a mão em um saco de ervas, tirou um punhado e jogou as folhas no pilão. Pegando-o, olhou para Heather, fez uma pausa, estudando-a, depois olhou para baixo e recomeçou a socar. — É uma ambição louvável, e eu não a desencorajaria. Contudo, você deve lembrar que, para mim, cuidar de crianças de rua não passa de uma atividade que faz parte de um todo maior. Sou a Senhora do Vale, e essa é minha vocação, a posição e o trabalho que eu estava destinada a assumir. Cuidar delas é parte disso. — Ela parou e olhou nos olhos de Heather. — Mas é apenas parte de minha vida maior.

Heather fez uma careta.

— Não sei se estou entendendo.

Catriona trabalhou nas ervas.

— O que estou dizendo é que, antes de criar tais aspectos secundários em sua vida, você precisa se concentrar no núcleo, o elemento central... Acho que o que estou dizendo é que, primeiro, você precisa definir e assegurar seu destino.

— Mas não pode ser meu destino cuidar de crianças de rua?

Catriona levantou a cabeça e olhou para Heather. Os olhos verdes vívidos procuraram e de alguma forma enxergaram a essência sob a pele e a carne.

Heather manteve-se parada e, sem recuar, encontrou aqueles olhos verdes incisivos.

Após um momento, Catriona afastou o olhar.

— Não é o que vejo, o que sinto, para você.

Quando Heather a olhou, os lábios de Catriona se encurvaram, levemente tristes.

— Seu destino está entrelaçado com o de algum homem.

— Você pode vê-lo?

— Não em termos de carne e sangue, rosto e traços. Vejo a... aura dele, se posso dizer assim. O ser interior dele.

— E meu destino está preso ao dele?

— De acordo com a Senhora, seu destino é lidar com um homem... se não Breckenridge, alguém como ele, daquela laia. — Os lábios de Catriona se curvaram. — Um homem como seus primos. A Senhora sabe, posso reconhecer bem o tipo deles.

— Então... estou destinada a encontrar meu herói, afinal?

— De fato. Tudo o que tem a fazer é... — Catriona franziu o cenho. — A palavra que eu estou querendo dizer é "vê-lo". Talvez isso signifique reconhecê-lo.

Heather pensou nisso. As revelações de Catriona não vinham com frequência, mas tinham uma propensão surpreendente a tornar-se realidade.

— Talvez... depois que eu aprender a cuidar de crianças com você e voltar para Somerset... — Ela parou de falar; Catriona estava balançando a cabeça. — Não?

— Para a Senhora, seu plano de aprender a cuidar de crianças de rua é uma distração... pelo menos no presente. — Catriona inclinou a cabeça, como se estivesse ouvindo algo muito distante. — Ela interpreta que você está tentando evitar a vida que está destinada a viver.

Depois de um momento, Catriona voltou a se concentrar em Heather, estudou seu rosto, em seguida disse em tom irônico:

— Suspeito que você não vá querer ouvir isto, mas todos os meus instintos estão sugerindo que você deve prestar mais atenção a Breckenridge.

— Ele não me ama. Só quer se casar comigo porque sente que a honra o obriga a fazê-lo.

— Tem certeza?

— Tudo o que posso entender é o que ele diz...

— Ele já disse que *não* a ama?

— Não, mas...

— Mas ele não disse nada que a levasse a acreditar que a ama? — Quando ela assentiu, Catriona sorriu. — Isso, tenho de lhe dizer, não significa nada. Quem quer que seja seu herói, ele definitivamente é como seus primos, e arrancar uma declaração de amor de homens como eles nunca é fácil. Eles odeiam expor seus sentimentos mais nobres e até mesmo admitir que os têm, não se puderem evitar... — Catriona fez uma pausa, olhando perplexa.

— O que foi?

Catriona olhou Heather nos olhos.

— Acabou de me ocorrer que a situação atual entre você e Breckenridge... se ele estivesse apaixonado por você, considerando o que falei sobre homens desse tipo, você não acha que ele iria tentar explorar a situação de modo a poder se casar com você sem ter de se declarar?

Heather nem sequer teve de pensar para saber a resposta.

— Ele é o mais desonesto e manipulador possível. — Ela fez uma careta. — Então, realmente terei de considerá-lo mais de perto.

Catriona concordou.

— E, ao fazer isso, você talvez queira lembrar que, como eu, as esposas de seus irmãos e todas as suas primas teriam o prazer de testemunhar, vale muito a pena lutar pelo amor de tais homens.

Heather resmungou.

— Se eu sentisse alguma segurança de que, se raspasse aquela máscara exterior tão polida, encontraria meu herói...

— O amor raramente vem com garantias de qualquer espécie. E, com um homem como ele, você tem de estar preparada para arriscar seu coração se quiser ter alguma chance de ele expor o dele. — Catriona fez uma pausa, depois acrescentou: — Uma observação que pode lhe ser útil: Breckenridge é um hedonista até o último fio de cabelo. Por outro lado, se ele decide perseguir um objetivo, pode ter certeza de que é algo que ele realmente quer. Caso contrário, não moveria um dedo.

Considerando o que Heather sabia dele, aquilo era bem verdadeiro.

Ela se sentou e refletiu. Catriona voltou a trabalhar nas ervas.

Minutos se passaram enquanto ela pensava sobre tudo o que Catriona compartilhara, e sentia algo em seu interior se acomodar, aceitar. Então... sua busca ainda não acabara. E as coisas entre ela e Breckenridge ainda não haviam terminado.

Olhando para cima, encontrou o olhar entendido, compreensivo de Catriona.

— Muitas coisas para pensar?

Ela assentiu com a cabeça.

— Sim, e obrigada por... me ler. Sei que você não faz isso por todo mundo.

Os lábios de Catriona se curvaram para cima.

— Foi o que me ordenaram a fazer.

— Ah! — Heather desceu do tamborete. Estar perto de Catriona quando ela estava sendo a "Senhora" podia ser um pouco desconcertante. — Acho que vou subir e ver as crianças...

— Espere. — Catriona verificou o pilão, depois o deixou de lado. — Enfim acabei. — Com uma luz fraca e confusa nos olhos verdes, ela olhou para Heather. Em seguida, balançou a cabeça. — Por alguma razão, tenho de lhe dar isto. — Tirou do bolso do avental uma corrente, aros de ouro fino intercalados com pequenas e redondas contas roxas, com um pingente de pedra cor-de-rosa, um cristal com metade de um dedo de comprimento.

Caminhando ao redor da mesa, Catriona ergueu a corrente; ao chegar a Heather, colocou-a sobre a cabeça dela.

Heather pegou o cristal de corte hexagonal e o estudou.

— Há algo escrito nele, gravado nos lados.

— A linguagem é tão antiga que nem mesmo Algaria sabe o que significa.

Heather olhou para cima.

— O cristal é antigo?

Catriona aquiesceu.

— De minha mãe, e da mãe dela antes disso. Eu costumava usá-lo antes de me casar com Richard. — Tirou do decote do vestido o pingente pendurado na corrente que usava, uma similar e delicada corrente de ouro, mas intercalada com contas cor-de-rosa e um pingente roxo. — Mas, então, Richard me deu esta, que era da mãe dele, mais antiga ainda. — Apontou para o cristal roxo. — É ametista, que invoca a sabedoria. — Soltando o pingente de volta entre os seios, apontou para o pingente de cor-de-rosa na corrente ao redor do pescoço de Heather. — Isso é quartzo rosa, que faz menção ao amor.

Com o queixo para baixo, examinando o colar, Heather passou os dedos pelas pequenas contas roxas.

— E estas são de ametista, também?

— Sim. A obra que você tem significa uma fusão de amor e inteligência, sendo amor a principal força. É um amuleto apropriado para uma jovem que busca olhar no coração de seu herói.

— Obrigada, mas deve valer muito. — Heather olhou para cima. — Tem certeza...

— Sim. — Catriona sorriu. — Por cortesia da Senhora, sei que é certo lhe entregar esta corrente. Você deve usá-la até encontrar e agarrar seu herói, em seguida, passá-la para Eliza, depois para Angélica. — Catriona fez uma pausa, e suas sobrancelhas se ergueram. — E, então, ao que parece, em seguida, vai para Henrietta e, enfim, para Maria, antes de voltar para Lucilla aqui. — Ela arregalou os olhos. — Parece que a Senhora já tem alguns destinos em mente.

Heather colocou o pingente dentro do corpete.

— Tenho de admitir que é reconfortante saber que a Senhora está do meu lado.

Catriona sorriu.

— Eu sabia que deveria entregá-la a você. É por isso que a trouxe comigo esta manhã. Mas não sabia o restante, sobre as outras. Suspeito que ouvir que Lucilla, de fato, vai acabar encontrando um herói foi minha recompensa por fazer o que deveria para você.

Heather tocou o colar.

— Deve ser difícil abrir mão de algo de sua avó.

— Sim, e não. — Catriona pegou o pilão e levou-o até um banco. — Aprendi ao longo dos anos a não questionar. Apenas acreditar e obedecer.

Retribuindo o sorriso, Heather se virou para sair.

— Estou indo para o quarto das crianças. Você tem alguma mensagem?

— Só diga aos gêmeos para pararem de brigar por causa do jogo da bugalha. Ah. — Catriona olhou para cima. — Outra coisa... lembre-se de que um homem que declara seus sentimentos muito facilmente vai deixar você se perguntando se foi de coração. E o inverso é ainda mais verdadeiro.

Com as sobrancelhas arqueadas, Heather refletiu, depois assentiu. Com um aceno, ela começou a subir as escadas.

No meio da manhã, Breckenridge passou a cavalo pelo local, na estrada do solar, onde, na tarde anterior, avistara o homem que ele tinha certeza de estar por trás do sequestro de Heather olhando-os.

— Ele pôs o cavalo no topo do caminho. — Apontou para o caminho que descia vindo de Knockgray. — E ficou nos observando. — Após um momento, ele acrescentou: — Não senti que ele estava interessado em se aproximar. — Olhou para Richard, montado em um cavalo preto ao lado. — Há algo que Catriona faz para repelir os invasores?

Richard bufou.

— Eu não pergunto, mas suspeito que aqueles com más intenções, hoje em dia, acham estranhamente difícil atravessar nossas fronteiras. Não foi sempre assim, mas ela ficou cada vez mais forte ao longo dos anos.

Quando chegaram à estrada para Ayr, Richard apontou com a cabeça para ela.

— Vamos ver se podemos encontrar o rastro dele.

Eles cavalgaram depressa até lá, diminuindo a velocidade à medida que alcançavam o topo da subida íngreme. Debruçando-se na sela, Richard analisou o chão, então sorriu.

— Um cavalo bom e grande, com cascos bons e extragrandes. — Ele virou sua montaria, trotando pela estrada para passar pelas casas do vilarejo. — Por aqui. — Quando chegaram ao final do pequeno vilarejo, e o rastro seguiu adiante, Richard sorriu e se endireitou. — Excelente. Este caminho se une à estrada perto de Casphairn. Com alguma sorte, os moradores irão tê-lo visto.

Breckenridge trouxe o cavalo baio até Richard.

— Se ele estiver por perto e for tão grande quanto parecia, não deve ser muito difícil saber se eles viram o homem certo.

— Quão grande ele era?

Breckenridge olhou para Richard, medindo sua altura em relação à altura do cavalo.

— Se o cavalo dele fosse maior que o seu... e esse poderia muito bem ser o caso; parecia enorme... então ele é, pelo menos, alguns centímetros mais alto que você e bem mais largo, pelo menos, nos ombros e no peito.

— Um sujeito grande, mas, como você diz, deve ser mais fácil rastreá-lo. Qual a cor do cabelo?

— Ao longe, preto.

Eles olharam para a cabeça um do outro. Os cabelos de Breckenridge eram castanho-escuros como uma zibelina, enquanto os de Richard eram bem pretos. Mas saber a diferença a distância... Richard fez uma careta.

— Cabelos escuros, então.

Não demorou muito tempo para eles chegarem ao local onde o caminho se juntava à estrada para Ayr. Pouco antes da junção, uma cabana arrumada ladeava a rota. Um velho sentado na varanda em uma cadeira de balanço levantou a mão em uma saudação.

— Bom dia, sr. Cynster.

— É um bom dia mesmo, Cribbs. — Régio no cavalo negro empinado, Richard perguntou: — Diga-me, você viu um homem grande em um cavalo igualmente grande passar ontem à tarde?

— Às quatro horas, mais ou menos — acrescentou Breckenridge.

Mas Cribbs já estava assentindo com a cabeça.

— Não dava para não o ver, grande como era. Fidalgo ou proprietário de terras, pelo olhar. Ele tinha um bom cavalo castrado castanho. Deve ser forte como um touro, o cavalo, para aguentar o peso dele.

— Parece a descrição do homem que estamos procurando. Você viu por onde ele foi?

— Em direção ao vilarejo. — Cribbs apontou para o norte, rumo a Casphairn.

— Obrigado. — Richard e Breckenridge saudaram-no e trotaram adiante.

Assim que chegaram à estrada mais bem pavimentada, deixaram os cavalos esticarem as pernas, até a curva seguinte. Quando chegaram à igreja paroquial, Richard freou.

— Há apenas uma taverna. Greystones.

Breckenridge seguiu Richard até um prédio arrumado, baixo, de paredes caiadas um pouco mais adiante na estrada. Richard cavalgou por um beco estreito, e eles desmontaram no pátio de cascalho atrás da taverna. Deixando os cavalos amarrados a um poste, Richard abriu caminho por uma porta traseira aberta. Tanto ele quanto Breckenridge tiveram de se desviar do portal baixo. Endireitando-se lá dentro, Breckenridge encontrou-se em uma taverna acolhedora.

Com metade das paredes coberta de painéis de madeira escura, e mesas e cadeiras no mesmo tom, além de um longo bar de um lado, toda iluminada pela fogueira em uma lareira de pedra, e com a luz do sol se derramando através das janelas gêmeas diante da estrada, a longa e estreita taverna estava confortavelmente quente e cheia de bom ânimo.

— Sr. Cynster! Como posso ajudar o senhor? — O olhar do *barman* passou de Richard a Breckenridge. Cumprimentou-o com um sorriso e um gesto de cabeça. — E seu amigo também.

— Duas cervejas, Henry. E sua orelha. — Sorrindo, Richard ficou diante do bar, debruçando-se no balcão elevado.

Breckenridge pôs-se ao lado, seu olhar examinando os outros ocupantes. Quatro velhotes com nada melhor para fazer do que sentar-se ali, bebendo cerveja e prestando atenção à estrada — exatamente o que ele e Richard estavam procurando.

O *barman* encheu duas canecas cheias até a borda com cerveja. Breckenridge virou-se para aceitar a dele com um murmúrio em agradecimento. Tomou um gole, depois dirigiu a Richard um olhar que este estava esperando. Breckenridge sorriu e fez um brinde sem palavras a Richard.

— Seu segredo?

A cerveja era deliciosa.

Richard encolheu os ombros e engoliu.

— É só que nunca vi a necessidade de mencioná-la no solar, pelo menos perto das mulheres.

O *barman* retornou após levar canecas frescas que Richard enviara para os quatro homens mais velhos. Todos agradeceram e ofereceram um brinde a Richard antes de beber com gratidão.

Henry, o *barman*, pegou um pano e limpou o balcão com afinco.

— Então, como posso ajudá-lo, senhor?

— Um homem grande em um cavalo castrado castanho e grande passou por aqui ontem à tarde. — Richard virou-se para incluir os quatro homens mais velhos. — Algum de vocês deu uma boa olhada nele?

— Melhor — disse Henry. — Ele veio aqui. Parou para tomar uma cerveja.

— Sim — concordou um dos homens mais velhos. — E depois perguntou sobre o solar. Queria saber aonde a estrada levava.

Henry assentiu.

— Isso. Era um cavalheiro de boa aparência.

— Mais alto do que eu? — perguntou Breckenridge. — E maior também?

Henry e os outros aferiram Breckenridge, que era um pouquinho mais alto que Richard.

— Isso, correto — opinou um dos mais velhos. — Boa pinta, também, mas não tanto quanto você.

Breckenridge, com bom humor, ergueu a cerveja quando eles riram.

— E ele era das terras baixas ou das terras altas? — indagou Richard.

— Das terras altas, com certeza, ou então minha mãe é inglesa — respondeu um dos clientes.

Os outros assentiram.

— Nunca o vi por aqui antes — contou Henry. — E ele disse que estava de passagem.

— Seguiu cavalgando para o norte — acrescentou o velho mais próximo à janela. — E aquele cavalo era um espetáculo. Maciço no peito e forte, garanto.

— De perto, como ele era? — perguntou Richard a Henry.

— Cabelos pretos, como os seus. Olhos... — Henry fez uma pausa e estremeceu. — Para dizer a verdade, se ele não fosse um camarada tão bem-apessoado, aqueles olhos teriam me dado arrepios.

Breckenridge baixou a caneca.

— Como assim?

— Eram pálidos. Lembraram-me do gelo que queima no inverno. Frios e pálidos, mas com algo fluindo por baixo.

Um momento de silêncio deu a devida nota ao comentário poético de Henry.

— E quanto aos traços? — indagou Richard.

Henry fez uma careta, olhou para os outros.

— Bem o que você esperaria de um proprietário de terras, eu diria.

— É. Limpo, bem barbeado. As roupas eram de qualidade também. E as botas.

Não importava como perguntavam, não descobriram nada mais.

Após secarem uma segunda caneca de cerveja, Breckenridge juntou-se a Richard para despedir-se dos cinco homens na taverna e caminhou de volta para o pátio traseiro.

Os dois pararam no pátio, olhando o campo inclinado atrás da taverna enquanto colocavam as luvas de equitação.

— Não descobrimos muita coisa, tirando a confirmação de que ele é um proprietário de terras. Não erraram nisso.

— E os olhos — disse Breckenridge. — De tudo o que descobrimos sobre ele, os olhos são a coisa mais distintiva. Isso, combinado com seu tamanho, combinado com o fato de ser um proprietário de terras... pode não ser suficiente para o identificarmos, mas deve servir para o reconhecermos se ele vier atrás de Heather novamente, ou de uma das outras meninas.

— Verdade. — Richard pegou as rédeas do cavalo e subiu na sela.

Breckenridge montou mais devagar, fazendo malabarismos com as possibilidades na mente. Acomodando-se na sela, encontrou os olhos de Richard.

— Há uma possibilidade remota de o homem que parou aqui ser simplesmente o que disse ser: um proprietário das terras baixas a caminho do norte. Talvez ele tenha ficado apenas curioso conosco andando na frente dele.

— Mas você não acredita nisso. — Richard deteve o nervoso cavalo preto.

— Não. — Breckenridge levou o cavalo baio até o beco para voltar à estrada. — Porque não posso negar as semelhanças entre as descrições que Heather e eu, separadamente, recolhemos de Fletcher e Cobbins, e o que acabamos de ouvir.

Cavalgou até a estrada. Richard seguiu ao lado, e eles galoparam para o sul, rumo ao Vale.

— Então, como estão progredindo os planos para o casamento? — perguntou Richard, depois que saíram do vilarejo.

— Não estão. — Breckenridge notou o tom rígido e a irritação subjacente à sua fala. Não se importou se Richard os ouviu também. — Ela colocou na cabeça a ideia tola de que não preciso me casar com ela, que ela vai sair e tocar um orfanato no interior, ou coisa do tipo, de modo que sua ruína social não importa.

— Ah! — Richard assentiu com a cabeça em um gesto sábio. — Ela está brincando de ser teimosa.

— *Brincando?* — Breckenridge dirigiu-lhe um olhar irado. — Ela é a definição da palavra. Eu já tentei convencê-la. Duas vezes.

— Odeio contar a novidade, meu filho, mas não serão suas palavras melosas que a farão mudar de ideia.

Breckenridge bufou.

— Também tentei. Até agora tudo o que ganhei foi... — *Uma sensação ainda mais profunda de estar irrevogavelmente ligado a ela.*

Richard olhou-o com curiosidade.

— O quê?

Ele fechou a cara, rosnou:

— E eu lá sei?

Richard sorriu.

— Bem, não importa o que for preciso; console-se com o pensamento de que o resultado final valerá a pena.

Ele dirigiu um olhar penetrante a Richard, viu um evidente contentamento em seu rosto. Sentiu-se compelido a perguntar:

— E o que você teve de fazer?

O sorriso de Richard se aprofundou.

— A mesma coisa que todos nós tivemos de fazer: prostrar-nos aos pés delicados delas, jurar amor eterno, e dizer com intenção.

Fácil para você. Ele não disse as palavras, porque, assim que se formaram em sua cabeça, ele sabia que não era provável que fossem verdadeiras. Richard era muito parecido com ele, até mesmo quanto à verdadeira natureza de sua ascendência. Richard fora o escândalo que não fora escandaloso; Helena, duquesa do pai de Richard, reivindicara-o como filho pouco depois de seu nascimento e da morte de sua mãe biológica no parto — e ninguém com um cérebro na cabeça discutia com Helena.

Breckenridge também era bastardo, mas fora seu pai que lhe abrira os braços e o reivindicara, também no nascimento.

Tanto ele quanto Richard haviam crescido até a idade adulta entre a alta sociedade, com toda a riqueza e os privilégios relativos a quem pertencia aos círculos superiores da nobreza. No entanto, ele suspeitava que Richard, assim como ele, sempre carregara uma pergunta enterrada nos recessos mais profundos da mente. Uma pergunta que tinha a ver com lugar de direito.

No caso de Richard, ele teve de encontrar um, e claramente foi bem-sucedido ali, no Vale. Não deve ter sido fácil; embora tivesse passado menos de um dia na propriedade, Breckenridge percebera que era Catriona a ocupar o centro, ainda que Richard tivesse esculpido o próprio lugar, e claramente conseguido, ao lado dela.

Quanto a si mesmo... A questão de Breckenridge era um pouco diferente. Ele tinha um lugar a sua espera — o do pai. Quando o pai morresse, ele se tornaria o conde de Brunswick. Embora já realizasse muitos dos deveres, fizesse grande parte do trabalho cotidiano de gerir a propriedade, ele ainda se perguntava, quando chegasse a hora, se iria corresponder à altura.

Por alguma razão, sabia que, se tivesse Heather ao lado, conseguiria.

Que, se ela estivesse lá, esperando com alegria que ele fosse tudo o que poderia ser, então seria tudo o que precisava ser e, possivelmente, iria além.

Galopando ao lado de Richard, ele pegou a estrada que levava ao Vale e seguiu de forma constante em direção ao solar; na paz e na calmaria, quebradas apenas pelo baque dos cascos dos cavalos, tentou analisar por que estava tão convencido de precisar dela, e só dela, para ter sucesso em sua vida futura... no final, concluiu que não fazia ideia.

Mas, talvez, Richard estivesse certo.

Ele tinha mais em jogo do que Heather sabia, mais do que jamais poderia deixá-la saber, mas talvez fosse útil fazer algumas concessões, revelar o suficiente para despertar-lhe a curiosidade e, por fim, o interesse.

Isso, e assumir uma linha mais agressiva, mais dominante, na ligação que, ao que parecia, ela imaginava que ele permitiria que se acabasse.

* * *

A próxima vez que Breckenridge se encontrou com Heather foi à mesa do almoço. A cadeira ao lado dela estava vazia; ele reivindicou-a, mas os filhos mais velhos de Richard e Catriona, o primeiro par de gêmeos, Lucilla e Marcus, haviam se juntado à companhia deles à mesa alta, e selecionado as cadeiras em frente.

Ele logo percebeu que os gêmeos de oito anos de idade estavam determinados a fazer o que viam como dever social: manter as conversas rolando.

Os assuntos que eles escolhiam variavam do estilo dos cabelos dos cavalheiros — comparando o de Richard com o seu —, passando por comentários sobre a fonte do cordeiro assado — identificado pelo nome — e o vinho de dente-de-leão de Algaria, até especulações sobre se teriam motivo para visitar Londres em breve.

O par discutiu o último tópico com alegria e longamente, com os olhos arregalados em inocente curiosidade, que não enganavam a ele e a Heather nem um pouco.

Os dois trocaram um olhar, então ambos se puseram a desviar a atenção para qualquer outro assunto exceto aquele que, de forma transparente, mais era ressaltado em cada mente.

Um breve olhar pelo salão confirmou que quase todo mundo vivia na expectativa ansiosa de ouvir o anúncio de um noivado a qualquer momento. Embora a observação só alimentasse a frustração de Breckenridge, a irritação subjacente quanto ao fato de ainda não ter garantido que ela concordasse com um casamento naquelas circunstâncias, ele manteve os lábios fechados.

Chegou a considerar o uso de meios não verbais para perseguir seu objetivo, mas, além de estarem sendo observados de perto, ele não podia, percebeu, prever como Heather reagiria.

Com qualquer outra mulher com quem estivesse envolvido, ele não teria hesitado, mas não com ela, ainda mais que seu objetivo não era simplesmente dar continuidade ao envolvimento.

Ele nunca antes cortejara uma mulher. Para alguém de sua *expertise*, era inquietante perceber que o cortejo não era tão fácil quanto a sedução.

Quando os pratos estavam vazios e todos estavam satisfeitos — e Algaria convocou os terríveis gêmeos para as aulas vespertinas e enxotou-os antes de sair do vestíbulo —, ele estendeu a mão e, por baixo da mesa, puxou a manga de Heather. Debruçou-se bem perto quando ela se virou para ele, capturou-lhe o olhar e murmurou:

— Nós precisamos conversar.

Ela estudou-lhe os olhos por um momento, depois assentiu.

— Está bem.

Ele se endireitou, aliviado, e considerou.

— Sabe de algum lugar onde possamos conversar sem sermos interrompidos ou ouvidos e, de preferência, vistos?

Ela fez uma careta.

— Não ser visível da casa não é fácil, mas se formos para o jardim de ervas ficaremos a uma boa distância. Ninguém será capaz de escutar, nos interromper com facilidade, ou de ver nossos rostos.

Ele balançou a cabeça, levantou-se e puxou a cadeira para trás.

Ela abriu o caminho para fora do salão que se esvaziava; ignorando o olhar interrogativo que Richard enviou-lhe, bem como o olhar sereno de Catriona, ele foi em seu rastro.

O jardim de ervas era, talvez previsivelmente, grande; preenchia a ampla faixa de terra que descia em uma inclinação separando as paredes do solar das margens do pequeno rio. Nos canteiros de formato irregular, alguns espécimes só recentemente haviam se libertado do abraço do inverno e experimentavam desfraldar botões verdes, enquanto outras plantas irrompiam com nova folhagem em profusão abundante. Na parte inferior da encosta, o rio corria na cheia, borbulhando sobre as rochas, espirrando-se nas pedras encaixadas nas margens. O som era feliz, animado, estranhamente reconfortante.

Com as mãos nos bolsos, ele continuou seguindo Heather, que avançava e descia pelo jardim de plantas densas, ricas, informais. O canto de pássaros era afogado pelo zumbido de abelhas que esvoaçavam entre as alfazemas e as muitas e diversas outras flores que ele não podia nomear. O sol estava alto, seu calor radiante banhando as plantas; a tapeçaria de aromas que exalava para envolvê-los era suficiente para deixá-lo tonto.

Heather levou-o em direção ao rio, até uma pequena reentrância no lado inferior de um canteiro, uma curva esculpida na margem que subia e era envolvida por um muro de pedra. Na curva, mais blocos haviam sido colocados para formar um banco. Caminhando até uma extremidade, com um farfalhar das saias, ela se sentou. Ele parou. Quando, olhando para cima, ela arqueou uma das sobrancelhas, ele deu de ombros e se sentou ao lado dela.

O sol brilhava, em uma bênção gentil, sobre eles; a rocha aquecida em torno deles os encasulava, a névoa fina jogada pelo rio deixava uma ocasional carícia refrescante.

— Boa escolha. — Recostando-se para trás, ele apoiou os ombros na borda superior do muro e fixou o olhar no rosto dela. O perfil era tudo o que via. — Precisamos resolver isto. E não, não me diga que já está resolvido, porque não está. — Ele parou, fazendo um esforço determinado de, se não erradicar o tom conciso de sua voz, pelo menos silenciá-lo.

De olhos fechados, ela inclinou o rosto para a apreciação sensual do sol.

— Você verá da forma como vejo em breve. Dê tempo a si mesmo.

Foi preciso esforço para não trincar os dentes.

— Não vou mudar de ideia, e, ao contrário do que supõe, não temos tempo ilimitado. Pelo que sabemos, seus pais podem já estar a caminho. Precisamos ter uma posição consensual antes de eles chegarem.

À menção de seus pais, Heather virou-se para olhá-lo, com expressão séria.

— Eu escrevi e lhes disse que estou perfeitamente bem e que não há necessidade de eles virem até aqui.

— Isso pode não os convencer, mas, de qualquer modo, precisamos discutir, de forma sensata, racional, a perspectiva de um casamento entre nós. Você pode ter imaginado um futuro sem uma aliança de casamento, mas, realisticamente, em nosso mundo, não é uma opção, não para você.

Era o mesmo que Catriona lhe informara. O peso do pingente de quartzo rosa em sua pele lembrou-a do que mais Catriona dissera; ela não estava mais avessa a discutir uma possível união. Olhou para frente.

— Muito bem. Por que não me explica seu caso? — E talvez, se ouvisse e observasse de perto, poderia obter alguma dica do que, por trás das palavras, por trás da máscara tantas vezes impassível, realmente estava acontecendo dentro dele. — Ou seja, seu caso além dos imperativos sociais óbvios.

— Difícil, dado que meu caso se baseia nos imperativos sociais óbvios.

— Ainda assim, você pode, pelo menos, *tentar* encontrar uma base mais ampla.

Pelo canto do olho, ela viu-o olhar para cima, como se implorando por ajuda divina ou talvez mais prosaicamente se perguntando *por que eu?* — e teve de esconder um sorriso.

Por fim, ele baixou a cabeça e nivelou seu olhar avelã com o dela.

— Certo. Vamos tentar uma perspectiva mais ampla. Você é uma Cynster, bem-educada, bem-relacionada, bem-dotada e mais que um tanto atraente.

Ela inclinou a cabeça.

— Obrigada, gentil senhor.

— Não me agradeça ainda. Você também é opinativa, voluntariosa mais que o necessário, gosta de argumentar e às vezes é irracionalmente teimosa. Seja como for, por alguma razão que não compreendo, conseguimos nos dar razoavelmente bem ao longo da última semana, mais ou menos, quando tínhamos um objetivo em comum. Tomo isso como uma indicação de que, se fôssemos nos casar e assumir em conjunto o objetivo comum de gerir a propriedade de meu pai, a propriedade que com o tempo será nossa, nós nos veríamos mais uma vez em terreno comum, pelo menos para fazer um casamento dar certo.

Ele a surpreendeu.

Recostando-se para trás, ela o olhou. Ele apoiara os ombros na curva da parede, esticando um braço ao longo da borda superior, as pernas longas estendidas de modo que as botas roçavam as bainhas dela. À vontade, relaxado e afável, parecia o epítome do libertino sofisticado de Londres, que, de fato, ele era.

Era também um enigma.

Em algum momento durante a caminhada pelas montanhas, ela percebeu que não importava o que ele lhe permitisse ver; havia algo diferente, algo ainda mais atraente, sob seu verniz polido.

— Você partilharia as responsabilidades da gestão da propriedade? — Ela não esperava que ele falasse de tais questões.

— Se fosse seu desejo se envolver... — Ele estudou-lhe o rosto. — Há, por exemplo, o mesmo número de crianças a serem resgatadas na propriedade e nos arredores que você encontraria em qualquer outro lugar do país.

Ela resmungou.

— Então, eu permaneceria em Baraclough, supervisionando a casa, enquanto você se pavoneia na capital?

Olhando para baixo, ele afastou uma folha de suas calças.

— Ao contrário do que diz a crença popular, não passo tantas semanas assim na capital nos últimos tempos. Fico a maior parte do tempo em Baraclough.

— Humm. Certo. — Ela assentiu com a cabeça. — Isso é algo a considerar. Então, com o que mais você pode me tentar?

Breckenridge escondeu um sorriso irônico; imaginara que, como suas mentoras Cynster, ela seria atraída pela perspectiva de gerir uma grande casa e o povo da propriedade. A capacidade de administrar corria no sangue.

— Acredito que mencionei estar sob pressão de minhas irmãs para me casar. Não é de surpreender que um motivo grande e pertinente por trás do estímulo de minhas irmãs é o desejo de que eu gere um herdeiro, ou mais, garantindo assim a sucessão. Se pensar que a propriedade poderia um dia voltar à Coroa, você pode enxergar que seu papel como minha futura condessa faz parte do esforço de assegurar a linhagem da alta sociedade contra o rei George e seus companheiros.

Ela semicerrou os olhos.

— Essa é a maneira mais criativa que já ouvi dizer que se quer ter filhos.

Com os lábios curvados, ele deixou sua expressão se amenizar.

— Eu quero. Você não?

Ela olhou para frente.

— Sim, claro. — Após um momento, ela acrescentou: — Não posso imaginar não querer filhos, verdade seja dita.

— Bem, então, estamos de acordo.

— Não se empolgue. Você ainda não me convenceu de que deveríamos nos casar.

Ele hesitou, então disse:

— Talvez seja tempo de examinar suas razões para dizer não. — Ele fixou o olhar no rosto, mais uma vez no perfil, dela. — Você não está hesitante em razão de minha... por falta de uma expressão melhor... "paternidade irregular", está?

Pensou em perguntar não porque imaginava que ela usaria isso contra ele — não imaginava —, mas porque era uma excelente jogada para provocar-lhe simpatia... mas enquanto as palavras deixavam seus lábios ele percebeu que, em algum lugar lá no fundo, a questão do pertencimento, de ser visto como era e ainda ser aceito em seu papel, permanecia.

Para ser banida pelo olhar que ela lhe dirigiu — uma expressão que transmitia mistificação e uma ofensa incipiente.

— Não seja idiota! — A carranca se intensificou. — Isso nem mesmo me passou pela cabeça. Por que passaria? Não é como se você não fosse tão bem-nascido quanto eu, e você é o herdeiro de Brunswick, afinal de contas. — Gesticulando para o solar atrás deles, ela olhou para frente. — E pense em Richard.

Heather fez uma pausa, honestamente atordoada por ele ter imaginado... mas talvez não fosse isso. Não era a verdadeira razão por que ele tocara no que deveria ser, para ele, um assunto delicado. Com os olhos fixos no rio, mas sem vê-lo de fato, sentindo as palavras, ela continuou:

— Você é você. É velho, experiente e mundano demais para ser julgado por quaisquer outros critérios que não quem e o que você é. — Ela olhou depressa na direção dele, encontrou a habitual fachada ilegível. — A forma como você se comporta.

Olhando mais uma vez para o rio, ela inclinou a cabeça para ele.

— E, por mais que me doa reconhecer, você não tem sido nada além de protetor e honrado. De fato, em toda a nossa aventura você esteve próximo de corresponder a uma lista de virtudes cavalheirescas.

— Próximo?

— Você retrucou demais e é muito teimoso.

— Você entende disso.

— Exatamente, eu entendo. — Ela olhou-o novamente, desta vez encontrou-lhe o olhar. — Você pode ser um perito em seduzir mulheres, mas se há uma coisa em que *eu* sou especialista é em cavalheiros de arrogância aristocrática e na forma como eles se comportam. Vivo cercada pela nata da espécie desde o nascimento. E você é facilmente identificável como um deles.

Assentindo com a cabeça para enfatizar sua conclusão, ela voltou a olhar para o rio.

Não ficou muito surpresa quando ele demorou a falar, não se apressou a forçar qualquer outro argumento.

Não durou muito, é claro.

— Tudo bem. Então, não é minha ascendência, e você claramente não se sente muito desafiada por mim ou minha posição. Você não se sente fora de lugar lidando comigo.

Quando ela fez um som de escárnio e lançou-lhe um olhar de desprezo, ele percebeu-o, capturou-o.

— Então, o que... — Sua voz se aprofundou, se amaciou, os tons suaves deslizando pela pele dela — ... será preciso para convencê-la de que você poderia, na verdade deveria, se casar comigo?

Ele deixou-a olhar em seus olhos, sem manter sua máscara entre eles, para variar.

A fim de deixá-la ver que ele queria saber de verdade, com sinceridade.

Ela inspirou fundo, depois olhou para o rio e deixou escapar um suspiro longo e lento. Perguntou-se por que se dar ao trabalho. Se ele realmente não sabia...

Talvez ela devesse lhe dizer.

— Muito bem. Como você está tão determinado a ouvi-las, eis minhas razões. — Ela nunca as havia verbalizado antes, não todas elas, mas, se Catriona estivesse certa e ele pudesse ser seu herói... convinha tentar encontrar as palavras. — Eu há muito decidi que o único elemento sem o qual nunca concordaria em me casar é... a afeição verdadeira.

Recordando as visões de Catriona, ela substituiu a palavra, para os homens, menos assustadora, menos específica.

— Uma afeição forte o bastante para durar anos, poderosa o bastante para orientar e informar, profunda e ampla o bastante para ser a base de uma vida compartilhada. Quero paixão e risadas, interesse e inclusão, uma parceria pelo menos em um nível prático e algo ainda mais profundo no nível pessoal. Quero... ser desejada, me sentir necessária, saber que ocupo um papel que só eu posso ocupar.

Ela fez uma pausa, em seguida, forçou-se a continuar.

— Mas ainda mais que isso, quero que a profundidade do afeto seja oferecida a mim, Heather Cynster, não porque *sou* Heather Cynster, herdeira bem-relacionada e... — Ela lançou-lhe um olhar — ... considerada por alguns como mais que um tanto atraente, mas porque eu sou *eu*. — Ela tocou no peito, sentiu o pingente sob o corpete. — Quero ser querida, necessária e casada por causa de quem eu sou, não do que eu sou.

De repente, vendo o paralelo, ela capturou-lhe o olhar.

— À luz de sua pergunta a respeito de sua ascendência, você deve entender como me sinto. O quão importante para mim é ser valorizada por mim mesma e saber disso.

Breckenridge a encarou e se perguntou como permitira-lhe manipulá-lo até tal posição. Estava em uma sinuca de bico. Porque ele entendia — mais que isso, sentia a ressonância das palavras dela chegarem ao fundo, até o homem que realmente era. Sentia sua verdadeira natureza reagir, responder, atraída sem esforço por uma compulsão de satisfazer-lhe a necessidade.

De deixar escapar as palavras que ele não tinha a intenção de dizer, de colocar diante dela a garantia, a capitulação que ela estava procurando — o voto de que ela seria sempre e para sempre o foco, o fulcro de sua vida... a admissão pairava sobre sua língua de repente imprudente.

Ele não fizera ideia de que sua sondagem pudesse precipitar uma tal conexão, que as respostas dela pudessem aprofundar ainda mais sua suscetibilidade. Ele estivera procurando uma maneira de evitar mexer em suas emoções. No entanto...

Ela queria que ele lhe dissesse que a amava.

Mas isso significava que ele mesmo teria de ouvir as palavras.

Palavras que jurara nunca mais proferir, jurara nunca mais se abrir, abrir seu coração, a tanta dor...

Ele conhecia a dor, ainda carregava as cicatrizes.

Nunca, nunca mais.

Seus olhares permaneceram bloqueados. Ele quase a sentia dispondo-o a abrir a boca e falar...

No tempo suspenso, alongado, ele começou a suspeitar de que ela sabia, havia visto, no mínimo desconfiava, daquilo que ele próprio fingia não ver.

A perspectiva o sacudiu, ajudou-o a manter os lábios firmemente fechados.

Como ele não falou — quando ela aceitou que ele não iria falar —, as pálpebras se abaixaram e ela se afastou, inclinando o queixo, enquanto se virava para se defrontar com o rio.

— Independentemente dos argumentos que você ou outros possam oferecer, não vou me casar sem aquela afeição em particular.

Uma declaração, um desafio vibrante.

Ele se mexeu, os músculos ficando tensos, em seguida, forçou-se a relaxar novamente.

— Essa "afeição"...

As palavras concisas estavam em seus lábios antes de ele pensar, colocadas ali por aquele macho elementar que já a considerava sua. Que ouviu a intransigência dela como um chamado proferido por um toque de clarinete, que interpretou o desafio dela como uma afronta.

Mas a insistência agressiva não triunfaria sobre a teimosia dela. Não prevaleceria.

Ele tinha outras armas à disposição, aquelas que afinara ao longo de décadas na alta sociedade.

— Sim? — Com as sobrancelhas arqueadas, ela o olhou.

— Talvez... — Retomando a *persona* do libertino, investindo cada movimento de graça lânguida ele se moveu para frente, mais perto. Ele a encarou. — Você poderia me ensinar aquilo de que precisa. — Ele deixou seu olhar descer dos olhos para os lábios dela. — Sempre disseram que aprendo rápido, e, se estou disposto a aprender, a me dedicar ao estudo do que você realmente quer...

Os lábios dela se abriram de leve. Ele voltou o olhar mais uma vez aos olhos dela, ao azul tempestuoso. Leu o interesse dela, sabia que lhe capturara a indivisa atenção.

Sorriu por dentro.

— Se eu jurar fazer tudo o que posso para atender às suas exigências, você não deveria aceitar o... desafio, se assim quiser chamá-lo, de me aceitar como sou e me remodelar conforme sua necessidade?

Olhando para seus olhos, resistindo à vontade de olhar seus lábios tentadores, levantou a mão, tocou-lhe o rosto com a parte de trás dos dedos em uma carícia leve e provocante.

— Você poderia, se desejar, assumir o desafio de domar o maior libertino da alta sociedade, de fazer de mim seu escravo devotado... mas teria de trabalhar para isso, esforçar-se e dedicar tempo para ensinar a mim, o homem de arrogante ignorância que sou, tudo aquilo que será muito facilitado, por assim dizer, por nosso casamento. Afinal, nunca é fácil ou rápido conquistar o que vale a pena. Se estou disposto a dar-lhe as rédeas para me moldar a seu gosto, você não deveria estar disposta a aceitar?

Ela estava pensando, considerando; ele podia ver isso em seus olhos. Estava acompanhando os argumentos, sua mente seguindo o caminho que ele queria que tomasse.

Mexendo os dedos para lhe enquadrar de leve o queixo, ele segurou-lhe o rosto com firmeza, como se para dar um beijo.

— Pense apenas... — murmurou ele, com os olhos ainda fixos nos dela, seus lábios se curvando num sorriso muito ensaiado — ... no prestígio que você será capaz de reivindicar por ser a dama que me capturou.

O foco dela se afiou. Ela olhou-o nos olhos, estudou-os.

Em seguida, revirou os olhos e afastou o queixo dos dedos dele.

— Você é realmente muito bom, mas isso não vai funcionar.

Ele olhou-a. Ele a teve por um momento; ela esteve com ele, seguindo-o, mudando de ideia...

Encarando o rio, como se pudesse ouvi-lo, ela balançou a cabeça.

— Há um monte de *se* e *mas* nisso, e nenhum deles mudou nada. — Ela olhou-o, com olhos penetrantes. — Você não esperava me enfeitiçar para que me casasse com você, não é?

Sim.

Com os lábios apertados, ele voltou a se apoiar no muro, olhou para o céu. Poucas mulheres eram imunes a seu charme persuasivo, mas, é claro, tinha de haver uma. Praguejando por dentro, ele sondou depressa suas opções.

Abriu mão de toda a pretensão e se sentou.

— Ouça: não podemos continuar como estamos, com absolutamente nada decidido.

— Pelo contrário, não há nada para decidir. Você fez uma oferta motivada pela honra, e eu recusei.

— Não é o fim de tudo.

— É sim. E, se tudo o que você tem a dizer é uma reafirmação do que já disse, então acredito que não temos mais nada a discutir. — Com o nariz empinado, Heather preparou-se para se levantar.

A mão de Breckenridge se prendeu fortemente em seu braço.

— Não, você não... apenas fique quieta e ouça.

Seu rosnado, seu aperto possessivo, provocou-a. Ela se virou e olhou para ele.

— Por quê? Para você me intimidar até eu concordar? — Ela se libertou da mão dele e se impulsionou sobre os pés.

Ele também se levantou, colocando-se logo de frente para ela, bloqueando-lhe o caminho.

— Heather...

— Não! — Com o temperamento em ascensão, ela cutucou-lhe o peito com o dedo. — É sua vez de ouvir. Ouça bem. Se você não sente por mim o nível de afeição de que preciso em meu futuro marido, então não vou me casar com você nem vou concordar em me casar com base em especulações!

Com o rosto decididamente sombrio, a expressão pela primeira vez dando indícios de seu humor, ele a olhou.

— Maldição! Há tanta coisa que posso dar, que posso lhe oferecer.

— Você poderia dar o que quiser, se realmente quisesse!

Ele se aproximou, agigantando-se sobre ela, os olhos de ágata perfurando os dela.

— Precisamos nos casar. É um fato inescapável. Temos de chegar a um acordo a fim de que nosso casamento possa prosseguir, o que significa que você tem de amadurecer, esquecer qualquer ideia cor-de-rosa e romântica, e lidar com as realidades de nosso mundo. Você precisa reavaliar, ser sensata, então me dizer o que eu poderia lhe dar para que concorde em se tornar minha esposa.

Ela o encarou. E sentiu a fúria queimando.

Porque estava começando a suspeitar que Catriona poderia estar certa, de que, por trás da fachada suave e polida, Breckenridge poderia realmente sentir tudo o que ela queria que ele sentisse.

Mais ainda, que ele talvez soubesse como se sentia, mas — conforme suas palavras encantadoras, as voltas de seus argumentos — por alguma razão masculina impenetrável não estava disposto a declarar a verdade, de nenhuma maneira, sob nenhum aspecto.

Então, ele seria custoso. Mas, se houvesse alguma chance no mundo de que ele — embora arrogante, chato e irritante — fosse seu herói predestinado, que ele e aquilo eram sua chance de agarrar um futuro tão esplendoroso quanto em seus sonhos, então, da mesma forma, não havia nenhuma chance de ela — poder — desistir e ir embora.

Vale a pena lutar pelo amor de tais homens.

As palavras de Catriona ressoaram em sua cabeça.

Erguendo-se na ponta dos pés, com os olhos grudados nos dele, ela disse apenas:

— Dê-me uma boa razão pela qual eu deveria.

Ele estava tão perto de perder a calma quanto Heather. Ela quase viu as palavras quentes saltarem-lhe à língua —, mas ele pressionou os lábios ainda mais, contendo a resposta impulsiva e sem dúvida reveladora...

Por fim, em um tom rigidamente controlado, respondeu:

— Precisamos nos casar porque é o único resultado aceitável.

Ela olhou para ele, sentiu a vontade dele, implacável e convincente, atingi-la. Sentiu bem a própria teimosia tornar-se mais forte.

Sentiu seu temperamento se agitar, quente e escaldante.

Abriu a boca para dizer-lhe o que pensava a respeito — a fúria obstruiu sua garganta.

— *Arrrgh!*

Ela jogou as mãos para cima, deu meia-volta e saiu pelo jardim.

Breckenridge a observou ir. Ouviu o ruído de cascalho sob seus pés, viu a fúria em cada passo, a raiva em cada linha de sua forma esbelta.

As palavras que ele pronunciara, e aquelas que não proferira, ecoaram em sua cabeça. *Precisamos nos casar porque é o único resultado aceitável... para mim.*

Se ele tivesse sido bastante honesto, bastante corajoso, para dar voz às duas últimas palavras... será que ela teria de deixá-lo escapar com apenas isso?

Ele resmungou em seu íntimo. A esperança de um tolo. Quando se tratava daquela "afeição" em particular, ela, como as irmãs, de pensamento similar, insistiria em sua total obrigação. Se ele desse qualquer sinal definitivo de que sentia algo dessa natureza por ela, ela não iria descansar até tê-lo de joelhos jurando devoção eterna. E oferecendo-lhe seu coração em uma bandeja.

Algo que ele nunca poderia fazer.

A única coisa que ele nunca confiaria em qualquer mulher a ponto de fazer mais uma vez.

Heather chegou à porta lateral do solar e desapareceu no interior.

Ele pensou — consultou o emaranhado de sentimentos mal utilizados que se agitavam dentro de si —, então, ajeitando o queixo, saiu por um caminho diferente, o que levava aos estábulos.

De pé a poucos metros da janela na sala da torre abaixo do quarto de dormir que compartilhava com Richard, Catriona, de braços cruzados, observou Breckenridge ir em direção aos estábulos.

— Bem, isso parece promissor.

— De fato. — Ao lado, Algaria assentiu. — Eu não tinha certeza antes, mas agora...

— Eu também não tinha. — Catriona se voltou para o quarto. — Não que ela fosse a pessoa certa para ele, ou ele a pessoa certa para ela, mas depois daquela performance não pode haver dúvida.

Ela usava o cômodo como uma sala de estar, e Algaria muitas vezes trazia Lucilla e Marcus ali para as aulas menos formais. Os gêmeos mais velhos estavam sentados de pernas cruzadas no chão, separando várias folhas, aprendendo sobre as plantas que a mãe e o povo do Vale usavam para vários males, tanto em si mesmos quanto nos animais.

— Seja como for... — Algaria virou-se para supervisionar os gêmeos. — Senti desde o início que ele está... muito contido.

Catriona concordou.

— É por isso que eu estava mais insegura quanto a ele. Ele parece tão aberto por fora, tão à vontade e encantador, mas por dentro há muros. Muros espessos, impenetráveis.

Algaria assentiu com a cabeça.

— Se for para ele tê-la, precisará ele mesmo derrubar esses muros.

— Ou, pelo menos, abrir a porta e deixá-la entrar. — Após um momento, Catriona continuou: — Tudo o que podemos fazer é ter fé e observar para ver o que acontece.

CAPÍTULO 16

Dez horas depois, Heather estava na cama de dossel no quarto que ela normalmente ocupava no solar. Mexendo na corrente em torno do pescoço, olhou para cima, para o dossel.

A maioria dos ocupantes da mansão deveria estar roncando àquela altura. Se pretendia juntar-se a Breckenridge, então seria seguro ir ao quarto dele naquele momento.

Envolta na escuridão confortável, ela não se moveu, apenas ficou olhando para cima, mas sem prestar a atenção a nada.

Pensando, revendo. Planejando.

Tramando.

A pedido dele, havia declarado sua posição — disse-lhe o que queria de qualquer homem que ela concordasse em chamar de marido. Esforçou-se, sondou seus sentimentos mais profundos e expôs seus sonhos... e qual fora a resposta?

Silêncio. Em seguida, ele tentou conquistá-la por galanteios.

Quando isso não funcionou, ele voltou aos argumentos grosseiros de dominação.

Ela lhe deu a oportunidade de expor seus sentimentos mais profundos — mesmo uma sugestão teria bastado —, mas em vez disso ele manteve-se firme e não disse nada.

Não admitiu nada.

Pelo resto do dia e da longa noite, ele preservou uma distância rigidamente correta. Se não tivesse sido pelo calor em seu olhar, ela poderia ter imaginado que ele decidira voltar a tratá-la como fizera nos últimos anos em Londres, que, no que se referia a ele, o interlúdio entre Londres e o Vale nunca ocorrera... mas aqueles olhares ardentes e sombrios deflagraram a mentira.

Ele não admitiu nada, mas permaneceu inabalável na intenção de se casar com ela.

Tudo isso a deixou em um dilema completo.

Será que a recusa em admitir que sentia alguma "afeição" forte por ela significava que ele sentia, mas estava fazendo todo o possível — de uma forma tipicamente masculina — para esconder isso?

Ou será que se recusou para lhe dar alguma esperança, porque de fato não sentia nenhuma afeição real por ela, somente luxúria, algo que ele supostamente conhecia muito bem e, portanto, era honrado demais para fingir sentir a "afeição" que ela exigia para conquistar falsamente sua concordância em se casar com ele?

Ela mal podia culpá-lo, se este fosse o caso.

E, se fosse, não se casaria com ele.

O que, definitivamente, significava que ela não deveria se levantar, sair à espreita pelos corredores até a cama dele.

Até poderia querer mais experiências para construir seu repertório de lembranças em contraposição aos anos solitários à frente, mas... ir até ele prolongaria a crença dele de que, se perseverasse, acabaria por fazê-la ceder — por esgotá-la —, e ela concordaria em se casar sem o voto de "afeição" que procurava.

Nisso, ele não teria sucesso, mas havia, infelizmente, outra consideração pertinente.

E se ela ficasse grávida?

Não haveria como evitar o altar. Ainda mais levando em conta que ele precisava de um herdeiro.

Acrescentar uma criança à equação era a única reviravolta capaz de forçá-la a deixar de lado sua exigência de "afeição" e se casar de qualquer maneira.

Isso era algo que ele poderia supor.

Algo que ele, dada sua determinação de se casar com ela, poderia tentar usar se ela continuasse a se recusar, de modo que ela nunca saberia qual das razões potenciais — "afeição" verdadeira ou mera honra somada à luxúria — era a real motivação dele.

Por isso... não cederia mais.

A não ser que tivesse prova melhor de que ele realmente a amava.

Ela não tinha medo de usar a palavra, mas pensar nela, por si só, evocava um manancial de desejo, uma carência profunda que englobava seu coração e que havia se tornado mais intensa e maior nos últimos dias.

Um vazio que ela rezava um dia ser preenchido, por um parceiro, um amante, um marido que a amava.

Ela suspirou, em seguida, sentou-se, afofou o travesseiro e deixou-se cair de lado, com a bochecha apoiada no lençol macio.

Não era a mesma coisa que se aconchegar no peito dele.

Nem de longe tão calmante quanto.

Mas era mais seguro assim.

Além disso... era inteiramente possível que a abstinência fizesse o coração tornar-se ainda mais afeiçoado.

Se isso tornaria o coração dele mais fácil de ler era outra questão.

Ela não viria.

Com as mãos sob a cabeça, Breckenridge estava deitado de costas, olhando o teto, sentindo a percepção descer pela medula. Não tinha certeza de que se sentia aliviado ou aflito.

No final, a aflição venceu.

Como poderia convencer aquela maldita mulher a se casar com ele se o evitava? Especialmente se o evitava ali, à noite, na arena onde seus poderes de persuasão eram mais fortes?

Será que talvez devesse ir até ela?

Ele refletiu sobre a opção por cinco minutos, mas com relutância admitiu que, se ela não viera, então ele não podia ir até ela. Seria sugerir uma carência que ele estava se esforçando para esconder; a sugestão de que ele não gostaria de se separar dela, nem mesmo por uma noite, era reveladora demais.

Além disso, se ela não quisesse dormir em seus braços...

O pensamento o agitou, mas efetivamente o fez se concentrar na questão de por que ela não viera espreitar a sua porta.

À parte toda a vaidade, sabia que ela havia desfrutado de seus interlúdios tanto quanto ele, e, mesmo que ela desejasse manter a posição de não se casar, por que negar-se a um prazer que, se ela vencesse a questão, não estaria mais disponível pelo resto dos dias?

Por que pôr um fim precoce à relação?

Para puni-lo por não admitir sentir uma "profunda afeição"?

Ou para incentivá-lo a admiti-la?

Ou ambos?

Quanto mais pensava nisso, mais se convencia de que a resposta repousava nesse contexto.

Com os lábios se retorcendo em uma expressão oblíqua, ele virou-se de lado, puxou as cobertas sobre o ombro e fechou os olhos.

O que servia para um também deveria servir para o outro.

O desjejum na manhã seguinte foi a costumeira refeição barulhenta, aconchegante e inclusiva das manhãs de sábado de que Heather se lembrava de suas visitas anteriores ao Vale.

Infelizmente, o burburinho efervescente das conversas, pontuado pelo tilintar dos talheres e pelo repicar das louças, só fez suas têmporas latejarem ainda mais.

Ela não havia dormido bem. E sabia em quem pôr a culpa.

Breckenridge sentou-se ao lado de Richard mais perto da outra extremidade da mesa; entre o chá e a torrada, ela lançou olhares sombrios na direção dele — olhares que ele escolheu ignorar.

Exaltar-se não fez nenhum bem para aliviar a crescente dor de cabeça.

Enfim, a refeição, partilhada com toda a família, terminou.

Sentado ao meio da mesa alta, Catriona levantou-se e olhou para Heather.

— Preciso de alguém para levar uma cesta para uma das fazendas, alguns itens para ajudar uma nova mãe. O bebê dela tem apenas dois meses de idade. Você pode levar?

Uma longa caminhada agradável ao ar fresco da primavera era exatamente aquilo de que precisava. Assentiu com a cabeça e empurrou a cadeira para trás.

— Se você me disser o caminho, irei feliz.

Catriona olhou para Lucilla e Marcus, sentados à direita de Heather.

— Por que vocês dois não vão como guias?

— Sim, por favor! — Marcus saltou da cadeira.

Catriona sorriu.

— É a fazenda dos Mitchell.

— Nós sabemos o caminho — assegurou Lucilla. Olhando para Heather, a menina acrescentou: — Não vamos deixar você se perder.

Heather sentiu os lábios curvando-se em um sorriso pela primeira vez naquela manhã.

— Obrigada. Acredito em você. — Ela arqueou uma das sobrancelhas para Catriona.

— Megan Mitchell, e o bebê é Callum. É um menino saudável, mas se vocês sentirem algo errado… — Catriona incluiu Lucilla com os olhos — … contem-me quando voltarem.

— Sim, mamãe. — Dando a volta na mesa, Lucilla pegou a mão de Heather, depois olhou para baixo.

— Que bom, você está de bota. Já podemos ir e buscar a cesta logo. Cook deve tê-la preparado.

— Sim, está bem. — Permitindo-se ser levada para fora do tablado, Heather trocou um olhar risonho com Catriona, então se rendeu e deixou os gêmeos arrastarem-na, o tempo todo fingindo não perceber a cara cada vez mais fechada de Breckenridge.

O instante em que Heather desapareceu pelo arco que levava à cozinha, Breckenridge cortou a dissertação de Richard sobre as culturas locais para perguntar:

— Qual é a distância até a fazenda Mitchell?

Com uma expressão suave, Richard respondeu:

— Cerca de dois quilômetros, talvez um pouco mais, adentrando mais o território do Vale.

Enquanto passava por eles, Catriona fez uma pausa:

— Não precisa se preocupar. Eles estarão em segurança. Afinal, o caminho é todo dentro do Vale. Eu saberia se houvesse alguma ameaça.

Com isso, ela seguiu adiante.

Richard lançou ao outro um olhar de compreensão.

— Imagino que você estará ocupado esta manhã?

Breckenridge grunhiu e deixou por isso mesmo. Richard não precisava de uma resposta.

Após refletir por alguns segundos, ele se levantou, acenou em despedida a Richard — que sorriu, mas sabiamente não disse nada —, então deixou o salão e se dirigiu à porta dianteira do solar.

Ele circulou pelo jardim de ervas; estava de pé escondido nas sombras de um dos cantos irregulares do solar quando Marcus saiu correndo pela porta de trás, seguido por Lucilla, saltitando. Heather veio por último, com uma cesta no braço.

O cesto não pareceu ser tão pesado. Com relutância, Breckenridge rejeitou usar o peso e sua oferta para carregá-lo como desculpa para se juntar à expedição. Considerando a situação com Heather, ele sabia muito bem que aquele era o momento errado para pressioná-la — impor sua companhia —, mas também não era capaz de simplesmente ficar ali e vê-la sair sem escolta.

Ela poderia continuar em perfeita segurança, mas o macho interior não estava disposto a arriscar.

Quando o trio já estava longe, ele partiu em seu rastro, caminhando devagar, com as mãos nos bolsos, e fazendo bom uso de qualquer cobertura disponível.

Heather chegou à casa dos Mitchell após meia hora de uma agradável caminhada ao longo do rio sinuoso, depois por um caminho inclinado através de um grupo de árvores até o pequeno planalto virado para sul em que a casa se assentava.

O sol banhava a frente da construção caiada, brilhando nas janelas que flanqueavam a porta pintada de verde. Uma das janelas estava um pouco aberta; conforme Heather se aproximava, podia ouvir o bebê se afligir.

Ela parou diante da porta, hesitou, mas, em seguida, levantou a mão e bateu.

Um rosto pálido apareceu por um instante na janela, viu-a, notou Lucilla e Marcus se aproximando, após brincarem entre as árvores, e de repente desapareceu.

Meio minuto depois, a porta se abriu para revelar uma jovem de aparência atormentada alisando as saias.

— Sim?

Heather sorriu.

— Megan Mitchell?

A mulher assentiu com a cabeça.

— Sim, senhorita.

— Trouxe-lhe algumas coisas do solar. — Heather indicou a cesta em seu braço. Julgou que Megan Mitchell era mais jovem do que ela.

O olhar da jovem mãe desceu para a cesta.

— Da Senhora?

— Sim. Ela pensou que você poderia achar essas coisas úteis. — Heather viu o alívio no rosto de Megan ao ver a fatia de pão na cesta. — Posso entrar? — Ela olhou para Lucilla e Marcus, brincando de pique-pega na faixa de grama diante da casa. — E se o bebê... Callum, não é? E se ele estiver caprichoso, talvez fosse melhor deixarmos aqueles dois de fora. Enquanto isso... — Voltando-se para Megan, Heather deixou seu sorriso tornar-se compreensivo. — ... talvez eu possa ajudá-la, pelo menos segurar Callum enquanto você cuida de algumas tarefas.

Megan cedeu com alívio.

— Obrigada, senhorita, seria muita gentileza sua. Mas eu não gostaria de impor...

— Não vai. Fico feliz em ajudar. — Passando pela soleira quando Megan deu um passo atrás, Heather observou o espaço quase bem-arrumado demais, cozinha e sala de estar em um único cômodo. Apesar da austeridade, havia pequenos toques de aconchego aqui e ali, mais relacionados ao bebê, resmungando e agitando os punhos minúsculos no berço situado ao sol diante de uma janela.

— Aqui. — Ela entregou a cesta. — Cuide disso, e eu vou falar com Callum.

Megan pegou a cesta e colocou-a na mesa. Heather sentiu o olhar atento quando foi até o berço, se inclinou, depois brincou com os punhos agitados de Callum.

Os olhos do bebê estavam arregalados, formando um azul definitivo. Um tufo de cabelo castanho e macio decorava a cabeça cor-de-rosa; com um nariz de botão, rosto redondo e bochechas rosadas, ele parecia muito uma boneca que ganhou vida.

— Ajudei minhas cunhadas, primas e as esposas de meus primos com seus bebês.

Heather falou sem olhar para Megan, enquanto, após cumprimentá-lo, ergueu Callum nos braços com cuidado.

— Foram muitas crianças, e posso assegurar-lhe que a maioria era muito mais rebelde que este menino doce.

Callum olhou para o rosto dela, como se fascinado pela diferente cadência de sua voz.

Megan observou-os, mas, em seguida, tranquilizada pela postura confiante de Heather com o pequeno Callum, relaxou e voltou sua atenção para a cesta. Desempacotou-a, dispondo os vários itens pela cozinha.

— Por favor, agradeça à Senhora, e ao cozinheiro, pelo pão. Já ajuda não precisar assar.

— Agradecerei. — Heather embalou Callum nos braços. Ele se acomodara como um cordeiro, ainda olhando para ela, possivelmente para os cachos que caíram do coque no topo da cabeça.

Alguns minutos mais tarde, Megan perguntou:

— Humm... a senhorita sabe para que isso serve?

Heather se virou para ver Megan segurando uma garrafa do que parecia ser remédio. Ainda embalando Callum com suavidade, aproximou-se. O frasco continha um xarope pálido.

— Pode abri-lo para mim?

Quando Megan obedeceu, Heather tocou o dedo na borda da garrafa, depois provou.

— Ah, sim. Essência de endro em calda. — Ela sorriu. — Catriona, a Senhora, está sendo prevenida. É para se ele tiver cólica. — Percebendo, pela expressão mistificada de Megan, que ela não sabia das alegrias que a aguardavam, Heather explicou.

Megan olhou para a garrafa com novo respeito.

— A Senhora é incrível. Por favor, diga a ela que agradeço humildemente.

Heather inclinou a cabeça, em seguida, voltou para onde a luz do sol batia. Olhando para Callum, ainda bem acordado, mas absolutamente tranquilo, disse:

— Ele parece bastante entretido.

— Sim, ele gosta de movimento, assim como você está fazendo. — Megan colocou a cesta vazia ao lado da porta. Então hesitou.

Sem olhar para cima, Heather murmurou:

— Se você quiser realizar quaisquer tarefas, eu ficaria feliz em mantê-lo entretido.

— Se você tem certeza...

Ela sorriu.

— Sim. Aqui estamos fora de seu caminho?

— Ah, sim. Preciso terminar de lavar roupas, e, se eu conseguir começar o almoço, será uma bênção.

Balançando de leve, Heather ficou no sol diante da janela, embalando Callum nos braços... e pensando em como se sentiria se o bebê fosse seu.

Claro, se seguisse esse pensamento e sua conclusão lógica, o bebê teria cabelos escuros e olhos cor de avelã. Ela não imaginava ter um filho com qualquer outro homem, o que, suspeitava, era muito significativo. Breckenridge havia mencionado querer filhos, e no mesmo instante ela se vira embalando o filho dele. Ela queria aquele sonho, mas era apenas uma parte do todo.

De tudo o que eles — ele e ela — poderiam ter, se...

Se ao menos ele a amasse o suficiente para confessar-lhe.

Durante a madrugada, entre o sono intermitente, ela repensou sua decisão como alguém que tenta, na calada da noite, encontrar um caminho através de um labirinto em movimento, questionando-se a cada vez que virava uma curva. Imaginou se, talvez, conseguisse se casar sem que ele declarasse seu amor.

Inútil fingir que não ligava para ele, que não estava, de fato, apaixonada por ele. Se não estivesse, ela nunca teria desperdiçado tantas horas obcecada, pensando nele e em seu jeito inescrutável.

Ela seria capaz de concordar em se casar com ele sem saber, sem ter certeza de que ele retribuía o seu amor?

Não importava quanto se virasse e revirasse na cama, a resposta permanecia a mesma.

Porque o amava, não podia se arriscar a se casar com ele sem a garantia.

Porque, sem essa garantia, ela viveria com medo constante, não se sentiria segura em seu amor, nunca teria a certeza de que ele não partiria seu coração buscando outras damas.

Ela não era cega nem estúpida. Sabia que a reputação dele era bem merecida.

No entanto, outros libertinos haviam mudado; ela sabia de várias pessoas que haviam se tornado um modelo de virtude após terem se casado.

Mas todos estavam apaixonados; completa e inegavelmente apaixonados.

Somente o amor garantiria que ele fosse dela para sempre.

E ela era quem era; precisava que fosse para sempre.

Então, não, precisava ouvir uma declaração de amor... ou pelo menos que fosse expresso de forma inequívoca. Mesmo que ele nunca dissesse as palavras, contanto que ela soubesse.

As palavras eram apenas palavras, afinal. Fácil dizê-las; fácil esquecê-las.

Ações falavam mais alto...

Houve alguma ação, algum indício inegável de que ele realmente a amava, apesar de sua recusa em dizer as palavras fatídicas?

Havia alguma chance de ela se convencer do amor dele sem a necessidade de uma declaração?

Nenhuma resposta imediata lhe veio à mente, mas, se encontrasse tal indício, caso se convencesse de que era real e verdadeiro, mesmo que ele nunca admitisse amá-la, o amor — consolidado e tomado como base para construir uma vida juntos — não valeria o risco? Não valia quase qualquer risco?

Catriona avisara que, a fim de amarrar o coração dele, ela talvez tivesse de arriscar o dela. Será que era isso que ela queria dizer?

Quando todo o resto fosse descartado, será que ela estava disposta a arriscar seu coração para garantir o futuro pelo qual ansiava?

E se arriscasse tudo e não ganhasse? Não ganhar o amor recíproco, o marido e a vida que queria?

Era um risco, de fato.

— Pronto. — Megan aproximou-se. — Terminei as tarefas da manhã, e meu pequenino está dormindo. — Com um sorriso suave, ela estendeu a mão para o bebê.

Heather abriu mão do embrulho quente e observou o rosto de Megan, tão cheio de amor maternal, ao observar o filho dormir.

— Já me vou.

Megan olhou para Heather, sorriu.

— Obrigada, senhorita. A senhorita facilitou muito meu dia. Eu precisava mesmo de uma mãozinha, e você apareceu.

O sorriso de Heather se aprofundou.

— Agradeça à Senhora.

Com uma saudação, ela pegou a cesta e passou pela porta ainda aberta.

A luz do sol irradiava. Parando na varanda, ela fechou os olhos, ouviu o canto dos pássaros, o zumbido dos insetos, as vozes de Lucilla e Marcus brincando à sombra de uma árvore na beira do prado.

Um momento de paz em um dia, do contrário, permeado de pensamentos instigantes.

Abrindo os olhos com um suspiro, ela saiu, indo em direção às árvores.

— Vamos, vocês dois. É hora de voltar.

Lucilla acenou. Marcus fez algazarra e abriu caminho, saltitando como um cordeiro; Lucilla, atrás, gritando para encorajá-lo.

Heather riu. Sentindo-se muito mais leve, alongou as passadas, com a cesta vazia balançando de um lado.

Ela voltou a entrar na penumbra salpicada sob as árvores quando uma sombra passou pelo canto de sua visão e a fez virar a cabeça de uma vez. Foi rápida a ponto de ter um vislumbre. Um vislumbre suficiente para adivinhar quem era.

Sufocando um xingamento, ela deu um passo para fora da trilha, atravessou a vegetação rasteira até uma árvore grande a menos de cinco metros do caminho.

Rodeando o tronco grosso, ela parou e encarou.

— O que você está fazendo aqui?

Breckenridge abriu os olhos. Os olhos que havia fechado em desespero momentâneo.

— O que você acha? — Em caso de dúvida, responda com outra pergunta. A inspiração aflorou. — Estou fazendo o que eu venho fazendo desde que saí do salão de Lady Herford: protegendo você.

Ela mostrava a raiva e a irritação em cada linha de seu rosto.

— Alguma vez lhe ocorreu que, se no salão de sua senhoria, você tivesse sido sensato e fingido não me notar, em vez de decidido me "proteger" ao me tirar dali e me mandar para casa, nada disto teria acontecido?

A culpa tomou conta dele, mas foi um medo mais fundamental que o agarrou pelo pescoço e o manteve em silêncio. Olhou-a impassível enquanto os segundos passavam, então, por fim, perguntou, sua voz plana e sem inflexão:

— Você realmente preferiria que nada disto tivesse acon...

— Esqueça que eu disse isso. — Ela acenou com a mão em um gesto brusco, como se apagando o comentário. — Não é a questão. O ponto é que não há nenhum perigo aqui, não há necessidade de você me seguir. Não preciso de um guarda-costas no Vale. — Gesticulou para as colinas ao redor. — Não estou em perigo aqui!

— Talvez esteja. — A irritação dela inflamou a dele. — Até onde sabemos, Fletcher e Cobbins podem ter nos seguido até aqui e estar apenas esperando o momento certo para capturá-la novamente.

— O quê? — Ela piscou. Seu rosto empalideceu; ela olhou para a trilha. — Lucilla e Marcus. Eles foram à frente...

— Não. Retiro o que disse. — Contrariado por nem mesmo se permitir assustá-la, suspirou entredentes. — Não há nenhuma ameaça iminente.

Ela franziu o cenho.

— Como pode ter certeza? Você acabou de dizer...

— Eu sei o que disse. — Segurando-a pelo cotovelo, ele urgiu-a de volta ao caminho. — Mas Richard enviou cavaleiros para patrulhar as fronteiras, e eles não encontraram nenhuma evidência de que alguém entrou, e todo o povo do Vale foi alertado, mas ninguém viu nenhum estranho à espreita. — Os dois chegaram ao caminho, e ele a soltou. Conferindo os arredores, fechou a cara. — E, por mais que eu não queira me concentrar em quaisquer poderes de bruxa que Catriona detenha, ela diz que não há atualmente nenhuma ameaça no território do Vale, e como todo mundo parece pensar que ela saberia... — Ele deu de ombros.

Ele combinou seu passo ao de Heather quando ela começou a voltar. Com as mãos nos bolsos, os olhos no caminho, sentiu-se forçado a admitir:

— É pouco provável que você esteja em perigo aqui, mas, após tê-la trazido com segurança, não há razão para corrermos riscos desnecessários.

Ele sentiu na lateral do rosto o olhar penetrante e ainda irritado dela. Não fez nenhum movimento para encará-la. Em vez disso, preparou-se para o próximo ataque.

Quando ele se recusou a encontrar-lhe o olhar, Heather resmungou, olhou para frente e tentou analisar seus sentimentos. Tentou decidir o que sentia.

As árvores terminaram, e o caminho mergulhou até a beira do rio. À frente, os gêmeos haviam parado de atirar pedras em uma poça; eles olharam para trás, viram Breckenridge e ela, acenaram e correram adiante.

Avançando pelo caminho mais nivelado que seguia o curso do rio borbulhante, ela não pôde deixar de se lembrar do prazer que sentira ao caminhar na outra direção mais cedo. Não pôde deixar de notar e se perguntar por que sentia no momento o mesmo prazer, ainda que com um contentamento de alguma forma mais profundo e mais completo, só porque Breckenridge estava andando ao seu lado.

Ele nem estava segurando sua mão, mas a conexão ainda estava lá, efêmera, talvez, mas inegável.

Mesmo que ela estivesse irritada com ele.

Ela poderia recusar-se discretamente a ser "protegida", mas não podia negar que passara a gostar da sensação de ser protegida, de ser cuidada. Pelo menos quando era ele que a protegia. E ela estaria mentindo se dissesse que não gostava do fato de ele ter pensado em procurar os sequestradores, para ver se poderiam representar qualquer ameaça contínua.

Tê-lo caminhando ao lado, um homem grande, protetor e de inegável capacidade física, a fazia se sentir segura. Segura de uma forma que atingia as profundezas de sua alma.

Uma forma que ela perderia, deixaria de ter, e muito provavelmente nunca mais voltaria a ter, depois que ele voltasse para Londres.

O pensamento enviou uma sensação de perda que lhe perfurou o corpo.

— Você pode muito bem começar a praticar não me seguir por aí. Afinal, em breve vai voltar para Londres. — Virando a cabeça, ela encontrou-lhe os ilegíveis olhos cor de avelã. Levantou o queixo enquanto as longas horas solitárias da noite anterior se repetiam em sua mente. — Não há mais nada para mantê-lo aqui. Então, quando você vai embora?

Ele a encarou, sua expressão dura como granito, impassível como sempre.

Breckenridge não errou ao interpretar o desafio, não deixou de perceber o brilho de orgulho obstinado nos olhos dela. Mas ambos tinham de sobra essa emoção em particular.

— Você saberá quando eu souber. — Ele manteve o mesmo tom, o olhar nivelado ao dela, enfrentando o desafio. — Disso, você pode ter certeza absoluta.

O queixo dela se ergueu mais um pouco, e, arqueando de leve as sobrancelhas, ela olhou para frente.

Virando-se para frente também, ele concentrou-se em caminhar sem afetação, sem mostrar ameaça, ao lado dela, subjugando — negando — a compulsão de parar, puxá-la nos braços e deixar claro, de forma inequívoca, que não tinha nenhuma intenção de abrir mão dela, de permitir-lhe escapar. Seu macho interior não gostou do fato de que ela sequer chegou a cogitar a ideia, quanto mais ter lhe dado voz.

Mas seu eu civilizado era muito experiente para ceder a esse impulso imprudente. Ela retirou o que disse sobre desejar que a relação entre os dois nunca tivesse acontecido... ele precisava seguir com cautela, para lhe dar tempo de mudar de ideia. Não era o momento para pressioná-la.

Ainda não.

Enquanto voltavam para o solar, a manhã brilhante sobre eles, ele se concentrou em planejar a próxima etapa de uma conquista diferente de todas as outras, aquela da qual ele não podia mais se esquivar.

Uma conquista que ele não podia dar ao luxo de perder.

Depois do almoço, Breckenridge juntou-se a Richard na biblioteca. Eles haviam descoberto que compartilhavam uma paixão pela pesca com mosca; preparar iscas era uma ocupação que nunca deixou de ser atrativa.

A um lado da biblioteca, sentaram-se a cada extremidade de uma mesa estreita reservada para a tarefa. Caixinhas contendo ganchos, pérolas e penas de todos os tipos imagináveis foram distribuídas pela mesa, juntamente com vários rolos de linha e uma variedade de implementos.

Richard estava usando um suporte parecido com um torno para segurar a isca em que estava trabalhando. Breckenridge preferiu utilizar uma pinça simples.

O silêncio reinou, sociável e calmante, enquanto cada um se concentrava em suas criações. Um grande relógio tiquetaqueava em um canto.

Por fim, Breckenridge amarrou a isca que havia construído, cortou a ponta da linha e, com cuidado, soltou a pinça que prendia a isca, colocando-a de lado.

Largando a pinça, recostou-se na cadeira e se alongou.

Ao notar que Richard também havia alcançado os estágios finais, menos exigentes, da tarefa, Breckenridge hesitou, depois voltou a se debruçar. Escolheu um gancho e começou a montar outra isca com penas e contas diferentes.

Com os olhos na tarefa, murmurou:

— Uma pergunta que me sinto compelido a fazer: antes de concordarem em se casar, todas as mulheres Cynsters se comportam de modo tão irracional quanto Heather?

Ele olhou rapidamente para cima, mas Richard não desviou o olhar da isca que estava amarrando enquanto respondia sem se perturbar:

— Irritadiças nos melhores momentos, depois o atacam no instante em que você mexe um pé, ou melhor, um dedo, certo?

— Exatamente.

— Então, sim. — Richard se endireitou, inclinando a cabeça para examinar a isca. — Parece ser um defeito de família, mesmo quando não nasceram Cynster.

Breckenridge resmungou.

Ele estava colocando com cuidado o gancho novo na pinça quando Richard continuou:

— Parece haver um pensamento predominante, não apenas em relação a se casar por amor, mas também ao que isso realmente equivale. Todas elas parecem ter a ideia fixa de que, sem alguma garantia feita de ferro fundido, de preferência sob a forma de uma declaração aberta por parte de nós, não importa a realidade de qualquer amor, esse amor não será sólido e forte.

Afrouxando o torno para soltar a isca pronta, Richard fez uma careta.

— É quase como se elas pensassem que, a não ser que declaremos nossos sentimentos em alto e bom tom, não saberemos quais são. — Ele bufou. — Como se nós de alguma forma não pudéssemos notar que nossas vidas de repente passaram a girar em torno delas e de seu bem-estar.

Breckenridge grunhiu com uma concordância entre homens.

— Infelizmente — disse Richard, escolhendo outro gancho —, parece inútil esperar que elas sigam contra a corrente familiar.

O silêncio se prolongou mais uma vez, pois ambos ficaram absortos — Richard em preparar a próxima isca, Breckenridge deixando os dedos fazerem o trabalho enquanto sua mente pesava as palavras de Richard em relação a sua análise da situação com Heather.

Era bem verdade que ela exigia, e de fato objetivava ter, uma declaração clara de seus sentimentos. Um segundo pensamento confirmou sua antipatia contínua em fazer-lhe qualquer declaração. Muito além da vulnerabilidade que sentiria em reconhecer que ela era tão crucial emocionalmente para ele, para seu futuro, para sua felicidade — uma vulnerabilidade compartilhada com Richard e todo o resto, todos os outros homens como ele, que estavam fadados a se apaixonar, algo como convidar uma coceira permanente entre as omoplatas ou, mais precisamente, um sentimento exposto sobre o coração —, o que já era bem ruim, havia a não tão pequena questão de sua experiência com o amor, com o fato de já ter sido tolo a ponto de pronunciar essa palavra.

A ideia de pronunciá-la de novo...

Todo o seu ser — seu eu sofisticado bem como o macho interior — hesitava.

Obstinado, inflexível, imutável.

No entanto, precisava convencê-la a se casar.

Enquanto os dedos davam forma e se retorciam, encaixavam, equilibravam e ligavam, ele dividiu-se entre as questões. Tinha de haver alguma maneira de avançar.

Tinha de encontrar alguma maneira de satisfazer sua necessidade de não fazer qualquer declaração melosa de amor eterno. Não esperava que ela fizesse qualquer declaração recíproca; preferiria que ela também o amasse, preferiria que ela retribuísse o que ele sentia com igual fervor, mas não estava preparado para esperar conscientemente que fosse esse o caso.

Além de convencê-la a se casar, ele não faria quaisquer outras exigências. Não tinha mais ressalvas; como ela queria ter filhos, esse assunto não precisava ser especificado.

Isso ainda o deixou diante da questão crítica central: como declarar que a amava exatamente do jeito que ela queria ser amada... sua garganta se contraiu apenas com o pensamento.

Todo o seu charme apregoado, sua capacidade de persuasão superficial, não seriam úteis; uma declaração verbal simplesmente não era uma opção. Se fosse imprudente a ponto de tentar... uma tentativa abortada só serviria para enfurecê-la, para convencê-la de que ele não estava falando a sério, que ele nunca atenderia às expectativas, nem tinha a intenção de atender às expectativas, aos requisitos dela.

Não havia como avançar...

Seus dedos se acalmaram. Ele encarou, pensativo, a isca feita pela metade enquanto o relógio continuava seu tique-taque constante, e a única forma de avançar, a única opção real disponível, floresceu e tomou forma em seu cérebro.

CAPÍTULO 17

Assim que o solar havia se retirado para a noite, e não havia mais velas iluminando os corredores, quando o silêncio havia caído e se passara tempo suficiente para os últimos errantes terem encontrado suas camas, Breckenridge abriu a porta do quarto e adentrou a escuridão das escadas da torre.

Fechando a porta, esperou que os olhos se ajustassem à penumbra. Por sorte, as escadarias e corredores estreitos, e com paredes de pedra do solar eram, em grande parte, livres de mobiliário com o qual ele pudesse se chocar, apenas as tapeçarias ocasionais servindo de pontos de referência. Do contrário, os corredores pareceriam todos iguais, especialmente no escuro.

Esperando não se perder, assim que distinguisse as escadas, desceria para o andar de baixo, o primeiro andar acima do salão, e seguiria pela galeria que Worboys, o criado de Richard que lhe providenciara algumas poucas roupas, fora prestativo em lhe contar que levava ao quarto de Heather.

Quando ele, ousado, perguntou que quarto ela ocupava, respondeu prontamente, confirmando a suspeita de que toda a casa estava ansiosa para brincar de cupido. Como, no caso, o objetivo deles — vê-lo se casar com Heather — era o mesmo que o seu, ele aceitou a ajuda de Worboys sem nada além de um pequeno estremecimento.

Ele precisava forjar um caminho para avançar com Heather, para fazê-la concordar em se casar. Para isso, tinha de convencê-la da profundidade de seus sentimentos, e, como não podia pronunciar as palavras necessárias, restava-lhe apenas um meio de comunicação possível.

Felizmente, era um meio no qual se destacava. Embora ainda não tivesse usado esse meio com tal fim, ele se sentia razoavelmente confiante de que sua experiência e seus conhecimentos seriam suficientes para transmitir o que ela exigia.

Além do mais, ele não via nenhuma razão para passar outra noite sozinho. Pelo que Richard compartilhara, de tudo o que ele mesmo vira, considerando sua compreensão do problema, era improvável que manter distância o ajudasse.

A entrada do corredor onde ficava o quarto de Heather apareceu à frente. Ele virou a esquina...

E ela trombou nele.

Ele a pegou. Sabia que era ela; no mesmo instante reconheceu o calor sedutor e a suavidade feminina do corpo colado ao dele.

Seus sentidos saltaram. Ela estava vestindo o robe de seda novamente e nada mais. As mãos dele apertaram-lhe os braços, dedos longos envolvendo-os, segurando-os.

— Puff! — Ela soprou fios de cabelo que caíram no rosto, em seguida, olhou para cima.

— Seu quarto. — Com o macho interior salivando, ele tentou virá-la.

— Não. — Com as mãos no peito dele, ela resistiu. — Seu quarto. Tem uma cama maior.

Uma consideração pertinente. Ele balançou a cabeça, soltou-a e deu um passo atrás, tomando-lhe a mão. Com a expectativa crescendo a cada passo, ele a levou de volta pelos corredores até desembarcar diante da porta de seu quarto.

Levantou a trava, escancarou a porta, manteve-a aberta e gesticulou para Heather entrar.

Ele seguiu-a.

Não lhe daria tempo para falar, questionar e esperar respostas. Argumentar. As palavras não lhe serviam de nada; melhor evitar qualquer intercâmbio verbal.

À frente, ela freou.

De costas para ela, ele fechou a porta.

Virou-se...

E lá estava ela.

Aproximou-se. Capturando-lhe os olhos, as mãos deslizando pelo peito dele, subindo pelos ombros até se enroscarem em volta do pescoço, ela se alongou sinuosamente, a seda roçando no paletó. Baixando as pálpebras, ela puxou-lhe a cabeça para pressionar os lábios nos dele.

E beijá-lo.

Beijá-lo de uma forma que pretendia manifestamente contornar qualquer discussão, qualquer pergunta.

Beijá-lo de uma maneira que fez a cabeça dele girar, que o deixou — a *ele* — tonto.

Tonto com uma necessidade que ela se comprometia a suprir. A saciar, a satisfazer.

Provocando-o com a pressão firme dos lábios, sua boca uma oferta sedutora, sem palavras ela prometeu se envolver, fazer-lhes as vontades e satisfazer quaisquer desejos que ele tivesse.

A mulher sedutora encarnada. Uma ninfa como nenhuma outra.

Os lábios dela se separaram sob os seus; com a boca, suculenta e doce, se oferecendo como um deleite, com a língua, ferro em brasa, incitando — não, exigindo — a resposta dele, ela a convidou a expor sua carência. Seu desejo, seu querer.

Ela pressionou-se mais perto, os montículos firmes dos seios colidindo com a parte inferior do tórax dele, os quadris de encontro às coxas dele, a barriga esticada embalando a ereção feroz, as coxas longas e delgadas se esfregando nas dele em uma promessa evocativa da paixão doce, do calor tentador e do prazer sem reservas.

Subindo uma das mãos para envolver-lhe a cabeça, para enquadrar-lhe o queixo, ele retribuiu o beijo antes de se dar conta, mas sua resposta não exigiu nenhum pensamento, nenhuma consideração lógica.

Se ela estava oferecendo, ele tomaria.

De bom grado.

Com o outro braço enlaçando-lhe a cintura, ele puxou-a contra o corpo, sentiu o esforço na respiração dela, o tensionamento momentâneo, então ela derreteu e cedeu. Rendeu-se.

Mesmo ao tomar as rédeas das mãos dela, ao assumir o comando do beijo, o controle da troca, e se pôr a saquear as delícias de sua boca — devagar, saboreando, reivindicando o que lhe era devido —, mesmo ao avaliar e formular instintiva, intuitivamente, o intervalo, o ritmo e as cadências da dança que viria, ele se perguntava qual seria o plano dela.

Era claro que havia um plano.

De maneira igualmente clara, o dela também não envolvia palavras.

Independentemente disso, com as bocas fundidas e o calor e o desejo se agitando, aumentando, subindo e girando através deles, com as mãos dela largando sua nuca, uma subindo para se emaranhar em seu cabelo de forma sugestiva, a outra cruzando o ombro e descendo pelo peito até deslizar por baixo do paletó para fragmentar-lhe o foco, com o corpo dela sendo a distração máxima em seus braços, não havia espaço de sobra em sua cabeça para fazer uma pausa e pensar. Imaginar o que ela estava tramando.

Sem dúvida, descobriria mais tarde. Por ora...

Ela lhe deu a deixa perfeita, a abertura perfeita para demonstrar e exibir tudo o que quisesse e precisasse revelar, para que ela visse e soubesse, e assim entendesse todas as coisas que ele não poderia dizer.

Tudo o que sentia por ela.

Tudo o que preenchia seu coração.

Ele não poderia ter pedido uma oportunidade melhor, uma configuração mais útil para sua etapa.

Tudo o que tinha a fazer era aproveitar o momento.

Heather sabia que ele estava planejando. Mesmo quando ele reagiu a seu convite aberto e, depois, forçou-a a ceder o controle do beijo, mesmo quando abandonou as rédeas e deixou-o assumir o comando, ela sabia que ele tinha algum fim próprio em mente.

Ele não ficou surpreendido quando se esbarraram no corredor; também estava a caminho de seu quarto.

Ele teve a intenção de instigar outro interlúdio... deixando-se fluir no beijo, permitindo-se seguir aonde quer que ele a levasse, ela estava curiosa para ver o que ele faria, aonde iria levá-la, e ainda mais curiosa para saber o porquê.

Era, afinal, precisamente por isso que ela saiu do quarto e se dirigiu para o dele. Tentara encorajá-lo verbalmente; tentara a abstinência. Nenhum dos dois obteve o resultado desejado. Então, ela decidiu tentar lançar os dados uma última, infinitamente mais arriscada, vez.

Inclinou a cabeça e aprofundou o beijo, os lábios dele comandando, a língua dele exigindo. Deixou-se responder de forma aberta, sem artimanhas ou reserva. Enviou sua língua para se enredar na dele, para acariciar, convidar, incitar. Para inflamar a paixão e atear fogo ao desejo que ardia entre eles. Retribuiu o beijo com fervor, deixou a carência se infundir nos lábios, na boca, no corpo enquanto se pressionava contra ele. Nele.

Enquanto, sem palavras, pedia e deixava perfeitamente claro que se necessário iria pleitear, ou até mesmo implorar.

Ela não escondeu nada. Nenhuma das reações quando se afundou mais em sua boca, enquanto a saqueava sugestivamente, e o calor e as sensações a perpassavam. Afundando os dedos no cabelo dele, ela agarrou-lhe o couro cabeludo enquanto a língua dele acariciava, depois, com força, sondava de forma provocativa, e o desejo deslizou, quente e pesado como calda, através das veias dela. Para por fim se despejar, uma massa de ânsia afogueada, na parte inferior de sua barriga.

Uma dor familiar, que se formava devagar.

Ela se contorceu junto ao corpo ele. Espalmou uma das mãos no peitoral, sobre o coração. Esfregou os quadris nele em súplica flagrante.

Sem dizer nenhuma palavra de incentivo. Incitou-o abertamente.

Provocou-o deliberadamente.

Com os lábios, a língua, o corpo e as mãos, ela se esforçou para tornar evidentes seu desejo, sua fome e sua carência, para escrevê-los em letras maiúsculas na lousa sensual deles... No momento resultante de vulnerabilidade, por mais fugaz que fosse, ela pressentiu por que ele poderia hesitar em desnudar as emoções.

Entretanto, não podia deixar de tentar — não colocar sua carência à mostra, não a expor por completo. Catriona dissera que ela talvez tivesse de arriscar o coração a fim de conquistar o dele. Ela o queria tanto — queria tanto um futuro com ele — a ponto de assumir o risco.

Em seu coração, rezou para que ele não a decepcionasse, não se desviasse de sua carência que ansiava com tanto desespero. Para que ele a reconhecesse, não a ignorasse.

Para que ele fosse de encontro a essa carência, se combinasse com ela, e não simplesmente a usasse.

Ela apostava seu coração na crença de que o que havia crescido entre eles não se baseava apenas na saciedade física, mas significava mais, não só para ela, mas também para ele.

Apostava que, caso se jogasse e expusesse seu coração primeiro, ele iria responder, iria seguir seu exemplo e assumir o risco também — um risco menor se ela tivesse se arriscado primeiro, se ele já soubesse que ela o amava.

Apostava que, se lhe mostrasse seu amor, de maneira inequívoca e aberta, ele iria retribuir e lhe mostrar... o suficiente, pelo menos para que soubesse que ele sentia uma conexão semelhante, que por baixo de suas reservas a amava da mesma forma.

Para se fazer entender... em algum momento ela teria de convencê-lo a ceder-lhe as rédeas.

Mas ainda não.

Não enquanto ele estivesse esbanjando calor e prazer puro em sua boca e conduzindo-a devagar até a cama.

A parte de trás das pernas de Heather atingiu o colchão. As mãos dele foram até sua cintura, agarrando-a, estabilizando-a, enquanto ele se afundava mais em sua boca, voraz e faminto.

Ávido por ela.

A expectativa, uma pontada perfurante de antecipação sensual, perpassou-a. Em seu despertar as chamas rolaram, desejo e carência aumentando, minando sua resolução, acabando com sua força de vontade...

Em desespero súbito, ela se afastou, interrompeu o beijo.

— Não.

A sedução dele era da mente, bem como do corpo. Se lhe permitisse arrebatá-la, deixar que sua mente se enredasse na paixão e no prazer, ela nunca teria a sagacidade, e muito menos a força de vontade, para assumir o controle e fazer o que viera fazer. Olhou através da penumbra, fixando-se nela.

Então, com deliberação, ela lambeu os lábios inchados pelos beijos. Sentiu tanto quanto viu sobre eles o olhar fixo de Breckenridge.

— Eu, primeiro. — As palavras pairaram entre eles, sensuais ainda que definitivas. — Minha vez de assumir o controle.

Ele era especialista na matéria e, pelo menos com ela, nunca agira de forma diferente por vontade própria. Controle era algo que ele exercia tão facilmente, tão completamente no plano físico, sexual... Ela duvidava que ele percebesse que esse mesmo controle, e a maneira como o exercia poderia revelar, refletir, o que sentia.

Ela estava inteiramente disposta a deixá-lo conduzir a dança e revelar tudo o que pudesse, mas não até ter feito sua declaração sem palavras. Afastando a mão do cabelo dele, tirando a outra debaixo do paletó, agarrou-o pelas lapelas, inclinou-se e, em vez de beijá-lo, correu os lábios em uma carícia leve como pluma pelo queixo dele, distraindo-o enquanto deslizava-lhe o paletó pelos ombros.

Inclinando-se para trás, em direção às mãos rígidas dele — elas descansavam na parte de trás de sua cintura, duras, pesadas, aquecendo sua carne através da frágil camada de seda —, ela puxou o paletó para baixo, empurrando até que ele concordasse em tirar primeiro um braço, depois o outro, das mangas.

Sentindo-lhe o olhar de pálpebras pesadas no rosto, ela estendeu o braço e deixou o paletó cair em qualquer lugar.

— Contanto que chegue a minha vez também.

Agarrando-lhe o plastrão, ela olhou para cima, logo seus olhares se encontraram. Vislumbrou a paixão depositada nos olhos dele.

— Podemos nos revezar, mas eu vou primeiro.

Alternando sua atenção para os dedos, ela desfez depressa o nó simples que ele fizera.

Ele não respondeu de imediato, mas, por fim, disse, enquanto ela libertava a peça de linho:

— Se você insiste.

— Eu insisto. — Sua determinação retornara com força total. Jogando o plastrão junto do paletó, ela se deparou com o colete.

Olhou para cima enquanto abria o último botão.

— Para fazer o que quero, tenho de estar no comando.

— Ah, é? — Quando ela assentiu com a cabeça, depois o puxou com força, ele cedeu, afastando o colete com os ombros. — E o que você pretende fazer?

— Não vou lhe contar. — Aproximando-se, olhou-o nos olhos, os dedos rapidamente abrindo os botões da camisa. — Vou mostrar. — Ela olhou para baixo.

— Você vai... — Não foi uma pergunta, mas uma declaração cética.

Ela não respondeu; deixando-lhe a camisa entreaberta, pegou uma de suas mãos, desabotoou o botão do punho, em seguida, fez o mesmo com a outra mão, o outro punho.

— Nesta arena, você vai mostrar ao maior libertino da alta sociedade... o quê, exatamente?

Ela olhou para cima, encontrou-lhe o olhar, capturou-o enquanto, entre seus corpos, abriu o botão da calça.

— Vou lhe mostrar uma coisa que nenhuma outra dama mostrou. — Sem tirar o olhar do dele, ela deslizou a mão pelo espaço aberto da calça e encontrou-o, acariciou, então, em um gesto ousado, tomou o membro rígido na palma da mão. — Vou fazer com você o que nenhuma outra dama fez.

Ela ia fazer amor com ele.

Ocorreu-lhe que havia uma razão para o ato ser descrito dessa forma. Uma razão que ela poderia usar. Uma troca que poderia explorar para comunicar o que precisava transmitir, para depois o incentivar a usar a mesma linguagem para responder.

O estratagema era desavergonhado e ousado, mas se funcionasse... ela estava mais que disposta a tentar.

Ele havia prendido a respiração. Ela sentiu, mais do que viu, os músculos ficando tensos, rígidos como aço quando ela deixou os dedos traçarem, contornarem... e então fechou a mão.

As pálpebras dele caíram; as mãos mais uma vez espalhadas pelas costas dela, as pontas dos dedos pressionado com mais força.

Agarrando-o firmemente no punho, ela se aproximou ainda mais; com a seda do robe roçando-lhe o peito nu, esticou-se e pôs os lábios no ponto sensível sob o queixo dele, abaixo da orelha, depois traçou um caminho para baixo, onde o pulso batia na base do forte pescoço. Ao apertar os dedos sobre ele, ela ouviu um sibilo suave. Depositou um beijo longo e persistente naquele ponto de pulso, em seguida, umedeceu-o de leve com a língua, sentindo o calor através da pele, saboreando a selvageria, o desejo esfomeado, que rondava por baixo.

Saboreou-lhe a força, acalentada pelos braços que se fecharam, e as mãos dele, grandes e tão másculas, se esticaram por suas costas e a agarraram.

Agarraram, mas não incitaram, não guiaram; ele esperou, com a respiração mais superficial que o habitual, para ver o que ela faria.

Sorrindo por dentro, ela pôs-se a cumprir a tarefa que designara a si mesma. Devagar, em uma longa carícia, ela retirou a mão do bastão quente da ereção; precisava de ambas para venerar-lhe de maneira adequada a largura do peito, os músculos largos que se estendiam, os círculos planos dos mamilos acortinados com pelos escuros e cacheados, para apreciar-lhe devidamente os ossos pesados, sólidos dos ombros, a resiliência quente dos músculos mais fortes que emolduravam o alto das costas.

Abrindo-lhe bem a camisa, ela deslizou o linho por seus ombros, em seguida, deteve-se em tudo o que havia descoberto com os lábios, a língua, os dentes, com a umidade quente da boca.

O tempo todo se movendo, deslizando numa dança sensual, a forma revestida de seda contra a moldura rígida do corpo dele.

Sentiu-lhe o fascínio, a indulgência, sentiu-o se mexer ao afastar as mãos do corpo dela e levá-las até as costas para tirar a camisa livre, deixando-a cair.

As mãos voltaram a embalá-la de volta, percorrendo a seda do robe.

Ela beliscou de leve um mamilo. Ouviu-o arfar, sentiu o pico da reação que brilhou através dos músculos.

Sentiu o calor se espalhar sob a pele dele.

— O que você está fazendo?

Ela olhou para cima, encontrou-lhe o olhar, mais sombrio então, a paixão latente por trás do brilho da avelã.

— Estou fazendo o que desejo, o que quero. O que preciso fazer.

O calor aumentava em ritmo constante, nele, nela, entre eles; ela deveria ter sentido o frio da noite, mas sentiu apenas a incandescência do desejo se formando, o queimar lento da paixão invadindo.

Levando uma das mãos até a bochecha dele, ela uniu-lhe os lábios aos seus, beijou-o de novo, abertamente exigente, tomando-lhe a boca em vez de dar a sua... surpresa por ele permitir, foi cativada o suficiente para pedir ainda mais. Para pegar mais.

Quando ela recuou e seus lábios se separaram, os dois respiravam depressa, e o calor queimava até se tornar uma conflagração nascente.

Com os olhos nos dele, sentindo, vendo o controle férreo que ele exercia, suas respirações se misturando, ela murmurou:

— Você está sendo muito bonzinho.

A resposta foi um estrondo sombrio.

— Por ora.

Ela percebeu a advertência implícita, mas não lhe deu nenhuma chance de retomar as rédeas; afastando-se do abraço, ela deslizou as mãos, as palmas contra a pele quente e deliciosamente aquecida dele, pela parte superior do tórax, descendo pelo abdômen rígido, passeando por todos os lados da cintura, então as baixou ainda mais de leve, passando pelos quadris estreitos, agarrando-lhe as calças e puxando-as para baixo.

As mãos alcançaram-lhe as coxas, e a roupa deslizou sozinha pelas longas pernas até se amontoar nos pés.

Ela acompanhou a descida das calças, escapando do abraço dele até se agachar de lado. Viu os músculos poderosos dos flancos, das coxas superiores dele se enrijecerem. Ignorando o aperto repentino da mão dele em seu ombro, ela deslizou uma das meias e com um puxão do braço ergueu-lhe o pé para tirar a meia, o sapato e a calça. Após repetir as ações com o outro pé, afastou sapatos, meias e calças pelo chão, depois, voltando-se para ele, passeando as mãos pelas panturrilhas nuas, segurando o grande músculo para se equilibrar, ela olhou para cima, por todo o caminho até os olhos dele.

Com as pernas tonificadas, os dedos desenhando-lhe os ombros, o corpo espetacular nu, os contornos poderosos delineados pelo luar fraco, ele olhava para ela; naquele momento, ele parecia mais bonito, mais poderoso do que qualquer deus.

Antes que ele pudesse se mexer, ela subiu as palmas pela parte posterior dos joelhos, depois das coxas até a curva das nádegas.

Através da escuridão, ela viu o queixo dele se enrijecer. Sentiu-lhe os dedos se mexerem, as mãos começarem a se aproximar.

Ajoelhando suavemente, ela percorreu-lhe o corpo de cima a baixo com os olhos até a ereção, que se projetava com orgulho, logo abaixo de seu rosto. Pôs as mãos, fechou-as sobre o comprimento quente, pesado.

Ouviu-o puxar o ar em uma inspiração apertada. Sentiu o salto repentino da tensão no corpo dele, o enrijecimento dos músculos já tensos.

Ela quase podia provar-lhe a expectativa em chamas; inclinando a cabeça, tocando com os lábios a cabeça larga e requintadamente macia do membro, entregou-se ao encontro dele.

Para cumprir todos os desejos que ele pudesse ter, para, com a boca, os lábios, a língua, os dentes, esbanjar prazer sobre prazer nele.

Levou-o ao fundo da boca, sugou de leve, então usou a língua para acariciá-lo devagar. Sentiu-lhe o corpo todo travar, sentiu-lhe as mãos porem-se à deriva, sem a ajuda da visão ao que parecia, até encontrarem sua cabeça. Até os dedos se emaranharem em seus cabelos e agarrarem.

Para se segurar.

Enquanto ela lhe dava prazer.

Enquanto dedicava cada pingo de vontade que possuía para impressioná-lo em seu intento. Sua mensagem. Sua declaração sem palavras.

Sabia que estavam no quarto dele, ao pé da cama dele, mas seus sentidos se voltaram para dentro, e ela perdeu o contato com o mundo quando se pôs àquela tarefa — a amá-lo.

Àquela demonstração sensual que dava.

Breckenridge abafou um gemido, um gemido de puro prazer, quando ela o levou ainda mais fundo, puxando-o adiante no paraíso quente de sua boca e usando a língua perversa para torturá-lo com prazer.

Com prazeres sensuais que ele raramente experimentava, raramente permitia que qualquer outra mulher lhe desse. O porquê, ele nunca entendera; a boca de Heather sobre ele não era nada menos que o paraíso — um pedaço do céu no mundo dos mortais.

Com a cabeça erguida para respirar melhor, para transportar o fôlego aos pulmões que havia prendido, olhou para baixo e a observou — e sentiu algo dentro de si se mexer. Expandir-se e tornar-se mais forte. Mais definido.

Tomar uma forma maior, mais nítida, mais indiscutível.

Por meio das mãos na cabeça dela, dos dedos enroscados nos fios sedosos do cabelo dela, ele sentiu-lhe a deliberação, a vontade inabalável.

Na sucção da boca, nas carícias fortes, ásperas da língua, lia-se seu propósito de conduzir.

Não era uma tentativa de tentar algo novo.

Não era uma exploração, mas uma adoração deliberada.

Era a paixão controlada e canalizada. Empunhada com intenção. A intenção de...

Ela puxou-o ainda mais para o fundo, até que os músculos de sua garganta acariciaram a cabeça sensível de seu membro. Todos os pensamentos se fraturaram, se fragmentaram de forma irreversível enquanto ela sugava forte e acariciava com a língua, enquanto os dedos afagavam o escroto, depois, fechando a mão sobre ele, brincavam...

Ele puxou uma respiração angustiada, entredentes.

— Chega. — A palavra saiu áspera, rouca, quase indecifrável; o sangue-frio habitual, o distanciamento de costume, muito longe.

Ela respondeu com uma carícia tortuosamente lenta, deliciosamente áspera, da língua.

O controle dele cambaleou; suas bolas começaram a se apertar.

Mal sufocando um xingamento, deslizou o polegar entre os lábios açucarados dela, aliviou o membro latejante da sucção molhada da boca, libertou-se. Agarrou-a pelos ombros e puxou-a para os braços, até deixá-la nas pontas dos pés, em um abraço que era apenas um lado do desespero.

Em um beijo que queimou e chamuscou e tinha o sabor da paixão que corria solta...

Ele estava fora de controle, ou tão à beira de perdê-lo que não fazia diferença. Por um instante, descarada, flagrantemente se alimentando da boca rendida, sentindo suas mãos pequenas espalhadas pelo peito, ele oscilou diante da possibilidade de simplesmente ceder — pela primeira vez em mais de 15 anos, libertar seu eu interior, deixar o macho primitivo tomar conta e devorar.

Simplesmente tomá-la, tê-la, possuí-la, sem se preocupar com escudos ou artimanhas ou defesas.

Sem nenhum pensamento de ocultar, de usar qualquer véu ou tela.

Ele não podia. Era perigoso demais.

Mesmo neste extremo, sua mente ainda compreendia a necessidade de autoproteção.

Afundado na boca de Heather, os braços a envolvê-la, a esmagar-lhe o corpo revestido de seda contra o seu, ele lutou — e encontrou forças no perfume sutil que era ela, que exalava da pele corada e envolvia seu cérebro, e de alguma forma o ancorava.

Encontrou ainda mais força no toque da palma da mão dela em seu rosto. No modo como ela respondeu — plena, abertamente, com os próprios desejos em chama e as próprias paixões intensificadas — às demandas vorazes do beijo.

Ela era uma chama constante, um farol, guiando-o de volta à sanidade. Ao seu controle habitual.

Às vias e aos meios que tinha a intenção de empregar.

Ao seu propósito.

Heather retribuiu-lhe o beijo e esperou para ver que direção ele iria tomar. Quando ele recuperou o controle, tão resoluto e absoluto, ela esperara que ele deixasse cair os escudos e lhe permitiria ver... mas ele se estabilizou.

Por um instante fugaz cogitou desafiá-lo, mas ela sabia que não tinha esse poder. Então, aceitou que, àquela altura, tinha de abrir mão das rédeas, que, se ele precisasse delas, precisasse dela daquela forma, então ela tinha de atender a essa necessidade.

Uma necessidade que era a paixão quente, derretida na noite.

Uma necessidade que ele comunicava sem esforço na forte carícia de sua mão pelos seios dela, conhecedora e possessiva.

Abertamente. Se ele tivesse alguma mensagem para ela no que se seguiu, a posse era o tema.

O motivo que ele comunicava com clareza.

Seus dedos encontraram o pingente de quartzo rosa, por segundos fugazes brincou com ele, mas depois sua atenção se reorientou.

Seus lábios permaneceram nos dela; seu beijo, devastador e exigente. Comandando enquanto suas mãos percorriam-lhe o corpo, enquanto através da seda esculpia, pesava e avaliava, em seguida, ele despiu-a da seda, deixou a roupa cair no chão e pôs as palmas das mãos, os dedos, a boca, os lábios e a língua na pele nua, na carne dolorida dela, e marcou-a.

Se o desejo era uma chama, ele a queimou.

Se a paixão era um chicote, ele a açoitou.

Se a carência era uma tempestade, ele convocou-a para se despejar furiosamente sobre ela.

Até que, de joelhos diante dela, fechou as mãos grandes na parte de trás das coxas dela, separou-as e, sustentando-a, pôs a boca na suavidade dela.

E esbaldou-se.

Com as mãos afundadas no cabelo dele, ela só podia gritar. De olhos fechados, mal conseguia lidar com as sensações — aguçadas e aprofundadas e cada vez mais poderosas — que ele suscitava e enviava em ondas pelo seu corpo.

A língua dele acariciava, e o mundo dela se abalava.

Ele já a experimentara antes, mas fora em uma cama, no meio de lençóis emaranhados, não exposta daquele jeito, nua sob o luar.

Nunca estivera tão claro que ela era sua para ser possuída. Nunca estivera tão flagrante.

Tão inevitável.

Mesmo quando, de olhos fechados, com a cabeça inclinada para trás, ela se agarrou e soluçou enquanto ele lhe arrasava os sentidos, uma pequena parte de sua mente reconhecia e aprovava.

Ele a encorajava a se entregar, a deixá-lo fazer as coisas de seu jeito... porque isso também era amá-lo. Permitir-lhe ser ele mesmo.

Aceitá-lo como era, sem quaisquer reservas.

O poder da paixão era dele para comandar; a moeda do desejo, sua arma. Com a língua, pressionou-a ainda mais; com carícias úmidas e afagos, embalou-a rumo ao ápice, então pressionou apenas o suficiente para mandá-la às alturas.

Para incitar-lhe os nervos a se desenrolar e as sensações a se fragmentar.

Um pequeno grito escapou dela — e, então, ele estava lá, de pé, com os braços em torno dela, a pele quente, de pelos ásperos, contra a dela, o corpo de aço envolvendo-a enquanto a segurava, abraçava, beijava — e ela saboreou néctar da língua dele.

Bebericou-o da boca enquanto ele a alimentava, enquanto ele deslizava a mão entre suas coxas e repetidas vezes a preenchia.

E o clímax desvelou-se em ondas...

Quando finalmente começou a desvanecer-se, ele a pegou nos braços e levou-a à cama. Ajoelhando no colchão, ele deitou-a sobre a colcha de seda, em seguida, seguiu-a, estendendo-se ao lado, uma das mãos se espalhando, abertamente possessiva, pela barriga dela enquanto ele se inclinava sobre ela.

E pôs-se a levá-la ao paraíso novamente.

Por um caminho mais longo desta vez, por onde o progresso era constante, mas lento, onde cada etapa se estendia e se esticava... até que o último pingo de prazer tivesse sido torcido e arrancado; só então seguiriam em frente.

Por mais lento que fosse o caminho, era infinitamente mais rico, mais intenso, a cada segundo, a cada batida do coração, mais investido de sentimento.

Acariciou-a, e ela retribuiu o prazer. Seus corpos se encontraram, nus e ansiosos, os membros nus enrolados, entrelaçados. Corada e orvalhada pelo desejo, a pele deslizava contra a pele, roçava, pressionava e provocava os nervos. As sensações se propagavam em ondas lentas, aquecidas, erguiam-se e diminuíam apenas para subir mais alto e, aos poucos, arrebatá-los.

As mãos percorriam o corpo do outro, o prazer sua única intenção — dar, receber, compartilhar.

Ver o outro se contorcer, arfar e depois suspirar.

Fazer o mesmo, dar o mesmo em resposta.

Juntos, progrediram através da paisagem da paixão. Primeiro, ele conduziu; depois, ela. Nunca antes haviam ficado juntos daquela forma, compartilhando daquela forma, sem nenhuma batalha pela supremacia, mas uma verdadeira união, o movimento para frente e para trás sem esforço, suave como um pensamento, como um desejo mudo.

Os olhares se tocaram, presos, muitas vezes se sustentaram. As respirações se misturavam aquecidas, eram compartilhadas quando os lábios se encontravam, ou lavadas sobre a pele do outro.

As sensações se expandiram, aumentaram, tornaram-se agudas. Cada toque carregava calor, significado.

Cada carícia significava mais, ponderada com sentimento. Com as emoções não declaradas, mas muito reais.

Ela recebeu tudo; deslumbrada com a vibração, bebeu da maravilha, saboreou o deleite, viu no rosto dele, por trás das feições austeras, viu no dourado e no verde brilhante dos olhos dele uma apreciação semelhante de sua recompensa.

Aquilo era eles — a verdade deles.

Breckenridge sabia, sentia na alma, sentia aquela verdade ecoando ali, ressoando, se afundando e pertencendo àquele lugar. Possuía-a.

Permitiu-se pôr o controle verdadeiro de lado e deixar-se seguir o caminho, e sem reservas deixou-se responder a ela como seu macho interior desejava, os limites selvagens de sua paixão mantidos a distância pelo desejo mais profundo e mais carente que era aquilo.

Ser capaz de compartilhar *aquilo*.

Com ela.

Sua mulher. Sua dama. Sua única e verdadeira amante.

Ele nunca seguira aquele caminho antes, mas até naquele momento sentiu o perigo. Mas, se esse era o caminho que precisava percorrer para uni-la a ele, pegaria a estrada e aceitaria o risco, sem hesitar.

Não precisavam de palavras, até porque ele não tinha palavras. Nenhuma que pudesse fazer justiça àquilo.

À proximidade, à verdadeira intimidade.

Quando ele empurrou-lhe mais as coxas para que se abrissem, com a intenção de se acomodar entre elas, ela murmurou e resistiu — com a mão em seu ombro, pediu-lhe que ficasse de costas. Movimentando-se no ritmo lento — na magia que ele tinha nas garras —, ele cedeu à vontade dela e rolou de costas.

Permitindo-lhe vir para cima. Para cavalgá-lo e, nua sob o luar, recebê-lo. E montá-lo.

Uma dança lenta; ela ergueu-se sobre ele, então deslizou para baixo, usando cada músculo para acariciar.

Para dar prazer.

Com o estranho colar em volta do pescoço, o pingente aninhado entre os seios nus, ela parecia uma deusa pagã. Com as mãos firmando-lhe os quadris, ele segurou-a, mas sem guiá-la. Deixou-a ditar o ritmo.

Hipnotizado pela visão.

Preso pelo olhar de pálpebras pesadas enquanto ela se movia sobre ele... acalentando-o.

Ele sentiu a intenção dela, sentiu-a no foco dela, a devoção inabalável ao prazer dele.

A percepção percorreu-o, provocando uma avalanche de emoções, sentimentos, impulsos, uma confusão de reações poderosas que surgiram e o devastaram.

Com os dentes cerrados, tentou contê-los, dar o tempo que ela precisasse.

Como se sentisse isso, ela balançou a cabeça de maneira selvagem, o cabelo dourado esvoaçando sobre os ombros.

— Venha comigo. Agora.

Em resposta à demanda rouca, a barragem dentro dele se rompeu. Com as mãos agarrando mais forte, segurando-lhe os quadris, ele se ergueu por baixo dela, empurrando-se enquanto ela afundava.

Em pouco tempo ela estava soluçando, com as mãos fechadas em torno dos pulsos dele, a cabeça inclinada para trás, enquanto cavalgava as batidas fortes que ele estabeleceu.

Com a própria respiração irregular, ele quase se sentou, apoiado no braço, e pôs a boca no seio dela.

Sugou com força, com ferocidade, e conduziu-a adiante.

Penetrou ainda mais fundo, e ela gritou e se desfez.

A carência agarrou-o por dentro, descuidada e desesperada, mas ele queria mais — o clímax final.

A bênção final que, pela primeira vez em sua vida, estava a seu alcance.

Ele inclinou-a, rolou com ela, pressionou-lhe as coxas para que se abrissem ainda mais, e, com um golpe poderoso, embainhou-se no calor escaldante dela.

E pressionou-a adiante.

E ela estava com ele.

Sem medo, ela se agarrou, e com ele mergulhou de volta na fornalha enfurecida da carência.

Na paixão e nas chamas vorazes, na conflagração que rugia, diretamente no vórtice daquela carência ofegante, descuidada, avassaladora.

Não uma doação gentil, mas um esforço enfurecido e imprudente, a busca desesperada por um acordo perfeito.

Juntos, foram em busca dele.

E voaram. Através do fogo da paixão, através das chamas do desejo, além do auge de sua carência conjunta.

Seus sentidos implodiram, a realidade se fraturou, e o êxtase fluiu.

Ela gritou. Ele gemeu.

A glória floresceu, inchou, e tomou-os, preencheu-os, assolou-os, então, renovou-os.

E eles permitiram. Amalgamados além do físico, mantiveram-se unidos, os corpos úmidos, as peles afogueadas, os pulmões agitados. Com os olhares presos um no outro, as respirações se misturando, eles se agarraram e deixaram o momento falar por si só.

Nenhuma homenagem simples, mas uma verdadeira reverência, uma prostração que ia além do eu diante de algum deus maior, algo que ia muito além deles.

Uma entrega como nenhuma outra a algo que os ligava, que os unia.

Que havia desde o início cutucado cada um deles no ombro, apontado para o outro e dito: *aquele*.

Esse poder queimou neles, através deles, entrou em erupção e os engoliu.

Segurou-os e fundiu-os.

Eles tornaram-se esse poder, e esse poder era eles.

Brilhou em seus corações, dominou seus sentidos, iluminou suas almas.

O momento se esticou, tornou-se mais fraco até desaparecer.

O esquecimento acenou, e eles fecharam os olhos, sentiram aquele momento precioso passar... deixaram-no ir.

Deixaram-se cair na escuridão calmante, para onde a saciedade os impulsionava em um mar dourado, e o mundo familiar ficou a um batimento de distância.

A noite se fechou em torno deles e envolveu-os em seus braços.

Exaustos, dormiram.

O frio da noite cada vez mais profunda a lavar suas costas acabou atraindo Breckenridge de volta ao mundo. Ele despertou com relutância. Desvencilhando-se de Heather, do abraço quente de seu corpo, do refúgio de seus braços, recuou, levantou-se dela, em seguida, caiu ao seu lado. Só para se lembrar de que estavam deitados sobre as cobertas.

Reunindo suas forças, rolou para fora da cama, soltou as cobertas, tirando-as debaixo de Heather, arrastou-as para o chão, então voltou a se deitar ao lado dela, puxou os lençóis e as cobertas, cobrindo a ambos.

Ela murmurou e se virou para ele, aconchegou-se em seus braços, depois afundou no sono.

Através da penumbra ele estudou-lhe o rosto, mas não pôde ler nada nas feições relaxadas.

Não queria pensar no que se passara entre eles, na profundidade, na conexão... na revelação. Haviam ido muito além do mundano, do costumeiro, do habitual; haviam tocado, rompido, algum outro nível.

Algo que tinha certeza de que ela não deixara de ver, reconhecer; haviam estado lá juntos, de mãos dadas.

O que significava que tudo deveria ficar bem, que ela não teria mais evasivas para não aceitar seu pedido.

Fechando os olhos, sentiu os lábios se curvarem em um sorriso. E deslizou para um sono sem sonhos.

CAPÍTULO 18

— Heather! — Saindo do grande salão através da passagem em arco, Breckenridge foi atrás de Heather enquanto ela descia pelo corredor para adentrar os recônditos do solar. Ao ouvir o chamado, ela parou, virou-se e sorriu.

Algo dentro dele se apertou diante da visão. Não se lembrava de ter se sentido tão nervoso, tão no limite.

Forçou um sorriso fácil e continuou seguindo em direção a ela. Adiante, o corredor estava deserto; não continuaria assim por muito tempo.

Eles não haviam tido a oportunidade de conversar naquela manhã; não haviam trocado nem uma palavra sobre a noite. Ele acordara a tempo, mas ficara lá entorpecido, apenas a observá-la dormir. No momento em que ela se mexeu, se espreguiçou como um gato, abriu os olhos e sorriu — bem como estava sorrindo no momento, com os olhos cheios daquele brilho que o aquecia —, era muito tarde para qualquer coisa; ela teve de se apressar para voltar a seu quarto antes que todos e mais os gêmeos estivessem por ali.

O café da manhã na mesa alta com todos os presentes não foi um bom lugar para abordar o assunto do matrimônio, independentemente de quão confiante ele estivesse de que ela, então, o aceitaria. Após a noite anterior, como poderia não aceitar?

Ela estava tão apaixonada, e ele correspondera tão bem, fora o reflexo feminino de tudo o que ele era como um homem: as ações, a carência dela, espelhando tudo o que ele sentira; deixara cair todos os escudos e simplesmente vivera.

A aterrorizante liberdade. Agarrara-a com tudo o que havia nele, mas, no dia seguinte, à luz fria da manhã, a sensação de vulnerabilidade, de ter falado demais, embora não tivesse pronunciado nenhuma palavra, o assombrava.

Passeava como um espectro no canto de sua visão e o ameaçava.

Pelo menos ela não poderia ter deixado de notar sua revelação. Sua verdade.

Com os lábios ainda curvados, ele parou diante dela, olhou para os suaves olhos azul-acinzentados.

Heather encontrou-lhe o olhar e sentiu o coração inchar. Aquele era o momento; a expectativa apertou-a forte.

Havia passado cada minuto desde que saíra do quarto dele tentando imaginar o que ele poderia dizer. Não precisava mais de uma declaração, apenas de uma palavra, um toque — qualquer alusão ao que haviam compartilhado na noite anterior. Uma palavra, mesmo um olhar, bastaria, serviria para reconhecer a nova realidade. Em seguida, poderiam avançar, adentrar sua nova vida.

Lutando para manter a antecipação refreada, para que não saltasse com impaciência, ou agarrasse o pingente entre os seios, como ele não falou nada, ela perguntou:

— Tenho de me juntar a Algaria no jardim de ervas. Combinamos ontem, e ela realmente precisa de minha ajuda.

Algo mudou — atrás dos olhos dele, uma mudança sutil em sua costumeira expressão ilegível. Baixando o olhar, ele inclinou a cabeça, o movimento impregnado com sua graça habitual.

— Sim, claro. Não vou atrasá-la. — Ele hesitou, então de maneira tímida, quase sem jeito, disse: — Estive pensando sobre nosso retorno à capital. Precisaremos anunciar nosso noivado e enfrentar o inevitável bafafá.

Ele fez uma pausa.

Ainda à espera de uma palavra, ela não respondeu.

Inspirando, ele encontrou-lhe os olhos, continuou:

— Eu deveria rascunhar uma nota para a *Gazette*. Provavelmente deveria enviá-la a nossa frente, para preparar o terreno, por assim dizer. Também deveríamos enviar cartas para nossas famílias, pois eles precisarão se preparar.

Ele ficou em silêncio, esperou.

Heather sabia que sua expressão havia congelado — para esconder a erupção de raiva que a assolou. Teve vontade de gritar.

O que tinha de fazer para que ele admitisse amá-la?

Ele *admitiu*; depois da noite anterior, tinha certeza de que ele admitiu...

Ficou abalada, sentiu como se o chão sob seus pés, literalmente, tivesse se mexido embora estivesse pisando em pedra sólida.

Ele era um reconhecido especialista... será que a noite anterior fora uma farsa, um fingimento, algo que ele inventara para satisfazê-la? Sabendo o que ela queria ver nele, será que ele simplesmente lhe deu aquilo, mesmo que não fosse verdade?

Será que a noite anterior fora apenas mais uma conquista para ele, mas com um objetivo diferente?

Ela fez a declaração primeiro — a confissão sem palavras de seu amor por ele. Seria possível que depois ele a tenha feito de tola?

Uma mágoa, mais profunda que qualquer outra que já sentira, partiu-a ao meio.

Ela piscou, olhou-o nos olhos — cada vez mais desesperada, procurou, mas não enxergou.

Nada.

Qualquer lampejo do amor que ela esperava encontrar brilhando lá.

Isso não significava que o maldito homem não o sentia — ele sempre manteve suas emoções muito contidas... mas o propósito da noite anterior fora tranquilizá-lo, encorajá-lo e permitir-lhe dar apenas *uma palavra*, um sinal, mesmo que oblíquo, de que a amava.

Se ele não lhe desse... ela já havia refletido sobre esse argumento. Não poderia ir adiante sem nenhuma confirmação.

Ele ficou estranhamente inquieto. Então se mexeu.

— Pense nisso e me avise mais tarde. — Ele quase deu meia-volta para ir embora.

— Não. Espere. — Quando ele se virou para trás, com o queixo firme, ela ergueu o dela. — Você está se baseando em um equívoco. Eu ainda não aceitei nenhuma proposta. De fato, nenhuma proposta foi feita, pelo menos não nas palavras que eu consideraria aceitáveis.

O rosto e os olhos dele se enrijeceram. Ela respirou fundo, sustentou-lhe o olhar e se esforçou para deixar muito claras as opções dele.

— Você sabe o que quero. Até que me dê a garantia de que preciso, eu não concordarei em me casar com ninguém, especialmente com você.

Heather não esperou para ouvir o que ele achava. Virando-se, ela se afastou, atravessando o corredor até a porta lateral.

Com os pés grudados no chão, Breckenridge observou-a ir. Observou e sentiu o peito se contrair devagar, até deixá-lo sem conseguir respirar.

Na noite anterior, fizera o que ela queria e expôs seu coração — e isso ainda não era suficiente?

Especialmente com você. Ele sentiu como se tivesse levado um chute no estômago; já ouvira essas palavras antes.

Claro, da última vez — 15 anos antes —, Helen Maitland rira ao pronunciá-las.

Engolindo um xingamento vicioso, com o rosto duro como pedra, ele se virou e foi embora.

Assim como fizera 15 anos antes.

Ele abandonara Helen Maitland sem olhar para trás.

Heather Cynster era uma questão diferente.

Uma mulher diferente.

Uma proposta totalmente diferente.

Ele cavalgara com Richard, esperando que o ar fresco e o exercício acabassem com a turbulência de seu cérebro, mas sem sorte. Breckenridge saiu do estábulo do solar e atravessou o pátio traseiro de paralelepípedos, então se lembrou e fez um desvio em direção ao jardim de ervas.

Parando à sombra das paredes do solar, examinou o jardim inclinado. Logo viu Heather, cortando ramos de alguma erva com um par de tesouras. Examinando o resto do jardim com mais atenção, agradeceu à sorte; Algaria não estava lá.

Começou a descer pelo caminho sinuoso. Heather estava de costas; não o vira ainda.

Apesar de sua intransigência, ele não estava prestes a ir embora. E, por mais que gostaria de descartar a insistência dela por alguma "garantia" como teimosia feminina, aquilo não iria levá-lo a lugar algum.

Você sabe o que quero.

Foi o que ela afirmou, e era o que o deixara perplexo.

Ela deveria saber que uma declaração de amor vinda dele — o maior libertino da alta sociedade — simplesmente não era uma possibilidade; mesmo descontando sua experiência com La Maitland, sobre a qual é certo que Heather não sabia nada, seus flertes mais que constantes com as damas casadas da sociedade — algo de que ela sabia — lhe deram uma noção muito clara quanto ao valor do amor.

Ou seja, que não se deve acreditar nem um pouco nele.

Para Breckenridge, a palavra *amor* não tinha qualquer significado real.

Ou, se tivesse, não era nada bom nem desejável.

Nenhuma senhora da alta sociedade acreditaria em uma promessa verbal de amor eterno vinda de um cavalheiro de sua reputação.

Além disso, ela esteve lá, com ele, a cada suspiro da noite anterior. Era inteligente e observadora; não teria deixado de perceber a verdade essencial que ele revelara, de modo que pelo menos aquilo deveria estar claro para ela. Tinha de saber da profundidade dos sentimentos dele, tinha de compreender a verdadeira natureza de seu compromisso. Ele não havia exposto seu coração de forma incerta; ela tinha de ter visto e compreendido.

Ela também cumprira sua própria quota de exposições e revelações. Se ele tivesse notado, observado e interpretado o que ela fizera, o modo que se comportara, como um reflexo da verdade de como ela se sentia em relação a ele, então não havia chance alguma de que ela estivera cega e não o vira retribuir sua declaração sem palavras. As mulheres eram muito mais perceptivas a essas nuances, e ações definitivamente falavam mais alto que palavras naquela arena.

Essa questão, esse lado das coisas, havia sido resolvida.

Então, do que mais ele tinha de tranquilizá-la?

Especialmente com você.

Ele presumiu que fosse uma alusão a sua reputação, mas de que forma, de que perspectiva, em referência a que, ele não tinha ideia.

Damas como Heather Cynster deveriam vir com manual de instruções.

Ele tinha de fazê-la concordar com o casamento, logo, precisava encontrar uma forma de tranquilizá-la de qualquer maneira que ela julgasse necessário.

O que significava que ele deveria trazer à tona o que ela queria ouvir.

Heather ouviu-o se aproximar, olhou em sua direção, em seguida, virou--se, com longos ramos de folhas crescidas em uma das mãos, a tesoura afiada na outra.

Ele parou a dois passos de distância.

Ela encontrou-lhe o olhar, arqueou as sobrancelhas.

Ele hesitou, depois foi sentar-se no muro baixo de pedra na ponta do canteiro do qual ela estava cortando.

Heather se voltou para o absinto que estava colhendo.

— Presumo que você não tenha vindo aqui só para se sentar ao sol.

— Não, mas a perspectiva tem certo fascínio.

Os lábios dela começaram a tremer; endireitou-os.

— Não tente me ganhar com galanteios. Não vai funcionar.

Ele suspirou de forma um pouco histriônica.

Ela cortou outro ramo. Não ia facilitar as coisas...

— Mais cedo, da última vez que nos falamos, tocamos na maioria dos elementos que costumam ser relevantes na decisão de se casar.

A voz dele era suave; o tom, relaxado, como se falasse dessas questões todos os dias.

— Posição, riqueza, propriedade, crianças. O papel que desempenho hoje, e aquele que um dia vou herdar como herdeiro de Brunswick, e o papel que você desempenharia a meu lado. Além disso, é claro, haverá as obrigações sociais compatíveis com a posição de viscondessa. Nos momentos em que residirmos em Londres, haverá muitas oportunidades para você brilhar socialmente. Supondo que seja um desejo seu.

Ela olhou-o, deixando sua perplexidade transparecer.

— Por que você imagina que isso é importante para mim?

Ele não franziu a testa, mas ela detectou certa sombra em seus olhos.

— Pensei que poderia ser algo que você gostaria de fazer.

Ela enviou-lhe um olhar exasperado e voltou a cortar as ervas.

Após uma breve pausa, ele continuou:

— Você vai ter de redecorar a casa. As casas, aliás. A de Londres, bem como a de Baraclough. Minha mãe morreu há mais de uma década, e Constance e Cordelia têm suas residências próprias há mais tempo ainda. Ambas as casas precisam muito do toque de uma mulher. Você terá passe livre...

Ela fez um som exasperado, frustrado, e virou-se para ele.

— Por que está me contando isso?

Ele assumiu uma expressão sombria.

— Estou tentando dizer-lhe tudo o que você quer ouvir. — Quando ela olhou-o, ele coroou, de forma distintamente concisa: — Estou chegando perto?

— Não!

Ele ficou parado; ela se virou para encará-lo. O queixo dele parecia de ferro; um tique cintilou sob um olho quando ele lhe assomou de modo ameaçador e olhou-a com raiva.

— Que diabos você quer que eu diga? — Ele abriu os braços. — Pelo amor de Deus! Diga-me, e eu vou dizer.

Era isso que ela temia.

Com o temperamento se agitando, provocado pelo dele, ela apertou os lábios, manteve os olhos fixos nos dele e tentou ignorar o vazio que se abria por dentro.

Ele estava lhe dizendo todas as coisas que ela não precisava ouvir, mas não disse nada da única coisa que ela precisava saber. Temia cada vez mais ter cometido um erro tático na noite anterior; claramente ele havia interpretado sua declaração sem palavras de maneira correta — sabendo que ela o amava, ele pensou que tudo estava resolvido...

Estaria, se não fosse o que era — um especialista. Ao pensar melhor, ela percebeu que não havia nenhuma maneira de ter certeza de que o lado dele da troca que empreenderam na noite anterior era outra coisa senão, como ele havia acabado de declarar, o fato de que ele estava lhe dando — lhe dizendo — o que pensava que ela queria ouvir.

Assim, ele achava que ela aceitaria se casar sem que nada mais fosse dito.

Sustentar-lhe o olhar não era fácil, não quando, com ele tão perto, todo o bom senso que ela tinha a lembrava do que se passara entre eles durante a noite.

— Se você não sabe...

— Não sei.

— ... então... — Ela encarou-o com irritação brilhando no olhar. — ... não adianta lhe dizer.

Ele semicerrou os olhos até se tornarem cacos de ágata.

— Se você se recusa a me dizer o que quer, como posso lhe dar?

— Não é o que quero, é aquilo de que preciso.

— O quê?

O coração, seu tolo. Ela precisava do coração dele.

Os dois estavam com o nariz grudado um no outro. Tensionando a mandíbula, ela se forçou a dizer:

— Eu lhe disse que, para me casar, eu preciso de... afeição verdadeira. — Ela teve de cerrar os dentes para soltar a palavra mais leve, mas não fazia sentido atormentá-lo para dizer que a amava. Ele até poderia ceder, mas no momento isso seria capaz apenas de assegurá-la de que ele não disse com sinceridade.

De que só disse isso porque decidira que um casamento era um imperativo absoluto para a reputação de ambos... será que ele teria se comportado como na noite anterior e depois, pela manhã, exigido que ela estabelecesse a data do casamento se esse fosse seu objetivo? Ela não precisava refletir para saber que a resposta era sim.

Que ele poderia, se pressionado, até pronunciar a palavra *amor*, apenas para fazê-la concordar em se casar.

Quanto mais ela pressionasse, era menos provável que isso funcionasse. Mas tinha de tentar.

— E eu queria que essa profundidade de afeição fosse oferecida a mim livremente, *não* por causa de minha posição, por causa de quem sou, de meu nome, e não porque minha reputação precisa ser salva, mas porque eu sou *eu*.

Ele estava bloqueando o sol, de modo que ela não poderia ter certeza, mas teve a impressão de que ele empalideceu. Inspirando, concluiu:

— É isso que eu quero, e se...

— Foi isso que eu pensei que aconteceu na noite passada.

O tom monocórdio interrompeu-lhe o discurso.

Ela procurou os olhos dele, mas não conseguiu ler nada além de uma determinação implacável.

— Eu pensei — continuou ele no mesmo tom frio, impossivelmente equilibrado — que ontem à noite foi sobre seus sentimentos *verdadeiros*. Pensei que foi sobre a troca de ideias, se não juramentos, a esse respeito. Pensei que a noite passada foi sobre nós examinarmos nossas *afeições* e, assim, dar um passo em direção ao altar.

Ah, Deus. Ela procurou-lhe os olhos loucamente, tentando convencer-se de que não estava diante da confirmação dos seus piores medos.

Ele sabia; ele reconhecera o que ela estava fazendo e com fria deliberação — o mesmo planejamento deliberado com o qual ela abordara a troca — dera-lhe o que ela queria. Ele não fora arrebatado pela paixão, não fora movido pela declaração sem palavras dela — fora tão deliberado quanto ela em usar o ato para comunicar o que sabia que ela queria ouvir... ele viera procurá-la com a intenção de fazer exatamente isso.

Ela recebera a resposta que planejara obter, mas no momento não tinha nenhuma razão para acreditar que ele quis dizer isso, mas que ele aproveitou a oportunidade que ela projetara como o caminho mais seguro para realizar seu objetivo.

O vazio interior se intensificou.

Os olhos castanhos dele perfuraram os dela; a voz dele assumiu um tom mais baixo.

— Você está me dizendo que a noite passada não foi uma indicação de sua afeição verdadeira?

Ela olhou para o lado. Forçou os ombros a se erguer de leve, depois empinou o nariz.

— A noite passada... foi apenas mais uma noite. Não foi? — Ela dirigiu-lhe um olhar fugaz, não viu nada, apenas uma dureza como pedra tomar conta de suas feições, então desviou o olhar e logo continuou:

— Foi, admito, um pouco mais intensa, mas...

Por que diabos ela tinha de se deixar expor seu coração assim? Isso *machucava*. Só de pensar que ele deliberadamente tivera a intenção de se envolver com ela, de persuadi-la daquele jeito, mesmo que ele — claramente — não a amasse a atingiu como uma lâmina através do coração.

Esforçando-se para respirar, levantando ainda mais a cabeça, ela mentiu descaradamente:

— Eu não tinha percebido que era especial. Não foi da minha parte.

O silêncio saudou a fala dela.

Ela não podia olhá-lo; não se atreveu. Se o fizesse, ele veria as emoções se agitando dentro dela.

— Eu... entendo. — Havia na voz dele um tom que ela nunca havia ouvido antes.

Quis olhá-lo, mas não o fez. A parte dela que estava exposta demais, vulnerável demais, não podia.

Sentiu-o respirar fundo, devagar.

Então, ele disse em tom mais seco, quase normal:

— Se me der licença, acabo de lembrar que tenho algo a fazer.

Antes mesmo de ela olhar em sua direção, Breckenridge virou-se e começou a andar pelo caminho, rumo à parte traseira do solar, assim como viera.

Ele manteve a cabeça erguida, os ombros em linha reta.

Já sofrera uma rejeição antes.

Não se lembrava de doer tanto.

A noite anterior não fora nada especial para ela. O que ele vira como uma exposição de seu coração — e sua alma, se parasse para pensar — não significara nada para ela.

Foi preciso muito esforço para suprimir o desejo de praguejar e chutar alguma coisa.

Menos mal — o esforço o distraiu.

Ele sabia que não era bom pegar um cavalo desconhecido naquele humor. Naquela perturbação. Continuou andando. Passou pelos estábulos, continuou por um caminho entre duas cercas.

Pegando o ritmo, caminhou a passos rápidos e furiosos. Só parou quando estava fora da vista das torres do solar. Com as mãos nos quadris, respirando com dificuldade, baixou a cabeça.

Fechou os olhos.

Ele pensara... inclinando a cabeça para trás, piscou para o céu azul, bem azul.

Pensara que ela o amava.

Mas, não.

Por alguma razão, era impossível amar o maior libertino da alta sociedade.

Talvez porque ele *era* o maior libertino da alta sociedade... mas essa fora uma reação ao fato de não ter sido amado por Helen Maitland. Pensara em lhe mostrar o que ela havia recusado tornando-se o nobre amante que todas as damas como ela imploravam para agraciar suas camas...

E de alguma forma, no processo, tornou-se incapaz de ser amado.

Ele não sabia como fizera isso; se soubesse, tentaria mudar.

Mas, não. Era muito tarde. Ele era o que havia se tornado, e não importava o que pensava ter ocorrido nas vigílias apaixonadas e sombrias da noite — Heather Cynster não lhe daria seu coração.

De volta ao jardim de ervas, Heather ficou onde ele a deixara, com o olhar fixo no local por onde ele saíra de sua vista.

Ele havia ido embora.

Simplesmente virou as costas e partiu... porque percebeu que sua tática não estava funcionando e por isso a abandonou e foi pensar em alguma outra forma de pressioná-la?

Era provável.

Lembrou-se das palavras que haviam trocado, mas sua conclusão permaneceu a mesma. Na noite anterior, ele deliberadamente usou o mesmo caminho que ela havia pensado em usar para demonstrar-lhe seu amor, mas a intenção dele foi apenas lhe dizer o que percebera que ela queria ouvir. Ao passo que ela estava realmente apaixonada, ele não estava verdadeiramente apaixonado por ela.

Ele queria se casar porque enfiara na cabeça que essa era a coisa certa a fazer e decidiu que iria servir-lhe bem.

Depois do que ela havia acabado de descobrir, ele precisaria pensar duas vezes.

Quanto a ela... teria de aceitar que não havia futuro entre eles.

Que para o destino não haveria *eles*.

Ele enfim entendeu o que era perder o coração.

Seu peito parecia vazio, oco; ele não conseguia pensar, mal conseguia funcionar bem o suficiente para preservar uma aparência externa de normalidade.

Não poderia desistir daquilo — dela. Sentiu-se compelido a ir muito além do que era sensato e dar um último empurrão...

Mesmo que ela não o amasse, ele a amava.

Sabia disso, em algum canto de seu cérebro sempre suspeitou, mas naquele momento não havia como esconder a verdade. Não após a noite anterior, quando ele pensou, se convenceu disso de forma a não restar dúvidas, que ela o amava e assim aproveitara a perspectiva, regozijara-se e alegrara-se — e ao fazê-lo, finalmente reconhecera tudo o que queria da vida.

Reconheceu, com uma certeza inabalável, que ele nunca havia sentido e nunca sentiria por qualquer outra mulher o que sentia por ela. Ela era a única mulher que ele jamais amaria.

E se, no geral, considerava-se que valia a pena lutar pelo amor, a chance de amar era ainda mais preciosa para um homem como ele.

Tais pensamentos, esse entendimento, levou-o a caçá-la.

O almoço, como de costume, foi compartilhado com toda a família no grande salão. Ele e Heather se sentaram à parte, com os gêmeos e Algaria entre os dois. Nem Heather nem ele fizeram qualquer esforço para se comunicar, nem por palavras nem por olhares; se os outros acharam incomum o fato de estarem se evitando mutuamente, ninguém deu qualquer sinal.

Quando a refeição terminou, e todos se levantaram e seguiram nas diversas direções para realizar quaisquer tarefas e afazeres que os aguardavam, ele foi atrás de Heather ao sair do salão. Alcançou-a na alcova sombreada na parte superior da escada que descia para as masmorras.

Ao ouvir-lhe os passos nas botas, ela parou e olhou-o.

Ele estava determinado a ser breve.

— Logo mais vou cavalgar com Richard. — Durante a refeição, ele a ouvira combinando com Algaria de processar as ervas que havia colhido naquela manhã. — Antes disso, eu queria dizer que me cansei. Estou cansado de dar voltas em torno de nossa realidade.

Ele não conseguiu impedir que sua expressão, já rígida, endurecesse ainda mais; seu rosto parecia de pedra esculpida.

— Dei-lhe tempo para se acostumar com essa realidade, todo o tempo que pude dar, todo o tempo com o qual podemos arcar. Todo o tempo que a situação nos permitiu. No entanto, os fatos não mudaram, e eles ditam que devemos nos casar. — Ele sustentou-lhe o olhar tempestuoso. — Você tem de aceitar, temos de reconhecer que não há escolha. Decida-se a perceber isso e, depois, comece a planejar voltar para Londres. Não podemos nos esconder aqui para sempre.

Heather olhou-o fixamente nos olhos, olhos de ágata que não lhe diziam nada, que não lhe mostravam nada além de uma implacabilidade determinada, invencível.

Seu temperamento transbordou; ela abriu a boca em uma réplica escaldante...

— Breckenridge!

Era Richard, chamando do vestíbulo.

Os dois viraram a cabeça.

Ela olhou para Breckenridge.

Ao se afastar, ele encontrou-lhe o olhar e assentiu secamente.

— Vou encontrá-la quando eu voltar. E podemos começar a tomar as decisões necessárias.

E se afastou.

Heather observou-o caminhar pelo corredor. Sentiu a raiva diminuir.

Sentiu o vazio frio lá dentro inchar e crescer.

E se perguntou onde, no trato com ele, errara tanto.

Seu coração descera tão baixo que havia se afogado.

Parecia que estava enfim vendo as verdadeiras cores dele — seu foco inabalável em colocar uma aliança no dedo dela, o amor que se danasse.

O amor — sua "afeição verdadeira" — era para ele apenas um caminho para alcançar seu objetivo.

Depois que ele saiu, ela desceu até a oficina de Catriona. Algaria se juntou a ela, mas apenas para lhe mostrar o que fazer com o absinto, a arruda e a tanásia que ela colhera naquela manhã. Deixando-a para formar maços com as folhas, Algaria correu para continuar supervisionando os gêmeos e suas lições.

Na sala de trabalho fresca, calma, Heather metodicamente ordenou e montou os maços. Seu olhar permaneceu nas mãos, os dedos separando com habilidade a folhagem delicada antes de enrolar os caules, mas sua mente estava em outro lugar, repassando seus argumentos, repetindo conversas, tentando entender, reexaminando tudo na esperança desesperada de ter deixado de perceber algo vital, ou de ter interpretado mal... mas, não.

Sob todas as palavras que trocaram, de todas as suas ações, um fato permaneceu incontestado.

Ela o amava — e, como o amava, como era a mulher que era e ele, o homem que era, ela tinha de saber, para além de qualquer questão ou dúvida, que ele também a amava.

Sim, essa necessidade era emocional, alimentada tanto pelo medo quanto por um sonho.

O medo de que, se ela o aceitasse sem a garantia do amor, sem tê-lo reconhecido e declarado, então, em algum momento, por não estar ligado pelo amor, ele se perderia. Iria se afastar dela para uma da miríade de damas que estavam sempre tentando atraí-lo para suas camas.

Esse medo era bastante real, bastante forte para conter, mas seu sonho era uma parte ainda mais inata dela, uma parte que ela não tinha nenhum desejo de negar. Para ela, o casamento significava uma coisa — uma parceria a que ambas as partes se comprometiam e, portanto, estavam livres para amar sem restrições. Sem reservas, sem limites.

Um casamento como esse nunca poderia acontecer sem que ambas as partes estivessem aberta e honestamente comprometidas a esse ideal.

Um casamento como esse nunca poderia se fundar no compromisso de apenas uma das partes, com a outra se esquivando do ato.

O investimento necessário tinha de vir de ambas as partes, ou o casamento nunca iria se sustentar.

Ela esclareceu os pensamentos, reafirmou suas decisões e, duas horas mais tarde, ouviu as botas de Breckenridge, com proposital lentidão, descerem as escadas.

Não olhou para cima quando ele apareceu na porta, mas continuou a amarrar as ervas com cuidado.

Breckenridge abaixou-se sob o arco da porta aberta. Heather estava no lado oposto de uma mesa de pinho, com a folhagem espalhada à frente.

Ela não desviou o olhar de suas mãos. Não deu nenhuma confirmação de que sabia que ele estava lá, mas era claro que sabia.

Parando, ele também olhou para as mãos dela, para os talos que estava reunindo e atando.

Ele sabia que aquela era uma manobra arriscada, um último empurrão desesperado para colocar o casamento, que tinha de acontecer, de volta no páreo, mas ele não sabia mais o que fazer.

Olhou-a no rosto de relance.

Não gostou da expressão fechada, viu muito pouco que lhe desse esperanças.

Pouquíssimas vezes ele se sentira tão impotente. Tão inseguro.

Reprimindo um forte impulso de passar as mãos pelos cabelos, afundou-as nos bolsos das calças, inspirou longamente. Expirou, dizendo:

— Então, quando vamos embora?

A demanda soou muito mais dura do que ele pretendia.

Ela continuou a trabalhar com calma, unindo talo a talo.

— Não tenho nenhum interesse em saber quando você vai embora. Quanto a mim, decidi ficar aqui por ora.

— Heather...

— Não. Ouça. E, por favor, não me diga o que posso e não posso fazer. Você me pediu para me decidir, e eu me decidi: não vou me casar com você.

Ele ficou lá, absorveu o impacto das palavras, da determinação por trás delas, e sentiu uma lâmina se enfiar em seu coração.

— No entanto... — Heather deixou de lado o maço que amarrara, pegou mais folhagens e tentou um último lance desesperado; homens como ele eram possessivos, pelo menos, em relação às mulheres que amavam. — ... você não precisa temer qualquer repercussão social. Se mais tarde um casamento tornar-se necessário para que eu faça o que quiser com minha vida, como sou uma herdeira bem-relacionada e razoavelmente atraente, tenho certeza de que haverá alguns cavalheiros prontos e dispostos a ignorar esta aventura, ainda mais que a família vai sem dúvida ter inventado e espalhado uma história que explique minha ausência da cidade. Então, entenda: você pode ir embora com a consciência limpa.

Ela parou, esperou, mas ele não disse nada. Levando um fôlego tenso aos pulmões, forçou-se a continuar:

— Não há nenhuma razão para você ficar mais tempo. Não há nada para mantê-lo aqui.

Fez-se silêncio.

Breckenridge sentiu um calafrio. Desceu gelado pela espinha, congelante e dormente.

Cego, surdo, paralisado pela revelação de que, se ela tivesse de se casar, preferiria se casar com qualquer homem, menos com ele.

É o que acabara de lhe dizer, em palavras impossíveis de serem mal interpretadas.

A faca cortou mais fundo, e girou.

A dor quase o deixou de joelhos.

Inspirando — meu Deus, será que ele já sentira tanta dor? —, esforçou-se para reunir os restos devastados de seu coração, de seu orgulho. Agarrando-se a este, forçou-se a parar de pensar.

Parar de insistir em seus pensamentos, no que esperara e mal ousara sonhar...

Ele deveria ter se acostumado a ser usado pelas mulheres que se envolviam com ele para o prazer fugaz, sem qualquer sentimento verdadeiro; ela não o tratara pior do que muitas outras antes dela. Ele não poderia culpá-la por isso.

Não poderia culpá-la por não o amar como ele a amava.

Tinha de sair de lá antes que sua capacidade de controle se desfizesse.

Onde estavam? Ah, sim. Ele teve a ideia brilhante de dar-lhe um ultimato, e ela respondeu.

Deixando-o com apenas um caminho a tomar.

Um caminho a seguir. Sozinho.

— Muito bem. — Mesmo a seus ouvidos, sua voz soou distante, não apenas imparcial, mas também fria, sem alma. — Se é o que deseja, que assim seja.

Ordenou que seus pés se mexessem. Para seu alívio, eles o fizeram. Mal podia enxergar enquanto ia até a porta. Lá, ele fez uma pausa, depois disse por cima do ombro:

— Vou tomar as providências para partir amanhã.

Sozinho, mas não precisava dizer.

Contra todo o bom senso, a despeito de tudo o que se passara entre os dois, ele fez uma pausa, esperou, *rezou* para que ela de repente percebesse o erro, de repente falasse e revertesse sua decisão...

— É provável que seja o melhor a fazer.

A esperança morreu.

Levando aos pulmões uma respiração apertada, ele abaixou-se sob o arco e começou a subir as escadas em silêncio.

Heather ouviu os passos dele se afastarem.

Perguntou-se se um dia voltaria a se sentir quente de novo; sentiu um calafrio no âmago de si.

Ele estava indo embora — de verdade. Voltando para sua vida na capital.

Deixando-a ali, sozinha e sofrendo... como ela queria. Seria melhor, não seria?

Se nutria qualquer dúvida de que o amava, de forma imutável e irremediável, passou a ter certeza. Nada além do amor era tão forte a ponto de evocar tamanha dor gélida, entorpecente.

Mas ela conhecia todos os argumentos, sabia que nunca teria dado certo, que nunca de fato houve uma opção diferente para ela. Para eles.

Ela ainda sentia o puxão, o impulso estúpido, mas convincente, de correr atrás dele e dizer-lhe que tinha mudado de ideia, que se casaria com ele, sem se importar com mais nada... mas, não. Se depois do casamento ele se virasse para outra... Isso ela realmente não seria capaz de suportar.

Olhando para baixo, forçou os dedos a trabalhar no último maço de ervas. Sentiu a amargura na parte de trás da garganta, a coceira das lágrimas nos olhos.

Disse a si mesma que as lágrimas, e o frio mortal que sentia dentro de si, eram um pequeno preço a pagar para escapar da devastação que teria vindo em sua direção.

Amá-lo como ela o amava, até as profundezas da alma, mas não ter esse amor retribuído, se ela concordasse e se permitisse se ligar a ele pelo casamento... quando o inevitável acontecesse, ela poderia não morrer, mas por dentro morreria.

Apesar da dor, de qualquer lamúria interior, de toda a raiva e todo o desespero, ela havia tomado o caminho certo; tinha certeza.

Melhor acabar assim.

A tarde caía quando, nas profundezas das terras altas, o proprietário de terras chegava cavalgando a seu castelo em Bailey.

Poderia estar sozinho, mas estava feliz por se ver em casa.

Descendo dos flancos de Hércules, sorriu e retribuiu a saudação alegre do jovem que veio correndo para tomar as rédeas do grande castrado. Entregou-as.

— Dê a ele uma boa massagem e uma porção de aveia. Ele cumpriu bem a tarefa de me levar por tantos quilômetros. Dê os alforjes a Mulley.

— Sim, meu senhor.

Com um último afago no pescoço de Hércules, virou-se e dirigiu-se ao torreão. Avançando pelos degraus de pedra, olhou para cima, para a ponta do arco que assomava por cima da porta maciça, cravejada de ferro.

O timbre da família, agora seu, destacava-se em relevo acentuado, esculpido em um escudo de pedra.

Honra acima de tudo.

O lema estava quase ilegível; esperava que não fosse um presságio.

Abriu a porta pesada, cruzou o limiar e sentiu o peso invisível da responsabilidade pesar nos ombros novamente.

Não que tivesse corrido o risco de esquecer até mesmo a menor fração daquele peso ao longo dos dias em que permanecera afastado.

Ouviu os passos de sua mãe descendo ansiosos os degraus de sua torre. Parando apenas no grande salão, ele trocou saudações e uma palavra em voz baixa com o mordomo, então ela estava lá, atravessando o corredor depressa, as saias pretas flamejando atrás de si.

— E então? Onde ela está? — Ela tentou olhar em volta do filho como se ele pudesse ter deixado Heather Cynster amarrada como um pacote no vestíbulo.

Ele começou a caminhar em direção ao estrado no final do corredor.

— Ela não está aqui, mas você pode muito bem ter realizado seu desejo.

Ele sinceramente esperava que não, mas...

Após confirmar que realmente não havia nenhuma refém escondida atrás dele, ela girou e seguiu-o.

— Como assim? O que aconteceu?

Pisando no tablado, ele andou ao lado da longa mesa de carvalho até a enorme cadeira esculpida que ficava no meio do caminho, de frente para o grande salão.

— Eu lhe disse que os homens que contratei para capturá-la a levaram até Gretna, que a mantiveram lá, como instruí. — Puxando a cadeira enorme, sentou-se, recostou-se. Sentiu a familiar madeira desgastada em suas costas, sob as coxas. Uma das coisas que lhe dizia que estava em casa.

Parada a menos de dois metros de distância, sua mãe fez uma careta irritada.

— Sim, sim, é por isso que você foi para o sul. Mas o que aconteceu quando chegou lá?

— Quando cheguei lá, ela havia escapado. — Ele se virou para sorrir em agradecimento à governanta quando ela pisou no estrado com uma bandeja nas mãos. — Obrigado, sra. Mack. Você salvou minha vida.

— Sim, bem. Você esteve fora por mais de uma semana. — Depressa, colocou diante dele uma caneca de prata de cerveja, um prato de um rico guisado e outro com metade de um naco de pão rústico caseiro. — Coma isso. Vai sustentá-lo até a hora do jantar, pelo menos.

Já partindo o pão, ele assentiu. Impediu-se de perguntar pelos meninos; do outro lado, sua mãe esforçava-se para não gritar.

— Fugiu? — sussurrou ela, no instante em que a sra. Mack saiu do alcance da voz.

Ele assentiu. Resmungou com a boca cheia de pão:

— Sim, mas não sozinha. Com um homem. — Ele não viu razão para expressar sua opinião de que aquele homem era um cavalheiro, se não um nobre de posição semelhante à dele.

Sua mãe havia se endireitado. Um brilho de malícia pura iluminou-lhe os olhos uma vez belos.

— Um homem? — Ela deixou a palavra de lado e por fim murmurou: — Então, a garota tola talvez seja arruinada de qualquer maneira?

Ele obrigou-se a assentir com a cabeça.

— Muito possivelmente. — Com alguma sorte, a garota tola poderia estar naquele momento de frente para algum altar. — Além disso, quando escapou, ela havia permanecido nas mãos dos sequestradores, sozinha até onde qualquer um em Londres sabe, por uns bons dez dias. Mais do que suficiente para macular de maneira irremediável sua reputação. — Ele ergueu uma das sobrancelhas para a mãe. — É o que você queria, não era? Não há necessidade real de trazer a menina até aqui, contanto que ela sofra. Não é isso que você queria?

— Não! — Cruzando os braços, ela literalmente fez beicinho. — Quero *vê-la* sofrer! — Olhou-o. — Homens! Vocês nunca entendem!

— De qualquer forma, apesar de não presenciar-lhe a desgraça e ignomínia social na carne, com sorte, você ainda vai conseguir tudo o que deseja.

Ela bufou em tom zombeteiro.

— Não haverá nenhum escândalo. A maldita família dela deve ter encoberto a ausência.

— Talvez por alguns dias. Porém, mais de uma semana? Já é difícil em um momento qualquer, mas durante a Temporada? Ela terá tido compromissos, e a mesma desculpa repetida logo terá ficado desgastada. Terá havido dúvidas, suspeitas. — Ele partiu o último pedaço de pão e levou a última porção de molho do guisado à boca. Mastigou, engoliu, em seguida, olhou para baixo. — Pelo que sei, ou que você sabe, ela poderia muito bem ter desaparecido da face da terra a esta altura.

Ele duvidava; uma imagem do homem que escoltara Heather Cynster até as terras Cynster pairava em sua mente. Parecia estranho colocar tanta fé em um estranho, ainda mais em um inglês, mas situações como a que enfrentou produziam estranhos companheiros de cama.

Empurrando a cadeira para trás, levantou-se. Olhou para a mãe com a expressão mais desencorajadora que pôde exibir.

— De qualquer maneira, até sabermos com certeza que ela não está arruinada, nosso acordo permanecerá em suspenso.

Afastando-se dela, dirigiu-se a sua torre.

— Espere! — Correndo atrás do filho, ela agarrou-o pela manga. — Você poderia ir atrás de uma das outras. — Como ele não diminuiu a velocidade, ela saltitou para mantê-lo preso e balbuciou: — Traga uma delas aqui, e eu lhe devolverei o cálice. Você o quer de volta em suas mãos o mais rápido possível, não é?

Ele parou, olhou-a.

— Senhora, se for verificado que já arruinei uma das irmãs Cynster, vou considerar nosso trato cumprido. — Ele procurou-lhe os olhos escuros, então com calma, mas com não menos energia, declarou: — A menos que descubramos o contrário, não vou mover um dedo para nenhuma outra garota Cynster.

Mal contendo o ímpeto de encurvar o lábio, ele se livrou do abraço da mãe, virou-se e foi embora.

No que se referia a Heather Cynster, o que fosse para ser seria. No meio-tempo, ele usaria cada hora do hiato necessário para vasculhar o castelo mais uma vez em busca do cálice que sua mãe roubara. Onde diabos ela o escondera? Nem ele nem seus criados de maior confiança tinham qualquer pista. Só podia estar em algum lugar, mas o castelo era enorme; um cálice cerimonial de vinte centímetros de altura e 12 de largura, com pedras incrustadas, poderia estar escondido em mil lugares diferentes.

Reavê-lo tinha de permanecer seu foco primordial. Se não o fizesse, perderia o castelo e todas as suas terras — e todos aqueles que dependiam dele perderiam tudo. Casas, empregos, herança. Ficariam realmente desamparados, e, embora ele pessoalmente tivesse dinheiro suficiente para sobreviver, não estaria em posição de ajudá-los. E vê-los se dispersarem, abandonar aquele vale e aquele lago, iria destruí-lo, tanto quanto a eles.

O castelo era sua casa. Suas raízes estavam ali, bem fundas no solo rico das terras altas. Perder o castelo, a terra, as pessoas… ele poderia muito bem morrer tentando protegê-los, pois perdê-los seria pior do que qualquer morte.

Chegando a sua torre, ele subiu as escadas em espiral.

Estava bastante certo de que a única maneira de evitar ter de sequestrar e tentar arruinar outra garota Cynster era encontrar o maldito cálice que sua mãe empunhava como a espada de Dâmocles sobre sua cabeça.

CAPÍTULO 19

Os céus sobre o Vale estavam cobertos com as sombras cor-de-rosa e de tons suaves de violeta do anoitecer que se aproximava. Catriona estava diante da janela que dava para o oeste na sala de estar na torre e, de braços cruzados, observou Heather se afastar lentamente do solar.

Ela caminhava como se estivesse cansada, como se o dia a tivesse devastado.

— Algo está muito errado. — Ao lado de Catriona, Algaria também observava, com o rosto coberto de linhas de desaprovação. — Estava tudo indo tão bem. Que diabos eles fizeram?

— Algo controverso. Seja o que for, está feito. A questão é: e agora?

Haviam falado em voz baixa, bem conscientes do par de orelhas excessivamente afiadas de Lucilla e Marcus, jogando bugalha no chão alguns metros atrás delas.

Muito abaixo, Heather passou pelos estábulos e pelos cercados dos cavalos.

Algaria suspirou.

— Nunca deixa de me surpreender o fato de que pessoas inteligentes podem ser tão tolas no que se refere ao amor, pelo menos quando estão sofrendo pelo sentimento.

Catriona resmungou, lembrando suas próprias dores, seus próprios medos. Observou Heather parar ao lado da cerca alta, então, ainda se movimentando como uma velha, subiu na cerca e olhou para trás, para o solar. Catriona balançou a cabeça.

— Independentemente do que aconteceu, eles devem voltar atrás.

Algaria olhou-a.

— Tem certeza? Não há nenhum erro?

— Não. Eu não tinha certeza *absoluta* no início, mas agora tenho. Eles estão fadados a ficar juntos. — Ela contraiu o lábio inferior em uma expressão de preocupação. Após um momento, acrescentou: — Queria saber o que fazer.

— Você não sabe?

— Não recebi nenhuma instrução. Ainda não.

Sentados no tapete dez passos atrás das mulheres, Lucilla e Marcus estavam absortos no jogo.

Marcus, com as pernas cruzadas em uma posição confortável, teve sua vez, em seguida, estendeu as pedrinhas para a irmã. Como ela não as pegou da palma da mão do irmão, ele olhou para cima, para o rosto dela, então suspirou suavemente.

Colocando as pedrinhas no chão entre eles, ele apoiou os cotovelos nos joelhos e pôs o queixo nas palmas das mãos.

E esperou.

Ajoelhada sobre os tornozelos, de frente para o irmão, Lucilla mantinha-se imóvel. Tinha um olhar estranhamente distante, que Marcus reconheceu.

Ele não se surpreendeu quando, um momento depois, Lucilla piscou, voltou ao seu estado vital de costume e começou a se levantar.

Inclinando a cabeça para a porta, ela sussurrou:

— Vamos. — Com um olhar cuidadoso às costas da mãe, ela acrescentou: — Há algo que temos de fazer.

Marcus não discutiu. Não era seu papel discutir. Depois da mãe, Lucilla seria a próxima Senhora do Vale. Mesmo que fosse escalado para assumir o manto de Guardião da Senhora, ele sabia qual era seu lugar.

Sem fazer barulho, saiu do quarto seguindo Lucilla e fechou a porta em silêncio.

Heather equilibrou-se na cerca do curral vazio e encarou, pensativa, o solar.

Sentia-se infeliz. Abatida, desanimada em todos os sentidos da palavra. Havia acordado com uma esperança a inundar seu coração, uma expectativa de que o futuro conjunto deles estava assegurado e era brilhante.

E no momento... ela se sentia morta e desolada por dentro.

O que fazer? Havia alguma opção?

Ou era realmente o fim?

Ele iria embora, e ela permaneceria ali. Os dois iriam se despedir, e, talvez, nunca mais se ver de novo.

Desta vez, ao que parece, Catriona e a Senhora estavam erradas. Nem mesmo o colar-amuleto havia ajudado.

O pensamento em Catriona a fez concentrar a atenção no solar. Com as mãos estendidas para os lados, segurando de leve a barra superior, ela estudou o fantástico prédio cinza de pedra, mal tingido pela luz do sol que se punha. Era uma casa cheia de amor, com uma energia inescapável, uma atmosfera de carinho e cuidado que abraçava e infundia todos os que viviam nela.

Essa era a criação, o resultado, a expressão externa do amor de Richard e Catriona. A casa cheia daquele brilho de amparo, de risos e de um vibrante e vital sentido de vida. De vida permanente, passado, presente e futuro.

Da família, e das alegrias e dos deveres compartilhados.

Isso — exatamente isso — era o que queria criar com Breckenridge. Haviam discutido o assunto, sim, mas ela não havia realmente permitido que a realidade tomasse forma em sua mente.

Mas, então, permitiu, tendo o solar como um exemplo sólido plantado na frente de seus olhos, a ressonância era forte demais para ser negada, assim como o reconhecimento, a percepção de que esse futuro sempre fora seu maior sonho, um sonho que havia vivido em seu coração e em sua alma, que sempre fora uma parte tão grande dela, que ela nunca se preocupou em examiná-lo antes, nunca teve razões para estudá-lo. Ou reconhecê-lo.

Ela não poderia fechar os olhos para isso agora.

Se deixasse Breckenridge partir sozinho, se o deixasse ir, sair de sua vida, ela nunca teria outra chance de realizar seu sonho.

Porque o sonho só poderia se tornar realidade, só poderia ser real, com o homem que ela amava.

Sem ele, o futuro seria inexoravelmente sombrio, desprovido de amor, daquela faísca vital.

Era tentador chafurdar no desespero, desapegar e afundar na lama da tristeza emocional, mas, em algum lugar no fundo de sua mente, ela podia ouvir — literalmente — um coro de repreensão.

Quase distinguia as vozes: de tia Helena, de Lady Osbaldestone, de tia Horatia, de sua mãe, e, em menor volume, de todo o restante.

Ela ia desistir e pronto? Será que realmente queria realizar seu sonho? Se assim for, o quanto ela estava disposta a arriscar para garanti-lo? A sacrificar para garanti-lo — o orgulho, por exemplo? Ela vai mesmo deixá-lo ir e permitir que a perspectiva de um futuro dourado exatamente como em seus sonhos simplesmente lhe escape entre os dedos?

Ou lutaria por aquilo que desejava?

Em sua mente, ela via as expressões chocadas, os olhares, prontos a se mostrar espantados e decepcionados caso ela desse a resposta errada, que acompanhariam as perguntas. O endurecimento dos queixos que se seguiriam às perguntas.

Por longos momentos, ela permaneceu sentada na cerca, olhando para o solar e deixando seu cérebro absorver esse pedido interior de socorro.

Aos poucos, sua mente clareou.

Todas as questões dispersivas desvaneceram, foram para longe, e ela sentiu sua determinação voltar.

Então, viu com clareza e enxergou seu verdadeiro caminho. O único caminho que poderia seguir e permanecer fiel a si mesma, fiel ao seu sonho, à ambição que a mandara para o salão de Lady Herford tantas noites atrás.

Aquilo havia sido o começo, e ela ainda não havia chegado ao fim de sua estrada.

Ela não poderia — *não poderia* — desistir naquele momento, só porque o caminho à frente tornou-se insuportavelmente difícil. Tinha de lutar se quisesse ter sucesso.

O pingente de quartzo rosa pendurado entre os seios tomou-lhe os sentidos.

Catriona lhe dissera que ela tinha de arriscar seu coração se quisesse garantir o dele. Em sua inocência, ela pensara que isso significava que precisaria demonstrar seu amor por ele antes de ele retribuir. Mas isso fora fácil demais; não fora um teste real.

Agora é que ela enfrentava seu verdadeiro teste — tomar a coragem pelas mãos, voltar com ele para Londres, aceitar sua proposta, aceitar a ele e a possibilidade de seu amor, e, então, continuar trabalhando, continuar lutando, para levá-lo a amá-la como ela o amava, para garantir o futuro dourado que previa para os dois.

Esse era seu risco final — o último lance de dados.

O de colocar a si mesma nas mãos do destino.

Ou, conforme bem poderia ser o caso, nas mãos da Senhora.

Ela suspirou. Sentia-se longe de saber como e onde, mas... por dentro, uma resolução firme, uma certeza que surgira de suas profundezas, ao mesmo tempo impulsionou-a e ancorou-a.

Então, o que viria depois?

Ela estava em profunda cogitação, avaliando mentalmente as várias maneiras de exprimir sua mudança de perspectiva, quando o som de vozes atraiu seu olhar para a lateral do solar.

Para Lucilla e Marcus.

Emergindo das sombras das paredes do solar, ambos olharam para cima, viram-na e apontaram.

E puxaram o homem cujas mãos tinham capturado.

Breckenridge.

Com as vozes agudas tagarelando, os gêmeos o levaram até ela.

Heather ficou observando, horrorizada com o pensamento de que os gêmeos haviam decidido brincar de cupido e pretendiam colocar Breckenridge diante dela, e então lhes passar um sermão...

— Ah, não.

Sim, eles precisavam conversar — ela precisava dizer-lhe que havia mudado de ideia, precisava encontrar algum modo de transpor o largo abismo que se abrira entre eles, mas ser forçada a confrontá-lo, e com um público ávido... ah, não, não, não.

Mas ela mal pôde descer da cerca e fugir.

O trio seguiu em frente. Breckenridge, claramente relutante, mas sem jeito com crianças, e muito menos com gêmeos, não tinha ideia de como escapar.

Além disso, Lucilla tagarelava sem parar, sem dar ao refém a chance de protestar.

Lucilla e Marcus alcançaram o início do caminho, a cerca de vinte metros de onde Heather estava. Subitamente soltando as mãos de Breckenridge, com os olhos brilhando, os rostos acesos, o par veio correndo, rindo e acenando, em direção a ela.

O olhar de Heather manteve-se em Breckenridge, e o olhar dele estava nela.

Ele freou e parou no início do caminho. Como se incerto de como seria recebido.

Essa incerteza estava tão distante de sua arrogância costumeira que a atingiu no coração.

Ele também estava sofrendo.

Os gêmeos estavam quase em cima de Heather, que lhes dirigiu o olhar. A dupla ergueu as mãos, agitando-as acima da cabeça, como se quisessem agarrá-la pelas mãos.

Esboçando um sorriso fraco, ela soltou a cerca. Mal se equilibrando — seria apenas por um segundo —, ela estendeu-lhes as mãos, uma para cada lado.

Eles as pegaram. Duas pequenas palmas agarraram cada uma delas.

Por instinto, Heather apoiou o peso para trás, esperando que eles a pegassem e puxassem, mas não o fizeram.

O impacto inesperado embalou-a de volta.

Para sua surpresa, ela sentiu que seu corpo se inclinava.

Gritou.

Sacudindo os braços freneticamente, ela tombou para trás da cerca.

Ouviu Breckenridge gritar seu nome enquanto caía.

— Ai! — Ela pousou em uma almofada de vegetação.

O chão atrás da cerca era ligeiramente inferior ao do caminho. Recuperando a respiração, ela soprou o cabelo do rosto. Em um instante, confirmou que não havia quebrado nenhum osso, que a grama junto à cerca, menos cortada pelos animais, era suficientemente espessa para tê-la salvado. Estava abalada e sem fôlego, mas apenas isso. Lutou para se erguer sobre os cotovelos e viu dois rostos horrorizados e pálidos olhando através das tábuas de madeira.

Ela conseguiu abrir um sorriso vacilante.

— Não me machuquei.

O chão reverberou conforme Breckenridge se aproximava correndo. Reunindo as saias, ela pôs os pés debaixo do corpo e levantou a voz:

— Estou bem.

Endireitando-se, olhou mais uma vez para os rostos dos gêmeos...

Eles não estavam olhando para ela.

Ficaram paralisados por algo atrás dela, parecendo cada vez mais apavorados...

Com os nervos saltando de repente, os sentidos formigando, ela se virou devagar e olhou através do curral — para o touro enorme e peludo das terras altas que, com a cabeça baixa em postura ameaçadora, os chifres longos e afiados apontando na direção dela, os olhos amarelos malignos fixos nela, estava arranhando o chão a vinte passos de distância.

A monstruosidade bufou com violência.

No momento em que ela registrava o tensionamento dos músculos do touro, Breckenridge saltou a cerca e caiu ao lado dela.

— Depressa.

Agarrou-a, ergueu-a e jogou-a por cima da cerca.

Ela tropeçou quando ele a soltou, mas logo se virou.

O touro havia começado a correr; as batidas furiosas de seus pesados cascos de corrida em direção à cerca fizeram o chão tremer.

Breckenridge atirou um dos braços por cima da cerca.

Ela agarrou-o pela manga com as duas mãos e puxou.

— Corra! Corra!

Ele subiu um degrau...

O touro atingiu-o.

A cerca balançou, estremeceu, curvou-se.

Breckenridge ofegou, os olhos se arregalaram, cegos de dor...

Com o olhar no rosto dele, Heather perdeu o fôlego.

Ela olhou para baixo e viu a ponta de um chifre ensanguentado saindo pelas frestas de madeira.

— Ah, não.

Com um ronco medonho, o touro arrancou e se afastou.

Os olhos de Breckenridge se fecharam. Ele começou a cair.

— *Não!* — O touro andava em círculos. Subindo até a metade da cerca, Heather agarrou a parte de trás do paletó de Breckenridge, puxou-o em desespero. — Vamos! Você *precisa* vir para este lado.

Com um esforço terrível, ele reuniu as forças. Seus músculos tremiam quando ele conseguiu subir outro degrau.

Arrastando-o, puxando-o, Heather olhou para os gêmeos, de pé, com os olhos arregalados e a boca aberta.

— Ajudem-me!

Marcus foi quem se recuperou do choque primeiro. Ele correu, pulou a cerca, também agarrou e arrastou Breckenridge.

Em seguida, Lucilla se juntou a eles, mas, em vez de tentar ajudar diretamente, subiu a cerca em um ponto mais afastado, apontou um dedo imperioso para o touro e começou a cantar uma estranha cantiga.

Heather olhou para o touro — com imenso alívio viu a besta observando Lucilla, distraído e não mais prestes a atacar.

— Graças a Deus. Ou à Senhora.

Breckenridge foi logo perdendo a força. Mesmo com a ajuda dela e de Marcus, ele só conseguiu chegar a dois degraus do topo da cerca — então caiu, inclinado sobre a madeira. Heather jogou os braços ao redor dele, com Marcus se esforçando para impedi-lo de descer com muita rapidez, então ele se deitou com o corpo esticado no caminho de grama fina.

E enfim ela enxergou a ferida irregular no lado direito do corpo dele.

— Ah, Deus.

O sangue escorria do rasgo escancarado. Caindo de joelhos, ela espalmou as mãos sobre o corte, pressionando forte. Um olhar para o rosto dele, as pálpebras apertadas, as linhas brancas que sustentavam a boca, disse-lhe que ele ainda estava consciente.

Ela dirigiu um olhar para os gêmeos.

— Corram até a casa e chamem sua mãe e Algaria. Diga-lhes o que aconteceu. Depressa!

Eles se viraram antes que ela pronunciasse a última palavra. Voltaram ao longo do caminho, depois viraram na esquina do estábulo em direção à porta dos fundos do solar.

Ela se concentrou em Breckenridge, no sangue que se acumulava entre os dedos. As palmas de suas mãos, lado a lado, mal cobriam a ferida. Ela precisava de material para estancar o fluxo.

Sem xale e sem as mãos livres para desfazer o nó da gravata, ela agarrou o lado solto do paletó dele, amassou-o e pressionou-o na ferida — em seguida, largou o tecido, levantou-se, despiu sua anágua, sacudiu-a ao se ajoelhar, em seguida, enchumaçou o material, colocou-o ao lado do paletó e apertou a almofada improvisada com firmeza sobre a ferida.

Melhor assim. Debruçou-se sobre o curativo, e o sangramento diminuiu.

Olhou-o no rosto. Da maneira como os lábios se colocavam, sabia que ele ainda estava consciente. Seria melhor se ele permanecesse assim? Olhando-o no rosto, nos ângulos e planos agora amados, ela sentiu um arrepio tocar sua alma.

Ele poderia morrer.

— Não me entenda mal, *mas como se atreve a arriscar sua vida?* Que diabos você estava pensando para saltar a cerca daquele jeito? Poderia ter ficado a salvo deste lado e *só me ajudado.* — Até para seus ouvidos, seu tom beirava a histeria.

Sob os dedos, o gramado branco começou a se avermelhar.

Ela se esforçou para levar aos pulmões uma respiração instável.

— Como você pode arriscar sua vida? Sua *vida*, seu idiota! —Debruçou-se ainda mais difícil na almofada, inspirou mais uma vez.

Ele soltou uma tosse fraca, mexeu a cabeça.

— *Não se atreva a morrer em meus braços!*

Os lábios dele se torceram, mas os olhos permaneceram fechados.

— Mas se eu morrer... — Suas palavras eram um sussurro — ... você não terá de se casar, nem comigo nem com qualquer outra pessoa. Mesmo as pessoas mais severas da alta sociedade vão considerar minha morte o fim do problema. Você estará livre.

— Livre? — Então, registrou as palavras anteriores dele. — *Se você morrer?* Eu falei: não se atreva! Não vou deixá-lo. Eu o proíbo. Como posso me casar com você se você morrer? E como diabos eu vou viver se você não estiver vivo também? — Conforme as palavras saíram de sua boca, meio histéricas, permeadas de emoção, ela percebeu que eram a verdade literal. Não valeria a pena viver sua vida se ele não estivesse lá para compartilhá-la. — O que vou fazer com minha vida se você morrer?

Ele bufou suavemente, ao que parecia sem se impressionar com o pânico dela, ou sem registrá-lo.

— Case-se com algum outro pobre coitado, como estava planejando.

As palavras a magoaram.

— Você é o único pobre coitado com quem planejo me casar. — A resposta petulante veio em uma onda de medo crescente. Ela olhou ao redor, mas não havia ninguém à vista. A ajuda ainda estava a caminho.

Ela olhou-o, reajustou a pressão sobre a almofada que aos poucos se avermelhava.

— Eu pretendo não só me casar com você, mas levá-lo a rédeas curtas pelo resto de seus dias. É o mínimo que posso fazer para recompensá-lo por isto, por esse choque em meus nervos. Pois saiba que eu havia decidido, antes mesmo deste pequeno incidente, voltar atrás quanto a minha decisão e tornar-me sua viscondessa, e conduzi-lo em uma dança tão alegre pelos salões de festa e jantares que você vai ficar grisalho dentro de dois anos.

Ele resmungou suavemente, com desdém, mas estava ouvindo. Estudando--lhe o rosto, ela percebeu que seu papo absurdo estava distraindo-o da dor. Deixou a imaginação e a língua correrem livres.

— Decidi que vou redecorar Baraclough no estilo imperial francês, com tudo branco e dourado com pernas finas, as cadeiras tão delicadas que você não ousará se sentar. E, já que estamos falando de sua, de nossa, casa no campo, tive uma ideia sobre minha carruagem, a que você vai comprar para mim como presente de casamento.

Ela divagava, prestando pouca atenção ao que dizia, simplesmente deixando que as palavras e tudo com o qual sonhava viessem à tona, pintando uma imagem vibrante, fantasiosa, mas de muitas maneiras — de todas as maneiras que importavam — precisa de suas esperanças, suas aspirações. Sua visão de uma vida juntos.

Quando ela não sabia mais o que dizer, quando sua voz começou a engrossar com lágrimas de medo de que pudessem não ter a chance de desfrutar de tudo o que descrevera, concluiu com:

— Então, você não pode, de jeito nenhum, morrer agora. — O medo despontou; quase indignada, ela desabafou: — Não quando eu estava prestes a ceder e concordar em retornar a Londres com você.

Ele umedeceu os lábios. Sussurrou:

— Estava?

— Sim! Eu estava! — A voz fraca dele quase a deixou em pânico. A dela se elevou em resposta. — Não posso acreditar que você foi tão tolo a ponto de arriscar sua vida assim! Você não precisava se colocar em perigo para me salvar.

— Precisava, sim. — As palavras eram mais firmes, saíram mordidas, entredentes.

Ela captou-lhe a raiva. Raiva era bom? Será que o temperamento alterado o ajudaria a se manter no mundo?

As sobrancelhas negras dele se cerraram.

— Você não pode ser tão tola a ponto de pensar que eu não o faria. Depois de protegê-la ao longo disto tudo, garantir sua segurança até aqui, cuidando de você todo esse tempo, o que mais eu faria?

Ela olhou para ele, para seu rosto, enquanto as lágrimas caíam de seus olhos.

— Ah, meu Deus — sussurrou ela, em uma exclamação tão tranquila que nem mesmo ele ouviria.

De repente ela viu tudo — tudo o que havia simplesmente subestimado.

Homens como ele protegiam aquelas a quem amavam, abnegada, inabalavelmente, até a morte.

A percepção embalou-a. As peças do quebra-cabeças de sua compreensão se encaixaram. Ele estava pendurado à consciência por um fio. Ela tinha de ter certeza — e os escudos, as defesas dele estavam em seu ponto mais fraco.

Olhando para suas mãos, apertou a almofada praticamente ensopada e procurou as palavras, o tom certo. Disse com a voz suave:

— Se eu morresse, ou mesmo me ferisse gravemente, você teria ficado livre da obrigação de se casar comigo. A sociedade também teria aceitado esse resultado.

Ele mudou de posição, claramente com dor. Ela esforçou-se para inspirar — sentindo a dor dele como se fosse sua, então ele apertou o pulso dela com os longos dedos da mão direita e segurou firme.

Tão firme que ela sentiu que ele a estava usando como uma âncora para manter a consciência, para se manter no mundo.

O tom de voz dele, quando falou, foi duro.

— Ah, sim, depois de eu ter despendido tanto esforço para mantê-la a salvo ao longo de todos estes anos, a salvo mesmo de mim, de repente eu iria ficar parado e deixar você ser chifrada por algum touro sarnento? — Ele bufou, de leve, baixo. Sem força. Levou aos pulmões uma respiração lenta e superficial, os lábios afinados pela dor, mas, determinado, continuou: — Você acha que eu iria deixar você se ferir quando, enfim, depois de todos estes longos anos, finalmente compreendi que você sempre me causou comichão porque é a única mulher com quem realmente quero me casar? E você acha que eu iria manter distância e deixá-la se ferir?

Uma expressão rabugenta atravessou-lhe o rosto.

— Eu lhe pergunto, isso é provável? Será que é mesmo vagamente racional?

Ele continuou, as palavras cada vez mais arrastadas, sua língua tropeçando em algumas, sua voz desaparecendo. Ela ouviu, esforçou-se para captar cada palavra enquanto ele deslizava para um estado de semidelírio, bebeu das frases desconexas, levou-as ao coração.

Ele devolveu-lhe os sonhos, reformulados e refinados.

— Estilo francês imperial, não. Um bom e sólido carvalho inglês. Você pode usar as cores de que gosta, mas não dourado. Eu a proíbo.

Por fim, aventurou-se mais longe do que ela.

— E quero pelo menos três filhos, e não apenas um herdeiro e um de sobra. Pelo menos três. Ou mais, se você concordar. Precisaremos ter dois meninos, claro. Minhas irmãs malvadas e feias vão nos atormentar até conseguirmos.

Mas depois... quantas meninas você quiser... desde que se pareçam com você. Ou talvez com Cordelia, pois ela é a mais bonita das duas feiosas.

Ele amava as irmãs, suas irmãs malvadas e feias. Heather ouvia com lágrimas nos olhos enquanto a mente dele vagava e a voz se desvanecia aos poucos, enfraquecida.

Ela finalmente conseguiu sua declaração, não com as palavras que esperava, mas em uma exposição mais forte, impossível de duvidar.

Breckenridge fora seu protetor, firme, inabalável, sempre presente; de um homem como ele, focado em uma dama como ela, essas ações eram equivalentes a uma declaração berrada de cima dos telhados. O amor que ela queria que ele admitisse estava lá o tempo todo, demonstrado dia a dia bem diante de seus olhos, mas ela não viu.

Não viu porque estava concentrada em outro lugar e porque, condicionada como era a resistir ao mesmo estilo protetor e possessivo dos irmãos, dos primos, ela não o apreciou, não percebeu que aquela qualidade tinha de ser uma expressão dos sentimentos dele por ela.

Até agora.

Até agora, quando ele acabou de dar sua vida pela dela.

Ele a amava — sempre a amou. Ela percebeu isso, olhando para trás ao longo dos anos. Ele a amava desde o momento em que ela se apaixonou por ele — no instante em que se viram no casamento de Michael e Carol em Hampshire, havia quatro anos.

Ele manteve — a si mesmo e a ela também — a distância, acreditando, erroneamente, que não era um marido adequado para ela.

Nesse quesito, ele também esteve errado.

Ela viu tudo. E, enquanto as lágrimas transbordavam e desciam pelas bochechas, ela sabia, no fundo da alma, que ele era o homem certo para ela. Sabia, abraçou essa realidade e se alegrou nela.

E temeu.

A voz dele havia se desvanecido até não sobrar quase nada; ela não conseguia mais entender as palavras.

Os dedos que haviam agarrado seu pulso com tanta força foram enfraquecendo.

Ela inspirou, olhou ao redor.

— Onde diabos estão eles?

Pelo menos o sangramento havia abrandado, ficado mais lento, mas ela estimava que ele havia perdido muito sangue.

Respirando, prendendo o fôlego, agarrando-se a sua sanidade e sua força, ela se debruçou e roçou os lábios nos dele.

— Shh. Fique comigo, aguente firme. Nunca desista de mim.

Sua voz ameaçou se quebrar. Ela respirou desesperada, piscou com força e continuou:

— Eles não vão demorar muito. Quero que você aguente firme, fique comigo. Você tem de fazer isso, porque não posso viver sem você.

Ela continuou falando, com a voz baixa e estável, desejando que ele vivesse, mas sentiu-o deslizar para mais longe.

Mal registrou os passos apressados, o redemoinho de energia que acompanhou a chegada da família, não conseguia tirar os olhos do rosto dele.

Ele perdeu a consciência quando eles se aproximaram.

Catriona, Algaria, Richard e todo o resto estavam lá, tomando conta deles, cuidando de tudo, afastando-a com delicadeza.

Foi Richard que fechou as mãos grandes sobre os ombros dela e levantou-a, depois a puxou para longe.

— Deixe-os cuidarem dele.

Ela engoliu em seco, assentiu com a cabeça, mas, quando Richard entregou-a à sra. Broom, que em tom gentil sugeriu-lhe que voltasse para a casa, ela se recusou com um movimento brusco da cabeça.

— Vou ficar com ele.

Ela não ia tirá-lo de vista.

Catriona havia trazido suprimentos para enfaixar a ferida antes de se arriscarem a levantá-lo. Ela e Algaria trabalharam depressa, cortando-lhe a roupa e limpando a ferida.

Heather respirou fundo, sentiu sua compostura, frágil que estava, retornar. Com um sorriso que era mais uma careta, ela agradeceu à sra. Broom e avançou, até a figura imóvel no chão.

Parando ao lado de Catriona, declarou:

— Preciso ajudar. Diga-me o que fazer.

Algaria e Catriona olharam-na, olhares cortantes que desnudaram sua alma, depois Catriona assentiu. Indicou um conjunto de potes de unguento ali perto.

— Aquele com a tampa azul. Vai ser apenas temporário, mas precisamos fazer o que pudermos para evitar uma infecção.

Heather pegou o pote, tirou a tampa e colocou-o à disposição.

Ele a salvara.

E aquela era a hora de salvá-lo.

CAPÍTULO 20

Os HOMENS DA FAMÍLIA carregaram Breckenridge de volta à casa em uma maca. O que restava da luz estava desaparecendo do céu quando Heather seguiu-os pela porta lateral da casa. Catriona e Algaria haviam se desviado para o jardim de ervas, buscando ingredientes extras para poções e tisanas. A sra. Broom e Henderson haviam corrido na frente para preparar a cama de Breckenridge.

Lamparinas estavam sendo acesas em toda a casa. Enquanto ela atravessava o salão da frente, alguém lhe entregou uma pequena lanterna. Um lacaio aparecera diante da maca carregando uma grande lamparina para iluminar o caminho.

A escadaria principal era larga e tinha uma curva considerável. Depois de realizar a subida, os homens viraram em direção à torre e ao quarto de Breckenridge no andar cima, só para encontrar a sra. Broom esperando para indicar que seguissem outra porta ao longo da galeria.

— Vocês nunca vão conseguir subir as escadas da torre, não sem sacudi-lo demais. Então, preparamos a cama aqui.

O quarto em que entraram era quarto e ao mesmo tempo sala de estar. Duas empregadas estavam arrumando lençóis e afofando almofadas em uma grande cama de dossel. Henderson e um lacaio estavam alimentando uma fogueira que já rugia na lareira.

Richard e os outros três que carregavam a maca levaram Breckenridge até o lado da cama mais próximo da lareira. Colocaram a maca no chão, depois, sob a direção de Richard, com a sra. Broom se ajoelhando na cama para ajudar a acomodar o paciente, transferiram com cuidado o corpo longo e pesado de Breckenridge para um lençol de algodão liso espalhado sobre as cobertas e os travesseiros.

Assim que Breckenridge estava esticado e acomodado, os outros três homens pegaram a maca e saíram. Richard pairou ao lado da cama, olhando para Breckenridge.

Heather ficou de pé, o olhar fixo no rosto dele.

Então, Catriona chegou, seguida por Algaria e três mulheres mais velhas. Catriona veio direto para a cama, circundando até parar ao lado do ombro de Breckenridge. Sua mão agarrou a de Richard por um instante, depois o soltou.

— Vamos assumir daqui em diante.

Heather sentiu o olhar rápido de Richard para o rosto dela, e então para a esposa.

— Como ele está? Tão ruim assim? Devo mandar chamar Carol e Michael?

Catriona estudou Breckenridge, em seguida, segurou as costas de uma das mãos contra a bochecha dele. Ela hesitou, depois respirou fundo e disse:

— Ele está muito fraco. Pode não morrer, mas... sim, acho que você deve mandar chamar Carol.

— Ele também tem duas irmãs, Constance e Cordelia. — A voz de Heather parecia vir de muito longe. — Ele... eles são próximos. Carol vai saber como entrar em contato com elas.

Richard descansou o olhar no rosto dela por um momento, então concordou.

— Vou enviar um cavaleiro a Michael imediatamente. — Com um cumprimento de cabeça para Catriona, afastou-se dela. Perto de Heather, ele parou, colocou a mão em seu ombro, agarrando-o de leve. — Ele está vivo. Enquanto estiver, há esperança.

Sem tirar os olhos do rosto pálido e imóvel de Breckenridge, ela balançou a cabeça.

Richard saiu.

Ao redor dela, as três mulheres estavam ajeitando ataduras e garrafas, potes e implementos em variadas superfícies. Um criado apareceu na porta carregando um braseiro. Catriona viu-o e apontou para o meio do quarto.

— Deixe-o ali.

Algaria parou ao lado da cama, em frente a Catriona, observando-a verificar os olhos de Breckenridge. Algaria olhou para Heather, então deu a volta na cama para parar a seu lado.

— Vá lavar as mãos.

Heather franziu a testa, olhou para as mãos e percebeu que estavam cobertas de sangue seco.

— Vá para seu quarto, lave-se bem e vista algo quente e confortável. — O tom de Algaria era estável, direto e compassivo. — Em seguida, vá para a cozinha e deixe que Cook a alimente. Quando tiver feito tudo isso, você pode voltar e nos enfeitiçar. Não há nada que você possa fazer que não tenhamos feito muitas vezes, nada que precise de ajuda. Não haverá nada que você possa fazer para ajudá-lo durante a próxima hora, mais ou menos, mas depois... é quando você precisará estar aqui, quando ele pode precisar da sua presença. É bom estar no melhor estado possível para ajudá-lo quando chegar a hora.

Algaria falou lenta e progressivamente. Heather absorveu as palavras e não encontrou nenhuma razão para discutir. Ela inspirou, tensa, então assentiu.

— Está bem.

Depois de um último longo olhar para a figura imóvel na cama, virou-se e saiu do quarto.

Ela voltou uma hora depois, limpa, alimentada e vestida com um vestido de lã macio e liso que uma empregada prestativa encontrara, bem como um xale de tricô que colocara sobre os ombros.

Poderia estar renovada no corpo, mas por dentro... Nunca se sentira tão congelada, tão cheia de um medo cortante.

Entrando no quarto do doente, ela viu as três mulheres mais velhas ajeitando os lençóis, os restos das roupas de Breckenridge, ataduras e bacias de água ensanguentadas. Apesar do trabalho intenso, suas expressões permaneciam sérias. Pegando as coisas, elas saíram apressadas.

No silêncio que se fez, Heather se aproximou da cama. Algaria estava agachada diante da fogueira, alimentando-a cuidadosamente com mais lenha. A cortina de cama, na parte mais perto da porta e na metade do pé da cama, estava fechada, para afastar as correntes de ar. Passando pela tela, ela olhou para a cama sombreada.

Breckenridge estava de costas debaixo das cobertas, estendido em linha reta, os braços ao lado do corpo. O rosto estava pálido; as feições, elegantes, mas graves, imóveis. Os lábios eram uma linha fina, sem mostrar nenhuma vivacidade.

Os olhos estavam fechados, os longos cílios pretos em contraste com o pergaminho branco da pele. Os cabelos escuros haviam sido puxados para trás da testa.

Ele parecia uma efígie.

Catriona estava ao lado da cama, de braços cruzados, o olhar no rosto dele.

Com os olhos arregalados, Heather enviou a Catriona um olhar subitamente amedrontado, suplicante.

— Ele está vivo.

O alívio quase a deixou de joelhos.

Catriona não olhou para cima; continuou:

— Nós interrompemos o sangramento. Você contribuiu para isso. Fizemos o resto, e louvada seja a Senhora, o chifre não atingiu nenhum órgão vital.

— Então ele vai se recuperar?

Catriona hesitou, então disse:

— Ele não deve morrer em decorrência da ferida em si. Deve se recuperar dela. A infecção é a ameaça. Fizemos tudo o que podíamos por ora. Os cataplasmas que usamos são os mais poderosos que conheço. Vamos renová-los duas vezes por dia, sempre que trocarmos os curativos. Mas, para combater a infecção, serão a força e a vontade dele que vão virar a maré.

Finalmente erguendo o olhar, Catriona encontrou os olhos de Heather.

— Tudo o que podemos fazer agora é esperar e rezar, e apoiá-lo como pudermos.

Respirando fundo, Heather concordou.

— Estarei aqui.

Catriona estudou-a por um momento — outro de seus olhares penetrantes, capazes de enxergar sob a pele —, então relaxou os braços e deu a volta na cama, gesticulando para que Heather tomasse seu lugar junto à cabeça de Breckenridge.

— O sino está ao lado da lareira. Toque se ele se mexer, ou se você precisar de alguma coisa. Não hesite em pedir ajuda.

— Ou conselhos. — Algaria levantou-se da fogueira. Também parecia olhar para Heather com expressão avaliativa, então balançou a cabeça como se estivesse dizendo que ela pediria. — Uma coisa a lembrar: confiança é a chave. É a única coisa que podemos dar-lhes quando acordam, quando se mexem, quando procuram por nós em seu delírio. Temos de acreditar. Devemos crer. Temos de convencê-los disso. Somente nossa crença absoluta, inabalável, será forte o bastante para ancorá-los, fazê-los acreditar também.

Heather olhou nos olhos de Algaria — olhos que eram velhos e sábios. Ela estava falando da vida ou do amor? Ou de ambos?

Talvez no caso, a vida e o amor fossem a mesma coisa.

Erguendo a cabeça, Heather assentiu.

— Entendo.

— Que bom. — Virando-se para seguir Catriona, que, depois de observar o diálogo, deu meia-volta e estava saindo da sala, Algaria acrescentou: — Uma de nós virá ter com você a cada hora, no caso de haver qualquer alteração, ou se precisar de alguma coisa. Ele pode não acordar hoje à noite, mas, enquanto continuar a respirar, não há nenhuma razão para supor que tudo não está ocorrendo como deveria.

Grata pela confiança, Heather observou Algaria sair da sala com Catriona, vendo a porta se fechar.

Então, olhou para Breckenridge, deitado em silêncio na cama.

Uma cadeira de espaldar reto estava entre a cama e a lareira. Puxando-a para a cama, Heather sentou-se, apoiou os cotovelos nas cobertas, pegou-lhe uma das mãos frias e sem vida, segurou-a entre as palmas das mãos.

Desejou que ele sobrevivesse.

Ignorando o vazio vasto e frio que sentia por dentro, a desolação devastadora que pairava, concentrou a mente, toda a sua energia interior, em um único objetivo.

Ele tinha de sobreviver.

Não importava o que fosse preciso, o que ela pudesse fazer.

Ele era tudo para ela. Sabia disso, acreditava nisso — acreditava com sua mente, seu coração e sua alma, acreditava com cada fibra de seu ser.

Não importava o que fosse preciso, ela não iria deixá-lo ir.

Ele não acordou. Nem ao longo daquela primeira noite, nem no dia que se seguiu.

Heather saiu do quarto, afastou-se da cama apenas por poucos minutos. Ao longo das vigílias profundas da primeira noite, ela subiu na cama e se deitou ao lado dele; dormiu — cochilou — com uma das mãos fechada em torno de uma das dele, apenas no caso de ele acordar.

Nem sequer se mexeu.

O dia seguinte amanheceu cinzento e frio, com uma enxurrada batendo nas janelas. Catriona e Algaria entraram e saíram durante a maior parte do dia, avaliando o estado dele, trocando as ataduras e o emplastro que usavam para combater a infecção.

Heather as ajudou; as três mulheres juntas davam conta de carregá-lo, movê-lo, despi-lo, lavá-lo e limpá-lo, em seguida, colocar os curativos mais uma vez.

Ela falou pouco; havia pouco a dizer.

A seu ver, a ferida estava mais limpa, mas ainda horrível, um rasgo hediondo atravessando a lateral do corpo. Ao ver os danos, ela redobrou suas orações a Deus, à Senhora, a qualquer divindade que consentisse em escutar, grata pela sobrevivência dele até então, ainda mais desesperada para que ele continuasse a viver.

Catriona e Algaria trocaram observações em murmúrios; Heather não precisava ouvir para saber o que diziam. Os tons de voz, as expressões graves, lhe disseram tudo o que precisava saber.

Breckenridge estava à beira da morte.

Quando a noite chegou de novo, ele ainda estava imóvel e em silêncio. O solar se acalmou; Catriona veio para ver como ele estava uma última vez antes de ir para a cama. Após examiná-lo, ela se endireitou, suspirou. Então, colocou a mão no ombro de Heather, agarrou-o de leve.

— Tenha fé.

Após soltá-la, Catriona saiu.

Heather se sentou na cadeira ao lado da cama, o olhar fixo no rosto dele. Espontaneamente, seus dedos subiram para o pingente de quartzo rosa sob o corpete.

Tenha fé. Acredite.

Ela o fez.

Entendeu enfim o que o destino lhe pedia — ter a força de se manter firme apesar de tudo. Reconhecer que, mesmo que ele morresse, mesmo que a deixasse, ela ainda o amaria até o dia em que morresse.

O amor não se importava. O amor simplesmente existia.

O amor era incondicional.

O amor era sempre mais.

Ela tinha fé no amor. Acreditava no amor.

Iria amá-lo na vida e na morte.

E, se tivesse mais uma chance, iria convencê-lo disso.

Quando a noite se fechou em torno dela, Heather fechou os olhos e rezou.

Seus sentidos nadaram de volta para ele, retornaram a ele, mas não da maneira habitual. Ele parecia... afastado. Distante. Ainda fazia parte da realidade, mas era como se um fino véu o separasse do mundo terreno.

Estava flutuando.

Livre da dor que o agarrava havia dias.

Livre do corpo que habitara por três décadas e meia — o corpo deitado, fraco e atormentado pela agonia, na cama grande.

Aquele corpo — o corpo dele — estava frio até os ossos.

Ele podia ver, mas não com os olhos. Podia sentir, mas não sabia como nem por quê. Quais sentidos lhe diziam o que então soube, ele já não podia discernir.

O frio e a dor... haviam-no expulsado.

Do corpo, para a noite.

Do véu.

Podia sentir um puxão, uma gentil tentação encorajando-o a desapegar e sair flutuando para longe, longe do mundo, da dor e do frio e da agonia devastadora.

Tudo o que tinha a fazer era decidir, só se decidir e se deixar ir, e sua conexão com o mundo desapareceria, e ele encontraria a paz abençoada.

A paz abençoada esperava a uma última batida do coração de distância.

Ele — seu corpo na cama — puxou uma respiração mais profunda, devastada pela dor... e pensou em tomar essa decisão.

Sua última decisão.

Que razão tinha para viver?

O que ainda o detinha naquele mundo?

Mesmo enquanto o pensamento se formava, as respostas já o inundavam.

O pai.

As duas queridas irmãs malvadas e feias.

Heather.

Ele fez uma pausa na última, perguntando-se por que ela ainda estava na lista. Ela não o amava, dissera-lhe para partir, para ir embora... por que, então, sua conexão com ela se mantinha?

Essa conexão... ele poderia, naquele estado estranho, quase senti-la. Tocá-la, vê-la. Como uma corda brilhando, estendida, porém forte, ela brilhava em sua consciência, vital e verdadeira, poderosa... viva.

Real.

Achava que estava só, deitado com frio, devastado pela agonia e silenciado na grande cama, mas aquela corda brilhante... levava a algum lugar. Estava presa de alguma forma. Era uma âncora para o mundo, para a vida.

Outro sussurro do além estremeceu através dele, sinalizando, chamando.

Mas, uma vez que viu o que vivia dentro de si, deslumbrou-se com sua beleza, ele tinha de saber — precisava saber — antes de dar o último passo irrevogável e virasse as costas para a maravilha, para a felicidade.

Para a beleza incomparável do amor.

Ele aguçou os sentidos — não o tato nem a visão, mas aquilo que naquele estado se passava por eles — e imediatamente soube onde a corda brilhante terminava.

Heather estava sentada ao lado da cama, mas tinha cruzado os braços sobre as cobertas e deitado a cabeça. A mão magra estava aninhada na palma da mão frouxa dele. O cabelo dela estava espalhado como um leque, um véu dourado lançado através das cobertas, os fios dourados como uma rede delicada sobre a bochecha.

Ela estava dormindo.

Seu pensamento imediato foi o de que ela não devia estar confortável, que ele deveria se erguer, levantá-la e ajeitá-la na cama...

Ele fez uma pausa, pensou.

Lembrou que ela o rejeitara.

Lembrou que ele ainda arriscara sua vida — levara-o até ali, ao limiar da vida, a fim de salvá-la.

Se sobrevivesse, faria tudo de novo.

Seu amor por ela era uma parte intrínseca dele, a melhor parte, a mais forte, a mais brilhante. Não iria arrancar essa parte, ou ela, do coração; antes, negociar sua alma... preferiria negociar sua alma a perder o amor, a perdê-la.

Mesmo que ela não fosse dele no sentido mundano, habitual.

Em todos os sentidos que importavam, ela seria sempre sua para cuidar, proteger.

Para amar.

Olhou-a, estudou-a de sua nova distância, através da estranha distorção do véu.

Ela disse que não tinha importância se ele fosse embora... então por que estava lá?

Por que estava... ele ampliou seus sentidos e confirmou que era só ela... ao lado da cama, mantendo vigília durante a noite solitária?

Ele se concentrou nela outra vez, viu, sentiu, as faixas das lágrimas que havia derramado.

Soube, sem dúvida, que ela as derramara por ele.

Soube que ela se importava.

Outras palavras ecoaram na distância de sua mente; concentrou-se, trouxe--as à tona, recordou. Lá no cercado do touro, quando sua vida lhe fora drenada e ele sentira tanto frio, ela lhe dissera que havia mudado de ideia — dissera que pretendia se casar com ele. Os dois haviam conversado sobre sua vida futura, sobre todas as coisas que fariam, conquistariam.

As memórias voltaram de súbito.

Ela o amava.

A maravilha da percepção o distraiu. Enquanto saboreava esse novo aspecto de sua brilhante realidade, ele flutuou de volta para onde fora mais cedo.

Pairando entre a vida e a morte.

Novamente, de forma mais insistente desta vez, ele sentiu o puxão, a convocação para ir. Para abandonar a vida e deixar o mundo que conhecia.

Deixar Heather. Deixar seu amor.

Olhou de novo — distante, imparcial — para seu corpo na cama. Os ferimentos eram graves. Sob o miasma induzido pelas ervas e poções que o haviam alimentado, seu eu corpóreo se contorcia em agonia. Se retornasse ao corpo, enfrentaria dias de agonia lancinante, semanas de dor debilitante.

Levou seus sentidos estranhos a Heather. Viu-a como realmente estava, naquele momento, vulnerável, perdida e desprotegida. E foi seu amor por ele, sua aceitação desse amor, que a deixou tão exposta. Tão emocionalmente desamparada.

Se ele fosse embora... quem iria abraçá-la, defendê-la? Cuidar dela, protegê-la?

Quem iria amá-la?

Ele não podia ir embora. Não importava a agonia de ficar, não importava o preço, ele não poderia afastar-se dela — não se houvesse qualquer esperança de ficar, de permanecer ao seu lado.

A convocação veio de novo, mais definida. Ele tinha de ir ou ficar, tinha de se decidir.

Não precisou pensar para saber o que fazer. Apenas abriu sua consciência e dentro dela disse uma palavra.

— Não.

E estava de volta em seu corpo.

E a agonia esfolou-o mais uma vez.

— Ele está queimando de febre. — Heather olhou para Catriona. — O que faremos?

O olhar preocupado no rosto de Catriona não fez nada para acabar com o medo que tomava conta de Heather. Depois que ele esteve gelado, a pele fria ao toque, ao longo da primeira noite e do dia seguinte, naquela manhã, quando ela acordou e estudou o rosto de Breckenridge, avistou uma pitada de cor rastejando em seu rosto. A mão estava quente na dela.

Em sua inocência e inexperiência em relação a ferimentos graves, ela pensou que ele estava se recuperando. Conversando em tom calmo, contando-lhe todas as coisas que fariam uma vez que ele ficasse melhor, esperou-o acordar ansiosamente.

Em vez disso, uma febre começou e aumentou, até que, no final da tarde, alcançou o nível de uma conflagração violenta, que ameaçava engoli-lo e devorá-lo de dentro para fora.

Começaram enxugando-lhe a testa com água gelada e depois passaram a colocar lençóis umedecidos em água gelada sobre ele, trocando-os com frequência, mas nada funcionou nem mesmo para estabilizar a temperatura.

Continuou a subir.

De braços cruzados, Catriona olhou-o, então, como se tivesse chegado à conclusão de algum debate interno, assentiu.

— Um banho de gelo. Já tentamos de tudo sem sucesso, de modo que vai ter de ser isso. — Hesitou, então encontrou os olhos de Heather. — É arriscado com essa ferida, mas, se não conseguirmos baixar a temperatura, vamos perdê-lo de qualquer maneira.

— Agora? — Foi a única resposta de Heather.

Catriona deu as ordens. Dentro de minutos, Henderson chegou com dois criados carregando uma grande banheira de estanho. Sob as instruções de Catriona, depositaram-na do outro lado da sala, longe da lareira, embora tivessem apagado o fogo há muito.

O primeiro criado chegou carregando dois baldes de gelo cinco minutos mais tarde.

Algaria voltou da sala de aula e supervisionou. Richard veio com Henderson e outros dois homens. Estavam prontos para levar Breckenridge da cama para a banheira.

Catriona lhes disse:

— Vamos precisar baixá-lo, depois, tirá-lo de novo.

Eles fizeram uma tipoia improvisada com um lençol. Quando Algaria considerou pronta a mistura de gelo na banheira, os homens colocaram Breckenridge sobre o lençol, levantaram-no e colocaram-no na banheira.

Com os braços firmemente cruzados, Heather observou e estremeceu.

No instante em que os homens recuaram, deixando Breckenridge afundar na mistura de gelo e água, ela deu um passo em direção da banheira, ajoelhou-se e tomou-lhe uma das mãos na dela.

Do outro lado da banheira, Catriona pairou, assistindo. Após alguns minutos, Heather percebeu que Catriona estava observando os lábios de Breckenridge.

No instante em que começaram a empalidecer, Catriona disse:

— Tirem-no. Agora.

Heather deu um passo atrás, e os homens se aproximaram.

Eles tiraram Breckenridge da banheira, em seguida, deitaram-no, embrulharam-no no lençol gelado sobre um catre de madeira coberto de toalhas no chão. Catriona e Algaria trabalharam depressa para substituir as ataduras por curativos secos.

Tiveram de submergi-lo mais duas vezes antes da meia-noite.

Depois que os relógios de todo o solar badalaram a mesma hora, com Breckenridge mais uma vez deitado na cama coberto apenas pelo lençol úmido, Heather se sentou na cadeira ao lado, pegou-o pela mão novamente e observou-o dormir.

Do outro lado da cama, sentada numa cadeira de balanço com um xale quente enrolado sobre o corpo, Catriona vigiava também.

Na calmaria, no silêncio, Heather enfim encontrou coragem para expressar a pergunta que pairou em sua mente o dia todo.

— Por que ele não acordou?

Catriona, também olhando para Breckenridge, balançou-se e disse em tom suave:

— Acho que é por causa da quantidade de sangue que perdeu. Não foi suficiente para matá-lo, mas para fazê-lo... hibernar, por assim dizer. E, para completar, ainda houve a infecção. — Sem tirar os olhos dele, continuou: — A mente e o corpo têm maneiras de proteger-se. A mente, especialmente, pode enviar o corpo para esse estado de hibernação, não exatamente inconsciência, mas um sono profundo, para que ele possa se curar de forma mais eficaz.

Levantando a mão para arrumar o xale, Catriona olhou de relance para Heather.

— Não vejo como um mau sinal o fato de ele não acordar. Ainda não. Pode, de fato, ser o oposto, uma indicação de que o corpo está respondendo como deveria e ele está se curando. A febre em si é um sinal de que o corpo está lutando contra a infecção.

Heather concordou. As palavras eram um conforto; manteve-as perto do peito.

Catriona estendeu a mão e colocou os dedos no pulso de Breckenridge. Depois de um momento, voltou a sentar-se.

— O pulso ainda está estável. Não tão forte quanto eu gostaria, mas não há nenhum indício de que esteja enfraquecendo e, no momento, a temperatura está boa. No entanto, como febres são febres, eu esperaria que ela suba novamente antes do amanhecer.

Acomodando-se na cadeira, estendendo o xale sobre os ombros, ela encarou o olhar de Heather.

— Sugiro que nos revezemos para dormir um pouco. Uma de nós precisa estar acordada para o caso de a temperatura subir, como espero, ou se acontecer o contrário, e ele começar a tremer. — Fechando os olhos, ela se contorceu na cadeira. — Se ele não começar a tremer, ou voltar a ficar muito quente, acorde-me imediatamente.

— Tudo bem. — Heather se debruçou sobre a cama, com a mão de Breckenridge entre as dela, e pôs-se a observá-lo durante a noite.

Após duas horas, Catriona acordou e insistiu que Heather precisava descansar. Heather sabia que não deveria discutir; deitando a cabeça na cama, fechou os olhos.

Algum tempo depois, Catriona acordou-a. Heather piscou, focou-se. Ainda era noite. E, sob a palma de sua mão, a de Breckenridge estava queimando.

— Temos de resfriá-lo novamente. — Catriona urgiu-a para que se levantasse e se afastasse.

Heather levantou-se e saiu do caminho, piscando com surpresa ao ver que Richard e os outros homens haviam voltado. Eles já haviam enchido a banheira com gelo fresco.

Repetiram o que já era um processo bem-ensaiado.

Uma vez que Breckenridge estava de volta na cama, sua pele fria e úmida, e Richard e os outros homens haviam se retirado, Heather afundou-se na cadeira de novo.

Do outro lado, Catriona tomou o pulso de Breckenridge, então olhou para Heather.

— Vou voltar para minha cama. A temperatura dele não deve voltar a subir antes do amanhecer. — Cruzando os braços, franziu a testa para ele. — Se ele começar a tremer, ou ficar muito quente de novo, prometa-me que vai me chamar sem demora.

Heather fez que sim com a cabeça.

— Prometo.

Catriona virou-se.

— Tente cochilar se você conseguir.

Heather suspirou, pegou a mão dele mais uma vez e se pôs a manter a vigília.

Os dias que se seguiram foram os mais sombrios da vida dela. Embora não tivessem precisado repetir o banho de gelo, a temperatura de Breckenridge permaneceu errática, subindo de maneira imprevisível — atormentando os temores dela a cada subida.

Depois, ele se tornou impaciente, jogando fora as cobertas, deslocando-se na cama a ponto de gemer.

Desde o início, Heather raramente o deixou. Sua recompensa veio quase no final do terceiro dia, quando sua voz, suas palavras, acalmaram-no visivelmente.

Catriona, testemunhando o evento, suspirou.

— É como eu pensava, ele não está realmente inconsciente. Está em um estado de cura.

Ela pareceu aliviada, mais segura, depois disso.

Por sua vez, Heather não encontrou o mesmo conforto — queria ver os olhos dele de novo, queria ver reconhecimento e compreensão.

No fundo de sua mente estava o medo inaudito de que, após tantos dias "hibernando", quando voltasse, ele não se lembraria. Dela, ou de qualquer outra coisa.

Para contrapor seus medos, quando estava sozinha com ele falava de seu passado, de seu presente, de seu futuro. Não impôs restrições à língua, mas deixou o coração ditar, deixou o amor levá-la.

Mais do que qualquer outra coisa, eram aqueles momentos, em que permitia que o amor brilhasse entre eles, que a sustentavam e lhe davam um pouco de descanso.

Todos na casa ajudaram de alguma forma. Cook enviava bandejas com regularidade, e Algaria assegurava-se de que Heather comia. Lucilla e Marcus, estranhamente calmos, entraram para ver, para perguntar sobre Breckenridge, mas não ficaram muito tempo. Richard muitas vezes espiava o quarto e ficava para conversar, contar-lhe um pouco do que estava acontecendo no mundo exterior.

Mas foi Catriona seu principal apoio, especialmente durante as longas vigílias noturnas, embora dormisse em sua própria cama, já que parecia claro que Breckenridge estava melhorando. Ela retornava de tempos em tempos para monitorar o estado de Breckenridge, para tranquilizar Heather e dar-lhe companhia e descanso por alguns instantes.

Ao fim de uma dessas visitas, com Heather sentada em seu lugar habitual ao lado da cama, a mão de Breckenridge como sempre na dela, Catriona sentou-se na cadeira de balanço no lado oposto da cama e estudou-a com aquele olhar que, Heather pensava, via sob a pele.

Depois de um momento, Catriona perguntou:

— Então, você e ele resolveram suas diferenças e concordaram em compartilhar o futuro?

Heather não previra exatamente essa pergunta. *O futuro*. Catriona fez parecer como se de fato não houvessem tido qualquer outra opção, como se um futuro compartilhado fosse o único futuro que qualquer um deles pudesse ter.

— Sim. Pelo menos... Acredito que sim. — Como Catriona arqueou as sobrancelhas, ela continuou: — Antes de todos se apressarem, conversamos, dissemos coisas... nós dois dissemos. Mas foi uma confusão, e no final não sei se ele... — Ela respirou fundo. — Não sei do quanto ele vai se lembrar.

— Humm. Nesse caso, sugiro muito que você deixe sua posição sobre o assunto absolutamente clara no instante em que ele acordar e estiver em condições de ouvi-la. — Catriona a encarou. — É importante, Heather. Eu normalmente não digo essas coisas às pessoas... não deveríamos influenciar, mas vocês dois devem ficar juntos. Porém, para colher o que os espera adiante, você tem de acreditar. Com o coração e a alma, você deve acreditar em seu ideal para que aconteça. Tem de permitir que a fé a guie em tudo: suas ações, sua fala, seus próprios pensamentos.

Catriona parou, depois continuou, seu olhar firme no de Heather:

— Não sei por que é tão vital, mas é. Para que o que há entre vocês seja tudo o que poderia ser, você tem de acreditar, de modo que ele possa acreditar também.

Heather bebeu das palavras, sentiu a verdade delas ressoar. Ela aprendera que a lógica e a razão nem sempre se aplicavam no que se referia ao amor; talvez a fé — fé no amor — fosse a única pedra de toque verdadeira.

Era arriscado, talvez, ter uma fé cega em uma emoção, mas ela não tinha mais nada a perder. Fez que sim com a cabeça.

— Sim. Farei isso.

Para sua surpresa, sua resposta pareceu aliviar Catriona, que relaxou visivelmente, quase abriu um sorriso triste.

— Que bom. — Levantando-se, Catriona tirou o xale e olhou para Breckenridge.

— Não espero que você vá ter qualquer problema com ele esta noite. Durma. Ele não vai abandoná-la.

Com isso, ela virou-se e caminhou até a porta.

Heather observou-a sair e a porta se fechar. Repetiu a conversa na mente, então, sentindo-se mais tranquila, arrastou-se para a cama ao lado de Breckenridge, deitou a cabeça e fechou os olhos.

Os dias e as noites haviam se fundido; ela perdera a noção do tempo.

Na tarde seguinte, Heather se permitiu ser intimada a tomar um banho relaxante. A lavar os cabelos, vestir roupas frescas, remodelar o coque. Comer uma refeição de verdade.

Sentindo-se significativamente renovada, voltou à cabeceira de Breckenridge para render Algaria. Embora a febre houvesse diminuído, e ele parecesse menos debilitado, ele ainda tinha de despertar, mas Catriona e Algaria esperavam que não demoraria.

Ela havia acabado de se acomodar na cadeira de espaldar reto quando ela e Algaria, na porta, ouviram o barulho de cascos e o chocalho de rodas no pátio.

Algaria encontrou seus olhos.

— Alguém veio correndo.

Cinco minutos mais tarde, uma senhora elegantemente magra, cabeça coroada com cabelos castanhos belos e sedosos, entrou no quarto.

Heather sorriu e levantou-se.

— Carol.

Caroline Anstruther-Wetherby foi direto para a cama. Com o olhar fixo na figura imóvel deitada, deu a volta até Heather, então lhe dirigiu seu olhar azul-prateado e envolveu-a num abraço perfumado.

— Minha querida! Viemos assim que ficamos sabendo. — Soltando Heather, Carol olhou para Breckenridge mais uma vez. — Como ele está?

Heather fez uma pausa e disse:

— Muito melhor do que estava.

Carol inclinou-se e tomou a mão flácida que Heather segurava. Agitou-a de leve, como se pelo toque pudesse dizer a Breckenridge que estava lá, em seguida, deitou-a e virou-se para Heather.

— Conte-me tudo.

— Conte-nos tudo.

Tanto Heather quanto Carol se viraram para ver Michael Anstruther-Wetherby atravessando o quarto em direção a elas. Foi através do casamento com Michael que Carol se ligou aos Cynster, a irmã de Michael, Honoria, sendo a duquesa de St. Ives, esposa de Devil Cynster, o chefe do clã Cynster, irmão mais velho de Richard e primo mais velho de Heather.

Michael, um homem alto, de cabelos escuros, muitíssimo bem-relacionado e profundamente envolvido com política, envolveu Heather em um abraço quente. Deu-lhe tapinhas no ombro ao soltá-la.

— Venho em nome de seus irmãos e de seu pai, sem falar em Devil e todo o resto. Como Carol estava determinada a vir voando até aqui, e Breckenridge estava aparentemente tão mal, pensamos que seria bom se os outros segurassem a impaciência e permanecessem em Londres até compreendermos melhor a situação.

Aliviada, Heather fechou os olhos por um instante.

— Obrigada. — As palavras eram sinceras. Lidar com o senso protetor dos irmãos naquele momento exigiria um esforço e um tato que ela não tinha de sobra. Abrindo os olhos, sorriu para Michael; ele era de fato um político até o último fio de cabelo. — Estou realmente grata.

Ele sorriu de volta.

— Pensei que ficaria. Mas a contrapartida é que você deve nos contar tudo. Do começo.

— Sim, tudo bem.

Depois de olhar para Breckenridge a fim de confirmar que ele ainda estava "dormindo", ela apontou para o sofá e as cadeiras do outro lado do quarto.

Assim que eles se acomodaram, ela atendeu à solicitação, começando do início — na casa de Lady Herford —, e contou tudo a eles.

Não deixou nada de fora, mas relatou a jornada etapa por etapa. Nem Michael nem Carol tinham raciocínio lento; acompanharam com facilidade louvável a narrativa intrigante e desconcertante do sequestro, suas razões para permanecer e tentar descobrir mais, e as dificuldades que ela e Breckenridge haviam encontrado para realizar a fuga.

Quando chegou ao ponto em que entraram no Vale e se refugiaram no solar, ela fez uma pausa, depois levantou a cabeça e continuou:

— Breckenridge e eu temos discutido nosso futuro, mas eu preferiria não dizer mais nada quanto a isso até que ele acorde.

Carol e Michael trocaram um olhar, que Heather não soube ler, então Carol assentiu.

— Muito bem. Mas como é que ele se machucou? Foi chifrado, pelo que Richard disse?

Isso era mais fácil de responder. No entanto, ao fazê-lo, ao reviver os momentos que levaram ao acidente, Heather se deu conta — como acontecera então, mas ela havia esquecido na agitação dos eventos subsequentes — da estranheza na maneira como as mãos dos gêmeos haviam empurrado a dela, em vez de agarrá-la. O que a dupla estivera aprontando?

— Então, como ele tem estado desde então? — perguntou Carol.

Livrando-se da lembrança, ela descreveu o frio inicial.

— Catriona disse que era um choque profundo. Então, veio a febre.

Olhando de relance para a cama, Michael perguntou:

— Ele ainda não recuperou a consciência?

Heather também olhou para o outro lado do quarto.

— Catriona diz que ele não está inconsciente, apenas em um sono muito profundo, de cura. A febre baixou, mas ainda não passou. Ela e Algaria acham que deve arrefecer em breve, e ele vai acordar depois disso.

— Pelo menos ele estava aqui quando isso aconteceu, próximo das mãos de especialistas. — Carol se levantou. — Se quiser, posso ficar com você por um tempo. Tenho mensagens de suas irmãs e de sua mãe. Podemos conversar enquanto mantemos vigília.

— Sim, claro. — Heather levantou-se.

Michael levantou-se também. Seus olhos e os de Carol se encontraram, e ele sorriu, primeiro para ela, depois para Heather.

— Como eu claramente não sou necessário aqui, vou encontrar Richard.

Com uma saudação, dirigiu-se à porta, deixando que Heather guiasse Carol de volta à cama.

De volta à vigília ao lado de Breckenridge.

Mais tarde naquela noite, Heather se acomodou na cadeira junto à cama de Breckenridge. Olhando-o no rosto, as feições ainda inanimadas, mas severas, em repouso, ela pensou em suas esperanças, em seus temores remanescentes. Pensou em tudo o que vira, ao longo da noite, das uniões dos outros, das vidas compartilhadas dos outros.

Como não queria deixá-lo sem vigilância, os outros — Carol, Michael, Catriona e Richard — se serviram da refeição noturna lá, na área de estar do outro lado do quarto. Houve muita conversa, até mesmo algumas risadas; ela torcia para que o som trouxesse Breckenridge para longe de tudo o que o mantinha dormindo, mas ele não se mexeu.

Seu estado não mudou, mas o dela se esclareceu.

Por ter crescido em sua família, com casamentos firmemente baseados no amor, ela achara que sabia como essas uniões funcionavam. No momento, contudo, presumivelmente porque seu desejo de estabelecer tal união, uma parceria de trabalho, partilha e carinho com ele, tornou-a mais consciente, ela viu com mais profundidade, sentiu-se muito mais sensível às correntes que fluíam entre Michael e Carol e entre Richard e Catriona. O fluxo — constante, sem esforço, na maioria das vezes mudo e imperceptível — do compartilhar, do dar e do receber.

Ela viu que, em geral, o dar vinha primeiro.

E era oferecido sem estipulação, sem nenhuma suposição de que o ato seria retribuído, ainda que, entre casais que compartilhavam, inevitavelmente fosse.

Ela compreendeu que o amor, que dar amor, era a base de todo o resto, que todo o resto era secundário a essa doação incondicional.

Pegando a mão de Breckenridge, disse em tom suave:

— Se você voltar para mim, não importa se me ama ou não, vou me casar com você e amá-lo incondicionalmente até o fim de meus dias.

Ao serem pronunciadas, as palavras, o compromisso assumido, mudaram as coisas; ela sentiu como se o chão houvesse se estabilizado sob seus pés.

Ela sabia qual era a sua posição.

Compreendeu que, mesmo que não ganhasse nada em troca, honrar o amor que ela recebera a bênção de sentir, de viver, seria a verdadeira medida de seu sucesso na vida.

Debruçando-se, colocando os cotovelos na cama, apertando a mão dele entre as suas, ela fechou os olhos.

E rezou a Deus e à Senhora — estavam no vale Dela, afinal.

— Se me der essa chance de construir um futuro com ele, vou agarrá-la, me alegrar e viver esse futuro com o melhor de minhas capacidades. Vou ser fiel a esse voto, a ele, e ao amor que tenho por ele, para todo o sempre. Amém.

CAPÍTULO 21

Ao acordar, ela encontrou a luz perolada e prateada tingida de rosa do amanhecer inundando o quarto. Por um momento, perguntou-se o que a acordara, então olhou para Breckenridge — para os olhos cor de avelã.

— Você está acordado! — Por pouco não gritou. A alegria que saltitava dentro dela era quase impossível de conter.

Ele abriu um sorriso fraco. Suas pálpebras caíram, se fecharam.

— Estou desperto há algum tempo, mas não queria acordá-la.

Sua voz era pouco mais que um sussurro.

Ela percebeu que fora a pressão fraca dos dedos dele nos seus que a tirou do sono. Aqueles dedos, a mão dele, já não estavam quentes demais. Ela se esticou e tocou a testa dele.

— Sua temperatura está normal. A febre passou. Graças a Deus.

Afastando a mão, reconcentrando-se no rosto dele, sentiu o alívio tomá-la em uma onda desorientadora, quase irresistível.

— Você precisa descansar. — Era um imperativo; ela sentiu-se impulsionada pela urgência nervosa de garantir que ele entendesse. — Você está se recuperando bem. Agora que a crise passou, você vai ficar melhor a cada dia. Catriona diz que, com o tempo, vai ficar novo em folha. — Algaria a avisara para assegurá-lo disso.

Ele engoliu em seco; de olhos fechados, mexeu a cabeça no que ela entendeu como um gesto de aquiescência.

— Vou descansar em um minuto. Mas primeiro... você falou sério quando me disse aquelas coisas no cercado do touro? Você quer mesmo um futuro comigo?

— Sim. — Ela apertou a mão dele com mais força entre as suas. — Falei cada palavra a sério.

Ele curvou os lábios de leve, então suspirou. Com os olhos ainda fechados — ela sentiu que as pálpebras deveriam estar pesadas demais —, murmurou:

— Que bom. Porque eu também falei sério.

Ela sorriu através das lágrimas repentinas.

— Até quando disse que nossas filhas podem se parecer com Cordelia?

O sorriso dele se abriu ainda mais.

— Falei em voz alta, não foi? Sim, eu quis dizer isso mesmo, mas, pelo amor de Deus, não diga a ela. Ela nunca vai deixar por isso mesmo, e Constance vai pôr minha cabeça a prêmio.

As palavras começaram a se embolar de novo; ele estava voltando para o sono de cura.

As palavras de Catriona, seu aviso, ressoaram na cabeça de Heather. Ela lembrou-se de seu voto. Levantando-se, debruçou-se sobre ele; ainda apertando a mão dele, beijou-o com delicadeza.

— Vá dormir e melhorar, mas antes preciso dizer-lhe isto: eu o amo. Vou amá-lo até o fim de meus dias. Eu não esperava que você retribuísse esse amor, mas isso não importa mais. Você tem meu amor de qualquer forma, e sempre terá. — Ela beijou-o de novo, sentiu que ele ouvira, mas que ele estava atordoado, surpreso. Ele não respondeu.

Ela recuou.

— E agora você precisa se concentrar em ficar melhor. Temos um casamento para organizar, afinal.

Ela sabia que ele ouviu — suas feições se suavizaram.

Enquanto adormecia, havia um sorriso muito suave em seu rosto.

Breckenridge enfim voltou para a terra dos vivos pouco antes do meio-dia. Ele abriu os olhos e viu Algaria sentada na cadeira ao lado da cama. Ela a havia empurrado para trás e estava imersa no tricô, mas, como se sentisse o olhar dele, ergueu os olhos — olhou para ele daquela maneira enervante que ela e Catriona compartilhavam —, então assentiu.

— Bem-vindo de volta. — Deixando de lado o tricô, ela se levantou. — Como está se sentindo?

Para sua surpresa e irritação, ele percebeu que estava tão fraco quanto um gatinho recém-nascido, e o corte na lateral de seu tronco, apesar de estar se curando, ainda era capaz de gerar dor suficiente para refreá-lo.

Mas, com a ajuda de Henderson, ele conseguiu se levantar, atender ao chamado inevitável da natureza e, em seguida, tomar um banho. Depois, manteve-se de pé por tempo suficiente para fazer a barba, então Algaria trocou os curativos de seu ferimento.

Catriona, que, a ser chamada, havia conferido como ele estava mais cedo, voltou com um dos camisolões de Richard.

— Não há sentido em se vestir — informou-o. — Você não vai conseguir sair deste quarto, nem da cama, por um bom tempo, não até que recupere suas forças, e isso não vai acontecer da noite para o dia.

Por já ter ficado de repouso antes, ele sabia que ela estava certa. Levantou a mão em sinal de rendição.

— Está bem. Vou me comportar.

De camisola vestida, permitiu que Henderson o ajudasse a voltar para a cama recém-feita. Catriona e Algaria estavam conversando do outro lado da sala. Olhando para a porta, ele perguntou:

— Onde está Heather?

Catriona olhou-o.

— Dormindo. Ela esteve a seu lado dia e noite ao longo dos últimos seis dias. Agora que você voltou a estar *compos mentis*, insisti em que ela fosse descansar. Vou acordá-la para o jantar, mas não antes.

Ele assentiu com a cabeça em um gesto distraído. *Seis dias?* Isso não poderia estar certo.

— Mas, como você está bem acordado, vou chamar Carol para que se sente com você.

— Carol? — Se ela havia chegado ali, então poderiam muito bem ter se passado seis dias.

— Ela e Michael chegaram ontem. — Voltando-se para Algaria, Catriona trocou um último comentário, depois se dirigiu para a porta.

Algaria voltou para pegar o tricô.

— Carol não vai demorar. Está terminando o almoço. Vou montar uma bandeja de comida e pedir que a tragam aqui. O que você gostaria de comer?

Ele estava faminto, mas sabia por experiência própria que não seria capaz de comer muito no início. Algaria aprovou a escolha de caldo de carne e pão, e saiu para providenciá-la.

Cinco minutos depois que se fechou, a porta se abriu novamente, e Carol deslizou para dentro. Seu olhar azul pálido logo se fixou nos olhos dele. Então, ela sorriu.

— Graças a Deus. Você está bem.

Ele levantou a mão e — fracamente — apontou para a cadeira de balanço.

— Bem-vindo ao quarto do doente. Ao que parece, terei de ficar confinado aqui por algum tempo ainda.

— De fato. — Aproximando-se, ela afastou as saias e sentou-se, com os olhos brilhantes procurando-lhe o rosto, o sorriso constante afirmando que ela estava feliz com o que via. — Você está com uma aparência muito melhor, mesmo em comparação a ontem. Estar desperto é uma melhoria definitiva em relação ao coma.

Curvando os lábios, ele se acomodou nos travesseiros.

Carol também se recostou à cadeira de balanço.

— Pois saiba que deveria estar resignadamente grato. Por ter vindo até aqui sozinha, poupei-o de ter de sofrer com os cuidados de suas irmãs. Tanto Constance quanto Cordelia estavam prontas para partir no instante em que ficaram sabendo. Tive de exercer meus poderes de persuasão ao máximo para contê-las.

— Por isso sou sinceramente grato. — Seu sorriso era oblíquo. — Por mais que eu as ame, os esforços delas são esmagadores e, como você pode ver, não estou em condições de usar os meus.

O sorriso de Carol foi compreensivo.

— Prometi mantê-las informadas e tenho enviado devidamente notícias ao sul, então acredito que você não esteja em perigo iminente de ser atacado por elas.

— Humm. Em retrospecto, suspeito que você, e Michael também, estejam me devendo por causa da última vez. Naquela época, você me deixou à mercê do destino. — Quatro anos antes, ele fora baleado enquanto Michael tentava proteger Carol.

Ela inclinou a cabeça.

— Aquela vez em que estivemos em Londres... havia pouco que pudéssemos fazer.

Ele resmungou, mas estava sorrindo.

Após estudá-lo por um momento, ela disse:

— Estou satisfeita, muito satisfeita, por você finalmente ter feito sua escolha. Já era hora de você voltar à razão.

Ele arqueou uma das sobrancelhas.

— Mesmo que tenha sido necessário um sequestro para isso?

Ela assentiu com a cabeça, de maneira compreensiva.

— Mesmo assim. — Ela fez uma pausa, depois perguntou em tom mais suave: — Ela é a pessoa certa para você, não é?

Ele a olhou nos olhos, depois assentiu.

— Sim. Definitivamente. — Hesitou, depois acrescentou: — Eu não poderia viver sem ela.

O sorriso de Carol se alargou até que ela estava radiante.

— Incrível! É assim que deve ser.

Ele não estava tão certo de que precisava ouvir isso; ainda precisava se acostumar com a sensação de vulnerabilidade e dependência; ainda não tinha certeza de haver dominado a habilidade.

— Infelizmente, parece que sempre que me aproximo da perspectiva de um casamento eu acabo ferido. Com você e Michael, levei um tiro e quase morri. Agora, comigo e com Heather, fui ferido e quase morri. Suponho que deveria estar feliz por Constance e Cordelia já serem casadas.

Carol riu.

— Você provavelmente escapou naquela época, porque elas são muito mais velhas. Você era apenas um rapaz quando elas se casaram. — Ela fez uma pausa, com a cabeça inclinada, enquanto o observava. Ainda sorrindo, continuou: — Você é um protetor, sabia? É isso o que você é, o que faz. E agora encontrou a dama que deve proteger pelo resto de sua vida. — Seu sorriso se aprofundou. — Uma vez que se casar com ela, você estará a salvo.

Ele resmungou, mas continuou a sorrir e não tentou argumentar.

Porque ela estava certa.

Heather era a dama que ele iria proteger pelo resto de sua vida.

Cinco dias depois, ele estava de pé para cima e para baixo, mas ainda em boa parte confinado ao quarto. Embora tivesse descido ao grande salão para voltar a compartilhar as refeições com a família, Catriona e Algaria desencorajaram fortemente qualquer exercício mais extenso.

Como tinha a intenção de recuperar sua costumeira boa saúde assim que possível — para que pudesse se casar com Heather —, ele aceitou, segurou a língua e concordou em respeitar as restrições.

Por consequência, a reunião que teria de se realizar entre ele, Richard e Michael se deu na área de estar do quarto. Pelo menos ele estava vestido; Carol trouxera malas com roupas tanto suas quanto de Heather. De camisa larga e calças soltas, com um de seus coloridos robes de seda por cima, ele sentou-se confortavelmente espalhado em uma extremidade do sofá, enquanto Richard descansava na outra extremidade, e Michael pôs-se em uma poltrona diante dos dois.

— Certo. — Michael encontrou os olhos de Breckenridge. — O que exatamente sabemos sobre esse canalha?

— Infelizmente, não o bastante.

Richard agitou-se.

— Nós sabemos que ele é um proprietário de terras escocês. Isso parece certo.

Breckenridge concordou.

— É um escocês alto, de cabelos pretos, grande e bem constituído; os olhos frios e pálidos são sua característica mais marcante, e ele é no mínimo um cavalheiro, quase com certeza um aristocrata, e muito provavelmente um nobre das terras altas.

— E ele providenciou o sequestro de Heather em Londres para que ela fosse levada até Gretna Green a fim de ser entregue a ele. — O rosto de Michael estava sombrio.

— Na verdade, não — disse Breckenridge. — Ele providenciou o sequestro de "uma das irmãs Cynster". Não fez distinção entre, pelo menos, três delas. E, de acordo com Heather, isso é um fato bastante pertinente.

Richard franziu o cenho.

— Por que pertinente?

— Porque, ao passo que ela e Eliza são herdeiras importantes, Angélica não é. E Heather não soube dizer se Henrietta e a jovem Mary também são possíveis alvos.

— Então, qualquer que seja a motivação dele, é pouco provável que seja o dinheiro.

Breckenridge concordou.

— E, considerando a contundência que ele investiu no plano do sequestro, todos os salários e custos envolvidos, penso que devemos concluir que não lhe faltam recursos financeiros.

— Definitivamente não é o dinheiro, então. — Richard encarou Breckenridge. — Tenho querido perguntar, você acha que é importante o fato de Gretna Green ter sido nomeado como o local de entrega?

Ele fechou a cara.

— Pode ser que sim. Ele talvez pretendesse se casar com ela como parte do plano. Mas também pode ter sido simplesmente conveniente, por algum motivo que não sabemos.

Richard assentiu.

— O homem que mandei para investigar em Gretna retornou ontem. Ninguém lá, incluindo o magistrado, pôde acrescentar nada à descrição que temos. E Fletcher e Cobbins foram libertados pelo proprietário de terras, com um suborno considerável, e logo desapareceram, rumo ao sul.

Breckenridge resmungou.

— Duvido que seja fácil encontrá-los. Aposto que eles foram pagos para se esconder. Além disso, não tenho certeza de que sabem mais do que nós. Heather fez um bom trabalho extraindo deles tudo o que sabiam.

Michael concordou.

— Temos de presumir que esse homem é bastante inteligente e tem recursos para cobrir seus rastros. Então, como ficamos?

— Sem nenhum indício real que leve à identidade dele, muito menos quanto a seus motivos. — Com uma expressão sombria, Breckenridge acrescentou: — E não devemos esquecer que ele sabia bastante sobre a família para descrever as meninas e também para desistir de entrar no Vale. Uma vez que ele nos viu entrar e soube que era território Cynster, recuou.

Todos os três ficaram em silêncio, repassando na mente tudo o que sabiam.

Por fim, Richard disse:

— Não há nada mais que possamos deduzir. Temos uma descrição genérica que poderia abarcar quase qualquer proprietário das terras altas e provas suficientes para descartar o dinheiro como motivo. Ele é inteligente, engenhoso e habilidoso, mas, fora isso, não sabemos.

Breckenridge assentiu.

— O ponto que temos de abordar é que existem mais duas irmãs Cynster em Londres, possivelmente quatro, se Henrietta e Mary forem alvos também. Tendo fracassado com Heather, será que esse proprietário de terras misterioso vai tentar capturar uma delas?

— Até que entendamos o que está por trás disso e anulemos qualquer ameaça, é preciso considerar que ela ainda existe. — Michael encontrou os olhos de Breckenridge e depois os de Richard. — Até descobrirmos o contrário, precisamos tratar isso como uma grave situação em curso.

Richard aquiesceu.

— Já alertei Devil, mas apenas em termos gerais.

— Carol e eu vamos embora amanhã — disse Michael. — Nossa primeira parada em Londres será em Grosvenor Square, onde relatarei a Devil tudo o que temos. Ele vai se certificar de que as outras meninas estejam protegidas e que o restante da família fique em guarda.

Richard fez uma careta.

— Posso ver as linhas de batalha se formando. As damas em questão não vão reagir bem ao fato de estarmos de guarda.

Breckenridge deu de ombros.

— Mantenha segredo, então. Que diabos! Aliste Wolverstone. Ele saberá como fazê-lo.

Richard balançou a cabeça.

— É uma boa ideia, mas não podemos. Ele, como eu, descobriu que tem raízes no norte. Está escondido em seu castelo em Nortúmbria, e nenhuma das grandes damas, quanto mais qualquer outra pessoa, conseguiu arrancá-lo de lá, não nesta Temporada.

— Ele ainda pode ajudar — disse Breckenridge. — E, Deus sabe, muitos colegas casados dele também ficariam felizes em ajudar.

Michael concordou.

— É verdade. Vou sugerir isso. — Ele encontrou os olhos dos outros. — E vou me assegurar de que a gravidade da situação fique muito clara. Por alguma razão, as meninas Cynster parecem estar sob cerco.

* * *

Duas noites depois, Breckenridge estava deitado de costas na cama, encarando o dossel sombrio.

Michael e Carol haviam partido no dia anterior, levando consigo a notícia do noivado iminente dele e de Heather, juntamente com uma nota que haviam elaborado para a *Gazette*, com a qual Heather concordara alegremente.

Tudo estava bem nessa frente.

Ele ainda não tivera de pronunciar a palavra que não queria dizer, fazer o voto que não queria jurar.

A admissão que não queria assumir.

Fora poupado por Heather, e por isso estava indescritivelmente grato.

Se Catriona não tivesse extraído dele a promessa de que não iria sair da cama, do quarto, até o dia seguinte, ele teria ido ao quarto de Heather para demonstrar o quão grato estava.

As ataduras que haviam envolvido seu torso de maneira tão restritiva nas últimas semanas haviam sido removidas para sempre naquela noite. Os pontos que Catriona dera em sua carne foram pequenos, e os cuidados dela se provaram excepcionais; a cicatriz era uma pequena costura enrugada na lateral da cintura, e ele já não sentia nenhuma dor. No entanto, Catriona insistira em que ele permanecesse no quarto até a manhã seguinte; ela queria examinar a cicatriz exposta antes de liberá-lo para o mundo.

Mas, a partir do dia seguinte, ele estaria livre. Livre para caminhar pelos jardins, depois pelas terras dos arredores, recuperando a força das pernas. Livre para cavalgar, em seguida. Livre para se envolver em todos os tipos de outras atividades que a lesão havia lhe negado.

Sua mente, previsivelmente, fixou-se em uma atividade em particular. Juntando as mãos atrás da cabeça, olhou para cima, pensativo, incapaz de impedir que sua imaginação viajasse... o que não ajudava em nada. Ele dera sua palavra de que não sairia do quarto.

Sob sua satisfação, ocultava-se uma inquietação crescente, diferente da que sentira antes. Ele estava impaciente. Impaciente para continuar com sua vida, para pegar a mão de Heather e seguir adiante rumo a seu futuro recém-escrito.

Talvez não fosse surpreendente. Desde que ele recuperara o juízo, os dois haviam passado incontáveis horas discutindo e planejando. Fazendo, muitas vezes, brincadeiras e provocações, mas seguindo de forma constante, elemento por elemento, refinando desejos e definindo como seria o casamento — sua vida futura compartilhada.

Ele sabia que deveria dormir, que Catriona não ficaria satisfeita se a cumprimentasse com olheiras pela manhã, mas a impaciência e a fome sexual aliaram-se para mantê-lo acordado.

O trinco da porta se levantou; ao virar a cabeça, ele teve um lampejo de *déjà-vu.*

Um lampejo que se traduziu em realidade sólida quando Heather entrou no quarto.

Ela viu-o olhar, sorriu, fechou a porta e veio para a cama.

Como antes, estava vestindo o robe de seda.

Como antes, parou ao lado da cama, soltou o laço e deixou o robe deslizar pelos ombros até o chão, revelando nada além de Heather — a pele perolada macia e as curvas de dar água na boca — por baixo.

Ele podia ter prometido Catriona não sair da cama, mas não dissera nada sobre alguém se juntar a ele nela. Com um sorriso largo, ele desenlaçou os dedos e estendeu a mão para levantar as cobertas; ela o superou, levantando depressa os lençóis e se enfiando por baixo.

Mas, no instante em que ele começou a se virar para encará-la, ela apertou a mão em seu ombro.

— Não. Você tem de permanecer imóvel, como está, de costas.

— É?

Ela assentiu com a cabeça, o queixo firme.

— O tempo todo. — Enquanto falava, deslizou sob o lençol. Passando a coxa elegante pelos quadris dele, ela se mexeu e se contorceu até montá-lo. A sensação da pele dele tocando, acariciando a sua, as lembranças que evocava, serviu como ambrosia inalterada para seus sentidos. A distração momentânea inundou-lhe o juízo. Era tudo o que podia fazer para manter as mãos, ávidas para tocá-la, na cintura dela, impedir que seu desejo de repente salivante escapasse das rédeas e fosse buscar sua presa.

Apoiando os cotovelos na parte superior do peito dele, ela olhou-o no rosto. E sorriu.

— Catriona disse que não teremos problema, desde que permaneça com as costas planas. Você não deve nem mesmo tentar se sentar ou fazer qualquer outra coisa que imponha pressão sobre os pontos, mas fora isso...

Ela baixou a cabeça e beijou-o, uma longa, lânguida promessa de prazer. O colar que passara a usar pendia para baixo, o pingente de cristal quente contra a pele dele.

Quando ela se afastou para recuperar o fôlego, ele teve de perguntar:

— Você discutiu este assunto com Catriona?

Os lábios dela se curvaram; roçaram os dele.

— Não especificamente, você e eu e isto... eu apenas perguntei que restrições físicas um homem com um ferimento como o seu teria de enfrentar. Ela logo entendeu o que eu quis dizer.

Ele poderia imaginar.

— Isso, eu acho — murmurou ele, os lábios seguindo os dela em uma série de pequenas carícias tentadoras —, explica por que ela está tão interessada em verificar meu ferimento na parte da manhã, para ver se o trabalho dela aguentou a tensão.

— Humm. — Heather não estava interessada em falar. Colocou os lábios nos dele e calou-lhe a boca, ridiculamente excitada por fazê-lo. Excitada, quando ele a beijou de volta, quando ele seguiu sua condução na dança, por ela realmente ter esse poder, por ele de fato permitir-lhe guiar e conduzir, por ele — o maior libertino da alta sociedade — se dispor a ceder a ela e seguir para onde ela o levasse.

Aquela era a vez dela, o momento de reafirmar, sem palavras mas em uma língua que ambos compreendiam, tudo o que disseram naquela noite havia muito tempo, antes que eles de alguma forma tivessem se perdido. Antes que tivessem pensado demais, falado demais, talvez esperado demais um do outro.

Isso estava no passado, todos os mal-entendidos foram varridos pelo ato altruísta dele, pela resposta dela a isso e ao ferimento.

Seu compromisso com ele, para eles, estava muito mais forte, fora muito mais experimentado, testado e forjado pelo trauma de quase perdê-lo.

Enquanto o pressionava nas curvas da cama, enquanto deixava as mãos, depois os lábios, sussurrarem pela pele dele, ela abriu seu coração e deixou sair tudo o que sentia, tudo o que sabia. Deixou fluir através das mãos, dos lábios, por meio dos membros que usava para acariciá-lo. Deixou seu amor infundir-se a cada ato, porque era a essência de tudo aquilo. Amá-lo.

Amá-lo verdadeiramente, com um coração pleno e grato.

Amá-lo a cada respiração, cada toque, cada batimento cardíaco enternecido.

Com cada centelha de sua alma.

Quando ela se ergueu e recebeu-o, quando o embainhou no corpo, com a paixão e o desejo flamejando, cavalgou-o, deu-lhe prazer, ela se entregou a essa realidade e deixou-a livre para brilhar.

Deixou-a preenchê-la e dominá-lo.

Breckenridge agarrou-a pelos quadris, segurou-a enquanto ela o cavalgava, firme, segura e com tamanha devoção. Com os olhos quase cegos, tudo o que podia ver, tudo o que podia sentir, era ela e os fluxos poderosos e furiosos que trocavam. Impulsionados, conduzidos pelas deliciosas sensações que ela lhe causava, que derramava sobre ele.

Enquanto o amava.

Ele sentiu a onda de emoções — as dela e as suas — combinadas em uma torrente tão poderosa a ponto de arrebatar a ambos.

E ele estava com ela de novo, mais uma vez capturado naquela doação maior de atos, naquela comunhão de almas. Mas desta vez ele foi a seu encontro de boa vontade, querendo-a não apenas naquele momento, mas para sempre.

Querendo a comunhão transcendente pelo que era, sem segundas intenções.

Enquanto ela jogava a cabeça para trás, e ele sentia-lhe o corpo apertar, mesmo enquanto seu corpo respondia-lhe o chamado, ele vislumbrou o que os guiava — nenhum propósito, nenhum desejo além de um amor profundo e permanente, poderoso e triunfante, requintado e duradouro.

Ela buscou esse amor, agarrou-se a ele, e Breckenridge estava a seu lado.

Juntos, atingiram o pico, tocaram e provaram a glória, saborearam-na.

E deixou-a preenchê-los, deixou-a inundar seus sentidos, ampliar e inchar até devastá-los, fragmentá-los e atirá-los no vazio.

O êxtase chegou e pegou-os, preencheu-os, impulsionou-os.

Afogou-os em um mar de êxtase de glória dourada e saciedade.

Deixou-os saciados, largados em alguma praia distante, destruídos porém repletos, a salvo nos braços um do outro.

A noite fechou suas asas calmantes sobre eles.

Enfim, com beijos gentis e murmúrios suaves, eles se desenlaçaram. Com a promessa daquele futuro glorioso, inspirado pelo amor, consagrado e brilhante em seus corações, em suas mentes, inseridos em suas almas, ele fechou os braços sobre ela, que se aninhou nele, e dormiram.

— Catriona diz que meu ataque de sarampo já teria acabado a esta altura, de modo que estamos livres para voltar a Londres quando quisermos. — Com o braço enlaçado ao de Breckenridge, Heather olhou-o.

Com os lábios curvados, ele balançou a cabeça em uma expressão meio de desdém, meio de descrença.

— Sarampo. Espanta-me o fato de sua mãe ter consentido com uma história dessas.

Após ter sido liberado do quarto, e de todas as outras restrições, por Catriona naquela manhã, ele e Heather estavam tomando ar — bendito ar fresco — em um passeio lento pelo jardim de ervas. Embora se sentisse suficientemente firme, estava grato pelo apoio de Heather, o sustentáculo adicional para se equilibrar. Seus músculos precisariam de um ou dois dias para voltar à forma confiável de costume.

— Mamãe e os outros decidiram que, embora sua história sobre termos vindo aqui para considerar se nos daríamos bem longe da multidão ensandecida explicaria nossa presença inicial aqui, não é suficiente para justificar uma estadia prolongada. — Encontrando-lhe os olhos, ela sorriu. — Você deveria ficar feliz. A história de você ter me trazido aqui para me recuperar, longe dos olhos da alta sociedade, e em seguida ter sido valente e ficado para me fazer companhia ao longo de minha convalescença, o descreve em uma luz distintamente romântica.

Ele resmungou. Após um momento, acrescentou:

— Acho que a distração do sarampo, pelo menos, garante que nenhum fofoqueiro tenha percebido algum vestígio de seu sequestro.

— Mamãe disse que isso não aconteceu, então tudo está bem. — Ela olhou-o mais uma vez, com um sorriso suave e confiante nos olhos. — E a notícia de nosso compromisso vai limpar todos os pensamentos restantes da cabeça dos fofoqueiros.

— Verdade. — Ele não podia negar a onda de satisfação masculina pura que o preencheu à visão daquele sorriso eminentemente feminino. Quando a tirou do salão de Lady Herford naquela noite fatídica havia tantas semanas, ela era... como uma crisálida esperando para florescer. Ao longo do sequestro e da jornada, das provações que enfrentaram desde então, ela se transformou na dama bela, segura e reluzente que seria sua viscondessa.

Sua amante, sua esposa.

Ela inclinou a cabeça, com os olhos estudando-lhe o rosto.

— O que foi?

Ela amadurecera tanto... e quanto a ele?

Ele fez uma pausa. Começou a pensar, a analisar. Parou. Tomando fôlego, virou-se para ela, deslizando a mão para fechá-la em torno da dela. Olhou-a nos olhos.

— Você me deu tudo que preciso de você. Graças a você, realizei todos os desejos de meu coração, tudo o que pensei que nunca teria. Tudo o que preciso para um futuro maravilhoso, pleno. E quase perdi tudo.

Ela permaneceu olhando para ele, mas foi sábia o suficiente para não interromper. Se tivesse...

Ele respirou fundo e foi adiante.

— Quase morrer esclareceu as coisas. Quando você está na fronteira entre a vida e a morte, é fácil discernir as coisas verdadeiramente importantes. Uma das coisas que vi e finalmente entendi foi que só os tolos e covardes deixam a verdade do amor por dizer. Só os fracos não reconhecem o amor.

Sustentando-lhe olhar, quase perdido no azul brilhante dos olhos dela, ele levou a mão dela a seus lábios, beijou-a com delicadeza.

— Então, minha querida Heather, mesmo que já saiba, deixe-me colocar a verdade, minha verdade, em palavras. Eu amo você. Com todo o meu coração, até as profundezas de minha alma. E vou amá-la para sempre, até o dia em que eu morrer.

O sorriso dela iluminou-lhe o mundo.

— Ainda bem. — A felicidade brilhou em seus olhos. Ela pressionou os dedos dele. — Porque pretendo ficar com você, a seu lado, todos os dias, pelo resto de sua vida e depois em espírito. Sou sua por toda a eternidade.

Sorrindo, ele fechou a mão sobre a dela.

— Minha para ser protegida por nossa eternidade.

Sim. Nenhum dos dois disse a palavra, mas a sensação vibrava no ar ao redor.

Um riso estridente quebrou o feitiço, fez os dois olharem o caminho.

Viram Lucilla e Marcus, que saíram de trás de um canteiro alto e correram em direção a eles.

Aproximando-se, rindo com deleite, a dupla fez festa e circundou-os.

Heather olhou para a esquerda e para a direita, tentando manter os gêmeos à vista, incerta do que os havia animado tanto. O que os deixara tão eufóricos.

Quase como se estivessem reagindo às emoções que corriam através dela, e, presumivelmente, de Breckenridge. Seu futuro marido.

— Vocês vão se casar! — cantou Lucilla.

Olhando para Lucilla enquanto a dupla diminuía o ritmo da dança circular, Heather assentiu com a cabeça.

— Vamos, sim. E gostaria de pensar que vocês dois terão de vir a Londres para serem a dama de honra e o pajem.

Deleite absoluto espalhou-se pelo rosto de Lucilla. Ela olhou para o irmão.

— Está vendo? Eu falei: a Senhora nunca falha, e, se fizer o que ela diz, você receberá uma recompensa.

— Acho que sim. — Marcus olhou para Breckenridge. — Vai ser divertido ir a Londres. — Ele desviou o olhar para Lucilla. — Vamos! Vamos contar à mamãe e ao papai.

A dupla pôs a correr pelo caminho gramado.

Junto a Breckenridge, Heather ficou observando-os ir. Lembrou-se...

— Eu queria lhe perguntar... — disse Breckenridge. — Como foi que você acabou caindo daquela cerca? — Ele a olhou. — Com uma coisa e a outra, a questão escapou de meu entendimento.

Heather encontrou-lhe o olhar.

— Do meu também.

Ele leu-lhe os olhos, então, erguendo as sobrancelhas, olhou na direção em que os gêmeos haviam ido.

— Ah. Talvez seja uma daquelas perguntas que é melhor ficar sem resposta.

— Com certeza. — Afastando a mão da dele e voltando a enlaçar seu braço no dele, ela recomeçou o passeio.

Breckenridge ficou em silêncio por um tempo, então olhou para o solar e disse:

— Você acharia estranho de minha parte sugerir que deveríamos, talvez, partir do Vale e deixar seus parentes às vezes enervantes pelo casamento assim que possível?

— Que tal amanhã? — Ela olhou-o no rosto.

Ele encarou-lhe.

— Logo depois do café. É tarde demais para ir embora hoje.

Ela concordou.

— De fato. — Olhou para frente. — Além disso, tenho planos para hoje à noite.

— Tem?

— É claro. — Ela encontrou-lhe o olhar, com os olhos cheios de amor e compreensão inesperada. — O anúncio que você fez há poucos minutos merece uma resposta apropriada, não acha?

Ele inclinou a cabeça.

— Sem dúvida. — Após um momento, acrescentou: — Quem sabe? Com a resposta certa, você pode até me induzir a proferir aquelas palavras de novo.

Ela riu.

— Um desafio. — Ela encontrou-lhe o olhar. — Um desafio com o qual podemos nos ver às voltas, de todas as formas, pelo resto de nossos dias.

— De fato. — Ele sustentou-lhe o olhar amoroso, levou os dedos delas aos lábios. — Pelo resto de nossos dias.

EPÍLOGO

NA SEMANA SEGUINTE, o proprietário de terras que havia encomendado o sequestro de Heather Cynster entrou no salão.

Faltando mais de uma hora para a refeição do meio-dia, ele cogitou ir ao escritório para matar o tempo. Contudo, ao ver seu exemplar da *Gazette* de Edimburgo do dia anterior à espera no aparador, pegou o jornal, serviu-se de uma caneca de cerveja do jarro que já estava disponível e se dirigiu a seu entalhador na mesa alta.

Estava sentado calmamente lendo as últimas notícias quando um grito de fúria percorreu o ar. Felizmente, o som vinha de uma distância considerável, silenciado pelas paredes de pedra sólida, para que ele fosse capaz de ignorá-lo. Em vão, perguntou-se o que, desta vez, contrariara sua mãe, depois decidiu que sem dúvida ouviria o motivo em breve e voltou a atenção para o jornal.

Com certeza, após menos de um minuto, ouviu os passos dela voando pelas escadas da torre. Ela irrompeu no grande salão, viu-o e invadiu o tablado. Ao chegar a seu lado, pôs com violência um exemplar da *Gazette* de Londres do dia anterior em cima do jornal de Edimburgo.

— Ela não foi arruinada! — Com o dedo, apunhalou uma nota na coluna de anúncios sociais. Gritou o mais alto que pôde: — A maldita garota não está *arruinada*; ela está *noiva*! De Breckenridge!

Ele pegou o jornal de Londres, encontrou e leu a nota em questão, as habituais palavras brandas anunciando o noivado de Heather Cynster e Timothy Danvers, o Visconde de Breckenridge. Puxando na memória o que, de seus dias em Londres, lembrava a respeito de Breckenridge, combinando com sua lembrança do homem que escoltara Heather Cynster até o Vale... sim, Breckenridge poderia ter sido aquele homem. O homem que havia acabado com seus planos.

— Interessante — murmurou ele. E imediatamente se arrependeu.

— Interessante? *Interessante?* Não é interessante. É *exasperador*! É...

Ele fechou os ouvidos para a diatribe da mãe. Consultou os próprios sentimentos, então.

Revisitou suas impressões, o que havia sentido do homem — Breckenridge — e de sua relação com a garota... imaginou se ele mesmo poderia ter a mesma sorte. Assim, não conseguiu se ressentir de Breckenridge, ralhá-lo por reivindicar a garota Cynster como sua.

Pegando a caneca, tomou um gole, em um brinde silencioso ao casal. Boa sorte para eles. Ao menos, haviam escapado daquele pesadelo.

— Você! — Sua mãe enfiou a unha em seu braço, trazendo-o de volta à realidade. Ela se inclinou para sibilar: — Você deveria tê-la trazido aqui e se certificado de que ela estivesse arruinada. Arruinada aos olhos de toda a alta sociedade. Em vez disso, ela vai se casar com um dos nobres mais cobiçados da Inglaterra! Você falhou com ela, mas sabe meu preço. Meu preço não é negociável. Então, o que você vai fazer quanto a isso?

Como ele não se apressou a responder, mas levantou a jarra e, olhando para frente, tomou um longo gole de cerveja, ela se debruçou ainda mais para dizer:

— Corrija-me se eu estiver errada, meu caro... — Destilou carinho em meio ao desprezo latente e à fúria. — ... mas, para você, o tempo está se esgotando.

Ela estava certa, mas ele não ia deixá-la notar o frio que tomou conta de suas entranhas ao pensar no que estava em jogo. Mantendo uma postura relaxada, ele deu de ombros em um gesto quase lânguido.

— Você vai ter de se contentar com uma das irmãs. *Uma* das irmãs Cynster era nosso trato, e qualquer uma das outras vai servir muito bem para cumpri-lo.

Ele usara cada hora, enquanto esperavam para ficar sabendo do destino de Heather Cynster, para procurar, de novo, para baixo e para cima, o cálice que sua mãe havia roubado e escondido. O cálice de que ele precisava para salvar tudo o que amava. Sua mãe nunca fora capaz de dobrá-lo a sua vontade mais do que fora capaz de influenciar seu pai. Mas descobrira acerca do cálice e de sua importância para ele, e aproveitara a oportunidade.

Ela possuía uma arma primorosamente afiada que poderia usar e tinha toda a intenção de brandi-la, de levá-lo a fazer o que ela quisesse.

Seu desejo, sua obsessão, era insano. Ele sabia disso.

Também sabia que não tinha escolha além de realizar os ditames maníacos dela.

Ainda assim... bebericando a cerveja, permitiu-se entrar na fantasia recorrente de simplesmente lhe dizer para fazer seu pior e que se danasse...

Uma porta no fundo do castelo se abriu. Dois pares de pezinhos chegaram fazendo barulho pelo pavilhão.

Erguendo a cabeça, ele largou a caneca enquanto dois rapazes despenteados vieram correndo, trazendo o ar fresco do lago, o perfume dos pinheiros e abetos, e três cães-d'água que galopavam com eles.

Os meninos viram-no, e sorrisos largos atravessaram seus rostos.

Se viram a mãe dele em pé ao lado, não deram nenhum sinal enquanto, fazendo algazarra, correram até o grande salão, subiram no estrado e se lançaram a ele.

Ele afastou o entalhador para agarrá-los, envolvê-los nos braços, abraçá-los e, em seguida, colocá-los no colo.

Eles se penduraram como macacos, tagarelando sem parar, enchendo-lhe os ouvidos com os pontos altos da excursão da manhã com o encarregado, Scanlon.

O calor deles envolveu-o, entrando pela pele até os ossos, dissipando o frio que o trato com a mãe havia evocado.

Por sua parte, embora fuzilasse os meninos com o olhar, furiosa com a interrupção, e mais ainda com o fato de ele ter desviado a atenção dela para eles, ela sabia que não deveria dizer uma palavra contra os meninos. Eram tudo o que restava de uma família que ele amava. Seu primo Mitchell havia crescido ao lado dele, mas Mitchell e sua doce esposa, Krista, estavam mortos, e os meninos, de cinco e seis anos, eram tudo o que restara deles...

Ele respirou fundo. Lutou para conter a raiva repentina que o atravessou — raiva por sentir que a mulher que estava a seu lado podia se atrever a ameaçar os meninos, o futuro deles e o de qualquer outra alma sob seus cuidados.

Os cães se agitaram, ganiram, mais sintonizados com as emoções ocultas dele que os meninos se contorcendo em seu colo. Um dos cães, o mais velho, Gwarr, veio sentar-se entre ele e a mãe, com os olhos escuros fixos nela, a língua pendurada por entre as mandíbulas longas revestidas de fortes dentes brancos.

A mãe manteve-se um passo atrás, com os lábios finos e tensos.

Ele forçou-se a olhá-la, e o sorriso que convocara para os meninos escapou do rosto. Mantendo longe da voz a raiva, a pura ira e a fúria que ela e seu estratagema provocara — para que os meninos não percebessem e não fossem atingidos —, ele encontrou-lhe os olhos e deu de ombros calmamente.

— Uma das irmãs Cynster será trazida aqui e, assim, efetivamente arruinada. Esse era nosso trato. Vou cumprir minha parte. — Ele a encarou. — E você cumprirá a sua.

Com os olhos entreabertos, o rosto comprimido, a expressão, como sempre, azeda, ela encarou o olhar dele por um momento, então resmungou, deu as costas e saiu.

A fúria que ele sentia passou.

Esticando a mão em um gesto distraído para afagar a cabeça de Gwarr, voltou-se para as crianças levadas em seu colo. Confiante, os olhos azuis brilhantes dos dois defrontavam o mundo com uma esperança pura e uma expectativa imaculada.

Ele se esforçaria para garantir que tivessem tudo de melhor na vida que pudesse lhes dar.

Olhando para o grande relógio redondo na parede, ele confirmou que ainda faltava meia hora para a refeição. Convocando seu mais forte sotaque escocês, olhou para os meninos.

— Vamos sair e dar uma olhada nos cavalos, então?

Mais tarde, ele poderia pensar no sequestro de Eliza Cynster.

Primeiro, iria se lembrar de por que o faria.

Publisher
Kaíke Nanne

Gerente Editorial
Livia Rosa

Coordenação de produção
Thalita Aragão Ramalho

Produção editorial
Isis Batista Pinto

Copidesque
Flavia de Lavor

Revisão
Jaciara Lima
Luiz Werneck
Maria Júlia Calsavara

Diagramação
Abreu's System

Capa
Miriam Lerner

Este livro foi impresso no Rio de Janeiro, em 2016,
pela Edigráfica, para a HarperCollins Brasil.
A fonte usada no miolo é Fournier MT Std, corpo 11,5/14,1.
O papel do miolo é Chambril Avena 80g/m², e o da capa é cartão 250g/m².